中国古典小说普及文库

聊斋志异

【清】蒲松龄 著

岳麓书社·长沙

图书在版编目(CIP)数据

聊斋志异/(清)蒲松龄著.—长沙:岳麓书社,2012.11(2022.10重印)
(中国古典小说普及文库)
ISBN 978-7-80761-945-1

Ⅰ.①聊…　Ⅱ.①蒲…　Ⅲ.①章回小说—中国—清代　Ⅳ.①I242.4

中国版本图书馆CIP数据核字(2012)第146465号

LIAOZHAI ZHIYI
聊斋志异

作　　者:(清)蒲松龄
责任编辑:彭卫才
封面设计:吴颖辉
责任校对:舒　舍

岳麓书社出版发行
地址:湖南省长沙市爱民路47号
直销电话:0731-88804152　0731-88885616
邮编:410006

版次:2012年11月第1版
印次:2022年10月第10次印刷
开本:890mm×1240mm　1/32
印张:19.25
字数:555千字
印数:62 001—65 000
ISBN 978-7-80761-945-1
定价:62.80元

承印:廊坊市博林印务有限公司

如有印装质量问题,请与本社印务部联系
电话:0731-88884129

出版说明

古人在现实世界中遭遇挫折,总是幻想有一个宁静的精神家园可以安放自己的灵魂,蒲松龄在《聊斋志异》中创造的狐鬼世界正是其精神世界的投射。在《聊斋志异》中,狐鬼花妖占有很大的比重,然而不同于以往的"志怪"以宣扬神迹,或消遣娱乐,《聊斋志异》不是一部游戏笔墨的小说,而是一部"孤愤"之作。蒲松龄继承中国文人"发愤著书"的传统,借玄幻的鬼神故事尽情倾吐内心的郁愤。

小说的内容极为丰富,其中作者着笔最多且最为动人的约为两类:一是对科举的思考;二是对众多富有个性的女性的讴歌。前者渗透了作者深刻的人生经历。蒲松龄生于明崇祯十三年(1640),十九岁时"名藉藉于诸生间",可惜之后科举不顺,大半生困于场屋,直至七十一岁才援例成为贡生。这段经历,深深地影响了他的文学创作。比如《叶生》一篇,可以看作蒲松龄的人生自白。主人公叶生"文章词赋,冠绝当时,而所遇不偶,困于名场"。活着时屡次落第,死后成为鬼魂也要为科举继续奔波,叶生是一个汲汲于功名的利禄之徒吗?不是,他不过要"使天下人知半生沦落,非战之罪也"。小说最悲壮的地方在于,他自以为功成名就,衣锦还乡之时却被妻子无情戳破早已死亡的事实,"生闻之,怃然惆怅。逡巡入室,见灵柩俨然,扑地而灭"。原来不过是一场幻梦罢了,至此,作者对科举制度的无情批判可谓力透纸背。蒲松龄在文末写了一段长长的"异史氏曰",表面看来是在为叶生的遭遇鸣不平,实际上也渗透了作者的悲苦:"人生世上,只须合眼放步,以听造物之低昂而已。"直令读者掬一把心酸之泪。

小说另一个重要的主题是歌颂富有个性的女性,其中也包括一些狐鬼花妖。在很多人眼中,女性依附于男性生存,没有什么值得重视的，花妖狐鬼害人性命，更是被批判的对象，但在蒲松龄的笔下，很多女性远比男性识见高明，即便是花妖狐魅，也“多具人情，和蔼可亲”（《中国小说史略》），蒲松龄对她们从不吝惜赞美之情。比如《黄英》一篇，主人公黄英本是一个菊精，与弟弟以卖菊而发家致富，弟之好友马子才认为姐弟二人“以东篱为市井，有辱黄花矣”，娶黄英以后，又认为自己“徒依裙带而食，真无一毫丈夫气矣”。黄英对此反驳道：“妾非贪鄙；但不少致丰盈，遂令千载下人，谓渊明贫贱骨，百世不能发迹，故聊为我家彭泽解嘲耳。”相比马子才的酸腐做作，黄英勤劳、务实又自然。诸如此类的女性，小说中举不胜数，比如顽皮善谑的小翠，心地善良的聂小倩，知恩图报的花姑子，貌丑而心美的乔女，天真烂漫的婴宁，都是小说中经典的人物形象。

《聊斋志异》自问世以来，不但受到当时读者的欢迎，而且也赢得了后世读者的喜爱。郭沫若先生评价它“写鬼写妖高人一等，刺贪刺虐入骨三分”，可谓精到。虽然纪昀讥讽《聊斋志异》“一书而兼二体”，但是不可否认，《阅微草堂笔记》明显受到了它的影响。《聊斋志异》就像一颗明珠，在中国的文学长河中熠熠生辉，是我们值得珍视的瑰宝。

此次出版的《聊斋志异》以作者稿本（前半部）和传世抄本为底本，同时吸取了张友鹤先生“会校会注会评本”的优点进行整理，诸本相异处，择善而从，还望方家指正。

自　　序

披萝带荔，三闾氏感而为骚；牛鬼蛇神，长爪郎吟而成癖。自鸣天籁，不择好音，有由然矣。松落落秋萤之火，魑魅争光；逐逐野马之尘，魍魉见笑。才非干宝，雅爱搜神；情类黄州，喜人谈鬼。闻则命笔，遂以成编。久之，四方同人又以邮筒相寄，因而物以好聚，所积益夥。甚者：人非化外，事或奇于断发之乡；睫在眼前，怪有过于飞头之国。遄飞逸兴，狂固难辞；永托旷怀，痴且不讳。展如之人，得勿向我胡卢耶？然五父衢头，或涉滥听；而三生石上，颇悟前因。放纵之言，有未可概以人废者。松悬弧时，先大人梦一病瘠瞿昙偏袒入室，药膏如钱，圆粘乳际。寤而松生，果符墨志。且也，少羸多病、长命不犹。门庭之凄寂，则冷淡如僧；笔墨之耕耘，则萧条似钵。每搔头自念，勿亦面壁人果吾前身耶？盖有漏根因，未结人天之果；而随风荡堕，竟成藩溷之花。茫茫六道，何可谓无其理哉！独是子夜荧荧，灯昏欲蕊；萧斋瑟瑟，案冷疑冰。集腋为裘，妄续幽冥之录；浮白载笔，仅成孤愤之书。寄托如此，亦足悲矣！嗟乎！惊霜寒雀，抱树无温；吊月秋虫，偎栏自热。知我者，其在青林黑塞间乎！

康熙己未春日　柳泉自题

自序

[illegible]

目 录

卷　三

卷 四

卷 五

卷 六

卷　七

卷　八

卷　九

卷　十

卷十一

卷　一

考城隍

予姊丈之祖宋公，讳焘，邑廪生。一日病卧，见吏人持牒，牵白颠马来，云："请赴试。"公言："文宗未临，何遽得考？"吏不言，但敦促之。公力病乘马从去，路甚生疏，至一城郭，如王者都。移时入府廨，宫室壮丽。上坐十余官，都不知何人，惟关壮缪可识。檐下设几、墩各二，先有一秀才坐其末，公便与连肩。几上各有笔札。俄题纸飞下，视之有八字，云："一人二人，有心无心。"二公文成，呈殿上。公文中有云："有心为善，虽善不赏。无心为恶，虽恶不罚。"诸神传赞不已。召公上，谕曰："河南缺一城隍，君称其职。"公方悟，顿首泣曰："辱膺宠命，何敢多辞？但老母七旬，奉养无人，请得终其天年，惟听录用。"上一帝王像者，即命稽母寿籍。有长须吏捧册翻阅一过，白："有阳算九年。"共踌躇间，关帝曰："不妨令张生摄篆九年，瓜代可也。"乃谓公："应即赴任，今推仁孝之心，给假九年。及期当复相召。"又勉励秀才数语。二公稽首并下。秀才握手，送诸郊野，自言长山张某。以诗赠别，都忘其词，中有"有花有酒春常在，无烛无灯夜自明"之句。

公既骑，乃别而去，及抵里，豁若梦寤。时卒已三日，母闻棺中呻吟，扶出，半日始能语。问之长山，果有张生于是日死矣。后九年，母果卒，营葬既毕，浣濯入室而没。其岳家居城中西门里，忽见公镂膺朱幩，舆马甚众。登其堂，一拜而行。相共惊疑，不知其为神，奔询乡中，则已殁矣。

公有自记小传，惜乱后无存，此其略耳。

耳中人

谭晋玄，邑诸生也。笃信导引之术，寒暑不辍。行之数月，若有所得。

一日方趺坐，闻耳中小语如蝇，曰："可以见矣。"开目即不复闻；合眸定息，又闻如故。谓是丹将成，窃喜。自是每坐辄闻。因思俟其再言，当应以觇之。一日又言。乃微应曰："可以见矣。"俄觉耳中习习然似有物出。微睨之，小人长三寸许，貌狞恶，如夜叉状，旋转地上。心窃异之，姑凝神以观其变。忽有邻人假物，扣门而呼。小人闻之，意甚张皇，绕屋而转，如鼠失窟。

谭觉神魂俱失，复不知小人何所之矣。遂得颠疾，号叫不休，医药半年，始渐愈。

尸 变

阳信某翁者，邑之蔡店人。村去城五六里，父子设临路店宿行商。有车夫数人，往来负贩，辄寓其家。

一日昏暮，四人偕来，望门投止，则翁家客宿邸满。四人计无复之，坚请容纳。翁沉吟，思得一所，似恐不当客意。客言："但求一席厦宇，更不敢有所择。"时翁有子妇新死，停尸室中，子出购材木未归。翁以灵所室寂，遂穿衢导客往。入其庐，灯昏案上。案后有搭帐，衣纸衾覆逝者。又观寝所，则复室中有连榻。四客奔波颇困，甫就枕，鼻息渐粗。惟一客尚朦胧，忽闻床上察察有声，急开目，则灵前灯火照视甚了。女尸已揭衾起。俄而下，渐入卧室。面淡金色，生绢抹额。俯近榻前，遍吹卧客者三。客大惧，恐将及己，潜引被覆首，闭息忍咽以听之。未几女果来，吹之如诸客。觉出房去，即闻纸衾声。出首微窥，见僵卧犹初矣。客惧甚，不敢作声，阴以足踏诸客。而诸客绝无少动。顾念无计，不如着衣以窜。才起振衣，而察察之声又作。客惧复伏，缩首衾中。觉女复来，连续吹数数始去。少间闻灵床作响，知其复卧。乃从被底渐渐出手得裤，遽就着之，白足奔出。尸亦起，似将逐客。比其离帏，而客已拔关出矣。尸驰从之。客且奔且号，村中人无有警者。欲叩主人之门，又恐迟为所及，遂望邑城路极力窜去。至东郊，瞥见兰若，闻木鱼声，乃急挝山门。道人讶其非常，又不即纳。旋踵尸已至，去身盈尺，客窘益甚。门外有白杨，围四五尺许,因以树自障。彼右则左之,彼左则右之。尸益怒。然各浸倦矣。尸顿立,客汗促气逆,庇树间。尸暴起,伸两臂隔树探扑之。客惊仆。尸捉之不得,抱树而僵。

道人窃听良久,无声,始渐出,见客卧地上。烛之,死,然心下丝丝有动气。负入,终夜始苏。饮以汤水而问之,客具以状对。时晨钟已尽,晓色迷蒙,道人觇树上,果见僵女,大骇。报邑宰,宰亲诣质验,使人拔女手,牢不可开。审谛之,则左右四指并卷如钩,入木没甲。又数人力拔乃得下。视指穴,如凿孔然。遣役探翁家,则以尸亡客毙,纷纷正哗。役告之故,翁乃从往,舁尸归。客泣告宰曰:"身四人出,今一人归,此情何以信乡里?"宰与之牒,赍送以归。

喷水

莱阳宋玉叔先生为部曹时,所僦第甚荒落。一夜二婢奉太夫人宿厅上,闻院内扑扑有声,如缝工之喷水者。太夫人促婢起,穴窗窥视,见一老妪短身驼背,白发如帚,冠一髻长二尺许;周院环走,竦急作鹳行,且喷水出不穷。婢愕返白,太夫人亦惊起,两婢扶窗下聚观之。妪忽逼窗,直喷棂内,窗纸破裂,三人俱仆,而家人不之知也。

东曦既上,家人毕集,叩门不应,方骇。撬扉入,见一主二婢骈死一室,一婢膈下犹温,扶灌之,移时而醒,乃述所见。先生至,哀愤欲死。细穷没处,掘深三尺余,渐暴白发。又掘之,得一尸如所见状,面肥肿如生。令击之,骨肉皆烂,皮内尽清水。

瞳人语

长安士方栋,颇有才名,而佻脱不持仪节。每陌上见游女,辄轻薄尾缀之。

清明前一日,偶步郊郭,见一小车,朱茀绣幰,青衣数辈款段以从。内一婢乘小驷,容光绝美。稍稍近觇之,见车幔洞开,内坐二八女郎,红妆艳丽,尤生平所未睹。目眩神夺,瞻恋弗舍,或先或后,从驰数里。忽闻女郎呼婢近车侧,曰:"为我垂帘下。何处风狂儿郎,频来窥瞻!"婢乃下帘,怒顾生曰:"此芙蓉城七郎子新妇归宁,非同田舍娘子,放教秀才胡觑!”言已,掬辙土扬生。

生眯目不可开。才一拭视,而车马已渺。惊疑而返,觉目终不快,倩人启睑拨视,则睛上生小翳,经宿益剧,泪簌簌不得止;翳渐大,数日厚如钱;右睛起旋螺。百药无效,懊闷欲绝,颇思自忏悔。闻《光明经》能解厄,持一卷浼人教诵。初犹烦躁,久渐自安。旦晚无事,惟趺坐捻珠。持之一年,万缘俱净。

忽闻左目中小语如蝇,曰:“黑漆似,叵耐杀人!”右目中应曰:“可同小遨游,出此闷气。”渐觉两鼻中蠕蠕作痒,似有物出,离孔而去。久之乃返,复自鼻入眶中。又言曰:“许时不窥园亭,珍珠兰遽枯瘠死!”生素喜香兰,园中多种植,日常自灌溉,自失明,久置不问。忽闻此言,遽问妻兰花何使憔悴死?妻诘其所自知,因告之故。妻趋验之,花果槁矣,大异之。静匿房中以俟之,见有小人,自生鼻内出,大不及豆,营营然竟出门去。渐远遂迷所在。俄连臂归,飞上面,如蜂蚁之投穴者。如此二三日。又闻左言曰:“隧道迂,还往甚非所便,不如自启门。”右应曰:“我壁子厚,大不易。”左曰:“我试辟,得与尔俱。”遂觉左眶内隐似抓裂。少顷开视,豁见几物。喜告妻,妻审之,则脂膜破小窍,黑睛荧荧,才如劈椒。越一宿,幛尽消;细视,竟重瞳也。但右目旋螺如故。乃知两瞳人合居一眶矣。生虽一目眇,而较之双目者殊更了了。由是益自检束,乡中称盛德焉。

异史氏曰:“乡有士人,偕二友于途,遥见少妇控驴出其前,戏而吟曰:‘有美人兮!’顾二友曰:‘驱之!’相与笑骋,俄追及,乃其子妇,心赧气丧,默不复语。友伪为不知也者,评骘殊亵。士人忸怩,吃吃而言曰:‘此长男妇也。’各隐笑而罢。轻薄者往往自侮,良可笑也。至于眯目失明,又鬼神之惨报矣。芙蓉城主不知何神,岂菩萨现身耶?然小郎君生辟门户,鬼神虽恶,亦何尝不许人自新哉!”

画壁

江西孟龙潭与朱孝廉客都中,偶涉一兰若,殿宇禅舍,俱不甚弘敞,惟一老僧挂褡其中。见客人,肃衣出迓,导与随喜。殿中塑志公像,两壁画绘精妙,人物如生。东壁画散花天女,内一垂髫者,拈花微笑，樱唇欲动，眼波将流。朱注目久，不觉神摇意夺，恍然凝思；身忽飘飘如驾云雾，已到壁上。见殿阁重重，非复人世。一老僧说法座上，偏袒绕视者甚众，朱亦杂立其中。少间似有人暗牵其裾。回顾，则垂髫儿辗然竟去，履即从之，过曲栏，入一小舍，朱次且不敢前。女回首，摇手中花遥遥作招状，乃趋之。舍内寂无人，遽拥之亦不甚拒，遂与狎好。既而闭户去，嘱勿咳。夜乃复至。如此二日，女伴共觉之，共搜得生，戏谓女曰："腹内小郎已许大，尚发蓬蓬学处子耶？"共捧簪珥促令上鬟。女含羞不语。一女曰："妹妹姊姊，吾等勿久住，恐人不欢。"群笑而去。生视女，髻云高簇，鬟凤低垂，比垂髫时尤艳绝也。四顾无人，渐入猥亵，兰麝熏心，乐方未艾。

忽闻吉莫靴铿铿甚厉，缧锁锵然，旋有纷嚣腾辨之声。女惊起，与朱窃窥，则见一金甲使者，黑面如漆。绾锁挈槌，众女环绕之。使者曰："全未？"答言："已全。"使者曰："如有藏匿下界人即共出首，勿贻伊戚。"又同声言："无。"使者反身鹗顾，似将搜匿。女大惧，面如死灰，张皇谓朱曰："可急匿榻下。"乃启壁上小扉，猝遁去。朱伏不敢少息。俄闻靴声至房内，复出。未几烦喧渐远，心稍安；然户外辄有往来语论者。朱局蹐既久，觉耳际蝉鸣，目中火出，景状殆不可忍，惟静听以待女归，竟不复忆身之何自来也。

时孟龙潭在殿中，转瞬不见朱，疑以问僧。僧笑曰："往听说法去矣。"问："何处？"曰："不远。"少时以指弹壁而呼曰："朱檀越！何久游不归？"旋见壁间画有朱像，倾耳伫立，若有听察。僧又呼曰："游侣久待矣！"遂飘忽自壁而下，灰心木立，目瞪足软。孟大骇，从容问之。盖方伏榻下，闻叩声如雷，故出房窥听也。共视拈花人，螺髻翘然，不复垂髫矣。朱惊拜老僧而问其故。僧笑曰："幻由人生，贫道何能解！"朱气结而不扬，孟心骇叹而无主。即起，历阶而出。

异史氏曰："'幻由人生'，此言类有道者。人有淫心，是生亵境；人有亵心，是生怖境。菩萨点化愚蒙，千幻并作，皆人心所自动耳。老婆心切，惜不闻其言下大悟，披发入山也。"

山 魈

孙太白尝言,其曾祖肄业于南山柳沟寺。麦秋旋里,经旬始返。启斋门,则案上尘生,窗间丝满,命仆粪除,至晚始觉清爽可坐。乃拂榻陈卧具,扃扉就枕,月色已满窗矣。辗转移时,万籁俱寂。忽闻风声隆隆,山门豁然作响,窃谓寺僧失扃。注念间,风声渐近居庐,俄而房门辟矣。大疑之,思未定,声已入屋。又有靴声铿铿然,渐傍寝门。心始怖。俄而寝门辟矣。急视之,一大鬼鞠躬塞入,突立榻前,殆与梁齐。面似老瓜皮色,目光睒闪,绕室四顾,张巨口如盆,齿疏疏长三寸许,舌动喉鸣,呵喇之声,响连四壁,公惧极。又念咫尺之地势无所逃,不如因而刺之。乃阴抽枕下佩刀,遽拔而斫之,中腹,作石缶声。鬼大怒,伸巨爪攫公。公少缩。鬼攫得衾捽之,忿忿而去。公随衾堕,伏地号呼。

家人持火奔集,则门闭如故,排窗入,见公状,大骇。扶曳登床,始言其故。共验之,则衾夹于寝门之隙。启扉检照,见有爪痕如箕,五指着处皆穿。

既明,不敢复留,负笈而归。后问僧人,无复他异。

咬 鬼

沈麟生云:其友某翁者,夏月昼寝,朦胧间见一女子搴帘入,以白布裹首,缞服麻裙,向内室去,疑邻妇访内人者。又转念,何遽以凶服入人家?正自皇惑,女子已出。细审之,年可三十余,颜色黄肿,眉目蹙蹙然,神情可畏。又逡巡不去,渐逼近榻。遂伪睡以观其变。无何,女子摄衣登床压腹上,觉如百钧重。心虽了了,而举其手,手如缚;举其足,足如痿也。急欲号救,而苦不能声。女子以喙嗅翁面,颧鼻眉额殆遍。觉喙冷如冰,气寒透骨。翁窘急中思得计:待嗅至颐颊,当即因而啮之。未几果及颐。翁乘势力龁其颧,齿没于肉。女负痛身离,且挣且啼。翁龁益力。但觉血液交颐,湿流枕畔。相持正苦,庭外忽闻夫人声,急呼有鬼,一缓颊而女子已飘忽遁去。

夫人奔入,无所见,笑其魇梦之诬。翁述其异,且言有血证焉。

相与检视,如屋漏之水流浃枕席。伏而嗅之,腥臭异常。翁乃大吐。过数日,口中尚有余臭云。

捉 狐

孙翁者,余姻家清服之伯父也,素有胆。一日昼卧,仿佛有物登床,遂觉身摇摇如驾云雾。窃意无乃魇狐耶?微窥之,物大如猫,黄毛而碧嘴,自足边来。蠕蠕伏行,如恐翁寤。逡巡附体,着足足痿,着股股软。甫及腹,翁骤起,按而捉之,握其项。物鸣急莫能脱。翁亟呼夫人以带系其腰,乃执带之两端笑曰:“闻汝善化,今注目在此,看作如何化法。”言次,物忽缩其腹细如管,几脱去。翁乃大愕,急力缚之,则又鼓其腹粗于碗,坚不可下;力稍懈,又缩之。翁恐其脱,命夫人急杀之。夫人张皇四顾,不知刀之所在,翁左顾示以处。比回首则带在手如环然,物已渺矣。

荞中怪

长山安翁者,性喜操农功。秋间荞熟,刈堆陇畔。时近村有盗稼者,因命佃人乘月辇运登场,俟其装载归,而自留逻守。遂枕戈露卧。目稍瞑,忽闻有人践荞根咋咋作响。心疑暴客,急举首,则一大鬼高丈余,赤发髯须,去身已近。大怖,不遑他计,踊身暴起狠刺之。鬼鸣如雷而逝。恐其复来,荷戈而归。迎佃人于途,告以所见,且戒勿往。众未深信。越日曝麦于场,忽闻空际有声。翁骇曰:“鬼物来矣!”乃奔,众亦奔。移时复聚,翁命多设弓弩以俟之。异日果复来,数矢齐发,物惧而遁。二三日竟不复来。

麦既登仓,禾藉杂遝,翁命收积为垛,而亲登践实之,高至数尺。忽遥望骇曰:“鬼物至矣!”众急觅弓矢,物已奔翁。翁仆,龁其额而去。共登视,则去额骨如掌,昏不知人。负至家中,遂卒。后不复见。不知其为何怪也。

宅 妖

长山李公,大司寇之侄也。宅多妖异。尝见厦有春凳,肉红色,甚修润。李以故无此物,近抚按之,随手而曲,殆如肉软,骇而却走。旋回视则四足移动,渐入壁中。又见壁间倚白梃,洁泽修长。近扶之,腻然而倒,委蛇入壁,移时始没。

康熙十七年,王先浚升设帐其家。日暮灯火初张,生着履卧榻上。忽见小人长三寸许,自外入,略一盘旋,即复去。少顷,荷二小凳来,设堂中,宛如小儿辈用粱藍心所制者。又顷之,二小人舁一棺入,长四寸许,停置凳上。安厝未已,一女子率厮婢数人来,率细小如前状。女子衰衣,麻练束腰际,布裹首。以袖掩口,嘤嘤而哭,声类巨蝇。生睥睨良久,毛发森立,如霜被于体。因大呼,遽走,颠床下,摇战莫能起。馆中人闻声异,集堂中,人物杳然矣。

王六郎

许姓,家淄之北郭,业渔。每夜携酒河上,饮且渔。饮则酹酒于地,祝云:“河中溺鬼得饮。”以为常。他人渔,迄无所获,而许独满筐。

一夕方独酌,有少年来徘徊其侧。让之饮,慨与同酌。既而终夜不获一鱼,意颇失。少年起曰:“请于下流为君驱之。”遂飘然去。少间复返曰:“鱼大至矣。”果闻唼呷有声。举网而得数头皆盈尺。喜极,申谢。欲归,赠以鱼不受,曰:“屡叨佳酝,区区何足云报。如不弃,要当以为常耳。”许曰:“方共一夕,何言屡也?如肯永顾,诚所甚愿,但愧无以为情。”询其姓字,曰:“姓王,无字,相见可呼王六郎。”遂别。

明日,许货鱼益利,沽酒。晚至河干,少年已先在,遂与欢饮。饮数杯,辄为许驱鱼。如是半载,忽告许曰:“拜识清扬,情逾骨肉,然相别有日矣。”语甚凄楚。惊问之,欲言而止者再,乃曰:“情好如吾两人,言之或勿讶耶?今将别,无妨明告:我实鬼也。素嗜酒,沉醉溺死数年于此矣。前君之获鱼独胜于他人者,皆仆之暗驱以报酹奠耳。明日业满,当有代者,将往投生。相聚只今夕,故不能无感。”许初闻甚骇,然亲狎既久,不复恐怖。因亦欷歔,酌而言曰:“六郎饮此,勿戚也。相见遽违,良足悲恻。然业满劫脱,正宜相贺,悲乃不伦。”遂与畅饮。因问:“代者何人?”曰:“兄于河畔视之,亭午有女子渡河而溺者是也。”听村鸡既唱,洒涕而别。明日敬伺河边以觇其异。果有妇人抱婴儿来,及河而堕。儿抛岸上,扬手掷足而啼。妇沉浮者屡矣,忽淋淋攀岸以出,藉地少息,抱儿径去。当妇溺时,意良不忍,思欲奔救;转念是所以代六郎者,故止不救。及妇自出,疑其言不验。抵暮,渔旧处,少年复至,曰:“今又聚首,且不言别矣。”问其故。曰:“女子已相代矣;仆怜其抱中儿,代弟一人遂残二命,故舍之。更代不知何期。或吾两人之缘未尽耶?”许感叹曰:“此仁人之心,可以通上帝矣。”由此相聚如初。

数日又来告别,许疑其复有代者,曰:“非也。前一念恻隐,果达帝天。今授为招远县邬镇土地,来日赴任。倘不忘故交,当一往探,勿惮修阻。”许贺曰:“君正直为神,甚慰人心。但人神路隔,即不惮修阻,将复如何?”少年曰:“但往勿虑。”再三叮咛而去。许归,即欲治装东下,妻笑曰:“此去数百里,即有其地,恐土偶不可以共语。”许不听,竟抵招远。问之居人,果有邬镇。寻至其处,息肩逆旅,问祠所在。主人惊曰:“得无客姓为许?”许曰:“然。何见知?”又曰:“得无客邑为淄?”曰:“然。何见知?”主人不答遽出。俄而丈夫抱子,媳女窥门,杂沓而来,环如墙堵。许益惊。众乃告曰:“数夜前梦神言:淄川许友当即来,可助以资斧。祗候已久。”许亦异之,乃往祭于祠而祝曰:“别君后,寤寐不去心,远践曩约。又蒙梦示居人,感篆中怀。愧无腆物,仅有卮酒,如不弃,当如河上之饮。”祝毕焚钱纸。俄见风起座后,旋转移时始散。至夜梦少年来,衣冠楚楚,大异平时,谢曰:“远劳顾问,喜泪交并。但任微职,不便会面,咫尺河山,甚怆于怀。居人薄有所赠,聊酬夙好。归如有期,尚当走送。”居数日,许欲归,众留殷恳,朝请暮邀,日更数主。许坚辞欲行。众乃折柬抱襆,争来致赆,不终朝,馈遗盈橐。苍头稚子,毕集祖送。出村,欻有羊角风起,随行十余里。许再拜曰:“六郎珍重!勿劳远涉。君心仁爱,自能造福一方,无庸故人嘱也。”风盘旋久之乃去。村人亦嗟讶而返。

许归,家稍裕,遂不复渔。后见招远人问之,其灵应如响云。或言即章丘石坑庄。未知孰是?

异史氏曰:“置身青云无忘贫贱,此其所以神也。今日车中贵介,宁复识戴笠人哉?余乡有林下者,家綦贫。有童稚交任肥秩,计投之必相周顾。竭力办装,奔涉千里,殊失所望。泻囊货骑始得归。其族弟甚谐,作月令嘲之云:‘是月也,哥哥至,貂帽解,伞盖不张,马化为驴,靴始收声。’念此可为一笑。”

偷 桃

童时赴郡试,值春节。旧例,先一日各行商贾,彩楼鼓吹赴藩司,名曰“演春”。余从友人戏瞩。

是日游人如堵。堂上四官皆赤衣,东西相向坐,时方稚,亦不解其何官,但闻人语哜嘈,鼓吹聒耳。忽有一人率披发童,荷担而上,似有所白;万声汹涌,亦不闻其为何语,但视堂上作笑声。即有青衣人大声命作剧。其人应命方兴,问:“作何剧?”堂上相顾数语,吏下宣问所长。答言:“能颠倒生物。”吏以白官。少顷复下,命取桃子。

术人应诺,解衣覆笥上,故作怨状,曰:“官长殊不了了!坚冰未解,安所得桃?不取,又恐为南面者怒,奈何!”其子曰:“父已诺之,又焉辞?”术人惆怅良久,乃曰:“我筹之烂熟,春初雪积,人间何处可觅?惟王母园中四时常不凋谢,或有之。必窃之天上乃可。”子曰:“嘻!天可阶而升乎?”曰:“有术在。”乃启笥,出绳一团约数十丈,理其端,望空中掷去;绳即悬立空际,若有物以挂之。未几愈掷愈高,渺入云中,手中绳亦尽。乃呼子曰:“儿来!余老惫,体重拙,不能行,得汝一往。”遂以绳授子,曰:“持此可登。”子受绳有难色,怨曰:“阿翁亦大愦愦!如此一线之绳,欲我附之以登万仞之高天,倘中道断绝,骸骨何存矣!”父又强呜拍之,曰:“我已失口,追悔无及,烦儿一行。倘窃得来,必有百金赏,当为儿娶一美妇。”子乃持索,盘旋而上,手移足随,如蛛趁丝,渐入云霄,不可复见。久之,坠一桃如碗大。术人喜,持献公堂。堂上传示良久,亦不知其真伪。

忽而绳落地上,术人惊曰:“殆矣!上有人断吾绳,儿将焉托!”移时一物坠,视之,其子首也。捧而泣曰:“是必偷桃为监者所觉。吾儿休矣!”又移时一足落;无何,肢体纷坠,无复存者。术人大悲,一一拾置笥中而阖之,曰:“老夫止此儿,日从我南北游。今承严命,不意罹此奇惨!当负去瘗之。”乃升堂而跪,曰:“为桃故,杀吾子矣!如怜小人而助之葬,当结草以图报耳。”坐官骇诧,各有赐金。

术人受而缠诸腰,乃扣笥而呼曰:“八八儿,不出谢赏将何待?”忽一蓬头童首抵笥盖而出,望北稽首,则其子也。以其术奇,故至今犹记之。后闻白莲教能为此术,意此其苗裔耶?

种梨

有乡人货梨于市,颇甘芳,价腾贵。有道士破巾絮衣丐于车前,乡人咄之亦不去,乡人怒,加以叱骂。道士曰:“一车数百颗,老衲止丐其一,于居士亦无大损,何怒为?”观者劝置劣者一枚令去,乡人执不肯。

肆中佣保者,见喋聒不堪,遂出钱市一枚付道士。道士拜谢,谓众曰:“出家人不解吝惜。我有佳梨,请出供客。”或曰:“既有之何不自食?”曰:“我特需此核作种。”于是掬梨啖,且尽,把核于手,解肩上镵,坎地深数寸纳之,而覆以土。向市人索汤沃灌,好事者于临路店索得沸沈,道士接浸坎上。万目攒视,见有勾萌出,渐大;俄成树,枝叶扶苏;倏而花,倏而实,硕大芳馥,累累满树。道士乃即树头摘赐观者,顷刻向尽。已,乃以镵伐树,丁丁良久方断。带叶荷肩头,从容徐步而去。

初道士作法时,乡人亦杂立众中,引领注目,竟忘其业。道士既去,始顾车中,则梨已空矣,方悟适所俵散皆己物也。又细视车上一靶亡,是新凿断者。心大愤恨。急迹之,转过墙隅,则断靶弃垣下,始知所伐梨本即是物也,道士不知所在。一市粲然。

异史氏曰:“乡人愦愦,憨状可掬,其见笑于市人有以哉。每见乡中称素丰者,良朋乞米,则怫然,且计曰:‘是数日之资也。’或劝济一危难,饭一茕独,则又忿然,又计曰:‘此十人五人之食也。’甚而父子兄弟,较尽锱铢。及至淫博迷心,则倾囊不吝;刀锯临颈,则赎命不遑。诸如此类,正不胜道,蠢尔乡人,又何足怪。”

劳山道士

邑有王生，行七，故家子。少慕道，闻劳山多仙人，负笈往游。登一顶，有观宇甚幽。一道士坐蒲团上，素发垂领，而神光爽迈。叩而与语，理甚玄妙。请师之，道士曰："恐娇惰不能作苦。"答言："能之。"其门人甚众，薄暮毕集，王俱与稽首，遂留观中。

凌晨，道士呼王去，授一斧，使随众采樵。王谨受教。过月余，手足重茧，不堪其苦，阴有归志。一夕归，见二人与师共酌，日已暮，尚无灯烛。师乃剪纸如镜粘壁间，俄顷月明辉室，光鉴毫芒。诸门人环听奔走。一客曰："良宵胜乐，不可不同。"乃于案上取酒壶分赉诸徒，且嘱尽醉。王自思：七八人，壶酒何能遍给？遂各觅盎盂，竞饮先釂，惟恐樽尽，而往复挹注，竟不少减。心奇之。俄一客曰："蒙赐月明之照，乃尔寂饮，何不呼嫦娥来？"乃以箸掷月中。见一美人自光中出，初不盈尺，至地遂与人等。纤腰秀项，翩翩作"霓裳舞"。已而歌曰："仙仙乎！而还乎！而幽我于广寒乎！"其声清越，烈如箫管。歌毕，盘旋而起，跃登几上，惊顾之间，已复为箸。三人大笑。又一客曰："今宵最乐，然不胜酒力矣。其饯我于月宫可乎？"三人移席，渐入月中。众视三人，坐月中饮，须眉毕见如影之在镜中。移时月渐暗，门人燃烛来，则道士独坐，而客杳矣。几上肴核尚存；壁上月，纸圆如镜而已。道士问众："饮足乎？"曰："足矣。""足，宜早寝，勿误樵苏。"众诺而退。王窃欣慕，归念遂息。

又一月，苦不可忍，而道士并不传教一术。心不能待，辞曰："弟子数百里受业仙师，纵不能得长生术，或小有传习，亦可慰求教之心。今阅两三月，不过早樵而暮归。弟子在家，未谙此苦。"道士笑曰："吾固谓不能作苦，今果然。明早当遣汝行。"王曰："弟子操作多日，师略授小技，此来为不负也。"道士问："何术之求？"王曰："每见师行处，墙壁所不能隔，但得此法足矣。"道士笑而允之。乃传一诀，令自咒毕，呼曰："入之！"王面墙不敢入。又曰："试入之。"王果从容入，及墙而阻。道士曰："俯首辄入，勿逡巡！"王果去墙数步奔而入，及墙，虚若无物，回视，果在墙外矣。大喜，入谢。道士曰："归宜洁持，否则不验。”遂助资斧遣归。

抵家，自诩遇仙，坚壁所不能阻，妻不信。王效其作为，去墙数尺，奔而入；头触硬壁，蓦然而踣。妻扶视之，额上坟起如巨卵焉。妻揶揄之。王惭忿，骂老道士之无良而已。

异史氏曰：“闻此事，未有不大笑者，而不知世之为王生者正复不少。今有伧父，喜疢毒而畏药石，遂有舐吮痈痔者，进宣威逞暴之术，以迎其旨，绐之曰：‘执此术也以往，可以横行而无碍。’初试未尝不小效，遂谓天下之大，举可以如是行矣，势不至触硬壁而颠蹶不止也。”

长清僧

长清僧道行高洁，年七十余犹健。一日颠仆不起，寺僧奔救，已圆寂矣。僧不自知死，魂飘去至河南界。河南有故绅子，率十余骑按鹰猎兔。马逸，坠毙。僧魂适值，翕然而合，遂渐苏。厮仆环问之，张目曰：“胡至此！”众扶归。入门，则粉白黛绿者，纷集顾问。大骇曰：“我僧也，胡至此！”家人以为妄，共提耳悟之。僧亦不自申解，但闭目不复有言。饷以脱粟则食，酒肉则拒。夜独宿，不受妻妾奉，数日后，忽思少步。众皆喜。既出少定，即有诸仆纷来，钱簿谷籍，杂请会计。公子托以病倦，悉谢绝之。惟问：“山东长清县知之否？”共答：“知之。”曰：“我郁无聊赖，欲往游瞩，宜即治任。”众谓：“新瘳，未应远涉。”不听，翼日遂发。

抵长清，视风物如昨。无烦问途，竟至兰若。弟子数人见贵客至，伏谒甚恭。乃问：“老僧焉往？”答云：“吾师曩已物化。”问墓所，群导以往，则三尺孤坟，荒草犹未合也。众僧不知何意。既而戒马欲归，嘱曰：“汝师戒行之僧，所遗手泽宜恪守，勿俾损坏。”众唯唯。乃行。

既归，灰心木坐，了不勾当家务。居数月，出门自遁，直抵旧寺，谓弟子曰：“我即汝师。”众疑其谬，相视而笑。乃述返魂之由，又言生平所为，悉符。众乃信，居以故榻，事之如平日。后公子家屡以舆马来哀请之，略不顾瞻。又年余，夫人遣纪纲至，多所馈遗，金帛皆却之，惟受布袍一袭而已。友人或至其乡，敬造之。见其人默然诚笃，年仅三十，而辄道其八十余年事。

异史氏曰："人死则魂散，其千里而不散者，性定故耳。余于僧，不异之乎其再生，而异之乎其入纷华靡丽之乡，而能绝人以逃世也。若眼睛一闪，而兰麝熏心，有求死而不得者矣，况僧乎哉！"

蛇 人

东郡某甲，以弄蛇为业。尝蓄驯蛇二皆青色，其大者呼之大青，小曰二青。二青额有赤点，尤灵驯，盘旋无不如意。蛇人爱之异于他蛇。期年大青死，思补其缺，未暇遑也。

一夜寄宿山寺。既明启笥，二青亦渺，蛇人怅恨欲死。冥搜亟呼，迄无影兆。然每至丰林茂草，辄纵之去，俾得自适，寻复还；以此故冀其自至。坐伺之，日既高，亦已绝望，怏怏遂行。出门数武，闻丛薪错楚中窸窣作响，停趾愕顾，则二青来也。大喜，如获拱璧。息肩路隅，蛇亦顿止。视其后，小蛇从焉。抚之曰："我以汝为逝矣。小侣而所荐耶？"出饵饲之，兼饲小蛇。小蛇虽不去，然瑟缩不敢食。二青含哺之，宛似主人之让客者。蛇人又饲之，乃食。食已，随二青俱入笥中。荷去教之旋折，辄中规矩，与二青无少异，因名之小青。衒技四方，获利无算。

大抵蛇人之弄蛇也，止以二尺为率，大则过重，辄更易之。缘二青驯，故未遽弃。又二三年，长三尺余，卧则笥为之满，遂决去之。一日至淄邑东山间，饲以美饵，祝而纵之。既去，顷之复来，蜿蜒笥外。蛇人挥曰："去之！世无百年不散之筵。从此隐身大谷，必且为神龙，笥中何可以久居也？"蛇乃去。蛇人目送之。已而复返，挥之不去，以首触笥，小青在中亦震震而动。蛇人悟曰："得毋欲别小青也？"乃发笥，小青径出，因与交首吐舌，似相告语。已而委蛇并去。方意小青不还，俄而踽踽独来，竟入笥卧。由此随在物色，迄无佳者，而小青亦渐大不可弄。后得一头亦颇驯，然终不如小青良。而小青粗于儿臂矣。

先是二青在山中，樵人多见之。又数年，长数尺，围如碗，渐出逐人,因而行旅相戒,罔敢出其途。一日蛇人经其处,蛇暴出如风,蛇人大怖而奔。蛇逐益急,回顾已将及矣。而视其首,朱点俨然,始悟为二青。下担呼曰:"二青,二青!"蛇顿止。昂首久之,纵身绕蛇人如昔弄状,觉其意殊不恶,但躯巨重,不胜其绕,仆地呼祷,乃释之。又以首触笥,蛇人悟其意,开笥出小青。二蛇相见,交缠如饴糖状,久之始开。蛇人乃祝小青曰:"我久欲与汝别,今有伴矣。"谓二青曰:"原君引之来,可还引之去。更嘱一言:深山不乏食饮,勿扰行人,以犯天谴。"二蛇垂头,似相领受。遽起,大者前,小者后,过处林木为之中分。蛇人伫立望之,不见乃去。此后行人如常,不知二蛇何往也。

异史氏曰:"蛇,蠢然一物耳,乃恋恋有故人之意,且其从谏也如转圜。独怪俨然而人也者,以十年把臂之交,数世蒙恩之主,转思下井复投石焉;又不然则药石相投,悍然不顾,且怒而仇焉者,不且出斯蛇下哉。"

斫 蟒

胡田村胡姓者,兄弟采樵,深入幽谷。遇巨蟒,兄在前为所吞,弟初骇欲奔,见兄被噬,遂怒出樵斧斫蟒首。首伤而吞不已。然头虽已没,幸肩际不能下。弟急极无计,乃两手持兄足力与蟒争,竟曳兄出。蟒亦负痛去。视兄,则鼻耳俱化,奄将气尽。肩负以行,途中凡十余息始至家。医养半年方愈。至今面目皆瘢痕,鼻耳惟孔存焉。噫!农人中乃有悌弟如此哉!或言:"蟒不为害,乃德义所感。"信然!

犬 奸

青州贾某客于外,恒经岁不归。家蓄一白犬,妻引与交,习为常。一日夫归,与妻共卧。犬突入,登榻啮贾人竟死。后里舍稍闻之,共为不平,鸣于官。官械妇,妇不肯伏,收之。命缚犬来,始取妇出。犬忽见妇,直前碎衣作交状。妇始无词。使两役解部院,一解人而一解犬。有欲观其合者,共敛钱赂役,役乃牵聚令交。所止处观者常百人,役以此网利焉。后人犬俱寸磔以死。呜呼!天地之大,真无所不有矣。然人面而兽交者,独一妇也乎哉?

异史氏为之判曰："会于濮上，古所交讥；约于桑中，人且不齿。乃某者，不堪雌守之苦，浪思苟合之欢。夜叉伏床，竟是家中牝兽；捷卿入窦，遂为被底情郎。云雨台前，乱摇续貂之尾；温柔乡里，频款曳象之腰。锐锥处于皮囊，一纵股而脱颖；留情结于镞项，甫饮羽而生根。忽思异类之交，直属匪夷之想。龙吠奸而为奸，妒残凶杀，律难治以萧曹；人非兽而实兽，奸秽淫腥，肉不食于豺虎。呜呼！人奸杀则女拟以剐；至于犬奸杀阳世遂无其刑。人不良则罚人作犬，至于犬不良阴曹应穷于法。宜支解以追魂魄，请押赴以问阎罗。"

雹　神

王公筠苍莅任楚中，拟登龙虎山谒天师。及湖，甫登舟，即有一人驾小艇来，使舟中人为通。公见之，貌修伟，怀中出天师刺，曰："闻驺从将临，先遣负弩。"公讶其预知，益神之，诚意而往。

天师治具相款。其服役者，衣冠须鬣多不类常人，前使者亦侍其侧。少间向天师细语，天师谓公曰："此先生同乡，不之识耶？"公问之。曰："此即世所传雹神李左车也。"公愕然改容。天师曰："适言奉旨雨雹，故告辞耳。"公问："何处？"曰："章丘。"公以接壤关切，离席乞免。天师曰："此上帝玉敕，雹有额数，何能相徇？"公哀不已。天师垂思良久，乃顾而嘱曰："其多降山谷，勿伤禾稼可也。"又嘱："贵客在坐，文去勿武。"神出至庭中，忽足下生烟，氤氲匝地。俄延逾刻，极力腾起，才高于庭树；又起，高于楼阁。霹雳一声，向北飞去，屋宇震动，筵器摆簸。公骇曰："去乃作雷霆耶！"天师曰："适戒之，所以迟迟，不然平地一声，便逝去矣。"

公别归，志其月日，遣人问章丘。是日果大雨雹，沟渠皆满，而田中仅数枚焉。

狐嫁女

历城殷天官，少贫，有胆略。邑有故家之第，广数十亩，楼宇连亘。常见怪异，以故废无居人。久之蓬蒿渐满，白昼亦无敢入者。会公与诸生饮，或戏云："有能寄此一宿者，共醵为筵。"公跃起曰："是亦何难!"携一席往。众送诸门,戏曰:"吾等暂候之,如有所见,当急号。"公笑云:"有鬼狐当捉证耳。"

遂入,见长莎蔽径,蒿艾如麻。时值上弦,幸月色昏黄,门户可辨。摩娑数进,始抵后楼。登月台,光洁可爱,遂止焉。西望月明,惟衔山一线耳。坐良久,更无少异,窃笑传言之讹。席地枕石,卧看牛女。一更向尽,恍惚欲寐。楼下有履声籍籍而上。假寐睨之,见一青衣人挑莲灯,猝见公,惊而却退。语后人曰:"有生人在。"下问:"谁也?"答云:"不识。"俄一老翁上,就公谛视,曰:"此殷尚书,其睡已酣。但办吾事,相公倜傥,或不叱怪。"乃相率入楼,楼门尽辟。移时往来者益众。楼上灯辉如昼。公稍稍转侧作嚏咳。翁闻公醒,乃出跪而言曰:"小人有箕帚女,今夜于归。不意有触贵人,望勿深罪。"公起,曳之曰:"不知今夕嘉礼,惭无以贺。"翁曰:"贵人光临,压除凶煞,幸矣。即烦陪坐,倍益光宠。"公喜,应之。入视楼中,陈设绮丽。遂有妇人出拜,年可四十余。翁曰:"此拙荆。"公揖之。俄闻笙乐聒耳,有奔而上者,曰:"至矣!"翁趋迎,公亦立俟。少间笼纱一簇,导新郎入。年可十七八,丰采韶秀。翁命先与贵客为礼。少年目公。公若为傧,执半主礼。次翁婿交拜,已,乃即席。少间粉黛云从,酒胾雾霈,玉碗金瓯,光映几案。酒数行,翁唤女奴请小姐来。女奴诺而入,良久不出。翁自起,搴帏促之。俄婢媪辈拥新人出,环珮璆然,麝兰散馥。翁命向上拜。起,即坐母侧。微目之,翠凤明珰,容华绝世。既而酌以金爵,大容数斗。公思此物可以持验同人,阴内袖中。伪醉隐几,颓然而寝。皆曰:"相公醉矣。"居无何,闻新郎告行,笙乐暴作,纷纷下楼而去。已而主人敛酒具,少一爵,冥搜不得。或窃议卧客。翁急戒勿语,惟恐公闻。

移时内外俱寂。公始起。暗无灯火,惟脂香酒气,充溢四堵。视东方既白,乃从容出。探袖中,金爵犹在。及门,则诸生先候,疑其夜出而早入者。公出爵示之。众骇问,公以状告。共思此物非寒士所有,乃信之。

后公举进士,任肥丘。有世家朱姓宴公,命取巨觥,久之不至。有细奴掩口与主人语,主人有怒色。俄奉金爵劝客饮。谛视之,款式雕文,与狐物更无殊别。大疑,问所从制。答云:“爵凡八只,大人为京卿时,觅良工监制。此世传物,什袭已久。缘明府辱临,适取诸箱簏,仅存其七,疑家人所窃取,而十年尘封如故,殊不可解。”公笑曰:“金杯羽化矣。然世守之珍不可失。仆有一具,颇近似之,当以奉赠。”终筵归署,拣爵驰送之。主人审视,骇绝。亲诣谢公,诘所自来,公为历陈颠末。始知千里之物,狐能摄致,而不敢终留也。

娇 娜

孔生雪笠,圣裔也。为人蕴藉,工诗。有执友令天台,寄函招之。生往,令适卒,落拓不得归,寓菩陀寺,佣为寺僧抄录。寺西百余步有单先生第,先生故公子,以大讼萧条,眷口寡,移而乡居,宅遂旷焉。

一日大雪崩腾,寂无行旅。偶过其门,一少年出,丰采甚都。见生,趋与为礼,略致慰问,即屈降临。生爱悦之,慨然从入。屋宇都不甚广,处处悉悬锦幕,壁上多古人书画。案头书一册,签曰《琅嬛琐记》。翻阅一过,皆目所未睹。生以居单第,以为第主,即亦不审官阀。少年细诘行踪,意怜之,劝设帐授徒。生叹曰:“羁旅之人,谁作曹丘者?”少年曰:“倘不以驽骀见斥,愿拜门墙。”生喜,不敢当师,请为友。便问:“宅何久锢?”答曰:“此为单府,曩以公子乡居,是以久旷。仆,皇甫氏,祖居陕。以家宅焚于野火,暂借安顿。”生始知非单。当晚谈笑甚欢,即留共榻。

昧爽,即有僮子炽炭火于室。少年先起入内,生尚拥被坐。僮入白:“太翁来。”生惊起。一叟入,鬓发皤然,向生殷谢曰:“先生不弃顽儿,遂肯赐教。小子初学涂鸦,勿以友故,行辈视之也。”已,乃进锦衣一袭,貂帽、袜、履各一事。视生盥栉已,乃呼酒荐馔。几、榻、裙、衣,不知何名,光彩射目。酒数行,叟兴辞曳杖而去。餐讫,公子呈课业,类皆古文词,并无时艺。问之,笑云:“仆不求进取也。”抵暮,更酌曰:“今夕尽欢,明日便不许矣。”呼僮曰:“视太公寝未?已寝,可暗唤香奴来。”僮去,先以绣囊将琵琶至。少顷一婢入,红妆艳绝。公子命弹《湘妃》,婢以牙拨勾动,激扬哀烈,节拍不类夙闻。又命以巨觞行酒,三更始罢。次日早起共读。公子最慧,过目成咏,二三月后,命笔警绝。相约五日一饮,每饮必招香奴。一夕酒酣气热,目注之。公子已会其意,曰:“此婢乃为老父所豢养。兄旷邈无家,我夙夜代筹久矣,行当为君谋一佳偶。”生曰:“如果惠好,必如香奴者。”公子笑曰:“君诚少所见而多所怪者矣。以此为佳,君愿亦易足也。”居半载,生欲翱翔郊郭,至门,则双扉外扃,问之,公子曰:“家君恐交游纷意念,故谢客耳。”生亦安之。

时盛暑溽热,移斋园亭。生胸间肿起如桃,一夜如碗,痛楚呻吟。公子朝夕省视,眠食俱废。又数日创剧,益绝食饮。太翁亦至,相对太息。公子曰:“儿前夜思先生清恙,娇娜妹子能疗之,遣人于外祖母处呼令归。何久不至?”俄僮入白:“娜姑至,姨与松姑同来。”父子即趋入内。少间,引妹来视生。年约十三四,娇波流慧,细柳生姿。生望见艳色,嚬呻顿忘,精神为之一爽。公子便言:“此兄良友,不啻同胞也,妹子好医之。”女乃敛羞容,揄长袖,就榻诊视。把握之间,觉芳气胜兰。女笑曰:“宜有是疾,心脉动矣。然症虽危,可治;但肤块已凝,非伐皮削肉不可。”乃脱臂上金钏安患处,徐徐按下之。创突起寸许,高出钏外,而根际余肿,尽束在内,不似前如碗阔矣。乃一手启罗衿,解佩刀,刃薄于纸,把钏握刃,轻轻附根而割,紫血流溢,沾染床席。生贪近娇姿,不惟不觉其苦,且恐速竣割事,偎傍不久。未几割断腐肉,团团然如树上削下之瘿。又呼水来,为洗割处。口吐红丸如弹大,着肉上按令旋转。才一周,觉热火蒸腾;再一周,习习作痒;三周已,遍体清凉,沁入骨髓。女收丸入咽,曰:“愈矣!”趋步出。

生跃起走谢,沉痼若失。而悬想容辉,苦不自已。自是废卷痴坐,无复聊赖。公子已窥之,曰:“弟为兄物色得一佳耦。”问:“何人?”曰:“亦弟眷属。”生凝思良久,但云:“勿须也!”面壁吟曰:“曾经沧海难为水,除却巫山不是云。”公子会其旨,曰:“家君仰慕鸿才,常欲附为婚姻。但止一少妹,齿太稚。有姨女阿松,年十八矣,颇不粗陋。如不见信,松姊日涉园亭,伺前厢可望见之。”生如其教,果见娇娜偕丽人来,画黛弯蛾,莲钩蹴凤,与娇娜相伯仲也。生大悦,求公子作伐。公子异日自内出,贺曰:“谐矣。”乃除别院,为生成礼。是夕鼓吹阗咽,尘落漫飞,以望中仙人,忽同衾幄,遂疑广寒宫殿,未必在云霄矣。合卺之后,甚惬心怀。

一夕公子谓生曰:“切磋之惠,无日可以忘之。近单公子解讼归,索宅甚急,意将弃此而西。势难复聚,因而离绪萦怀。”生愿从之而去。公子劝还乡闾,生难之。公子曰:“勿虑,可即送君行。”无何,太翁引松娘至,以黄金百两赠生。公子以左右手与生夫妇相把握,嘱闭目勿视。飘然履空,但觉耳际风鸣,久之,曰:“至矣。”启目果见故里。始知公子非人。喜叩家门,母出非望,又睹美妇,方共忻慰。及回顾,则公子逝矣。松娘事姑孝,艳色贤名,声闻遐迩。

后生举进士,授延安司李,携家之任。母以道远不行。松娘生一男名小宦。生以忤直指罢官,挂碍不得归。偶猎郊野,逢一美少年跨骊驹,频频瞻视。细看则皇甫公子也。揽辔停骖,悲喜交至。邀生去至一村,树木浓昏,荫翳天日。入其家,则金沤浮钉,宛然世家。问妹子,已嫁;岳母,已亡。深相感悼。经宿别去,偕妻同返。娇娜亦至,抱生子掇提而弄曰:“姊姊乱吾种矣。”生拜谢曩德。笑曰:“姊夫贵矣。创口已合,未忘痛耶?”妹夫吴郎亦来谒拜。信宿乃去。

一日公子有忧色,谓生曰:“天降凶殃,能相救否?”生不知何事,但锐自任。公子趋出,招一家俱入,罗拜堂上。生大骇,亟问。公子曰:“余非人类,狐也。今有雷霆之劫。君肯以身赴难,一门可望生全;不然,请抱子而行,无相累。”生矢共生死。乃使仗剑于门,嘱曰:“雷霆轰击,勿动也!”生如所教。果见阴云昼暝,昏黑如嫛。回视旧居,无复闬闳,惟见高冢岿然,巨穴无底。方错愕间,霹雳一声,摆簸山岳,急雨狂风,老树为拔。生目眩耳聋,屹不少动。忽于繁烟黑絮之中,见一鬼物,利喙长爪,自穴攫一人出,随烟直上。瞥睹衣履,念似娇娜。乃急跃离地,以剑击之,随手堕落。忽而崩雷暴裂,生仆遂毙。

少间晴霁,娇娜已能自苏。见生死于旁,大哭曰:“孔郎为我而死,我何生矣!”松娘亦出,共舁生归。娇娜使松娘捧其首,兄以金簪拨其齿,自乃撮其颐,以舌度红丸入,又接吻而呵之。红丸随气入喉,格格作响,移时豁然而苏。见眷口,恍如梦悟。于是一门团圆,惊定而喜。生以幽旷不可久居,议同旋里。满堂交赞,惟娇娜不乐。生请与吴郎俱,又虑翁媪不肯离幼子。终日议不果。忽吴家一小奴,汗流气促而至。惊致研诘,则吴郎家亦同日遭劫,一门俱没。娇娜顿足悲伤,涕不可止。共慰劝之。而同归之计遂决。

生入城,勾当数日,遂连夜趣装。既归以闲园寓公子,恒反关之;生及松娘至,始发扃。生与公子兄妹,棋酒谈宴若一家然。小宦长成,貌韶秀,有狐意。出游都市,共知为狐儿也。

异史氏曰:"余于孔生,不羡其得艳妻,而羡其得腻友也。观其容,可以疗饥;听其声,可以解颐。得此良友,时一谈宴,则'色授魂与',尤胜于'颠倒衣裳'矣"。

僧　孽

张某暴卒,随鬼使去见冥王。王稽簿,怒鬼使误捉,责令送归。张下,私浼鬼使求观冥狱。鬼导历九幽,刀山、剑树,一一指点。末至一处,有一僧扎股穿绳而倒悬之,号痛欲绝。近视则其兄也。张见之惊哀,问:"何罪至此?"鬼曰:"是为僧,广募金钱,悉供淫赌,故罚之。欲脱此厄,须其自忏。"张既苏,疑兄已死。

时其兄居兴福寺,因往探之。入门便闻其号痛声。入室,见疮生股间,脓血崩溃,挂足壁上,宛然冥司倒悬状。骇问其故。曰:"挂之稍可,不则痛彻心腑。"张因告以所见。僧大骇,乃戒荤酒,虔诵经咒。半月寻愈。遂为戒僧。

异史氏曰:"鬼狱茫茫,恶人每以自解,而不知昭昭之祸,即冥冥之罚也。可勿惧哉!"

妖　术

于公者,少任侠,喜拳勇,力能持高壶作旋风舞。崇祯间,殿试在都,仆疫不起,患之。会市上有善卜者,能决人生死,将代问之。

既至未言,卜者曰:"君莫欲问仆病乎?"公骇应之。曰:"病者无害,君可危。"公乃自卜,卜者起卦,愕然曰:"君三日当死!"公惊诧良久。卜者从容曰:"鄙人有小术,报我十金,当代禳之。"公自念生死已定,术岂能解,不应而起,欲出。卜者曰:"惜此小费,勿悔!勿悔!”爱公者皆为公惧,劝罄橐以哀之。公不听。

倏忽至三日,公端坐旅舍,静以觇之,终日无恙。至夜,阖户挑灯,倚剑危坐。一漏向尽,更无死法。意欲就枕,忽闻窗隙窣窣有声。急视之,一小人荷戈入,及地则高如人。公捉剑起急击之,飘忽未中。遂遽小,复寻窗隙,意欲遁去。公疾斫之,应手而倒。烛之,则纸人,已腰断矣。公不敢卧,又坐待之。逾时一物穿窗入,怪狞如鬼。才及地,急击之,断而为两,皆蠕动。恐其复起,又连击之,剑剑皆中,其声不软。审视则土偶,片片已碎。

于是移坐窗下,目注隙中。久之,闻窗外如牛喘。有物推窗棂,房壁震摇,其势欲倾。公惧覆压,计不如出而斗,遂划然脱扃,奔而出。见一巨鬼,高与檐齐;昏月中见其面黑如煤,眼闪烁有黄光;上无衣,下无履,手弓而腰矢。公方骇,鬼则弯矣。公以剑拨矢,矢堕。欲击之,则又弯矣。公急跃避,矢贯于壁,战战有声。鬼怒甚;拔佩刀,挥如风,望公力劈。公猱进,刀中庭石,石立断。公出其股间,削鬼中踝,铿然有声。鬼益怒,吼如雷,转身复剁。公又伏身入,刀落,断公裙。公已及胁下,猛斫之,亦铿然有声,鬼仆而僵。公乱击之,声硬如柝。烛之则一木偶,高大如人。弓矢尚缠腰际,刻画狰狞;剑击处,皆有血出。公因秉烛待旦。方悟鬼物皆卜人遣之,欲致人于死,以神其术也。

次日,遍告交知,与共诣卜所。卜人遥见公,瞥不可见。或曰:“此翳形术也,犬血可破。”公如其言,戒备而往。卜人又匿如前。急以犬血沃立处,但见卜人头面,皆为犬血模糊,目灼灼如鬼立。乃执付有司而杀之。

异史氏曰:“尝谓买卜为一痴。世之讲此道而不爽于生死者几人?卜之而爽,犹不卜也。且即明明告我以死期之至,将复如何?况借人命以神其术者,其可畏不尤甚耶!”

野 狗

于七之乱,杀人如麻。乡民李化龙,自山中窜归。值大兵宵进,恐罹炎昆之祸,急无所匿,僵卧于死人之丛诈作尸。兵过既尽,未敢遽出。忽见阙头断臂之尸,起立如林。内一尸断首犹连肩上,口中作语曰:“野狗子来,奈何?”群尸参差而应曰:“奈何!”俄顷蹶然尽倒,遂无声。

李方惊颤欲起,有一物来,兽首人身,伏啮人首,遍吸其脑。李惧,匿首尸下。物来拨李肩,欲得李首。李力伏,俾不可得。物乃推覆尸而移之,首见。李大惧,手索腰下,得巨石如碗,握之。物俯身欲龁,李骤起大呼,击其首,中嘴。物嗥如鸱,掩口负痛而奔,吐血道上。就视之,于血中得二齿,中曲而端锐,长四寸余。怀归以示人,皆不知其何物也。

三 生

刘孝廉,能记前身事。自言一世为搢绅,行多玷。六十二岁而殁,初见冥王,待如乡先生礼,赐坐,饮以茶。觑冥王盏中茶色清澈,己盏中浊如醪。暗疑迷魂汤得勿此乎?乘冥王他顾,以盏就案角泻之,伪为尽者。

俄顷稽前生恶录,怒命群鬼捽下,罚作马。即有厉鬼絷去。行至一家,门限甚高,不可逾。方趑趄间,鬼力楚之,痛甚而蹶。自顾,则身已在枥下矣。但闻人曰:“骊马生驹矣,牡也。”心甚明了,但不能言。觉大馁,不得已,就牝马求乳。逾四五年间,体修伟。甚畏挞楚,见鞭则惧而逸。主人骑,必覆障泥,缓辔徐徐,犹不甚苦;惟奴仆圉人,不加鞯装以行,两踝夹击,痛彻心腑。于是愤甚,三日不食,遂死。

至冥司,冥王查其罚限未满,责其规避,剥其皮革,罚为犬。意懊丧不欲行。群鬼乱挞之,痛极而窜于野。自念不如死,愤投绝壁,颠莫能起。

自顾则身伏窦中,牝犬舐而腓字之,乃知身已复生于人世矣。稍长,见便液亦知秽,然嗅之而香,但立念不食耳。为犬经年,常忿欲死,又恐罪其规避。而主人又豢养不肯戮。乃故啮主人脱股肉,主人怒,杖杀之。

冥王鞫状,怒其狂猘,笞数百,俾作蛇。囚于幽室,暗不见天。闷甚,缘壁而上,穴屋而出。自视则身伏茂草,居然蛇矣。遂矢志不残生类,饥吞木实。积年余,每思自尽不可,害人而死又不可,欲求一善死之策而未得也。一日卧草中,闻车过,遽出当路,车驰压之,断为两。

冥王讶其速至,因蒲伏自剖。冥王以无罪见杀原之,准其满限复为人,是为刘公。公生而能言,文章书史,过辄成诵。辛酉举孝廉。每劝人:乘马必厚其障泥;股夹之刑,胜于鞭楚也。

异史氏曰:“毛角之俦,乃有王公大人在其中。所以然者,王公大人之内,原未必无毛角者在其中也。故贱者为善,如求花而种其树;贵者为善,如已花而培其本:种者可大,培者可久。不然,且将负盐车,受羁馽,与之为马。不然,且将啖便液,受烹割,与之为犬。又不然,且将披鳞介,葬鹤鹳,与之为蛇。”

狐入瓶

万村石氏之妇祟于狐,患之而不能遣。扉后有瓶,每闻妇翁来,狐辄遁匿其中。妇窥之熟,暗计而不言。一日窜入,妇急以絮塞瓶口,置釜中,燂汤而沸之。瓶热,狐呼曰:“热甚!勿恶作剧。”妇不语,号益急,久之无声。拔塞而验之,毛一堆,血数点而已。

鬼哭

谢迁之变,宦第皆为贼窟。王学使七襄之宅,盗聚尤众。城破兵入,扫荡群丑,尸填墀,血至充门而流。公入城,扛尸涤血而居。往往白昼见鬼,夜则床下磷飞,墙角鬼哭。一日王生皞迪寄宿公家,闻床底小声连呼:“皞迪!”已而声渐大,曰:“我死得苦!”因哭,满庭皆哭。公闻,仗剑而入,大言曰:“汝不识我王学院耶?”但闻百声嗤嗤,笑之以鼻。公于是设水陆道场,命释道忏度之。夜抛鬼饭,则见磷火荧荧,随地皆出。先是,阍人王姓者疾笃,昏不知人事者数日矣。是夕,忽欠伸若醒,妇以食进。王曰:“适主人不知何事,施饭于庭,我亦随众啖噉。食已方归,故不饥耳。”由此鬼怪遂绝。岂钹铙钟鼓,焰口瑜伽,果有益耶?

异史氏曰:“邪怪之物,惟德可以已之。当陷城之时,王公势正烜赫,闻声者皆股栗,而鬼且揶揄之。想鬼物逆知其不令终耶? 普告天下大人先生:出人面犹不可以吓鬼,愿无出鬼面以吓人也!”

真定女

真定界有孤女,方六七岁,收养于夫家。相居二三年,夫诱与交而孕。腹膨膨而以为病,告之母。母曰:“动否?”曰:“动。”又益异之。然以其齿太稚不敢决。未几生男。母叹曰:“不图拳母,竟生锥儿!”

焦 螟

董侍读默庵家为狐所扰,瓦砾砖石,忽如雹落,家人相率奔匿,待其间歇,乃敢出操作。公患之,假作庭孙司马第移避之。而狐扰犹故。

一日朝中待漏,适言其异。大臣或言关东道士焦螟居内城,总持敕勒之术,颇有效。公造庐而请之。道士朱书符,使归粘壁上。狐竟不惧,抛掷有加焉。公复告道士。道士怒,亲诣公家,筑坛作法。俄见一巨狐伏坛下,家人受虐已久,衔恨綦甚,一婢近击之,婢忽仆地气绝。道士曰:“此物猖獗,我尚不能遽服之,女子何轻犯尔尔。”既而曰:“可借鞫狐词亦得。”戟指咒移时,婢忽起长跪。道士诘其里居。婢作狐言:“我西域产,入都者十八辈。”道士曰:“辇毂下,何容尔辈久居? 可速去!”狐不答。道士击案怒曰:“汝欲梗吾令耶? 再若迁延,法不汝宥!”狐乃蹙怖作色,愿谨奉教。道士又速之。婢又仆绝,良久始苏。俄见白块四五团,滚滚如球附檐际而行,次第追逐,顷刻俱去。由是遂安。

叶 生

淮阳叶生者,失其名字。文章词赋,冠绝当时,而所遇不偶,困于名场。会关东丁乘鹤来令是邑,见其文,奇之,召与语,大悦。使即官署受灯火,时赐钱谷恤其家。值科试,公游扬于学使,遂领冠军。公期望綦切,闱后索文读之,击节称叹。不意时数限人,文章憎命,及放榜时,依然铩羽。生嗒丧而归,愧负知己,形销骨立,痴若木偶。公闻,召之来而慰之;生零涕不已。公怜之,相期考满入都,携与俱北。生甚感佩。辞而归,杜门不出。无何寝疾。公遗问不绝,而服药百裹,殊罔所效。

公适以忤上官免,将解任去。函致之,其略云:"仆东归有日,所以迟迟者,待足下耳。足下朝至,则仆夕发矣。"传之卧榻。生持书啜泣,寄语来使:"疾革难遽瘥,请先发。"使人返白。公不忍去,徐待之。

逾数日,门者忽通叶生至。公喜,迎而问之。生曰:"以犬马病,劳夫子久待,万虑不宁。今幸可从杖履。"公乃束装戒旦。抵里,命子师事生,夙夜与俱。公子名再昌,时年十六,尚不能文。然绝慧,凡文艺三两过,辄无遗忘。居之期岁,便能落笔成文。益之公力,遂入邑庠。生以生平所拟举业悉录授读,闱中七题,并无脱漏,中亚魁。公一日谓生曰:"君出余绪,遂使孺子成名。然黄钟长弃若何!"生曰:"是殆有命!借福泽为文章吐气,使天下人知半生沦落,非战之罪也,愿亦足矣。且士得一人知己无可憾,何必抛却白纻,乃谓之利市哉!"公以其久客,恐误岁试,劝令归省。生惨然不乐,公不忍强,嘱公子至都为之纳粟。公子又捷南宫,授部中主政,携生赴监,与共晨夕。逾岁,生入北闱,竟领乡荐。会公子差南河典务,因谓生曰:"此去离贵乡不远。先生奋迹云霄,锦还为快。"生亦喜。择吉就道,抵淮阳界,命仆马送生归。

见门户萧条,意甚悲恻。逡巡至庭中,妻携簸具以出,见生,掷具骇走。生凄然曰:"今我贵矣!三四年不觌,何遂顿不相识?"妻遥谓曰:"君死已久,何复言贵?所以久淹君柩者,以家贫子幼耳。今阿大亦已成立,将卜窀穸,勿作怪异吓生人。"生闻之,怃然惆怅。逡巡入室,见灵柩俨然,扑地而灭。妻惊视之,衣冠履舄如蜕委焉。大恸,抱衣悲哭。子自塾中归,见结驷于门,审所自来,骇奔告母。母挥涕告诉。又细询从者,始得颠末。从者返,公子闻之,涕堕垂膺,即命驾哭诸其室;出橐为营丧,葬以孝廉礼。又厚遗其子,为延师教读。言于学使,逾年游泮。

异史氏曰:“魂从知己竟忘死耶？闻者疑之,余深信焉。同心倩女,至离枕上之魂;千里良朋,犹识梦中之路。而况茧丝蝇迹,吐学士之心肝;流水高山,通我曹之性命者哉！嗟乎！遇合难期,遭逢不偶。行踪落落,对影长愁;傲骨嶙嶙,搔头自爱。叹面目之酸涩,来鬼物之揶揄。频居康了之中,则须发之条条可丑;一落孙山之外,则文章之处处皆疵。古今痛哭之人,卞和惟尔;颠倒逸群之物,伯乐伊谁？抱刺于怀,三年灭字,侧身以望,四海无家。人生世上,只须合眼放步,以听造物之低昂而已。天下之昂藏沦落如叶生者,亦复不少,顾安得令威复来而生死从之也哉？噫!”

四十千

新城王大司马有主计仆,家称素封。忽梦一人奔入,曰:“汝欠四十千,今宜还矣。”问之不答,径入内去。既醒,妻产男。知为夙孽,遂以四十千捆置一室,凡儿衣食病药皆取给焉。过三四岁,视室中钱仅存七百。适乳媪抱儿至,调笑于侧,仆呼之曰:“四十千将尽,汝宜行矣!”言已,儿忽颜色蹙变,项折目张;再抚之,气已绝矣。乃以余资置葬具而瘗之。此可为负欠者戒也。

昔有老而无子者问诸高僧。僧曰:“汝不欠人者,人又不欠汝者,乌得子?”盖生佳儿所以报我之缘,生顽儿所以取我之债。生者勿喜,死者勿悲也。

成 仙

文登周生与成生少共笔砚,遂订为杵臼交。而成贫,故终岁依周。论齿则周为长,呼周妻以嫂。节序登堂如一家焉。周妻生子,产后暴卒,继聘王氏,成以少故,未尝请见之。一日王氏弟来省姊,宴于内寝。成适至,家人通白,周坐命邀之,成不入,辞去。周追之而还,移席外舍。

甫坐,即有人白别业之仆为邑宰重笞者。先是,黄吏部家牧佣,牛蹊周田,以是相诟。牧佣奔告主,捉仆送官,遂被笞责。周因诘得其故,大怒曰:“黄家牧猪奴何敢尔！其先世为大父服役;促得志,乃无人耶!”气填吭臆,忿而起,欲往寻黄。成捺而止之,曰:“强梁世界,原无皂白。况今日官宰,半强寇不操矛弧者耶?”周不听。成谏止再三,至泣下,周乃止。怒终不释,转侧达旦,谓家人曰:“黄家欺我,我仇也,姑置之,邑令朝廷官,非势家官,纵有互争,亦须两造,何至如狗之随嗾者?我亦呈治其佣,视彼将何处分。”家人悉怂恿之,计遂决。以状赴宰,宰裂而掷之。周怒,语侵宰。宰惭恚,因逮系之。

辰后,成往访周,始知入城讼理。急奔劝止,则已在囹圄矣。顿足无所为计。时获海寇三名,宰与黄赂嘱之,使捏周同党。据词申黜顶衣,搒掠酷惨。成入狱,相顾凄酸。谋叩阙。周曰:“身系重犴,如鸟在笼,虽有弱弟,止堪供囚饭耳。”成锐身自任,曰:“是予责也。难而不急,乌用友也!”乃行。周弟赆之,则去已久矣。至都,无门入控。相传驾将出猎,成预隐木市中。俄驾过,伏舞哀号,遂得准。驿送而下,着部院审奏。时阅十月余,周已诬服论辟。院接御批,大骇,复提躬谳。黄亦骇,谋杀周。因赂监,绝其饮食,弟来馈问,苦禁拒之。成又为赴院声屈,始蒙提问,业已饥饿不起。院台怒,杖毙监者。黄大怖,纳数千金,嘱为营脱,以是得朦胧题免。宰以枉法拟流。

周放归,益肝胆成。成自经讼系,世情灰冷,招周偕隐。周溺少妇,辄迂笑之。成虽不言,而意甚决。别后数日不至。周使探诸其家,家人方疑其在周所;两无所见,始疑。周心知其异,遣人踪迹之,寺观岩壑,物色殆遍。时以金帛恤其子。

又八九年,成忽自至,黄巾氅服,岸然道貌。周喜把臂曰:“君何往,使我寻欲遍?”成笑曰:“孤云野鹤,栖无定所。别后幸复顽健。”周命置酒,略通间阔,欲为变易道装。成笑不语。周曰:“愚哉!何弃妻孥犹敝屣也?”成笑曰:“不然。人将弃予,其何人之能弃。”问所栖止,答在劳山上清宫。既而抵足寝,梦成裸伏胸上,气不得息。讶问何为,殊不答。忽惊而寤,呼成不应。坐而索之,杳然不知所往。定移时,始觉在成榻,骇曰:“昨不醉,何颠倒至此耶!”乃呼家人。家人火之,俨然成也。周固多髭,以手自捋,则疏无几茎。取镜自照,讶曰:“成生在此,我何往?”已而大悟,知成以幻术招隐。意欲归内,弟以其貌异,禁不听前。周亦无以自明,即命仆马往寻成。

数日入劳山,马行疾,仆不能及。休止树下,见羽客往来甚众。内一道人目周,周因以成问。道士笑曰:“耳其名矣,似在上清。”言已径去。周目送之,见一矢之外,又与一人语,亦不数言而去。与言者渐至,乃同社生。见周,愕曰:“数年不晤,人以君学道名山,今尚游戏人间耶?”周述其异。生惊曰:“我适遇之而以为君也。去无几时,或亦不远。”周大异,曰:“怪哉!何自己面目觌面而不之识?”仆寻至,急驰之,竟无踪兆。一望寥阔,进退难以自主。自念无家可归,遂决意穷追。而怪险不复可骑,遂以马付仆归,迤逦自往。遥见一童独立,趋近问程,且告以故。童自言为成弟子,代荷衣粮,导与俱行。星饭露宿,逴行殊远。三日始至,又非世之所谓上清。时十月中,山花满路,不类初冬。童入报,成即出,始认己形。执手而入,置酒宴语。见异彩之禽,驯人不惊,声如笙簧,时来鸣于座上,心甚异之。然尘俗念切,无意留连。地下有蒲团二,曳与并坐。至二更后,万虑俱寂,忽似瞥然一盹,身觉与成易位。疑之,自捋颔下,则于思者如故矣。

既曙,浩然思返。成固留之。越三日,乃曰:“乞少寐息,早送君行。”甫交睫,闻成呼曰:“行装已具矣。”遂起从之。所行殊非旧途。觉无几时,里居已在望中。成坐候路侧,俾自归。周强之不得,因踽踽至家门,叩不能应,思欲越墙,觉身飘似叶,一跃已过。凡逾数重垣,始抵卧室,灯烛荧然,内人未寝,哝哝与人语。舐窗一窥,则妻与一厮仆同杯饮,状甚狎亵。于是怒火如焚,计将掩执,又恐孤力难胜。遂潜身脱扃而出,奔告成,且乞为助。成慨然从之,直抵内寝。周举石挝门,内张皇甚。擂愈急,内闭益坚。成拨以剑,划然顿辟。周奔入,仆冲户而走。成在门外,以剑击之,断其肩臂。周执妻拷讯,乃知被收时即与仆私。周借剑决其首,罥肠庭树间,乃从成出,寻途而返。

蓦然忽醒,则身在卧榻,惊而言曰:“怪梦参差,使人骇惧!”成笑曰:“梦者兄以为真,真者乃以为梦。”周愕而问之。成出剑示之,溅血犹存。周惊怛欲绝,窃疑成诪张为幻。成知其意,乃促装送之归。荏苒至里门,乃曰:“畴昔之夜,倚剑而相待者非此处耶!吾厌见恶浊,请还待君于此。如过晡不来,予自去。”周至家,门户萧索,似无居人。还入弟家。弟见兄,双泪交坠,曰:“兄去后,盗夜杀嫂,刳肠去,酷惨可悼。于今官捕未获。”周如梦醒,因以情告,戒勿究。弟错愕良久。周问其子,乃命老妪抱至。周曰:“此襁褓物,宗绪所关,弟善视之。兄欲辞人世矣。”遂起径去。弟涕泗追挽,笑行不顾。至野外见成,与俱行。遥回顾,曰:“忍事最乐。”弟欲有言,成阔袖一举,即不可见。怅立移时,痛哭而返。

周弟朴拙,不善治家人生产,居数年,家益贫;周子渐长,不能延师,因自教读。一日早至斋,见案头有函书,缄封甚固,签题“仲氏启”,审之为兄迹。开视则虚无所有,只见爪甲一枚,长二指许,心怪之。以甲置砚上,出问家人所自来,并无知者。回视,则砚石灿灿,化为黄金,大惊。以试铜铁皆然。由此大富。以千金赐成氏子,因相传两家有点金术云。

新 郎

江南梅孝廉耦长,言其乡孙公为德州宰,鞫一奇案:

初,村人有为子娶妇者,新人入门,戚里毕贺。饮至更余,新郎出,见新妇炫装,趋转舍后,疑而尾之。宅后有长溪。小桥通之。见新妇渡桥径去,益疑。呼之不应。遥以手招婿,婿急趁之。相去盈尺,而卒不可及。行数里,入村落。妇止,谓婿曰:“君家寂寞,我不惯住。请与郎暂居妾家数日,便同归省。”言已,抽簪叩扉轧然,有女童出应门。妇先入,不得已从之。既入,则岳父母俱在堂上,谓婿曰:“我女少娇惯,未尝一刻离膝下,一旦去故里,心辄戚戚。今同郎来,甚慰系念。居数日,当送两人归。”乃为除室,床褥备具,遂居之。

家中客见新郎久不至,共索之。室中惟新妇在,不知婿之何往。由是遐迩访问,并无耗息。翁媪零涕,谓其必死。将半载,妇家悼女无偶,遂请于村人父,欲别醮女。村人父益悲,曰:“骸骨衣裳,无所验证,何知吾儿遂为异物!纵其奄丧,周岁而嫁,当亦未晚,胡为如是急耶!”妇父益衔之,讼于庭。孙公怪疑,无所措力,断令待以三年,存案,遣去。

村人子居女家,家人亦大相忻待。每与妇议归,妇亦诺之,而因循不即行。积半年余,中心徘徊,万虑不安。欲独归,而妇固留之。一日合家遑遽,似有急难。仓卒谓婿曰:"本拟三二日遣夫妇偕归,不意仪装未备,忽遘闵凶。不得已先送郎还。"于是送出门,旋踵即返,周旋言动,颇甚草草。方欲觅途,回视院宇无存,但见高冢,大惊。寻路急归至家,历述端末,因与投官陈诉。孙公拘妇父谕之,送女于归,使合卺焉。

灵 官

朝天观道士某喜吐纳之术,有翁假寓观中,适同所好,遂为玄友。居数年,每至郊祭时,辄先旬日而去,郊后乃返。道士疑而问之。翁曰:"我两人莫逆,可以实告,我狐也。郊期至,则诸神清秽,我无所容,故行遁耳。"

又一年及期而去,久不复返,疑之。一日忽至,因问其故。答曰:"我几不复见子矣!曩欲远避,心颇怠,视阴沟甚隐,遂潜伏卷瓮下。不意灵官粪除至此,瞥为所睹,愤欲加鞭,余惧而逃。灵官追逐甚急。至黄河上,濒将及矣。大窘无计,窜伏溷中。神恶其秽,始返身去。既出,臭恶沾染,不可复游人世。乃投水自濯讫,又蛰隐穴中凡百日,垢浊始净。今来相别,兼以致嘱,君亦宜隐身他去,大劫将来,此非福地也。"言已辞去,道士依言别徙。未几而有甲申之变。

王 兰

利津王兰暴病死,阎王覆勘,乃鬼卒之误勾也。责送还生,则尸已败。鬼惧罪,谓王曰:"人而鬼也则苦,鬼而仙也则乐。苟乐矣,何必生?"王以为然。鬼曰:"此处一狐金丹成矣,窃其丹吞之,则魂不散,可以长存。但凭所之,无不如意。子愿之否?"王从之。鬼导去,入一高第,见楼阁渠然,而悄无一人。有狐在月下,仰首望空际。气一呼,有丸自口中出,直上入月中;一吸复落,以口承之,则又呼之,如是不已。鬼潜伺其侧,俟其吐,急掇于手,付王吞之。狐惊,盛气相向。见二人在,恐不敌,愤恨而去。

王与鬼别,至其家,妻子见之,咸惧却走。王告以故,乃渐集。由此在家寝处如平时。其友张某者闻而省之,相见话温凉。因谓张曰:"我与若家世夙贫,今有术可以致富,子能从我游乎?"张唯唯。王曰:"我能不药而医,不卜而断。我欲现身,恐识我者相惊怪,附子而行可乎?"张又唯唯。于是即日趋装,至山西界。遇富室有女,得暴疾,眩然瞀瞑,前后药禳既穷。张造其庐,以术自炫。富翁止此女,甚珍惜之,能医者愿以千金相酬报。张请视之,从翁入室,见女瞑卧,启其衾,抚其体,女昏不觉。王私告张曰:"此魂亡也,当为觅之。"张乃告翁:"病虽危,可救。"问:"需何药?"俱言:"不须。女公子魂离他所,业遣神觅之矣。"约一时许,王忽来,具言已得。张乃请翁再入,又抚之。少顷女欠伸,目遽张。翁大喜,抚问。女言:"向戏园中,见一少年郎,挟弹弹雀,数人牵骏马,从诸其后。急欲奔避,横被阻止。少年以弓授儿,教儿弹。方羞诃之,便携儿马上,累骑而行。笑曰:'我乐与子戏,勿羞也。'数里入山中,我马上号且骂,少年怒,推堕路旁,欲归无路。适有一人捉儿臂,疾若驰,瞬息至家,忽若梦醒。"翁神之,果贻千金。王夜与张谋,留二百金作路用,余尽摄去,款门而付其子。又命以三百馈张氏,乃复还。次日与翁别,不见金藏何所,益奇之,厚礼而送之。

逾数日,张于郊外遇同乡人贺才。才饮赌不事生业,其贫如丐。闻张得异术,获金无算,因奔寻之。王劝,薄赠令归。才不改故行,旬日荡尽,将复寻张。王已知之,曰:"才狂悖不可与处,只宜赂之使去,纵祸犹浅。"逾日才果至,强从与俱。张曰:"我固知汝复来。日事酗赌,千金何能满无底窦?诚改若所为,我百金相赠。"才诺之,张泻囊授之。才去,以百金在橐,赌益豪;益之狭邪游,挥洒如土。邑中捕役疑而执之,质于官,拷掠酷惨。才实告金所自来。乃遣隶押才捉张。创剧,毙于途。魂不忘于张,复往依之,因与王会。一日聚饮于烟墩,才大醉狂呼,王止之不听。适巡方御史过,闻呼搜之,获张。张惧,以实告。御史怒,笞而牒于神。夜梦金甲人告曰:"查王兰无辜而死,今为鬼仙。医亦神术,不可律以妖魅。今奉帝命,授为清道使。贺才邪荡,已罚窜铁围山。张某无罪,当宥之。"御史醒而异之,乃释张。张制装旋里。囊中存数百金,敬以一半送王家。王氏子孙以此致富焉。

鹰虎神

郡城东岳庙在南郭。大门左右,神高丈余,俗名“鹰虎神”,狰狞可畏。庙中道士任姓,每鸡鸣辄起焚诵。有偷儿预匿廊间,伺道士起,潜入寝室,搜括财物。奈室无长物,惟于荐底得钱三百纳腰中,拔关而出,将登千佛山。南窜许时,方至山下。见一巨丈夫自山上来,左臂苍鹰,适与相遇。近视之,面铜青色,依稀似庙门中所习见者。大恐,蹲伏而战。神诧曰:“盗钱安往?”偷儿益惧,叩不已。神揪令还入庙,使倾所盗钱跪守之。道士课毕,回顾骇愕。盗历历自述。道士收其钱而遣之。

王 成

王成,平原故家子。性最懒,生涯日落,惟剩破屋数间,与妻卧牛衣中,交谪不堪。

时盛夏燠热。村外故有周氏园,墙宇尽倾,惟存一亭。村人多寄宿其中,王亦在焉。既晓睡者尽去,红日三竿王始起,逡巡欲归。见草际金钗一股,拾视之,镌有细字云:“仪宾府制。”王祖为衡府仪宾,家中故物,多此款式,因把钗踌躇。欻一妪来寻钗。王虽贫,然性介,遽出授之。妪喜,极赞盛德,曰:“钗值几何,先夫之遗泽也。”问:“夫君伊谁?”答云:“故仪宾王柬之也。”王惊曰:“吾祖也,何以相遇?”妪亦惊曰:“汝即王柬之之孙耶!我乃狐仙。百年前与君祖缱绻,君祖殁,老身遂隐。过此遗钗,适入子手,非天数耶!”王亦曾闻祖有狐妻,信其言,便邀临顾。妪从之。

王呼妻出见,负败絮,菜色黯焉。妪叹曰:“嘻!王柬之之孙,乃一贫至此哉!”又顾败灶无烟,曰:“家计若此,何以聊生?”妻因细述贫状,呜咽饮泣。妪以钗授妇,使姑质钱市米,三日外请复相见。王挽留之。妪曰:“汝一妻犹不能存活,我在,仰屋而居,复何裨益?”遂径去。王为妻言其故,妻大怖。王诵其义,使姑事之,妻诺。逾三日果至,出数金籴粟麦各一石。夜与妇宿短榻。妇初惧之,然察其意殊拳拳,遂不之疑。

翌日谓王曰:“孙勿惰,宜操小生业,坐食乌可长也!”王告以无资。妪曰:“汝祖在时,金帛凭所取。我以世外人无需是物,故未尝多取。积花粉之金四十两,至今犹存。久贮亦无所用,可将去悉以市葛,刻日赴都,可得微息。”王从之,购五十余端以归。妪命趋装,计六七日可达燕都。嘱曰:“宜勤勿惰,宜急勿缓,迟之一日,悔之已晚!”王敬诺,囊货就路。中途遇雨,衣履浸濡。王生平未历风霜,委顿不堪,因暂休旅舍。不意淙淙彻暮,檐雨如绳,过宿泞益甚。见往来行人践淖没胫,心畏苦之。待至亭午始渐燥,而阴云复合,雨又滂沱。信宿乃行。将近京,传闻葛价翔贵,心窃喜。入都解装客店,主人深惜其晚。先是,南道初通,葛至绝少。贝勒府购致甚急,价顿昂,较常可三倍。前一日方购足,后来者并皆失望。主人以故告王。王郁郁不乐。越日葛至愈多,价益下,王以无利不肯售。迟十余日,计食耗烦多,倍益忧闷。主人劝令贱卖,改而他图。从之,亏资十余两,悉脱去。早起将作归计,起视囊中,则金亡矣。惊告主人,主人无所为计。或劝鸣官,责主人偿。王叹曰:“此我数也,于主人何干?”主人闻而德之,赠金五两慰之使归。

自念无以见祖母,蹀躞内外,进退维谷。适见斗鹑者,一赌数千;每市一鹑,恒百钱不止。意忽动,计囊中资仅足贩鹑,以商主人,主人亟怂恿之。且约假寓饮食,不取其值。王喜,遂行。购鹑盈儋,复入都。主人喜,贺其速售。至夜,大雨彻曙,天明衢水如河,淋零犹未休也。居以待晴,连绵数日,更无休止。起视笼中鹑渐死。王大惧,不知计之所出。越日死愈多,仅余数头,并一笼饲之。经宿往窥,则一鹑仅存。因告主人,不觉涕堕,主人亦为扼腕。王自度金尽罔归,但欲觅死,主人劝慰之。共往视鹑,审谛之曰:“此似英物。诸鹑之死,未必非此之斗杀之也。君暇亦无事,请把之,如其良也,赌亦可以谋生。”王如其教。

既驯,主人令持向街头赌酒食。鹑健甚,辄赢。主人喜,以金授王,使复与子弟决赌,三战三胜。半年蓄积二十金,心益慰,视鹑如命。

先是大亲王好鹑，每值上元，辄放民间把鹑者入邸相角。主人谓王曰："今大富宜可立致，所不可知者在子之命矣。"因告以故，导与俱往。嘱曰："脱败则丧气出耳。倘有万分一鹑斗胜，王必欲市之，君勿应；如固强之，惟予首是瞻，待首肯而后应之。"王曰："诺。"至邸，则鹑人肩摩于墀下。顷之，王出御殿。左右宣言："有愿斗者上。"即有一人把鹑趋而进。王命放鹑，客亦放。略一腾踔，客鹑已败。王大笑。俄顷登而败者数人。主人曰："可矣。"相将俱登。王相之，曰："睛有怒脉，此健羽也，不可轻敌。"命取铁喙者当之。一再腾跃，而王鹑铩羽。更选其良，再易再败。王急命取宫中玉鹑。片时把出，素羽如鹭，神骏不凡。王成意馁，跪而求罢，曰："大王之鹑神物也，恐伤吾禽，丧吾业矣。"王笑曰："纵之，脱斗而死，当厚尔偿。"成乃纵之。玉鹑直奔之。而玉鹑方来，则伏如怒鸡以待之。玉鹑健啄，则起如翔鹤以击之。进退颉颃，相持约一伏时，玉鹑渐懈，而其怒益烈，其斗益急。未几，雪毛摧落，垂翅而逃。观者千人，罔不叹羡。王乃索取而亲把之，自喙至爪，审周一过，问成曰："鹑可货否？"答曰："小人无恒产，与相依为命，不愿售也。"王曰："赐尔重值，中人之产可致。颇愿之乎？"成俯思良久，曰："本不乐置；顾大王既爱好之，苟使小人得衣食业，又何求？"王问直，答以千金。王笑曰："痴男子！此何珍宝而千金直也？"成曰："大王不以为宝，臣以为连城之璧不过也。"王曰："如何？"曰："小人把向市中，日得数金，易升斗粟，一家十余口食指无冻馁，是何宝如之？"王曰："予不相亏，便与二百金。"成摇首。又增百数。成目视主人，主人色不动。乃曰："承大王命，请减百价。"王曰："休矣！谁肯以九百易一鹑者！"成囊鹑欲行。王呼曰："鹑人来，实给六百，肯则售，否则已耳。"成又目主人，主人仍自若。成心愿盈溢，惟恐失时，曰："以此数售，心实怏怏。但交而不成，则获戾滋大。无已，即如王命。"王喜，即秤付之。成囊金拜赐而出。主人怼曰："我言如何，子乃急自鬻也！再少靳之，八百金在掌中矣。"成归，掷金案上，请主人自取之，主人不受。又固让之，乃盘计饭直而受之。

王治装归。至家，历述所为，出金相庆。妪命置良田三百亩，起屋作器，居然世家。早起使成督耕、妇督织。稍惰辄诃之。夫妇相安，不敢有怨词。过三年家益富，妪辞欲去。夫妇共挽之，至泣下。妪亦遂止。旭旦候之，已杳然矣。

异史氏曰："富皆得于勤，此独得于惰，亦创闻也。不知一贫彻骨而至性不移，此天所以始弃之而终怜之也。懒中岂果有富贵乎哉！"

青 凤

太原耿氏，故大家，第宅弘阔。后凌夷，楼舍连亘，半旷废之，因生怪异，堂门辄自开掩，家人恒中夜骇哗。耿患之，移居别墅，留一老翁门焉。由此荒落益甚，或闻笑语歌吹声。

耿有从子去病，狂放不羁，嘱翁有所闻见，奔告之。至夜，见楼上灯光明灭，走报生。生欲入觇其异，止之不听。门户素所习识，竟拨蒿蓬，曲折而入。登楼，初无少异。穿楼而过，闻人语切切。潜窥之，见巨烛双烧，其明如昼。一叟儒冠南面坐，一媪相对，俱年四十余。东向一少年，可二十许。右一女郎，才及笄耳。酒胾满案，围坐笑语。生突入，笑呼曰："有不速之客一人来！"群惊奔匿。独叟诧问："谁何入人闺闼？"生曰："此我家也，君占之。旨酒自饮，不邀主人，毋乃太吝？"叟审谛之，曰："非主人也。"生曰："我狂生耿去病，主人之从子耳。"叟致敬曰："久仰山斗！"乃揖生入，便呼家人易馔，生止之。叟乃酌客。生曰："吾辈通家，座客无庸见避，还祈招饮。"叟呼："孝儿！"俄少年自外入。叟曰："此豚儿也。"揖而坐，略审门阀。叟自言："义君姓胡。"生素豪，谈论风生，孝儿亦倜傥，倾吐间，雅相爱悦。生二十一，长孝儿二岁，因弟之。叟曰："闻君祖纂《涂山外传》，知之乎？"答曰："知之。"叟曰："我涂山氏之苗裔也。唐以后，谱系犹能忆之；五代而上无传焉。幸公子一垂教也。"生略述涂山女佐禹之功，粉饰多词，妙绪泉涌。叟大喜，谓子曰："今幸得闻所未闻。公子亦非他人，可请阿母及青凤来共听之，亦令知我祖德也。"孝儿入帏中。少时媪偕女郎出，审顾之，弱态生娇，秋波流慧，人间无其丽也。叟指媪曰："此为老荆。"又指女郎："此青凤，鄙人之犹女也。颇慧，所闻见辄记不忘,故唤令听之。”生谈竟而饮,瞻顾女郎,停睇不转。女觉之,俯其首。生隐蹑莲钩,女急敛足,亦无愠怒。生神志飞扬,不能自主。拍案曰:“得妇如此,南面王不易也!”媪见生渐醉益狂,与女俱去。生失望,乃辞叟出。而心萦萦,不能忘情于青凤也。

至夜复往,则兰麝犹芳,凝待终宵,寂无声咳。归与妻谋,欲携家而居之,冀得一遇。妻不从。生乃自往,读于楼下。夜方凭几,一鬼披发入,面黑如漆,张目视生。生笑,拈指研墨自涂,灼灼然相与对视,鬼惭而去。次夜更深,灭烛欲寝,闻楼后发扃,辟之閛然。急起窥觇,则扉半启。俄闻履声细碎,有烛光自房中出。视之,则青凤也。骤见生,骇而却退,遽阖双扉。生长跪而致词曰:“小生不避险恶,实以卿故。幸无他人,得一握手为笑,死不憾耳。”女遥语曰:“惓惓深情,妾岂不知?但吾叔闺训严谨,不敢奉命。”生固哀之,曰:“亦不敢望肌肤之亲,但一见颜色足矣。”女似肯可,启关出,捉其臂而曳之。生狂喜,相将入楼下,拥而加诸膝。女曰:“幸有夙分,过此一夕,即相思无益矣。”问:“何故?”曰:“阿叔畏君狂,故化厉鬼以相吓,而君不动也。今已卜居他所,一家皆移什物赴新居,而妾留守,明日即发矣。”言已欲去,云:“恐叔归。”生强止之,欲与为欢。方持论间,叟掩入。女羞惧无以自容,俯首依床,拈带不语。叟怒曰:“贱辈辱我门户!不速去,鞭挞且从其后!”女低头急去,叟亦出。生尾而听之,诃诟万端,闻青凤嘤嘤啜泣。生心意如割,大声曰:“罪在小生,与青凤何与!倘宥青凤,刀锯铁钺,愿身受之!”良久寂然,乃归寝。自此第内绝不复声息矣。生叔闻而奇之,愿售以居,不较直。生喜,携家口而迁焉。居逾年甚适,而未尝须臾忘青凤也。

会清明上墓归,见小狐二,为犬逼逐。其一投荒窜去;一则皇急道上,望见生,依依哀啼,葛耳辑首,似乞其援。生怜之,启裳衿提抱以归。闭门,置床上,则青凤也。大喜,慰问。女曰:“适与婢子戏,遘此大厄。脱非郎君,必葬犬腹。望无以非类见憎。”生曰:“日切怀思,系于魂梦。见卿如得异宝,何憎之云!”女曰:“此天数也,不因颠覆,何得相从?然幸矣,婢子必言妾已死,可与君坚久约耳。”生喜,另舍居之。

积二年余,生方夜读,孝儿忽入。生辍读,讶诘所来。孝儿伏地怆然曰:“家君有横难,非君莫救。将自诣恳,恐不见纳,故以某来。”问:“何事?”曰:“公子识莫三郎否?”曰:“此吾年家子也。”孝儿曰:“明日将过,倘携有猎狐,望君留之也。”生曰:“楼下之羞,耿耿在念,他事不敢预闻。必欲仆效绵薄,非青凤来不可!”孝儿零涕曰:“凤妹已野死三年矣。”生拂衣曰:“既尔,则恨滋深耳!”执卷高吟,殊不顾瞻。孝儿起,哭失声,掩面而去。生如青凤所,告以故。女失色曰:“果救之否?”曰:“救则救之。适不之诺者,亦聊以报前横耳。”女乃喜曰:“妾少孤,依叔成立。昔虽获罪,乃家范应尔。”生曰:“诚然,但使人不能无介介耳。卿果死,定不相援。”女笑曰:“忍哉!”次日,莫三郎果至,镂膺虎韔,仆从甚赫。生门逆之。见获禽甚多,中一黑狐,血殷毛革。抚之皮肉犹温。便托裘敝,乞得缀补。莫慨然解赠,生即付青凤,乃与客饮。客既去,女抱狐于怀,三日而苏,展转复化为叟。举目见凤,疑非人间。女历言其情。叟乃下拜,惭谢前愆,喜顾女曰:“我固谓汝不死,今果然矣。”女谓生曰:“君如念妾,还祈以楼宅相假,使妾得以申返哺之私。”生诺之。叟赧然谢别而去,入夜果举家来。由此如家人父子,无复猜忌矣。生斋居,孝儿时共谈宴。生嫡出子渐长,遂使傅之,盖循循善教,有师范焉。

画 皮

太原王生早行,遇一女郎,抱襆独奔,甚艰于步,急走趁之,乃二八姝丽,心相爱乐,问:“何夙夜踽踽独行?”女曰:“行道之人,不能解愁忧,何劳相问。”生曰:“卿何愁忧?或可效力不辞也。”女黯然曰:“父母贪赂,鬻妾朱门。嫡妒甚,朝詈而夕楚辱之,所弗堪也,将远遁耳。”问:“何之?”曰:“在亡之人,乌有定所。”生言:“敝庐不远,即烦枉顾。”女喜从之。生代携襆物,导与同归。女顾室无人,问:“君何无家口?”答云:“斋耳。”女曰:“此所良佳。如怜妾而活之,须秘密勿泄。”生诺之。乃与寝合。使匿密室,过数日而人不知也。生微告妻。妻陈,疑为大家媵妾,劝遣之,生不听。

偶适市,遇一道士,顾生而愕。问:“何所遇?”答言:“无之。”道士曰:“君身邪气萦绕,何言无?”生又力白。道士乃去,曰:“惑哉!世固有死将临而不悟者!”生以其言异,颇疑女。转思明明丽人,何至为妖,意道士借魇禳以猎食者。无何,至斋门,门内杜不得入,心疑所作,乃逾垝垣,则室门已闭。蹑足而窗窥之,见一狞鬼,面翠色,齿巉巉如锯,铺人皮于榻上,执彩笔而绘之。已而掷笔,举皮如振衣状,披于身,遂化为女子。睹此状,大惧,兽伏而出。急追道士,不知所往。遍迹之,遇于野,长跪求救,请遣除之。道士曰:“此物亦良苦,甫能觅代者,予亦不忍伤其生。”乃以蝇拂授生,令挂寝门。临别约会于青帝庙。生归,不敢入斋,乃寝内室,悬拂焉。一更许,闻门外戢戢有声,自不敢窥,使妻窥之。但见女子来,望拂子不敢进,立而切齿,良久乃去。少时复来,骂曰:“道士吓我,终不然,宁入口而吐之耶!”取拂碎之,坏寝门而入,径登生床,裂生腹,掬生心而去。妻号。婢入烛之,生已死,腔血狼藉。陈骇涕不敢声。

明日使弟二郎奔告道士。道士怒曰:“我固怜之,鬼子乃敢尔!”即从生弟来。女子已失所在。既而仰首四望,曰:“幸遁未远。”问:“南院谁家?”二郎曰:“小生所舍也。”道士曰:“现在君所。”二郎愕然,以为未有。道士问曰:“曾否有不识者一人来?”答曰:“仆早赴青帝庙,良不知,当归问之。”去少顷而返,曰:“果有之,晨间一妪来,欲佣为仆家操作,室人止之,尚在也。”道士曰:“即是物矣。”遂与俱往。仗木剑立庭心,呼曰:“孽鬼!偿我拂子来!”妪在室,惶遽无色,出门欲遁,道士逐击之。妪仆,人皮划然而脱,化为厉鬼,卧嗥如猪。道士以木剑枭其首。身变作浓烟,匝地作堆。道士出一葫芦,拔其塞,置烟中,飗飗然如口吸气,瞬息烟尽。道士塞口入囊。共视人皮,眉目手足,无不备具。道士卷之,如卷画轴声,亦囊之,乃别欲去。

陈氏拜迎于门,哭求回生之法。道士谢不能。陈益悲,伏地不起。道士沉思曰:“我术浅,诚不能起死。我指一人或能之。”问:“何人?”曰:“市上有疯者,时卧粪土中,试叩而哀之。倘狂辱夫人,夫人勿怒也。”二郎亦习知之,乃别道士,与嫂俱往。见乞人颠歌道上,鼻涕三尺,秽不可近。陈膝行而前。乞人笑曰:“佳人爱我乎?”陈告以故。又大笑曰:“人尽夫也,活之何为!”陈固哀之。乃曰:“异哉!人死而乞活于我，我阎罗耶?”怒以杖击陈，陈忍痛受之。市人渐集如堵。乞人咯痰唾盈把，举向陈吻曰:“食之!”陈红涨于面，有难色;既思道士之嘱，遂强啖焉。觉入喉中，硬如团絮，格格而下，停结胸间。乞人大笑曰:“佳人爱我哉!”遂起，行已不顾。尾之，入于庙中。迫而求之，不知所在，前后冥搜，殊无端兆，惭恨而归。既悼夫亡之惨，又悔食唾之羞，俯仰哀啼，但愿即死。方欲展血敛尸，家人伫望，无敢近者。陈抱尸收肠，且理且哭。哭极声嘶，顿欲呕，觉鬲中结物，突奔而出，不及回首，已落腔中。惊而视之，乃人心也，在腔中突突犹跃，热气腾蒸如烟然。大异之。急以两手合腔，极力抱挤。少懈，则气氤氲自缝中出，乃裂缯帛急束之。以手抚尸，渐温，覆以衾裯。中夜启视，有鼻息矣。天明竟活，为言:“恍惚若梦，但觉腹隐痛耳。”视破处，痂结如钱，寻愈。

异史氏曰:“愚哉世人！明明妖也而以为美。迷哉愚人！明明忠也而以为妄。然爱人之色而渔之，妻亦将食人之唾而甘之矣。天道好还，无往不复，但愚而迷者不悟耳。哀哉!”

贾　儿

楚客有贾于外者。妇独居，梦与人交，醒而扪之，小丈夫也。察其情与人异，知为狐。未几下床去，门未开而已逝矣。入暮，邀庖媪伴焉。有子十岁，素别榻卧，亦招与俱。夜既深，媪、儿皆寐，狐复来，妇喃喃如梦语。媪觉呼之，狐遂去。自是，身忽忽若有亡。至夜遂不敢息烛，戒子睡勿熟。夜阑，儿及媪倚壁少寐，既醒，失妇，意其出遗，久待不至，始疑。媪惧不敢往觅。儿执火遍照之，至他室，则母裸卧其中。近扶之，亦不羞缩。自是遂狂，歌哭叫詈，日万状。夜厌与人居，另榻寝，儿、媪亦遣去。儿每闻母笑语，辄起火之。母反怒诃儿，儿亦不为意，因共壮儿胆。然嬉戏无节，日效杇者以砖石叠窗上，止之不听。或去其一石，则滚地作娇啼，人无敢气触之。过数日，两窗尽塞无少明，已，乃合泥涂壁孔，终日营营，不惮其劳。涂已，无所作，遂把厨刀霍霍磨之。见者皆憎其顽，不以人齿。儿宵分隐刀于怀，以瓢覆灯。伺母呓语，急启灯，杜门声喊。久之无异，乃离门扬言诈作欲搜状。欻有一物如狸，突奔门隙。急击之，仅断其尾，约二寸许，湿血犹滴。初，挑灯起，母便诟骂，儿若弗闻。击之不中，懊恨而寝。自念虽不即戮，可以幸其不来。及明，视血迹逾垣而去。迹之，入何氏园中。至夜果绝，儿窃喜；但母痴卧如死。

未几贾人归，就榻问讯。妇谩骂，视若仇。儿以状对。翁惊，延医药之，妇泻药诟骂。潜以药入汤水杂饮之，数日渐安。父子俱喜。一夜睡醒，失妇所在，父子又觅得于别室。由是复颠，不欲与夫同室处，向夕竟奔他室。挽之，骂益甚。翁无策，尽扃他扉。妇奔去，则门自辟。翁患之，驱禳备至，殊无少验。

儿薄暮潜入何氏园，伏莽中，将以探狐所在。月初升，乍闻人语。暗拨蓬科，见二人来饮，一长鬣奴捧壶，衣老棕色。语俱细隐，不甚可辨。移时闻一人曰："明日可取白酒一瓶来。"顷之俱去，惟长鬣独留，脱衣卧石上。审顾之，四肢皆如人，但尾垂后部，儿欲归，恐狐觉，遂终夜伏。未明又闻二人以次复来，哝哝入竹丛中。儿乃归。翁问所往，答："宿阿伯家。"

适从父入市，见帽肆挂狐尾，乞翁市之。翁不顾，儿牵父衣娇聒之。翁不忍过拂，市焉。父贸易廛中，儿戏弄其侧，乘父他顾盗钱去，沽白酒寄肆廊。有舅氏城居，素业猎，儿奔其家。舅他出。妗诘母疾，答云："连日稍可。又以耗子啮衣，怒涕不解，故遣我乞猎药耳。"妗检柜，出钱许裹付儿。儿少之。妗欲作汤饼啖儿。儿觑室无人，自发药裹，窃盈掬而怀之。乃趋告妗，俾勿举火，"父待市中，不遑食也"。遂去，隐以药置酒中，遨游市上，抵暮方归。父问所在，托在舅家。

儿自是日游廛肆间。一日见长鬣杂在人中。儿审之确，阴缀系之。渐与语，诘其里居，答言："北村。"亦询儿，儿伪云："山洞。"长鬣怪其洞居。儿笑曰："我世居洞府，君固否耶？"其人益惊，便诘姓氏。儿曰："我胡氏子。曾在何处，见君从两郎，顾忘之耶？"其人熟审之，若信若疑。儿微启下裳，少少露其假尾，曰："我辈混迹人中，但此物犹在，为可恨耳。"其人问："在市欲何为？"儿曰："父遣我沽。"其人亦以沽告。儿问："沽未？"曰："吾侪多贫，故常窃时多。"儿曰："此役亦良苦,耽惊忧。"其人曰:"受主人遣,不得不尔。"因问:"主人伊谁?"曰:"即曩所见两郎兄弟也。一私北郭王氏妇,一宿东村某翁家。翁家儿大恶,被断尾,十日始瘥,今复往矣。"言已欲别,曰:"勿误我事。"儿曰:"窃之难,不若沽之易。我先沽寄廊下,敬以相赠。我囊中尚有余钱,不愁沽也。"其人愧无以报。儿曰:"我本同类,何靳些须?暇时,尚当与君痛饮耳。"遂与俱去,取酒授之,乃归。

至夜,母竟安寝不复奔。心知有异。告父同往验之,则两狐毙于亭上,一狐死于草中,喙津津尚有血出。酒瓶犹在,持而摇之,未尽也。父惊问:"何不早告?"儿曰:"此物最灵,一泄则彼知之。"翁喜曰:"我儿讨狐之陈平也。"于是父子荷狐归。见一狐秃半尾,刀痕俨然。自是遂安。而妇瘠殊甚,心渐明了,但益之嗽,呕痰数升,寻愈。北郭王氏妇,向祟于狐,至是问之,则狐绝而病亦愈。翁由此奇儿,教之骑射。后贵至总戎。

蛇　癖

王蒲令之仆吕奉宁,性嗜蛇。每得小蛇,则全吞之如啖葱状;大者以刀寸寸断之,始掬以食。嚼之铮铮,血水沾颐。且善嗅,尝隔墙闻蛇香,急奔墙外,果得蛇盈尺。时无佩刀,先啮其头,尾尚蜿蜒于口际。

卷　二

金世成

金世成，长山人，素不检。忽出家作头陀，类颠，啖不洁以为美。犬羊遗秽于前，辄伏啖之。自号为佛。愚民妇异其所为，执弟子礼者以万千计。金诃使食矢，无敢违者。创殿阁，所费不赀，人咸乐输之。邑令南公恶其怪，执而笞之，使修圣庙。门人竞相告曰："佛遭难！"争募救之。宫殿旬月而成，其金钱之集，尤捷于酷吏之追呼也。

异史氏曰："予闻金道人，人皆就其名而呼之，谓为'今世成佛'。品至啖秽，极矣。笞之不足辱，罚之适有济，南令公处法何良也！然学宫圮而烦妖道，亦士大夫之羞矣。"

董　生

董生字遐思，青州之西鄙人。冬月薄暮，展被于榻而炽炭焉。方将篝灯，适友人招饮，遂扃户去。至友人所，坐有医人，善太素脉，遍诊诸客。末顾王生九思及董曰："余阅人多矣，脉之奇无如两君者，贵脉而有贱兆，寿脉而有促征，此非鄙人所敢知也。然而董君实甚。"共惊问之。曰："某至此亦穷于术，未敢臆决，愿两君自慎之。"二人初闻甚骇，既以模棱语，置不为意。

半夜董归，见斋门虚掩，大疑。醺中自忆，必去时忙促，故忘扃键。入室未遑爇火，先以手入衾中探其温否。才一探入，腻有卧人，大惊，敛手。急火之，竟为姝丽，韶颜稚齿，神仙不殊。狂喜，戏探下体，则毛尾修然。大惧，欲遁。女已醒，出手捉生臂，问："君何往？"董益惧，战栗哀求，愿乞怜恕。女笑曰："何所见而畏我？"董曰："我不畏首而畏尾。"女又笑曰："君误矣。尾于何有？"引董手，强使复探，则髀肉如脂，尻骨童童。笑曰："何如？醉态朦胧，不知伊何，遂诬人若此。"董固喜其丽，至此益惑，反自咎适然之错，然疑其所来无因。女曰:“君不忆东邻之黄发女乎?屈指移居者已十年矣。尔时我未笄,君垂髫也。”董恍然曰:“卿周氏之阿琐耶?”女曰:“是矣。”董曰:“卿言之,我仿佛忆之。十年不见,遂苗条如此。然何遽能来?”女曰:“妾适痴郎四五年,翁姑相继逝,又不幸为文君。剩妾一身,茕无所依。忆孩时相识者惟君,故来相见就。入门已暮,邀饮者适至,遂潜隐以待君归。待之既久,足冰肌粟,故借被以自温耳,幸勿见疑。”董喜,解衣共寝,意殊自得。月余渐羸瘦,家人怪问,辄言不自知。久之,面目益支离,乃惧,复造善脉者诊之。医曰:“此妖脉也。前日之死征验矣,疾不可为也。”董大哭不去,医不得已,为之针手灸脐,而赠以药。嘱曰:“如有所遇,力绝之。”董亦自危。既归,女笑要之。佛然曰:“勿复相纠缠,我行且死!”走不顾。女大惭,亦怒曰:“汝尚欲生耶!”至夜,董服药独寝,甫交睫,梦与女交,醒已遗矣。益恐,移寝于内,妻、子夹守之。梦如故,窥女子已失所在。积数日,董吐血斗余而死。

王九思在斋中,见一女子来,悦其美而私之。诘所自,曰:“妾遐思之邻也。渠旧与妾善,不意为狐惑而死。此辈妖气可畏,读书人适慎相防。”王益佩之,遂相欢待。居数日,迷罔病瘠,忽梦董曰:“与君好者狐也。杀我矣,又欲杀我友。我已诉之冥府泄此幽愤。七日之夜,当炷香室外,勿忘却。”醒而异之。谓女曰:“我病甚,恐委沟壑,或劝勿室也。”女曰:“命当寿,室亦生,不寿,勿室亦死也。”坐与调笑,王心不能自持,又乱之,已而悔之,而不能绝。及暮插香户上,女来拔弃之。夜又梦董来,让其违嘱。次夜暗嘱家人,俟寝后潜炷香室外。女在榻上忽惊曰:“又置香也。”王言不知。女急起得香,又折灭之。入曰:“谁教君为此者?”王曰:“或室人忧病,听巫家厌禳耳。”女彷徨不乐。家人潜窥香灭,又炷之。女忽叹曰:“君福泽良厚。我误害遐思而奔子,诚我之过,我将与彼就质于冥曹。君如不忘夙好,勿坏我皮囊也。”逡巡下榻,仆地而死。烛之,狐也。犹恐其活,遽呼家人,剥其革而悬焉。王病甚,见狐来曰:“我诉诸法曹。法曹谓董君见色而动,死当其罪;但咎我不当惑人,追金丹去,复令还生。皮囊何在?”曰:“家人不知,已脱之矣。”狐惨然曰:“余杀人多矣,今死已晚,然忍哉君乎！”悵恨而去。王病几危，半年乃瘥。

龁　石

新城王钦文太翁家有圉人王姓，幼入劳山学道，久之不火食，惟啖松子及白石。遍体生毛。既数年，念母老归里，渐复火食，犹啖石如故。向日视之，即知石之甘苦酸咸，如啖芋然。母死，复入山，今又十七八年矣。

庙　鬼

新城诸生王启后者，方伯中宇公象坤曾孙。见一妇人入室，貌肥黑不扬。笑近坐榻，意甚亵。王拒之，不去。由此坐卧辄见之，而意坚定，终不摇。妇怒，批其颊有声，而亦不甚痛。妇以带悬梁上，捽与并缢。王不觉自投梁下，引颈作缢状。人见其足离地，挺然立当中，即亦不能死。自是病颠，忽曰：“彼将与我投河矣。”望河狂奔，曳之乃止。如此百端，日常数作，术药罔效。一日忽见有武士绾锁而入，怒叱曰：“朴诚者汝何敢扰！”即絷妇项，自棂中出。才至窗外，妇不复人形，目电闪，口血赤如盆。忆城隍庙中有泥鬼四，绝类其一焉。于是病若失。

陆　判

陵阳朱尔旦，字小明，性豪放，然素钝，学虽笃，尚未知名。一日文社众饮，或戏之云：“君有豪名，能深夜负十王殿左廊下判官来，众当醵作筵。”盖陵阳有十王殿，神鬼皆木雕，妆饰如生。东庑有立判，绿面赤须，貌尤狞恶。或夜闻两廊下拷讯声，入者毛皆森竖，故众以此难朱。朱笑起，径去。居无何，门外大呼曰：“我请髯宗师至矣！”众起。俄负判入，置几上，奉觞酹之三。众睹之，瑟缩不安于坐，仍请负去。朱又把酒灌地，祝曰：“门生狂率不文，大宗师谅不为怪。荒舍匪遥，合乘兴来觅饮，幸勿为畛畦。”乃负之去。

次日众果招饮，抵暮半醉而归，兴未阑，挑灯独酌。忽有人搴帘入，视之，则判官也。起曰："噫，吾殆将死矣！前夕冒渎，今来加斧锧耶？"判启浓髯微笑曰："非也。昨蒙高义相订，夜偶暇，敬践达人之约。"朱大悦，牵衣促坐，自起涤器爇火。判曰："天道温和，可以冷饮。"朱如命，置瓶案上。奔告家人治肴果，妻闻大骇，戒勿出。朱不听，立俟治具以出。易盏交酬，始询姓氏。曰："我陆姓，无名字。"与谈典故，应答如响。问："知制艺否？"曰："妍媸亦颇辨之。阴司诵读，与阳世亦略同。"陆豪饮，一举十觥。朱因竟日饮，遂不觉玉山倾颓，伏几醺睡。比醒，则残烛昏黄，鬼客已去。

自是三两日辄一来，情益洽，时抵足卧。朱献窗稿，陆辄红勒之，都言不佳。一夜朱醉先寝，陆犹自酌。忽醉梦中，脏腹微痛。醒而视之，则陆危坐床前，破腔出肠胃，条条整理。愕曰："夙无仇怨，何以见杀？"陆笑云："勿惧！我与君易慧心耳。"从容纳肠已，复合之，末以裹足布束朱腰。作用毕，视榻上亦无血迹，腹间觉少麻木。见陆置肉块几上，问之。曰："此君心也。作文不快，知君之毛窍塞耳。适在冥间，于千万心中，拣得佳者一枚，为君易之，留此以补缺数。"乃起，掩扉去。天明解视，则创缝已合，有线而赤者存焉。自是文思大进，过眼不忘。数日又出稿示陆，陆曰："可矣。但君福薄，不能大显贵，乡、科而已。"问："何时？"曰："今岁必魁。"未几，科试冠军，秋闱果中魁元。同社中诸生素揶揄之，及见闱墨，相视而惊，细询始知其异。共求朱先容，愿纳交陆。陆诺之。众大设以待之。更初陆至，赤髯生动，目炯炯如电。众茫乎无色，齿欲相击，渐引去。

朱乃携陆归饮，既醺，朱曰："湔肠伐胃，受赐已多。尚有一事相烦，不知可否？"陆便请命。朱曰："心肠可易，面目想亦可更。予结发人，下体颇亦不恶，但面目不甚佳丽。欲烦君刀斧，如何？"陆笑曰："诺！容徐以图之。"过数日，半夜来叩门。朱急起延入，烛之，见襟裹一物。诘之，曰："君曩所嘱，向艰物色。适得美人首，敬报君命。"朱拨视，颈血犹湿。陆力促急入，勿惊禽犬。朱虑门户夜扃。陆至，以手推扉，扉自开。引至卧室，见夫人侧身眠。陆以头授朱抱之，自于靴中出白刃如匕首，按夫人项，着力如切腐状，迎刃而解，首落枕畔。急于朱怀取美人首合项上，详审端正，而后按捺。已而移枕塞肩际,命朱瘗首静所,乃去。朱妻醒觉颈间微麻,面颊甲错,搓之得血片。甚骇,呼婢汲盥。婢见面血狼藉,惊绝,濯之盆水尽赤。举首则面目全非,又骇极。夫人引镜自照,错愕不能自解,朱入告之。因反覆细视,则长眉掩鬓,笑靥承颧,画中人也。解领验之,有红线一周,上下肉色,判然无异。

先是,吴侍御有女甚美,未嫁而丧二夫,故十九犹未醮也。上元游十王殿时,游人甚杂,内有无赖贼窥而艳之,遂阴访居里,乘夜梯入,穴寝门,杀一婢于床下,逼女与淫,女力拒声喊,贼怒而杀之。吴夫人微闻闹声,叫婢往视,见尸骇绝。举家尽起,停尸堂上,置首项侧,一门啼号,纷腾终夜。诘旦启衾,则身在而失其首。遍挞诸婢,谓所守不坚,致葬犬腹。侍御告郡,郡严限捕贼,三月而罪人弗得。渐有以朱家换头之异闻吴公者。吴疑之,遣媪探诸其家。入见夫人,骇走以告吴公。公视女尸故存,惊疑无以自决。猜朱以左道杀女,往诘朱。朱曰:“室人梦易其首,实不解其何故？谓仆杀之则冤也。”吴不信,讼之。收家人鞫之,一如主言,郡守不能决。朱归,求计于陆。陆曰:“不难,当使伊女自言之。”吴夜梦女曰:“儿为苏溪杨大年所杀,无与朱孝廉。彼不艳其妻,陆判官取儿首为易之,是儿身死而头生也。愿勿相仇。”醒告夫人,所梦同。乃言于官。问之果有杨大年。执而械之,遂伏其罪。吴乃诣朱,请见夫人,由此为翁婿。乃以朱妻首合女尸而葬焉。

朱三入礼闱,皆以场规被放,于是灰心仕进。积三十年,一夕陆告曰:“君寿不永矣。”问其期,对以五日。“能相救否?”曰:“惟天所命,人何能私？且自达人观之,生死一耳,何必生之为乐,死之为悲?”朱以为然,即制衣衾棺椁。既竟,盛服而没。翌日夫人方扶柩哭,朱忽冉冉自外至。夫人惧。朱曰:“我诚鬼,不异生时。虑尔寡母孤儿,殊恋恋耳。”夫人大恸,涕垂膺,朱依依慰解之。夫人曰:“古有还魂之说,君既有灵,何不再生?”朱曰:“天数不可违也。”问:“在阴司作何务?”曰:“陆判荐我督案务,受有官爵,亦无所苦。”夫人欲再语,朱曰:“陆判与我同来,可设酒馔。”趋而出。夫人依言营备。但闻室中笑语,亮气高声,宛若生前。半夜窥之,窅然已逝。

自是三数日辄一来，时而留宿缱绻，家中事就便经纪。子玮方五岁，来辄捉抱，至七八岁，则灯下教读。子亦慧，九岁能文，十五入邑庠，竟不知无父也。从此来渐疏，日月至焉而已。又一夕来谓夫人曰："今与卿永诀矣。"问："何往?"曰："承帝命为太华卿，行将远赴，事烦途隔，故不能来。"母子持之哭，曰："勿尔！儿已成立，家计尚可存活，岂有百岁不拆之鸾凤耶！"顾子曰："好为人，勿堕父业。十年后一相见耳。"径出门去，于是遂绝。

后玮二十五举进士，官行人。奉命祭西岳道经华阴，忽有舆从羽葆驰冲卤簿。讶之。审视车中人，其父也，下车哭伏道左。父停舆曰："官声好，我瞑目矣。"玮伏不起。朱促舆行，火驰不顾。去数步回望，解佩刀遣人持赠。遥语曰："佩之则贵。"玮欲追从，见舆马人从飘忽若风，瞬息不见。痛恨良久。抽刀视之，制极精工，镌字一行，曰："胆欲大而心欲小，智欲圆而行欲方。"玮后官至司马。生五子，曰沉，曰潜，曰沕，曰浑，曰深。一夕梦父曰："佩刀宜赠浑也。"从之。浑仕为总宪，有政声。

异史氏曰："断鹤续凫，矫作者妄。移花接木，创始者奇。而况加凿削于心肝，施刀锥于颈项者哉？陆公者，可谓媸皮裹妍骨矣。明季至今，为岁不远，陵阳陆公犹存乎？尚有灵焉否也？为之执鞭，所忻慕焉。"

婴　宁

王子服，莒之罗店人，早孤，绝慧，十四入泮。母最爱之，寻常不令游郊野。聘萧氏，未嫁而夭，故求凰未就也。

会上元，有舅氏子吴生邀同眺瞩，方至村外，舅家仆来招吴去。生见游女如云，乘兴独游。有女郎携婢，拈梅花一枝，容华绝代，笑容可掬。生注目不移，竟忘顾忌。女过去数武，顾婢子笑曰："个儿郎目灼灼似贼！"遗花地上，笑语自去。生拾花怅然，神魂丧失，怏怏遂返。至家，藏花枕底，垂头而睡，不语亦不食。母忧之，醮禳益剧，肌革锐减。医师诊视，投剂发表，忽忽若迷。母抚问所由，默然不答。适吴生来，嘱秘诘之。吴至榻前，生见之泪下，吴就榻慰解，渐致研诘，生具吐其实，且求谋画。吴笑曰：“君意亦痴！此愿有何难遂？当代访之。徒步于野，必非世家，如其未字，事固谐矣，不然，拚以重赂，计必允遂。但得痊瘳，成事在我。”生闻之不觉解颐。吴出告母，物色女子居里。而探访既穷，并无踪迹。母大忧，无所为计。然自吴去后，颜顿开，食亦略进。数日吴复来，生问所谋。吴绐之曰：“已得之矣。我以为谁何人，乃我姑之女，即君姨妹，今尚待聘。虽内戚有婚姻之嫌，实告之无不谐者。”生喜溢眉宇，问：“居何里？”吴诡曰：“西南山中，去此可三十余里。”生又嘱再四，吴锐身自任而去。

生由是饮食渐加，日就平复。探视枕底，花虽枯，未便凋落，凝思把玩，如见其人。怪吴不至，折柬招之，吴支托不肯赴招。生恚怒，悒悒不欢。母虑其复病，急为议姻，略与商榷，辄摇首不愿，惟日盼吴。吴迄无耗，益怨恨之。转思三十里非遥，何必仰息他人？怀梅袖中，负气自往，而家人不知也。伶仃独步，无可问程，但望南山行去。约三十余里，乱山合沓，空翠爽肌，寂无人行，止有鸟道。遥望谷底丛花乱树中，隐隐有小里落。下山入村，见舍宇无多，皆茅屋，而意甚修雅。北向一家，门前皆丝柳，墙内桃杏尤繁，间以修竹，野鸟格磔其中。意其园亭，不敢遽入。回顾对户，有巨石滑洁，因坐少憩。俄闻墙内有女子长呼：“小荣！”其声娇细。方伫听间，一女郎由东而西，执杏花一朵，俯首自簪；举头见生，遂不复簪，含笑拈花而入。审视之，即上元途中所遇也。心骤喜，但念无以阶进。欲呼姨氏，顾从无还往，惧有讹误。门内无人可问，坐卧徘徊，自朝至于日昃，盈盈望断，并忘饥渴。时见女子露半面来窥，似讶其不去者。忽一老媪扶杖出，顾生曰：“何处郎君，闻自辰刻来，以至于今。意将何为？得勿饥也？”生急起揖之，答云：“将以探亲。”媪聋聩不闻。又大言之。乃问：“贵戚何姓？”生不能答。媪笑曰：“奇哉！姓名尚自不知，何亲可探？我视郎君亦书痴耳。不如从我来，啖以粗粝，家有短榻可卧。待明朝归，询知姓氏，再来探访。”生方腹馁思啖，又从此渐近丽人，大喜。

从媪入，见门内白石砌路，夹道红花片片坠阶上，曲折而西，又启一关，豆棚花架满庭中。肃客入舍，粉壁光如明镜，窗外海棠枝朵，探入室中，裀藉几榻，罔不洁泽。甫坐，即有人自窗外隐约相窥。媪唤："小荣！可速作黍。"外有婢子噭声而应。坐次，具展宗阀。媪曰："郎君外祖，莫姓吴否？"曰："然。"媪惊曰："是吾甥也！尊堂，我妹子。年来以家窭贫，又无三尺之男，遂至音问梗塞。甥长成如许，尚不相识。"生曰："此来即为姨也，匆遽遂忘姓氏。"媪曰："老身秦姓，并无诞育，弱息亦为庶产。渠母改醮，遗我鞠养。颇亦不钝，但少教训，嬉不知愁。少顷，使来拜识。"未几婢子具饭，雏尾盈握。媪劝餐已，婢来敛具。媪曰："唤宁姑来。"婢应去。良久，闻户外隐有笑声。媪又唤曰："婴宁，汝姨兄在此。"户外嗤嗤笑不已。婢推之以入，犹掩其口，笑不可遏。媪瞋目曰："有客在，咤咤叱叱，是何景象？"女忍笑而立，生揖之。媪曰："此王郎，汝姨子。一家尚不相识，可笑人也。"生问："妹子年几何矣？"媪未能解；生又言之。女复笑，不可仰视。媪谓生曰："我言少教诲，此可见矣。年已十六，呆痴如婴儿。"生曰："小于甥一岁。"曰："阿甥已十七矣，得非庚午属马者耶？"生首应之。又问："甥妇阿谁？"答曰："无之。"曰："如甥才貌，何十七岁犹未聘？婴宁亦无姑家，极相匹敌。惜有内亲之嫌。"生无语，目注婴宁，不遑他瞬。婢向女小语云："目灼灼贼腔未改！"女又大笑，顾婢曰："视碧桃开未？"遽起，以袖掩口，细碎连步而出。至门外，笑声始纵。媪亦起，唤婢襆被，为生安置。曰："阿甥来不易，宜留三五日，迟迟送汝归。如嫌幽闷，舍后有小园，可供消遣；有书可读。"

次日至舍后，果有园半亩，细草铺毡，杨花糁径。有草舍三楹，花木四合其所。穿花小步，闻树头苏苏有声，仰视，则婴宁在上，见生来，狂笑欲堕。生曰："勿尔，堕矣！"女且下且笑，不能自止。方将及地，失手而堕，笑乃止。生扶之，阴挼其腕。女笑又作，倚树不能行，良久乃罢。生俟其笑歇，乃出袖中花示之。女接之，曰："枯矣！何留之？"曰："此上元妹子所遗，故存之。"问："存之何益？"曰："以示相爱不忘。自上元相遇，凝思成病，自分化为异物；不图得见颜色，幸垂怜悯。"女曰："此大细事，至戚何所靳惜？待郎行时，园中花，当唤老奴来，折一巨捆负送之。"生曰："妹子痴耶？"女曰："何便是痴？"生曰："我非爱花，爱拈花之人耳。"女曰："葭莩之情，爱何待言。"生曰：

“我所为爱,非瓜葛之爱,乃夫妻之爱。”女曰:“有以异乎?”曰:“夜共枕席耳。”女俯首思良久,曰:“我不惯与生人睡。”语未已,婢潜至,生惶恐遁去。少时会母所,母问:“何往?”女答以园中共话。媪曰:“饭熟已久,有何长言,周遮乃尔。”女曰:“大哥欲我共寝。”言未已,生大窘,急目瞪之。女微笑而止。幸媪不闻,犹絮絮究诘。生急以他词掩之,因小语责女,女曰:“适此语不应说耶?”生曰:“此背人语。”女曰:“背他人,岂得背老母?且寝处亦常事,何讳之?”生恨其痴,无术可悟之。

食方竟,家人捉双卫来寻生。先是,母待生久不归,始疑。村中搜觅已遍,竟无踪兆,因往寻吴。吴忆曩言,因教于西南山村寻觅。凡历数村,始至于此。生出门,适相值,便入告媪,且请偕女同归。媪喜曰:“我有志,匪伊朝夕。但残躯不能远涉,得甥携妹子去,识认阿姨,大好!”呼婴宁,宁笑至。媪曰:“大哥欲同汝去,可装束。”又饷家人酒食,始送之出,曰:“姨家田产丰裕,能养冗人。到彼且勿归,小学诗礼,亦好事翁姑。即烦阿姨择一良匹与汝。”二人遂发。至山坳回顾,犹依稀见媪倚门北望也。

抵家,母睹姝丽,惊问为谁。生以姨妹对。母曰:“前吴郎与儿言者,诈也。我未有姊,何以得甥?”问女,女曰:“我非母出。父为秦氏,没时儿在褓中,不能记忆。”母曰:“我一姊适秦氏良确。然殂谢已久,那得复存?”因审诘面庞、志赘,一一符合。又疑曰:“是矣!然亡已多年,何得复存?”疑虑间,吴生至,女避入室。吴询得故,惘然久之,忽曰:“此女名婴宁耶?”生然之。吴极称怪事。问所自知,吴曰:“秦家姑去世后,姑丈鳏居,祟于狐,病瘠死。狐生女名婴宁,绷卧床上,家人皆见之。姑丈没,狐犹时来。后求天师符粘壁上,狐遂携女去。将勿此耶?”彼此疑参,但闻室中嗤嗤,皆婴宁笑声。母曰:“此女亦太憨。”吴生请面之。母入室,女犹浓笑不顾。母促令出,始极力忍笑,又面壁移时方出。才一展拜,翻然遽入,放声大笑。满室妇女,为之粲然。

吴请往觇其异,就便执柯。寻至村所,庐舍全无,山花零落而已。吴忆葬处仿佛不远,然坟垅湮没,莫可辨识,诧叹而返。母疑其为鬼,入告吴言,女略无骇意。又吊其无家,亦殊无悲意,孜孜憨笑而已。众莫之测,母令与少女同寝止,昧爽即来省问,操女红精巧绝伦。但善笑,禁之亦不可止。然笑处嫣然,狂而不损其媚,人皆乐之。邻女少妇,争承迎之。母择吉为之合卺,而终恐为鬼物,窃于日中窥之,形影殊无少异。

至日,使华装行新妇礼,女笑极不能俯仰,遂罢。生以憨痴,恐泄漏房中隐事,而女殊密秘,不肯道一语。每值母忧怒,女至一笑即解。奴婢小过,恐遭鞭楚,辄求诣母共话,罪婢投见恒得免。而爱花成癖,物色遍戚党;窃典金钗,购佳种,数月,阶砌藩溷无非花者。庭后有木香一架,故邻西家,女每攀登其上,摘供簪玩。母时遇见辄诃之,女卒不改。

一日西人子见之,凝注倾倒。女不避而笑。西人子谓女意属己,心益荡。女指墙底笑而下,西人子谓示约处,大悦。及昏而往,女果在焉,就而淫之,则阴如锥刺,痛彻于心,大号而踣。细视非女,则一枯木卧墙边,所接乃水淋窍也。邻父闻声,急奔研问,呻而不言;妻来,始以实告。爇火烛窥,见中有巨蝎如小蟹然,翁碎木,捉杀之。负子至家,半夜寻卒。邻人讼生,讦发婴宁妖异。邑宰素仰生才,稔知其笃行士,谓邻翁讼诬,将杖责之,生为乞免,遂释而出。母谓女曰:"憨狂尔尔,早知过喜而伏忧也。邑令神明,幸不牵累。设鹘突官宰,必逮妇女质公堂,我儿何颜见戚里?"女正色,矢不复笑。母曰:"人罔不笑,但须有时。"而女由是竟不复笑,虽故逗之亦终不笑,然竟日未尝有戚容。

一夕,对生零涕。异之。女哽咽曰:"曩以相从日浅,言之恐致骇怪。今日察姑及郎,皆过爱无有异心,直告或无妨乎?妾本狐产。母临去,以妾托鬼母,相依十余年,始有今日。妾又无兄弟,所恃者惟君。老母岑寂山阿,无人怜而合厝之,九泉辄为悼恨。君倘不惜烦费,使地下人消此怨恫,庶养女者不忍溺弃。"生诺之,然虑坟冢迷于荒草。女言无虑。刻日夫妇舆榇而往。女于荒烟错楚中,指示墓处,果得媪尸,肤革犹存。女抚哭哀痛。舁归,寻秦氏墓合葬焉。是夜生梦媪来称谢,寤而述之。女曰:"妾夜见之,嘱勿惊郎君耳。"生恨不邀留。女曰:"彼鬼也。生人多,阳气胜,何能久居?"生问小荣,曰:"是亦狐,最黠。狐母留以视妾,每摄饵相哺,故德之常不去心;昨问母,云已嫁之。"由是岁值寒食,夫妇登秦墓,拜扫无缺。女逾年生一子,在怀抱中,不畏生人,见人辄笑,亦大有母风云。

异史氏曰:"观其孜孜憨笑,似全无心肝者。而墙下恶作剧,其黠孰甚焉!至凄恋鬼母,反笑为哭,我婴宁何尝憨耶。窃闻山中有草,名'笑矣乎',嗅之则笑不可止。房中植此一种,则合欢、忘忧,并无颜色矣。若解语花,正嫌其作态耳。"

聂小倩

宁采臣,浙人,性慷爽,廉隅自重。每对人言:"生平无二色。"适赴金华,至北郭,解装兰若。寺中殿塔壮丽,然蓬蒿没人,似绝行踪。东西僧舍,双扉虚掩,惟南一小舍,扃键如新。又顾殿东隅,修竹拱把,阶下有巨池,野藕已花。意甚乐其幽杳。会学使案临,城舍价昂,思便留止,遂散步以待僧归。日暮有士人来启南扉,宁趋为礼,且告以意。士人曰:"此间无房主,仆亦侨居。能甘荒落,旦暮惠教,幸甚!"宁喜,藉藁代床,支板作几,为久客计。是夜月明高洁,清光似水,二人促膝殿廊,各展姓字。士人自言燕姓,字赤霞。宁疑为赴试者,而听其音声,殊不类浙。诘之,自言秦人,语甚朴诚。既而相对词竭,遂拱别归寝。

宁以新居,久不成寐。闻舍北喁喁,如有家口。起,伏北壁石窗下微窥之,见短墙外一小院落,有妇可四十余;又一媪衣黦绯,插蓬沓,鲐背龙钟,偶语月下。妇曰:"小倩何久不来?"媪曰:"殆好至矣。"妇曰:"将无向姥姥有怨言否?"曰:"不闻;但意似蹙蹙。"妇曰:"婢子不宜好相识。"言未已,有十七八女子来,仿佛艳绝。媪笑曰:"背地不言人,我两个正谈道,小妖婢悄来无迹响,幸不訾着短处。"又曰:"小娘子端好是画中人,遮莫老身是男子,也被摄去。"女曰:"姥姥不相誉,更阿谁道好?"妇人女子又不知何言。宁意其邻人眷口,寝不复听;又许时始寂无声。

方将睡去,觉有人至寝所,急起审顾,则北院女子也。惊问之,女笑曰:“月夜不寐,愿修燕好。”宁正容曰:“卿防物议,我畏人言。略一失足,廉耻道丧。”女云:“夜无知者。”宁又咄之。女逡巡若复有词。宁叱:“速去!不然,当呼南舍生知。”女惧,乃退。至户外忽返,以黄金一锭置褥上。宁掇掷庭墀,曰:“非义之物,污我囊橐!”女惭出,拾金自言曰:“此汉当是铁石。”

诘旦有兰溪生携一仆来候试,寓于东厢,至夜暴亡。足心有小孔,如锥刺者,细细有血出,俱莫知故。经宿一仆死,症亦如之。向晚燕生归,宁质之,燕以为魅。宁素抗直,颇不在意。宵分女子复至,谓宁曰:“妾阅人多矣,未有刚肠如君者。君诚圣贤,妾不敢欺。小倩,姓聂氏,十八夭殂,葬于寺侧,被妖物威胁,历役贱务,腆颜向人,实非所乐。今寺中无可杀者,恐当以夜叉来。”宁骇求计。女曰:“与燕生同室可免。”问:“何不惑燕生?”曰:“彼奇人也,固不敢近。”又问:“迷人若何?”曰:“狎昵我者,隐以锥刺其足,彼即茫若迷,因摄血以供妖饮。又惑以金,非金也,乃罗刹鬼骨,留之能截取人心肝。二者,凡以投时好耳。”宁感谢,问戒备之期,答以明宵。临别泣曰:“妾堕玄海,求岸不得。郎君义气干云,必能拔生救苦。倘肯囊妾朽骨,归葬安宅,不啻再造。”宁毅然诺之。因问葬处,曰:“但记白杨之上,有乌巢者是也。”言已出门,纷然而灭。

明日恐燕他出,早诣邀致。辰后具酒馔,留意察燕。既约同宿,辞以性癖耽寂。宁不听,强携卧具来,燕不得已,移榻从之,嘱曰:“仆知足下丈夫,倾风良切。要有微衷,难以遽白。幸勿翻窥箧襆,违之两俱不利。”宁谨受教。既各寝,燕以箱箧置窗上,就枕移时,齁如雷吼。宁不能寐。近一更许,窗外隐隐有人影。俄而近窗来窥,目光睒闪。宁惧,方欲呼燕,忽有物裂箧而出,耀若匹练,触折窗上石棂,飙然一射,即遽敛入,宛如电灭。燕觉而起,宁伪睡以觇之。燕捧箧检征,取一物,对月嗅视,白光晶莹,长可二寸,径韭叶许。已而数重包固,仍置破箧中。自语曰:“何物老魅,直尔大胆,致坏箧子。”遂复卧。宁大奇之,因起问之,且告以所见。燕曰:“既相知爱,何敢深隐。我剑客也。若非石棂,妖当立毙;虽然,亦伤。”问:“所缄何物?”曰:“剑也。适嗅之有妖气。”宁欲观之。慨出相示,荧荧然一小剑也。于是益厚重燕。

明日，视窗外有血迹。遂出寺北，见荒坟累累，果有白杨，乌巢其颠。迨营谋既就，趣装欲归。燕生设祖帐，情义殷渥，以破革囊赠宁，曰："此剑袋也。宝藏可远魑魅。"宁欲从受其术。曰："如君信义刚直，可以为此。然君犹富贵中人，非此道中人也。"宁托有妹葬此，发掘女骨，敛以衣衾，赁舟而归。宁斋临野，因营坟葬诸斋外，祭而祝曰："怜卿孤魂，葬近蜗居，歌哭相闻，庶不见凌于雄鬼。一瓯浆水饮，殊不清旨，幸不为嫌！"祝毕而返，后有人呼曰："缓待同行！"回顾，则小倩也。欢喜谢曰："君信义，十死不足以报。请从归，拜识姑嫜，媵御无悔。"审谛之，肌映流霞，足翘细笋，白昼端相，娇丽尤绝。遂与俱至斋中。嘱坐少待，先入白母。母愕然。时宁妻久病，母戒勿言，恐所骇惊。言次，女已翩然入，拜伏地下。宁曰："此小倩也。"母惊顾不遑。女谓母曰："儿飘然一身，远父母兄弟。蒙公子露覆，泽被发肤，愿执箕帚，以报高义。"母见其绰约可爱，始敢与言，曰："小娘子惠顾吾儿，老身喜不可已。但生平止此儿，用承祧绪，不敢令有鬼偶。"女曰："儿实无二心。泉下人既不见信于老母，请以兄事，依高堂，奉晨昏，如何？"母怜其诚，允之。即欲拜嫂，母辞以疾，乃止。女即入厨下，代母尸饔。入房穿榻，似熟居者。

日暮母畏惧之，辞使归寝，不为设床褥。女窥知母意，即竟去。过斋欲入，却退，徘徊户外，似有所惧。生呼之。女曰："室有剑气畏人。向道途中不奉见者，良以此故。"宁悟为革囊，取悬他室。女乃入，就烛下坐；移时，殊不一语。久之，问："夜读否？妾少诵《楞严经》，今强半遗忘。浼求一卷，夜暇就兄正之。"宁诺。又坐，默然，二更向尽，不言去。宁促之。愀然曰："异域孤魂，殊怯荒墓。"宁曰："斋中别无床寝，且兄妹亦宜远嫌。"女起，颦蹙欲啼，足恇儴而懒步，从容出门，涉阶而没。宁窃怜之，欲留宿别榻，又惧母嗔。女朝旦朝母，捧匜沃盥，下堂操作，无不曲承母志。黄昏告退，辄过斋头，就烛诵经。觉宁将寝，始惨然出。

先是，宁妻病废，母劬不堪；自得女，逸甚，心德之。日渐稔，亲爱如己出，意忘其为鬼，不忍晚令去，留与同卧起。女初来未尝饮食，半年渐啜稀饱。母子皆溺爱之,讳言其鬼,人亦不知辨也。无何,宁妻亡,母隐有纳女意,然恐于子不利。女微知之,乘间告曰:“居年余,当知肝膈。为不欲祸行人,故从郎君来。区区无他意,止以公子光明磊落,为天人所钦瞩,实欲依赞三数年,借博封诰,以光泉壤。”母亦知无恶意,但惧不能延宗嗣。女曰:“子女惟天所授。郎君注福籍,有亢宗子三,不以鬼妻而遂夺也。”母信之,与子议。宁喜,因列筵告戚党。或请觌新妇,女慨然华妆出,一堂尽眙,反不疑其鬼,疑为仙。由是五党诸内眷,咸执贽以贺,争拜识之。女善画兰、梅,辄以尺幅酬答,得者藏之什袭以为荣。

一日俯颈窗前,怊怅若失。忽问:“革囊何在?”曰:“以卿畏之,故缄致他所。”曰:“妾受生气已久,当不复畏,宜取挂床头。”宁诘其意,曰:“三日来,心怔忡无停息,意金华妖物,恨妾远遁,恐旦晚寻及也。”宁果携革囊来,女反复审视,曰:“此剑仙将盛人头者也。敝败至此,不知杀人几何许!妾今日视之,肌犹粟栗。”乃悬之。次日又命移悬户上。夜对烛坐,欻有一物,如飞鸟至。女惊匿夹幕间。宁视之,物如夜叉状,电目血舌,睒闪攫拿而前,至门却步,逡巡久之,渐近革囊,以爪摘取,似将抓裂。囊忽格然一响,大可合篑,恍惚有鬼物突出半身,揪夜叉入,声遂寂然,囊亦顿缩如故。宁骇诧,女亦出,大喜曰:“无恙矣!”共视囊中,清水数斗而已。

后数年,宁果登进士。举一男。纳妾后,又各生一男,皆仕进有声。

义 鼠

杨天一言:见二鼠出,其一为蛇所吞;其一瞪目如椒,意似甚恨怒,然遥望不敢前。蛇果腹蜿蜒入穴,方将过半,鼠奔来,力嚼其尾,蛇怒,退身出。鼠故便捷,欻然遁去,蛇追不及而返。及入穴,鼠又来,嚼如前状。蛇入则来,蛇出则往,如是者久。蛇出,吐死鼠于地上。鼠来嗅之,啾啾如悼息,衔之而去。友人张历友为作《义鼠行》。

地 震

康熙七年六月十七日戌时，地大震。余适客稷下，方与表兄李笃之对烛饮。忽闻有声如雷，自东南来，向西北去。众骇异，不解其故。俄而几案摆簸，酒杯倾覆，屋梁椽柱，错折有声。相顾失色。久之，方知地震，各疾趋出。见楼阁房舍，仆而复起，墙倾屋塌之声，与儿啼女号，喧如鼎沸。人眩晕不能立，坐地上随地转侧。河水倾泼丈余，鸡鸣犬吠满城中。逾一时许始稍定。视街上，则男女裸体相聚，竞相告语，并忘其未衣也。后闻某处井倾侧不可汲，某家楼台西北易向，栖霞山裂，沂水陷穴，广数亩。此真非常之奇变也。

有邑人妇夜起溲溺，回则狼衔其子。妇急与狼争。狼一缓颊，妇夺儿出，携抱中，狼蹲不去。妇大号，邻人奔集，狼乃去。妇惊定作喜，指天画地，述狼衔儿状，己夺儿状。良久，忽悟一身未着寸缕，乃奔。此当与地震时男女两忘同一情状也。人之惶急无谋，一何可笑！

海公子

东海古迹岛，有五色耐冬花，四时不凋。而岛中古无居人，人亦罕到之。登州张生好奇，喜游猎，闻其佳胜，备酒食，自掉扁舟而往。至则花正繁，香闻数里，树有大至十余围者。反复留连，甚慊所好；开尊自酌，恨无同游。忽花中一丽人来，红裳眩目，略无伦比。见张，笑曰："妾自谓兴致不凡，不图先有同调。"张惊问："何人？"曰："我胶娼也，适从海公子来。彼寻胜翱翔，妾以艰于步履，故留此耳。"张方苦寂，得美人，大悦，招坐共饮。女言辞温婉，荡人心志，张爱好之。恐海公子来不得尽欢，因挽与乱。女忻从之。

相狎未已，忽闻风肃肃，草木偃折有声。女急推张起，曰："海公子至矣。"张束衣愕顾，女已失去。旋见一大蛇，自丛树中出，粗于巨桶。张惧，障身大树后，冀蛇不睹。蛇近前，以身绕人并树，纠缠数匝，两臂直束胯间，不可少屈。昂其首，以舌刺张鼻。鼻血下注，流地上成洼，乃俯就饮之。张自分必死，忽忆腰中佩荷囊内有毒狐药，因以二指夹出，破裹堆掌上。又侧颈自顾其掌，令血滴药上，顷刻盈把。

蛇果就掌吸饮。饮未及尽，遽伸其体，摆尾若霹雳声，触树，树半体崩落，蛇卧地如梁而毙矣。张亦眩莫能起，移时方苏，载蛇而归。大病月余方瘥。疑女子亦蛇精也。

丁前溪

丁前溪，诸城人，富有钱谷，游侠好义，慕郭解之为人。御史行台按访之。丁亡去，至安丘遇雨。避身逆旅。雨日中不止。有少年来，馆谷丰隆。既而昏暮，止宿其家，莝豆饲畜，给食周至。问其姓字，少年云："主人杨姓，我其内侄也。主人好交游，适他出，家惟娘子在。贫不能厚客给，幸能垂谅。"问："主人何业？"则家无资产，惟日设博场以谋升斗。次日雨仍不止，供给弗懈。至暮锉刍，刍束湿，颇极参差。丁怪之。少年曰："实告客，家贫无以饲畜，适娘子撤屋上茅耳。"丁益异之，谓其意在得直。天明，付之金不受，强付少年持入。俄出仍以反客，云："娘子言：我非业此猎食者。主人在外，尝数日不携一钱，客至吾家，何遂索偿乎？"丁赞叹而别。嘱曰："我诸城丁某，主人归，宜告之。暇幸见顾。"数年无耗。

值岁大饥，杨困甚，无所为计，妻漫劝诣丁，从之。至诸城，通姓名于门者，丁茫不忆，申言始忆之。蹝履而出，揖客入。见其衣敝踵决，居之温室，设筵相款，宠礼异常。明日为制冠服，表里温暖。杨义之，而内顾增忧，褊心不能无少望，居数日殊不言赠别。杨意甚急，告丁曰："顾不敢隐，仆来时米不满升。今过蒙推解固乐，妻子如何矣！"丁曰："是无烦虑，已代经纪矣。幸舒意少留，当助资斧。"走伻招诸博徒，使杨坐而抽头，终夜得百金，乃送之还。归见室人，衣履鲜整，小婢侍焉。惊问之，妻言："自君去后，次日即有车徒赍送布帛米粟，堆积满屋，云是丁客所赠。又给一婢，为妾驱使。"杨感不自已。由此小康，不屑旧业矣。

异史氏曰："贫而好客，饮博浮荡者优为之，异者，独其妻耳。受之施而不报，岂人也哉？然一饭之德不忘，丁其有焉。"

海大鱼

海滨故无山。一日,忽见峻岭重叠,绵亘数里,众悉骇怪。又一日,山忽他徙,化而乌有。相传海中大鱼,值清明节,则携眷口往拜其墓,故寒食时多见之。

张老相公

张老相公,晋人。适将嫁女,携眷至江南,躬市奁妆。舟抵金山,张先渡江,嘱家人在舟勿爆膻腥。盖江中有鼋怪,闻香辄出,坏舟吞行人,为害已久。张去,家人忘之,炙肉舟中。忽巨浪覆舟,妻女皆没。

张回棹,悼恨欲死。因登金山谒寺僧,询鼋之异,将以仇鼋。僧闻之,骇言:“吾侪日与习近,惧为祸殃,惟神明奉之;祈勿怒,时斩牲牢,投以半体,则跃吞而去。谁复能相仇哉!”张闻,顿思得计。便招铁工起炉山半,冶赤铁重百余斤。审知所常伏处,使二三健男子,以大钳举投之,鼋跃出,疾吞而下。少时波涌如山;顷之浪息,则鼋死已浮水上矣。行旅寺僧并快之,建张老相公祠,肖像其中以为水神,祷之辄应。

水莽草

水莽,毒草也。蔓生似葛,花紫类扁豆,误食之立死,即为水莽鬼。俗传此鬼不得轮回,必再有毒死者始代之。以故楚中桃花江一带,此鬼尤多云。

楚人以同岁生者为同年,投刺相谒,呼庚兄庚弟,子侄呼庚伯,习俗然也。有祝生造其同年某,中途燥渴思饮。俄见道旁一媪,张棚施饮,趋之。媪承迎入棚,给奉甚殷。嗅之有异味,不类茶茗,置不饮,起而出。媪止客,急唤:“三娘,可将好茶一杯来。”俄有少女,捧茶自棚后出。年约十四五,姿容艳绝,指环臂钏,晶莹鉴影。生受盏神驰,嗅其茶,芳烈无伦,吸尽复索。觑媪出,戏捉纤腕,脱指环一枚。女赪颊微笑,生益惑。略诘门户。女云:“郎暮来,妾犹在此也。”生求茶叶一撮，并藏指环而去。至同年家，觉心头作恶，疑茶为患，以情告某。某骇曰："殆矣！此水莽鬼也！先君死于是。是不可救，奈何？"生大惧，出茶叶验之，真水莽草也。又出指环，兼述女子情状，某悬想曰："此必寇三娘也！"生以其名确符，问何故知。曰："南村富室寇氏女夙有艳名，数年前误食水莽而死，必此为魅。"或言受魅者若知鬼之姓氏，求其故裆煮服可痊。某急诣寇所，实告以故，长跪哀恳。寇以其将代女死故，靳不与。某忿而返。以告生，生亦切齿恨之，曰："我死，必不令彼女脱生！"某舁之归，将至家门而卒。母号啼，葬之。遗一子甫周岁。妻不能守，半年改醮去。

母留孤自哺，劬瘁不堪，朝夕悲啼。一日方抱儿哭室中，生悄然忽入。母大骇，挥涕问之。答云："儿地下闻母哭，甚怆于怀，故来奉晨昏耳。儿虽死，已有家室，即同来分母劳，母其勿悲。"母问："儿妇何人？"曰："寇氏坐听儿死，儿深恨之。死后欲寻三娘，而不知其处，近遇庚伯，始相指示。儿往，则三娘已投生任侍郎家，儿驰去，强捉之来。今为儿妇，亦相得，颇无苦。"移时门外一女子入，华妆艳丽，伏地拜母。生曰："此寇三娘也。"虽非生人，母视之，情怀差慰。生便遣三娘操作，三娘雅不习惯，然承顺殊怜人。由此居故室，遂留不去。女请母告诸家。生意欲勿告，而母承女意，卒告之。寇家媪翁，闻而大骇，命车疾至，视之果三娘，相向哭失声。女劝止之。媪视生家良贫，意甚悼。女曰："人已鬼，又何厌贫？祝郎母子，情意拳拳，儿固已安之矣。"因问："茶媪谁也？"曰："彼倪姓。自惭不能惑行人，故求儿助之耳。今已生于郡城卖浆者之家。"因顾生曰："既婿矣而不拜岳，妾复何心？"生乃投拜。女便入厨下，代母执炊供客。翁媪视之怆心，既归，即遣两婢来，为之服役；金百斤、布帛数十匹，酒胾不时馈送，小阜祝母矣。寇亦时招归宁。居数日，辄曰："家中无人，宜早送儿还。"或故稽之，则飘然自归。翁乃代生起夏屋，营备臻至。然生终未尝至翁家。

一日村中有中水莽草毒者，死而复苏，竞传为异。生曰："是我活之也。彼为李九所害，我为之驱其鬼而去之。"母曰："汝何不取人以自代？"曰："儿深恨此等辈，方将尽驱除之，何屑为此？且儿事母最乐,不愿生也。”由是中毒者,往往具丰筵祷祝其庭,辄有效。

积十余年母死。生夫妇哀毁,但不对客,惟命儿缞麻擗踊,教以礼义而已。葬母后又二年余,为儿娶妇。妇,任侍郎之孙女也。先是,任公妾生女数月而殇。后闻祝生之异,遂命驾其家,订翁婿焉。至是,遂以孙女妻其子,往来不绝矣。一日谓子曰:“上帝以我有功人世,策为‘四渎牧龙君’。今行矣。”俄见庭下有四马,驾黄幨车,马四股皆鳞甲。夫妻盛装出,同登一舆。子及妇皆泣拜,瞬息而渺。是日,寇家见女来,拜别翁媪,亦如生言。媪泣挽留。女曰:“祝郎先去矣。”出门遂不复见。其子名鹗,字离尘,请寇翁,以三娘骸骨与生合葬焉。

造 畜

魇昧之术,不一其道,或投美饵,绐之食之,则人迷罔,相从而去,俗名曰“打絮巴”,江南谓之“扯絮”。小儿无知,辄受其害。又有变人为畜者,名曰“造畜”。此术江北犹少,河以南辄有之。扬州旅店中,有一人牵驴五头,暂縶枥下,云:“我少旋即返。”兼嘱:“勿令饮啖。”遂去。驴暴日中,蹄啮殊喧。主人牵着凉处。驴见水奔之,遂纵饮之。一滚尘皆化为妇人。怪之,诘其所由,舌强而不能答。乃匿诸室中。既而驴主至,系五羊于院中,惊问驴之所在。主人曳客坐,便进餐饮,且云:“客姑饭,驴即至矣。”主人出,悉饮五羊,辗转化为童子。阴报郡,遣役捕获,遂械杀之。

凤阳士人

凤阳一士人,负笈远游。谓其妻曰:“半年当归。”十余月竟无耗问,妻翘盼綦切。一夜才就枕,纱月摇影,离思萦怀,方反侧间,有一丽人,珠鬟绛帔,搴帷而入,笑问:“姊姊得无欲见郎君乎?”妻急起应之。丽人邀与共往,妻惮修阻,丽人但请无虑。即挽女手出,并踏月色,约行一矢之远。觉丽人行迅速,女步履艰涩,呼丽人少待,将归着复履。丽人牵坐路侧,自乃捉足,脱履相假。女喜着之,幸不凿枘。复起从行,健步如飞。

移时见士人跨白骡来,见妻大惊,急下骑,问:"何往?"女曰:"将以探君。"又顾问丽人伊谁。女未及答,丽人掩口笑曰:"且勿问讯。娘子奔波非易。郎君星驰夜半,人畜想当俱殆。妾家不远,且请息驾,早旦而行,不晚也。"顾数武之外,即有村落,遂同行入一庭院,丽人促睡婢起供客,曰:"今夜月色皎然,不必命烛,小台石榻可坐。"士人絷蹇檐梧,乃即坐。丽人曰:"履大不适于体,途中颇累赘否?归有代步,乞赐还也。"女称谢付之。

俄顷设酒果,丽人酌曰:"鸾凤久乖,圆在今夕,浊醪一觞,敬以为贺。"士人亦执盏酬报。主客笑言,履舄交错。士人注视丽者,屡以游词相挑。夫妻乍聚,并不寒暄一语。丽人亦眉目流情,而妖言隐谜。女惟默坐,伪为愚者。久之渐醺,二人语益狎。又以巨觥劝客,士人以醉辞,劝之益苦。士人笑曰:"卿为我度一曲,即当饮。"丽人不拒,即以牙杖抚提琴而歌曰:"黄昏卸得残妆罢,窗外西风冷透纱。听蕉声,一阵一阵细雨下。何处与人闲磕牙?望穿秋水,不见还家,潸潸泪似麻。又是想他,又是恨他,手拿着红绣鞋儿占鬼卦。"歌竟,笑曰:"此市井之谣,有污君听。然因流俗所尚,姑效颦耳。"音声靡靡,风度狎亵,士人摇惑,若不自禁。少间丽人伪醉离席,士人亦起,从之而去。久之不至。婢子乏疲,伏睡廊下。女独坐无侣,颇难自堪。思欲遁归,而夜色微茫,不忆道路。辗转无以自主,因起而觇之。甫近窗,则断云零雨之声,隐约可闻。又听之,闻良人与己素常猥亵之状,尽情倾吐。女至此手颤心摇,殆不可遏,念不如出门窜沟壑以死。

愤然方行,忽见弟三郎乘马而至,遽便下问。女具以告。三郎大怒,立与姊回,直入其家,则室门扃闭,枕上之语犹喁喁也。三郎举巨石抛击窗棂,三五碎断。内大呼曰:"郎君脑破矣!奈何!"女闻之大哭,谓弟曰:"我不谋与汝杀郎君,今且若何?"三郎撑目曰:"汝呜呜促我来;甫能消此胸中恶,又护男儿、怒弟兄,我不惯与婢子供指使!"返身欲去。女牵衣曰:"汝不携我去,将何之?"三郎挥姊仆地,脱体而去。女顿惊寤,始知其梦。越日,士人果归,乘白骡。女异之而未言。士人是夜亦梦,所见所遭,述之悉符,互相骇怪。既而三郎闻姊夫自远归，亦来省问。语次，问士人曰：“昨宵梦君，今果然，亦大异。”士人笑曰：“幸不为巨石所毙。”三郎愕然问故，士以梦告。三郎大异之。盖是夜，三郎亦梦遇姊泣诉，愤激投石也。三梦相符，但不知丽人何许耳。

耿十八

新城耿十八病危笃，自知不起。谓妻曰：“永诀在旦晚耳，我死后，嫁守由汝，请言所志。”妻默不语。耿固问之，且云：“守固佳，嫁亦恒情。明言之，庸何伤？行与子诀，子守我心慰，子嫁我意断也。”妻乃惨然曰：“家无儋石，君在犹不给，何以能守？”耿闻之，遽捉妻臂作恨声曰：“忍哉！”言已而没，手握不可开。妻号。家人至，两人攀指力擘之，始开。

耿不自知死，出门，见小车十余辆，辆各十人，即以方幅书名字贴车上。御人见耿，促登车。耿视车中已有九人，并己而十，又视粘单上己名最后。车行咋咋，响震耳际，亦不知何往。俄至一处，闻人言曰：“此思乡地也。”闻其名疑之。又闻御人偶语云：“今日㓷三人。”耿又骇。及细听其言，悉阴间事，乃自悟曰：“我岂作鬼物耶？”顿念家中无复可悬，惟老母腊高，妻嫁后缺于奉养。念之，不觉涕涟。又移时，见有台高可数仞，游人甚多，囊头械足之辈，呜咽而下上，闻人言为“望乡台”。诸人至此，俱踏辕下，纷然竞登。御人或挞之，或止之，独至耿，则促令登。登数十级，始至颠顶。翘首一望，则门闾庭院宛在目前。但内室隐隐，如笼烟雾。凄恻不自胜。

回顾，一短衣人立肩下，即以姓氏问耿，耿俱以告。其人亦自言为东海匠人，见耿零涕，问：“何事不了于心？”耿又告之。匠人谋与越台而遁，耿惧冥追，匠人固言无妨；耿又虑台高倾跌，匠人但令从己。遂先跃，耿果从之，及地，竟无恙，喜无觉者。视所乘车犹在台下。二人急奔，数武，忽自念名字粘车上，恐不免执名之追，遂反身近车，以手指染唾涂去己名始复奔，哆口坌息，不敢少停。

少间入里门，匠人送诸其室，蓦睹己尸，醒然而苏。觉乏疲躁渴，骤呼水。家人大骇，与之水，饮至石余。乃骤起，作揖拜状。既而出门拱谢,方归。归则僵卧不转。家人以其行异,疑非真活,然渐觇之,殊无他异。稍稍近问,始历历言本末。问:“出门何故?”曰:“别匠人也。”

“饮水何多?”曰:“初为我饮,后乃匠人饮也。”投之汤羹,数日而瘥。由此厌薄其妻,不复共枕席。

珠 儿

常州民李化,富有田产,年五十余无子,一女名小惠,容质秀美,夫妻最怜爱之。十四岁暴病夭殂,冷落庭帏,益少生趣。始纳婢,经年余生一子,视如拱璧,名之珠儿。儿渐长,魁梧可爱,然性绝痴,五六岁尚不辨菽麦,言语蹇涩。李亦好而不知其恶。会有眇僧募缘于市,辄知人闺闼,于是相惊以神,且云能生死祸福人。几十百千,执名一索,无敢违者。诣李募百缗,李难之。给十金不受,渐至三十金。僧厉色曰:“必百金,缺一文不可!”李怒,收金而去。僧忿然起曰:“勿悔!勿悔!”无何,珠儿心暴痛,巴刮床席,色如土灰。李惧,将八十金诣僧求救。僧笑曰:“多金大不易!然山僧何能为?”李回而儿已死。李恸甚,以状诉邑宰。宰拘僧讯鞫,亦辨给无情词。笞之,似击鞔革。令搜其身,得木人二、小棺一、小旗帜五。宰怒,以手叠诀举示之。僧乃惧,自投无数。宰不听,杖杀之。李叩谢而归。

时已曛暮,与妻坐床上。忽一小儿,侄儴入室,曰:“阿翁行何疾?极力不能得追。”视其体貌,当得七八岁。李惊,方将诘问,则见其若隐若现,恍惚如烟雾,宛转间已登榻。李推之下,堕地无声。曰:“阿翁何乃尔!”瞥然复登。李惧,与妻俱奔。儿呼阿父、阿母,呕哑不休。李入妾室,急阖其扉,还顾,儿已在膝下。李骇问何为。答曰:“我苏州人,姓詹氏,六岁失怙恃,不为兄嫂所容,逐居外祖家。偶戏门外,为妖僧迷杀桑树下,驱使如伥鬼,冤闭穷泉,不得脱化。幸赖阿翁昭雪,愿得为子。”李曰:“人鬼殊途,何能相依?”儿曰:“但除斗室,为儿设床褥,日浇一杯冷浆粥,余都无事。”李从之。儿喜,遂独卧室中。

晨来出入闺阁如家生。闻妾哭子声,问:“珠儿死几日矣?”答以七日。曰:“天严寒,尸当不腐。试发冢起视,如未损坏,儿当活之。”李喜,与儿去,开穴验之,躯壳如故。方深忉怛,回视,儿失所在。异之,舁尸归,方置榻上,目已瞥动,少顷呼汤,汤已而汗,汗已遂起。群喜珠儿复生,又加之慧黠便利,迥异平昔。但夜间僵卧,毫无气息,共转侧之,冥然若死。众大愕,谓其复死;天将明,始若梦醒。群就问之,答云:“昔从妖僧时,有儿等二人,其一名呼哥子。昨追我父不及,盖在后与哥子作别耳。今在冥司,与姜员外作义嗣,夜分,固来邀儿戏。适以白鼻䯄送儿归。”母因问:“在阴司见珠儿否?”曰:“珠儿已转生矣。渠与阿翁无父子缘,不过金陵严子方,来讨百十千债负耳。”初,李贩于金陵,欠严货价未偿,而严翁死,此事无人知者。李闻之大骇。

母问:“儿见惠姊否?”儿曰:“不知。再去当访之。”又二三日,谓母曰:“姊在阴司大好,嫁得楚江王小郎子。珠翠满头髻。一出门,便十百作呵殿声。”母曰:“何不一归宁?”曰:“人既死,与骨肉无关切。倘有人细述前生,方豁然动念耳。昨托姜员外,夤缘见姊姊,姊呼我坐珊瑚床上,便与言父母悬念,渠都如眠睡。儿曰:‘姊在时,喜绣并蒂花,剪刀刺手爪,血涴绫子上,姊就刺作赤水云。今母犹挂床头壁,顾念不去心。姊忘之乎?’姊始凄感,云:‘会须白郎君,归省阿母。’”母问其期,答言不知。一日谓母:“姊行且至,仆从大繁,当多备浆酒。”少间奔入室曰:“姊来矣!”移榻中堂,曰:“姊姊且憩坐,少悲啼。”诸人悉无所见。儿率人焚纸酹饮于门外,反曰:“驺从暂令去矣。姊言:‘昔日所覆绿被,曾为烛花烧一点如豆大,尚在否?’”母曰:“在。”即启笥出之。儿曰:“姊命我陈旧闺中。乏疲,且小卧,翌日再与阿母言。”东邻赵氏女,故与惠为绣阁交。是夜忽梦惠幞头紫帔来相望,言笑犹如平生。且言:“我今异物,父母觌面,不啻河山。将借妹子与家人共语,勿须惊恐。”质明,方与母言。忽仆地闷绝。逾刻方醒,向母曰:“小惠与我婶别几年矣,顿鬖鬖白发生!”母骇曰:“儿病狂耶?”女拜别即出。母知其异,从之。直达李所,抱母哀啼。母惊,不知所谓。女曰:“儿昨归颇委顿,未遑一言。儿不孝,中途弃高堂,劳父母哀念,罪莫大焉!”母顿悟,乃哭。已而问曰:“闻儿今贵,甚慰母心。但汝栖身王家,何遂能来?”女曰:“郎君与儿极燕好,姑舅亦相抚爱,颇不谓妒丑。”惠生时好以手支颐,女言次,辄作故态,神情宛似。未几珠儿奔入,曰:“接姊者至矣。”女乃起,拜别泣下,曰:“儿去矣。”言讫,复踣,移时乃醒。

后数月,李病剧,医药无效。儿曰:“旦夕恐不救也!二鬼坐床头,一执铁杖子,一挽苎麻绳,长四五尺许,儿昼夜哀之不去。”母哭,乃备衣衾。既暮,儿趋入曰:“杂人妇,且退去,姊夫来视阿翁。”俄顷,鼓掌大笑。母问之,曰:“我笑二鬼,闻姊夫来,俱匿床下如龟鳖。”又少时,望空道寒暄,问姊起居。既而拍手曰:“二鬼奴哀之不去,至此大快!”乃出之门外,却回,曰:“姊夫去矣。二鬼被锁马鞅上。阿父当即无恙。姊夫言:归白大王,为父母乞百年寿也。”一家俱喜。至夜病良已,数日寻瘥。

延师教儿读,儿甚慧,十八岁入邑庠,犹能言冥间事。见里中病者,辄指鬼祟所在,以火爇之,往往得瘳。后暴病,体肤青紫,自言鬼神责我泄露,由是不复言。

小官人

太史某翁,忘其姓氏,昼卧斋中,忽有小卤簿,出自堂陬。马大如蛙,人细如指。小仪仗以数十队。一官冠皂纱,着绣褛,乘肩舆,纷纷出门而去。公心异之,窃疑睡眼之讹。顿见一小人返入舍,携一毡包大如拳,竟造床下。白言:“家主人有不腆之仪,敬献太史。”言已,对立,即又不陈其物。少间又自笑曰:“戋戋微物,想太史亦无所用,不如即赐小人。”太史颔之。欣然携之而去。后不复见。惜太史中馁,不曾诘所自来。

胡四姐

尚生泰山人,独居清斋。会值秋夜,银河高耿,明月在天,徘徊花阴,颇存遐想。忽一女子逾垣来,笑曰:“秀才何思之深?”生就视,容华若仙。惊喜拥入,穷极狎昵。自言胡氏,名三姐。问其居第,但笑不言。生亦不复置问,惟相期永好而已。自此临无虚夕。一夜与生促膝灯幕,生爱之,瞩盼不转。女笑曰:“眈眈视妾何为?”曰:“我视卿如红叶碧桃,虽竟夜视勿厌也。”三姐曰:“妾陋质,遂蒙青盼如此,若见吾家四妹,不知如何颠倒。”生益倾动,恨不一见颜色,长跽哀请。

逾夕果偕四姐来。年方及笄,荷粉露垂,杏花烟润,嫣然含笑,媚丽欲绝。生狂喜,引坐。三姐与生同笑语,四姐惟手引绣带,俯首而已。未几三姐起别,妹欲从行,生曳之不释,顾三姐曰:“卿卿烦一致声。”三姐乃笑曰:“狂郎情急矣! 妹子一为少留。”四姐无语,姊遂去。二人备尽欢好,既而引臂替枕,倾吐生平,无复隐讳。四姐自言为狐,生依恋其美,亦不之怪。四姐因言:“阿姊狠毒,业杀三人矣,惑之无不毙者。妾幸承溺爱,不忍见灭亡,当早绝之。”生惧,求所以处。四姐曰:“妾虽狐,得仙人正法,当书一符粘寝门,可以却之。”遂书之。既晓三姐来,见符却退,曰:“婢子负心,倾意新郎,不忆引线人矣。汝两人合有夙分,余亦不相仇,但何必尔?”乃径去。数日四姐他适,约以隔夜。

是日生偶出门眺望,山下故有槲林,苍莽中出一少妇,亦颇风韵。近谓生曰:“秀才何必日沾沾恋胡家姊妹? 渠又不能以一钱相赠。”即以一贯授生,曰:“先持归贳良酝,我即携小肴馔来,与君为欢。”生怀钱归,果如所教。少间妇果至,置几上燔鸡、咸彘肩各一,即抽刀子缕切为脔。酾酒调谑,欢洽异常。继而灭烛登床,狎情荡甚。既明始起,方坐床头,捉足易舄,忽闻人声。倾听,已入帏幕,则胡姊妹也。妇乍睹,仓惶而遁,遗舄于床。二女逐叱曰:“骚狐! 何敢与人同寝处!”追去,移时始返。四姐怨生曰:“君不长进,与骚狐相匹偶,不可复近!”遂悻悻欲去。生惶恐自投,情词哀恳;三姊从旁解免,四姐怒稍释,由此相好如初。

一日有陕人骑驴造门,曰:“吾寻妖物,匪伊朝夕,乃今始得之。”生父以其言异,讯所由来。曰:“小人日泛烟波,游四方,终岁十余月,常八九离桑梓,被妖物蛊杀吾弟。归甚悼恨,誓必寻而殄灭之。奔波数千里,殊无迹兆,今在君家。不剪,当有继吾弟而亡者。”时生与女密迩,父母微察之,闻客言大惧,延入令作法。出二瓶,列地上,符咒良久,有黑雾四团,分投瓶中。客喜曰:"全家都到矣。"遂以猪脬裹瓶口,缄封甚固。生父亦喜,坚留客饭。

生心恻然,近瓶窃听,闻四姐在瓶中言:"坐视不救,君何负心?"生意感动。急启所封,而结不可解。四姐又曰:"勿须尔!但放倒坛上旗,以针刺脬作空,予即出矣。"生如其言。果见白气一丝自孔中出,凌霄而去。客出,见旗垂地,大惊曰:"遁矣!此必公子所为。"摇瓶俯听,曰:"幸止亡其一。此物合不死,犹可赦。"乃携瓶别去。

后生在野督佣刈麦,遥见四姐坐树下。生近就之,执手慰问。且曰:"别后十易春秋,今大丹已成。但思君之念未忘,故复一拜问。"生欲与偕归。女曰:"妾今非昔比,不可以尘情染,后当复见耳。"言已,不知所在。又二十年余,生适独居,见四姐自外至,生喜与语。女曰:"我今名列仙籍,不应再履尘世。但感君情,特报撤瑟之期。可早处分后事,亦勿悲忧。妾当度君为鬼仙,亦无苦也。"乃别而去。至日生果卒。

尚生乃友人李文玉之戚好,尝亲见之。

祝 翁

济阳祝村有祝翁者,年五十余病卒,家人入室理缞绖,忽闻翁呼甚急。群奔集灵寝,则见翁已复活,群喜慰问。翁但谓媪曰:"我适去,拚不复还。行数里,转思抛汝一副老皮骨在儿辈手,寒热仰人,亦无复生趣,不如从我去。故复归,欲偕尔同行也。"咸以其新苏妄语,殊未深信。翁又言之。媪云:"如此亦善。但方生,如何便死?"翁挥之曰:"是不难。家中俗务,可速料理。"媪笑不去,翁又促之。乃出户外,延数刻而入,绐之曰:"处置安妥矣。"翁命速妆,媪不去,翁催益急。媪不忍拂其意,遂裙妆以出,媳女皆匿笑。翁移首于枕,手拍令卧。媪曰:"子女皆在,双双挺卧,是何景象?"翁捶床曰:"并死有何可笑!"子女见翁躁急,共劝媪姑从其言。媪如言,并枕僵卧,家人又共笑之。俄时媪笑容忽敛,又渐而两眸俱合,久之无声,俨如睡去。众始近视,则肤已冰而鼻无息矣。视翁亦然,始共惊怛。康熙二十一年,翁弟妇佣于毕刺史之家,言之甚悉。

异史氏曰:“翁其夙有畸行与?泉路茫茫,去来由尔,奇矣!且白头者欲其去,则呼令去,抑何其暇也!人当属纩之时,所最不忍诀者,床头之昵人耳。苟广其术,则卖履分香,可以不事矣。”

猪婆龙

猪婆龙产于江西,形似龙而短,能横飞,常出沿江岸扑食鹅鸭。或猎得之,则货其肉于陈、柯。此二姓皆友谅之裔,世食猪婆龙肉,他族不敢食也。一客自江右来,得一头,絷舟中。一日泊舟钱塘,缚稍懈,忽跃入江。俄顷,波涛大作,估舟倾沉。

某 公

陕右某公,辛丑进士,能记前身。尝言前生为士人,中年而死。死后见冥王判事,鼎铛油镬,一如世传。殿东隅设数架,上搭猪羊犬马诸皮。簿吏呼名,或罚作马,或罚作猪,皆裸之,于架上取皮被之。俄至公,闻冥王曰:“是宜作羊。”鬼取一白羊皮来,捺覆公体。吏白:“是曾拯一人死。”王检籍覆视,示曰:“免之。恶虽多,此善可赎。”鬼又褫其毛革,革已粘体,不可复动,两鬼捉臂按胸,力脱之,痛苦不可名状,皮片片断裂,不得尽净,既脱,近肩处犹粘羊皮大如掌。公既生,背上有羊毛丛生,剪去复出。

快 刀

明末济属多盗,邑各置兵,捕得辄杀之。章丘盗尤多。有一兵佩刀甚利,杀辄导窾。一日捕盗十余名,押赴市曹。内一盗识兵,逡巡告曰:“闻君刀最快,斩首无二割。求杀我!”兵曰:“诺。其谨依我,无离也。”盗从之刑处,出刀挥之,豁然头落。数步之外犹圆转,而大赞曰:“好快刀!”

侠 女

顾生金陵人,博于材艺,而家綦贫。又以母老不忍离膝下,惟日为人书画,受贽以自给。行年二十有五,伉俪犹虚。对户旧有空第,一老妪及少女税居其中。以其家无男子,故未问其谁何。一日偶自外入,见女郎自母房中出,年约十八九,秀曼都雅,世罕其匹,见生不甚避,而意凛如也。生入问母。母曰:"是对户女郎,就吾乞刀尺,适言其家亦止一母。此女不似贫家产。问其何为不字,则以母老为辞。明日当往拜其母,便风以意,倘所望不奢,儿可代养其老。"明日造其室,其母一聋媪耳。视其室并无隔宿粮,问所业则仰女十指。徐以同食之谋试之,媪意似纳,而转商其女;女默然,意殊不乐。母乃归。详其状而疑之曰:"女子得非嫌吾贫乎?为人不言亦不笑,艳如桃李,而冷如霜雪,奇人也!"母子猜叹而罢。

一日生坐斋头,有少年来求画,姿容甚美,意颇儇佻。诘所自,以"邻村"对。嗣后三两日辄一至。稍稍稔熟,渐以嘲谑,生狎抱之亦不甚拒,遂私焉。由此往来昵甚。会女郎过,少年目送之,问为谁,对以"邻女"。少年曰:"艳丽如此,神情何可畏?"少间生入内,母曰:"适女子来乞米,云不举火者经日矣。此女至孝,贫极可悯,宜少周恤之。"生从母言,负斗米款门,达母意。女受之,亦不申谢。日尝至生家,见母作衣履,便代缝纫,出入堂中,操作如妇。生益德之,每获馈饵,必分给其母,女亦略不置齿颊。母适疽生隐处,宵旦号啕。女时就榻省视,为之洗创敷药,日三四作。母意甚不自安,而女不厌其秽。母曰:"唉!安得新妇如儿,而奉老身以死也!"言讫悲哽,女慰之曰:"郎子大孝,胜我寡母孤女什百矣。"母曰:"床头蹀躞之役,岂孝子所能为者?且身已向暮,旦夕犯雾露,深以祧续为忧耳。"言间生入,母泣曰:"亏娘子良多,汝无忘报德。"生伏拜之。女曰:"君敬我母,我勿谢也,君何谢焉?"于是益敬爱之。然其举止生硬,毫不可干。

一日女出门,生目注之,女忽回首,嫣然而笑。生喜出意外,趋而从诸其家,挑之亦不拒,欣然交欢。已,戒生曰:"事可一而不可再。"生不应而归。明日又约之,女厉色不顾而去。日频来,时相遇,并不假以词色。少游戏之,则冷语冰人。忽于空处问生:"日来少年谁也?"生告之。女曰:"彼举止态状,无礼于妾频矣。以君之狎昵,故置之。请更寄语:再复尔,是不欲生也已!"生至夕,以告少年,且曰:

"子必慎之,是不可犯!"少年曰:"既不可犯,君何私犯之?"生白其无。曰:"如其无,则猥亵之语,何以达君听哉?"生不能答。少年曰:"亦烦寄告:假惺惺勿作态;不然,我将遍播扬。"生甚怒之,情见于色,少年乃去。一夕方独坐,女忽至,笑曰:"我与君情缘未断,宁非天数。"生狂喜而抱于怀,欻闻履声籍籍,两人惊起,则少年推扉入矣。生惊问:"子胡为者?"笑曰:"我来观贞洁人耳。"顾女曰:"今日不怪人耶?"女眉竖颊红,默不一语,急翻上衣,暴一革囊,应手而出,而尺许晶莹匕首也。少年见之,骇而却走。追出户外,四顾渺然。女以匕首望空抛掷,戛然有声,灿若长虹,俄一物堕地作响。生急烛之,则一白狐身首异处矣。大骇。女曰:"此君之娈童也。我固恕之,奈渠定不欲生何!"收刃入囊。生曳令入,曰:"适妖物败意,请俟来宵。"出门径去。次夕女果至,遂共绸缪。诘其术,女曰:"此非君所知。宜须慎秘,泄恐不为君福。"又订以嫁娶,曰:"枕席焉,提汲焉,非妇伊何也?业夫妇矣,何必复言嫁娶乎?"生曰:"将勿憎吾贫耶?"曰:"君固贫,妾富耶?今宵之聚,正以怜君贫耳。"临别嘱曰:"苟且之行,不可以屡。当来我自来,不当来相强无益。"后相值,每欲引与私语,女辄走避。然衣绽炊薪,悉为纪理,不啻妇也。

积数月,其母死,生竭力葬之。女由是独居。生意孤寝可乱,逾垣入,隔窗频呼,迄不应。视其门,则空室扃焉。窃疑女有他约。夜复往,亦如之。遂留佩玉于窗间而去之。越日,相遇于母所。既出,而女尾其后曰:"君疑妾耶?人各有心,不可以告人。今欲使君无疑,乌得可?然一事烦急为谋。"问之,曰:"妾体孕已八月矣,恐旦晚临盆。'妾身未分明',能为君生之,不能为君育之。可密告母觅乳媪,伪为讨螟蛉者,勿言妾也。"生诺,以告母。母笑曰:"异哉此女!聘之不可,而顾私于我儿。"喜从其谋以待之。又月余,女数日不至,母疑之,往探其门,萧萧闭寂。叩良久,女始蓬头垢面自内出。启而入之,则复阖之。入其室,则呱呱者在床上矣。母惊问:"诞几时矣?"答云:"三日。"捉绷席而视之,则男也,且丰颐而广额。喜曰:"儿已为老身育孙子,伶仃一身,将焉所托?"女曰:"区区隐衷,不敢掬示老母。俟夜无人,可即抱儿去。"母归与子言,窃共异之。夜往抱子归。

更数夕，夜将半，女忽款门入，手提革囊，笑曰："我大事已了，请从此别。"急询其故，曰："养母之德，刻刻不去诸怀。向云'可一而不可再'者，以相报不在床笫也。为君贫不能婚，将为君延一线之续。本期一索而得，不意信水复来，遂至破戒而再。今君德既酬，妾志亦遂，无憾矣。"问："囊中何物？"曰："仇人头耳。"检而窥之，须发交而血模糊。骇绝，复致研诘。曰："向不与君言者，以机事不密，惧有宣泄。今事已成，不妨相告：妾浙人。父官司马，陷于仇，彼籍吾家。妾负老母出，隐姓名，埋头项，已三年矣。所以不即报者，徒以有母在；母去，又一块肉累腹中，因而迟之又久。曩夜出非他，道路门户未稔，恐有讹误耳。"言已出门，又嘱曰："所生儿，善视之。君福薄无寿，此儿可光门闾。夜深不得惊老母，我去矣！"方凄然欲询所之，女一闪如电，瞥尔间遂不复见。生叹惋木立，若丧魂魄。明以告母，相为叹异而已。后三年生果卒。子十八举进士，犹奉祖母以终老云。

异史氏曰："人必室有侠女，而后可以畜娈童也。不然，尔爱其艾豭，彼爱尔娄猪矣！"

酒 友

车生者，家不中资而耽饮，夜非浮三白不能寝也，以故床头樽常不空。一夜睡醒，转侧间，似有人共卧者，意是覆裳堕耳。摸之则茸茸有物，似猫而巨，烛之狐也，酣醉而大卧。视其瓶则空矣。因笑曰："此我酒友也。"不忍惊，覆衣加臂，与之共寝，留烛以观其变。半夜狐欠伸，生笑曰："美哉睡乎！"启覆视之，儒冠之俊人也。起拜榻前，谢不杀之恩。生曰："我癖于曲蘖，而人以为痴；卿，我鲍叔也。如不见疑，当为糟丘之良友。"曳登榻复寝。且言："卿可常临，无相猜。"狐诺之。生既醒，则狐已去。乃治旨酒一盛专伺狐。

抵夕果至，促膝欢饮。狐量豪善谐，于是恨相得晚。狐曰："屡叨良酝，何以报德？"生曰："斗酒之欢，何置齿颊！"狐曰："虽然，君贫士，杖头钱大不易。当为君少谋酒资。"明夕来告曰："去此东南七里道侧有遗金，可早取之。"诘旦而往，果得二金，乃市佳肴，以佐夜饮。

狐又告曰："院后有窖藏宜发之。"如其言，果得钱百余千，喜曰："囊中已自有，莫漫愁沽矣。"狐曰："不然。辙中水胡可以久掬？合更谋之。"异日谓生曰："市上荞价廉，此奇货可居。"从之，收荞四十余石，人咸非笑之。未几大旱，禾豆尽枯，惟荞可种；售种息十倍，由此益富，治沃田二百亩。但问狐，多种麦则麦收，多种黍则黍收，一切种植之早晚皆取决于狐。日稔密，呼生妻以嫂，视子犹子焉。后生卒，狐遂不复来。

莲　香

桑生名晓，字子明，沂州人。少孤，馆于红花埠。桑为人静穆自喜，日再出，就食东邻，余时坚坐而已。东邻生戏曰："君独居，不畏鬼狐耶？"笑答曰："丈夫何畏鬼狐？雄来吾有利剑，雌者尚当开门纳之。"邻生归与友谋，梯妓于垣而过之，弹指叩扉。生窥问其谁，妓自言为鬼。生大惧，齿震震有声，妓逡巡自去。邻生早至生斋，生述所见，且告将归。邻生鼓掌曰："何不开门纳之？"生顿悟其假，遂安居如初。

积半年，一女子夜来叩斋，生意友人之复戏也，启门延入，则倾国之姝。惊问所来。曰："妾莲香，西家妓女。"埠上青楼故多，信之。息烛登床，绸缪甚至。自此，三五宿辄一至。

一夕独坐凝思，一女子翩然入。生意其莲，承逆与语。觌面殊非，年仅十五六，軃袖垂髫，风流秀曼，行步之间，若还若往。大愕，疑为狐。女曰："妾良家女，姓李氏，慕君高雅，幸能垂盼。"生喜，握其手，冷如冰，问："何凉也？"曰："幼质单寒，夜蒙霜露，那得不尔。"既而罗襦衿解，俨然处子。女曰："妾为情缘，葳蕤之质，一朝失守，不嫌鄙陋，愿常侍枕席。房中得毋有人否？"生云："无他，止一邻娼，顾亦不常至。"女曰："当谨避之。妾不与院中人等，君秘勿泄。彼来我往，彼往我来可耳。"鸡鸣欲去，赠绣履一钩，曰："此妾下体所着，弄之足寄思慕。然有人慎勿弄也！"受而视之，翘翘如解结锥，心甚爱悦。越夕无人，便出审玩。女飘然忽至，遂相款昵。自此每出履，则女必应念而至。异而诘之。笑曰："适当其时耳。"

一夜莲来,惊曰:“郎何神气萧索?”生言:“不自觉。”莲便告别,相约十日。去后,李来恒无虚夕。问:“君情人何久不至?”因以相约告。李笑曰:“君视妾何如莲香美?”曰:“可称两绝。但莲卿肌肤温和。”李变色曰:“君谓双美,对妾云尔。渠必月殿仙人,妾定不及。”因而不欢。乃屈指计十日之期已满,嘱勿漏,将窃窥之。次夜莲香果至,笑语甚洽。及寝,大骇曰:“殆矣!十日不见,何益惫损?保无有他遇否?”生询其故。曰:“妾以神气验之,脉拆拆如乱丝,鬼症也。”次夜李来,生问:“窥莲香何似?”曰:“美矣。妾固谓世间无此佳人,果狐也。去,吾尾之,南山而穴居。”生疑其妒,漫应之。逾夕戏莲香曰:“余固不信,或谓卿狐者。”莲亟问:“是谁所云?”笑曰:“我自戏卿。”莲曰:“狐何异于人?”曰:“惑之者病,甚则死,是以可惧。”莲香曰:“不然。如君之年,房后三日精气可复,纵狐何害?设旦旦而伐之,人有甚于狐者矣。天下病尸瘵鬼,宁皆狐蛊死耶?虽然,必有议我者。”生力白其无,莲诘益力。生不得已,泄之。莲曰:“我固怪君惫也。然何遽至此?得勿非人乎?君勿言,明宵当如渠窥妾者。”是夜李至,才三数语,闻窗外嗽声,急亡去。莲入曰:“君殆矣!是真鬼物!昵其美而不速绝,冥路近矣!”生意其妒,默不语。莲曰:“固知君不忘情,然不忍视君死。明日当携药饵,为君以除阴毒。幸病蒂犹浅,十日恙当已。请同榻以视痊可。”次夜果出刀圭药啖生。顷刻,洞下三两行,觉脏腑清虚,精神顿爽。心虽德之,然终不信为鬼。莲香夜夜同衾偎生,生欲与合,辄止之。数日后肤革充盈。欲别,殷殷嘱绝李,生谬应之。及闭户挑灯,辄捉履倾想,李忽至。数日隔绝,颇有怨色。生曰:“彼连宵为我作巫医,请勿为怼,情好在我。”李稍怿。生枕上私语曰:“我爱卿甚,乃有谓卿鬼者。”李结舌良久,骂曰:“必淫狐之惑君听也!若不绝之,妾不来矣!”遂呜呜饮泣。生百词慰解乃罢。隔宿莲香至,知李复来,怒曰:“君必欲死耶!”生笑曰:“卿何相妒之深?”莲益怒曰:“君种死根,妾为若除之,不妒者将复何如?”生托词以戏曰:“彼云前日之病,为狐祟耳。”莲乃叹曰:“诚如君言,君迷不悟,万一不虞,妾百口何以自解?请从此辞。百日后当视君于卧榻中。”留之不可,怫然径去。由是与李夙夜必偕。约两月余,觉大困顿。初犹自宽解,日渐羸瘠,惟饮饘粥一瓯。欲归就奉养,尚恋恋不忍遽去。因循数日,沉绵不可复起。邻生见其病惫,日遣馆僮馈给食饮。生至是始疑李,因谓李曰:“吾悔不听莲香之言,以至于此!”言讫而瞑。移时复苏,张目四顾,则李已去,自是遂绝。生羸卧空斋,思莲香如望岁。

一日方凝想间,忽有搴帘入者,则莲香也。临榻哂曰:“田舍郎,我岂妄哉!”生哽咽良久,自言知罪,但求拯救。莲曰:“病入膏肓,实无救法。姑来永诀,以明非妒。”生大悲曰:“枕底一物,烦代碎之。”莲搜得履,持就灯前,反复展玩。李女欻入,卒见莲香,返身欲遁。莲以身闭门,李窘急不知所出。生责数之,李不能答。莲笑曰:“妾今始得与阿姨面相质。昔谓郎君旧疾,未必非妾致,今竟何如?”李俯首谢过。莲曰:“佳丽如此,乃以爱结仇耶?”李即投地陨泣,乞垂怜救。莲遂扶起,细诘生平。曰:“妾,李通判女,早夭,瘗于墙外。已死春蚕,遗丝未尽。与郎偕好,妾之愿也;致郎于死,良非素心。”莲曰:“闻鬼物利人死,以死后可常聚,然否?”曰:“不然!两鬼相逢,并无乐处。如乐也,泉下少年郎岂少哉!”莲曰:“痴哉!夜夜为之,人且不堪,而况于鬼!”李问:“狐能死人,何术独否?”莲曰:“是采补者流,妾非其类。故世有不害人之狐,断无不害人之鬼,以阴气盛也。”生闻其语,始知鬼狐皆真,幸习常见惯,颇不为骇。但念残息如丝,不觉失声大痛。莲顾问:“何以处郎君者?”李赧然逊谢。莲笑曰:“恐郎强健,醋娘子要食杨梅也。”李敛衽曰:“如有医国手,使妾得无负郎君,便当埋首地下,敢复腼然于人世耶!”莲解囊出药,曰:“妾早知有今,别后采药三山,凡三阅月,物料始备,瘵蛊至死,投之无不苏者。然症何由得,仍以何引,不得不转求效力。”问:“何需?”曰:“樱口中一点香唾耳。我一丸进,烦接口而唾之。”李晕生颐颊,俯首转侧而视其履。莲戏曰:“妹所得意惟履耳!”李益惭,俯仰若无所容。莲曰:“此平时熟技,今何吝焉?”遂以丸纳生吻,转促逼之,李不得已唾之。莲曰:“再!”又唾之。凡三四唾,丸已下咽。少间腹殷然如雷鸣,复纳一丸,自乃接唇而布以气。生觉丹田火热,精神焕发。莲曰:“愈矣!”

李听鸡鸣，彷徨别去。莲以新瘥，尚须调摄，就食非计，因将户外反关，伪示生归，以绝交往，日夜守护之。李亦每夕必至，给奉殷勤，事莲犹姊，莲亦深怜爱之。居三月生健如初，李遂数夕不至；偶至，一望即去。相对时亦悒悒不乐。莲常留与共寝，必不肯。生追出，提抱以归，身轻若刍灵。女不得遁，遂着衣偃卧，踡其体不盈二尺。莲益怜之，阴使生狎抱之，而撼摇亦不得醒。生睡去，觉而索之已杳。后十余日更不复至。生怀思殊切，恒出履共弄。莲曰："窈娜如此，妾见犹怜，何况男子！"生曰："昔日弄履则至，心固疑之，然终不料其鬼。今对履思容，实所怆恻。"因而泣下。

先是，富室张姓有女子燕儿，年十五，不汗而死。终夜复苏，起顾欲奔。张扃户，不得出。女自言："我通判女魂。感桑郎眷注，遗舄犹存彼处。我真鬼耳，锢我何益？"以其言有因，诘其至此之由。女低徊反顾，茫不自解。或有言桑生病归者，女执辨其诬。家人大疑。东邻生闻之，逾垣往窥，见生方与美人对语。掩入逼之，张皇间已失所在。邻生骇诘。生笑曰："向固与君言，雌者则纳之耳。"邻生述燕儿之言。生乃启关，将往侦探，苦无由。张母闻生果未归，益奇之。故使佣媪索履，生遂出以授。燕儿得之喜。试着之，鞋小于足者盈寸，大骇。揽镜自照，忽恍然悟己之借躯以生也者，因陈所由。母始信之。女镜面大哭曰："当日形貌，颇堪自信，每见莲姊，犹增惭怍。今反若此，人也不如其鬼也！"把履号咷，劝之不解。蒙衾僵卧，食之，亦不食，体肤尽肿；凡七日不食，卒不死，而肿渐消；觉饥不可忍，乃复食。数日，遍体瘙痒，皮尽脱。晨起，睡舄遗堕，索着之，则硕大无朋矣。因试前履，肥瘦吻合，乃喜。复自镜，则眉目颐颊，宛肖生平，益喜。盥栉见母，见者尽眙。

莲香闻其异，劝生媒通之，而以贫富悬邈，不敢遽进。会媪初度，因从其子婿行往为寿。媪睹生名，故使燕儿窥帘认客。生最后至，女骤出捉袂，欲从与俱归。母诃谯之，始惭而入。生审视宛然，不觉零涕，因拜伏不起。媪扶之，不以为侮。生出，浼女舅执柯，媪议择吉赘生。生归告莲香，且商所处。莲怅然良久，便欲别去，生大骇泣下。莲曰："君行花烛于人家，妾从而往，亦何形颜？"生谋先与旋里而后迎燕,莲乃从之。生以情白张。张闻其有室,怒加诮让。燕儿力白之,乃如所请。至日生往亲迎,家中备具颇甚草草。及归,则自门达堂,悉以罽毯贴地,百千笼烛,灿列如锦。莲香扶新妇入青庐,搭面既揭,欢若生平。莲陪卺饮,因细诘还魂之异。燕曰:"尔日抑郁无聊,徒以身为异物,自觉形秽。别后愤不归墓,随风漾泊。每见生人则羡之。昼凭草木,夜则信足浮沉。偶至张家,见少女卧床上,近附之,未知遂能活也。"莲闻之,默默若有所思。

逾两月,莲举一子。产后暴病,日就沉绵。捉燕臂曰:"敢以孽种相累,我儿即若儿。"燕泣下,姑慰藉之。为召巫医,辄却之。沉痼弥留,气如悬丝,生及燕儿皆哭。忽张目曰:"勿尔!子乐生,我乐死。如有缘,十年后可复得见。"言讫而卒。启衾将敛,尸化为狐。生不忍异视,厚葬之。子名狐儿,燕抚如己出。每清明必抱儿哭诸其墓。后生举于乡,家渐裕,而燕苦不育。狐儿颇慧,然单弱多疾。燕每欲生置媵。

一日,婢忽白:"门外一妪,携女求售。"燕呼入,卒见,大惊曰:"莲姊复出耶!"生视之,真似,亦骇。问:"年几何?"答云:"十四。""聘金几何?"曰:"老身止此一块肉,但俾得所,妾亦得啖饭处,后日老骨不至委沟壑,足矣。"生优价而留之。燕握女手入密室,撮其颔而笑曰:"汝识我否?"答言:"不识。"诘其姓氏,曰:"妾韦姓。父徐城卖浆者,死三年矣。"燕屈指停思,莲死恰十有四载。又审视女仪容态度,无一不神肖者。乃拍其顶而呼曰:"莲姊!莲姊!十年相见之约,当不欺吾!"女忽如梦醒,豁然曰:"咦!"熟视燕儿。生笑曰:"此'似曾相识燕归来'也。"女泫然曰:"是矣。闻母言,妾生时便能言,以为不祥,犬血饮之,遂昧宿因。今日始如梦寤。娘子其耻于为鬼之李妹耶?"共话前生,悲喜交至。一日,寒食,燕曰:"此每岁妾与郎君哭姊日也。"遂与亲登其墓,荒草离离,木已拱矣。女亦太息。燕谓生曰:"妾与莲姊,两世情好,不忍相离,宜令白骨同穴。"生从其言,启李家得骸,舁归而合葬之。亲朋闻其异,吉服临穴,不期而会者数百人。

余庚戌南游至沂,阻雨休于旅舍。有刘生子敬,其中表亲,出同社王子章所撰《桑生传》,约万余言,得卒读。此其崖略耳。

异史氏曰:“嗟乎!死者而求其生,生者又求其死,天下所难得者非人身哉?奈何具此身者,往往而置之,遂至腼然而生不如狐,泯然而死不如鬼。”

阿 宝

粤西孙子楚,名士也。生有枝指;性迂讷,人诳之辄信为真。或值座有歌妓,则必遥望却走。或知其然,诱之来,使妓狎逼之,则赪颜彻颈,汗珠珠下滴,因共为笑。遂貌其呆状相邮传,作丑语而名之“孙痴”。

邑大贾某翁,与王侯埒富,姻戚皆贵胄。有女阿宝,绝色也,日择良匹,大家儿争委禽妆,皆不当翁意。生时失俪,有戏之者劝其通媒,生殊不自揣,果从其教。翁素耳其名而贫之。媒媪将出,适遇宝,问之,以告。女戏曰:“渠去其枝指,余当归之。”媪告生。生曰:“不难。”媒去,生以斧自断其指,大痛彻心,血益倾注,滨死。过数日始能起,往见媒而示之。媪惊,奔告女;女亦奇之,戏请再去其痴。生闻而哗辨,自谓不痴,然无由见而自剖。转念阿宝未必美如天人,何遂高自位置如此?由是曩念顿冷。

会值清明,俗于是日妇女出游,轻薄少年亦结队随行,恣其月旦。有同社数人强邀生去。或嘲之曰:“莫欲一观可人否?”生亦知其戏己,然以受女揶揄故,亦思一见其人,忻然随众物色之。遥见有女子憩树下,恶少年环如墙堵。众曰:“此必阿宝也。”趋之,果宝也。审谛之,娟丽无双。少倾人益稠。女起,遽去。众情颠倒,品头题足,纷纷若狂;生独默然。及众他适,回视生犹痴立故所,呼之不应。群曳之曰:“魂随阿宝去耶?”亦不答。众以其素讷,故不为怪,或推之,或挽之以归。至家直上床卧,终日不起,冥如醉,唤之不醒。家人疑其失魂,招于旷野,莫能效。强拍问之,则朦胧应云:“我在阿宝家。”及细诘之,又默不语,家人惶惑莫解。初,生见女去,意不忍舍,觉身已从之行,渐傍其衿带间,人无呵者。遂从女归,坐卧依之,夜辄与狎,甚相得。然觉腹中奇馁。思欲一返家门,而迷不知路。女每梦与人交,问其名,曰:“我孙子楚也。”心异之,而不可以告人。生卧三日,气休休若将澌灭。家人大恐,托人婉告翁,欲一招魂其家。翁笑曰:“平昔不相往还,何由遗魂吾家?”家人固哀之,翁始允。巫执故服、草荐以往。女诘得其故,骇极,不听他往,直导入室,任招呼而去。巫归至门,生榻上已呻。既醒,女室之香奁什具,何色何名,历言不爽。女闻之,益骇,阴感其情之深。

生既离床寝,坐立凝思,忽忽若忘。每伺察阿宝,希幸一再遘之。浴佛节,闻将降香水月寺,遂早旦往候道左,目眩睛劳。日涉午,女始至,自车中窥见生,以掺手搴帘,凝睇不转。生益动,尾从之。女忽命青衣来诘姓字。生殷勤自展,魂益摇。车去始归。归复病,冥然绝食,梦中辄呼宝名,每自恨魂不复灵。家旧养一鹦鹉,忽毙,小儿持弄于床。生自念:倘得身为鹦鹉,振翼可达女室。心方注想,身已翩然鹦鹉,遽飞而去,直达宝所。女喜而扑之,锁其肘,饲以麻子。大呼曰:“姐姐勿锁!我孙子楚也!”女大骇,解其缚,亦不去。女祝曰:“深情已篆中心。今已人禽异类,姻好何可复圆?”鸟云:“得近芳泽,于愿已足。”他人饲之不食,女自饲之则食;女坐则集其膝,卧则依其床。如是三日,女甚怜之。阴使人瞷生,生则僵卧气绝已三日,但心头未冰耳。女又祝曰:“君能复为人,当誓死相从。”鸟云:“诳我!”女乃自矢。鸟侧目若有所思。少间,女束双弯,解履床下,鹦鹉骤下,衔履飞去。女急呼之,飞已远矣。

女使妪往探,则生已寤。家人见鹦鹉衔绣履来,堕地死,方共异之。生既苏即索履,众莫知故。适妪至,入视生,问履所自。生曰:“是阿宝信誓物。借口相覆:小生不忘金诺也。”妪反命,女益奇之,故使婢泄其情于母。母审之确,乃曰:“此子才名亦不恶,但有相如之贫。择数年得婿若此,恐将为显者笑。”女以履故,矢不他。翁媪从之,驰报生。生喜,疾顿瘳。翁议赘诸家。女曰:“婿不可久处岳家。况郎又贫,久益为人贱。儿既诺之,处蓬茅而甘藜藿,不怨也。”生乃亲迎成礼,相逢如隔世欢。

自是家得奁妆小阜,颇增物产。而生痴于书,不知理家人生业。女善居积,亦不以他事累生,居三年家益富。生忽病消渴,卒。女哭之痛，泪眼不晴，至绝眠食，劝之不纳，乘夜自经。婢觉之，急救而醒，终亦不食。三日集亲党，将以殓生。闻棺中呻以息，启之，已复活。自言："见冥王，以生平朴诚，命作部曹。忽有人白：'孙部曹之妻将至。'王稽鬼录，言：'此未应便死。'又白：'不食三日矣。'王顾谓：'感汝妻节义，姑赐再生。'因使驭卒控马送余还。"由此体渐平。

值岁大比，入闱之前，诸少年玩弄之，共拟隐僻之题七，引生僻处与语，言："此某家关节，敬秘相授。"生信之，昼夜揣摩制成七艺，众隐笑之。时典试者虑熟题有蹈袭弊，力反常经，题纸下，七艺皆符。生以是抡魁。明年举进士，授词林。上闻异，召问之，生具启奏，上大嘉悦。后召见阿宝，赏赉有加焉。

异史氏曰："性痴则其志凝，故书痴者文必工，艺痴者技必良。世之落拓而无成者，皆自谓不痴者也。且如粉花荡产，卢雉倾家，顾痴人事哉！以是知慧黠而过，乃是真痴，彼孙子何痴乎！"

集痴类十：窖镪食贫，对客辄夸儿慧，爱儿不忍教读，讳病恐人知，出资赚人嫖，窃赴饮会赚人赌，倩人作文欺父兄，父子账目太清，家庭用机械，喜子弟善赌。

九山王

曹州李姓者，邑诸生，家素饶，而居宅故不甚广，舍后有园数亩，荒置之。一日有叟来税屋，出直百金，李以无屋为辞。叟曰："请受之，但无烦虑。"李不喻其意，姑受之，以觇其异。越日，村人见舆马眷口入李家，纷纷甚夥，共疑李第无安顿所，问之。李殊不自知，归而察之，并无迹响。过数日叟忽来谒，且云："庇宇下已数晨夕，事事都草创，起炉作灶，未暇一修客子礼。今遣儿女辈作黍，幸一垂顾。"李从之，则入园中，欻见舍宇华好，崭然一新；入室陈设芳丽，酒鼎沸于廊下，茶烟袅于厨中。俄而行酒荐馔，备极甘旨，时见庭下少年人，往来甚众；又闻儿女喁喁，幕中作笑语声；家人婢仆，似有数十百口。李心知其狐。

席终而归，阴怀杀心。每入市，市硝硫积数百斤，暗布园中殆满。骤火之，焰亘霄汉，如黑灵芝，燔臭灰眯不可近，但闻鸣啼嗥动之声，嘈杂聒耳。既熄入视，则死狐满地，焦头烂额者不可胜计。方阅视间，叟自外来，颜色惨恸，责李曰："夙无嫌怨，荒园岁报百金非少；何忍遂相族灭？此奇惨之仇无不报者！"忿然而去。疑其掷砾为殃，而年余无少怪异。

时顺治初年，山中群盗窃发，啸聚万余人，官莫能捕。生以家口多，日忧离乱。适村中来一星者，自号"南山翁"，言人休咎，了若目睹，名大噪。李召至家，求推甲子。翁愕然起敬，曰："此真主也！"李闻大骇，以为妄；翁正容固言之。李疑信半焉。乃曰："岂有白手受命而帝者乎？"翁谓："不然。自古帝王，类多起于匹夫，谁是生而天子者？"生惑之，前席而请。翁毅然以"卧龙"自任。请先备甲胄数千具、弓弩数千事。李虑人莫之归。翁曰："臣请为大王连诸山，深相结。使哗言者谓大王真天子，山中士卒，宜必响应。"李喜，遣翁行。发藏镪，造甲胄。翁数日始还，曰："借大王威福，加臣三寸舌，诸山莫不愿执鞭靮，从戟下。"浃旬之间，果归命者数千人。于是拜翁为军师，建大纛，设彩帜若林，据山立栅，声势震动。邑令率兵来讨，翁指挥群寇大破之。令惧，告急于兖。兖兵远涉而至，翁又伏寇进击，兵大溃，将士杀伤者甚众。势益震，党以万计，因自立为"九山王"。翁患马少，会都中解马赴江南，遣一旅要路篡取之。由是"九山王"之名大噪。加翁为"护国大将军"。高卧山巢，公然自负，以为黄袍之加，指日可俟矣。东抚以夺马故，方将进剿，又得兖报，乃发精兵数千，与六道合围而进。军旅旌旗，弥满山谷。"九山王"大惧，召翁谋之，则不知所往。"九山王"窘急无术，登山而望曰："今而知朝廷之势大矣！"山破被擒，妻孥戮之。始悟翁即老狐，盖以族灭报李也。

异史氏曰："夫人拥妻子，闭门科头，何处得杀？即杀，亦何由族哉？狐之谋亦巧矣。而壤无其种者，虽溉不生；彼其杀狐之残，方寸已有盗根，故狐得长其萌而施之报。今试执途人而告之曰：'汝为天子！'未有不骇而走者。明明导以族灭之为，而犹乐听之，妻子为戮，又何足云？然人听匪言也，始闻之而怒，继而疑，又既而信，迨至身名俱殒，而始悟其误也，大率类此矣。"

遵化署狐

诸城邱公为遵化道,署中故多狐,最后一楼,绥绥者族而居之,以为家。时出殃人,遣之益炽。官此者惟设牲祷之,无敢迕。邱公莅任,闻而怒之。狐亦畏公刚烈,化一妪告家人曰:"幸白大人勿相仇。容我三日,将携细小避去。"公闻,亦默不言。次日,阅兵已,戒勿散,使尽扛诸营巨炮骤入,环楼千座并发。数仞之楼,顷刻摧为平地,革肉毛血,自天雨而下。但见浓尘毒雾之中,有白气一缕,冒烟冲空而去,众望之曰:"逃一狐矣。"而署中自此平安。

后二年,公遣干仆赍银如干数赴都,将谋迁擢。事未就,姑窖藏于班役之家。忽有一叟诣阙声屈,言妻子横被杀戮;又讦公克削军粮,夤缘当路,现顿某家,可以验证。奉旨押验。至班役家,冥搜不得,叟惟以一足点地。悟其意,发之,果得金;金上镌有"某郡解"字。已而觅叟,则失所在。执乡里姓名以求其人,竟亦无之。公由此罹难。乃知叟即逃狐也。

异史氏曰:"狐之祟人,可诛甚矣。然服而舍之,亦以全吾仁。公可云疾之已甚者矣。抑使关西为此,岂百狐所能仇哉!"

张 诚

豫人张氏者,其先齐人,明末齐大乱,妻为北兵掠去。张常客豫,遂家焉。娶于豫,生子讷。无何,妻卒,又娶继室牛氏,生子诚。牛氏悍甚,每嫉讷,奴畜之,啖以恶草具。使樵,日责柴一肩,无则挞楚诟诅,不可堪。隐畜甘脆饵诚,使从塾师读。

诚渐长,性孝友,不忍兄劬,阴劝母;母弗听。一日讷入山樵,未终,值大风雨,避身岩下,雨止而日已暮。腹中大馁,遂负薪归。母验之少,怒不与食。饥火烧心,入室僵卧。诚自塾中来,见兄嗒然,问:"病乎?"曰:"饿耳。"问其故,以情告。诚愀然便去,移时怀饼来饵兄。兄问其所自来。曰:"余窃面倩邻妇为之,但食勿言也。"讷食之。嘱弟曰:"后勿复然,事泄累弟。且日一啖,饥当不死。"诚曰:"兄故弱,乌能多樵!"次日食后,窃赴山,至兄樵处。兄见之,惊问:

"将何作?"答曰:"将助樵采。"问:"谁之遣?"曰:"我自来耳。"兄曰:"无论弟不能樵,纵或能之,且犹不可。"于是速之归。诚不听,以手足断柴助兄。且云:"明日当以斧来。"兄近止之。见其指已破,履已穿,悲曰:"汝不速归,我即以斧自刭死!"诚乃归。兄送之半途,方复回樵。既归,诣塾嘱其师曰:"吾弟年幼,宜闭之。山中虎狼多。"师曰:"午前不知何往,业夏楚之。"归谓诚曰:"不听吾言,遭笞责矣!"诚笑曰:"无之。"明日怀斧又去,兄骇曰:"我固谓子勿来,何复尔?"诚不应,刈薪且急,汗交颐不少休。约足一束,不辞而返。师又责之,乃实告之。师叹其贤,遂不之禁。兄屡止之,终不听。

一日与数人樵山中,欻有虎至,众惧而伏,虎竟衔诚去。虎负人行缓,为讷追及,讷力斧之,中胯。虎痛狂奔,莫可寻逐,痛哭而返。众慰解之,哭益悲。曰:"吾弟,非犹夫人之弟;况为我死,我何生焉!"遂以斧自刎其项。众急救之,入肉者已寸许,血溢如涌,眩瞀殒绝。众骇,裂之衣而约之,群扶以归。母哭骂曰:"汝杀吾儿,欲劙颈以塞责耶!"讷呻云:"母勿烦恼,弟死,我定不生!"置榻上,创痛不能眠,惟昼夜依壁坐哭。父恐其亦死,时就榻少哺之,牛辄诟责,讷遂不食,三日而毙。村中有巫走无常者,讷途遇之,缅诉曩苦。因询弟所,巫言不闻,遂反身导讷去。至一都会,见一皂衫人自城中出,巫要遮代问之。皂衫人于佩囊中检牒审顾,男妇百余,并无犯而张者。巫疑在他牒。皂衫人曰:"此路属我,何得差逮。"讷不信,强巫入内城。城中新鬼、故鬼往来憧憧,亦有故识,就问,迄无知者。忽共哗言:"菩萨至!"仰见云中有伟人,毫光彻上下,顿觉世界通明。巫贺曰:"大郎有福哉!菩萨几十年一入冥司拔诸苦恼,今适值之。"便捽讷跪。众鬼囚纷纷籍籍,合掌齐诵慈悲救苦之声,哄腾震地。菩萨以杨柳枝遍洒甘露,其细如尘;俄而雾收光敛,遂失所在。讷觉颈上沾露,斧处不复作痛。巫仍导与俱归,望见里门,始别而去。讷死二日,豁然竟苏,悉述所遇,谓诚不死。母以为撰造之诬,反诟骂之。讷负屈无以自伸,而摸创痕良瘥。自力起,拜父曰:"行将穿云入海往寻弟,如不可见,终此身勿望返也。愿父犹以儿为死。"翁引空处与泣,无敢留之,讷乃去。

每于冲衢访弟耗，途中资斧断绝，丐而行。逾年达金陵，悬鹑百结，伛偻道上。偶见十余骑过，走避道侧。内一人如官长，年四十已来，健卒骏马，腾踔前后。一少年乘小驷，屡视讷。讷以其贵公子，未敢仰视。少年停鞭少驻，忽下马，呼曰："非吾兄耶！"讷举首审视，诚也，握手大痛失声。诚亦哭曰："兄何漂落以至于此？"讷言其情，诚益悲。骑者并下问故，以白官长。官命脱骑载讷，连辔归诸其家，始详诘之。初，虎衔诚去，不知何时置路侧，卧途中经宿，适张别驾自都中来，过之，见其貌文，怜而抚之，渐苏。言其里居，则相去已远，因载与俱归。又药敷伤处，数日始痊。别驾无长君，子之。盖适从游瞩也。诚具为兄告。言次，别驾入，讷拜谢不已。诚入内捧帛衣出进兄，乃置酒燕叙。别驾问："贵族在豫，几何丁壮？"讷曰："无有。父少齐人，流寓于豫。"别驾曰："仆亦齐人。贵里何属？"答曰："曾闻父言属东昌辖。"惊曰："我同乡也！何故迁豫？"讷曰："明季清兵入境掠前母去。父遭兵燹，荡无家室。先贾于西道，往来颇稔，故止焉。"又惊问："君家尊何名？"讷告之。别驾瞠而视，俯首若疑，疾趋入内。无何，太夫人出。共罗拜已，问讷曰："汝是张炳之之孙耶？"曰："然。"太夫人大哭，谓别驾曰："此汝弟也。"讷兄弟莫能解。太夫人曰："我适汝父三年，流离北去，身属黑固山半年，生汝兄。又半年固山死，汝兄补秩旗下迁此官。今解任矣。每刻刻念乡井，遂出籍，复故谱。屡遣人至齐，殊无所觅耗，何知汝父西徙哉！"乃谓别驾曰："汝以弟为子，折福死矣！"别驾曰："曩问诚，诚未尝言齐人，想幼稚不忆耳。"乃以齿序：别驾四十有一，为长；诚十六，最少；讷二十二，则伯而仲矣。别驾得两弟，甚欢，与同卧处，尽悉离散端由，将作归计。太夫人恐不见容。别驾曰："能容则共之，否则析之。天下岂有无父之人？"

于是鬻宅办装，刻日西发。既抵里，讷及诚先驰报父。父自讷去，妻亦寻卒；块然一老鳏，形影自吊。忽见讷入，暴喜，恍恍以惊；又睹诚，喜极不复作言，潸潸以涕。又告以别驾母子至，翁辍泣愕然，不能喜，亦不能悲，蚩蚩以立。未几，别驾入，拜已；太夫人把翁相向哭。既见婢媪厮卒，内外盈塞，坐立不知所为。诚不见母，问之，方知已死，号嘶气绝，食顷始苏。别驾出资建楼阁，延师教两弟。马腾于厩，人喧于室，居然大家矣。

异史氏曰："余听此事至终，涕凡数堕。十余岁童子，斧薪助兄，慨然曰：'王览固再见乎！'于是一堕。至虎衔诚去，不禁狂呼曰：'天道愦愦如此！'于是一堕。及兄弟猝遇，则喜而亦堕。转增一兄，又益一悲，则为别驾堕。一门团圞，惊出不意，喜出不意，无从之涕，则为翁堕也。不知后世亦有善涕如某者乎？"

汾州狐

汾州判朱公者，居廨多狐。公夜坐，有女子往来灯下，初谓是家人妇，未遑顾瞻，及举目，竟不相识，而容光艳绝。心知其狐，而爱好之，遽呼之来，女停履笑曰："厉声加人，谁是汝婢媪耶？"朱笑而起，曳坐谢过。遂与款密，久如夫妻之好。忽谓曰："君秩当迁，别有日矣。"问："何时？"答曰："目前。但贺者在门，吊者即在闾，不能官也。"三日迁报果至，次日即得太夫人讣音。公解任，欲与偕旋。狐不可，送之河上，强之登舟。女曰："君自不知，狐不能过河也。"朱不忍别，恋恋河畔。女忽出，言将一谒故旧。移时归，即有客来答拜。女别室与语。客去乃来，曰："请便登舟，妾送君渡。"朱曰："向言不能渡，今何以渡？"曰："曩所谒非他，河神也。妾以君故特请之。彼限我十天往复，故可暂依耳。"遂同济。至十日，果别而去。

巧　娘

广东有搢绅傅氏，年六十余，生一子名廉，甚慧而天阉，十七岁阴才如蚕。遐迩闻知，无以女女者。自分宗绪已绝，昼夜忧怛，而无如何。

廉从师读。师偶他出，适门外有猴戏者，廉视之，废学焉。度师将至而惧，遂亡去。离家数里，见一素衣女郎偕小婢出其前。女一回首，妖丽无比，莲步蹇缓，廉趋过之。女回顾婢曰："试问郎君，得无欲如琼乎？"婢果呼问，廉诘其何为，女曰："倘之琼也，有尺书一函，烦便道寄里门。老母在家，亦可为东道主。"廉出本无定向，念浮海亦得，因诺之。女出书付婢，婢转付生。问其姓名居里，云："华姓，居秦女村，去北郭三四里。"生附舟便去。至琼州北郭，日已曛暮，问秦女村，迄无知者。望北行四五里，星月已灿，芳草迷目，旷无逆旅，窘甚。见道侧墓，思欲傍坟栖止，大惧虎狼，因攀树猱升，蹲踞其上。听松声谡谡，宵虫哀奏，中心忐忑，悔至如烧。

忽闻人声在下，俯瞰之，庭院宛然，一丽人坐石上，双鬟挑画烛，分侍左右。丽人左顾曰："今夜月白星疏，华姑所赠团茶，可烹一盏，赏此良夜。"生意其鬼魅，毛发直竖，不敢少息。忽婢子仰视曰："树上有人！"女惊起曰："何处大胆儿，暗来窥人！"生大惧，无所逃隐，遂盘旋下，伏地乞宥。女近临一睇，反恚为喜，曳与并坐。睨之，年可十七八，姿态艳绝，听其言亦土音。问："郎何之？"答云："为人作寄书邮。"女曰："野多暴客，露宿可虞。不嫌蓬荜，愿就税驾。"邀生入。室惟一榻，命婢展两被其上。生自惭形秽，愿在下床。女笑曰："佳客相逢，女元龙何敢高卧？"生不得已，遂与共榻，而惶恐不敢自舒。未几女暗中以纤手探入，轻捻胫股，生伪寐若不觉知。又未几启衾入，摇生，迄不动，女便下探隐处。乃停手怅然，悄悄出衾去，俄闻哭声。生惶愧无以自容，恨天公之缺陷而已。女呼婢篝灯。婢见啼痕，惊问所苦。女摇首曰："我叹吾命耳。"婢立榻前，耽望颜色。女曰："可唤郎醒，遣放去。"生闻之，倍益惭怍，且惧宵半，茫茫无所之。

筹念间，一妇人排闼入。婢曰："华姑来。"微窥之，年约五十余，犹风格。见女未睡，便致诘问，女未答。又视榻上有卧者，遂问："共榻何人？"婢代答："夜一少年郎寄此宿。"妇笑曰："不知巧娘谐花烛。"见女啼泪未干，惊曰："合卺之夕，悲啼不伦，将勿郎君粗暴也？"女不言，益悲。妇欲捋衣视生，一振衣，书落榻上。妇取视，骇曰："我女笔意也！"拆读叹咤。女问之。妇云："是三姐家报，言吴郎已死，茕无所依，且为奈何？"女曰："彼固云为人寄书，幸未遣之去。"妇呼生起，究询书所自来，生备述之。妇曰："远烦寄书，当何以报？"又熟视生，笑问："何迕巧娘？"生言："不自知罪。"又诘女，女叹曰："自怜生适阉寺，没奔椓人，是以悲耳。"妇顾生曰："慧黠儿，固雄而雌者耶？是我之客，不可久溷他人。"遂导生入东厢，探手于裤而验之。

笑曰:“无怪巧娘零涕。然幸有根蒂,犹可为力。”挑灯遍翻箱簏,得黑丸授生,令即吞下,秘嘱勿吪,乃出。生独卧筹思,不知药医何症。将比五更,初醒,觉脐下热气一缕直冲隐处,蠕蠕然似有物垂股际,自探之,身已伟男。心惊喜,如乍膺九锡。

棂色才分,妇即入室,以炊饼纳生,叮嘱耐坐,反关其户。出语巧娘曰:“郎有寄书劳,将留招三娘来与订姊妹交。且复闭置,免人厌恼。”乃出门去。生回旋无聊,时近门隙,如鸟窥笼。望见巧娘,辄欲招呼自呈,惭讷而止。延及夜分,妇始携女归。发扉曰:“闷煞郎君矣！三娘可来拜谢。”途中人逡巡入,向生敛衽。妇命相呼以兄妹,巧娘笑曰:“姊妹亦可。”并出堂中,团坐置饮。饮次,巧娘戏问:“寺人亦动心佳丽否?”生曰:“跛者不忘履,盲者不忘视。”相与粲然。巧娘以三娘劳顿,迫令安置。妇顾三娘,俾与生俱。三娘羞晕不行。妇曰:“此丈夫而巾帼者,何畏之?”敦促偕去。私嘱生曰:“阴为吾婿,阳为吾子,可也。”生喜,捉臂登床,发硎新试,其快可知。既于枕上问女:“巧娘何人?”曰:“鬼也。才色无匹,而时命蹇落。适毛家小郎子,病阉,十八岁而不能人,因邑邑不畅,赍恨如冥。”生惊,疑三娘亦鬼。女曰:“实告君,妾非鬼,狐耳。巧娘独居无耦,我母子无家,借庐栖止。”生大愕。女云:“无惧,虽故鬼狐,非相祸者。”由此日共谈宴。虽知巧娘非人,而心爱其娟好,独恨自献无隙。

生蕴藉,善谀噱,颇得巧娘怜。一日华氏母子将他往,复闭生室中。生闷气,绕室隔扉呼巧娘;巧娘命婢历试数钥,乃得启。生附耳请间,巧娘遣婢去,生挽就寝榻,偎向之,女戏掬脐下,曰:“惜可儿此处阙然。”语未竟,触手盈握。惊曰:“何前之渺渺,而遽累然!”生笑曰:“前羞见客,故缩,今以诮谤难堪,聊作蛙怒耳。”遂相绸缪。已而恚曰:“今乃知闭户有因。昔母子流荡栖无所,假庐居之。三娘从学刺绣,妾曾不少秘惜。乃妒忌如此!”生劝慰之,且以情告,巧娘终衔之。生曰:“密之！华姑嘱我严。”语未及已,华姑掩入,二人皇遽方起。华姑瞋目,问:“谁启扉?”巧娘笑逆自承。华姑益怒,聒絮不已。巧娘故哂曰:“阿姥亦大笑人！是丈夫而巾帼者,何能为?”三娘见母与巧娘苦相抵,意不自安,以一身调停两间,始各拗怒为喜。巧娘言虽愤烈，然自是屈意事三娘。但华姑昼夜闲防，两情不得自展，眉目含情而已。

一日，华姑谓生曰："吾儿姊妹皆已奉事君，念居此非计，君宜归告父母，早订永约。"即治装促生行。二女相向，容颜悲恻。而巧娘尤不可堪，泪滚滚如断贯珠，殊无已时。华姑排止之，便曳生出。至门外，则院宇无存，但见荒冢。华姑送至舟上，曰："君行后，老身携两女僦屋于贵邑。倘不忘夙好，李氏废园中，可待亲迎。"生乃归。时傅父觅子不得，正切焦虑，见子归，喜出非望。生略述崖末，兼致华氏之订。父曰："妖言何足听信？汝尚能生还者，徒以阉废故。不然，死矣！"生曰："彼虽异物，情亦犹人，况又慧丽，娶之亦不为戚党笑。"父不言，但嗤之。生乃退而技痒，不安其分，辄私婢，渐至白昼宣淫，意欲骇闻翁媪。一日为小婢所窥，奔告母，母不信，薄观之，始骇。呼婢研究，尽得其状。喜极，逢人宣暴，以示子不阉，将论婚于世族。生私白母："非华氏不娶。"母曰："世不乏美妇人，何必鬼物？"生曰："儿非华姑，无以知人道，背之不祥。"傅父从之，遣一仆一妪往觇之。

出东郭四五里，寻李氏园。见败垣竹树中，缕缕有炊烟。妪下乘，直造其闼，则母子拭几濯溉，似有所伺。妪拜致主命。见三娘，惊曰："此即吾家小主妇耶？我见犹怜，何怪公子魂思而梦绕之。"便问阿姊。华姑叹曰："是我假女，三日前忽殂谢去。"因以酒食饷妪及仆。妪归，备道三娘容止，父母皆喜。末陈巧娘死耗，生恻恻欲涕。至亲迎之夜，见华姑亲问之。答云："已投生北地矣。"生欷歔久之。迎三娘归，而终不能忘情巧娘，凡有自琼来者，必召见问之。或言秦女墓夜闻鬼哭，生诧其异，入告三娘。三娘沉吟良久，泣下曰："妾负姊矣！"诘之，答云："妾母子来时，实未使闻。兹之怨啼，将无是姊？向欲相告，恐彰母过。"生闻之，悲已而喜。即命舆，宵昼兼程，驰诣其墓，叩墓木而呼曰："巧娘！巧娘！某在斯！"俄见女郎捧婴儿，自穴中出，举首酸嘶，怨望无已；生亦涕下。探怀问谁氏子，巧娘曰："是君之遗孽也，诞三月矣。"生叹曰："误听华姑言，使母子埋忧地下，罪将安辞！"乃与同舆，航海而归。抱子告母。母视之，体貌丰伟,不类鬼物,益喜。二女谐和,事姑孝。后傅父病,延医来。巧娘曰:"疾不可为,魂已离舍。"督治冥具,既竣而卒。儿长,绝肖父,尤慧,十四游泮。

高邮翁紫霞,客于广而闻之。地名遗脱,亦未知所终矣。

吴 令

吴令某公,忘其姓字,刚介有声。吴俗最重城隍之神,木肖之,被锦藏机如生。值神寿节,则居民敛资为会,辇游通衢。建诸旗幢,杂卤簿,森森部列,鼓吹行且作,阗阗咽咽然,一道相属也。习以为俗,岁无敢懈。公出,适相值,止而问之,居民以告;又诘知所费颇奢。公怒,指神而责之曰:"城隍实主一邑。如冥顽无灵,则淫昏之鬼,无足奉事。其有灵,则物力宜惜,何得以无益之费,耗民脂膏?"言已,曳神于地,笞之二十。从此习俗顿革。

公清正无私,惟少年好戏。居年余,偶于廨中梯檐探雀鷇,失足而堕,折股,寻卒。人闻城隍祠中,公大声喧怒,似与神争,数日不止。吴人不忘公德,群集祝而解之,别建一祠祠公,声乃息。祠亦以城隍名,春秋祀之,较故神尤著。吴至今有二城隍云。

口 技

村中来一女子,年二十有四五,携一药囊,售其医。有问病者,女不能自为方,俟暮夜问诸神。晚洁斗室,闭置其中。众绕门窗,倾耳寂听;但窃窃语,莫敢咳。内外动息俱冥。

至夜许,忽闻帘声。女在内曰:"九姑来耶?"一女子答云:"来矣。"又曰:"腊梅从九姑来耶?"似一婢答云:"来矣。"三人絮语间杂,刺刺不休。俄闻帘钩复动,女曰:"六姑至矣。"乱言曰:"春梅亦抱小郎子来耶?"一女曰:"拗哥子!呜呜不睡,定要从娘子来。身如百钧重,负累煞人!"旋闻女子殷勤声,九姑问讯声,六姑寒暄声,二婢慰劳声,小儿喜笑声,一齐嘈杂。即闻女子笑曰:"小郎君亦大好耍,远迢迢抱猫儿来。"既而声渐疏,帘又响,满室俱哗,曰:"四姑来何迟也?"有一小女子细声答曰:"路有千里且溢,与阿姑走尔许时始至。

阿姑行且缓。”遂各各道温凉声,并移坐声,唤添坐声,参差并作,喧繁满室,食顷始定。即闻女子问病。九姑以为宜得参,六姑以为宜得芪,四姑以为宜得术。参酌移时,即闻九姑唤笔砚。无何,折纸戢戢然,拔笔掷帽丁丁然,磨墨隆隆然;既而投笔触几,震笔作响,便闻撮药包裹苏苏然。顷之,女子推帘,呼病者授药并方。反身入室,即闻三姑作别,三婢作别,小儿哑哑,猫儿唔唔,又一时并起。九姑之声清以越,六姑之声缓以苍,四姑之声娇以婉,以及三婢之声,各有态响,听之了了可辨。群讶以为真神。而试其方亦不甚效。此即所谓口技,特借之以售其术耳。然亦奇矣!

昔王心逸尝言:“在都偶过市廛,闻弦歌声,观者如堵。近窥之,则见一少年曼声度曲。并无乐器,惟以一指捺颊际,且捺且讴,听之铿铿,与弦索无异。”亦口技之苗裔也。

狐 联

焦生,章丘石虹先生之叔弟也。读书园中,宵分有二美人来,颜色双绝。一可十七八,一约十四五,抚几展笑。焦知其狐,正色拒之。长者曰:“君髯如戟,何无丈夫气?”焦曰:“仆生平不敢二色。”女笑曰:“迂哉!子尚守腐局耶?下元鬼神,凡事皆以黑为白,况床笫间琐事乎?”焦又咄之。女知不可动,乃云:“君名下士,妾有一联,请为属对,能对我自去:戊戌同体,腹中止欠一点。”焦凝思不就。女笑曰:“名士固如此乎?我代对之可矣:己巳连踪,足下何不双挑。”一笑而去。

潍水狐

潍邑李氏有别第,忽一翁来税居,岁出直金五十,诺之。既去无耗,李嘱家人别租。翌日翁至,曰:“租宅已有关说,何欲更僦他人?”李白所疑。翁曰:“我将久居是,所以迟迟者,以涓吉在十日之后耳。”因先纳一岁之直,曰:“终岁空之,勿问也。”李送出,问期,翁告之。

过期数日,亦竟渺然。及往觇之,则双扉内闭,炊烟起而人声杂矣。讶之,投刺往谒。翁趋出,逆而入,笑语可亲。既归,遣人馈遗其家;翁犒赐丰隆。又数日,李设筵邀翁,款洽甚欢。问其居里,以秦中对。李讶其远,翁曰:“贵乡福地也。秦中不可居,大难将作。”时方承平,置未深问。越日,翁折柬报居停之礼,供帐饮食,备极侈丽。李益惊,疑为贵官。翁以交好,因自言为狐。李骇绝,逢人辄道。邑搢绅闻其异,日结驷于门,愿纳交翁,翁无不伛偻接见。渐而郡官亦时还往。独邑令求通,辄辞以故。令又托主人先容,翁辞。李诘其故。翁离席近客而私语曰:“君自不知,彼前身为驴,今虽俨然民上,乃饮糙而亦醉者也。仆固异类,羞与为伍。”李乃托词告令,谓狐畏其神明故不敢见。令信之而止。

此康熙十一年事。未几秦罹兵燹,狐能前知,信矣。

异史氏曰:“驴之为物庞然也。一怒则踶趹嗥嘶,眼大于盎,气粗于牛,不惟声难闻,状亦难见。倘执束刍而诱之,则帖耳辑首,喜受羁勒矣。以此居民上,宜其饮糙而亦醉也。愿临民者以驴为戒,而求齿于狐,则德日进矣。”

红　玉

广平冯翁有一子,字相如,父子俱诸生。翁年近六旬,性方鲠,而家屡空。数年间,媪与子妇又相继逝,井臼自操之。一夜,相如坐月下,忽见东邻女自墙上来窥。视之,美;近之,微笑;招以手,不来亦不去。固请之,乃梯而过,遂共寝处。问其姓名,曰:“妾邻女红玉也。”生大爱悦,与订永好,女诺之。夜夜往来,约半年许。翁夜起闻女子含笑语,窥之见女,怒,唤生出,骂曰:“畜产所为何事!如此落寞,尚不刻苦,乃学浮荡耶?人知之丧汝德,人不知促汝寿!”生跪自投,泣言知悔。翁叱女曰:“女子不守闺戒,既自玷,而又以玷人。倘事一发,当不仅贻寒舍羞!”骂已,愤然归寝。女流涕曰:“亲庭罪责,良足愧辱!我二人缘分尽矣!”生曰:“父在,不得自专。卿如有情,尚当含垢为好。”女言辞决绝,生乃洒涕。女止之曰:“妾与君无媒妁之言,父母之命,逾墙钻隙,何能白首?此处有一佳耦,可聘也。”告以贫。女曰:“来宵相俟,妾为君谋之。”次夜女果至,出白金四十两赠生。曰："去此六十里，有吴村卫氏，年十八矣，高其价，故未售也。君重啖之，必合谐允。"言已别去。

生乘间语父，欲往相之，而隐馈金不敢告。翁自度无资，以是故止之。生又婉言："试可乃已。"翁颔之。生遂假仆马，诣卫氏。卫故田舍翁，生呼出引与闲语。卫知生望族，又见仪采轩豁，心许之，而虑其靳于资。生听其词意吞吐，会其旨，倾囊陈几上。卫乃喜，浼邻生居间，书红笺而盟焉，生入拜媪。居室逼侧，女依母自障。微睨之。虽荆布之饰，而神情光艳，心窃喜。卫借舍款婿，便言："公子无须亲迎。待少作衣妆，即合舁送去。"生与期而归。诡告翁，言卫爱清门，不责资。翁亦喜。至日卫果送女至。女勤俭，有顺德，琴瑟甚笃。逾二年举一男，名福儿。会清明抱子登墓，遇邑绅宋氏。宋官御史，坐行赇免，居林下，大煽威虐。是日亦上墓归，见女艳之，问村人知为生配。料冯贫士，诱以重赂冀可摇，使家人风示之。生骤闻，怒形于色。既思势不敌，敛怒为笑，归告翁。翁大怒，奔出，对其家人，指天画地，诟骂万端。家人鼠窜而去。宋氏亦怒，竟遣数人入生家，殴翁及子，汹若沸鼎。女闻之，弃儿于床，披发号救。群篡舁之，哄然便去。父子伤残，吟呻在地，儿呱呱啼室中。邻人共怜之，扶之榻上。经日，生杖而能起；翁忿不食，呕血，寻毙。

生大哭，抱子兴词，上至督抚，讼几遍，卒不得直。后闻妇不屈死，益悲。冤塞胸吭，无路可伸。每思要路刺杀宋，而虑其扈从繁，儿又罔托。日夜哀思，双睫为之不交。忽一丈夫吊诸其室，虬髯阔颔，曾与无素。挽坐欲问邦族。客遽曰："君有杀父之仇，夺妻之恨，而忘报乎?"生疑为宋人之侦，姑伪应之。客怒，眦欲裂，遽出曰："仆以君人也，今乃知不足齿之伧!"生察其异，跪而挽之，曰："诚恐宋人饵我。今实布腹心：仆之卧薪尝胆者，固有日矣。但怜此襁中物，恐坠宗祧。君义士，能为我杵臼否?"客曰："此妇人女子之事，非所能。君所欲托诸人者，请自任之；所欲自任者，愿得而代庖焉。"生闻，崩角在地，客不顾而出。生追问姓字，曰："不济，不任受怨；济，亦不任受德。"遂去。生惧祸及，抱子亡去。至夜，宋家一门俱寝，有人越重垣入，杀御史父子三人，及一媳一婢。宋家具状告官。官大骇。宋执谓相如,于是遣役捕生。生遁不知所之,于是情益真。宋仆同官役诸处冥搜,夜至南山,闻儿啼,踪得之,系缧而行。儿啼愈嗔,群夺儿抛弃之,生冤愤欲绝。见邑令,问:“何杀人?”生曰:“冤哉!某以夜死,我以昼出,且抱呱呱者,何能逾垣杀人?”令曰:“不杀人,何逃乎?”生词穷,不能置辨。乃收诸狱。生泣曰:“我死无足惜,孤儿何罪?”令曰:“汝杀人子多矣,杀汝子何怨?”生既褫革,屡受梏惨,卒无词。令是夜方卧,闻有物击床,震震有声,大惧而号。举家惊起,集而烛之;一短刀铦利如霜,剁床入木者寸余,牢不可拔。令睹之,魂魄丧失。荷戈遍索,竟无踪迹。心窃馁,又以宋人死,无可畏惧,乃详诸宪,代生解免,竟释生。

生归,瓮无升斗,孤影对四壁。幸邻人怜馈食饮,苟且自度。念大仇已报,则冁然喜;思惨酷之祸几于灭门,则泪潸潸堕;及思半生贫彻骨,宗支不续,则于无人处大哭失声,不复能自禁。如此半年,捕禁益懈。乃哀邑令,求判还卫氏之骨。及葬而归,悲怛欲死,辗转空床,竟无生路。忽有款门者,凝神寂听,闻一人在门外,哝哝与小儿语。生急起窥觇,似一女子。扉初启,便问:“大冤昭雪,可幸无恙!”其声稔熟,而仓卒不能追忆。烛之,则红玉也。挽一小儿,嬉笑跨下。生不暇问,抱女呜哭,女亦惨然。既而推儿曰:“汝忘尔父耶?”儿牵女衣,目灼灼视生。细审之,福儿也。大惊,泣问:“儿那得来?”女曰:“实告君,昔言邻女者,妄也,妾实狐。适宵行,见儿啼谷中,抱养于秦。闻大难既息,故携来与君团聚耳。”生挥涕拜谢。儿在女怀,如依其母,竟不复能识父矣。天未明,女即遽起,问之,答曰:“奴欲去。”生裸跪床头,涕不能仰。女笑曰:“妾诳君耳。今家道新创,非夙兴夜寐不可。”乃剪莽拥篲,类男子操作。生忧贫乏,不自给。女曰:“但请下帷读,勿问盈歉,或当不殍饿死。”遂出金治织具,租田数十亩,雇佣耕作。荷镵诛茅,牵萝补屋,日以为常。里党闻妇贤,益乐资助之。约半年,人烟腾茂,类素封家。生曰:“灰烬之余,卿白手再造矣。然一事未就安妥,如何?”诘之,答曰:“试期已迫,巾服尚未复也。”女笑曰:“妾前以四金寄广文,已复名在案。若待君言,误之已久。”生益神之。是科遂领乡荐。时年三十六,腴田连阡,夏屋渠渠矣。女袅娜如随风欲飘去，而操作过农家妇。虽严冬自苦，而手腻如脂。自言二十八岁，人视之，常若二十许人。

异史氏曰："其子贤，其父德，故其报之也侠。非特人侠，狐亦侠也。遇亦奇矣！然官宰悠悠，竖人毛发，刀震震入木，何惜不略移床上半尺许哉？使苏子美读之，必浮白曰：'惜乎击之不中！'"

龙

北直界有堕龙入村，其行重拙，入某绅家。其户仅可容躯，塞而入。家人尽奔。登楼哗噪，铳炮轰然。龙乃出。门外停贮潦水，浅不盈尺。龙入，转侧其中，身尽泥涂，极力腾跃，尺余辄堕。泥蟠三日，蝇集鳞甲。忽大雨，乃霹雳拏空而去。

房生与友人登牛山，入寺游瞩。忽椽间一黄砖堕，上盘一小蛇，细裁如蚓。忽旋一周如指，又一周已如带。共惊，知为龙，群趋而下。方至山半，闻寺中霹雳一声，天上黑云如盖，一巨龙夭矫其中，移时而没。

章丘小相公庄，有民妇适野，值大风，尘沙扑面。觉一目眯，如含麦芒，揉之吹之，迄不愈。启睑而审视之，睛固无恙，但有赤线蜿蜒于肉分。或曰："此蛰龙也。"妇忧惧待死。积三月余，天暴雨，忽巨霆一声，裂眦而去，妇无少损。

袁宣四言："在苏州，值阴晦，霹雳大作。众见龙垂云际，鳞甲张动，爪中抟一人头，须眉毕见；移时，入云而没。亦未闻有失其头者。"

林四娘

青州道陈公宝钥，闽人。夜独坐，有女子搴帏入，视之不识，而艳绝，长袖宫装。笑云："清夜兀坐，得勿寂耶？"公惊问何人，曰："妾家不远，近在西邻。"公意其鬼，而心好之。捉袂挽坐，谈词风雅，大悦。拥之不甚抗拒，顾曰："他无人耶？"公急阖户，曰："无。"促其缓裳，意殊羞怯，公代为之殷勤。女曰："妾年二十，犹处子也，狂将不堪。"狎亵既竟，流丹浃席。既而枕边私语，自言"林四娘"。公详诘之，曰：

“一世坚贞，业为君轻薄殆尽矣。有心爱妾，但图永好可耳，絮絮何为？”无何，鸡鸣，遂起而去。

由此夜夜必至，每与阖户雅饮。谈及音律，辄能剖悉宫商，公遂意其工于度曲。曰：“儿时之所习也。”公请一领雅奏。女曰：“久矣不托于音，节奏强半遗忘，恐为知者笑耳。”再强之，乃俯首击节，唱“伊”“凉”之调，其声哀婉。歌已，泣下。公亦为酸恻，抱而慰之曰：“卿勿为亡国之音，使人悒悒。”女曰：“声以宣意，哀者不能使乐，亦犹乐者不能使哀。”两人燕昵，过于琴瑟。既久，家人窃听之，闻其歌者，无不流涕。

夫人窥见其容，疑人世无此妖丽，非鬼必狐，惧为厌蛊，劝公绝之。公不能听，但固诘之。女愀然曰：“妾，衡府宫人也，遭难而死十七年矣，以君高义，托为燕婉，然实不敢祸君。倘见疑畏，即从此辞。”公曰：“我不为嫌，但燕好若此，不可不知其实耳。”乃问宫中事，女缅述津津可听。谈及式微之际，则哽咽不能成语。女不甚睡，每夜辄起诵《准提》《金刚》诸经咒。公问：“九原能自忏耶？”曰：“一也。妾思终身沦落，欲度来生耳。”

又每与公评骘诗词，瑕辄疵之，至好句则曼声娇吟。意绪风流，使人忘倦。公问：“工诗乎？”曰：“生时亦偶为之。”公索其赠。笑曰：“儿女之语，乌足为高人道。”居三年。一夕忽惨然告别，公惊问之，答云：“冥王以妾生前无罪，死犹不忘经咒，俾生王家。别在今宵，永无见期。”言已，怆然；公亦泪下。乃置酒相与痛饮，女慷慨而歌，为哀曼之音，一字百转，每至悲处，辄便呜咽。数停数起，而后终曲，饮不能畅。乃起，逡巡欲别；公固挽之，又坐少时。鸡声忽唱，乃曰：“必不可以久留矣。然君每怪妾不肯献丑，今将长别，当率成一章。”索笔构成，曰：“心悲意乱，不能推敲，乖音错节，慎勿出以示人。”掩袖而出，公送诸门外，湮然没。公怅悼良久。视其诗，字态端好，珍而藏之。诗曰：“静锁深宫十七年，谁将故国问青天？闲看殿宇封乔木，泣望君王化杜鹃。海国波涛斜夕照，汉家箫鼓静烽烟。红颜力弱难为厉，惠质心悲只问禅。日诵菩提千百句，闲看贝叶两三篇。高唱梨园歌代哭，请君独听亦潸然。”诗中重复脱节，疑有错误。

卷 三

江 中

王圣俞南游，泊舟江心，既寝，视月明如练，未能寐，使童仆为之按摩。忽闻舟顶如小儿行，踏芦席作响，远自舟尾来，渐近舱户。虑为盗，急起问童，童亦闻之。问答间，见一人伏舟顶上，垂首窥舱内。大愕，按剑呼诸仆，一舟俱醒。告以所见。或疑错误。俄响声又作。群起四顾，渺然无人，惟疏星皎月，漫漫江波而已。众坐舟中，旋见青火如灯状，突出水面，随水浮游，渐近舡则火顿灭。即有黑人骤起屹立水上，以手攀舟而行。众噪曰："必此物也！"欲射之。方开弓，则遽伏水中不可见矣。问舟人，舟人曰："此古战场，鬼时出没，其无足怪。"

鲁公女

招远张于旦，性疏狂不羁，读书萧寺。时邑令鲁公，三韩人，有女好猎。生适遇诸野，见其风姿娟秀，着锦貂裘，跨小骊驹，翩然若画。归忆容华，极意钦想；后闻女暴卒，悼叹欲绝。

鲁以家远，寄灵寺中，即生读所。生敬礼如神明，朝必香，食必祭，每酹而祝曰："睹卿半面，长系梦魂，不图玉人，奄然物化。今近在咫尺，而邈若河山，恨如何也！然生有拘束，死无禁忌，九泉有灵，当姗姗而来，慰我倾慕。"日夜祝之几半月。一夕挑灯夜读，忽举首，则女子含笑立灯下，生惊起致问。女曰："感君之情，不能自已，遂不避私奔之嫌。"生大喜，遂共欢好。自此无虚夜。谓生曰："妾生好弓马，以射獐杀鹿为快，罪孽深重，死无归所。如诚心爱妾，烦代诵《金刚经》一藏数，生生世世不忘也。"生敬受教，每夜起，即柩前捻珠讽诵。偶值节序，欲与偕归，女忧足弱，不能跋履。生请抱负以行，女笑从之。如抱婴儿，殊不重累，遂以为常，考试亦载与俱，然行必以夜。

生将赴秋闱，女曰："君福薄，徒劳驰驱。"遂听其言而止。

积四五年，鲁罢官，贫不能榇，将就窆之，苦无葬地。生乃自陈："某有薄壤近寺，愿葬女公子。"鲁公喜。生又力为营葬。鲁德之而莫解其故。鲁去，二人绸缪如平日。一夜侧倚生怀，泪落如豆，曰："五年之好，于今别矣！受君恩义，数世不足以酬！"生惊问之。曰："蒙惠及泉下人，经咒藏满，今得生河北卢户部家。如不忘今日，过此十五年，八月十六日，烦一往会。"生泣下曰："生三十余年矣，又十五年，将就木焉，会将何为？"女亦泣曰："愿为奴婢以报。"少间曰："君送妾六七里，此去多荆棘，妾衣长难度。"乃抱生项，生送至通衢，见路旁车马一簇，马上或一人，或二人；车上或三人、四人、十数人不等；独一钿车，绣缨朱幰，仅一老媪在焉。见女至，呼曰："来乎？"女应曰："来矣。"乃回顾生云："尽此，且去！勿忘所言。"生诺。女行近车，媪引手上之，展軨即发，车马阗咽而去。

生怅怅而归，志时日于壁。因思经咒之效，持诵益虔。梦神人告曰："汝志良嘉，但须要到南海去。"问："南海多远？"曰："近在方寸地。"醒而会其旨，念切菩提，修行倍洁。三年后，次子明、长子政，相继擢高科。生虽暴贵，而善行不替。夜梦青衣人邀去，见宫殿中坐一人如菩萨状，逆之曰："子为善可喜，惜无修龄，幸得请于上帝矣。"生伏地稽首。唤起，赐坐；饮以茶，味芳如兰。又令童子引去，使浴于池。池水清洁，游鱼可数，入之而温，掬之有荷叶香。移时渐入深处，失足而陷，过涉灭顶。惊寤，异之。由此身益健，目益明。自捋其须，白者尽簌簌落；又久之，黑者亦落。面纹亦渐舒。至数月后，颔秃童面，宛如十五六时。辄兼好游戏事，亦犹童。过饰边幅，二子辄匡救之。

未几夫人以老病卒，子欲为求继室于朱门。生曰："待吾至河北来而后娶。"屈指已及约期，遂命仆马至河北。访之，果有卢户部。先是，卢公生一女，生而能言，长益慧美，父母最钟爱之。贵家委禽，女辄不欲，怪问之，具述生前约。共计其年，大笑曰："痴婢！张郎计今年已半百，人事变迁，其骨已朽。纵其尚在，发童而齿壑矣。"女不听。母见其志不摇，与卢公谋，戒阍人勿通客，过期以绝其望。未几生至，阍人拒之，退返旅舍，怅恨无所为计。闲游郊郭，因循而暗访之。女谓生负约，涕不食。母言：“渠不来，必已殂谢。即不然，背盟之罪，亦不在汝。”女不语，但终日卧。卢患之，亦思一见生之为人，乃托游遨，遇生于野。视之，少年也，讶之。班荆略谈，甚倜傥。公喜，邀至其家。方将探问，卢即遽起，嘱客暂独坐，匆匆入内告女。女喜，自力起，窥审其状不符，零涕而返，怨父欺罔，公力白其是。女无言，但泣不止。公出，意绪懊丧，对客殊不款曲。生问：“贵族有为户部者乎？”公漫应之。首他顾，似不属客。生觉其慢，辞出。女啼数日而卒。

生夜梦女来，曰：“下顾者果君耶？年貌舛异，觌面遂致违隔。妾已忧愤死。烦向土地祠速招我魂，可得活，迟则无及矣。”既醒，急探卢氏之门，果有女亡二日矣。生大恸，进而吊诸其室，已而以梦告卢。卢从其言，招魂而归，启其衾，抚其尸，呼而祝之，俄闻喉中咯咯有声。忽见朱樱乍启，坠痰块如冰，扶移榻上，渐复吟呻。卢公悦，肃客出，置酒宴会。细展官阀，知其巨家，益喜，择吉成礼。居半月携女而归，卢送至家，半年乃去。夫妇居室俨如小耦，不知者多误以子妇为姑嫜者焉。卢公逾年卒。子最幼，为豪强所中伤，家产几尽。生迎养之，遂家焉。

道 士

韩生，世家也。好客，同村徐氏常饮于其座。会宴集，有道士托钵门外，家人投钱及粟皆不受，亦不去，家人怒归不顾。韩闻击剥之声甚久，询之家人，以情告。言未已，道士竟入。韩招之坐。道士向主客皆一举手，即坐。略致研诘，始知其初居村东破庙中。韩曰：“何日栖鹤东观，竟不闻知，殊缺地主之礼。”答曰：“野人新至无交游，闻居士挥霍，深愿求饮焉。”韩命举觞。道士能豪饮。徐见其衣服垢敝，颇偃蹇，不甚为礼。韩亦海客遇之。道士倾饮二十余杯，乃辞而去。自是每宴会道士辄至，遇食则食，遇饮则饮，韩亦稍厌其频。

饮次，徐嘲之曰：“道长日为客，宁不一作主？”道士笑曰：“道人与居士等，惟双肩承一喙耳。”徐惭不能对。道士曰：“虽然，道人怀诚久矣,会当竭力作杯水之酬。"饮毕,嘱曰:"翌午幸赐光宠。"次日相邀同往,疑其不设。行去,道士已候于途,且语且步,已至庙外。入门,则院落一新,连阁云蔓。大奇之,曰:"久不至此,创建何时?"道士答:"竣工未久。"比入其室,陈设华丽,世家所无。二人肃然起敬。甫坐,行酒下食,皆二八狡童,锦衣朱履。酒馔芳美,备极丰渥。饭已,另有小进。珍果多不可名,贮以水晶玉石之器,光照几榻。酌以玻璃盏,围尺许。道士曰:"唤石家姊妹来。"童去。少时二美人入,一细长如弱柳,一身短,齿最稚;媚曼双绝。道士即使歌以侑酒。少者拍板而歌,长者和以洞箫,其声清细。既阕,道士悬爵促釂,又命遍酌。顾问:"美人久不舞,尚能之否?"遂有僮仆展氍毹于筵下,两女对舞,长衣乱拂,香尘四散。舞罢,斜倚画屏。韩、徐二人心旷神飞,不觉醺醉。道士亦不顾客,举杯饮尽,起谓客曰:"姑烦自酌,我稍憩,即复来。"即去。南屋壁下,设一螺钿之床,女子为施锦裀,扶道士卧。道士乃曳长者共寝,命少者立床下为之爬搔。韩、徐睹此状颇不平。徐乃大呼:"道士不得无礼!"往将挠之,道士急起而遁。见少女犹立床下,乘醉拉向北榻,公然拥卧。视床上美人,尚眠绣榻。顾韩曰:"君何太迂?"韩乃径登南榻,欲与狎亵,而美人睡去,拨之不转;因抱与俱寝。天明酒梦俱醒,觉怀中冷物冰人,视之,则抱长石卧青阶下。急视徐,徐尚未醒,见其枕遗屙之石,酣寝败厕中。蹴起,互相骇异。四顾,则一庭荒草,两间破屋而已。

胡　氏

直隶有巨家欲延师,忽一秀才踵门自荐,主人延之。词语开爽,遂相知悦。秀才自言胡氏,遂纳贽馆之。胡课业良勤,淹洽非下士等。然时出游,辄昏夜始归,扃闭俨然,不闻款叩而已在室中矣。遂相惊以狐。然察胡意固不恶,优重之,不以怪异废礼。

胡知主人有女,求为姻好,屡示意,主人伪不解。一日胡假而去。次日有客来谒,絷黑卫于门,主人逆而入。年五十余,衣履鲜洁,意甚恬雅。既坐,自达,始知为胡氏作冰。主人默然良久,曰:"仆与胡先生,交已莫逆,何必婚姻?且息女已许字矣,烦代谢先生。"客曰:"确知令媛待聘，何拒之深？”再三言之，而主人不可，客有惭色，曰：“胡亦世族，何遽不如先生？”主人直告曰：“实无他意，但恶非其类耳。”客闻之怒，主人亦怒，相侵益亟。客起抓主人，主人命家人杖逐之，客乃遁。遗其驴，视之毛黑色，批耳修尾，大物也。牵之不动，驱之则随手而蹶，喓喓然草虫耳。

主人以其言忿，知必相仇，戒备之。次日果有狐兵大至，或骑、或步、或戈、或弩，马嘶人沸，声势汹汹。主人不敢出，狐声言火屋，主人益惧。有健者率家人噪出，飞石施箭，两相冲击，互有夷伤。狐渐靡，纷纷引去。遗刀地上，亮如霜雪，近拾之，则高粱叶也。众笑曰：“技止此耳。”然恐其复至，益备之。明日众方聚语，忽一巨人自天而降，高丈余，身横数尺，挥大刀如门，逐人而杀。群操矢石乱击之，颠踣而毙，则刍灵耳。众益易之。狐三日不复来，众亦少懈。主人适登厕，俄见狐兵张弓挟矢而至，乱射之，集矢于臀。大惧，急喊众奔斗，狐方去。拔矢视之，皆蒿梗。如此月余，去来不常，虽不甚害，而日日戒严，主人患苦之。

一日胡生率众至，主人身出，胡望见，避于众中，主人呼之，不得已，乃出。主人曰：“仆自谓无失礼于先生，何故兴戎？”群狐欲射，胡止之。主人近握其手，邀入故斋，置酒相款，从容曰：“先生达人，当相见谅。以我情好，宁不乐附婚姻？但先生车马、宫室，多不与人同，弱女相从，即先生当知其不可。且谚云：‘瓜果之生摘者，不适于口。’先生何取焉？”胡大惭。主人曰：“无伤，旧好故在。如不以尘浊见弃，在门墙之幼子年十五矣，愿得坦腹床下。不知有相若者否？”胡喜曰：“仆有弱妹少公子一岁，颇不陋劣，以奉箕帚如何？”主人起拜，胡答拜。于是酬酢甚欢，前隙俱忘，命罗酒浆，遍犒从者，上下欢慰。乃详问居里，将以奠雁，胡辞之。日暮继烛，醺醉乃去。由是遂安。

年余胡不至，或疑其约妄，而主人坚待之。又半年胡忽至，既道温凉已，乃曰：“妹子长成矣。请卜良辰，遣事翁姑。”主人喜，即同定期而去。至夜果有舆马送新妇至，奁妆丰盛，设室中几满。新妇见姑嫜，温丽异常，主人大喜。胡生与一弟来送女，谈吐俱风雅，又善饮。

天明乃去。新妇且能预知年岁丰凶,故谋生之计皆取则焉。胡生兄弟以及胡媪,时来望女,人人皆见之。

戏　术

有桶戏者,桶可容升,无底中空,亦如俗戏。戏人以二席置街上,持一升入桶中,旋出,即有白米满升倾注席上,又取又倾,顷刻两席皆满。然后一一量入,毕而举之犹空桶。奇在多也。

利津李见田,在颜镇闲游陶场,欲市巨瓮,与陶人争直,不成而去。至夜,窑中未出者六十余瓮,启视一空。陶人大惊,疑李,踵门求之。李谢不知,固哀之,乃曰:“我代汝出窑,一瓮不损,在魁星楼下非与?”如言往视,果一一俱在。楼在镇之南山,去场三里余。佣工运之,三日乃尽。

丐　僧

济南一僧,不知何许人。赤足衣百衲,日于芙蓉、明湖诸馆,诵经抄募。与以酒食钱粟皆弗受,叩所需又不答。终日未尝见其餐饭。或劝之曰:“师既不茹荤酒,当募山村僻巷中,何日日往来于膻闹之场?”僧合眸讽诵,睫毛长指许,若不闻。少旋又语之,僧遽张目厉声曰:“要如此化!”又诵不已。久之自出而去,或从其后,固诘其必如此之故,走不应。叩之数四,又厉声曰:“非汝所知!老僧要如此化!”积数日,忽出南城,卧道侧如僵,三日不动。居民恐其饿死,贻累近郭,因集劝他徙。欲饭饭之,欲钱钱之,僧瞑然不动,群摇而语之。僧怒,于衲中出短刀,自剖其腹,以手入内理肠于道,而气随绝。众骇告郡。藁葬之。异日为犬所穴,席见;踏之似空,发视之,席封如故,犹空茧然。

伏　狐

太史某为狐所魅,病瘠。符禳既穷,乃乞假归,冀可逃避。太史行而狐从之,大惧,无所为谋。一日止于涿,门外有铃医自言能伏狐,太史延之入。投以药,则房中术也。促令服讫,入与狐交,锐不可当。

狐辟易，哀而求罢，不听，进益勇。狐展转营脱，苦不得去。移时无声，视之，现狐形而毙矣。

昔余乡某生者，素有嫪毐之目，自言生平未得一快意。夜宿孤馆四无邻，忽有奔女扉未启而已入，心知其狐，亦欣然乐就狎之。衿襦甫解，贯革直入。狐惊痛，啼声吱然，如鹰脱韝，穿窗而出去。某犹望窗外作狎昵声，哀唤之，冀其复回，而已寂然矣。此真讨狐之猛将也！宜榜门驱狐，可以为业。

蛰龙

於陵曲银台公，读书楼上。值阴雨晦暝，见一小物有光如荧，蠕蠕而行，过处则黑如蚰迹，渐盘卷上，卷亦焦。意为龙，乃捧卷送之至门外，持立良久，蠖曲不少动。公曰：“将无谓我不恭？”执卷返，仍置案上，冠带长揖送之。方至檐下，但见昂首乍伸，离卷横飞，其声嗤然，光一道如缕。数步外，回首向公，则头大于瓮，身数十围矣。又一折反，霹雳震惊，腾霄而去。回视所行处，盖曲曲自书笥中出焉。

苏仙

高公明图知郴州时，有民女苏氏浣衣于河，河中有巨石，女踞其上。有苔一缕，绿滑可爱，浮水漾动，绕石三匝。女视之心动。既归而娠，腹渐大，母私诘之，女以情告，母不能解。数月竟举一子，欲置隘巷，女不忍也，藏诸椟而养之。遂矢志不嫁，以明其不二也。然不夫而孕，终以为羞。

儿至七岁未尝出以见人，儿忽谓母曰：“儿渐长，幽禁何可长也？去之不为母累。”问所之。曰：“我非人种，行将腾霄昂壑耳。”女泣询归期。答曰：“待母属纩儿始来。去后倘有所需，可启藏儿椟索之，必能如愿。”言已，拜母竟去。出而望之，已杳矣。女告母，母大奇之。女坚守旧志，与母相依，而家益落。偶缺晨炊，仰屋无计。忽忆儿言，往启椟，果得米，赖以举火。自是有求辄应。逾三年母病卒，一切葬具皆取给于椟。

既葬，女独居三十年，未尝窥户。一日邻妇乞火者，见其兀坐空闺,语移时始去。居无何,忽见彩云绕女舍,亭亭如盖,中有一人盛服立,审视则苏女也。回翔久之,渐高不见。邻人共疑之,窥诸其室,见女靓妆凝坐,气则已绝。众以其无归,议为殡殓。忽一少年入,丰姿俊伟,向众申谢。邻人向亦窃知女有子,故不之疑。少年出金葬母,植二桃于墓,乃别而去。数步之外,足下生云,不可复见。后桃结实甘芳,居人谓之"苏仙桃",树年年华茂,更不衰朽。官是地者,每携实以馈亲友。

李伯言

李生伯言,沂水人,抗直有肝胆。忽暴病,家人进药,却之曰:"吾病非药饵可疗。阴司阎罗缺,欲吾暂摄其篆耳。死勿埋我,宜待之。"是日果死。

驺从导去,入一宫殿,进冕服,隶胥祗候甚肃。案上簿书丛沓。一宗:江南某,稽生平所私良家女八十二人,鞫之佐证不诬,按冥律宜炮烙。堂下有铜柱,高八九尺,围可一抱,空其中而炽炭焉,表里通赤。群鬼以铁蒺藜挞驱使登,手移足盘而上,甫至顶,则烟气飞腾,崩然一响如爆竹,人乃堕;团伏移时始复苏。又挞之,爆堕如前。三堕,则匝地如烟而散,不复能成形矣。

又一起:为同邑王某,被婢父讼盗占生女,王即李姻家。先是一人卖婢,王知其所来非道,而利其直廉,遂购之。至是王暴卒。越日其友周生遇于途,知为鬼,奔避斋中。王亦从入。周惧而祝,问所欲为。王曰:"烦作见证于冥司耳。"惊问:"何事?"曰:"余婢实价购之,今被误控,此事君亲见之,惟借季路一言,无他说也。"周固拒之,王出曰:"恐不由君耳。"未几周果死,同赴阎罗质审。李见王,隐存左袒意。忽见殿上火生,焰烧梁栋。李大骇,侧足立,吏急进曰:"阴曹不与人世等,一念之私不可容。急消他念则火自熄。"李敛神寂虑,火顿灭。已而鞫状,王与婢父反复相苦;问周,周以实对;王以故犯论笞。笞讫,遣人俱送回生,周与王皆三日而苏。

李视事毕,舆马而返。中途见阙头断足者数百辈,伏地哀鸣。停车研诘,则异乡之鬼,思践故土,恐关隘阻隔,乞求路引。李曰:"余摄任三日已解任矣,何能为力?”众曰:“南村胡生,将建道场,代嘱可致。”李诺之。至家,驺从都去,李乃苏。

胡生字水心,与李善,闻李再生,便诣探省。李遽问:“清醮何时?”胡讶曰:“兵燹之后,妻孥瓦全,向与室人作此愿心,未向一人道也,何知之?”李具以告。胡叹曰:“闺房一语遂播幽冥,可惧哉!”乃敬诺而去。次日如王所,王犹惫卧。见李,肃然起敬,申谢佑庇。李曰:“法律不能宽借。今幸无恙乎?”王云:“已无他症,但笞疮脓溃耳。”又二十余日始痊,臀肉腐落,瘢痕如杖者。

异史氏曰:“阴司之刑惨于阳世,责亦苛于阳世。然关说不行,则受残酷者不怨也。谁谓夜台无天日哉?第恨无火烧临民之堂廨耳!”

黄九郎

何师参字子萧,斋于苕溪之东,门临旷野。薄暮偶出,见妇人跨驴来,少年从其后。妇约五十许,意致清越;转视少年,年可十五六,丰采过于姝丽。何生素有断袖之癖,睹之,神出于舍,翘足目送,影灭方归。

次日早伺之,落日冥蒙,少年始过。生曲意承迎,笑问所来。答以“外祖家”。生请过斋少憩,辞以不暇,固曳之,乃入;略坐兴辞,坚不可挽。生挽手送之,殷嘱便道相过,少年唯唯而去。生由是凝思如渴,往来眺注,足无停趾。一日日衔半规,少年欻至,大喜要入,命馆童行酒。问其姓字,答曰:“黄姓,第九。童子无字。”问:“过往何频?”曰:“家慈在外祖家,常多病,故数省之。”酒数行,欲辞去;生捉臂遮留,下管钥。九郎无如何,赪颜复坐,挑灯共语,温若处子,而词涉游戏,便含羞面向壁。未几引与同衾,九郎不许,坚以睡恶为辞。强之再三,乃解上下衣,着裤卧床上。生灭烛,少时移与同枕,曲肘加髀而狎抱之,苦求私昵。九郎怒曰:“以君风雅士故与流连,乃此之为,是禽处而兽爱之也!”未几晨星荧荧,九郎径去。

生恐其遂绝,复伺之,蹀躞凝盼,目穿北斗。过数日九郎始至,喜逆谢过,强曳入斋,促坐笑语,窃幸其不念旧恶。无何,解屦登床,又抚哀之。九郎曰:“缠绵之意已镂肺膈,然亲爱何必在此?”生甘言纠缠,但求一亲玉肌,九郎从之。生俟其睡寐,潜就轻薄,九郎醒,揽衣遽起,乘夜遁去。生邑邑若有所失,忘啜废枕,日渐委悴,惟日使斋童逻侦焉。

一日九郎过门即欲径去,童牵衣入之。见生清癯,大骇,慰问。生实告以情,泪涔涔随声零落。九郎细语曰:“区区之意,实以相爱无益于弟,而有害于兄,故不为也。君既乐之,仆何惜焉?”生大悦。九郎去后病顿减,数日平复。九郎果至,遂相缱绻。曰:“今勉承君意,幸勿以此为常。”既而曰:“欲有所求,肯为力乎?”问之,答曰:“母患心痛,惟太医齐野王先天丹可疗。君与善,当能求之。”生诺之,临去又嘱。生入城求药,及暮付之。九郎喜,上手称谢。又强与合。九郎曰:“勿相纠缠。请为君图一佳人,胜弟万万矣。”生问:“谁何?”九郎曰:“有表妹美无伦,倘能垂意,当执柯斧。”生微笑不答,九郎怀药便去。

三日乃来,复求药。生恨其迟,词多诮让。九郎曰:“本不忍祸君,故疏之。既不蒙见谅,请勿悔焉。”由是燕会无虚夕。凡三日必一乞药,齐怪其频,曰:“此药未有过三服者,胡久不瘥?”因裹三剂并授之。又顾生曰:“君神色黯然,病乎?”曰:“无。”脉之,惊曰:“君有鬼脉,病在少阴,不自慎者殆矣!”归语九郎。九郎叹曰:“良医也!我实狐,久恐不为君福。”生疑其诳,藏其药不以尽予,虑其弗至也。居无何,果病。延齐诊视,曰:“曩不实言,今魂气已游墟莽,秦缓何能为力?”九郎日来省侍,曰:“不听吾言,果至于此!”生寻死,九郎痛哭而去。

先是,邑有某太史,少与生共笔砚,十七岁擢翰林。时秦藩贪暴,而赂通朝士,无有言者。公抗疏劾其恶,以越俎免。藩升是省中丞,日伺公隙。公少有英称,曾邀叛王青盼,因购得旧所往来札胁公,公惧,自经;夫人亦投缳死。公越宿忽醒,曰:“我何子萧也。”诘之,所言皆何家事,方悟其借躯返魂。留之不可,出奔旧舍。抚疑其诈,必欲排陷之,使人索千金于公。公伪诺,而忧闷欲绝。

忽通九郎至,喜共语言,悲欢交集,既欲复狎,九郎曰:“君有三命耶?”公曰:“余悔生劳,不如死逸。”因诉冤苦,九郎悠忧以思,少间曰:“幸复生聚。君旷无偶,前言表妹慧丽多谋,必能分忧。”公欲一见颜色。曰:“不难。明日将取伴老母,此道所经,君伪为弟也兄者,我假渴而求饮焉,君曰‘驴子亡’,则诺也。”计已而别。明日亭午,九郎果从女郎经门外过,公拱手絮絮与语,略睨女郎,娥眉秀曼,诚仙人也。九郎索茶,公请入饮。九郎曰:“三妹勿讶,此兄盟好,不妨少休止。”扶之而下,系驴于门而入。公自起瀹茗,因目九郎曰:“君前言不足以尽。今得死所矣!”女悟其言之为己者,离榻起立,嘤喔而言曰:“去休!”公外顾曰:“驴子其亡!”九郎火急驰出。公拥女求合。女颜色紫变,窘若囚拘,大呼九兄,不应。曰:“君自有妇,何丧人廉耻也?”公自陈无室。女曰:“能矢山河,勿令秋扇见捐,则惟命是听。”公乃誓以皦日。女不复拒。事已,九郎至,女色然怒让之。九郎曰:“此何子萧,昔之名士,今之太史。与兄最善,其人可依。即闻诸妗氏,当不相见罪。”日向晚,公邀遮不听去,女恐姑母骇怪,九郎锐身自任,跨驴径去。居数日,有妇携婢过,年四十许,神情意致雅似三娘。公呼女出窥,果母也。瞥睹女,怪问:“何得在此?”女惭不能对。公邀入,拜而告之。母笑曰:“九郎雅气,胡再不谋?”女自入厨下,设食供母,食已乃去。

公得丽偶颇快心期,而恶绪萦怀,恒蹙蹙有忧色。女问之,公缅述颠末。女笑曰:“此九兄一人可得解,君何忧?”公诘其故,女曰:“闻抚公溺声歌而比顽童,此皆九兄所长也。投所好而献之,怨可消,仇亦可复。”公虑九郎不肯,女曰:“但请哀之。”越日公见九郎来,肘行而逆之,九郎惊曰:“两世之交,但可自效,顶踵所不敢惜,何忽作此态向人?”公具以谋告,九郎有难色。女曰:“妾失身于郎,谁实为之?脱令中途凋丧,焉置妾也?”九郎不得已,诺之。

公阴与谋,驰书与所善之王太史,而致九郎焉。王会其意,大设,招抚公饮。命九郎饰女郎,作天魔舞,宛然美女。抚惑之,亟请于王,欲以重金购九郎,惟恐不得当。王故沉思以难之。迟之又久,始将公命以进。抚喜,前隙顿释。自得九郎,动息不相离;侍妾十余视同尘土。九郎饮食供具如王者,赐金万计。半年抚公病,九郎知其去冥路近也,遂辇金帛,假归公家。既而抚公甍。九郎出资,起屋置器,畜婢仆,母子及妗并家焉。九郎出,舆马甚都,人不知其狐也。

余有"笑判",并志之:男女居室,为夫妇之大伦;燥湿互通,乃阴阳之正窍。迎风待月,尚有荡检之讥;断袖分桃,难免掩鼻之丑。人必力士,鸟道乃敢生开;洞非桃源,渔篙宁许误入?今某从下流而忘返,舍正路而不由。云雨未兴,辄尔上下其手;阴阳反背,居然表里为奸。华池置无用之乡,谬说老僧入定;蛮洞乃不毛之地,遂使眇帅称戈。系赤兔于辕门,如将射戟;探大弓于国库,直欲斩关。或是监内黄鱣,访知交于昨夜;分明王家朱李,索钻报于来生。彼黑松林戎马顿来,固相安矣;设黄龙府潮水忽至,何以御之?宜断其钻刺之根,兼塞其送迎之路。

金陵女子

沂水居民赵某,以故自城中归,见女子白衣哭路侧,甚哀。睨之,美;悦之,凝注不去。女垂涕曰:"夫夫也,路不行而顾我!"赵曰:"我以旷野无人,而子哭之恸,实怆于心。"女曰:"夫死无路,是以哀耳。"赵劝其复择良匹。曰:"渺此一身,其何能择?如得所托,媵之可也。"赵忻然自荐,女从之。赵以去家远,将觅代步。女曰:"无庸。"乃先行,飘若仙奔。至家,操井臼甚勤。

积二年余,谓赵曰:"感君恋恋,猥相从,忽已三年,今宜且去。"赵曰:"曩言无家,今焉往?"曰:"彼时漫为是言耳,何得无家?身父货药金陵。倘欲再晤,可载药往,可助资斧。"赵经营,为贳舆马。女辞之,出门径去,追之不及,瞬息遂杳。

居久之,颇涉怀想,因市药诣金陵。寄货旅邸,访诸衢市,忽药肆一翁望见,曰:"婿至矣。"延之入,女方浣裳庭中,见之不言亦不笑,浣不辍。赵衔恨遽出,翁又曳之返,女不顾如初。翁命治具作饭,谋厚赠之。女止之曰:"渠福薄,多将不任;宜少慰其苦辛,再检十数医方与之,便吃著不尽矣。"翁问所载药,女云:"已售之矣,直在此。"翁乃出方付金,送赵归。

试其方,有奇验。沂水尚有能知其方者。以蒜臼接茅檐雨水,洗瘰赘,其方之一也,良效。

汤 公

汤公名聘,辛丑进士。抱病弥留,忽觉下部热气渐升而上,至股则足死,至腹则股又死,至心,心之死最难。凡自童稚以及琐屑久忘之事,都随心血来,一一潮过。如一善则心中清净宁帖,一恶则懊侬烦燥,似油沸鼎中,其难堪之状,口不能肖似之。犹忆七八岁时,曾探雀雏而毙之,只此一事,心头热血潮涌,食顷方过。直待平生所为,一一潮尽,乃觉热气缕缕然,穿喉入脑自顶颠出,腾上如炊,逾数十刻期,魂乃离窍忘躯壳矣。

而渺渺无归,漂泊郊路间。一巨人来,高几盈寻,掇拾之纳诸袖中。入袖,则叠肩压股,其人甚夥,薅恼闷气,殆不可过。公顿思惟佛能解厄,因宣佛号,才三四声,飘堕袖外。巨人复纳之,三纳三堕,巨人乃去之。

公独立彷徨,未知何往之善。忆佛在西土,乃遂西。无何,见路侧一僧趺坐,趋拜问途。僧曰:"凡士子生死录,文昌及孔圣司之,必两处销名,乃可他适。"公问其居,僧示以途,奔赴。无几至圣庙,见宣圣南面坐,拜祷如前。宣圣言:"名籍之落,仍得帝君。"因指以路,公又趋之。见一殿阁如王者居,俯身入,果有神人,如世所传帝君像。伏祝之,帝君检名曰:"汝心诚正,宜复有生理。但皮囊腐矣,非菩萨莫能为力。"因指示令急往,公从其教。俄见茂林修竹,殿宇华好。入,见螺髻庄严,金容满月,瓶浸杨柳,翠碧垂烟。公肃然稽首,拜述帝君言。菩萨难之,公哀祷不已,旁有尊者白言:"菩萨施大法力,撮土可以为肉,折柳可以为骨。"菩萨即如所请,手断柳枝,倾瓶中水,合净土为泥,拍附公体。使童子携送灵所,推而合之。棺中呻动,霍然病已,家人骇然集,扶而出之。计气绝已断七矣。

阎 罗

莱芜秀才李中之,性直谅不阿。每数日辄死去,僵然如尸,三四日始醒。或问所见,则隐秘不泄。时邑有张生者,亦数日一死。语人曰："李中之，阎罗也，余至阴司亦其属曹。"其门殿对联，俱能述之。或问："李昨赴阴司何事？"张曰："不能具述，惟提勘曹操，笞二十。"

异史氏曰："阿瞒一案，想更数十阎罗矣。畜道、剑山，种种具在，宜得何罪，不劳挹取；乃数千年不决，何也？岂以临刑之囚，快于速割，故使之求死不得也？异已！"

连　琐

杨于畏移居泗水之滨，斋临旷野，墙外多古墓，夜闻白杨萧萧，声如涛涌。夜阑秉烛，方复凄断，忽墙外有人吟曰："玄夜凄风却倒吹，流萤惹草复沾帏。"反复吟诵，其声哀楚。听之，细婉似女子。疑之，明日视墙外并无人迹，惟有紫带一条遗荆棘中，拾归置诸窗上。向夜二更许，又吟如昨。杨移机登望，吟顿辍。悟其为鬼，然心向慕之。

次夜，伏伺墙头，一更向尽，有女子珊珊自草中出，手扶小树，低首哀吟。杨微嗽，女忽入荒草而没。杨由是伺诸墙下，听其吟毕，乃隔壁而续之曰："幽情苦绪何人见？翠袖单寒月上时。"久之寂然，杨乃入室。方坐，忽见丽者自外来，敛衽曰："君子固风雅士，妾乃多所畏避。"杨喜，拉坐。瘦怯凝寒，若不胜衣。问："何居里，久寄此间？"答曰："妾陇西人，随父流寓。十七暴疾殂谢，今二十余年矣。九泉荒野，孤寂如鹜。所吟乃妾自作以寄幽恨者，思久不属，蒙君代续，欢生泉壤。"杨欲与欢，蹙然曰："夜台朽骨不比生人，如有幽欢，促人寿数，妾不忍祸君子也。"杨乃止。戏以手探胸，则鸡头之肉，依然处子。又欲视其裙下双钩。女俯首笑曰："狂生太罗唣矣！"杨把玩之，则见月色锦袜，约彩线一缕；更视其一，则紫带系之。问："何不俱带？"曰："昨宵畏君而避，不知遗落何所。"杨曰："为卿易之。"遂即窗上取以授女。女惊问何来，因以实告。女乃去线束带。既翻案上书，忽见《连昌宫词》，慨然曰："妾生时最爱读此。今视之殆如梦寐！"与谈诗文，慧黠可爱，剪烛西窗，如得良友。自此每夜但闻微吟，少顷即至。辄嘱曰："君秘勿宣。妾少胆怯，恐有恶客见侵。"杨诺之。两人欢同鱼水，虽不至乱，而闺阁之中，诚有甚于画眉者。女每于灯下为杨写书，字态端媚。又自选宫词百首，录诵之。使杨治棋枰，购琵琶，每夜教杨手谈。不则挑弄弦索,作"蕉窗零雨"之曲,酸人胸臆;杨不忍卒听,则为"晓苑莺声"之调,顿觉心怀畅适。挑灯作剧,乐辄忘晓,视窗上有曙色,则张皇遁去。

一日薛生造访,值杨昼寝。视其室,琵琶、棋枰俱在,知非所善。又翻书得宫词,见字迹端好,益疑之。杨醒,薛问:"戏具何来?"答:"欲学之。"又问诗卷,托以假诸友人。薛反复检玩,见最后一叶细字一行云:"某月日连琐书。"笑曰:"此是女郎小字,何相欺之甚?"杨大窘,不能置词。薛诘之益苦,杨不以告。薛卷挟,杨益窘,遂告之。薛求一见,杨因述所嘱。薛仰慕殷切,杨不得已,诺之。夜分女至,为致意焉。女怒曰:"所言伊何?乃已喋喋向人!"杨以实情自白,女曰:"与君缘尽矣!"杨百词慰解,终不欢,起而别去,曰:"妾暂避之。"明日薛来,杨代致其不可。薛疑支托,暮与窗友二人来,淹留不去,故挠之,恒终夜哗,大为杨生白眼,而无如何。众见数夜杳然,浸有去志,喧嚣渐息。忽闻吟声,共听之,凄婉欲绝。薛方倾耳神注,内一武生王某,掇巨石投之,大呼曰:"作态不见客,那甚得好句。呜呜恻恻,使人闷损!"吟顿止,众甚怨之,杨恚愤见于词色。次日始共引去。

杨独宿空斋,冀女复来而殊无影迹。逾二日女忽至,泣曰:"君致恶宾,几吓煞妾!"杨谢过不遑。女遽出,曰:"妾固谓缘分尽也,从此别矣。"挽之已渺。由是月余,更不复至。

杨思之,形销骨立,莫可追挽。一夕方独酌,忽女子搴帏入。杨喜极,曰:"卿见宥耶?"女涕垂膺,默不一言。亟问之,欲言复忍。曰:"负气去,又急而求人,难免愧恧。"杨再三研诘,乃曰:"不知何处来一龌龊隶,逼充媵妾。顾念清白裔,岂屈身舆台之鬼?然一线弱质乌能抗拒?君如齿妾在琴瑟之数,必不听自为生活。"杨大怒,愤将致死,但虑人鬼殊途,不能为力。女曰:"来夜早眠,妾邀君梦中耳。"于是复共倾谈,坐以达曙。

女临去嘱勿昼眠,留待夜约。杨诺之,因于午后薄饮,乘醺登榻,蒙衣偃卧。忽见女来,授以佩刀,引手去。至一院宇,方阖门语,闻有人掿石挝门。女惊曰:"仇人至矣!"杨启户骤出,见一人赤帽青衣,猬毛绕喙。怒咄之。隶横目相仇,言词凶谩。杨大怒,奔之。隶捉石以投，骤如急雨，中杨腕，不能握刃。方危急间，遥见一人，腰矢野射。审视之，王生也。大号乞救。王生张弓急至，射之，中股；再射之，殪。

杨喜感谢，王问故，具告之。王自喜前罪可赎，遂与共入女室。女战惕羞缩，遥立不作一语。案上有小刀长仅尺余，而装以金玉，出诸匣，光芒鉴影。王叹赞不释手。与杨略话，见女惭惧可怜，乃出，分手去。杨亦自归，越墙而仆，于是惊寤，听村鸡已乱鸣矣。觉腕中痛甚；晓而视之，则皮肉赤肿。亭午王生来，便言夜梦之奇。杨曰："未梦射否?"王怪其先知。杨出手示之，且告以故。王忆梦中颜色，恨不真见。自幸有功于女，复请先容。夜间，女来称谢。杨归功王生，遂达诚恳。女曰："将伯之助，义不敢忘，然彼赳赳，妾实畏之。"既而曰："彼爱妾佩刀，刀实妾父出使粤中，百金购之。妾爱而有之，缠以金丝，瓣以明珠。大人怜妾夭亡，用以殉葬。今愿割爱相赠，见刀如见妾也。"次日杨致此意，王大悦。至夜女果携刀来，曰："嘱伊珍重，此非中华物也。"由是往来如初。

积数月，忽于灯下笑而向杨，似有所语，面红而止者三。生抱问之，答曰："久蒙眷爱，妾受生人气，日食烟火，白骨顿有生意。但须生人精血，可以复活。"杨笑曰："卿自不肯，岂我故惜之?"女云："交接后，君必有念余日大病，然药之可愈。"遂与为欢。既而着衣起。又曰："尚须生血一点，能拚痛以相爱乎?"杨取利刃刺臂出血，女卧榻上，便滴脐中。乃起曰："妾不来矣。君记取百日之期，视妾坟前有青鸟鸣于树头，即速发冢。"杨谨受教。出门又嘱曰："慎记勿忘，迟速皆不可!"乃去。

越十余日，杨果病，腹胀欲死。医师投药，下恶物如泥，浃辰而愈。计至百日，使家人荷锸以待。日既夕，果见青鸟双鸣。杨喜曰："可矣!"乃斩荆发圹，见棺木已朽，而女貌如生。摩之微温。蒙衣舁归置暖处，气咻咻然，细于属丝。渐进汤酏，半夜而苏。每谓杨曰："二十余年如一梦耳。"

单道士

韩公子，邑世家。有单道士，工作剧，公子爱其术，以为座上客。

单与人行坐,辄忽不见。公子欲传其法,单不肯。公子固恳之,单曰:“我非吝吾术,恐坏吾道也。所传而君子则可,不然,有借此以行窃者矣。公子固无虑此,然或出见美丽而悦,隐身入人闺闼,是济恶而宣淫也。不敢从命。”

公子不能强,而心怒之,阴与仆辈谋挞辱之。恐其遁匿,因以细灰布麦场上,思左道能隐形,而履处必有印迹,可随印处急击之。于是诱单往,使人执牛鞭立挞之。单忽不见,灰上果有履迹,左右乱击,顷刻已迷。

公子归,单亦至。谓诸仆曰:“吾不可复居矣!向劳服役,今且别,当有以报。”袖中出旨酒一盛,又探得肴一簋,并陈几上;陈已复探,凡十余探,案上已满。遂邀众饮,俱醉,一一仍内袖中。韩闻其异,使复作剧。单于壁上画一城,以手推挞,城门顿辟。因将囊衣箧物,悉掷门内,乃拱别曰:“我去矣!”跃身入城,城门遂合,道士顿杳。

后闻在青州市上,教儿童画墨圈于掌,逢人戏抛之,随所抛处,或面或衣,圈辄脱去,落印其上。又闻其善房中术,能令下部吸烧酒,尽一器。公子尝面试之。

白于玉

吴青庵筠,少知名。葛太史见其文,每嘉叹之,托相善者邀至其家,领其言论风采。曰:“焉有才如吴生而长贫贱者乎?”因俾邻好致之曰:“使青庵奋志云霄,当以息女奉巾栉。”时太史有女绝美,生闻大喜,确自信。既而秋闱被黜,使人谓太史:“富贵所固有,不可知者迟早耳,请待我三年,不成而后嫁。”于是刻志益苦。

一夜月明之下,有秀才造谒,白晰短须,细腰长爪。诘所来,自言白氏,字于玉。略与倾谈,豁人心胸。悦之,留同止宿。迟明欲去,生嘱便道频过。白感其情殷,愿即假馆,约期而别。至日,先一苍头送炊具来,少间白至,乘骏马如龙。生另舍舍之。白命奴牵马去。

遂共晨夕,忻然相得。生视所读书,并非常所见闻,亦绝无时艺。讶而问之,白笑曰:“士各有志,仆非功名中人也。”夜每招生饮,出一卷授生,皆吐纳之术,多所不解,因以迂缓置之。他日谓生曰:“曩所授,乃《黄庭》之要道,仙人之梯航。"生笑曰:"仆所急不在此,且求仙者必断绝情缘,使万念俱寂,仆病未能也。"白问:"何故?"生以宗嗣为虑,白曰:"胡久不娶?"笑曰:"'寡人有疾,寡人好色。'"白亦笑曰:"'王请无好小色。'所好何如?"生具以情告。白疑未必真美,生曰:"此遐迩所共闻,非小生之目贱也。"白微哂而罢。

次日忽促装言别,生凄然与语,刺刺不能休。白乃命童子先负装行,两相依恋。俄见一青蝉鸣落案间,白辞曰:"舆已驾矣,请自此别。如相忆,拂我榻而卧之。"方欲再问,转瞬间白小如指,翩然跨蝉背上,嘲哳而飞,杳入云中。生乃知其非常人,错愕良久,怅怅自失。

逾数日,细雨忽集,思白綦切。视所卧榻,鼠迹碎琐,慨然扫除,设席即寝。无何,见白家童来相招,忻然从之。俄有桐凤翔集,童捉谓生曰:"黑径难行,可乘此代步。"生虑细小不能胜任,童曰:"试乘之。"生如所请,宽然殊有余地,童亦附其尾上。戛然一声,凌升空际。未几见一朱门,童先下,扶生亦下。问:"此何所?"曰:"此天门也。"门边有巨虎蹲伏,生骇惧,童一身障之。见处处风景,与世殊异。童导入广寒宫,内以水晶为阶,行人如在镜中。桂树两章,参空合抱。花气随风,香无断际。亭宇皆红窗,时有美人出入,冶容秀骨,旷世并无其俦。童言:"王母宫佳丽尤胜。"然恐主人伺久,不暇留连,导与趋出。移时见白生候于门,握手入,见檐外清水白沙,涓涓流溢,玉砌雕阑,殆疑桂阙。甫坐,即有二八妖鬟,来荐香茗。少间命酌,有四丽人敛衽鸣珰,给事左右。才觉背上微痒,丽人即纤指长甲,探衣代搔。生觉心神摇曳,罔所安顿。既而微醺,渐不自持,笑顾丽人,兜搭与语,美人辄笑避。白令度曲侑觞,一衣绛绡者引爵向客,便即筵前,宛转清歌。诸丽者笙管敖曹,鸣鸣杂和。既阕,一衣翠裳者亦酌亦歌。尚有一紫衣人,与一淡白软绡者,吃吃笑,暗中互让不肯前。白令一酌一唱,紫衣人便来把盏,生托接杯,戏挠纤腕。女笑失手,酒杯倾堕。白谯诃之,女拾杯含笑,俯首细语云:"冷如鬼手馨,强来捉人臂。"白大笑,罚令自歌且舞。舞已,衣淡白者又飞一觥,生辞不能釂,女捧酒有愧色,乃强饮之。

细视四女,风致翩翩,无一非绝世者。遽谓主人曰:"人间尤物,仆求一而难之,君集群芳,能令我真个销魂否?”白笑曰:“足下意中自有佳人,此何足当巨眼之顾?”生曰:“吾今乃知所见之不广也。”白乃尽招诸女,俾自择,生颠倒不能自决。白以紫衣人有把臂之好,遂使襆被奉客。既而衾枕之爱,极尽绸缪。生索赠,女脱金腕钏付之。忽童入曰:“仙凡路殊,君宜即去。”女急起,遁去。生问主人,童曰:“早诣待漏,去时嘱送客耳。”生怅然从之,复寻旧途。将及门,回视童子,不知何时已去。虎哮骤起,生惊窜而去,望之无底,而足已奔堕。

一惊而寤,则朝暾已红。方将振衣,有物腻然坠褥间,视之钏也。心益异之。由是前念灰冷,每欲寻赤松游,而尚以胤续为忧。过十余月,昼寝方酣,梦紫衣姬自外至,怀中绷婴儿曰:“此君骨肉。天上难留此物,敬持送君。”乃寝诸床,牵衣覆之,匆匆欲去。生强与为欢。乃曰:“前一度为合卺,今一度为永诀,百年夫妇尽于此矣。君倘有志,或有见期。”生醒,见婴儿卧襆褥间,绷以告母。母喜,佣媪哺之,取名梦仙。

生于是使人告太史,自己将隐,令别择良匹,太史不肯,生固以为辞。太史告女,女曰:“远近无不知儿身许吴郎矣。今改之,是二天也。”因以此意告生。生曰:“我不但无志于功名,兼绝情于燕好。所以不即入山者,徒以有老母在。”太史又以商女,女曰:“吴郎贫我甘其藜藿,吴郎去我事其姑嫜,定不他适!”使人三四返,迄无成谋,遂诹日备车马妆奁嫔于生家。生感其贤,敬爱臻至。女事姑孝,曲意承顺,过贫家女。逾二年,母亡,女质奁作具,罔不尽礼。

生曰:“得卿如此吾何忧!顾念一人得道,拔宅飞升。余将远逝,一切付之于卿。”女坦然,殊不挽留,生遂去。女外理生计,内训孤儿,井井有法。梦仙渐长,聪慧绝伦。十四岁,以神童领乡荐,十五入翰林。每褒封,不知母姓氏,封葛母一人而已。值霜露之辰,辄问父所,母具告之,遂欲弃官往寻。母曰:“汝父出家今已十有余年,想已仙去,何处可寻?”

后奉旨祭南岳,中途遇寇。窘急中,一道人仗剑入,寇尽披靡,围始解。德之,馈以金不受。出书一函,付嘱曰:“余有故人与大人同里,烦一致寒暄。"问:"何姓名?"答曰:"王林。"因忆村中无此名。道士曰:"草野微贱,贵官自不识耳。"临行出一金钏,曰:"此闺阁物,道人拾此无所用处,即以奉报。"视之嵌镂精绝。

怀归以授夫人,夫人爱之,命良工依式配造,终不及其精巧。遍问村中,并无王林其人者。私发其函,上云:"三年鸾凤,分拆各天;葬母教子,端赖卿贤。无以报德,奉药一丸;剖而食之,可以成仙。"后书"琳娘夫人妆次"。读毕不解何人,持以告母。母执书以泣。曰:"此汝父家报也。琳,我小字。"始恍然悟"王林"为拆白谜也,悔恨不已。又以钏示母,母曰:"此汝母遗物。而翁在家时,尝以相示。"又视丸如豆大,喜曰:"我父仙人,啖此必能长生。"母不遽吞,受而藏之。

会葛太史来视甥,女诵吴生书,便进丹药为寿。太史剖而分食之,顷刻精神焕发。太史时年七旬,龙钟颇甚,忽觉筋力溢于肤革,遂弃舆而步,其行健速,家人坌息始能及焉。逾年都城有回禄之灾,火终日不熄,夜不能寐,毕集庭中,见火势拉杂,浸及邻舍,一家徊徨,不知所计。忽夫人臂上金钏戛然有声,脱臂飞去。望之大可数亩。团覆宅上,形如月阑,钏口降东南隅,历历可见。众大愕。俄顷火自西来,近阑则斜越而东。迨火势既远,窃意钏亡不可复得,忽见红光乍敛,钏铮然堕足下。都中延烧民舍数万间,左右前后并为灰烬,独吴第无恙。惟东南一小阁化为乌有,即钏口漏覆处也。葛母年五十余,或见之,犹似二十许人。

夜叉国

交州徐姓,泛海为贾,忽被大风吹去。开眼至一处,深山苍莽。冀有居人,遂缆船而登,负糗腊焉。方入,见两崖皆洞口,密如蜂房,内隐有人声。至洞外伫足一窥,中有夜叉二,牙森列戟,目闪双灯,爪劈生鹿而食。惊散魂魄,急欲奔下,则夜叉已顾见之,辍食执入。二物相语,如鸟兽鸣,争裂徐衣,似欲啖啜。徐大惧,取橐中糗糒,并牛脯进之。分啖甚美。复翻徐橐,徐摇手以示其无。夜叉怒,又执之。徐哀之曰:"释我。我舟中有釜甑可烹饪。"夜叉不解其语,仍怒。徐再与手语，夜叉似微解。从至舟，取具入洞，束薪燃火，煮其残鹿，熟而献之。二物啖之喜。夜以巨石杜门，似恐徐遁，徐曲体遥卧，深惧不免。天明二物出，又杜之。少顷携一鹿来付徐，徐剥革，于深洞处取流水，汲煮数釜。俄有数夜叉至，群集吞啖讫，共指釜，似嫌其小。过三四日，一夜叉负一大釜来，似人所常用者。于是群夜叉各致狼麋。既熟，呼徐同啖。居数日，夜叉渐与徐熟，出亦不施禁锢，聚处如家人。徐渐能察声知意，辄效其音，为夜叉语。夜叉益悦，携一雌来妻徐。徐初畏惧莫敢伸，雌自开其股就徐，徐乃与交，雌大欢悦。每留肉饵徐，若琴瑟之好。

一日诸夜叉早起，项下各挂明珠一串，更番出门，若伺贵客状。命徐多煮肉，徐以问雌，雌云："此天寿节。"雌出谓众夜叉曰："徐郎无骨突子。"众各摘其五，并付雌。雌又自解十枚，共得五十之数，以野苎为绳，穿挂徐项。徐视之，一珠可直百十金。俄顷俱出。徐煮肉毕，雌来邀去，云："接天王。"至一大洞广阔数亩，中有石滑平如几，四围俱有石坐，上一坐蒙一豹革，余皆以鹿。夜叉二三十辈，列坐满中。少顷，大风扬尘，张皇都出。见一巨物来，亦类夜叉状，竟奔入洞，踞坐鹗顾。群随入，东西列立，悉仰其首，以双臂作十字交。大夜叉按头点视。问："卧眉山众尽于此乎？"群哄应之。顾徐曰："此何来？"雌以"婿"对，众又赞其烹调。即有二三夜叉，奔取熟肉陈几上，大夜叉掬啖尽饱，极赞嘉美，且责常供。又顾徐云："骨突子何短？"众白："初来未备。"物于项上摘取珠串，脱十枚付之，俱大如指顶，圆如弹丸，雌急接代徐穿挂，徐亦交臂作夜叉语谢之。物乃去，蹑风而行，其疾如飞。众始享其余食而散。

居四年余雌忽产，一胎而生二雄一雌，皆人形不类其母。众夜叉皆喜其子，辄共拊弄。一日皆出攫食，惟徐独坐，忽别洞来一雌欲与徐私，徐不肯。夜叉怒，扑徐踣地上。徐妻自外至，暴怒相搏，龁断其耳。少顷其雄亦归，解释令去。自此雌每守徐，动息不相离。又三年，子女俱能行步，徐辄教以人言，渐能语，啁啾之中有人气焉，虽童也，而奔山如履坦途，与徐依依有父子意。

一日雌与一子一女出，半日不归，而北风大作。徐恻然念故乡，携子至海岸,见故舟犹存,谋与同归。子欲告母,徐止之。父子登舟,一昼夜达交。至家妻已醮。出珠二枚,售金盈兆,家颇丰。子取名彪,十四五岁,能举百钧,粗莽好斗。交帅见而奇之,以为千总。值边乱,所向有功,十八为副将。

时一商泛海,亦遭风,飘至卧眉,方登岸,见一少年,视之而惊。知为中国人,便问居里,商以告。少年曳入幽谷一小石洞,洞外皆丛棘,且嘱勿出。去移时,挟鹿肉来啖商。自言:"父亦交人。"商问之,而知为徐,商在客中尝识之。因曰:"我故人也。今其子为副将。"少年不解何名。商曰:"此中国之官名。"又问:"何以为官?"曰:"出则舆马,入则高堂,上一呼而下百诺,见者侧目视,侧足立,此名为官。"少年甚歆动。商曰:"既尊君在交,何久淹此?"少年以情告。商劝南旋,曰:"余亦常作是念。但母非中国人,言貌殊异,且同类觉之必见残害,用是辗转。"乃出曰:"待北风起,我来送汝行。烦于父兄处,寄一耗问。"商伏洞中几半年。时自棘中外窥,见山中辄有夜叉往还,大惧,不敢少动。一日北风策策,少年忽至,引与急窜。嘱曰:"所言勿忘却。"商应之。又以肉置几上,商乃归。

径抵交,达副总府,备述所见。彪闻而悲,欲往寻之。父虑海涛妖薮,险恶难犯,力阻之。彪抚膺痛哭,父不能止。乃告交帅,携两兵至海内。逆风阻舟,摆簸海中者半月。四望无涯,咫尺迷闷,无从辨其南北。忽而涌波接汉,乘舟倾覆,彪落海中,逐浪浮沉。久之被一物曳去,至一处竟有舍宇。彪视之,一物如夜叉状。彪乃作夜叉语,夜叉惊讯之,彪乃告以所往。夜叉喜曰:"卧眉我故里也,唐突可罪!君离故道已八千里。此去为毒龙国,向卧眉非路。"乃觅舟来送彪。夜叉在水中,推行如矢,瞬息千里,过一宵已达北岸,见一少年临流瞻望。彪知山无人类,疑是弟,近之,果弟,因执手哭。既而问母及妹,并云健安。彪欲偕往,弟止之,仓忙便去。回谢夜叉,则已去。未几母妹俱至,见彪俱哭。彪告其意,母曰:"恐去为人所凌。"彪曰:"儿在中国甚荣贵,人不敢欺。"归计已决,苦逆风难渡。母子方徊徨间,忽见布帆南动,其声瑟瑟。彪喜曰:"天助吾也!"相继登舟,波如箭激,三日抵岸,见者皆奔。彪向三人脱分袍裤。抵家,母夜叉见翁怒骂，恨其不谋，徐谢过不遑。家人拜见主母，无不战栗。彪劝母学作华言，衣锦，厌粱肉，乃大欣慰。母女皆男儿装，类满制。数月稍辨语言，弟妹亦渐白皙。

弟曰豹，妹曰夜儿，俱强有力。彪耻不知书，教弟读，豹最慧，经史一过辄了。又不欲操儒业，仍使挽强弩，驰怒马，登武进士第，聘阿游击女。夜儿以异种无与为婚。会标下袁守备失偶，强妻之。夜儿开百石弓，百余步射小鸟，无虚落。袁每征辄与妻俱，历任同知将军，奇勋半出于闺门。豹三十四岁挂印，母尝从之南征，每临巨敌，辄擐甲执锐为子接应，见者莫不辟易。诏封男爵。豹代母疏辞，封夫人。

异史氏曰："夜叉夫人，亦所罕闻，然细思之而不罕也。家家床头有个夜叉在。"

小髻

长山居民某暇居，辄有短客来，久与扳谈。素不识其生平，颇注疑念。客曰："三数日将便徙居，与君比邻矣。"过四五日，又曰："今已同里，旦晚可以承教。"问："乔居何所？"亦不详告，但以手北指。自是日辄一来，时向人假器具，或吝不与则自失之。群疑其狐。村北有古冢陷不可测，意必居此，共操兵杖往。伏听之，久无少异。一更向尽，闻穴中戢戢然，似数十百人作耳语。众寂不动。俄而尺许小人连遱而出，至不可数。众噪起，并击之。杖杖皆火，瞬息四散。惟遗一小髻如胡桃壳然，纱饰而金线，嗅之，骚臭不可言。

西僧

两僧自西域来，一赴五台，一卓锡泰山。其服色言貌，俱与中国殊异。自言历火焰山，山重重气熏腾若炉灶，凡行必于雨后，心凝目注，轻迹步履之，误蹴山石，则飞焰腾灼焉。又经流沙河，河中有水晶山，峭壁插天际，四面莹彻，似无所隔。又有隘可容单车，二龙交角对口把守之。过者先拜龙，龙许过，则口角自开。龙色白，鳞鬣皆如晶然。僧言途中历十八寒暑矣。离西土者十有二人，至中国仅存其二。西土传中国名山四：一泰山，一华山，一五台，一落伽也。相传山上遍地皆黄金，观音、文殊犹生。能至其处，则身便是佛，长生不死。

听其所言状，亦犹世人之慕西土也。倘有西游人，与东渡者中途相值，各述所有，当必相视失笑，两免跋涉矣。

老 饕

邢德，泽州人，绿林之杰也。能挽强弩，发连矢，称一时绝技。而生平落拓，不利营谋，出门辄亏其资。两京大贾往往喜与邢俱，途中恃以无恐。

会冬初，有二三估客薄假以资，邀同贩鬻，邢复自罄其囊，将并居货。有友善卜，因诣之，友占曰："此爻为'悔'，所操之业，即不母而子亦有损焉。"邢不乐，欲中止，而诸客强速之行。至都果符所占。

腊将半，匹马出都门，自念新岁无资，倍益怏闷。时晨雾蒙蒙，暂趋临路店解装觅饮。见一颁白叟共两少年酌北牖下，一僮侍黄发蓬蓬然。邢于南座，对叟休止。僮行觞误翻柈具，污叟衣。少年怒，立摘其耳。捧巾持帨，代叟揩拭。既见僮手拇，俱有铁箭镮，厚半寸，每一镮约重二两余。食已，叟命少年于革囊中探出镪物，堆累几上，称秤握算，可饮数杯时，始缄裹完好。少年于枥中牵一黑跛骡来，扶叟乘之，僮亦跨羸马相从，出门去。两少年各腰弓矢，捉马俱出。

邢窥多金，穷睛旁睨，馋焰若炙，辍饮，急尾之。视叟与僮犹款段于前，乃下道斜驰出叟前，紧衔关弓怒相向。叟俯脱左足靴，微笑云："而不识得老饕也？"邢满引一矢去。叟仰卧鞍上，伸其足，开两指如钳，夹矢住。笑曰："技但止此，何须而翁手敌？"邢怒，出其绝技，一矢刚发，后矢继至。叟手掇一，似未防其连珠，后矢直贯其口，踣然而堕，衔矢僵眠。僮亦下。邢喜，谓其已毙，近临之。叟吐矢跃起，鼓掌曰："初会面，何便作此恶剧？"邢大惊，马亦骇逸，以此知叟异，不敢复返。

走三四十里，值方面纲纪，囊物赴都，要取之，略可千金，意气始得扬。方疾骛间，闻后有蹄声，回首则僮易跛骡来，驶若飞。叱曰："男子勿行！猎取之货宜少瓜分。"邢曰："汝识'连珠箭邢某'否？"僮云："适已承教矣。"邢以僮貌不扬，又无弓矢，易之。一发三矢连逶不断,如群隼飞翔。僮殊不忙迫,手接二,口衔一。笑曰:“如此技艺,辱寞煞人!乃翁偬遽,未暇寻得弓来,此物亦无用处,请即掷还。”遂于指上脱铁镮,穿矢其中,以手力掷,呜呜风鸣。邢急拨以弓,弦适触铁镮,铿然断绝,弓亦绽裂。邢惊绝,未及覸避,矢过贯耳,不觉翻坠。僮下骑便将搜括,邢以弓卧挞之,僮夺弓去,拗折为两,又折为四,抛置之。已,乃一手握邢两臂,一足踏邢两股,臂若缚,股若压,极力不能少动。腰中束带双叠可骈三指许,僮以一手捏之,随手断如灰烬。取金已,乃超乘,作一举手,致声“孟浪”,霍然径去。

邢归,卒为善士,每向人述往事不讳。此与刘东山事盖仿佛焉。

连　城

乔生,晋宁人,少负才名。年二十余,犹偃蹇,为人有肝胆。与顾生善,顾卒,时恤其妻子。邑宰以文相契重,宰终于任,家口淹滞不能归,生破产扶柩,往返二千余里。以故士林益重之,而家由此益替。

史孝廉有女字连城,工刺绣,知书,父娇爱之。出所刺《倦绣图》,征少年题咏,意在择婿。生献诗云:“慵鬟高髻绿婆娑,早向兰窗绣碧荷。刺到鸳鸯魂欲断,暗停针线蹙双蛾。”又赞挑绣之工云:“绣线挑来似写生,幅中花鸟自天成。当年织锦非长技,幸把回文感圣明。”女得诗喜,对父称赏,父贫之。女逢人辄称道,又遣媪矫父命,赠金以助灯火。生叹曰:“连城我知己也!”倾怀结想,如饥思啖。

无何,女许字于鹾贾之子王化成,生始绝望,然梦魂中犹佩戴之。未几女病瘵沉痼不起,有西域头陀自谓能疗,但须男子膺肉一钱,捣合药屑。史使人诣王家告婿,婿笑曰:“痴老翁,欲我剜心头肉也!”使返。史乃言于人曰:“有能割肉者妻之。”生闻而往,自出白刃,刲膺授僧。血濡袍裤,僧敷药始止。合药三丸,三日服尽,疾若失。史将践其言,先告王。王怒,欲讼官。史乃设筵招生,以千金列几上。曰:“重负大德,请以相报。”因具白背盟之由。生怫然曰:“仆所以不爱膺肉者,聊以报知己耳。岂货肉哉!”拂袖而归。女闻之,意良不忍,托媪慰谕之,且云:“以彼才华,当不久落。天下何患无佳人?我梦不祥,三年必死,不必与人争此泉下物也。”生告媪曰:“‘士为知己者死’,不以色也。诚恐连城未必真知我,但得真知我,不谐何害?”媪代女郎矢诚自剖。生曰:“果尔,相逢时当为我一笑,死无憾!”媪既去。逾数日生偶出,遇女自叔氏归,睨之,女秋波转顾,启齿嫣然。生大喜曰:“连城真知我者!”

会王氏来议吉期,女前症又作,数月寻死。生往临吊,一痛而绝。史舁送其家。生自知已死,亦无所戚,出村去,犹冀一见连城。遥望南北一道,行人连绪如蚁,因亦混身杂迹其中。俄顷入一廨署,值顾生,惊问:“君何得来?”即把手将送令归。生太息言:“心事殊未了。”顾曰:“仆在此典牍,颇得委任,倘可效力,不惜也。”生问连城,顾即导生旋转多所,见连城与一白衣女郎,泪睫惨黛,藉坐廊隅。见生至,骤起似喜,略问所来。生曰:“卿死,仆何敢生!”连城泣曰:“如此负义人,尚不吐弃之,身殉何为?然已不能许君今生,愿矢来世耳。”生告顾曰:“有事君自去,仆乐死不愿生矣。但烦稽连城托生何里,行与俱去耳。”顾诺而去。白衣女郎问生何人,连城为缅述之,女郎闻之,若不胜悲。连城告生曰:“此妾同姓,小字宾娘,长沙史太守女。一路同来,遂相怜爱。”生视之,意态怜人。方欲研问,而顾已返,向生贺曰:“我为君平章已确,即教小娘子从君返魂,好否?”两人各喜。

方将拜别,宾娘大哭曰:“姊去,我安归?乞垂怜救,妾为姊捧帨耳。”连城凄然,无所为计,转谋生。生又哀顾,顾难之,峻辞以为不可,生固强之。乃曰:“试妄为之。”去食顷而返,摇手曰:“何如!诚万分不能为力矣!”宾娘闻之,宛转娇啼,惟依连城肘下,恐其即去。惨怛无术,相对默默,而睹其愁颜戚容,使人肺腑酸柔。顾生愤然曰:“请携宾娘去,脱有愆尤,小生拚身受之!”宾娘乃喜从生出,生忧其道远无侣。宾娘曰:“妾从君去,不愿归也。”生曰:“卿不痴矣!不归,何以得活也?他日至湖南勿复走避,为幸多矣。”适有两媪摄牒赴长沙,生属宾娘,泣别而去。

途中,连城行蹇缓,里余辄一息,凡十余息始见里门。连城曰:“重生后,惧有反覆,请索妾骸骨来,妾以君家生,当无悔也。”生然之。偕归生家。女惕惕若不能步,生伫待之。女曰:“妾至此,四肢摇摇,似无所主。志恐不遂,尚宜审谋,不然生后何能自由?”相将入侧厢中。默定少时,连城笑曰:"君憎妾耶?"生惊问其故。赧然曰:"恐事不谐,重负君矣,请先以鬼报也。"生喜,极尽欢恋。因徘徊不敢遽出,寄厢中者三日。连城曰:"谚有之:'丑妇终须见姑嫜。'戚戚于此,终非久计。"乃促生入,才至灵寝,豁然顿苏。家人惊异,进以汤水。生乃使人要史来,请得连城之尸,自言能活之。史喜,从其言。方舁入室,视之已醒。告父曰:"儿已委身乔郎矣,更无归理。如有变动,但仍一死!"史归,遣婢往役给奉。

王闻,具词申理,官受赂,判归王。生愤懑欲死,亦无奈之。连城至王家,忿不饮食,惟乞速死,室无人,则带悬梁上。越日,益惫,殆将奄逝,王惧,送归史;史复舁归生。王知之亦无如何,遂安焉。连城起,每念宾娘,欲遣信探之,以道远而艰于往。一日家人进曰:"门有车马。"夫妇出视,则宾娘已至庭中矣。相见悲喜。太守亲诣送女,生延入。太守曰:"小女子赖君复生,誓不他适。今从其志。"生叩谢如礼。孝廉亦至,叙宗好焉。生名年,字大年。

异史氏曰:"一笑之知,许之以身,世人或议其痴。彼田横五百人岂尽愚哉!此知希之贵,贤豪所以感结而不能自已也。顾茫茫海内,遂使锦绣才人,仅倾心于蛾眉之一笑也。悲夫!"

霍　生

文登霍生与严生少相狎,长相谑也,口给交御,惟恐不工。霍有邻妪,曾与严妻导产,偶与霍妇语,言其私处有两赘疣,妇以告霍。霍与同党者谋,窥严将至,故窃语云:"某妻与我最昵。"众故不信。霍因捏造端末,且云:"如不信,其阴侧有双疣。"严止窗外,听之既悉,不入径去。至家苦掠其妻,妻不服,搒益残,妻不堪虐,自经死。霍始大悔,然亦不敢向严而白其诬矣。

严妻既死,其鬼夜哭,举家不得宁焉。无何,严暴卒,鬼乃不哭。霍妇梦女子披发大叫曰:"我死得良苦,汝夫妻何得欢乐耶!"既醒而病,数日寻卒。霍亦梦女子指数诟骂,以掌批其吻。惊而寤,觉唇际隐痛,扪之高起,三日而成双疣,遂为痼疾。不敢大言笑,启吻太骤,则痛不可忍。

异史氏曰："死能为厉，其气冤也。私病加于唇吻，神而近于戏矣。"

邑王氏，与同窗某狎。其妻归宁，王知其驴善惊，先伏丛莽中，伺妇至，暴出，驴惊妇堕，惟一僮从，不能扶妇乘。王乃殷勤抱控甚至，妇亦不识谁何。王扬扬以此得意，谓僮逐驴去，因得私其妇于莽中，述祖裤履甚悉。某闻，大惭而去。少间，自窗隙中见某一手握刃，一手捉妻来，意甚怒恶。大惧，逾垣而逃。某从之，追二三里地不及，始返。王尽力极奔，肺叶开张，以是得吼疾，数年不愈焉。

汪士秀

汪士秀，庐州人，刚勇有力，能举石舂，父子善蹴鞠。父四十余，过钱塘没焉。

积八九年，汪以故诣湖南，夜泊洞庭，时望月东升，澄江如练。方眺瞩间，忽有五人自湖中出，携大席平铺水面，略可半亩。纷陈酒馔，馔器磨触作响，然声温厚不类陶瓦。已而三人践席坐，二人侍饮。坐者一衣黄，二衣白。头上巾皆皂色，峨峨然下连肩背，制绝奇古，而月色微茫，不甚可晰。侍者俱褐衣，其一似童，其一似叟也。但闻黄衣人曰："今夜月色大佳，足供快饮。"白衣者曰："此夕风景，大似广利王宴梨花岛时。"三人互劝，引釂竞浮白。但语略小即不可闻，舟人隐伏不敢动息。汪细审侍者叟酷类父，而听其言又非父声。

二漏将残，忽一人曰："趁此明月，宜一击球为乐。"即见僮汲水中取一圆出，大可盈抱，中如水银满贮，表里通明。坐者尽起。黄衣人呼叟共蹴之。蹴起丈余，光摇摇射人眼。俄而訇然远起，飞堕舟中。汪技痒，极力踏去，觉异常轻软。踏猛似破，腾寻丈，中有漏光下射如虹，蚩然疾落。又如经天之彗直投水中，滚滚作沸泡声而灭。席中共怒曰："何物生人败我清兴！"叟笑曰："不恶不恶，此吾家流星拐也。"白衣人嗔其语戏。怒曰："都方厌恼，老奴何得作欢？便同小乌皮捉得狂子来，不然，胫股当有椎吃也！"汪计无所逃，即亦不畏，捉刀立舟中。倏见僮叟操兵来，汪注视真其父也，疾呼："阿翁！儿在此！"叟大骇，相顾凄断。

僮即反身去。叟曰："儿急作匿。不然都死矣！"言未已三人忽已登舟，面皆漆黑，睛大于榴，攫叟出。汪力与夺，摇舟断缆。汪以刀截其臂落，黄衣者乃逃。一白衣人奔汪，汪剁其颅，堕水有声，哄然俱没。方谋夜渡，旋见巨喙出水面深若井，四面湖水奔注，砰砰作响。俄一喷涌，则浪接星斗，万舟簸荡。湖人大恐。舟上有石鼓二皆重百斤，汪举一以投，激水雷鸣，浪渐消。又投其一，风波悉平。汪疑父为鬼，叟曰："我固未尝死也。溺江者十九人，皆为妖物所食，我以蹋圆得全。物得罪于钱塘君，故移避洞庭耳。三人鱼精，所蹴鱼胞也。"父子聚喜，中夜击棹而去。天明，见舟中有鱼翅径四五尺许，乃悟是夜间所断臂也。

商三官

故诸葛城有商士禹者，士人也，以醉谑忤邑豪，豪嗾家奴乱捶之，舁归而死。禹二子，长曰臣，次曰礼。一女曰三官。三官年十六，出阁有期，以父故不果。两兄出讼，终岁不得结。婿家遣人参母，请从权毕姻事，母将许之。女进曰："焉有父尸未寒而行吉礼？彼独无父母乎？"婿家闻之，惭而止。无何，两兄讼不得直，负屈归，举家悲愤。兄弟谋留父尸，张再讼之本。三官曰："人被杀而不理，时事可知矣。天将为汝兄弟专生一阎罗包老耶？骨骸暴露，于心何忍矣。"二兄服其言，乃葬父。葬已，三官夜遁，不知所往。母惭怍，惟恐婿家知，不敢告族党，但嘱二子冥冥侦察之。几半年杳不可寻。

会豪诞辰，招优为戏，优人孙淳携二弟子往执役。其一王成，姿容平等，而音词清彻，群赞赏焉。其一李玉，貌韶秀如好女，呼令歌，辞以不稔，强之，所度曲半杂儿女俚谣，合座为之鼓掌。孙大惭，白主人："此子从学未久，只解行觞耳，幸勿罪责。"即命行酒。玉往来给奉，善觑主人意向，豪悦之。酒阑人散，留与同寝，玉代豪拂榻解履，殷勤周至。醉语狎之，但有展笑，豪惑益甚。尽遣诸仆去，独留玉。玉伺诸仆去，阖扉下楗焉。诸仆就别室饮。

移时，闻厅事中格格有声，一仆往觇之，见室内冥黑，寂不闻声。行将旋踵，忽有响声甚厉，如悬重物而断其索。亟问之，并无应者。

呼众排闼入，则主人身首两断；玉自经死，绳绝堕地上，梁间颈际，残绠俨然。众大骇，传告内闼，群集莫解。众移玉尸于庭，觉其袜履虚若无足。解之则素舄如钩，盖女子也。益骇。呼孙淳诘之，淳骇极，不知所对，但云："玉月前投作弟子，愿从寿主人，实不知从来。"以其服凶，疑是商家刺客。暂以二人逻守之。女貌如生，抚之肢体温软，二人窃谋淫之。一人抱尸转侧，方将缓其结束，忽脑如物击，口血暴注，顷刻已死。其一大惊告众，众敬若神明焉，且以告郡。郡官问臣及礼，并言："不知；但妹亡去已半载矣。"俾往验视，果三官。官奇之，判二兄领葬，敕豪家勿仇。

异史氏曰："家有女豫让而不知，则兄之为丈夫者可知矣。然三官之为人，即萧萧易水，亦将羞而不流，况碌碌与世浮沉者耶！愿天下闺中人，买丝绣之，其功德当不减于奉壮缪也。"

于 江

乡民于江，父宿田间为狼所食。江时年十六，得父遗履，悲恨欲死。夜俟母寝，潜持铁锤去眠父所，冀报父仇。少间一狼来逡巡嗅之。江不动。无何，摇尾扫其额，又渐俯首舐其股，江迄不动。既而欢跃直前，将龁其领。江急以锤击狼脑，立毙。起置草中。少间又一狼来如前状，又毙之。以至中夜杳无至者。

忽小睡，梦父曰："杀二物，足泄我恨，然首杀我者其鼻白，此都非是。"江醒，坚卧以伺之。既明，无所复得。欲曳狼归，恐惊母，遂投诸智井而归。至夜复往，亦无至者。如此三四夜。忽一狼来啮其足，曳之以行。行数步，棘刺肉，石伤肤。江若死者，狼乃置之地上，意将龁腹，江骤起锤之，仆；又连锤之，毙。细视之，真白鼻也。大喜，负之以归，始告母。母泣从去，探智井，得二狼焉。

异史氏曰："农家者流，乃有此英物耶！义烈发于血诚，非直勇也，智亦异焉。"

小 二

滕邑赵旺夫妻奉佛，不茹荤血，乡中有"善人"之目。家称小有。

一女小二绝慧美,赵珍爱之。年六岁,使与兄长春并从师读,凡五年而熟五经焉。同窗丁生字紫陌,长于女三岁,文采风流,颇相倾爱。私以意告母,求婚赵氏。赵期以女字大家,故弗许。

未几,赵惑于白莲教,徐鸿儒既反,一家俱陷为贼。小二知书善解,凡纸兵豆马之术一见辄精。小女子师事徐者六人,惟二称最,因得尽传其术。赵以女故,大得委任。时丁年十八,游滕泮矣,而不肯论婚,意不忘小二也,潜亡去投徐麾下。女见之喜,优礼逾于常格。女以徐高足主军务,昼夜出入,父母不得闲。

丁每宵见,尝斥绝诸役,辄至三漏。丁始告曰:“小生此来,卿知区区之意否?”女云:“不知。”丁曰:“我非妄意攀龙,所以故,实为卿耳。左道无济,止取灭亡。卿慧人不念此乎?能从我亡,则寸心诚不负矣。”女怃然为间,豁然梦觉,曰:“背亲而行不义,请告。”二人入陈利害,赵不悟,曰:“我师神人,岂有舛错?”

女知不可谏,乃易髫而髻。出二纸鸢,与丁各跨其一,鸢肃肃展翼,似鹣鹣之鸟,比翼而飞。质明,抵莱芜界。女以指拈鸢项,忽即敛堕,遂收鸢。更以双卫,驰至山阴里,托为避乱者,僦屋而居。二人草草出,啬于装,薪储不给,丁甚忧之。假粟比舍,莫肯贷以升斗。女无愁容,但质簪珥。闭门静对,猜灯谜,忆亡书,以是角低昂,负者骈二指击腕臂焉。

西邻翁姓,绿林之雄也。一日猎归,女曰:“富以其邻,我何忧?暂假千金,其与我乎!”丁以为难。女曰:“我将使彼乐输也。”乃剪纸作判官状置地下,覆以鸡笼。然后握丁登榻,煮藏酒,检《周礼》为觞政,任言是某册第几叶第几行,即共翻阅。其人得食旁、水旁、酉旁者饮,得酒部者倍之。既而女适得“酒人”,丁以巨觥引满促釂。女乃祝曰:“若借得金来,君当得饮部。”丁翻卷,得“鳖人”。女大笑曰:“事已谐矣!”滴漉授爵。丁不服。女曰:“君是水族,宜作鳖饮。”方喧竞所,闻笼中戛戛,女起曰:“至矣。”启笼验视,则布囊中有巨金累累充溢。丁不胜愕喜。后翁家媪抱儿来戏,窃言:“主人初归,篝灯夜坐。地忽暴裂,深不可底。一判官自内出,言:‘我地府司隶也。太山帝君会诸冥曹,造暴客恶录,须银灯千架,架计重十两。施百架,则消灭罪愆。'主人骇惧,焚香叩祷,奉以千金。判官荏苒而入,地亦遂合。"夫妻听其言,故啧啧诧异之。

而从此渐购牛马,蓄厮婢,自营宅第。里中无赖子窥其富,纠诸不逞,逾垣劫丁。丁夫妇始自梦中醒,则编菅爇照,寇集满屋。二人执丁,又一人探手女怀。女袒而起,戟指而呵曰:"止,止!"盗十三人皆吐舌呆立,痴若木偶。女始着裤下榻,呼集家人,一一反接其臂,逼令供吐明悉。乃责之曰:"远方人埋头涧谷,冀得相扶持,何不仁至此!缓急人所时有,窘急者不妨明告,我岂积殖自封者哉?豺狼之行本合尽诛,但吾所不忍,姑释去,再犯不宥!"诸盗叩谢而去。

居无何鸿儒就擒,赵夫妇妻子俱被夷诛。生赍金往赎长春之幼子以归。儿时三岁,养为己出,使从姓丁,名之承祧。于是里中人渐知为白莲教戚裔。适蝗害稼,女以纸鸢数百翼放田中,蝗远避,不入其陇,以是得无恙。里人共嫉之,群首于官,以为鸿儒余党。官瞰其富,肉视之,收丁;丁以重赂啖令,始得免。

女曰:"货殖之来也苟,固宜有散亡。然蛇蝎之乡不可久居。"因贱售其业而去之,止于益都之西鄙。女为人灵巧,善居积,经纪过于男子。尝开琉璃厂,每进工人而指点之,一切棋灯,其奇式幻采,诸肆莫能及,以故直昂得速售。居数年财益称雄。而女督课婢仆严,食指数百无冗口。暇辄与丁烹茗着棋,或观书史为乐。钱谷出入以及婢仆业,凡五日一课,妇自持筹,丁为之点籍唱名数焉。勤者赏赉有差,惰者鞭挞罚膝立。是日,给假不夜作,夫妻设肴酒,呼婢辈度俚曲为笑。女明察如神,人无敢欺。而赏辄浮于其劳,故事易办。村中二百余家,凡贫者俱量给资本,乡以此无游惰。值大旱,女令村人设坛于野,乘舆野出,禹步作法,甘霖倾注,五里内悉获沾足。人益神之。女出未尝障面,村人皆见之,或少年群居,私议其美,及觌面逢之,俱肃肃无敢仰视者。每秋日,村中童子不能耕作者,授以钱,使采荼蓟,几二十年,积满楼屋。人窃非笑之。会山左大饥,人相食。女乃出菜杂粟赡饥者,近村赖以全活,无逃亡焉。

异史氏曰:"二所为殆天授,非人力也。然非一言之悟,骈死已久。由是观之,世抱非常之才,而误入匪僻以死者当亦不少,焉知同学六人中，遂无其人乎？使人恨不为丁生耳。”

庚 娘

金大用，中州旧家子也。聘尤太守女，字庚娘，丽而贤，逑好甚敦。以流寇之乱，家人离逖，金携家南窜。途遇少年，亦偕妻以逃者，自言广陵王十八，愿为前驱。金喜，行止与俱。至河上，女隐告金曰：“勿与少年同舟，彼屡顾我，目动而色变，中叵测也。”金诺之。王殷勤觅巨舟，代金运装，劬劳臻至，金不忍却。又念其携有少妇，应亦无他。妇与庚娘同居，意度亦颇温婉。王坐舡头上与橹人倾语，似其熟识戚好。

未几日落，水程迢递，漫漫不辨南北。金四顾幽险，颇涉疑怪。顷之，皎月初升，见弥望皆芦苇。既泊，王邀金父子出户一豁，乃乘间挤金入水；金有老父，见之欲号，舟人以篙筑之，亦溺；生母闻声出窥，又筑溺之。王始喊救。

母出时，庚娘在后，已微窥之。既闻一家尽溺，即亦不惊，但哭曰：“翁姑俱没，我安适归！”王入劝：“娘子勿忧，请从我至金陵，家中田庐颇足赡给，保无虞也。”女收涕曰：“得如此，愿亦足矣。”王大悦，给奉良殷。既暮，曳女求欢，女托体姅，王乃就妇宿。

初更既尽，夫妇喧竞，不知何由。但闻妇曰：“若所为，雷霆恐碎汝颅矣！”王乃挞妇。妇呼云：“便死休！诚不愿为杀人贼妇！”王吼怒，捽妇出。便闻骨董一声，遂哗言妇溺矣。

未几抵金陵，导庚娘至家，登堂见媪，媪讶非故妇。王言：“妇堕水死，新娶此耳。”归房，又欲犯。庚娘笑曰：“三十许男子，尚未经人道耶？市儿初合卺亦须一杯薄浆酒，汝家沃饶，当即不难。清醒相对，是何体段？”王喜，具酒对酌。庚娘执爵，劝酬殷恳。王渐醉，辞不饮。庚娘引巨碗，强媚劝之，王不忍拒，又饮之。于是酣醉，裸脱促寝。庚娘撤器灭烛，托言溲溺，出房，以刀入，暗中以手索王项，王犹捉臂作昵声。庚娘力切之，不死，号而起；又挥之，始殪。媪仿佛有闻，趋问之，女亦杀之。王弟十九觉焉。庚娘知不免，急自刎，刀钝缺不可入，启户而奔，十九逐之，已投池中矣。呼告居人，救之已死，色丽如生。共验王尸,见窗上一函,开视,则女备述其冤状。群以为烈,谋敛资作殡。天明集视者数千人,见其容皆朝拜之。终日间得金百,于是葬诸南郊。好事者为之珠冠袍服,瘗藏丰满焉。

初,金生之溺也,浮片板上,得不死。将晓至淮上,为小舟所救。舟盖富民尹翁,专设以拯溺者。金既苏,诣翁申谢。翁优厚之,留教其子。金以不知亲耗,将往探访,故不决。俄白:"捞得死叟及媪。"金疑是父母,奔验果然。翁代营棺木。生方哀恸,又白:"拯一溺妇,自言金生其夫。"生挥涕惊出,女子已至,殊非庚娘,乃十八妇也。向金大哭,请勿相弃。金曰:"我方寸已乱,何暇谋人?"妇益悲。尹审其故,喜为天报,劝金纳妇。金以居丧为辞,且将复仇,惧细弱作累。妇曰:"如君言,脱庚娘犹在,将以报仇居丧去之耶?"翁以其言善,请暂代收养,金乃许之。卜葬翁媪,妇缞绖哭泣,如丧翁姑。

既葬,金怀刃托钵,将赴广陵,妇止之曰:"妾唐氏,祖居金陵,与豺子同乡,前言广陵者诈也。且江湖水寇,半伊同党,仇不能复,只取祸耳。"金徘徊不知所谋。忽传女子诛仇事,洋溢河渠,姓名甚悉。金闻之一快,然益悲,辞妇曰:"幸不污辱。家有烈妇如此,何忍负心再娶?"妇以业有成说,不肯中离,愿自居于媵妾。会有副将军袁公,与尹有旧,适将西发,过尹,见生,大相知爱,请为记室。无何,流寇犯顺,袁有大勋,金以参机务叙劳,授游击以归。夫妇始成合卺之礼。

居数日,携妇诣金陵,将以展庚娘之墓。暂过镇江,欲登金山。漾舟中流,欻一艇过,中有一妪及少妇,怪少妇颇类庚娘。舟疾过,妇自窗中窥金,神情益肖。惊疑不敢追问,急呼曰:"看群鸭儿飞上天耶!"少妇闻之。亦呼云:"馋猧儿欲吃猫子腥耶!"盖当年闺中之隐谑也。金大惊,反棹近之,真庚娘。青衣扶过舟,相抱哀哭,伤感行旅。唐氏以嫡礼见庚娘。庚娘惊问,金始备述其由。庚娘执手曰:"同舟一话,心常不忘,不图吴越一家矣。蒙代葬翁姑,所当首谢,何以此礼相向?"乃以齿序,唐少庚娘一岁,妹之。

先是,庚娘既葬,自不知历几春秋。忽一人呼曰:"庚娘,汝夫不死,尚当重圆。"遂如梦醒。扪之四面皆壁,始悟身死已葬,只觉闷闷,亦无所苦。有恶少窥其葬具丰美,发冢破棺,方将搜括,见庚娘犹活，相共骇惧。庚娘恐其害己，哀之曰："幸汝辈来，使我得睹天日。头上簪珥，悉将去。愿鬻我为尼，更可少得直。我亦不泄也。"盗稽首曰："娘子贞烈，神人共钦。小人辈不过贫乏无计，作此不仁。但无漏言幸矣，何敢鬻作尼！"庚娘曰："此我自乐之。"又一盗曰："镇江耿夫人寡而无子，若见娘子必大喜。"庚娘谢之。自拔珠饰悉付盗，盗不敢受，固与之，乃共拜受。遂载去，至耿夫人家，托言舡风所迷。耿夫人，巨家，寡媪自度。见庚娘大喜，以为己出。适母子自金山归也，庚娘缅述其故。金乃登舟拜母，母款之若婿。邀至家，留数日始归。后往来不绝焉。

异史氏曰："大变当前，淫者生之，贞者死焉。生者裂人眦，死者雪人涕耳。至如谈笑不惊，手刃仇雠，千古烈丈夫中岂多匹俦哉！谁谓女子，遂不可比踪彦云也？"

宫梦弼

柳芳华，保定人，财雄一乡，慷慨好客，座上常百人；急人之急，千金不靳；宾友假贷常不还。惟一客宫梦弼，陕人，生平无所乞请，每至辄经岁，词旨清洒，柳与寝处时最多。柳子名和，时总角，叔之，宫亦喜与和戏。每和自塾归，辄与发贴地砖，埋石子伪作埋金为笑。屋五架，掘藏几遍。众笑其行稚，而和独悦爱之，尤较诸客昵。后十余年家渐虚，不能供多客之求，于是客渐稀，然十数人彻宵谈宴，犹是常也。年既暮，日益落，尚割亩得直以备鸡黍。和亦挥霍，学父结小友，柳不之禁。无何，柳病卒，至无以治凶具。宫乃自出囊金，为柳经纪。和益德之，事无大小，悉委宫叔。宫时自外入必袖瓦砾，至室则抛掷暗陬，更不解其何意。和每对宫忧贫，宫曰："子不知作苦之难。无论无金；即授汝千金可立尽也。男子患不自立，何患贫？"一日辞欲归，和泣嘱速返，宫诺之，遂去。和贫不自给，典质渐空，日望宫至以为经理，而宫灭迹匿影去如黄鹤矣。

先是，柳生时，为和论亲于无极黄氏，素封也，后闻柳贫，阴有悔心。柳卒讣告之，即亦不吊，犹以道远曲原之。和服除，母遣自诣岳所定婚期，冀黄怜顾。比至，黄闻其衣履敝穿，斥门者不纳。寄语云：

“归谋百金可复来,不然,请自此绝。”和闻言痛哭。对门刘媪,怜而进之食,赠钱三百,慰令归。母亦哀愤无策,因念旧客负欠者十常八九,俾择富贵者求助焉。和曰:“昔之交我者为我财耳,使儿驷马高车,假千金亦即匪难。如此景象,谁犹念曩恩,忆故好耶?且父与人金资,曾无契保,责负亦难凭也。”母固强之,和从教,凡二十余日不能致一文。惟优人李四旧受恩恤,闻其事,义赠一金。母子痛哭,自此绝望矣。

黄女年已及笄,闻父绝和,窃不直之。黄欲女别适,女泣曰:“柳郎非生而贫者也。使富倍他日,岂仇我者所能夺乎?今贫而弃之,不仁!”黄不悦,曲谕百端,女终不摇。翁妪并怒,旦夕唾骂之,女亦安焉。无何,夜遭寇劫,黄夫妇炮烙几死,家中席卷一空。荏苒三载,家益零替。有西贾闻女美,愿以五十金致聘。黄利而许之,将强夺其志。女察知其谋,毁装涂面,乘夜遁去,丐食于途。阅两月始达保定,访和居址,直造其家。母以为乞人妇,故咄之,女呜咽自陈,母把手泣曰:“儿何形骸至此耶!”女又惨然而告以故,母子俱哭。便为盥沐,颜色光泽,眉目焕映,母子俱喜。然家三口,日仅一啖,母泣曰:“吾母子固应尔;所怜者,负吾贤妇!”女笑慰之曰:“新妇在乞人中,稔其况味,今日视之,觉有天堂地狱之别。”母为解颐。

女一日入闲舍中,见断草丛丛无隙地,渐入内室,尘埃积中,暗陬有物堆积,蹴之迕足,拾视皆朱提。惊走告和,和同往验视,则宫往日所抛瓦砾,尽为白金。因念儿时,常与瘗石室中,得毋皆金?而故地已典于东家,急赎归。断砖残缺,所藏石子俨然露焉,颇觉失望,及发他砖,则灿灿皆白镪也。顷刻间数巨万矣。由是赎田产,市奴仆,门庭华好过昔日。因自奋曰:“若不自立,负我宫叔!”刻志下帷,三年中乡选。

乃躬赍白金,往酬刘媪。鲜衣射目,仆十余辈皆骑怒马如龙。媪仅一屋,和便坐榻上。人哗马腾,充溢里巷。黄翁自女失亡,西贾逼退聘财,业已耗去殆半,售居宅始得偿,以故困窘如和曩日。闻旧婿烜耀,闭门自伤而已。媪沽酒备馔款和,因述女贤,且惜女遁。问和:“娶否?”和曰:“娶矣。”食已,强媪往视新妇,载与俱归。至家,女华妆出,群婢簇拥若仙。相见大骇,遂叙往旧,殷问父母起居。居数日,款洽优厚,制好衣,上下一新,始送令返。

媪诣黄许报女耗,兼致存问,夫妇大惊。媪劝往投女,黄有难色。既而冻馁难堪,不得已如保定。既到门,见闬闳峻丽,阍人怒目张,终日不得通。一妇人出,黄温色卑词,告以姓氏,求暗达女知。少间妇出,导入耳舍,曰:“娘子极欲一觐,然恐郎君知,尚候隙也。翁几时来此?得毋饥否?”黄因诉所苦。妇人以酒一盛、馔二簋,出置黄前;又赠五金,曰:“郎君宴房中,娘子恐不得来。明旦宜早去,勿为郎闻。”黄诺之。早起趣装,则管钥未启,止于门中,坐襆囊以待。忽哗主人出,黄将敛避,和已睹之,怪问谁何,家人悉无以应。和怒曰:“是必奸宄!可执赴有司。”众应声出,短绠绷系树间,黄惭惧不知置词。未几昨夕妇出,跪曰:“是某舅氏。以前夕来晚,故未告主人。”和命释缚。

妇送出门,曰:“忘嘱门者,遂致参差。娘子言:相思时可使老夫人伪为卖花者,同刘媪来。”黄诺,归述于妪。妪念女若渴,以告刘媪,媪果与俱至和家,凡启十余关,始达女所。女着帔顶髻,珠翠绮纨,散香气扑人。嘤咛一声,大小婢媪奔入满侧,移金椅床,置双夹膝。慧婢瀹茗,各以隐语道寒暄,相视泪荧。至晚除室安二媪,裀褥温软,并昔年富时所未经。居三五日,女意殷渥。媪辄引空处,泣白前非。女曰:“我子母有何过不忘?但郎忿不解,防他闻也。”每和至,便走匿。一日方促膝,和遽入,见之,怒诟曰:“何物村妪,敢引身与娘子接坐!宜撮鬓毛令尽!”刘媪急进曰:“此老身瓜葛,王嫂卖花者,幸勿罪责。”和乃上手谢过。即坐曰:“姥来数日,我大忙,未得展叙。黄家老畜产尚在否?”笑云:“都佳,但是贫不可过。官人大富贵,何不一念翁婿情也?”和击桌曰:“曩年非姥怜赐一瓯粥,更何得旋乡土!今欲得而寝处之,何念焉!”言至忿际,辄顿足起骂。女恚曰:“彼即不仁是我父母,我迢迢远来,手皴瘃,足趾皆穿,亦自谓无负郎君。何乃对子骂父,使人难堪?”和始敛怒,起身去。黄妪愧丧无色,辞欲归,女以二十金私付之。

既归,旷绝音问,女深以为念。和乃遣人招之,夫妻至,惭怍无以自容。和谢曰:“旧岁辱临,又不明告,遂是开罪良多。”黄但唯唯。和为更易衣履。留月余,黄心终不自安,数告归。和遗白金百两,曰:“西贾五十金,我今倍之。”黄汗颜受之。和以舆马送还,暮岁称小丰焉。

异史氏曰:“雍门泣后,朱履杳然,令人愤气杜门,不欲复交一客。然良朋葬骨,化石成金,不可谓非慷慨好客之报也。闺中人坐享高奉,俨然如嫔嫱,非贞异如黄卿,孰克当此而无愧者乎?造物之不妄降福泽也如是。”

乡有富者,居积取盈,搜算入骨。窖镪数百,惟恐人知,故衣败絮、啖糠秕以示贫。亲友偶来,亦曾无作鸡黍之事。或言其家不贫。便瞋目作怒,其仇如不共戴天。暮年,日餐榆屑一升,臂上皮折垂一寸长,而所窖终不肯发。后渐尪羸。濒死,两子环问之,犹未遽告;迨觉果危急,欲告子,子至,已舌蹇不能声,惟爬抓心头,呵呵而已。死后,子孙不能具棺木,遂藁葬焉。呜呼!若窖金而以为富,则大帑数千万,何不可指为我有哉?愚已!

鸲 鹆

王汾滨言:其乡有养八哥者,教以语言,甚狎习,出游必与之俱,相将数年矣。一日将过绛州,去家尚远,而资斧已罄,其人愁苦无策。鸟云:“何不售我?送我王邸,当得善价,不愁归路无资也。”其人云:“我安忍。”鸟言:“不妨。主人得价疾行,待我城西二十里大树下。”其人从之。

携至城,相问答,观者渐众。有中贵见之,闻诸王。王召入,欲买之。其人曰:“小人相依为命,不愿卖。”王问鸟:“汝愿住否?”言:“愿住。”王喜。鸟又言:“给价十金,勿多予。”王益喜,立畀十金,其人故作懊悔状而去。王与鸟言,应对便捷。呼肉啖之。食已,鸟曰:“臣要浴。”王命金盆贮水,开笼令浴。浴已,飞檐间,梳翎抖羽,尚与王喋喋不休。顷之羽燥,翩跹而起,操晋音曰:“臣去呀!”顾盼已失所在。王及内侍仰面咨嗟,急觅其人则已渺矣。后有往秦中者,见其人携鸟在西安市上。此毕载积先生记。

刘海石

刘海石，蒲台人，避乱于滨州。时十四岁，与滨州生刘沧客同函丈，因相善，订为昆季。无何，海石失怙恃，奉丧而归，音问遂阙。沧客家颇裕，年四十，生二子，长子吉，十七岁，为邑名士，次子亦慧。沧客又内邑中倪氏女，大嬖之。后半年长子患脑痛卒，夫妻大惨。无几何妻病又卒，逾数月长媳又死，而婢仆之丧亡且相继也。沧客哀悼，殆不能堪。

一日方坐愁间，忽阍人通海石至。沧客喜，急出门迎以入。方欲展寒温，海石忽惊曰："兄有灭门之祸不知耶?"沧客愕然，莫解所以。海石曰："久失闻问，窃疑近况，未必佳也。"沧客泫然，因以状对，海石欷歔，既而笑曰："灾殃未艾，余初为兄吊也。然幸而遇仆，请为兄贺。"沧客曰："久不晤，岂近精'越人术'耶?"海石曰："是非所长。阳宅风鉴，颇能习之。"沧客喜，便求相宅。导海石入，内外遍观之，已而请睹诸眷口。沧客从其教，使子媳婢妾俱见于堂，沧客一一指示。

至倪，海石仰天而视，大笑不已。众方惊疑，但见倪女战栗无色，身暴缩短仅二尺余。海石以界方击其首，作石缶声。海石揪其发检脑后，见白发数茎，欲拔之。女缩项跪啼，言即去，但求勿拔。海石怒曰："汝凶心尚未死耶?"就项后拔去之。女随手而变，黑色如狸。众大骇，海石掇纳袖中，顾子妇曰："媳受毒已深，背上当有异，请验之。"妇羞，不肯袒示。刘子固强之，见背上白毛长四指许。海石以针挑去，曰："此毛已老，七日即不可救。"又顾刘次子，亦有毛才二指。曰："似此可月余死耳。"沧客以及婢仆并刺之。曰："仆适不来，一门无噍类矣。"问："此何物?"曰："亦狐属。吸人神气以为灵，最利人死。"沧客曰："久不见君，何能神异如此！无乃仙乎?"笑曰："特从师习小技耳，何遽云仙。"问其师，答云："山石道人。适此物，我不能死之，将归献俘于师。"言已告别。觉袖中空空，骇曰："亡之矣！尾末有大毛未去，今已遁去。"众俱骇然。海石曰："领毛已尽，不能作人，止能化兽，遁当不远。"于是入室而相其猫，出门而嗾其犬，皆曰无之。启圈笑曰:“在此矣。”沧客视之多一豕,闻海石笑,遂伏不敢少动。提耳捉出,视尾上白毛一茎,硬如针。方将检拔,而豕转侧哀鸣,不听拔。海石曰:“汝造孽既多,拔一毛犹不肯耶?”执而拔之,随手复化为狸。纳袖欲出,沧客苦留,乃为一饭。问后会,曰:“此难预定。我师立愿宏深,常使我等遨世上,拔救众生,未必无再见时。”

及别后,细思其名,始悟曰:“海石殆仙矣!‘山石’合一‘岩’字,盖吕祖讳也。”

谕 鬼

青州石尚书茂华为诸生时,郡门外有大渊,不雨亦不涸。邑中获大寇数十名,刑于渊上。鬼聚为祟,经过者辄曳入。

一日,有某甲正遭困厄,忽闻群鬼惶窜曰:“石尚书至矣!”未几公至,甲以状告。公以垩灰题壁示云:“石某为禁约事:照得厥念无良,致婴雷霆之怒;所谋不轨,遂遭斧钺之诛。只宜返罔两之心,争相忏悔;庶几洗髑髅之血,脱此沉沦。尔乃生已极刑,死犹聚恶。跳踉而至,披发成群;踯躅以前,搏膺作厉。黄泥塞耳,辄逞鬼子之凶;白昼为妖,几断行人之路!彼丘陵三尺外,管辖由人;岂乾坤两大中,凶顽任尔?谕后各宜潜踪,勿犹怙恶。无定河边之骨,静待轮回;金闺梦里之魂,还践乡土。如蹈前愆,必贻后悔!”自此鬼患遂绝,渊亦寻干。

泥 鬼

余乡唐太史济武,数岁时,有表亲某相携戏寺中。太史童年磊落,胆即最豪,见庑中泥鬼睁琉璃眼,甚光而巨,爱之,阴以指抉取,怀之而归。既抵家,某暴病不语;移时忽起,厉声曰:“何故掘吾睛!”噪叫不休。众莫之知,太史始言所作。家人乃祝曰:“童子无知,戏伤尊目,行奉还也。”乃大言曰:“如此,我便当去。”言讫仆地遂绝,良久而苏。问其所言,茫不自觉。乃送睛仍安鬼眶中。

异史氏曰:“登堂索睛,土偶何其灵也。顾太史抉睛,而何以迁怒于同游?盖以玉堂之贵,而且至性觥觥,观其上书北阙,拂袖南山,神且惮之,而况鬼乎?”

梦 别

王春李先生之祖,与先叔祖玉田公交最好。一夜梦公至其家,黯然相语。问:“何来?”曰:“仆将长往,故与君来别耳。”问:“何之?”曰:“远矣。”遂出。送至谷中,见石壁有裂罅,便拱手作别,以背向罅,逡巡倒行而入,呼之不应,因而惊寤。及明以告太公敬一,且使备吊具,曰:“玉田公捐舍矣!”太公请先探之,信而后吊之。不听,竟以素服往,至门则提幡挂矣。呜呼!古人于友,其死生相信如此,丧舆待巨卿而行,岂妄哉!

犬 灯

韩光禄大千之仆夜宿厦间,见楼上有灯如明星,未几,荧荧飘落,及地化为犬。睨之,转舍后去,急起潜尾之,入院中化为女子。心知其狐,还卧故所。俄女子自后来,仆佯寐以观其变。女俯而撼之,仆伪作醒状,问其为谁,女不答。仆曰:“楼上灯光非子也耶?”女曰:“既知之,何问焉?”遂共宿止。昼别宵会以为常。

主人知之,使二人夹仆卧,二人既醒,则身卧床下,亦不觉堕自何时。主人益怒,谓仆曰:“来时,当捉之来;不然则有鞭楚!”仆不敢言,诺而退,因念捉之难,不捉惧罪,展转无策。忽忆女子一小红衫密着其体,未肯暂脱,必其要害,执此可以胁之。夜来女至,问:“主人嘱汝捉我乎?”曰:“良有之。但我两人情好,何肯此为?”及寝,阴掬其衫,女急啼,力脱而去。从此遂绝。后仆自他方归,遥见女子坐道周,至前则举袖障面。仆下骑呼曰:“何作此态?”女乃起握手曰:“我谓子已忘旧好矣。既恋恋有故人意,情尚可原。前事出于主命,亦不汝怪也。但缘分已尽,今设小酌,请入为别。”时秋初,高粱正茂。女携与俱入,则中有巨第。系马而入,厅堂中酒肴已列。甫坐,群婢行炙。日将暮,仆有事欲覆主命,遂别。既出,则依然田陇耳。

番 僧

释体空言:在青州见二番僧,像貌奇古,耳缀双环,被黄布,须发鬈如羊角，自言从西域来。闻太守重佛，谒之，太守遣二隶送诣丛林，和尚灵辔不甚礼之。执事者见其人异，私款之，止宿焉。或问："西域多异人，罗汉得毋有奇术否？"其一輾然笑，出手于袖，掌中托小塔，高裁盈尺，玲珑可爱。壁上最高处，有小龛，僧掷塔其中，矗然端立，无少偏倚。视塔上有舍利放光，照耀一室。少间以手招之，仍落掌中。其一僧乃袒臂，伸左肱，长可六七尺，而右肱缩无有矣；转伸右肱亦如左状。

狐 妾

莱芜刘洞九官汾州，独坐署中，闻亭外笑语渐近，入室则四女子：一四十许，一可三十，一二十四五已来，末后一垂髫者，并立几前，相视而笑。刘固知官署多狐，置不顾。少间，垂髫者出一红巾戏抛面上，刘拾掷窗间，仍不顾。四女一笑而去。

一日年长者来，谓刘曰："舍妹与君有缘，愿无弃葑菲。"刘漫应之，女遂去。俄偕一婢拥垂髫儿来，俾与刘并肩坐。曰："一对好凤侣，今夜谐花烛。勉事刘郎，我去矣。"刘谛视，光艳无俦，遂与燕好。诘其行迹，女曰："妾固非人，而实人也。妾前官之女，蛊于狐，奄忽以死，窆园内，众狐以术生我，遂飘然若狐。"刘因以手探尻际，女觉之笑曰："君将无谓狐有尾耶？"转身云："请试扪之。"自此，遂留不去，每行坐与小婢俱，家人俱尊以小君礼。婢媪参谒，赏赉甚丰。

值刘寿辰，宾客繁多，共三十余筵，须庖人甚众；先期牒拘仅一二到者。刘不胜恚。女知之，便言："勿忧。庖人既不足用，不如并其来者遣之。妾固短于才，然三十席亦不难办。"刘喜，命以鱼肉姜椒悉移内署。家中人但闻刀砧声繁不绝。门内设以几，行炙者置柈其上，转视则肴俎已满。托去复来，十余人络绎于道，取之不绝。末后，行炙人来索汤饼。内言曰："主人未尝预嘱，咄嗟何以办？"既而曰："无已，其假之。"少顷呼取汤饼，视之三十余碗，蒸腾几上。客既去，乃谓刘曰："可出金资，偿某家汤饼。"刘使人将直去。则其家失汤饼，方共惊疑，使至疑始解。一夕夜酌，偶思山东苦醁，女请取之。遂出门去，移时返曰："门外一罂可供数日饮。"刘视之，果得酒，真家中瓮头春也。

越数日，夫人遣二仆如汾。途中一仆曰："闻狐夫人犒赏优厚，此去得赏金，可买一裘。"女在署已知之，向刘曰："家中人将至。可恨伧奴无礼，必报之。"仆甫入城，头大痛，至署，抱首号呼，共拟进医药。刘笑曰："勿须疗，时至当自瘥。"众疑其获罪小君。仆自思：初来未解装，罪何由得？无所告诉，漫膝行而哀之。帘中语曰："尔谓夫人则已耳，何谓狐也？"仆乃悟，叩不已。又曰："既欲得裘，何得复无礼？"已而曰："汝愈矣。"言已，仆病若失。仆拜欲出，忽自帘中掷一裹出，曰："此一羔羊裘也，可将去。"仆解视，得五金。刘问家中消息，仆言都无事，惟夜失藏酒一罂，稽其时日，即取酒夜也。群惮其神，呼之"圣仙"，刘为绘小像。

时张道一为提学使，闻其异，以桑梓谊诣刘，欲乞一面，女拒之。刘示以像，张强携而去。归悬座右，朝夕祝之云："以卿丽质，何之不可？乃托身于鬖鬖之老！下官殊不恶于洞九，何不一惠顾？"女在署，忽谓刘曰："张公无礼，当小惩之。"一日张方祝，似有人以界方击额，崩然甚痛。大惧，反卷。刘诘之，使隐其故而诡对。刘笑，曰："主人额上得毋痛否？"使不能欺，以实告。

无何婿亓生来，请觐之，女固辞之，亓请之坚。刘曰："婿非他人，何拒之深？"女曰："婿相见，必当有以赠之。渠望我奢，自度不能满其志，故适不欲见耳。"既固请之，乃许以十日见。及期亓入，隔帘揖之，少致存问。仪容隐约，不敢审谛。即退，数步之外辄回眸注盼。但闻女言曰："阿婿回首矣！"言已大笑，烈烈如鸮鸣。亓闻之，胫股皆软，摇摇然如丧魂魄。既出，坐移时始稍定。乃曰："适闻笑声，如听霹雳，竟不觉身为己有。"少顷，婢以女命，赠亓二十金。亓受之，谓婢曰："圣仙日与丈人居，宁不知我素性挥霍，不惯使小钱耶？"女闻之曰："我固知其然。囊底适罄；向结伴至汴梁，其城为河伯占据，库藏皆没水中，入水各得些须，何能饱无餍之求？且我纵能厚馈，彼福薄亦不能任。"

女凡事能先知，遇有疑难与议，无不剖。一日并坐，忽仰天大惊曰："大劫将至，为之奈何！"刘惊问家口，曰："余悉无恙，独二公子可虑。此处不久将为战场，君当求差远去，庶免于难。”刘从之，乞于上官，得解饷云贵间。道里辽远，闻者吊之，而女独贺。无何，姜瓖叛，汾州没为贼窟。刘仲子自山东来，适遭其变，遂被其害。城陷，官僚皆罹于难，惟刘以公出得免。

盗平，刘始归。寻以大案挂误，贫至饔飧不给，而当道者又多所需索，因而窘忧欲死。女曰：“勿忧，床下三千金，可资用度。”刘大喜，问：“窃之何处？”曰：“天下无主之物取之不尽，何庸窃乎！”刘借谋得脱归，女从之。后数年忽去，纸裹数事留赠，中有丧家挂门之小幡，长二寸许，群以为不祥。刘寻卒。

雷　曹

乐云鹤、夏平子二人，少同里，长同斋，相交莫逆。夏少慧，十岁知名。乐虚心事之，夏相规不倦；乐文思日进，由是名并著。而潦倒场屋，战辄北。无何，夏遘疫而卒，家贫不能葬，乐锐身自任之。遗襁褓子及未亡人，乐以时恤诸其家，每得升斗必析而二之，夏妻子赖以活。于是士大夫益贤乐。乐恒产无多，又代夏生忧内顾，家计日蹙。乃叹曰：“文如平子尚碌碌以没，而况于我？人生富贵须及时，戚戚终岁，恐先狗马填沟壑，负此生矣，不如早改图也。”于是去读而贾。操业半年，家资小泰。

一日客金陵，休于旅舍，见一人颀然而长，筋骨隆起，彷徨坐侧，色黯淡有戚容。乐问：“欲得食耶？”其人亦不语。乐推食食之，则以手掬啖，顷刻已尽；乐又益以兼人之馔，食复尽。遂命主人割豚胁，堆以蒸饼，又尽数人之餐。始果腹而谢曰：“三年以来未尝如此饫饱。”乐曰：“君固壮士，何飘泊若此？”曰：“罪婴天谴，不可说也。”问其里居，曰：“陆无屋，水无舟，朝村而暮郭也。”乐整装欲行，其人相从，恋恋不去。乐辞之，告曰：“君有大难，吾不忍忘一饭之德。”乐异之，遂与偕行。途中曳与同餐，辞曰：“我终岁仅数餐耳。”益奇之。次日渡江，风涛暴作，估舟尽覆，乐与其人悉没江中。俄风定，其人负乐踏波出，登客舟，又破浪去。少时挽一舟至，扶乐入，嘱乐卧守，复跃入江，以两臂夹货出，掷舟中，又入之；数入数出，列货满舟。乐谢曰：“君生我亦良足矣，敢望珠还哉！”检视货财，并无亡失。益喜，惊为神人，放舟欲行，其人告退，乐苦留之，遂与共济。乐笑云：“此一厄也，止失一金簪耳。”其人欲复寻之。乐方劝止，已投水中而没。惊愕良久，忽见含笑而出，以簪授乐曰：“幸不辱命。”江上人罔不骇异。

乐与归，寝处共之，每十数日始一食，食则啖嚼无算。一日又言别，乐固挽之。适昼晦欲雨，闻雷声。乐曰：“云间不知何状？雷又是何物？安得至天上视之，此疑乃可解。”其人笑曰：“君欲作云中游耶？”少时乐倦甚，伏榻假寐。既醒，觉身摇摇然不似榻上，开目则在云气中，周身如絮。惊而起，晕如舟上，踏之软无地。仰视星斗，在眉目间。遂疑是梦。细视星嵌天上如莲实之在蓬也，大者如瓮，次如瓿，小如盎盂。以手撼之，大者坚不可动，小星摇动似可摘而下者；遂摘其一藏袖中。拨云下视，则银河苍茫，见城郭如豆。愕然自念：设一脱足，此身何可复问？俄见二龙夭矫，驾缦车来，尾一掉，如鸣牛鞭。车上有器，围皆数丈，贮水满之。有数十人，以器掬水，遍洒云间。忽见乐，共怪之。乐审所与壮士在焉，语众云：“是吾友也。”因取一器授乐令洒。时苦旱，乐接器排云，遥望故乡，尽情倾注。未几谓乐曰：“我本雷曹，前误行雨，罚谪三载。今天限已满，请从此别。”乃以驾车之绳万丈掷前，使握端缒下。乐危之。其人笑言：“不妨。”乐如其言，飗飗然瞬息及地。视之，则堕立村外，绳渐收入云中，不可见矣。

时久旱，十里外雨仅盈指，独乐里沟浍皆满。归探袖中，摘星仍在。出置案上，黯黝如石，入夜则光明焕发，映照四壁。益宝之，什袭而藏。每有佳客，出以照饮。正视之，则条条射目。一夜妻坐对握发，忽见星光渐小如萤，流动横飞。妻方怪咤，已入口中，咯之不出，竟已下咽。愕奔告乐，乐亦奇之。既寝，梦夏平子来，曰：“我少微星也。因先君失一德，促余寿龄。君之惠好，在中不忘。又蒙自上天携归，可云有缘。今为君嗣，以报大德。”乐三十无子，得梦甚喜。自是妻果娠，及临蓐，光辉满室，如星在几上时，因名“星儿”。机警非常，十六岁及进士第。

异史氏曰：“乐子文章名一世，忽觉苍苍之位置我者不在是，遂弃毛锥如脱屣,此与燕颔投笔者何以少异?至雷曹感一饭之德,少微酬良朋之知,岂神人之私报恩施哉?乃造物之公报贤豪耳。"

赌　符

韩道士居邑中之天齐庙,多幻术,共名之"仙"。先子与最善,每适城,辄造之。一日与先叔赴邑,拟访韩,适遇诸途。韩付钥曰:"请先往启门坐,少旋我即至。"乃如其言。诣庙发扃,则韩已坐室中。诸如此类。

先是有敝族人嗜博赌,因先子亦识韩。值大佛寺来一僧,专事樗蒲,赌甚豪。族人见而悦之,罄资往赌,大亏。心益热,典质田产复往,终夜尽丧。邑邑不得志,便道诣韩,精神惨淡,言语失次。韩问之,具以实告。韩笑曰:"常赌无不输之理。倘能戒赌,我为汝覆之。"族人曰:"倘得珠还合浦,花骨头当铁杵碎之!"韩乃以纸书符,授佩衣带间。嘱曰:"但得故物即已,勿得陇复望蜀也。"又付千钱约赢而偿之。族人大喜而往。僧验其资,易之,不屑与赌。族人强之,请一掷为期,僧笑而从之。乃以千钱为孤注,僧掷之无所胜负,族人接色,一掷成采。僧复以两千为注。又败。僧渐增至十余千,明明枭色,呵之皆成卢雉,计前所输,顷刻尽覆。阴念再赢数千亦更佳,乃复博,则色渐劣。心怪之,起视带上则符已亡矣,大惊而罢。载钱归庙,除偿韩外,追而计之,并末后所失,适符原数也。已乃愧谢失符之罪,韩笑曰:"已在此矣。固嘱勿贪,而君不听,故取之。"

异史氏曰:"天下之倾家者莫速于博,天下之败德者亦莫甚于博。入其中者如沉迷海,将不知所底矣。夫商农之人,俱有本业;诗书之士,尤惜分阴。负耒横经,固成家之正路;清谈薄饮,犹寄兴之生涯。尔乃狎比淫朋,缠绵永夜。倾囊倒箧,悬金于崄巇之天;呼雉呵卢,乞灵于淫昏之骨。盘旋五木,似走圆珠;手握多章,如擎团扇。左觑人而右顾已,望穿鬼子之睛;阳示弱而阴用强,费尽魍魉之技。门前宾客待,犹恋恋于场头;舍上火烟生,尚眈眈于盆里。忘餐废寝,则久入成迷;舌敝唇焦,则相看似鬼。迨夫全军尽没,热眼空窥。视局中则叫号浓焉,技痒英雄之臆;顾囊底而贯索空矣,灰寒壮士之心。

引颈徘徊,觉白手之无济;垂头萧索,始玄夜以方归。幸交谪之人眠,恐惊犬吠;苦久虚之腹饿,敢怨羹残。既而鬻子质田,冀珠还于合浦;不意火灼毛尽,终捞月于沧江。及遭败后我方思,已作下流之物;试问赌中谁最善,群指无裤之公。甚而枵腹难堪,遂栖身于暴客;搔头莫度,至仰给于香奁。呜呼!败德丧行,倾财亡身,孰非博之一途致之哉!”

阿 霞

文登景星者少有重名,与陈生比邻而居,斋隔一短垣。一日陈暮过荒落之墟,闻女子啼松柏间,近临则树横枝有悬带,若将自经。陈诘之,挥涕而对曰:“母远出,托妾于外兄。不图狼子野心,畜我不卒。伶仃如此不如死!”言已复泣。陈解带,劝令适人,女虑无可托者。陈请暂寄其家,女从之。既归,挑灯审视,丰韵殊绝,大悦,欲乱之,女厉声抗拒,纷纭之声达于间壁。景生逾垣来窥,陈乃释女。女见景生,凝目停睇,久乃奔去。二人共逐之,不知去向。

景归,阖户欲寝,则女子盈盈自房中出。惊问之,答曰:“彼德薄福浅,不可终托。”景大喜,诘其姓氏。曰:“妾祖居于齐,以齐为姓,小字阿霞。”入以游词,笑不甚拒,遂与寝处。斋中多友人来往,女恒隐闭深房。过数日,曰:“妾姑去,此处烦杂困人甚。继今,请以夜卜。”问:“家何所?”曰:“正不远耳。”遂早去,夜果复来,欢爱綦笃。又数日谓景曰:“我两人情好虽佳,终属苟合。家君宦游西疆,明日将从母去,容即乘间禀命,而相从以终焉。”问:“几日别?”约以旬终。

既去,景思斋居不可常,移诸内又虑妻妒,计不如出妻。志既决,妻至辄诟厉,妻不堪其辱,涕欲死。景曰:“死恐见累,请早归。”遂促妻行。妻啼曰:“从子十年未尝失德,何决绝如此!”景不听,逐愈急,妻乃出门去。自是垩壁清尘,引领翘待,不意信杳青鸾,如石沉海。妻大归后,数浼知交请复于景,景不纳,遂适夏侯氏。夏侯里居,与景接壤,以田畔之故世有隙。景闻之,益大恚恨。然犹冀阿霞复来,差足自慰。

越年余并无踪绪。会海神寿,祠内外士女云集,景亦在。遥见一女甚似阿霞，景近之，入于人中；从之，出于门外；又从之，飘然竟去，景追之不及，恨悒而返。后半载适行于途，见一女郎着朱衣，从苍头，鞚黑卫来，望之，霞也。因问从人："娘子为谁？"答言："南村郑公子继室。"又问："娶几时矣？"曰："半月耳。"景思得毋误耶？女郎闻语，回眸一睇，景视，真阿霞也。见其已适他姓，愤填胸臆，大呼："霞娘！何忘旧约？"从人闻呼主妇，欲奋老拳。女急止之，启幛纱谓景曰："负心人何颜相见？"景曰："卿自负仆，仆何尝负卿？"女曰："负夫人甚于负我！结发者如是而况其他？向以祖德厚，名列桂籍，故委身相从。今以弃妻故，冥中削尔禄秩，今科亚魁王昌即替汝名者也。我已归郑姓，无劳复念。"景俯首帖耳，口不能道一词。视女子策蹇去如飞，怅恨而已。

是科景落第，亚魁果王氏昌名。景以是得薄幸名。四十无偶，家益替，恒趁食于亲友家。偶诣郑，郑款之，留宿焉。女窥客，见而怜之，问郑曰："堂上客非景庆云耶？"问所自识，曰："未适君时，曾避难其家，亦深得其豢养。彼行虽贱而祖德未斩，且与君为故人，亦宜有绨袍之义。"郑然之，易其败絮，留以数日。夜分欲寝，有婢持金二十余两赠景。女在窗外言曰："此私贮，聊酬夙好，可将去，觅一良匹。幸祖德厚尚足及子孙；无复丧检，以促余龄。"景感谢之。

既归，以十余金买缙绅家婢，甚丑悍。举一子，后登两榜。郑官至吏部郎。既没，女送葬归，启舆则虚无人矣，始知其非人也。噫！人之无良，舍其旧而新是谋，卒之卵覆而鸟亦飞，天之所报亦惨矣！

李司鉴

李司鉴，永年举人也，于康熙四年九月二十八日，打死其妻李氏。地方报广平，行永年查审。司鉴在府前，忽于肉架上夺一屠刀，奔入城隍庙登戏台上对神而跪。自言："神责我不当听信奸人，在乡党颠倒是非，着我割耳。"遂将左耳割落，抛台下。又言："神责我不应骗人钱财，着我割指。"遂将左指剁去。又言："神责我不当奸淫妇女，使我割肾。"遂自阉，昏迷僵仆。时总督朱云门题参革褫究拟，已奉谕旨，而司鉴已伏冥诛矣。邸抄。

五羖大夫

河津畅体元,字汝玉,为诸生时,梦人呼为“五羖大夫”,喜为佳兆。及遇流寇之乱,尽剥其衣,夜闭置空室。时冬月寒甚,暗中摸索,得数羊皮护体,仅不至死。质明视之,恰符五数。哑然自笑神之戏已也。后以明经授雒南知县。毕载积先生志。

毛　狐

农子马天荣年二十余,丧偶。贫不能娶。偶芸田间,见少妇盛妆,践禾越陌而过,貌赤色,致亦风流。马疑其迷途,顾四野无人,戏挑之,妇亦微纳。欲与野合,笑曰:“青天白日宁宜为此,子归掩门相候,昏夜我当至。”马不信,妇矢之。马乃以门户向背俱告之,妇乃去。夜分果至,遂相悦爱。觉其肤肌嫩甚,火之,肤赤薄如婴儿,细毛遍体,异之。又疑其踪迹无据,自念得非狐耶?遂戏相诘,妇亦自认不讳。

马曰:“既为仙人,自当无求不得。既蒙缱绻,宁不以数金济我贫?”妇诺之。次夜来,马索金,妇故愕曰:“适忘之。”将去,马又嘱。至夜,问:“所乞或勿忘也?”妇笑,请以异日。逾数日马复索,妇笑向袖中出白金二锭,约五六金,翘边细纹,雅可爱玩。马喜,深藏于椟。积半岁,偶需金,因持示人。人曰:“是锡也。”以齿龁之,应口而落。马大骇,收藏而归。至夜妇至,愤致诮让,妇笑曰:“子命薄,真金不能任也。”一笑而罢。

马曰:“闻狐仙皆国色,殊亦不然。”妇曰:“吾等皆随人现化。子且无一金之福,落雁沉鱼何能消受?以我陋质固不足以奉上流,然较之大足驼背者,即为国色。”过数月,忽以三金赠马,曰:“子屡相索,我以子命不应有藏金。今媒聘有期,请以一妇之资相馈,亦借以赠别。”马自白无聘妇之说,妇曰:“一二日自当有媒来。”马问:“所言姿貌何如?”曰:“子思国色,自当是国色。”马曰:“此即不敢望。但三金何能买妇?”妇曰:“此月老注定,非人力也。”马问:“何遽言别?”曰:“戴月披星终非了局。使君自有妇,搪塞何为?”天明而去,授黄末一刀圭，曰："别后恐病，服此可疗。"

次日果有媒来，先诘女貌，答："在妍媸之间。""聘金几何？""约四五数。"马不难其价，而必欲一亲见其人。媒恐良家子不肯衒露，既而约与俱去，相机因便。既至其村，媒先往，使马候诸村外。久之来曰："谐矣！余表亲与同院居，适往见女，坐室中，请即伪为谒表亲者而过之，咫尺可相窥也。"马从之。果见女子坐室中，伏体于床，倩人爬背。马趋过，掠之以目，貌诚如媒言。及议聘，并不争直，但求一二金装女出阁。马益廉之，乃纳金并酬媒氏及书券者，计三两已尽，亦未多费一文。择吉迎女归，入门，则胸背皆驼，项缩如龟，下视裙底，莲船盈尺。乃悟狐言之有因也。

异史氏曰："随人现化，或狐女之自为解嘲；然其言福泽，良可深信。余每谓：非祖宗数世之修行，不可以博高官；非本身数世之修行，不可以得佳人。信因果者，必不以我言为河汉也。"

翩　翩

罗子浮，邠人，父母俱早世，八九岁依叔大业。业为国子左厢，富有金缯而无子，爱子浮若己出。十四岁为匪人诱去，作狭邪游，会有金陵娼侨寓郡中，生悦而惑之。娼返金陵，生窃从遁去。居娼家半年，床头金尽，大为姊妹行齿冷，然犹未遽绝之。无何，广疮溃臭，沾染床席，逐而出。丐于市，市人见辄遥避。自恐死异域，乞食西行，日三四十里，渐至邠界。又念败絮脓秽，无颜入里门，尚趑趄近邑间。

日就暮，欲趋山寺宿，遇一女子，容貌若仙，近曰："何适？"生以实告。女曰："我出家人，居有山洞，可以下榻，颇不畏虎狼。"生喜从去。入深山中，见一洞府，入则门横溪水，石梁驾之。又数武，有石室二，光明彻照，无须灯烛。命生解悬鹑，浴于溪流，曰："濯之，疮当愈。"又开幛拂褥促寝，曰："请即眠，当为郎作袴。"乃取大叶类芭蕉，剪缀作衣，生卧视之。制无几时，折叠床头，曰："晓取着之。"乃与对榻寝。生浴后，觉疮疡无苦，既醒摸之，则痂厚结矣。诘旦将兴，心疑蕉叶不可着，取而审视，则绿锦滑绝。少间具餐，女取山叶呼作饼，食之果饼；又剪作鸡、鱼烹之，皆如真者。室隅一罂贮佳醞，辄复取饮，少减，则以溪水灌益之。数日疮痂尽脱，就女求宿。女曰：“轻薄儿！甫能安身，便生妄想！”生云：“聊以报德。”遂同卧处，大相欢爱。

一日有少妇笑入曰：“翩翩小鬼头快活死！薛姑子好梦几时做得？”女迎笑曰：“花城娘子，贵趾久弗涉，今日西南风紧，吹送也！小哥子抱得未？”曰：“又一小婢子。”女笑曰：“花娘子瓦窑哉！那弗将来？”曰：“方呜之，睡却矣。”于是坐以款饮。又顾生曰：“小郎君焚好香也。”生视之，年二十有三四，绰有余妍，心好之。剥果误落案下，俯地假拾果，阴捻翘凤。花城他顾而笑，若不知者。生方恍然神夺，顿觉袍裤无温，自顾所服悉成秋叶，几骇绝。危坐移时，渐变如故。窃幸二女之弗见也。少顷酬酢间，又以指搔纤掌。花城坦然笑谑，殊不觉知。突突怔忡间，衣已化叶，移时始复变。由是惭颜息虑，不敢妄想。花城笑曰：“而家小郎子，大不端好！若弗是醋葫芦娘子，恐跳迹入云霄去。”女亦哂曰：“薄幸儿，便值得寒冻杀！”相与鼓掌。花城离席曰：“小婢醒，恐啼肠断矣。”女亦起曰：“贪引他家男儿，不忆得小江城啼绝矣。”花城既去，惧贻诮责，女卒晤对如平时。居无何，秋老风寒，霜零木脱，女乃收落叶，蓄旨御冬。顾生肃缩，乃持襆掇拾洞口白云为絮复衣，着之温暖如襦，而轻松常如新绵。

逾年生一子，极惠美，日在洞中弄儿为乐。然每念故里，乞与同归。女曰：“妾不能从。不然，君自去。”因循二三年，儿渐长，遂与花城订为姻好。生每以叔老为念。女曰：“阿叔腊故大高，幸复强健，无劳悬耿。待保儿婚后，去住由君。”女在洞中，辄取叶写书，教儿读，儿过目即了。女曰：“此儿福相，放教入尘寰，无忧至台阁。”未几儿年十四，花城亲诣送女，女华妆至，容光照人。夫妻大悦。举家宴集。翩翩扣钗而歌曰：“我有佳儿，不羡贵官。我有佳妇，不羡绮纨。今夕聚首，皆当喜欢。为君行酒，劝君加餐。”既而花城去，与儿夫妇对室居。新妇孝，依依膝下，宛如所生。生又言归，女曰：“子有俗骨，终非仙品。儿亦富贵中人可携去，我不误儿生平。”新妇思别其母，花城已至。儿女恋恋，涕各满眶。两母慰之曰：“暂去，可复来。”翩翩乃剪叶为驴，令三人跨之以归。

大业已归老林下，意侄已死，忽携佳孙美妇归，喜如获宝。入门，各视所衣悉蕉叶，破之，絮蒸蒸腾去，乃并易之。后生思翩翩，偕儿往探之，则黄叶满径，洞口路迷，零涕而返。

异史氏曰："翩翩、花城，殆仙者耶？餐叶衣云何其怪也！然帏幄诽谑，狎寝生雏，亦复何殊于人世？山中十五载，虽无'人民城郭'之异，而云迷洞口，无迹可寻，睹其景况，真刘、阮返棹时矣。"

黑　兽

闻李太公敬一言："某公在沈阳，宴集山颠，俯瞰山下，有虎衔物来，以爪穴地，瘗之而去。使人探所瘗得死鹿，乃取鹿而掩其穴。少间虎导一黑兽至，毛长数寸，虎前驱，若邀尊客。既至穴，兽眈眈蹲伺。虎探穴失鹿，战伏不敢少动。兽怒其诳，以爪击虎额，虎立毙，兽亦径去。

异史氏曰："兽不知何名。然问其形，殊不大于虎，而何延颈受死，惧之如此其甚哉？凡物各有所制，理不可解。如猕最畏狨，遥见之则百十成群，罗而跪，无敢遁者。凝睛定息，听狨至，以爪遍揣其肥瘠，肥者则以片石志颠顶。猕戴石而伏，悚若木鸡，惟恐堕落。狨揣志已，乃次第按石取食，余始哄散。余尝谓贪吏似狨，亦且揣民之肥瘠而志之，而裂食之；而民之戢耳听食，莫敢喘息，蚩蚩之情亦犹是也。可哀也夫！"

卷 四

余 德

武昌尹图南有别第,尝为一秀才税居,半年来亦未尝过问。一日遇诸其门,年最少,而容仪裘马,翩翩甚都。趋与语,却又蕴藉可爱。异之,归语妻,妻遣婢托遗问以窥其室。室有丽姝,美艳逾于仙人。一切花石服玩,俱非耳目所经。尹不测其何人,诣门投谒,适值他出。翼日却来拜答,展其刺呼,始知余姓德名。语次细审官阀,言殊隐约,固诘之,则曰:"欲相还往,仆不敢自绝。应知非寇窃逋逃者,何须必知来历。"尹谢之。命酒款宴,言笑甚欢。向暮,有昆仑捉马挑灯,迎导以去。

明日折简报主人。尹至其家,见屋壁俱用明光纸裱,洁如镜,金狻猊爇异香,一碧玉瓶插凤尾孔雀羽各二,各长二尺余;一水晶瓶浸粉花一树,不知何名,亦高二尺许,垂枝覆几外,叶疏花密,含苞未吐,花状似湿蝶敛翼,蒂即如须。筵间不过八簋,丰美异常。即命童子击鼓催花为令。鼓声既动,则瓶中花颤颤欲折,俄而蝶翅渐张,既而鼓歇,渊然一声,蒂须顿落,即为一蝶飞落尹衣。余笑起飞一巨觥,酒方引满,蝶亦扬去。顷之鼓又作,两蝶飞集余冠。余笑云:"作法自毙矣。"亦引二觥。三鼓既终,花乱堕,翩翩而下,惹袖沾衿。鼓童笑来指数:尹得九筹,余得四筹。尹已薄醉,不能尽筹,强引三爵,离席亡去。由是益奇之。

然其为人寡交与,每阖门居,不与国人通吊庆。尹逢人辄宣,闻其异者争交欢余,门外冠盖相望。余颇不耐,忽辞主人去。去后,尹入其家,空庭洒扫无纤尘,烛泪堆掷青阶下,窗间零帛断绵,指印宛然。惟舍后遗一小白石缸,可受石许。尹携归贮水养朱鱼,经年水清如初贮,后为佣保移石误碎之,水蓄并不倾泻。视之缸宛在,扪之虚软。手入其中,水随手泄,出其手则复合。冬月不冰。一夜忽结为晶，鱼游如故。尹畏人知，常置密室，非子婿不以示也。久之渐播，索玩者纷错于门。腊月忽解为水，阴湿满地，鱼亦渺然，其旧缸残石犹存。忽有道士踵门求之，尹出以示，道士曰："此龙宫蓄水器也。"尹述其破而不泄之异。道士曰："此缸之魂也。"殷殷然乞得少许。问其何用，曰："以屑合药，可得永寿。"予一片，欢谢而去。

杨千总

毕民部公即家起备兵洮岷时，有千总杨花麟来迎，冠盖在途，偶见一人遗便路侧。杨关弓欲射之，公急呵止。杨曰："此奴无礼，合小怖之。"乃遥呼曰："遗屙者，奉赠一股会稽藤簪绾髻子。"即飞矢去，正中其髻。其人急奔，便液污地。

瓜　异

康熙二十六年六月，邑西村民圃中，黄瓜上复生蔓，结西瓜一枚，大如碗。

青　梅

白下程生性磊落，不为畛畦。一日自外归，缓其束带，觉带沉沉，若有物堕，视之，无所见。宛转间，有女子从衣后出，掠发微笑，丽甚。程疑其鬼，女曰："妾非鬼，狐也。"程曰："倘得佳人，鬼且不惧，而况于狐！"遂与狎。二年生一女，小字青梅。每谓程："勿娶，我且为君生子。"程遂不娶，亲友共诮姗之。程志夺，聘湖东王氏。狐闻之大怒，就女乳之，委于程曰："此汝家赔钱货，生之杀之俱由尔，我何故代人作乳媪乎！"出门径去。

青梅长而慧，貌韶秀，酷肖其母。既而程病卒，王再醮去。青梅寄食于堂叔，叔荡无行，欲鬻以自肥。适有王进士者，方候铨于家，闻其慧，购以重金，使从女阿喜服役。喜年十四，容华绝代，见梅忻悦，与同寝处。梅亦善候伺，能以目听，以眉语，由是一家俱怜爱之。

邑有张生字介受，家屡贫，无恒产，税居王第。性纯孝，制行不苟，又笃于学。青梅偶至其家，见生据石啖糠粥，入室与生母絮语，见案上具豚蹄焉。时翁卧病,生入,抱父而私,便液污衣,翁觉之而自恨。生掩其迹,急出自濯,恐翁知。梅以此大异之。归述所见,谓女曰:“吾家客非常人也。娘子不欲得良匹则已,欲得良匹,张生其人也。”女恐父厌其贫。梅曰:“不然,是在娘子。如以为可,妾潜告使求伐焉。夫人必召商之,但应之曰‘诺’也,则谐矣。”女恐终贫为天下笑。梅曰:“妾自谓能相天下士,必无谬误。”明日往告张媪,媪大惊,谓其言不祥。梅曰:“小姐闻公子而贤之也,妾故窥其意以为言。冰人往,我两人袒焉,计合允遂。纵其否也,于公子何辱乎?”媪曰:“诺。”乃托侯氏卖花者往。夫人闻之而笑以告王,王亦大笑。唤女至,述侯氏意。女未及答,青梅亟赞其贤,决其必贵。夫人又问曰:“此汝百年事。如能啜糠覈也,即为汝允之。”女俯首久之,顾壁而答曰:“贫富命也。倘命之厚则贫无几时,而不贫者无穷期矣。或命之薄,彼锦绣王孙,其无立锥者岂少哉?是在父母。”初王之商女也,将以博笑,及闻女言,心不乐曰:“汝欲适张氏耶?”女不答;再问,再不答。怒曰:“贱骨子不长进!欲携筐作乞人妇,宁不羞死!”女涨红气结,含涕引去,媒亦遂奔。

青梅见不谐,欲自谋。过数日,夜诣生,生方读,惊问所来,词涉吞吐。生正色却之,梅泣曰:“妾良家子,非淫奔者,徒以君贤,故愿自托。”生曰:“卿爱我,谓我贤也。昏夜之行,自好者不为,而谓贤者为之乎?夫始乱之而终成之,君子犹曰不可,况不能成,彼此何以自处?”梅曰:“万一能成,肯赐援拾否?”生曰:“得人如卿又何求?但有不可如何者三,故不敢轻诺耳。”曰:“若何?”曰:“卿不能自主,则不可如何;即能自主,我父母不乐,则不可如何;即乐之,而卿之身直必重,我贫不能措,则尤不可如何。卿速退,瓜李之嫌可畏也!”梅临去,又嘱曰:“倘君有意,乞共图之。”生诺。

梅归,女诘所往,遂跪而自投。女怒其淫奔,将施扑责。梅泣白无他,因以实告。女叹曰:“不苟合礼也,必告父母孝也,不轻然诺信也,有此三德,天必祐之,其无患贫也已。”既而曰:“子将若何?”曰:“嫁之。”女笑曰:“痴婢能自主乎?”曰:“不济,则以死继之。”女曰:“我必如所愿。”梅稽首而拜之。又数日谓女曰:“曩而言之戏乎,抑果欲慈悲耶？果尔，尚有微情，并祈垂怜焉。”女问之，答曰：“张生不能致聘，婢又无力可以自赎，必取盈焉，嫁我犹不嫁也。”女沉吟曰：“是非我之能为力矣。我曰嫁汝且恐不得当，而曰必无取直焉，是大人所必不允，亦余所不敢言也。”梅闻之泣下，但求怜拯，女思良久，曰：“无已，我私蓄数金，当倾囊相助。”梅拜谢，因潜告张。张母大喜，多方乞贷，共得如干数，藏待好音。会王授曲沃宰，喜乘间告母曰：“青梅年已长，今将莅任，不如遣之。”夫人固以青梅太黠，恐导女不义，每欲嫁之，而恐女不乐也，闻女言甚喜。逾两日，有佣保妇白张氏意，王笑曰：“是只合偶婢子，前此何妄也！然鬻媵高门，价当倍于曩昔。”女急进曰：“青梅待我久，卖为妾，良不忍。”王乃传语张氏，仍以原金署券，以青梅嫔于生。

入门孝翁姑，曲折承顺，尤过于生，而操作更勤，餍糠秕不为苦。由是家中无不爱重青梅。梅又以刺绣作业，售且速，贾人候门以购，惟恐弗得。得资稍可御穷。且劝勿以内顾误读，经纪皆自任之。因主人之任，往别阿喜。喜见之，泣曰：“子得所矣，我固不如。”梅曰：“是何人之赐，而敢忘之？然以为不如婢子，是促婢子寿。”遂泣相别。

王如晋半载，夫人卒，停柩寺中。又二年，王坐行赇免，罚赎万计，渐贫不能自给，从者逃散。是时疫大作，王染疾卒。惟一媪从女，未几媪亦卒，女伶仃益苦。有邻媪劝之嫁，女曰：“能为我葬双亲者，从之。”媪怜之，赠以斗米而去。半月复来，曰：“我为娘子极力，事难合也：贫者不能为葬，富者又嫌子为陵夷嗣。奈何！尚有一策，但恐不能从也。”女曰：“若何？”曰：“此间有李郎欲觅侧室，倘见姿容，即遣厚葬，必当不惜。”女大哭曰：“我搢绅裔而为人妾耶！”媪无言遂去，日仅一餐，延息待贾，居半年益不可支。一日媪至，女泣告曰：“困顿如此，每欲自尽，犹恋恋而苟活者，徒以有两柩在。己将转沟壑，谁收亲骨者？故思不如依汝言也。”媪即导李来，微窥女，大悦。即出金营葬，双榇具举。已，乃载女去，入参冢室。冢室故悍妒，李初未敢言妾，但托买婢。及见女，暴怒，杖逐而出，不听入门。

女披发零涕，进退无所。有老尼过，邀与同居，女喜从之。至庵中拜求祝发,尼不可,曰:“我视娘子非久卧风尘者,庵中陶器脱粟粗可自支,姑寄此以待之。时至,子自去。”居无何,市中无赖窥女美,每打门游语为戏,尼不能止。女号泣欲自尽。尼往求吏部某公揭示严禁,恶少始稍敛迹。后有夜穴寺壁者,尼惊呼始去。因复告吏部,捉得首恶者,送郡笞责,始渐安。又年余有贵公子过,见女惊绝,强尼通殷勤,又以厚赂啖尼。尼婉语之曰:“渠簪缨胄,不甘媵御。公子且归,迟迟当有以报命。”既去,女欲乳药死。夜梦父来,疾首曰:“我不从汝志,致汝至此,悔之已晚。但缓须臾勿死,夙愿尚可复酬。”女异之。天明盥已,尼望之而惊曰:“睹子面浊气尽消,横逆不足忧也。福且至,勿忘老身。”语未既闻扣户声。女失色,意必贵家奴。尼启扉果然。骤问所谋,尼笑语承迎,但请缓以三日。奴述主言,事若无成,俾尼自复命。尼唯唯敬应,谢令去。女大悲,又欲自尽,尼止之。女虑三日复来,无词可应。尼曰:“有老身在,斩杀自当之。”

次日方晡,暴雨翻盆,忽闻数人挝户大哗。女意变作,惊怯不知所为。尼冒雨启关,见有肩舆停驻,女奴数辈捧一丽人出,仆从煊赫,冠盖甚都。惊问之,云:“是司李内眷,暂避风雨。”导入殿中,移榻肃坐。家人妇群奔禅房,各寻休憩。入室见女,艳之,走告夫人。无何雨息,夫人起,请窥禅室。尼引入,睹女艳绝,凝眸不瞬,女亦顾盼良久。夫人非他,盖青梅也。各失声哭,因道行踪,盖张翁病故,生起复后,连捷授司李。生先奉母之任,后移诸眷口。女叹曰:“今日相看,何啻霄壤!”梅笑曰:“幸娘子挫折无偶,天正欲我两人完聚耳。倘非阻雨,何以有此邂逅?此中具有鬼神,非人力也。”乃取珠冠锦衣,催女易妆。女俯首徘徊,尼从中赞劝。女虑同居其名不顺,梅曰:“昔日自有定分,婢子敢忘大德!试思张郎,岂负义者?”强妆之,别尼而去。抵任,母子皆喜。女拜曰:“今无颜见母。”母笑慰之。因谋涓吉合卺,女曰:“庵中但有一丝生路,亦不肯从夫人至此。倘念旧好,得受一庐,可容蒲团足矣。”梅笑而不言。及期抱艳妆来,女左右不知所可。俄闻乐鼓大作,女亦无以自主。梅率婢媪强衣之,挽扶而出,见生朝服而拜,遂不觉盈盈而自拜也。梅曳入洞房,曰:“虚此位以待君久矣。”又顾生曰:“今夜得报恩,可好为之。”返身欲去。女捉其裾，梅笑曰："勿留我，此不能相代也。"解指脱去。

青梅事女谨，莫敢当夕，而女终惭沮不自安。于是母命相呼以夫人。梅终执婢妾礼，罔敢懈。三年张行取入都，过尼庵，以五百金为尼寿，尼不受，强之，乃受二百金，起大士祠，建王夫人碑。后张仕至侍郎。程夫人举二子一女，王夫人四子一女。张上书陈情，俱封夫人。

异史氏曰："天生佳丽，固将以报名贤，而世俗之王公，乃留以赠纨袴，此造物所必争也。而离离奇奇，致作合者无限经营，化工亦良苦矣。独是青夫人能识英雄于尘埃，誓嫁之志，期以必死，曾俨然而冠裳也者，顾弃德行而求膏粱，何智出婢子下哉！"

罗刹海市

马骥字龙媒，贾人子，美丰姿，少倜傥，喜歌舞。辄从梨园子弟，以锦帕缠头，美如好女，因复有"俊人"之号。十四岁入郡庠，即知名。父衰老罢贾而归，谓生曰："数卷书，饥不可煮，寒不可衣，吾儿可仍继父贾。"马由是稍稍权子母。

从人浮海，为飓风引去，数昼夜至一都会。其人皆奇丑，见马至，以为妖，群哗而走。马初见其状，大惧，迨知国中之骇己也，遂反以此欺国人。遇饮食者则奔而往，人惊遁，则啜其余。久之入山村，其间形貌亦有似人者，然褴褛如丐。马息树下，村人不敢前，但遥望之。久之觉马非噬人者，始稍稍近就之。马笑与语，其言虽异，亦半可解。马遂自陈所自，村人喜，遍告邻里，客非能搏噬者。然奇丑者望望即去，终不敢前；其来者，口鼻位置，尚皆与中国同。共罗浆酒奉马，马问其相骇之故，答曰："尝闻祖父言：西去二万六千里，有中国，其人民形象率诡异。但耳食之，今始信。"问其何贫，曰："我国所重，不在文章，而在形貌。其美之极者，为上卿；次任民社；下焉者，亦邀贵人宠，故得鼎烹以养妻子。若我辈初生时，父母皆以为不祥，往往置弃之，其不忍遽弃者，皆为宗嗣耳。"问："此名何国？"曰："大罗刹国。都城在北去三十里。"马请导往一观。于是鸡鸣而兴，引与俱去。

天明，始达都。都以黑石为墙，色如墨，楼阁近百尺。然少瓦，覆以红石，拾其残块磨甲上，无异丹砂。时值朝退，朝中有冠盖出，村人指曰："此相国也。"视之，双耳皆背生，鼻三孔，睫毛覆目如帘。又数骑出，曰："此大夫也。"以次各指其官职，率狰狞怪异。然位渐卑，丑亦渐杀。无何，马归，街衢人望见之，噪奔跌蹶，如逢怪物。村人百口解说，市人始敢遥立。既归，国中咸知有异人，于是搢绅大夫，争欲一广见闻，遂令村人要马。每至一家，阍人辄阖户，丈夫女子窃窃自门隙中窥语，终一日，无敢延见者。村人曰："此间一执戟郎，曾为先王出使异国，所阅人多，或不以子为惧。"造郎门。郎果喜，揖为上客。视其貌，如八九十岁人。目睛突出，须卷如猬。曰："仆少奉王命出使最多，独未至中华。今一百二十余岁，又得见上国人物，此不可不上闻于天子。然臣卧林下，十余年不践朝阶，早旦为君一行。"乃具饮馔，修主客礼。酒数行，出女乐十余人，更番歌舞。貌类夜叉，皆以白锦缠头，拖朱衣及地。扮唱不知何词，腔拍恢诡。主人顾而乐之。问："中国亦有此乐乎？"曰："有。"主人请拟其声，遂击桌为度一曲。主人喜曰："异哉！声如凤鸣龙啸，从未曾闻。"

翼日趋朝，荐诸国王。王忻然下诏，有二三大夫言其怪状，恐惊圣体，王乃止。郎出告马，深为扼腕。居久之，与主人饮而醉，把剑起舞，以煤涂面作张飞。主人以为美，曰："请君以张飞见宰相，厚禄不难致。"马曰："游戏犹可，何能易面目图荣显？"主人强之，马乃诺。主人设筵，邀当路者，令马绘面以待。客至，呼马出见客。客讶曰："异哉！何前媸而今妍也！"遂与共饮，甚欢。马婆娑歌"弋阳曲"，一座无不倾倒。明日交章荐马，王喜，召以旌节。既见，问中国治安之道，马委曲上陈，大蒙嘉叹，赐宴离宫。酒酣，王曰："闻卿善雅乐，可使寡人得而闻之乎？"马即起舞，亦效白锦缠头，作靡靡之音。王大悦，即日拜下大夫。时与私宴，恩宠殊异。久而官僚知其面目之假，所至，辄见人耳语，不甚与款洽。马至是孤立，惝然不自安。遂上疏乞休致，不许；又告休沐，乃给三月假。

于是乘传载金宝，复归村。村人膝行以迎。马以金资分给旧所与交好者，欢声雷动。村人曰："吾侪小人受大夫赐，明日赴海市，当求珍玩以报。"问："海市何地？"曰："海中市，四海鲛人，集货珠宝。

四方十二国，均来贸易。中多神人游戏。云霞障天，波涛间作。贵人自重，不敢犯险阻，皆以金帛付我辈代购异珍。今其期不远矣。”问所自知，曰：“每见海上朱鸟往来，七日即市。”马问行期，欲同游瞩，村人劝使自贵。马曰：“我顾沧海客，何畏风涛？”未几，果有踵门寄资者，遂与装资入船。船容数十人，平底高栏。十人摇橹，激水如箭。凡三日，遥见水云幌漾之中，楼阁层叠，贸迁之舟，纷集如蚁。少时抵城下，视墙上砖皆长与人等，敌楼高接云汉。维舟而入，见市上所陈，奇珍异宝，光明射目，多人世所无。

一少年乘骏马来，市人尽奔避，云是“东洋三世子”。世子过，目生曰：“此非异域人。”即有前马者来诘乡籍。生揖道左，具展邦族。世子喜曰：“既蒙辱临，缘分不浅！”于是授生骑，请与连辔。乃出西城，方至岛岸，所骑嘶跃入水。生大骇失声。则见海水中分，屹如壁立，俄睹宫殿，玳瑁为梁，鲂鳞作瓦，四壁晶明，鉴影炫目。下马揖入。仰视龙君在上，世子启奏：“臣游市廛，得中华贤士，引见大王。”生前拜舞。龙君乃言：“先生文学士，必能衙官屈、宋。欲烦椽笔赋‘海市’，幸无吝珠玉。”生稽首受命。授以水晶之砚，龙鬣之毫，纸光似雪，墨气如兰。生立成千余言，献殿上。龙君击节曰：“先生雄才，有光水国矣！”遂集诸龙族，宴集采霞宫。

酒炙数行，龙君执爵向客曰：“寡人所怜女，未有良匹，愿累先生。先生倘有意乎？”生离席愧荷，唯唯而已。龙君顾左右语。无何，宫女数人扶女郎出，珮环声动，鼓吹暴作，拜竟睨之，实仙人也。女拜已而去。少时酒罢，双鬟挑画灯，导生入副宫，女浓妆坐伺。珊瑚之床饰以八宝，帐外流苏缀明珠如斗大，衾褥皆香软。天方曙，雏女妖鬟，奔入满侧。生起，趋出朝谢。拜为驸马都尉。以其赋驰传诸海。诸海龙君，皆专员来贺，争折简招驸马饮。生衣绣裳，坐青虬，呵殿而出。武士数十骑，背雕弧，荷白棓，晃耀填拥。马上弹筝，车中奏玉。三日间，遍历诸海。由是“龙媒”之名，噪于四海。

宫中有玉树一株，围可合抱，本莹澈如白琉璃，中有心淡黄色，稍细于臂，叶类碧玉，厚一钱许，细碎有浓阴。常与女啸咏其下。花开满树，状类薝蔔。每一瓣落，铿然作响。拾视之，如赤瑙雕镂，光明可爱。时有异鸟来鸣,毛金碧色,尾长于身,声等哀玉,恻人肺腑。生闻之,辄念故土。因谓女曰:“亡出三年,恩慈间阻,每一念及,涕膺汗背。卿能从我归乎?”女曰:“仙尘路隔,不能相依。妾亦不忍以鱼水之爱,夺膝下之欢。容徐谋之。”生闻之,涕不自禁。女亦叹曰:“此势之不能两全者也!”明日,生自外归。龙王曰:“闻都尉有故土之思,诘旦趣装,可乎?”生谢曰:“逆旅孤臣,过蒙优宠,衔报之思,结于肺腑。容暂归省,当图复聚耳。”入暮,女置酒话别。生订后会,女曰:“情缘尽矣。”生大悲,女曰:“归养双亲,见君之孝。人生聚散,百年犹旦暮耳,何用作儿女哀泣?此后妾为君贞,君为妾义,两地同心,即伉俪也,何必旦夕相守,乃谓之偕老乎?若渝此盟,婚姻不吉。倘虑中馈乏人,纳婢可耳。更有一事相嘱:自奉衣裳,似有佳娠,烦君命名。”生曰:“其女耶可名龙宫,男耶可名福海。”女乞一物为信,生在罗刹国所得赤玉莲花一对,出以授女。女曰:“三年后四月八日,君当泛舟南岛,还君体胤。”女以鱼革为囊,实以珠宝,授生曰:“珍藏之,数世吃着不尽也。”天微明,王设祖帐,馈遗甚丰。生拜别出宫,女乘白羊车,送诸海涘。生上岸下马,女致声珍重,回车便去,少顷便远。海水复合,不可复见。生乃归。

自浮海去,家人无不谓其已死;及至家人皆诧异。幸翁媪无恙,独妻已去帷。乃悟龙女“守义”之言,盖已先知也。父欲为生再婚,生不可,纳婢焉。谨志三年之期,泛舟岛中。见两儿坐在水面,拍流嬉笑,不动亦不沉。近引之,儿哑然捉生臂,跃入怀中。其一大啼,似嗔生之不援己者,亦引上之。细审之,一男一女,貌皆俊秀。额上花冠缀玉,则赤莲在焉。背有锦囊,拆视,得书云:“翁姑俱无恙。忽忽三年,红尘永隔;盈盈一水,青鸟难通。结想为梦,引领成劳。茫茫蓝蔚,有恨如何也!顾念奔月姮娥,且虚桂府;投梭织女,犹怅银河。我何人斯,而能永好?兴思及此,辄复破涕为笑。别后两月,竟得孪生。今已啁啾怀抱,颇解言笑;觅枣抓梨,不母可活,敬以还君。所贻赤玉莲花,饰冠作信。膝头抱儿时,犹妾在左右也。闻君克践旧盟,意愿斯慰。妾此生不二,之死靡他。奁中珍物,不蓄兰膏;镜里新妆,久辞粉黛。君似征人,妾作荡妇,即置而不御,亦何得谓非琴瑟哉?独计翁姑已得抱孙,曾未一觌新妇,揆之情理,亦属缺然。岁后阿姑窀穸,当往临穴,一尽妇职。过此以往,则'龙宫'无恙,不少把握之期;'福海'长生,或有往还之路。伏惟珍重,不尽欲言。"生反覆省书揽涕。两儿抱颈曰:"归休乎!"生益恸,抚之曰:"儿知家在何许?"儿啼,呕哑言归。生视海水茫茫,极天无际,雾鬟人渺,烟波路穷。抱儿返棹,怅然遂归。

生知母寿不永,周身物悉为预具,墓中植松檟百余。逾岁,媪果亡。灵舆至殡宫,有女子缞绖临穴。众惊顾,忽而风激雷轰,继以急雨,转瞬已失所在。松柏新植多枯,至是皆活。福海稍长,辄思其母,忽自投入海,数日始还。龙宫以女子不得往,时掩户泣。一日昼暝,龙女急入,止之曰:"儿自成家,哭泣何为?"乃赐八尺珊瑚一株,龙脑香一帖,明珠百粒,八宝嵌金合一双,为嫁资。生闻之突入,执手啜泣。俄顷,迅雷破屋,女已无矣。

异史氏曰:"花面逢迎,世情如鬼。嗜痂之癖,举世一辙。'小惭小好,大惭大好'。若公然带须眉以游都市,其不骇而走者盖几希矣!彼陵阳痴子,将抱连城玉向何处哭也?呜呼!显荣富贵,当于蜃楼海市中求之耳!"

田七郎

武承休,辽阳人,喜交游,所与皆知名士。夜梦一人告之曰:"子交游遍海内,皆滥交耳。惟一人可共患难,何反不识?"问:"何人?"曰:"田七郎非与?"醒而异之。诘朝见所与游,辄问七郎。客或识为东村业猎者,武敬谒诸家,以马棰挝门。未几一人出,年二十余,貙目蜂腰,着腻帢,衣皂犊鼻,多白补缀,拱手于额而问所自。武展姓氏,且托途中不快,借庐憩息。问七郎,答曰:"我即是也。"遂延客入。见破屋数椽,木岐支壁。入一小室,虎皮狼蜕,悬布楹间,更无杌榻可坐,七郎就地设皋比焉。武与语,言词朴质,大悦之。遽贻金作生计,七郎不受;固予之,七郎受以白母。俄顷将还,固辞不受。武强之再四,母龙钟而至,厉色曰:"老身止此儿,不欲令事贵客!"武惭而退。归途展转,不解其意。

适从人于室后闻母言，因以告武。先是，七郎持金白母，母曰："我适睹公子有晦纹，必罹奇祸。闻之：受人知者分人忧，受人恩者急人难。富人报人以财，贫人报人以义。无故而得重赂，不祥，恐将取死报于子矣。"武闻之，深叹母贤，然益倾慕七郎。翼日设筵招之，辞不至。武登其堂，坐而索饮。七郎自行酒，陈鹿脯，殊尽情礼。越日武邀酬之，乃至。款洽甚欢。赠以金，即不受。武托购虎皮，乃受之。归视所蓄，计不足偿，思再猎而后献之。入山三日，无所猎获。会妻疾，守视汤药，不遑操业。浃旬妻淹忽以死，为营斋葬，所受金稍稍耗去。武亲临唁送，礼仪优渥。既葬，负弩山林，益思所以报武。武探得其故，辄劝勿亟。切望七郎姑一临存，而七郎终以负债为憾，不肯至。武因先索旧藏，以速其来。七郎检视故革，则蠹蚀殃败，毛尽脱，懊丧益甚。武知之，驰行其庭，极意慰解之。又视败革，曰："此亦复佳。仆所欲得，原不以毛。"遂轴鞹出，兼邀同往。七郎不可，乃自归。

七郎终以不足报武为念，裹粮入山，凡数夜，忽得一虎，全而馈之。武喜，治具，请三日留，七郎辞之坚，武键庭户使不得出。宾客见七郎朴陋，窃谓公子妄交。武周旋七郎，殊异诸客。为易新服却不受，承其寐而潜易之，不得已而受。既去，其子奉媪命，返新衣，索其敝裰。武笑曰："归语老姥，故衣已拆作履衬矣。"自是七郎以兔鹿相贻，召之即不复至。武一日诣七郎，值出猎未返。媪出，踦閰而语曰："再勿引致吾儿，大不怀好意！"武敬礼之，惭而退。半年许，家人忽白："七郎为争猎豹，殴死人命，捉将官里去。"武大惊，驰视之，已械收在狱。见武无言，但云："此后烦恤老母。"武惨然出，急以重金赂邑宰，又以百金赂仇主。月余无事，释七郎归。母慨然曰："子发肤受之武公子耳，非老身所得而爱惜者。但祝公子百年无灾患，即儿福。"七郎欲诣谢武，母曰："往则往耳，见武公子勿谢也。小恩可谢，大恩不可谢。"七郎见武，武温言慰藉，七郎唯唯。家人咸怪其疏，武喜其诚笃，厚遇之，由是恒数日留公子家。馈遗辄受，不复辞，亦不言报。

会武初度，宾从烦多，夜舍履满。武偕七郎卧斗室中，三仆即床下卧。二更向尽，诸仆皆睡去，两人犹刺刺语。七郎背剑挂壁间，忽自腾出匣数寸，铮铮作响，光闪烁如电。武惊起，七郎亦起，问："床下卧者何人？"武答："皆厮仆。"七郎曰："此中必有恶人。"武问故，七郎曰："此刀购诸异国，杀人未尝濡缕，迄佩三世矣。决首至千计，尚如新发于硎。见恶人则鸣跃，当去杀人不远矣。公子宜亲君子，远小人，或万一可免。"武颔之。七郎终不乐，辗转床席。武曰："灾祥数耳，何忧之深？"七郎曰："我别无恐怖，徒以有老母在。"武曰："何遽至此？"七郎曰："无则更佳。"

盖床下三人：一为林儿，是老弥子，能得主人欢；一僮仆，年十二三，武所常役者；一李应，最拗拙，每因细事与公子裂眼争，武恒怒之。当夜默念，疑此人。诘旦唤至，善言绝令去。武长子绅，娶王氏。一日武他出，留林儿居守。斋中菊花方灿，新妇意翁出，斋庭当寂，自诣摘菊。林儿突出勾戏，妇欲遁，林儿强挟入室。妇啼拒，色变声嘶。绅奔入，林儿始释手逃去。武归闻之，怒觅林儿，竟已不知所之。过二三日，始知其投身某御史家。某官都中，家务皆委决于弟。武以同袍义，致书索林儿，某弟竟置不发。武益恚，质词邑宰。勾牒虽出，而隶不捕，官亦不问。武方愤怒，适七郎至。武曰："君言验矣。"因与告诉。七郎颜色惨变，终无一语，即径去。武嘱干仆逻察林儿。林儿夜归，为逻者所获，执见武。武掠楚之，林儿语侵武。武叔恒，故长者，恐侄暴怒致祸，劝不如治以官法。武从之，絷赴公庭。而御史家刺书邮至，宰释林儿，付纪纲以去。林儿意益肆，倡言丛众中，诬主人妇与私。武无奈之，忿塞欲死。驰登御史门，俯仰叫骂，里舍慰劝令归。

逾夜，忽有家人白："林儿被人脔割，抛尸旷野间。"武惊喜，意稍得伸。俄闻御史家讼其叔侄，遂偕叔赴质。宰不听辨，欲笞恒。武抗声曰："杀人莫须有！至辱詈搢绅，则生实为之，无与叔事。"宰置不闻。武裂眦欲上，群役禁捽之。操杖隶皆绅家走狗，恒又老耄，签数未半，奄然已死。宰见武叔垂毙，亦不复究。武号且骂，宰亦若弗闻者。遂舁叔归，哀愤无所为计。因思欲得七郎谋，而七郎终不一吊问。窃自念待伊不薄，何遽如行路人？亦疑杀林儿必七郎。转念果尔,胡得不谋?于是遣人探索其家,至则扃鐍寂然,邻人并不知耗。

一日,某弟方在内廨,与宰关说。值晨进薪水,忽一樵人至前,释担抽利刃直奔之。某惶急以手格刃,刃落断腕,又一刀始决其首。宰大惊,窜去。樵人犹张皇四顾。诸役吏急阖署门,操杖疾呼。樵人乃自刭死。纷纷集认,识者知为田七郎也。宰惊定,始出验,见七郎僵卧血泊中,手犹握刃。方停盖审视,尸忽崛然跃起,竟决宰首,已而复踣。衙官捕其母子,则亡去已数日矣。武闻七郎死,驰哭尽哀。咸谓其主使七郎,武破产夤缘当路,始得免。七郎尸弃原野月余,禽犬环守之。武厚葬之。其子流寓于登,变姓为佟。起行伍,以功至同知将军。归辽,武已八十余,乃指示其父墓焉。

异史氏曰:"一钱不轻受,正一饭不敢忘者也。贤哉母乎!七郎者,愤未尽雪,死犹伸之,抑何其神?使荆卿能尔,则千载无遗恨矣。苟有其人,可以补天网之漏。世道茫茫,恨七郎少也。悲夫!"

产 龙

壬戌间,邑邢村李氏妇,夫死,有遗腹,忽胀如瓮,忽束如握。临蓐,一昼夜不能产。视之,见龙首,一见辄缩去。家人惧。有王媪者焚香禹步,且捺且咒。未几胞堕,不复见龙,惟数鳞大如盏。继下一女,肉莹彻如晶,脏腑可数。

保 住

吴藩未叛时,尝谕将士:有独力能擒一虎者,优以廪禄,号"打虎将"。将中一人名保住,健捷如猱。邸中建高楼,梁木初架。住沿楼角而登,顷刻至颠,立脊檩上疾趋而行,凡三四返;已,乃踊身跃下,直立挺然。

王有爱姬善琵琶,所御琵琶,以暖玉为牙柱,抱之一室生温。姬宝藏,非王手谕不出示人。一夕宴集,客请一观其异。王适惰,期以翼日。时住在侧,曰:"不奉王命,臣能取之。"王使人驰告府中,内外戒备,然后遣之。住逾十数重垣,始达姬院,见灯辉室中,而门扃锢,不得入。廊下有鹦鹉宿架上,住乃作猫子叫,既而学鹦鹉鸣,疾呼

"猫来"。捽扑之声且急,闻姬云:"绿奴可急视,鹦鹉被扑杀矣!"住隐身暗处。俄一女子挑灯出,身甫离门,住已塞入。见姬守琵琶在几上,住携趋出。姬愕呼"寇至",防者尽起。见住抱琵琶走,逐之不及,攒矢如雨。住跃登树上,墙下故有大槐三十余章,住穿树行杪,如鸟移枝。树尽登屋,屋尽登楼,飞奔殿阁,不啻翅翎,瞥然不知所在。客方饮,住抱琵琶飞落檐前,门扃如故,鸡犬无声。

公孙九娘

于七一案,连坐被诛者,栖霞、莱阳两县最多。一日俘数百人,尽戮于演武场中,碧血满地,白骨撑天。上官慈悲,捐给棺木,济城工肆,材木一空。以故伏刑东鬼,多葬南郊。

甲寅间,有莱阳生至稷下,有亲友二三人亦在诛数,因市楮帛,酹奠榛墟,就税舍于下院之僧。明日,入城营干,日暮未归。忽一少年,造室来访。见生不在,脱帽登床,着履仰卧。仆人问其谁,合眸不对。既而生归,则暮色朦胧,不甚可辨。自诣床下问之,瞠目曰:"我候汝主人,絮絮逼问,我岂暴客耶!"生笑曰:"主人在此。"少年即起着冠,揖而坐,极道寒暄。听其音,似曾相识。急呼灯至,则同邑朱生,亦死于七之难者。大骇却走,朱曳之云:"仆与君文字之交,何寡于情?我虽鬼,故人之念,耿耿不忘。今有所渎,愿无以异物猜薄之。"生乃坐,请所命。曰:"令女甥寡居无偶,仆欲得主中馈。屡通媒妁,辄以无尊长命为辞。幸无惜齿牙余惠。"先是,生有女甥,早失恃,遗生鞠养,十五始归其家。俘至济南,闻父被刑,惊而绝。生曰:"渠自有父,何我之求?"朱曰:"其父为犹子启榇去,今不在此。"问:"女甥向依阿谁?"曰:"与邻媪同居。"生虑生人不能作鬼媒。朱曰:"如蒙金诺,还屈玉趾。"遂起握生手,生固辞,问:"何之?"曰:"第行。"勉从与去。

北行里许,有大村落,约数十百家。至一第宅,朱以指弹扉,即有媪出。豁开两扉,问朱:"何为?"曰:"烦达娘子,云阿舅至。"媪旋反,顷复出,邀生入,顾朱曰:"两椽茅舍子大隘,劳公子门外少坐候。"生从之入。见半亩荒庭,列小室二。甥女迎门啜泣,生亦泣,室中灯火茕然。女貌秀洁如生时,凝目含涕,遍问妗姑。生曰:“具各无恙,但荆人物故矣。”女又呜咽曰:“儿少受舅妗抚育,尚无寸报,不图先葬沟渎,殊为恨恨。旧年伯伯家大哥迁父去,置儿不一念。数百里外,伶仃如秋燕。舅不以沉魂可弃,又蒙赐金帛,儿已得之矣。”生以朱言告,女俯首无语。媪曰:“公子曩托杨姥三五返,老身谓是大好。小娘子不肯自草草,得舅为政,方此意慊得。”

言次,一十七八女郎,从一青衣遽掩入,瞥见生,转身欲遁。女牵其裾曰:“勿须尔!是阿舅。”生揖之。女郎亦敛衽。甥曰:“九娘,栖霞公孙氏。阿爹故家子,今亦‘穷波斯’,落落不称意。旦晚与儿还往。”生睨之,笑弯秋月,羞晕朝霞,实天人也。曰:“可知是大家,蜗庐人焉得如此娟好!”甥笑曰:“且是女学士,诗词俱大高作。儿稍得指教。”九娘微哂曰:“小婢无端败坏人,教阿舅齿冷也。”甥又笑曰:“舅断弦未续,若个小娘子,颇能快意否?”九娘笑奔出,曰:“婢子颠疯作也!”遂去。言虽近戏,而生殊爱好之。甥似微察,乃曰:“九娘才貌无双,舅倘不以粪壤致猜,儿当请诸其母。”生大悦,然虑人鬼难匹。女曰:“无伤,彼与舅有夙分。”生乃出。女送之,曰:“五日后,月明人静,当遣人往相迓。”生至户外,不见朱。翘首西望,月衔半规,昏黄中犹认旧径。见南面一第,朱坐门石上,起逆曰:“相待已久,寒舍即劳垂顾。”遂携手入,殷殷展谢。出金爵一、晋珠百枚,曰:“他无长物,聊代禽仪。”既而曰:“家有浊醪,但幽室之物,不足款嘉宾,奈何!”生㧑谢而退。朱送至中途,始别。

生归,僧仆集问,隐之曰:“言鬼者妄也,适赴友人饮耳。”后五日,朱果来,整履摇箑,意甚欣。方至户,望尘即拜。笑曰:“君嘉礼既成,庆在旦夕,便烦枉步。”生曰:“以无回音,尚未致聘,何遽成礼?”朱曰:“仆已代致之。”生深感荷,从与俱去。直达卧所,则女甥华妆迎笑。生问:“何时于归?”女曰:“三日矣。”生乃出所赠珠,为甥助妆。女三辞乃受,谓生曰:“儿以舅意白公孙老夫人,夫人作大欢喜。但言老耄无他骨肉,不欲九娘远嫁,期今夜舅往赘诸其家。伊家无男子,便可同郎往也。”朱乃导去。村将尽,一第门开,二人登其堂。俄白:“老夫人至。”有二青衣扶妪升阶。生欲展拜,夫人云:“老朽龙钟,不能为礼,当即脱边幅。”指画青衣,进酒高会。朱乃唤家人,另出肴俎,列置生前;亦别设一壶,为客行觞。筵中进馔,无异人世。然主人自举,殊不劝进。

既而席罢,朱归。青衣导生去,入室,则九娘华烛凝待。邂逅含情,极尽欢昵。初,九娘母子,原解赴都。至郡,母不堪困苦死,九娘亦自刭。枕上追述往事,哽咽不成眠。乃口占两绝云:“昔日罗裳化作尘,空将业果恨前身。十年露冷枫林月,此夜初逢画阁春。”“白杨风雨绕孤坟,谁想阳台更作云?忽启镂金箱里看,血腥犹染旧罗裙。”天将明,即促曰:“君宜且去,勿惊厮仆。”自此昼来宵往,嬖惑殊甚。

一夕问九娘:“此村何名?”曰:“莱霞里。里中多两处新鬼,因以为名。”生闻之欷歔。女悲曰:“千里柔魂,蓬游无底,母子零孤,言之怆恻。幸念一夕恩义,收儿骨归葬墓侧,使百年得所依栖,死且不朽。”生诺之。女曰:“人鬼路殊,君不宜久滞。”乃以罗袜赠生,挥泪促别。生凄然出,忉怛不忍归。因过叩朱氏之门。朱白足出逆;甥亦起,云鬟笼松,惊来省问。生惆怅移时,始述九娘语。女曰:“妗氏不言,儿亦夙夜图之。此非人世,不可久居。”于是相对汍澜。生亦含涕而别。叩寓归寝,展转申旦。欲觅九娘之墓,则忘问志表。及夜复往,则千坟累累,竟迷村路,叹恨而返。展视罗袜,着风寸断,腐如灰烬,遂治装东旋。

半载不能自释,复如稷门,冀有所遇。及抵南郊,日势已晚,息树下,趋诣丛葬所。但见坟兆万接,迷目榛荒,鬼火狐鸣,骇人心目。惊悼归舍。失意遨游,返辔遂东。行里许,遥见一女立丘墓上,神情意致,怪似九娘。挥鞭就视,果九娘。下与语,女径走,若不相识。再逼近之,色作怒,举袖自障。顿呼“九娘”,则烟然灭矣。

异史氏曰:“香草沉罗,血满胸臆;东山佩玦,泪渍泥沙。古有孝子忠臣,至死不谅于君父者。公孙九娘岂以负骸骨之托,而怨怼不释于中耶?脾膈间物,不能掬以相示,冤乎哉!”

促 织

宣德间,宫中尚促织之戏,岁征民间。此物故非西产。有华阴令,欲媚上官,以一头进,试使斗而才,因责常供。令以责之里正。

市中游侠儿,得佳者笼养之,昂其直,居为奇货。里胥猾黠,假此科敛丁口,每责一头,辄倾数家之产。

邑有成名者,操童子业,久不售。为人迂讷,遂为猾胥报充里正役,百计营谋不能脱。不终岁,薄产累尽。会征促织,成不敢敛户口,而又无所赔偿,忧闷欲死。妻曰:"死何益?不如自行搜觅,冀有万一之得。"成然之。早出暮归,提竹筒铜丝笼,于败堵丛草处探石发穴,靡计不施,迄无济。即捕三两头,又劣弱,不中于款。宰严限追比,旬余,杖至百,两股间脓血流离,并虫不能行捉矣。转侧床头,惟思自尽。

时村中来一驼背巫,能以神卜。成妻具资诣问,见红女白婆,填塞门户。入其室,则密室垂帘,帘外设香几。问者爇香于鼎,再拜。巫从旁望空代祝,唇吻翕辟,不知何词,各各竦立以听。少间,帘内掷一纸出,即道人意中事,无毫发爽。成妻纳钱案上,焚香以拜。食顷,帘动,片纸抛落。拾视之,非字而画,中绘殿阁类兰若,后小山下怪石乱卧,针针丛棘,青麻头伏焉;旁一蟆,若将跳舞。展玩不可晓。然睹促织,隐中胸怀,折藏之,归以示成。成反复自念:"得无教我猎虫所耶?"细瞩景状,与村东大佛阁真逼似。乃强起扶杖,执图诣寺后,有古陵蔚起。循陵而走,见蹲石鳞鳞,俨然类画。遂于蒿莱中侧听徐行,似寻针芥,而心、目、耳力俱穷,绝无踪响。冥搜未已,一癞头蟆猝然跃去。成益愕,急逐之。蟆入草间,蹑迹披求,见有虫伏棘根,遽扑之,入石穴中。掭以尖草不出,以筒水灌之始出。状极俊健,逐而得之。审视:巨身修尾,青项金翅。大喜,笼归,举家庆贺,虽连城拱璧不啻也。上于盆而养之,蟹白栗黄,备极护爱。留待限期,以塞官责。

成有子九岁,窥父不在,窃发盆;虫跃踯径出,迅不可捉。及扑入手,已股落腹裂,斯须就毙。儿惧,啼告母。母闻之,面色灰死,大骂曰:"业根!死期至矣!翁归,自与汝复算耳!"儿涕而出。未几成入，闻妻言如被冰雪。怒索儿，儿渺然不知所往；既而得其尸于井。因而化怒为悲，抢呼欲绝。夫妻向隅，茅舍无烟，相对默然，不复聊赖。

日将暮，取儿藁葬。近抚之，气息惙然，喜置榻上，半夜复苏，夫妻心稍慰。但儿神气痴木，奄奄思睡，成顾蟋蟀笼虚，则气断声吞，亦不复以儿为念，自昏达曙，目不交睫。东曦既驾，僵卧长愁。忽闻门外虫鸣，惊起觇视，虫宛然尚在，喜而捕之。一鸣辄跃去，行且速。覆之以掌，虚若无物；手裁举，则又超忽而跃。急趁之，折过墙隅，迷其所往。徘徊四顾，见虫伏壁上。审谛之，短小，黑赤色，顿非前物。成以其小，劣之；惟彷徨瞻顾，寻所逐者。壁上小虫，忽跃落襟袖间，视之，形若土狗，梅花翅，方首长胫，意似良。喜而收之。将献公堂，惴惴恐不当意，思试之斗以觇之。

村中少年好事者，驯养一虫，自名"蟹壳青"，日与子弟角，无不胜。欲居之以为利，而高其直，亦无售者。径造庐访成。视成所蓄，掩口胡卢而笑。因出己虫，纳比笼中。成视之，庞然修伟，自增惭怍，不敢与较。少年固强之。顾念：蓄劣物终无所用，不如拚博一笑。因合纳斗盆。小虫伏不动，蠢若木鸡。少年又大笑。试以猪鬣毛撩拨虫须，仍不动。少年又笑。屡撩之，虫暴怒，直奔，遂相腾击，振奋作声。俄见小虫跃起，张尾伸须，直龁敌领。少年大骇，解令休止。虫翘然矜鸣，似报主知。成大喜。

方共瞻玩，一鸡瞥来，径进一啄。成骇立愕呼。幸啄不中，虫跃去尺有咫。鸡健进，逐逼之，虫已在爪下矣。成仓猝莫知所救，顿足失色。旋见鸡伸颈摆扑；临视，则虫集冠上，力叮不释。成益惊喜，掇置笼中。

翼日进宰。宰见其小，怒诃成。成述其异，宰不信。试与他虫斗，虫尽靡；又试之鸡，果如成言。乃赏成，献诸抚军。抚军大悦，以金笼进上，细疏其能。既入宫中，举天下所贡蝴蝶、螳螂、油利挞、青丝额……一切异状，遍试之，无出其右者。每闻琴瑟之声，则应节而舞，益奇之。上大嘉悦，诏赐抚臣名马衣缎。抚军不忘所自，无何，宰以"卓异"闻。宰悦，免成役；又嘱学使，俾入邑庠。后岁余，成子精神复旧，自言："身化促织，轻捷善斗，今始苏耳。"抚军亦厚赉成。不数岁，田百顷，楼阁万椽，牛羊蹄躈各千计。一出门，裘马过世家焉。

异史氏曰："天子偶用一物，未必不过此已忘，而奉行者即为定例。加之官贪吏虐，民日贴妇卖儿，更无休止。故天子一跬步皆关民命，不可忽也。第成氏子以蠹贫，以促织富，裘马扬扬。当其为里正、受扑责时，岂意其至此哉！天将以酬长厚者，遂使抚臣、令尹，并受促织恩荫。闻之，一人飞升，仙及鸡犬。信夫！"

柳秀才

明季，蝗生青兖间，渐集于沂，沂令忧之。退卧署幕，梦一秀才来谒，峨冠绿衣，状貌修伟，自言御蝗有策。询之，答云："明日西南道上有妇跨硕腹牝驴子，蝗神也。哀之，可免。"

令异之。治具出邑南。伺良久，果有妇高髻褐帔，独控老苍卫，缓蹇北度。即爇香，捧卮酒，迎拜道左，捉驴不令去。妇问："大夫将何为？"令便哀求："区区小治，幸悯脱蝗口。"妇曰："可恨柳秀才饶舌，泄我机密！当即以其身受，不损禾稼可耳。"乃尽三卮，瞥不复见。

后蝗来飞蔽天日，竟不落禾田，尽集杨柳，过处柳叶都尽。方悟秀才柳神也。或云："是宰官忧民所感。"诚然哉！

水 灾

康熙二十一年，山东旱，自春徂夏，赤地千里。六月十三日小雨，始种粟。十八日大雨后，乃种豆。一日，石门庄有老叟，暮见二羊斗山上，告村人曰："大水至矣！"遂携家播迁。村人共笑之。无何，雨暴注，平地水深数尺，居庐尽没。一农人弃其两儿，与妻扶老母奔避高阜。下视村中，汇为泽国，并不复念及两儿。水落归家。一村尽成墟墓，入已门，则一屋独存，见两儿尚并坐床头，嬉笑无恙。咸叹谓夫妇孝感所致。此六月二十二日事也。

康熙二十四年，平阳地震，人民死者十有七八。城郭尽墟；仅存一舍，则孝子某家也。茫茫大劫中，惟孝嗣无恙，谁谓天公无皂白耶？

诸城某甲

诸城孙景夏学师言：其邑中某甲，值流寇乱，被杀，首坠胸前。寇退，家人得尸，将舁瘗之。闻其气缕缕然，审视之，咽不断者盈指。遂扶其头，荷之以归。经一昼夜能呻，以匕箸稍哺饮食，半年竟愈。又十余年，与二三人聚谈，或作一解颐语，众为哄堂，甲亦鼓掌。一俯仰间，刀痕暴裂，头堕血流，共视之，已死。父讼笑者，众敛金赂之，乃葬甲。

异史氏曰："一笑头落，此千古第一大笑也。头连一线而不死，直待十年后成一笑狱，岂非二三邻人，负债前生者耶！"

库　官

邹平张华东，奉旨祭南岳，道出江淮间，将宿驿亭。前驱白："驿中有怪异，不可宿。"张弗听，宵分冠剑而坐，俄闻靴声入，则一颁白叟，皂纱黑带。怪而问之，叟稽首曰："我库官也。为大人典藏有日矣。幸节钺遥临，下官释此重负。"问："库存几何？"答云："二万三千五百金。"公虑多金累缀，约归时盘验，叟唯唯而退。张至南中，馈遗颇丰。及还，宿驿亭，叟复出谒。及问库物，曰："已拨辽东兵饷矣。"深讶其前后之乖。叟曰："人世禄命，皆有额数，锱铢不能增损。大人此行，应得之数已得矣，又何求？"言已竟去。张乃计其所获，与库数适相吻合。方叹饮啄有定，不可妄求也。

酆都御史

酆都县外有洞，深不可测，相传阎罗署。其中一切狱具，皆借人工。桎梏朽败，辄掷洞口，邑宰即以新者易之，经宿失所在。供应度支，载之经制。

明有御史行台华公，按临酆都，闻之不以为信，欲入洞以决其惑，众云不可。公弗听，乃秉烛入，以二役从。入里许，烛暴灭。视之，阶道阔朗，有广殿十余间，列坐尊官，袍笏俨然。惟东首虚一座。尊官见公至，降阶而迎，笑问曰："至矣乎？别来无恙否？"公问："此何处所?”尊官曰:“此冥府也。”公愕然告退。尊官指虚座曰:“此为君坐,那可复还。”公益惧,固请宽宥,尊官曰:“定数何可逃也!”遂检一卷示公,上注云:“某月日,某以肉身归阴。”公览之,战栗如濯冰水,念母老子幼,泫然流涕。

俄有金甲神人,捧黄帛书至,群拜舞启读已,乃贺公曰:“君有回阳之机矣。”公喜致问。曰:“适接帝诏,大赦幽冥,可为君委折原例耳。”乃示公途而出。数武之外,冥黑如漆,不辨行路,公甚窘苦。忽一神将,轩然而入,赤面长髯,光射数尺。公迎拜而哀之,神人曰:“诵佛经可出。”言已而去。公自计经咒多不记忆,惟《金刚经》颇曾习之,乃合掌而诵,顿觉一线光明,映照前路。偶有遗忘,则目前顿黑,定想移时,复诵复明;乃始得出。其二役,则不可问矣。

龙无目

沂水大雨,忽堕一龙,双睛俱无,奄有气息。邑令以八十席覆之,未能周身。为设野祭,犹反覆以尾击地,其声堛然。

狐 谐

万福字子祥,博兴人,幼业儒,家贫而运蹇,年二十有奇,尚不能掇一芹。乡中浇俗,多报富户役,长厚者至碎破其家。万适报充役,惧而逃,如济南,税居逆旅。夜有奔女,颜色颇丽,万悦而私之,问姓氏。女自言:“实狐,然不为君祟。”万喜而不疑。女嘱勿与客共,遂日至,与共卧处。凡日用所需,无不仰给于狐。

居无何,二三相识,辄来造访,恒信宿不去。万厌之,而不忍拒,不得已以实告客。客愿一睹仙容,万白于狐。狐曰:“见我何为哉?我亦犹人耳。”闻其声,不见其人。客有孙得言者,善谑,固请见,且曰:“得听娇音,魂魄飞越。何吝容华,徒使人闻声相思?”狐笑曰:“贤孙子!欲为高曾母作行乐图耶?”众大笑。狐曰:“我为狐,请与客言狐典,颇愿闻之否?”众唯唯。狐曰:“昔某村旅舍,故多狐,辄出祟行客。客知之,相戒不宿其舍,半年,门户萧索。主人大忧,甚讳言狐。忽有一远方客,自言异国人,望门休止。主人大悦,甫邀入门,即有途人阴告曰:‘是家有狐。’客惧,白主人,欲他徙。主人力白其妄,客乃止。入室方卧,见群鼠出于床下。客大骇,骤奔,急呼:‘有狐!’主人惊问。客怒曰:‘狐巢于此,何诳我言无?’主人又问:‘所见何状?’客曰:‘我今所见,细细幺麽,不是狐儿,必当是狐孙子!’”言罢,座客粲然。孙曰:“既不赐见,我辈留勿去,阻尔阳台。”狐笑曰:“寄宿无妨。倘有小迕犯,幸勿介怀。”客恐其恶作剧,乃共散去,然数日必一来,索狐笑骂。狐谐甚,每一语即颠倒宾客,滑稽者不能屈也。群戏呼为“狐娘子”。

一日,置酒高会,万居主人位,孙与二客分左右坐,上设一榻待狐。狐辞不善酒。咸请坐谈,许之。酒数行,众掷骰为瓜蔓之令。客值瓜色,会当饮,戏以觥移上座曰:“狐娘子太清醒,暂借一杯。”狐笑曰:“我故不饮。愿陈一典,以佐诸公饮。”孙掩耳不乐闻。客皆曰:“骂人者当罚。”狐笑曰:“我骂狐何如?”众曰:“可。”于是倾耳共听。狐曰:“昔一大臣,出使红毛国,着狐腋冠见国王。王见而异之,问:‘何皮毛,温厚乃尔?’大臣以狐对。王曰:‘此物生平未曾得闻。狐字字画何等?’使臣书空而奏曰:‘右边是一大瓜,左边是一小犬。’”主客又复哄堂。二客,陈氏兄弟,一名所见,一名所闻。见孙大窘,乃曰:“雄狐何在,而纵雌狐流毒若此?”狐曰:“适一典谈犹未终,遂为群吠所乱,请终之。国王见使臣乘一骡,甚异之。使臣告曰:‘此马之所生。’又大异之。使臣曰:‘中国马生骡,骡生驹驹。’王细问其状。使臣曰:‘马生骡,是“臣所见”;骡生驹驹,是“臣所闻”。’”举坐又大笑。众知不敌,乃相约:后有开谑端者,罚作东道主。

顷之酒酣,孙戏谓万曰:“一联请君属之。”万曰:“何如?”孙曰:“妓者出门访情人,来时‘万福’,去时‘万福’。”众属思未对。狐笑曰:“我有之矣。”对曰:“龙王下诏求直谏,鳖也‘得言’,龟也‘得言’。”众绝倒。孙大恚曰:“适与尔盟,何复犯戒?”狐笑曰:“罪诚在我,但非此不能确对耳。明日设席,以赎吾过。”相笑而罢。狐之诙谐,不可殚述。

居数月,与万偕归。及博兴界,告万曰:“我此处有葭莩亲,往来久梗,不可不一讯。日且暮,与君同寄宿,待旦而行可也。”万询其处,指言“不远”。万疑前此故无村落,姑从之。二里许,果见一庄,生平所未历。狐往叩关,一苍头出应门。入则重门叠阁,宛然世家。俄见主人,有翁与媪,揖万而坐。列筵丰盛,待万以姻娅,遂宿焉。狐早谓曰:“我遽偕君归,恐骇闻听。君宜先往,我将继至。”万从其言,先至,预白于家人。未几狐至,与万言笑,人尽闻之,而不见其人。逾年,万复事于济,狐又与俱。忽有数人来,狐从与语,备极寒暄。乃语万曰:“我本陕中人,与君有夙因,遂从许时。今我兄弟来,将从以归,不能周事。”留之不可,竟去。

雨 钱

滨州一秀才读书斋中,有款门者,启视则一老翁,形貌甚古。延入,通姓氏,翁自言:“养真,姓胡,实狐仙。慕君高雅,愿共晨夕。”生故旷达,亦不为怪。相与评驳今古,殊博洽,镂花雕绘,粲于牙齿,时抽经义,则名理湛深,出人意外。生惊服,留之甚久。

一日密祈翁曰:“君爱我良厚。顾我贫若此,君但一举手,金钱自可立致,何不小周给?”翁默然,少间笑曰:“此大易事。但须得十数钱作母。”生如其请。翁乃与共入密室中,禹步作咒。俄顷,钱有数十百万从梁间锵锵而下,势如骤雨,转瞬没膝,拔足而立又没踝。广丈之舍,约深三四尺余。乃顾生曰:“颇厌君意否?”曰:“足矣。”翁一挥,钱画然而止,乃相与扃户出。生窃喜暴富矣。

顷之入室取用,则阿堵化为乌有,惟母钱十余枚尚在。生大失望,盛气向翁,颇怼其诳。翁怒曰:“我本与君文字交,不谋与君作贼!便如秀才意,只合寻梁上君子交好得,老夫不能承命!”遂拂衣去。

妾杖击贼

益都西鄙有贵家某巨富,蓄一妾颇婉丽,而冢室凌折之,鞭挞横施,妾奉事惟谨,某怜之,常私语慰抚,妾殊无怨言。

一夜数人逾垣入,撞其扉几坏。某与妻惶恐惴栗,不知所为。妾起默无声息,暗摸屋中得挑水木杖,拔关遽出。群贼乱如蓬麻,妾舞杖动,风鸣钩响,立击四五人仆地,贼尽靡;骇愕乱奔,墙急不得上,倾跌咿哑,亡魂失命。妾拄杖于地,顾笑曰:“此等物事,不直下手打得,亦学作贼!我不汝杀,杀嫌辱我。”悉纵之逸去。

某大惊,问曰:“何自能尔?”则“妾父故枪棒师,妾得尽传其术,殆不啻百人敌也。”妻尤骇甚,悔向之迷于物色。由是善视妾,遇之反如嫡,然而妾则终无纤毫失礼。邻妇谓妾曰:“嫂击贼若豚犬,顾奈何俯首受挞楚?”妾曰:“是吾分也,他何敢言。”闻者益贤之。

异史氏曰:“身怀绝技,居数年而人莫知之,一旦捍患御灾,化鹰为鸠。呜呼!射雉既获,内人展笑;握槊方胜,贵主同车。技之不可以已也如是夫!”

秀才驱怪

长山徐远公,故明诸生,鼎革后,弃儒访道,稍稍学敕勒之术,远近多耳其名。某邑一巨公,具币,致诚款书,招之以骑。徐问:“召某何意?”仆曰:“不知。但嘱小人务屈降临。”徐乃行。至则中亭宴馔,礼遇甚恭,然终不道其相迎之旨。徐因问曰:“实欲何为?幸祛疑抱。”主人辄言:“无他。”但劝杯酒。言词闪烁,殊所不解。谈话之间,不觉向暮,邀徐饮园中。园颇佳胜,而竹树蒙翳,景物阴森,杂花丛丛,半没草莱。抵一阁,覆板之上悬蛛错缀,似久无人住者。酒数行,天色曛暗,命烛复饮。徐辞不胜酒,主人即罢酒呼茶。诸仆仓皇撤肴器,尽纳阁之左室几上。茶啜未半,主人托故竟去。仆人持烛引宿左室,烛置案上,遽返身去,颇甚草草。徐疑或携襆被来伴,久之,人声杳然,乃自起扃户就寝。

窗外皎月,入室侵床,夜鸟秋虫,一时啾唧,心中怛然,寝不成寐。顷之,板上橐橐似踏蹴声,甚厉。俄下护梯,俄近寝门。徐骇,毛发猬立,急引被蒙首,而门已豁然顿开。徐展被角微伺之,见一物兽首人身,毛周遍体,长如马鬐,深黑色;牙粲群蜂,目炯双炬。及几,伏餂器中剩肴,舌一过,数器辄净如扫。已而趋近榻,嗅徐被。徐骤起,翻被幂怪头,按之狂喊。怪出不意,惊脱,启外户窜去。徐披衣起遁,则园门外扃,不可得出。缘墙而走,跃逾短垣,则主人马厩。厩人惊,徐告以故，即就乞宿。

将旦，主人使伺徐，不见，大骇。已而出自厩中。徐大怒曰："我不惯作驱怪术，君遣我，又秘不一言，我橐中蓄有如意钩，又不送达寝所，是欲死我也！"主人谢曰："拟即相告，虑君难之，初亦不知橐有藏钩。幸宥十死！"徐终怏怏，索骑归。自是怪绝。后主人宴集园中，辄笑向客曰："我终不忘徐生功也。"

异史氏曰："黄狸黑狸，得鼠者雄。此非空言也。假令翻被狂喊之后，隐其骇惧，公然以怪之绝为己能，则人将谓徐生真神人不可及矣。"

姊妹易嫁

掖县相国毛公，家素微，其父常为人牧牛。时邑世族张姓，有新阡在东山之阳。或经其侧，闻墓中叱咤声曰："若等速避去，勿久溷贵人宅！"张闻，亦未深信。既又频得梦警曰："汝家墓地，本是毛公佳城，何得久假此？"由是家数不利。客劝徙葬吉，张乃徙焉。

一日相国父牧，出张家故墓，猝遇雨，匿身废圹中。已而雨益甚，潦水奔穴，崩渹灌注，遂溺以死。相国时尚孩童。母自诣张，丐咫尺地掩儿父。张问其姓氏，大异之。往视溺死所，俨当置棺处，更骇；乃使就故圹窆焉。且令携若儿来。葬已，母偕儿诣张谢。张一见，辄喜，即留其家，教之读，以齿子弟行。又请以长女妻儿，母谢不敢。张妻卒许之。然其女甚薄毛家，怨惭之意时形言色。且曰："我死不从牧牛儿！"及亲迎，新郎入宴，彩舆在门，女方掩袂向隅而哭。催之妆不妆，劝亦不解。俄而新郎告行，鼓乐大作，女犹眼零雨而首飞蓬也。父入劝女，不听，怒逼之，哭益厉，父无奈。家人报新郎欲行，父急出曰："衣妆未竟，烦郎少待。"又奔入视女。往复数番，女终无回意。其父周张欲自死，皇急无计。其次女在侧，因非其姊，苦逼劝之。姊怒曰："小妮子，亦学人喋聒！尔何不从他去？"妹曰："阿爷原不曾以妹子属毛郎；若以妹子属毛郎，何烦姊姊劝驾耶？"父听其言慷爽，因与伊母窃议，以次易长。母即向次女曰："迕逆婢不遵父母命，今欲以儿代姊，儿肯行否？"女慨然曰："父母之命，即乞丐不敢辞；且何以见毛家郎便终身饿莩死乎?”父母大喜,即以姊妆妆女,仓猝登车径去。入门,夫妇雅敦好逑。第女素病赤鬜,毛郎稍介意。及知易嫁之说,由是益以知己德女。

居无何,毛郎补博士弟子,往应乡试。经王舍人庄,店主先一夕梦神曰:“旦夕有毛解元来,后且脱汝于厄,可善待之。”以故晨起,专伺察东来客,及得公,甚喜。供具甚丰,且不索直。公问故,特以梦兆告。公颇自负;私计女发鬑鬑,虑为显者笑,富贵后当易之。及试,竟落第,偃蹇丧志,赧见主人,不敢复由王舍,迂道归家。

逾三年再赴试,店主人延候如前。公曰:“尔言不验,殊惭祇奉。”主人曰:“秀才以阴欲易妻,故被冥司黜落,岂吾梦不足践耶?”公愕然,问故。主人曰:“别后复梦神告,故知之。”公闻而惕然悔惧,木立若偶。主人又曰:“秀才宜自爱,终当作解首。”入试,果举贤书第一。夫人发亦寻长,云鬟委绿,倍增妩媚。

其姊适里中富儿,意气自高。夫荡惰,家渐陵替,贫无烟火。闻妹为孝廉妇,弥增愧怍,姊妹辄避路而行。未几,良人又卒,家落。毛公又擢进士。女闻,刻骨自恨,遂忿然废身为尼。及公以宰相归,强遣女行者诣府谒问,冀有所贻。比至,夫人馈以绮縠罗绢若干匹,以金纳其中。行者携归见师,师失所望,恚曰:“与我金钱,尚可作薪米费,此物我何所须!”遽令送回。公与夫人疑之,启视,则金具在,方悟见却之意。笑曰:“汝师百金尚不能任,焉有福泽从我老尚书也。”遂以五十金付尼去,且嘱曰:“将去作尔师用度。但恐福薄人难承受耳。”行者归,告其师。师哑然自叹,私念生平所为,率自颠倒,美恶避就,繄岂由人耶?后王舍店主人以人命逮系囹圄,公乃为力解释罪。

异史氏曰:“张家故墓,毛氏佳城,斯已奇矣。余闻时人有‘大姨夫作小姨夫,前解元为后解元’之戏,此岂慧黠者所能较计耶?呜呼!彼苍者天久已梦梦,何至毛公,其应如响耶?”

续黄梁

福建曾孝廉,捷南宫时,与二三同年,遨游郊外。闻毗卢禅院寓一星者,往诣问卜。入揖而坐。星者见其意气扬扬,稍佞谀之。曾摇箑微笑,便问:"有蟒玉分否?"星者曰:"二十年太平宰相。"曾大悦,气益高。

值小雨,乃与游侣避雨僧舍。舍中一老僧,深目高鼻,坐蒲团上,淹蹇不为礼。众一举手,登榻自话,群以宰相相贺。曾心气殊高,便指同游曰:"某为宰相时,推张年丈作南抚,家中表为参、游,我家老苍头亦得小千把,余愿足矣。"一座大笑。

俄闻门外雨益倾注,曾倦伏榻间。忽见有二中使,赍天子手诏,召曾太师决国计。曾得意荣宠,亦乌知其非有也,疾趋入朝。天子前席,温语良久,命三品以下,听其黜陟,不必奏闻。即赐蟒服一袭,玉带一围,名马二匹。曾被服稽拜以出。入家,则非旧所居第,绘栋雕榱,穷极壮丽,自亦不解何以遽至于此。然拈须微呼,则应诺雷动。俄而公卿赠海物,伛偻足恭者叠出其门。六卿来,倒屣而迎;侍郎辈,揖与语;下此者,颔之而已。晋抚馈女乐十人,皆是好女子,其尤者为袅袅,为仙仙,二人尤蒙宠顾。科头休沐,日事声歌。

一日,念微时尝得邑绅王子良周济,我今置身青云,渠尚蹉跎仕路,何不一引手?早旦一疏,荐为谏议,即奉谕旨,立行擢用。又念郭太仆曾睚眦我,即传吕给谏及侍御陈昌等,授以意旨。越日,弹章交至,奉旨削职以去。恩怨了了,颇快心意。偶出郊衢,醉人适触卤簿,即遣人缚付京尹,立毙杖下。接第连阡者,皆畏势献沃产,自此富可埒国。无何而袅袅、仙仙,以次殂谢,朝夕遐想,忽忆曩年见东家女绝美,每思购充媵御,辄以绵薄违宿愿,今日幸可适志。乃使干仆数辈,强纳资于其家。俄顷藤舆舁至,则较之昔望见时尤艳绝也。自顾生平,于愿斯足。

又逾年,朝士窃窃,似有腹非之者,然揣其意,各为立仗马,曾亦高情盛气,不以置怀。有龙图学士包拯上疏,其略曰:"窃以曾某,原一饮赌无赖,市井小人。一言之合,荣膺圣眷,父紫儿朱,恩宠为极。不思捐躯摩顶,以报万一,反恣胸臆,擅作威福。可死之罪,擢发难数!朝廷名器,居为奇货,量缺肥瘠,为价重轻。因而公卿将士,尽奔走于门下,估计夤缘,俨如负贩,仰息望尘,不可算数。或有杰士贤臣,不肯阿附,轻则置之闲散,重则褫以编氓。甚且一臂不袒,辄迕鹿马之奸;片语方干,远窜豺狼之地。朝士为之寒心,朝廷因而孤立。又且平民膏腴,任肆吞食;良家女子,强委禽妆。沴气冤氛,暗无天日!奴仆一到,则守、令承颜;书函一投,则司、院枉法。或有厮养之儿,瓜葛之亲,出则乘传,风行雷动。地方之供给稍迟,马上之鞭挞立至。荼毒人民,奴隶官府,扈从所临,野无青草。而某方炎炎赫赫,怙宠无悔。召对方承于阙下,萋菲辄进于君前;委蛇才退于自公,声歌已起于后苑。声色狗马,昼夜荒淫;国计民生,罔存念虑。世上宁有此宰相乎!内外骇讹,人情汹汹。若不急加斧锧之诛,势必酿成操、莽之祸。臣拯夙夜祗惧,不敢宁处,冒死列款,仰达宸听。伏祈断奸佞之头,籍贪冒之产,上回天怒,下快舆情。如果臣言虚谬,刀锯鼎镬,即加臣身。"云云。疏上,曾闻之气魄悚骇,如饮冰水。幸而皇上优容,留中不发。又继而科、道、九卿,交章劾奏,即昔之拜门墙、称假父者,亦反颜相向。奉旨籍家,充云南军。子任平阳太守,已差员前往提问。

曾方闻旨惊怛,旋有武士数十人,带剑操戈,直抵内寝,褫其衣冠,与妻并系。俄见数夫运资于庭,金银钱钞以数百万,珠翠瑙玉数百斛,幄幕帘榻之属,又数千事,以至儿襁女舄,遗坠庭阶。曾一一视之,酸心刺目。又俄而一人掠美妾出,披发娇啼,玉容无主。悲火烧心,含愤不敢言。俄楼阁仓库,并已封志,立叱曾出。监者牵罗曳而出,夫妻吞声就道,求一下驷劣车,少作代步,亦不可得。十里外,妻足弱,欲倾跌,曾时以一手相攀引。又十余里,己亦困惫。欻见高山,直插云汉,自忧不能登越,时挽妻相对泣。而监者狞目来窥,不容稍停驻。又顾斜日已坠,无可投止,不得已,参差蹩躠而行。比至山腰,妻力已尽,泣坐路隅。曾亦憩止,任监者叱骂。

忽闻百声齐噪,有群盗各操利刃,跳梁而前。监者大骇,逸去。曾长跪告曰:"孤身远谪,橐中无长物。"哀求宥免。群盗裂眦宣言:"我辈皆被害冤民,只乞得佞贼头,他无索取。"曾怒叱曰:"我虽待罪,乃朝廷命官,贼子何敢尔!"贼亦怒,以巨斧挥曾项,觉头堕地作声。

魂方骇疑,即有二鬼来反接其手,驱之行。行逾数刻,入一都会。顷之,睹宫殿,殿上一丑形王者,凭几决罪福。曾前匍伏请命,王者阅卷,才数行,即震怒曰:“此欺君误国之罪,宜置油鼎!”万鬼群和,声如雷霆。即有巨鬼捽至墀下,见鼎高七尺已来,四围炽炭,鼎足皆赤。曾觳觫哀啼,窜迹无路。鬼以左手抓发,右手握踝,抛置鼎中。觉块然一身,随油波而上下,皮肉焦灼,痛彻于心,沸油入口,煎烹肺腑。念欲速死,而万计不能得死。约食时,鬼方以巨叉取曾出,复伏堂下。王又检册籍,怒曰:“倚势凌人,合受刀山狱!”鬼复捽去。见一山,不甚广阔,而峻削壁立,利刃纵横,乱如密笋。先有数人胃肠刺腹于其上,呼号之声,惨绝心目。鬼促曾上,曾大哭退缩。鬼以毒锥刺脑,曾负痛乞怜。鬼怒,捉曾起,望空力掷。觉身在云霄之上,晕然一落,刃交于胸,痛苦不可言状,又移时,身躯重赘,刀孔渐阔,忽焉脱落,四支蠖屈。鬼又逐以见王。王命会计生平卖爵鬻名,枉法霸产,所得金钱几何。即有髯须人持筹握算,曰:“二百二十一万。”王曰:“彼既积来,还令饮去!”少间,取金钱堆阶上如丘陵,渐入铁釜,熔以烈火。鬼使数辈,更相以杓灌其口,流颐则皮肤臭裂,入喉则脏腑腾沸。生时患此物之少,是时患此物之多也。半日方尽。

王者令押去甘州为女。行数步,见架上铁梁,围可数尺,绾一火轮,其大不知几百由旬,焰生五采,光耿云霄。鬼挞使登轮。方合眼跃登,则轮随足转,似觉倾坠,遍体生凉。开目自顾,身已婴儿,而又女也。视其父母,则悬鹑败絮;土室之中,瓢杖犹存。心知为乞人子,日随乞儿托钵,腹辘辘不得一饱。着败衣,风常刺骨。十四岁,鬻与顾秀才备媵妾,衣食粗足自给。而冢室悍甚,日以鞭棰从事,辄用赤铁烙胸乳。幸良人颇怜爱,稍自宽慰。东邻恶少年,忽逾墙来逼与私,乃自念前身恶孽,已被鬼责,今那得复尔。于是大声疾呼,良人与嫡妇尽起,少年始窜去。一日,秀才宿诸其室,枕上喋喋,方自诉冤苦;忽震厉一声,室门大辟,有两贼持刀入,竟决秀才首,囊括衣物。团伏被底,不敢作声。既而贼去,乃喊奔嫡室。嫡大惊,相与泣验。遂疑妾以奸夫杀良人,状白刺史。刺史严鞫,竟以酷刑诬服,律拟凌迟处死,絷赴刑所。胸中冤气扼塞,距踊声屈,觉九幽十八狱无此黑黯也。

正悲号间,闻游者呼曰:“兄魇耶?”豁然而寤,见老僧犹跏趺座上。同侣竞相谓曰:“日暮腹枵,何久酣睡?”曾乃惨淡而起。僧微笑曰:“宰相之占验否?”曾益惊异,拜而请教。僧曰:“修德行仁,火坑中有青莲也。山僧何知焉。”曾胜气而来,不觉丧气而返。台阁之想由此淡焉。后入山,不知所终。

异史氏曰:“梦固为妄,想亦非真。彼以虚作,神以幻报。黄粱将熟,此梦在所必有,当以附之邯郸之后。”

龙取水

徐东痴夜南游,泊舟江岸,见一苍龙自空垂下,以尾揽江水,波浪涌起,随龙身而上。遥望水光闪闪,阔于三尺练。移时龙尾收去,水亦顿息。俄而大雨倾注,渠道皆平。

小猎犬

山右卫中堂为诸生时,假斋僧院。苦室中蜇虫蚊蚤甚多,夜不成寐。食后偃息在床,忽见一小武士首插雉尾,身高二寸许,骑马大如蜡,臂上青鞲,有鹰如蝇。自外而入,盘旋室中,行且驶。公方疑注,忽又一人入,装亦如之,腰束小弓矢,牵猎犬如巨蚁。又俄顷,步者、骑者,纷纷来以数百辈,鹰犬皆数百。见有蚊蝇飞起,纵鹰腾击,尽扑杀之。猎犬登床缘壁,搜噬虱蚤,凡罅有所伏藏,嗅之无不出者,顷刻之间,决杀殆尽。公伪睡睨之,鹰集犬窜于其身。既而一黄衣人,着平天冠如王者,登别榻,系驷苇篾间。从骑皆下,献飞献走,纷集盈侧,亦不知作何语。无何,王者登小辇,卫士仓皇,各命鞍马,万蹄攒奔,纷如撒菽,烟飞雾腾,斯须散尽。公历历在目,骇诧不知所由。

蹑履外窥,渺无迹响,返身周视,都无所见,惟壁砖遗一细犬。公急捉之,且驯。置砚匣中,反复瞻玩。毛极细茸,项上有小环。饲以饭颗,一嗅辄去。跃登床榻,寻衣缝,啮杀虮虱。旋复来伏卧。逾宿公疑其已往,视之则盘伏如故。公卧,则登床榻,遇虫辄啖毙,蚊蝇无敢落者。公爱之甚于拱璧。一日昼卧,犬潜伏身畔。公醒转侧,压于腰底。公觉有物，固疑是犬，急起视之，已扁而死，如纸剪成者。然自是壁虫无噍类矣。

棋 鬼

扬州督同将军梁公，解组乡居，日携棋酒，游林丘间。会九日登高与客弈，忽有一人来，逡巡局侧，耽玩不去。视之，面目寒俭，悬鹑结焉，然意态温雅，有文士风。公礼之，乃坐，亦殊㧑谦。公指棋谓曰："先生当必善此，何不与客对垒？"其人逊谢移时，始即局。局终而负，神情懊热，若不自已。又着又负，益愤惭。酌之以酒，亦不饮，惟曳客弈。自晨至于日昃，不遑溲溺。方以一子争路，两互喋聒，忽书生离席悚立，神色惨沮。少间，屈膝向公座，败颡乞救，公骇疑，起扶之曰："戏耳，何至是？"书生曰："乞嘱付圉人，勿缚小生颈。"公又异之，问："圉人谁？"曰："马成。"

先是，公圉役马成者，走无常，十数日一入幽冥，摄牒作勾役。公以书生言异，遂使人往视成，则已僵卧三日矣。公乃叱成不得无礼，瞥见书生即地而灭，公叹咤良久，乃悟其鬼。越日马成寤，公召诘之。成曰："渠湖襄人，癖嗜弈，产荡尽。父忧之，闭置斋中。辄逾垣出，窃引空处，与弈者狎。父闻诟詈，终不可制止，父赍恨死。阎王以书生不德，促其年寿，罚入饿鬼狱，于今七年矣。会东岳凤楼成，下牒诸府，征文人作碑记。王出之狱中，使应召自赎。不意中道迁延，大愆限期。岳帝使直曹问罪于王。王怒，使小人辈罗搜之。前承主人命，故未敢以缧绁系之。"公问："今日作何状？"曰："仍付狱吏，永无生期矣。"公叹曰："癖之误人也如是夫！"

异史氏曰："见弈遂忘其死；及其死也，见弈又忘其生。非其所欲有甚于生者哉？然癖嗜如此，尚未获一高着，徒令九泉下，有长死不生之弈鬼也。哀哉！"

辛十四娘

广平冯生，少轻脱，纵酒。昧爽偶行，遇一少女，着红帔，容色娟好。从小奚奴，蹑露奔波，履袜沾濡。心窃好之。

薄暮醉归，道侧故有兰若，久芜废，有女子自内出，则向丽人也，忽见生来，即转身入。阴思：丽者何得在禅院中？絷驴于门，往觇其异。入则断垣零落，阶上细草如毯。彷徨间，一斑白叟出，衣帽整洁，问："客何来？"生曰："偶过古刹，欲一瞻仰。"因问："翁何至此？"叟曰："老夫流寓无所，暂借此安顿细小。既承宠降，山茶可以当酒。"乃肃宾入。

见殿后一院，石路光明，无复榛莽。入其室，则帘幌床幕，香雾喷人。坐展姓字，云："蒙叟姓辛。"生乘醉遽问曰："闻有女公子未适良匹，窃不自揣愿以镜台自献。"辛笑曰："容谋之荆人。"生即索笔为诗曰："千金觅玉杵，殷勤手自将。云英如有意，亲为捣玄霜。"主人笑付左右。少间，有婢与辛耳语。辛起慰客耐坐，牵幕入，隐约数语即趋出。生意必有佳报，而辛乃坐与嗢噱，不复有他言。生不能忍，问曰："未审意旨，幸释疑抱。"辛曰："君卓荦士，倾风已久，但有私衷所不敢言耳。"生固请，辛曰："弱息十九人，嫁者十有二。醮命任之荆人，老夫不与焉。"生曰："小生只要得今朝领小奚奴带露行者。"辛不应，相对默然。闻房内嘤嘤腻语，生乘醉搴帘曰："伉俪既不可得，当一见颜色，以消吾憾。"内闻钩动，群立愕顾。果有红衣人，振袖倾鬟，亭亭拈带。望见生入，遍室张皇。辛怒，命数人捽生出。酒愈涌上，倒榛芜中，瓦石乱落如雨，幸不着体。

卧移时，听驴子犹龁草路侧，乃起跨驴，踉跄而行。夜色迷闷，误入涧谷，狼奔鸱叫，竖毛寒心。踟蹰四顾，并不知其何所。遥望苍林中灯火明灭，疑必村落，竟驰投之。仰见高闳，以策挝门，内问曰："何人半夜来此？"生以失路告，内曰："待达主人。"生累足鹄俟。忽闻振管辟扉，一健仆出，代客捉驴。生入，见室甚华好，堂上张灯火。少坐，有妇人出，问客姓氏，生以告。逾刻，青衣数人扶一老妪出，曰："郡君至。"生起立，肃身欲拜。妪止之坐，谓生曰："尔非冯云子之孙耶？"曰："然。"妪曰："子当是我弥甥。老身钟漏并歇，残年向尽，骨肉之间，殊多乖阔。"生曰："儿少失怙，与我祖父处者，十不识一焉。素未拜省，乞便指示。"妪曰："子自知之。"生不敢复问，坐对悬想。

妪曰："甥深夜何得来此？"生以胆力自矜诩，遂历陈所遇。妪笑曰："此大好事。况甥名士，殊不玷于姻娅，野狐精何得强自高？甥勿虑，我能为若致之。"生谢唯唯。妪顾左右曰："我不知辛家女儿遂如此端好。"青衣人曰："渠有十九女，都翩翩有风格，不知官人所聘行几？"生曰："年约十五余矣。"青衣曰："此是十四娘。三月间，曾从阿母寿郡君，何忘却？"妪笑曰："是非刻莲瓣为高履，实以香屑，蒙纱而步者乎？"青衣曰："是也。"妪曰："此婢大会作意，弄媚巧。然果窈窕，阿甥赏鉴不谬。"即谓青衣曰："可遣小狸奴唤之来。"青衣应诺去。

移时，入白："呼得辛家十四娘至矣。"旋见红衣女子，望妪俯拜。妪曰："后为我家甥妇，勿得修婢子礼。"女子起，娉娉而立，红袖低垂。妪理其鬓发，捻其耳环，曰："十四娘近在闺中作么生？"女低应曰："闲来只挑绣。"回首见生，羞缩不安。妪曰："此吾甥也。盛意与儿作姻好，何便教迷途，终夜窜溪谷？"女俯首无语。妪曰："我唤汝非他，欲为吾甥作伐耳。"女默默而已。妪命扫榻展裀褥，即为合卺。女腼然曰："还以告之父母。"妪曰："我为汝作冰，有何舛谬？"女曰："郡君之命，父母当不敢违，然如此草草，婢子即死，不敢奉命！"妪笑曰："小女子志不可夺，真吾甥妇也！"乃拔女头上金花一朵，付生收之。命归家检历，以良辰为定。乃使青衣送女去。听远鸡已唱，遣人持驴送生出。数步外，欻一回顾，则村舍已失，但见松楸浓黑，蓬颗蔽冢而已。定想移时，乃悟其处为薛尚书墓。

薛乃生故祖母弟，故相呼以甥。心知遇鬼，然亦不知十四娘何人。咨嗟而归，漫检历以待之，而心恐鬼约难恃。再往兰若，则殿宇荒凉，问之居人，则寺中往往见狐狸云。阴念：若得丽人，狐亦自佳。至日除舍扫途，更仆眺望，夜半犹寂，生已无望。顷之门外哗然，蹰屣出窥，则绣幰已驻于庭，双鬟扶女坐青庐中。妆奁亦无长物，惟两长鬣奴扛一扑满，大如瓮，息肩置堂隅。生喜得佳丽偶，并不疑其异类。问女曰："一死鬼，卿家何帖服之甚？"女曰："薛尚书，今作五都巡环使，数百里鬼狐皆备扈从，故归墓时常少。"生不忘蹇修，翼日往祭其墓。归见二青衣，持贝锦为贺，竟委几上而去。生以告女，女曰："此郡君物也。"

邑有楚银台之公子，少与生共笔砚，颇相狎。闻生得狐妇，馈遗为餪，即登堂称觞。越数日，又折简来招饮。女闻，谓生曰："曩公子来，我穴壁窥之，其人猿睛鹰准，不可与久居也。宜勿往。"生诺之。翼日公子造门，问负约之罪，且献新什。生评涉嘲笑，公子大惭，不欢而散。生归笑述于房，女惨然曰："公子豺狼，不可狎也！子不听吾言，将及于难！"生笑谢之。后与公子辄相谀噱，前隙渐释。会提学试，公子第一，生第二。公子沾沾自喜，走伻来邀生饮，生辞；频招乃往。至则知为公子初度，客从满堂，列筵甚盛。公子出试卷示生，亲友叠肩叹赏。酒数行，乐奏于堂，鼓吹伧伫，宾主甚乐。公子忽谓生曰："谚云：'场中莫论文。'此言今知其谬。小生所以忝出君上者，以起处数语略高一筹耳。"公子言已，一座尽赞。生醉不能忍，大笑曰："君到于今，尚以为文章至是耶！"生言已，一座失色。公子惭忿气结。客渐去，生亦遁。醒而悔之，因以告女。女不乐曰："君诚乡曲之儇子也！轻薄之态，施之君子，则丧吾德；施之小人，则杀吾身。君祸不远矣！我不忍见君流落，请从此辞。"生惧而涕，且告之悔。女曰："如欲我留，与君约：从今闭户绝交游，勿浪饮。"生谨受教。

十四娘为人勤俭洒脱，日以纴织为事。时自归宁，未尝逾夜。又时出金帛作生计，日有赢余，辄投扑满。日杜门户，有造访者辄嘱苍头谢去。

一日，楚公子驰函来，女焚爇不以闻。翼日，出吊于城，遇公子于丧者之家，捉臂苦约，生辞以故。公子使圉人挽辔，拥捽以行。至家，立命洗腆。继辞夙退。公子要遮无已，出家姬弹筝为乐。生素不羁，向闭置庭中，颇觉闷损，忽逢剧饮，兴顿豪，无复萦念。因而醉酣，颓卧席间。公子妻阮氏，最悍妒，婢妾不敢施脂泽。日前，婢入斋中，为阮掩执，以杖击首，脑裂立毙。公子以生嘲慢故，衔生，日思所报，遂谋醉以酒而诬之。乘生醉寐，扛尸床间，合扉径去。生五更醒解，始觉身卧几上，起寻枕榻，则有物腻然，绁绊步履。摸之，人也。意主人遣僮伴睡。又蹴之不动，举之而僵，大骇，出门怪呼。厮役尽起，爇之，见尸，执生怒闹。公子出验之，诬生逼奸杀婢，执送广平。隔日，十四娘始知，潸泣曰："早知今日矣！"因按日以金钱遗生。生见府尹,无理可伸,朝夕搒掠,皮肉尽脱。女自诣问,生见之,悲气塞心,不能言说。女知陷阱已深,劝令诬服,以免刑宪。生泣听命。

女还往之间,人咫尺不相窥。归家咨惋,遽遣婢子去。独居数日,又托媒媪购良家女,名禄儿,年及笄,容华颇丽,与同寝食,抚爱异于群小。生认误杀拟绞。苍头得信归,恸述不成声。女闻,坦然若不介意。既而秋决有日,女始皇皇躁动,昼去夕来,无停履。每于寂所,於邑悲哀,至损眠食。一日,日晡,狐婢忽来。女顿起,相引屏语。出则笑色满容,料理门户如平时。翼日,苍头至狱,生寄语娘子一往永诀。苍头复命,女漫应之,亦不怆恻,殊落落置之;家人窃议其忍。忽道路沸传:楚银台革职,平阳观察奉特旨治冯生案。苍头闻之,喜告主母。女亦喜,即遣入府探视,则生已出狱,相见悲喜。俄捕公子至,一鞫,尽得其情。生立释宁家。归见女,泫然流涕,女亦相对怆楚,悲已而喜,然终不知何以得达上听。女笑指婢曰:“此君之功臣也。”生愕问故。

先是,女遣婢赴燕都,欲达宫闱,为生陈冤抑。婢至,则宫中有神守护,徘徊御沟间,数月不得入。婢惧误事,方欲归谋,忽闻今上将幸大同,婢乃预往,伪作流妓。上至勾栏,极蒙宠眷。疑婢不似风尘人,婢乃垂泣。上问:“有何冤苦?”婢对曰:“妾原籍直隶广平,生员冯某之女。父以冤狱将死,遂鬻妾勾栏中。”上惨然,赐金百两。临行,细问颠末,以纸笔记姓名;且言欲与共富贵。婢言:“但得父子团聚,不愿华朊也。”上颔之,乃去。婢以此情告生。生急起拜,泪眦双荧。

居无几何,女忽谓生曰:“妾不为情缘,何处得烦恼?君被逮时,妾奔走戚眷间,并无一人代一谋者。尔时酸衷,诚不可以告诉。今视尘俗益厌苦。我已为君蓄良偶,可从此别。”生闻,泣伏不起,女乃止。夜遣禄儿侍生寝,生拒不纳。朝视十四娘,容光顿减;又月余,渐以衰老;半载,黯黑如村妪;生敬之,终不替。女忽复言别,且曰:“君自有佳侣,安用此鸠盘为?”生哀泣如前日。又逾月,女暴疾,绝饮食,羸卧闺闼。生侍汤药,如奉父母。巫医无灵,竟以溘逝。生悲怛欲绝。即以婢赐金,为营斋葬。数日,婢亦去,遂以禄儿为室。逾年,生一子。然比岁不登,家益落。夫妻无计,对影长愁。忽忆堂陬扑满，常见十四娘投钱于中，不知尚在否。近临之，则豉具盐盎，罗列殆满。头头置去，箸探其中，坚不可入。扑而碎之，金钱溢出。由此顿大充裕。

后苍头至太华，遇十四娘，乘青骡，婢子跨蹇以从，问："冯郎安否？"且言："致意主人，我已名列仙籍矣。"言讫不见。

异史氏曰："轻薄之词，多出于士类，此君子所悼惜也。余尝冒不韪之名，言冤则已迂，然未尝不刻苦自励，以勉附于君子之林，而祸福之说不与焉。若冯生者，一言之微，几至杀身，苟非室有仙人，亦何能解脱囹圄，以再生于当世耶？可惧哉！"

白莲教

白莲教某者，山西人，大约徐鸿儒之徒。左道惑众，堕其术者甚众。一日将他往，堂中置一盆，又一盆覆之，嘱门人坐守，戒勿启视。去后门人启之，见盆贮清水，水上编草为舟，帆樯具焉。异而拨以指，随手倾侧；急扶如故，仍覆之。俄而师来，怒责曰："何违吾命？"门人立白其无。师曰："适海中舟覆，何得欺我？"又一夕，烧巨烛于堂上，戒恪守，勿以风灭。漏二滴，师不至，儽然而殆，就床暂寐，及醒烛已竟灭，急起爇之。既而师入，又责之。门人曰："我固不曾睡，烛何得息？"师怒曰："适使我暗行十余里，尚复云云耶？"门人大骇。奇行种种，不可胜书。

后有爱妾与门人通，觉之隐而不言。遣门人饲豕，门人入圈，立地化为豕，某即呼屠人杀之，货其肉，人无知者。门人父以子不归，过问之，辞以久弗至。门人家各处探访，杳无消息。有同师者隐知其事，泄诸门人之父，父告之邑宰。宰恐其遁，不敢捕治，详请官兵千人围其第，妻子皆就执。闭置樊笼，将以解都。途经太行山，山中出一巨人，高与树等，目如盎，口如盆，牙长尺许。兵士愕立不敢行。某曰："此妖也，吾妻可以却之。"甲士脱妻缚，妻荷戈往，巨人怒，吸吞之，众愈骇。某曰："既杀吾妻，是须吾子。"复出其子，巨人又吞之。众相觑，莫知所为。某泣且怒曰："既杀吾妻，又杀吾子，情何以甘！非某自往不可也。"众果出诸笼，授之刃而遣之。巨人盛气而逆。格斗移时,巨人抓攫入口,伸颈咽下,从容竟去。

双 灯

魏运旺,益都盆泉人,故世族大家也。后式微不能供读。年二十余废学,就岳业酤。

一夕独卧酒楼上,忽闻楼下踏蹴声,惊起悚听。声渐近,循梯而上,步步繁响。无何,双婢挑灯,已至榻下。后一年少书生,导一女郎,近榻微笑。魏大愕怪。转知为狐,毛发森竖,俯首不敢睨。书生笑曰:"君勿见猜。舍妹与有前因,便合奉事。"魏视书生,锦貂炫目,自惭形秽,不知所对。书生率婢,遗灯竟去。魏细视女郎,楚楚若仙,心甚悦之,然惭怍不能作游语。女顾笑曰:"君非抱本头者,何作措大气?"遽近枕席,暖手于怀。魏始为之破颜,捋裤相嘲,遂与狎昵。晓钟未发,双鬟即来引去。复订夜约。

至晚女果至,笑曰:"痴郎何福,不费一钱,得如此佳妇,夜夜自投到也。"魏喜无人,置酒与饮,赌藏枚,女子十有九赢。乃笑曰:"不如妾握枚子,君自猜之,中则胜,否则负。若使妾猜,君当无赢时。"遂如其言,通夕为乐。既而将寝,曰:"昨宵衾褥涩冷,令人不可耐。"遂唤婢襆被来,展布榻间,绮縠香软。顷之,缓带交偎,口脂浓射,真不数汉家温柔乡也。自此,遂以为常。

后半年魏归家,适月夜与妻话窗间,忽见女郎华妆坐墙头,以手相招。魏近就之,女援之,逾垣而出,把手而告曰:"今与君别矣。请送我数武,以表半载绸缪之意。"魏惊叩其故,女曰:"姻缘自有定数,何待说也。"语次,至村外,前婢挑双灯以待,竟赴南山,登高处,乃辞魏言别。留之不得,遂去。魏伫立徬徨,遥见双灯明灭,渐远不可睹,怏怏而反。是夜山头灯火,村人悉望见之。

捉鬼射狐

李公著明,睢宁令襟卓先生公子也,为人豪爽无馁怯,为新城王季良内弟。季良家多楼阁,往往见怪异。公常暑月寄宿,爱阁上晚凉。或告之异,公笑不听,固命设榻,主人如言。嘱仆辈伴公宿,公辞曰："生平爱独宿，不解怖。"主人乃使炷香于炉，请衽何趾，始息烛覆扉而去。公就枕移时，于月色中见几上茗碗，倾侧旋转，不坠亦不休。公咄之，铿然立止。又若有人拔香炷，炫摇空际，纵横作花缕。公起叱曰："何物鬼魅敢尔！"裸裼下榻，欲就捉之。以足觅床下，仅得一履，不暇冥搜，赤足挝摇处，炷顿插炉，竟寂无兆。公俯身遍摸暗陬，忽一物腾击颊上，觉似履状，索之，亦殊不得。乃启覆下楼，呼从人爇火烛之，空无一物，乃复就寝。既明，使数人搜履，翻席倒榻，不知所在。主人为公易履。越日偶一仰首，见一履夹塞椽间，挑拨而下，则公履也。

公益都人，侨居于淄川孙氏第。第綦阔，皆置闲旷，公仅居其半。南院临高阁，止隔一堵，时见阁扉自启闭，公亦不置念。偶与家人话于庭，阁门开，忽有一小人面北而坐，身不满三尺，绿袍白袜。众指顾之，亦不动。公曰："此狐也。"急取弓矢，对阁欲射。小人见之，哑哑作揶揄之声，遂不复见。公捉刀登阁，且骂且搜，竟无所睹，乃返。异遂绝。公居数年，平安无恙。公长公友三，为余姻家，其所目睹。

异史氏曰："予生也晚，未得奉公杖履。然闻之父老，大约慷慨刚毅丈夫也。观此二事，大概可睹。浩然中存，鬼狐何为之哉！"

寒偿债

李公著明，慷慨好施。乡人王卓，佣居公家。其人少游惰，不能操农务，家屡贫。然小有技能，常为役务，每赉之厚。时无晨炊，向公哀乞，公辄给以升斗。一日告公曰："小人日受厚恤，三四口幸不饿殍，然何可以久？乞主人贷我绿豆一石作资本。"公忻然授之。卓负去，年余，一无所偿。及问之，豆资已荡然矣。公怜其贫，亦置不索。

公读书萧寺。后三年余，忽梦卓来曰："小人负主人豆直，今来投偿。"公慰之曰："若索尔偿，则平日所负欠者，何可算数？"卓愀然曰："固然，凡人少有所为而受人千金，可不报也。若无端受人资助，升斗且不容昧，况其多哉！"言已竟去。公愈疑。既而家人白公曰："夜牝驴产一驹，且修伟。"公忽悟曰："得毋驹乃王卓耶？"越数日归，见驹，戏呼王卓，驹奔赴，若有知识。自此遂以为名。公乘赴青州，衡府内监见而悦之,愿以重价购之,议直未定。适公以家务,急不可待,遂归。又逾岁,驹与雄马同枥,龁折胫骨,不可疗。有牛医至公家,见之,谓公曰:"乞以驹付小人,朝夕疗养,需以岁月。万一得痊,得直与公剖分之。"公如所请。后数月,牛医售驴得钱千八百,以半献公。公受钱顿悟,其数适符豆价也。噫!昭昭之债,而冥冥之偿,此足以劝矣。

头 滚

苏孝廉贞下太封公昼卧,见一人头从地中出,其大如斛,在床下旋转不已。惊而中疾,遂以不起。后其次公就荡妇宿,罹杀身之祸,其兆于此耶?

鬼作筵

杜生九畹,内人病。会重阳,为友人招作茱萸会。早起盥已,告妻所往。冠服欲出,忽见妻昏愦,絮絮若与人言,杜异之,就问卧榻,妻辄"儿"呼之。家人心知其异。时杜有母柩未殡,疑其灵爽所凭。杜祝曰:"得毋吾母耶?"妻骂曰:"畜生!何不识尔父?"杜曰:"既为吾父,何乃归家祟儿妇?"妻呼小字曰:"我专为儿妇来,何反怨恨?儿妇应即死。有四人来勾致,首者张怀玉。我万端哀乞,甫能允遂。我许小馈送,便宜付之。"杜即于门外焚纸钱。妻又曰:"四人去矣。彼不忍违吾面目,三日后当治具酬之。尔母年老龙钟,不能料理中馈。及期,尚烦儿妇一往。"杜曰:"幽冥殊途,安能代庖?望恕宥。"妻曰:"儿勿惧,去去即复返。此为渠事,当毋惮劳。"言已,曰:"吾且去。"妻即冥然,良久乃苏。杜问所言,茫不记忆。但曰:"适见四人来,欲捉我去。幸阿翁哀请,且解囊赂之,始去。我见阿翁镪袱尚余二锭,欲窃取一锭来,作糊口计。翁窥见,叱曰:'尔欲何为!此物岂尔所可用耶!'我乃敛手,未敢动。"杜以妻病革,疑信相半。

越三日,方笑语间,忽瞪目久之,语曰:"尔妇綦贪,曩见我白金便生觊觎,然大要以贫故,亦不足怪。将以妇去为我敦庖务,勿虑也。"言甫毕,奄然竟毙。约半日许始醒,告杜曰:"适阿翁呼我去,谓曰:‘不用尔操作,我烹调自有人,只须坚坐指挥足矣。我冥中喜丰满,诸物馔都覆器外,切宜记之。’我诺。至厨下,见二妇操刀砧于中,俱绀帔而绿缘之,呼我以嫂。每盛炙于簋,必请觇视。曩四人都在筵中。进馔既毕,酒具已列器中。翁乃命我还。”杜大愕异,每语同人。

胡四相公

莱芜张虚一者,学使张道一之仲兄也,性豪放自纵。闻邑中某宅为狐狸所居,敬怀刺往谒,冀一见之。投刺隙中,移时扉自辟,仆大愕却走,张肃衣敬入,见堂中几榻宛然,而阒寂无人,揖而祝曰:“小生斋宿而来,仙人既不以门外见斥,何不竟赐光霁?”忽闻空中有人言曰:“劳君枉驾,可谓跫然足音矣。请坐赐教。”即见两坐自移相向。甫坐,即有镂漆朱盘贮双茗盏,悬目前。各取对饮,吸呖有声,而终不见其人。茶已,继之以酒。细审官阀,曰:“弟姓胡,行四,曰相公,从人所呼也。”于是酬酢议论,意气颇洽。鳖羞鹿脯,杂以芗蓼。进酒行炙者,似小辈甚夥。酒后思茶,意才动,香茗已置几上。凡有所思,应念即至。张大悦,尽醉而归。自是三数日必一往,胡亦时至张家,俱如主客往来礼。

一日,张问胡曰:“南城中巫媪,日托狐神渔利。不知其家狐君识之否?”曰:“妄耳,实无狐。”少间,张起溲溺,闻小语曰:“适所言南城狐巫,未知何如人。小人欲从先生往观之,烦一言请于主人。”张知为小狐,乃应曰:“诺。”即席请于狐曰:“我欲得足下服役者一二辈,往探狐巫,敬请君命。”狐固言不必,张言之再三,乃许之。既而张出,马自至,如有控者。既骑而行,狐相语于途,曰:“今后先生于道途间,觉有细沙散落衣襟上,便是吾辈从也。”语次入城,至巫家。巫见张生,笑逆曰:“贵人何忽降临?”张曰:“闻尔家狐子大灵应,果否?”巫正容曰:“若个蹀躞语,不宜贵人出得!何便言狐子?恐吾家花姊不欢!”言未已,空中发半砖来,中巫臂,踉跄欲跌。惊谓张曰:“官人何得抛击老身也?”张笑曰:“婆子盲也!几曾见自己额颅破,冤诬袖手者?”巫错愕不知所出。正回惑间,又一石子落,中巫,颠蹶，秽泥乱坠，涂巫面如鬼。惟哀号乞命。张请恕之，乃止。巫急起奔遁房中，阖户不敢出。张呼与语曰："尔狐如我狐否?"巫惟谢过。张招之，且仰首望空中，戒勿伤巫，巫始惕惕而出。张笑谕之，乃还。

自此独行于途，觉尘沙淅淅然，则呼狐语，辄应不讹。虎狼暴客，恃以无恐。如是年余，愈与莫逆。尝问其甲子，殊不自记忆，但言："见黄巢反，犹如昨日。"一夕共话，忽墙头苏然作响，其声甚厉。张异之，胡曰："此必家兄。"张云："何不邀来共坐?"曰："伊道颇浅，只好攫得两头鸡啖，便了足耳。"张谓狐曰："交情之好如吾两人，可云无憾；终未一见颜色，大是恨事。"胡曰："但得交好足矣，见面何为?"一日，置酒邀张，且告别。问："将何往?"曰："弟陕中产，将归去矣。君每以对面不觌为憾，今请一识数载之交，他日可相认耳。"张四顾都无所见。胡曰："君试开寝室门，则弟在焉。"张即推扉一觑，则内有美少年，相视而笑。衣裳楚楚，眉目如画，转瞬之间，不复睹矣。张反身而行，即有履声藉藉随其后，曰："今日释君憾矣。"张依恋不忍别。狐曰："离合自有数，何容介介。"乃以巨觥劝酒。饮至中夜，始以纱烛导张归。明日往探，则空屋冷落而已。

后道一先生为西州学使，张请如晋。因往视弟，愿望颇奢。比归，甚违初意，咨嗟马上，嗒丧若偶。忽一少年骑青驴，蹑其后。张回顾，见裘马甚丽，意亦骚雅，遂与闲话。少年察张不豫，诘之。张告以故。少年亦为慰藉。同行里许，至歧路中，少年拱手而别，且曰："前途有一人，寄君故人一物，乞笑纳之。"复欲询之，驰马径去。张莫解所由。又二三里许，见一苍头持小簏子，献于马前，曰："胡四相公敬致先生。"张豁然顿悟。启视，则白镪满中。及顾苍头，不知所往。

念　秧

异史氏曰："人情鬼蜮，所在皆然；南北冲衢，其害尤烈。如强弓怒马，御人于国门之外者，夫人而知之矣。或有劙囊刺橐，攫货于市，行人回首，财货已空，此非鬼蜮之尤者耶？乃又有萍水相逢，甘言如醴，其来也渐，其入也深。误认倾盖之交，遂罹丧资之祸。随机设阱，情状不一；俗以其言辞浸润，名曰'念秧'。今北途多有之，遭其害者尤众。”

余乡王子巽者，邑诸生。有族先生在都为旗籍太史，将往探讯。治装北上，出济南，行数里，有一人跨黑卫驰与同行，时以闲语相引，王颇与问答。其人自言：“张姓，为栖霞隶，被令公差赴都。”称谓㧑卑，祗奉殷勤，相从数十里，约以同宿。王在前则策蹇追及，在后则祗候道左。仆疑之，因厉色拒去，不使相从。张颇自惭，挥鞭遂去。既暮休于旅舍，偶步门庭，则见张就外舍饮。方惊疑间，张望见王垂手拱立，谦若厮仆，稍稍问讯。王亦以泛泛适相值，不为疑，然王仆终夜戒备之。鸡既唱，张来呼与同行，仆咄绝之，乃去。

朝暾已上，王始就道。行半日许，前一人跨白卫，约四十许，衣帽整洁，垂首蹇分，盹寐欲堕。或先或后，因循十余里。王怪问：“夜何作，致迷顿乃尔？”其人闻之，猛然欠伸，言：“青苑人，许姓，临淄令高檠是我中表。家兄设帐于官署，我往探省，少获馈贻。今夜旅舍，误同念秧者宿，惊惕不敢交睫，遂致白昼迷闷。”王故问：“念秧何说？”许曰：“君客时少，未知险诈。今有匪类，以甘言诱行旅，夤缘与同休止，因而乘机骗赚。昨有葭莩亲，以此丧资斧。吾等皆宜警备。”王颔之。先是，临淄宰与王有旧，曾入其幕，识其门客，果有许姓，遂不复疑。因道寒温，兼询其兄况。许约暮共主人，王诺之。仆终疑其伪，阴与主谋，迟留不进，相失，遂杳。

翼日卓午，又遇一少年，年可十六七，骑健骡，冠服修整，貌甚都。同行久之，未交一言。日既夕，少年忽曰：“前去曲律店不远矣。”王微应之。少年因咨嗟欷歔，如不自胜。王略致诘问，少年叹曰：“仆江南金姓。三年膏火，冀博一第，不图竟落孙山！家兄为部中主政，遂载细小来，冀得排遣。生平不曾跋涉，扑面尘沙，使人薅恼。”因取红巾拭面，叹咤不已。听其语，操南音，娇婉若女子。王心好之，稍为慰藉。少年曰：“适先驰出，眷口久望不来，何仆辈亦无至者？日已将暮，奈何！”迟留瞻望，行甚缓。王遂先驱，相去渐远。晚投旅邸，既入舍，则壁下一床，先有客解装其上。王问主人，即有一人入，携之而出，曰：“但请安置，当即移他所。”王视之则许。王止与同舍，许遂止，因与坐谈。少间，又有携装入者，见王、许在舍，返身遽出，曰：

"已有客在。"王审视,则途中少年也。王未言,许急起曳留之,少年遂坐。许乃展问邦族,少年又以途中言为许告。俄顷,解囊出资,堆累颇重,秤两余付主人,嘱治肴酒,以供夜话。二人争劝止之,卒不听。

俄而酒炙并陈。筵间,少年论文甚风雅。王问江南闱题,少年悉告之。且自诵其承破,及篇中得意之句。言已,意甚不平,共扼腕之。少年又以家口相失,夜无仆役,患不解牧圉,王因命仆代摄莝豆,少年深感谢。居无何,忽蹴然曰:"生平蹇滞,出门亦无好况。昨夜逆旅与恶人居,掷骰叫呼,聒耳沸心,使人不眠。"南音呼骰为兜,许不解,固问之,少年手摹其状。许乃笑,于橐中出色一枚,曰:"是此物否?"少年诺。许乃以色为令,相欢饮。酒既阑,许请共掷,赢一东道主,王辞不解。许乃与少年相对呼卢,又阴嘱王曰:"君勿漏言。蛮公子颇充裕,年又雏,未必深解五木诀。我赢些须,明当奉屈耳。"二人乃入隔舍。旋闻轰赌甚闹,王潜窥之,见栖霞隶亦在其中。大疑,展衾自卧。又移时,众共拉王赌,王坚辞不解。许愿代辨枭雉,王又不肯;遂强代王掷。少间,就榻报王曰:"汝赢几筹矣。"王睡梦应之。

忽数人排闼而入,番语啁嗻。首者言佟姓,为旗下逻捉赌者。时赌禁甚严,各大惶恐。佟大声吓王,王亦以太史旗号相抵。佟怒解,与王叙同籍,笑请复博为戏。众果复赌,佟亦赌。王谓许曰:"胜负我不预闻。但愿睡,无相混。"许不听,仍往来报之。既散局,各计筹马,王负欠颇多,佟遂搜王装橐取偿。王愤起相争。金捉王臂,阴告曰:"彼都匪人,其情叵测。我辈乃文字交,无不相顾。适局中我赢得如干数,可相抵。此当取偿许君者,今请易之。便令许偿佟,君偿我。不过暂掩人耳目,过此仍以相还。终不然,以道义之交,遂实取君偿耶?"王故长厚,遂信之。少年出,以相易之谋告佟。乃对众发王装物,估入己橐,佟乃转索许、张而去。

少年遂襆被来,与王连枕,衾褥皆精美。王亦招仆人卧榻上,各默然安枕。久之,少年故作转侧,以下体昵就仆。仆移身避之,少年又近就之。肤着股际,滑腻如脂。仆心动,试与狎,而少年殷勤甚至,衾息鸣动。王颇闻之,虽其骇怪,终不疑其有他也。昧爽,少年即起,促与早行。且云:“君蹇疲殆,夜所寄物,前途请相授耳。”王尚无言,少年已加装登骑,王不得已从之。骡行驶,去渐远,王料其前途相待,初不为意。因以夜间所闻问仆,仆以实告。王始惊曰:“今被念秧者骗矣!焉有宦室名士,而毛遂于圉仆?”又转念其谈词风雅,非念秧所能,急追数十里,踪迹殊杳。始悟张、许、佟皆其一党,一局不行,又易一局,务求其必入也。偿债易装,已伏一图赖之机,设其携装之计不行,亦必执前说篡夺而去。为数十金,委缀数百里,恐仆发其事,而以身交欢之,其术亦苦矣。

后数年,又有吴生之事:

邑有吴生字安仁,三十丧偶,独宿空斋。有秀才来与谈,遂相知悦。从一小奴,名鬼头,亦与吴僮报儿善。久而知其为狐。吴远游,必与俱,同室之中,人不能睹。吴客都中,将旋里,闻王生遭念秧之祸,因戒僮警备。狐笑曰:“勿须,此行无不利。”

至涿,一人系马坐烟肆,裘服齐楚。见吴过,亦起,超乘从之。渐与吴语,自言:“山东黄姓,提堂户部。将东归,且喜同途不孤寂。”于是吴止亦止,每共食必代吴偿值。吴阳感而阴疑之。私以问狐,狐曰:“不妨。”吴意释。

及晚,同寻寓所,先有美少年坐其中。黄入,与拱手为礼,喜问少年:“何时离都?”答云:“昨日。”黄遂拉与共寓,向吴曰:“此史郎,我中表弟,亦文士,可佐君子谈骚雅,夜话当不寥落。”乃出金资,治具共饮。少年风流蕴藉,遂与吴大相爱悦。饮间,辄自示吴作觞弊,罚黄,强使釂,鼓掌作笑。吴益悦之。既而更与黄谋赌博,共牵吴,遂各出橐金为质。狐嘱报儿暗锁板扉,嘱吴曰:“倘闻人喧,但寐无吪。”吴诺。吴每掷,小注则输,大注则赢。更余,计得二百金。史、黄错囊垂罄,议质其马。

忽闻挝门声甚厉,吴急起,投色于火,蒙被假卧。久之,闻主人觅钥不得,破扃启关,有数人汹汹入,搜捉博者。史、黄并言无有。一人竟捋吴被,指为赌者,吴叱咄之。数人强检吴装。方不能与之撑拒,忽闻门外舆马呵殿声。吴急出鸣呼,众始惧,曳之入,但求无声。吴乃从容苞苴付主人。卤簿既远,众乃出门去。

黄与史共作惊喜状，取次觅寝，黄命史与吴同榻。吴以腰橐置枕头，方伸被而睡。无何，史启吴衾，裸体入怀，小语曰："爱兄磊落，愿从交好。"吴心知其诈，然计亦良得，遂相偎抱。史极力周奉，不料吴固伟男，大为凿枘，嚬呻殆不可任，窃窃哀免。吴固求讫事。手扪之，血流漂杵矣。乃释令归。及明，史惫不能起，托言暴病，请吴、黄先发。吴临别，赠金为药饵之费。途中语狐，乃知夜来卤簿，皆狐所为。

黄于途，益谄事吴。暮复同舍，斗室甚隘，仅容一榻，颇暖洁，吴以为狭。黄曰："此卧两人则隘，君自卧则宽，何妨？"食已径去。吴亦喜独宿可接狐友，坐良久，狐不至，倏闻壁上小扉，有指弹之声。吴拔关探视，一少女艳妆遽入，自扃门户，向吴展笑，佳丽如仙。吴喜致研诘，则主人之子妇也。遂与狎，大相爱悦。女忽潸然泣下。吴惊问之，女曰："不敢隐匿，妾实主人遣以饵君者。曩时入室，即被掩执，不知今宵，何久不至？"又呜咽曰："妾良家女，情所不甘。今已倾心于君，乞垂拔救！"吴闻骇惧，计无所出，但遣速去，女惟俯首泣。

忽闻黄与主人捶阖鼎沸，但闻黄曰："我一路祗奉，谓汝为人，何遂诱我弟室！"吴惧，逼女令去。闻壁扉外亦有腾击声。吴仓卒汗流如沈，女亦伏泣。又闻有人劝止主人，主人不听，推门愈急。劝者曰："请问主人，意将何为？如欲杀耶，有我等客数辈，必不坐视凶暴。如两人中有一逃者，抵罪安所辞？如欲质之公庭耶，帷薄不修，适以取辱。且尔宿行旅，明明陷诈，安保女子无异言？"主人张目不能语。吴闻窃感佩，而不知何人。初，肆门将闭，即有秀才共一仆来，就外舍宿。携有香酝，遍酌同舍，劝黄及主人尤殷。两人辞欲起，秀才牵裾，苦不令去。后乘间得遁，操杖奔吴所。秀才闻喧，始入劝解。吴伏窗窥之，则狐友也，心窃喜。又见主人意稍夺，乃大言以恐之。又谓女子："何默不一言？"女啼曰："恨不如人，为人驱役贱务！"主人闻之，面如死灰。秀才叱骂曰："尔辈禽兽之情，亦已毕露。此客子所共愤者！"黄及主人皆释刀杖，长跪而请。吴亦启户出，顿大怒詈，秀才又劝止吴，两始和解。

女子又啼，宁死不归。内奔出妪婢，捽女令入。女子卧地，哭益哀，秀才劝重价货吴生，主人俯首曰："作老娘三十年，今日倒绷孩儿,亦复何说。”遂依秀才言。吴固不肯破重资,秀才调停主客间,议定五十金。人财交付后,晨钟已动,乃共促装,载女子以行。女未经鞍马,驰驱颇殆。午间稍息憩,将行,唤报儿,不知所往。日已夕,尚无踪响,颇怀疑讶,遂以问狐。狐曰:“无忧,将自至矣。”星月已出,报儿始至。吴诘之,报儿笑曰:“公子以五十金肥奸伧,窃所不平。适与鬼头计,反身索得。”遂以金置几上。吴惊问其故,盖鬼头知女止一兄,远出十余年不返,遂幻化作其兄状,使报儿冒弟行,入门索姊妹。主人惶恐,诡托病殂。二僮欲质官,主人益惧,啖之以金,渐增至四十,二僮乃行。报儿具述其状,吴即赐之。

吴归,琴瑟綦笃。家益富。细诘女子,曩美少年即其夫,盖史即金也。袭一槲绸帔,云是得之山东王姓者。盖其党羽甚众,逆旅主人,皆其一类。何意吴生所遇,即王子巽连天呼苦之人,不亦快哉!旨哉古言:“骑者善堕。”

蛙　曲

王子巽言:在都时,曾见一人作剧于市,携木盒作格,凡十有二孔,每孔伏蛙。以细杖敲其首,辄哇然作鸣。或与金钱,则乱击蛙顶,如拊云锣之乐,宫商词曲,了了可辨。

鼠　戏

一人在长安市上卖鼠戏,背负一囊,中蓄小鼠十余头。每于稠人中,出小木架置肩上,俨如戏楼状。乃拍鼓板,唱古杂剧。歌声甫动,则有鼠自囊中出,蒙假面,被小装服,自背登楼,人立而舞。男女悲欢,悉合剧中关目。

泥书生

罗村有陈代者少蠢陋,娶妻某氏颇丽。自以婿不如人,郁郁不得志。然贞洁,婆媳亦相安。一夕独宿,忽闻风动扉开,一书生入,脱衣巾,就妇共寝。妇骇惧,苦拒,而肌肤顿软,听其狎亵而去。自是夜无虚夕。月余,形容枯瘁,母怪问之,初惭怍不欲言,固问,始以情告。

母骇曰："此妖也！"百术禁咒，终不能绝。乃使陈代伏匿室中，操杖以伺。夜分书生复来，置冠几上，又脱袍服，搭榹架上。才欲登榻，忽惊曰："咄咄！有生人气！"急复披衣。代暗中暴起，击中腰胁，塔然作声。四壁张顾，书生已杳。束薪爇照，泥衣一片堕地上，案头泥巾犹存。

土地夫人

窎桥王炳者出村，见土地祠中出一美人，顾盼甚殷。试挑之，欢然乐受。狎昵无所，遂期夜奔，炳因告以居址。至夜果至，极相悦爱。问其姓名，固不以告。由此往来不绝。时炳与妻共榻，美人亦必来与交，妻亦不觉其有人。炳讶问之。美人曰："我土地夫人也。"炳大骇，亟欲绝之，而百计不能阻。因循半载，病惫不起。美人来更频，家人都见之。未几，炳果卒。美人犹日一至，炳妻叱之曰："淫鬼不自羞！人已死矣，复来何为？"美人遂去，不返。

土地虽小亦神也，岂有任妇自奔者？不知何物淫昏，遂使千古下谓此村有污贱不谨之神。冤哉！

寒月芙蕖

济南道人者，不知何许人，亦不详其姓氏。冬夏着一单帢衣，系黄绦，无裤襦。每用半梳梳发，即以齿衔髻，如冠状。日赤脚行市上；夜卧街头，离身数尺外，冰雪尽镕。初来，辄对人作幻剧，市人争贻之。有井曲无赖子，遗以酒，求传其术，不许。遇道人浴于河津，骤抱其衣以胁之，道人揖曰："请以赐还，当不吝术。"无赖者恐其绐，固不肯释。道人曰："果不相授耶？"曰："然。"道人默不与语，俄见黄绨化为蛇，围可数握，绕其身六七匝，怒目昂首，吐舌相向，某大愕，长跪，色青气促，惟言乞命。道人乃竟取绦。绦竟非蛇；另有一蛇，蜿蜒入城去。由是道人之名益著。

缙绅家闻其异，招与游，从此往来乡先生门。司、道俱耳其名，每宴集，必以道人从。一日，道人请于水面亭报诸宪之饮。至期，各于案头得道人速帖，亦不知所由至。诸官赴宴所，道人伛偻出迎。既入，则空亭寂然，几榻未设，或疑其妄。道人启官宰曰："贫道无僮仆，烦借诸扈从，少代奔走。"官共诺之。道人于壁上绘双扉，以手挝之。内有应门者，振管而启。共趋觇望，则见憧憧者往来于中，屏幔床几，亦复都有。即有人一一传送门外，道人命吏胥辈接列亭中，且嘱勿与内人交语。两相授受，惟顾而笑。顷刻，陈设满亭，穷极奢丽。既而旨酒散馥，热炙腾熏，皆自壁中传递而出，座客无不骇异。亭故背湖水，每六月时，荷花数十顷，一望无际。宴时方凌冬，窗外茫茫，惟有烟绿。一官偶叹曰："此日佳集，可惜无莲花点缀！"众俱唯唯。少顷，一青衣吏奔白："荷叶满塘矣！"一座皆惊。推窗眺瞩，果见弥望菁葱，间以菡萏。转瞬间，万枝千朵，一齐都开，朔风吹面，荷香沁脑。群以为异。遣吏人荡舟采莲，遥见吏人入花深处，少间返棹，素手来见。官诘之，吏曰："小人乘舟去，见花在远际，渐至北岸，又转遥遥在南荡中。"道人笑曰："此幻梦之空花耳。"无何，酒阑，荷亦凋谢，北风骤起，摧折荷盖，无复存矣。

济东观察公甚悦之，携归署，日与狎玩。一日公与客饮。公故有传家美酝，每以一斗为率，不肯供浪饮。是日客饮而甘之，固索倾酿，公坚以既尽为辞。道人笑谓客曰："君必欲满老饕，索之贫道而可。"客请之。道人以壶入袖中，少刻出，遍斟座上，与公所藏无异。尽欢而罢。公疑，入视酒瓻，封固宛然，瓶已罄矣。心窃愧怒，执以为妖，杖之。杖才加，公觉股暴痛，再加臀肉欲裂。道人虽声嘶阶下，观察已血殷座上。乃止不笞，逐令去。道人遂离济，不知所往。后有人遇于金陵，衣装如故，问之，笑不语。

酒　狂

缪永定，江西拔贡生，素酗于酒，戚党多畏避之。偶适族叔家，与客滑稽谐谑，遂共酣饮。缪醉，使酒骂座，忤客；客怒，一座大哗。叔为排解，缪谓左袒客，益迁怒叔。叔无计，奔告其家。家人来，扶挟以归。才置床上，四肢尽厥，抚之，奄然气绝。

缪见有皂帽人絷己去。移时至一府署，缥碧为瓦，世间无其壮丽。至墀下，似欲伺见官宰，自思无罪，当是客讼斗殴。回顾皂帽人，怒目如牛，又不敢问。忽堂上一吏宣言，使讼狱者翼日早候，于是堂下人纷纷散去。缪亦随皂帽人出，更无归着，缩首立肆檐下。皂帽人怒曰："颠酒无赖子！日将暮，各去寻眠食，尔欲何往？"缪战栗曰："我且不知何事，并未告家人，故毫无资斧，庸将焉归？"皂帽人曰："颠酒贼！若酤自啖，便有用度！再支吾，老拳碎颠骨子！"缪垂首不敢声。

忽一人自户内出，见缪，诧异曰："尔何来？"缪视之，则其母舅。舅贾氏，死已数载。缪见之，始悟其已死，心益悲惧，向舅涕零曰："阿舅救我！"贾顾皂帽人曰："东灵非他，屈临寒舍。"二人乃入。贾重揖皂帽人，且嘱青眼。俄顷出酒食，团坐相饮。贾问："舍甥何事，遂烦勾致？"皂帽人曰："大王驾诣浮罗君，遇令甥醉詈，使我捉得来。"贾问："见王未？"曰："浮罗君会花子案，驾未归。"又问："阿甥将得何罪？"答曰："未可知也。然大王颇怒此等人。"缪在侧，闻二人言，觳觫汗下，杯箸不能举。无何，皂帽人起，谢曰："叨盛酌，已经醉矣。即以令甥相付托，驾归，再容登访。"乃去。贾谓缪曰："甥别无兄弟，父母爱如掌上珠，常不忍一诃。十六七岁，每三杯后，喃喃寻人疵，小不合，辄挝门裸骂，犹谓齿稚。不意别十余年，甥了不长进。今且奈何！"缪伏地哭，懊悔无及。贾曳之曰："舅在此业酤，颇有小声望，必合极力。适饮者乃东灵使者，舅常饮之酒，与舅颇相善。大王日万几，亦未必便能记忆。我委曲与言，浼以私意释甥去，或可允从。"又转念曰："此事担负颇重，非十万不能了也。"缪谢诺，即就舅氏宿。次日，皂帽人早来觇望。贾请间，语移时，来谓缪曰："谐矣。少顷，即复来。我先罄所有用压契，余待甥归从容凑致之。"缪喜曰："共得几何？"曰："十万。"曰："甥何处得如许？"贾曰："只金币钱纸百提，足矣。"缪喜曰："此易办耳。"待将亭午，皂帽人不至。

缪欲出市上少游瞩，贾嘱勿远荡，诺而出。见街里贸贩，一如人间。至一所，棘垣峻绝，似是囹圄，对门一酒肆，往来颇夥。肆外一带长溪，黑潦涌动，深不见底。方伫足窥探，闻肆内一人呼曰："缪君何来？"缪急视之，则邻村翁生，乃十年前文字交。趋出握手，欢若平生。即就肆内小酌，各道契阔。缪庆幸中，又逢故知，倾怀尽釂。大醉,顿忘其死,旧态复作,渐絮絮瑕疵翁。翁曰:“数年不见,君犹尔耶?”缪素厌人道其酒德,闻言益愤。击桌大骂。翁睨之,拂袖竟出。缪又追至溪头,捋翁帽,翁怒曰:“此真妄人!”乃推缪颠堕溪中。溪水殊不甚深,而水中利刃如麻,刺胁穿胫,坚难摇动,痛彻骨脑。黑水杂溲秽,随吸入喉,更不可耐。岸上人观笑如堵,绝不一为援手。

时方危急,贾忽至,望见大惊,提携以归,曰:“尔不可为也!死犹弗悟,不足复为人!请仍从东灵受斧锧。”缪大惧,泣拜知罪。贾乃曰:“适东灵至,候汝立券,汝乃饮荡不归,渠迫不能待。我已立券,付千缗令去,余以旬尽为期。子归,宜急措置,夜于村外旷莽中,呼舅名焚之,此案可结也。”缪悉如命,乃促之行,送之郊外,又嘱曰:“必勿食言,累我无益。”乃示途令归。

时缪已僵卧三日,家人谓其醉死,而鼻息隐隐如悬丝。是日苏,大呕,呕出黑沈数斗,臭不可闻。吐已,汗湿裀褥,气味熏腾,与吐物无异,身始凉爽。告家人以异。旋觉刺处痛肿,隔夜成疮,犹幸不大溃腐。十日渐能杖行。家人共乞偿冥负,缪计所费,非数金不能办,颇生吝惜,曰:“曩或醉乡之幻境耳。纵其不然,伊以私释我,何敢复使冥王知?”家人劝之,不听。然心惕惕然,不敢复纵饮。里党咸喜其进德,稍稍与共酌。年余,冥报渐忘,志渐肆,故状渐萌。一日饮于子姓之家,又骂座,主人摈斥出,阖户径去。缪噪逾时,其子方知,扶持归家。入室,面壁长跪,自投无数,曰:“便偿尔负!便偿尔负!”言已仆地,视之气已绝矣。

卷　五

阳武侯

阳武侯薛公禄，胶州薛家岛人。父薛公最贫，牧牛乡先生家。先生有荒田，公牧其处，辄见蛇兔斗草莱中，以为异，因请于主人为宅兆，构茅而居。后数年，太夫人临蓐，值雨骤至，适二指挥使奉命稽海，出其途，避雨户中。见舍上鸦鹊群集，竞以翼覆漏处，异之。既而翁出，指挥问："适何作？"因以产告。又询所产，曰："男也。"指挥又益愕，曰："是必极贵。不然，何以得我两指挥护守门户也？"咨嗟而去。

侯既长，垢面垂鼻涕，殊不聪颖。岛中薛姓，故隶军籍。是年应翁家出一丁口戍辽阳，翁长子深以为忧。时侯十八岁，人以太憨生，无与为婚。忽自谓兄曰："大哥啾唧，得无以遣戍无人耶？"曰："然。"笑曰："若肯以婢子妻我，我当任此役。"兄喜，即配婢。

侯遂携室赴戍所。行方数十里，暴雨忽集。途侧有危崖，夫妻奔避其下。少间雨止，始复行。才及数武，崖石崩坠。居人遥望两虎跃出，逼附两人而没。侯自此勇健非常，丰采顿异。后以军功封阳武侯世爵。

至启、祯间，袭侯某公死，无子，止有遗腹，因暂以旁支代。凡世封家进御者，有娠即以上闻，官遣媪伴守之，既产乃已。年余，夫人生女，产后，腹犹震动，凡十五年，更数媪，又生男。应以嫡派赐爵，旁支噪之，以为非薛产。官收诸媪，械梏百端，皆无异言。爵乃定。

赵城虎

赵城妪，年七十余，止一子。一日入山，为虎所噬。妪悲痛，几不欲活，号啼而诉之宰。宰笑曰："虎何可以官法制之乎？"妪愈号啕，不能制之。宰叱之亦不畏惧，又怜其老，不忍加以威怒，遂给之，诺捉虎。媪伏不去，必待勾牒出乃肯行。宰无奈之，即问诸役，谁能往之。一隶名李能，醺醉，诣座下，自言："能之。"持牒下，妪始去。隶醒而悔之，犹谓宰之伪局，姑以解妪扰耳，因亦不甚为意。持牒报缴，宰怒曰："固言能之，何容复悔?"隶窘甚，请牒拘猎户，宰从之。隶集猎人，日夜伏山谷，冀得一虎庶可塞责。月余，受杖数百，冤苦罔控。遂诣东郭岳庙，跪而祝之，哭失声。

无何，一虎自外来，隶错愕，恐被咥噬。虎入，殊不他顾，蹲立门中。隶祝曰："如杀某子者尔也，其俯听吾缚。"遂出缧索絷虎项，虎帖耳受缚。牵达县署，宰问虎曰："某子尔噬之耶?"虎颔之。宰曰："杀人者死，古之定律。且妪止一人，而尔杀之，彼残年垂尽，何以生活？倘尔能为若子也，我将赦之。"虎又颔之，乃释缚令去。妪方怨宰之不杀虎以偿子也，迟旦启扉，则有死鹿，妪货其肉革，用以资度。自是以为常，时衔金帛掷庭中。妪从此丰裕，奉养过于其子。心窃德虎。虎来，时卧檐下，竟日不去。人畜相安，各无猜忌。数年，妪死，虎来吼于堂中。妪素所积，绰可营葬，族人共瘗之。坟垒方成，虎骤奔来，宾客尽逃。虎直赴冢前，嗥鸣雷动，移时始去。土人立"义虎祠"于东郭，至今犹存。

螳螂捕蛇

张姓者偶行溪谷，闻崖上有声甚厉。寻途登觇，见巨蛇围如碗，摆扑丛树中，以尾击柳，柳枝崩折。反侧倾跌之状，似有物捉制之，然审视殊无所见，大疑。渐近临之，则一螳螂据顶上，以刺刀攫其首，攧不可去。久之，蛇竟死。视额上革肉，已破裂云。

武　技

李超字魁吾，淄之西鄙人，豪爽好施。偶一僧来托钵，李饱啖之。僧甚感荷，乃曰："吾少林出也。有薄技，请以相授。"李喜，馆之客舍，丰其给，旦夕从学。三月艺颇精，意甚得。僧问："汝益乎?"曰："益矣。师所能者，我已尽能之。"僧笑，命李试其技。李乃解衣唾手，如猿飞，如鸟落，腾跃移时，诩诩然交叉而立。僧又笑曰："可矣。

子既尽吾能，请一角低昂。”李忻然，即各交臂作势。既而支撑格拒，李时时蹈僧瑕，僧忽一脚飞掷，李已仰跌丈余。僧抚掌曰：“子尚未尽吾能也。”李以掌致地，惭沮请教。又数日，僧辞去。

李由此以武名，遨游南北，罔有其对。偶适历下，见一少年尼僧弄艺于场，观者填溢。尼告众客曰：“颠倒一身，殊大冷落。有好事者，不妨下场一扑为戏。”如是三言。众相顾，迄无应者。李在侧，不觉技痒，意气而进。尼便笑与合掌。才一交手，尼便呵止曰：“此少林宗派也。”即问：“尊师何人？”李初不言，尼固诘之，乃以僧告。尼拱手曰：“憨和尚汝师耶？若尔，不必交手足，愿拜下风。”李请之再四，尼不可。众怂恿之，尼乃曰：“既是憨师弟子，同是个中人，无妨一戏。但两相会意可耳。”李诺之。然以其文弱故，易之。又年少喜胜，思欲败之，以要一日之名。方颉颃间，尼即遽止，李问其故，但笑不言，李以为怯，固请再角。尼乃起。少间李腾一踝去，尼骈五指下削其股，李觉膝下如中刀斧，蹶仆不能起。尼笑谢曰：“孟浪迕客，幸勿罪！”李舁归，月余始愈，后年余，僧复来，为述往事。僧惊曰：“汝大卤莽！惹他何为？幸先以我名告之，不然，股已断矣！”

小 人

康熙间有术人携一榼，榼藏小人长尺许。投一钱，则启榼令出，唱曲而退。至掖，掖宰索榼入署，细审小人出处。初不敢言，固诘之，方自述其乡族。盖读书童子，自塾中归，为术人所迷，复投以药，四体暴缩，彼遂携之，以为戏具。宰怒，杖杀术人。

秦 生

莱州秦生制药酒，误投毒味，未忍倾弃，封而置之。积年余，夜适思饮，而无所得酒。忽忆所藏，启封嗅之，芳烈喷溢，肠痒涎流，不可制止。取盏将尝，妻苦劝谏。生笑曰：“快饮而死，胜于馋渴而死多矣。”一盏既尽，倒瓶再斟。妻覆其瓶，满屋流溢，生伏地而牛饮之。少时，腹痛口噤，中夜而卒。妻号，为备棺木，行入殓。次夜，忽有美人入，身长不满三尺，径就灵寝，以瓯水灌之，豁然顿苏。叩而诘之，曰："我狐仙也。适丈夫入陈家，窃酒醉死，往救而归，偶过君家，彼怜君子与己同病，故使妾以余药活之也。"言讫不见。

余友人邱行素贡士，嗜饮。一夜思酒，而无可行沽，辗转不可复忍，因思代以醋。谋诸妇，妇嗤之。邱固强之，乃煨醯以进。壶既尽，始解衣甘寝。次日，竭壶酒之资，遣仆代沽。道遇伯弟襄宸，诘知其故，因疑嫂不肯为兄谋酒。仆言："夫人云：'家中蓄醋无多，昨夜已尽其半；恐再一壶，则醋根断矣。'"闻者皆笑之。不知酒兴初浓，即毒药甘之，况醋乎？此亦可以传矣。

鸦　头

诸生王文，东昌人，少诚笃。薄游于楚，过六河，休于旅舍，乃步门外。遇里戚赵东楼，大贾也，常数年不归。见王，相执甚欢，便邀临存。至其所，有美人坐室中，愕怪却步。赵曳之，又隔窗呼妮子去。王乃入。赵具酒馔，话温凉。王问："此何处所？"答云："此是小勾栏。余因久客，暂假床寝。"话间，妮子频来出入，王局促不安，离席告别，赵强捉令坐。

俄见一少女经门外过，望见王，秋波频顾，眉目含情，仪容娴婉，实神仙也。王素方直，至此惘然若失，便问："丽者何人？"赵曰："此媪次女，小字鸦头，年十四矣。缠头者屡以重金啖媪，女执不愿，致母鞭楚，女以齿稚哀免。今尚待聘耳。"王闻言，俯首默然痴坐，酬应悉乖。赵戏之曰："君倘垂意，当作冰斧。"王怃然曰："此念所不敢存。"然日向夕绝不言去。赵又戏请之，王曰："雅意极所感佩，囊涩奈何！"赵知女性激烈，必当不允，故许以十金为助。王拜谢趋出，罄资而至，得五数，强赵致媪，媪果少之。鸦头言于母曰："母日责我不作钱树子，今请得如母所愿。我初学作人，报母有日，勿以区区放却财神去。"媪以女性拗执，但得允从，即甚欢喜。遂诺之，使婢邀王郎。赵难中悔，加金付媪。

王与女欢爱甚至。既，谓王曰："妾烟花下流，不堪匹敌，既蒙缱绻，义即至重。君倾囊博此一宵欢，明日如何？"王泫然悲哽。女曰："勿悲。妾委风尘，实非所愿。顾未有敦笃如君可托者。请以宵遁。”王喜遽起，女亦起。听谯鼓已三下矣。女急易男装，草草偕出，叩主人扉。王故从双卫，托以急务，命仆便发。女以符系仆股并驴耳上，纵辔极驰，目不容启，耳后但闻风鸣，平明至汉口，税屋而止。王惊其异，女曰：“言之，得无惧乎？妾非人，狐耳。母贪淫，日遭虐遇，心所积懑，今幸脱苦海。百里外即非所知，可幸无恙。”王略无疑畏，从容曰：“室对芙蓉，家徒四壁，实难自慰，恐终见弃置。”女曰：“何必此虑。今市货皆可居，三数口，淡薄亦可自给。可鬻驴子作资本。”王如言，即门前设小肆，王与仆人躬同操作，卖酒贩浆其中。女作披肩，刺荷囊，日获赢余，顾赡甚优。积年余，渐能蓄婢媪，王自是不着犊鼻，但课督而已。

女一日悄然忽悲，曰：“今夜合有难作，奈何！”王问之，女曰：“母已知妾消息，必见凌逼。若遣姊来吾无忧，恐母自至耳。”夜已央，自庆曰：“不妨，阿姊来矣。”居无何，妮子排闼入，女笑逆之。妮子骂曰：“婢子不羞，随人逃匿！老母令我缚去。”即出索子絷女颈。女怒曰：“从一者得何罪？”妮子益忿，捽女断衿。家中婢媪皆集，妮子惧，奔出。女曰：“姊归，母必自至。大祸不远，可速作计。”乃急办装，将更播迁。媪忽掩入，怒容可掬，曰：“我固知婢子无礼，须自来也！”女迎跪哀啼，媪不言，揪发提去。王徘徊怆恻，眠食都废，急诣六河，冀得贿赎。至则门庭如故，人物已非，问之居人，俱不知其所徙。悼丧而返。于是俵散客旅，囊资东归。

后数年偶入燕都，过育婴堂，见一儿，七八岁。仆人怪似其主，反复凝注之。王问：“看儿何说？”仆笑以对，王亦笑。细视儿，风度磊落。自念乏嗣，因其肖己，爱而赎之。诘其名，自称王孜。王曰：“子弃之襁褓，何知姓氏？”曰：“本师尝言，得我时，胸前有字，书山东王文之子。”王大骇曰：“我即王文，乌得有子？”念必同己姓名者，心窃喜，甚爱惜之。及归，见者不问而知为王生子。孜渐长，孔武有力，喜田猎，不务生产，乐斗好杀，王亦不能钳制之。又自言能见鬼狐，悉不之信。会里中有患狐者，请孜往觇之。至则指狐隐处，令数人随指处击之，即闻狐鸣，毛血交落，自是遂安。由是人益异之。

王一日游市廛，忽遇赵东楼，巾袍不整，形色枯黯。惊问所来，赵惨然请问。王乃偕归,命酒。赵曰:“媪得鸦头,横施楚掠。既北徙,又欲夺其志。女矢死不二,因囚置之。生一男弃之曲巷,闻在育婴堂,想已长成,此君遗体也。”王出涕曰:“天幸孽儿已归。”因述本末。问:“君何落拓至此?”叹曰:“今而知青楼之好,不可过认真也。夫何言!”先是,媪北徙,赵以负贩从之。货重难迁者,悉以贱售。途中脚直供亿,烦费不资,因大亏损,妮子索取尤奢。数年,万金荡然。媪见床头金尽,旦夕加白眼。妮子渐寄贵家宿,恒数夕不归。赵愤激不可耐,然亦无可如何。适媪他出,鸦头自窗中呼赵曰:“勾栏中原无情好,所绸缪者,钱耳。君依恋不去,将掇奇祸。”赵惧,如梦初醒。临行窃往视女,女授书使达王,赵乃归。因以此情为王述之。即出鸦头书,书云:“知孜儿已在膝下矣。妾之厄难,东楼君自能面悉。前世之孽,夫何可言!妾幽室之中,暗无天日,鞭创裂肤,饥火煎心,易一晨昏,如历年岁。君如不忘汉上雪夜单衾,迭互暖抱时,当与儿谋,必能脱妾于厄。母姊虽忍,要是骨肉,但嘱勿致伤残,是所愿耳。”王读之,泣不自禁,以金帛赠赵而去。

时孜年十八矣,王为述前后,因示母书。孜怒眦欲裂,即日赴都,询吴媪居,则车马方盈。孜直入,妮子方与湖客饮,望见孜,愕立变色。孜骤进杀之,宾客大骇,以为寇,及视女尸,已化为狐。孜持刀径入,见媪督婢作羹。孜奔近室门,媪忽不见,孜四顾,急抽矢望屋梁射之。一狐贯心而堕,遂决其首。寻得母所,投石破扃,母子各失声。母问媪,曰:“已诛之。”母怨曰:“儿何不听吾言!”命持葬郊野。孜伪诺之,剥其皮而藏之。检媪箱箧,尽卷金资,奉母而归。夫妇重谐,悲喜交至。既问吴媪,孜言:“在吾囊中。”惊问之,出两革以献。母怒,骂曰:“忤逆儿!何得此为!”号痛自挝,转侧欲死。王极力抚慰,叱儿瘗革。孜忿曰:“今得安乐所,顿忘挞楚耶?”母益怒,啼不止。孜葬皮反报,始稍释。

王自女归,家益盛,心德赵,报以巨金,赵始知媪母子皆狐也。孜承奉甚孝;然误触之,则恶声暴吼。女谓王曰:“儿有拗筋,不刺去,终当杀身倾产。”夜伺孜睡,潜絷其手足。孜醒曰:“我无罪。”母曰:“将医尔虐,其勿苦。”孜大叫,转侧不可开。女以巨针刺踝骨侧三四分许,用刀掘断,崩然有声,又于肘间脑际并如之。已乃释缚,拍令安卧。天明,奔候父母,涕泣曰:“儿早夜忆昔所行,都非人类!”父母大喜,从此温和如处女,乡里贤之。

异史氏曰:“妓尽狐也。不谓有狐而妓者,至狐而鸨,则兽而禽矣。灭理伤伦,其何足怪?至百折千磨,之死靡他,此人类所难,而乃于狐也得之乎?唐太宗谓魏征更饶妩媚,吾于鸦头亦云。”

酒　虫

长山刘氏,体肥嗜饮,每独酌辄尽一瓮。负郭田三百亩,辄半种黍,而家豪富,不以饮为累也。一番僧见之,谓其身有异疾。刘答言:“无。”僧曰:“君饮尝不醉否?”曰:“有之。”曰:“此酒虫也。”刘愕然,便求医疗。曰:“易耳。”问:“需何药?”俱言不需。但令于日中俯卧,絷手足,去首半尺许置良酝一器。移时燥渴,思饮为极,酒香入鼻,馋火上炽,而苦不得饮。忽觉咽中暴痒,哇有物出,直堕酒中。解缚视之,赤肉长二寸许,蠕动如游鱼,口眼悉备。刘惊谢,酬以金,不受,但乞其虫。问:“将何用?”曰:“此酒之精,瓮中贮水,入虫搅之,即成佳酿。”刘使试之。果然。刘自是恶酒如仇。体渐瘦,家亦日贫,后饮食至不能给。

异史氏曰:“日尽一石,无损其富;不饮一斗,适以益贫。岂饮啄固有数乎哉?或言:‘虫是刘之福,非刘之病,僧愚之以成其术。’然欤否欤?”

木雕美人

商人白有功言:在泺口河上,见一人荷竹簏,牵巨犬二。于簏中出木雕美人高尺余,手自转动,艳妆如生。又以小锦鞯被犬身,便令跨坐。安置已,叱犬疾奔。美人自起,学解马作诸剧,镫而腹藏,腰而尾赘,跪拜起立,灵变不讹。又作昭君出塞,别取一木雕儿,插雉尾,披羊裘,跨犬从之。昭君频频回顾,羊裘扬鞭追逐,真如生者。

封三娘

范十一娘，𬠝城祭酒之女，少艳美，骚雅尤绝。父母钟爱之，求聘者辄令自择，女恒少所可。会上元日，水月寺中诸尼作“盂兰盆会”。是日，游女如云，女亦诣之。方随喜间，一女子步趋相从，屡望颜色，似欲有言。审视之，二八绝代姝也。悦而好之，转用盼注。女子微笑曰：“姊非范十一娘乎？”答曰：“然。”女子曰：“久闻芳名，人言果不虚谬。”十一娘亦审里居，女笑曰：“妾封氏，第三，近在邻村。”把臂欢笑，词致温婉，于是大相爱悦，依恋不舍。十一娘问：“何无伴侣？”曰：“父母早逝，家中止一老妪留守门户，故不得来。”十一娘将归，封凝眸欲涕，十一娘亦惘然，遂邀过从。封曰：“娘子朱门绣户，妾素无葭莩亲，虑致讥嫌。”十一娘固邀之。答：“俟异日。”十一娘乃脱金钗一股赠之，封亦摘髻上绿簪为报。

十一娘既归，倾想殊切。出所赠簪，非金非玉，家人都不之识，甚异之。日望其来，怅然遂病。父母讯得故，使人于近村咨访，并无知者。时值重九，十一娘羸顿无聊，倩侍儿强扶窥园，设褥东篱下。忽一女子攀垣来窥，觇之，则封女也。呼曰：“接我以力！”侍儿从之，蓦然遂下。十一娘惊喜，顿起，曳坐褥间，责其负约，且问所来。答云：“妾家去此尚远，时来舅家作耍。前言近村者，缘舅家耳。别后悬思颇苦，然贫贱者与贵人交，足未登门，先怀惭怍，恐为婢仆下眼觑，是以不果来。适经墙外过，闻女子语，便一攀望，冀是小姐，今果如愿。”十一娘因述病源，封泣下如雨，因曰：“妾来当须秘密。造言生事者，飞短流长，所不堪受。”十一娘诺。偕归同榻，快与倾怀，病寻愈。订为姊妹，衣服履舄，辄互易着。见人来，则隐匿夹幕间。

积五六月，公及夫人颇闻之。一日，两人方对弈，夫人掩入。谛视，惊曰：“真吾儿友也！”因谓十一娘：“闺中有良友，我两人所欢，胡不早言？”十一娘因达封意。夫人顾谓三娘曰：“伴吾儿，极所忻慰，何昧之？”封羞晕满颊，默然拈带而已。夫人去，封乃告别，十一娘苦留之，乃止。一夕，自门外匆忙奔入，泣曰：“我固谓不可留，今果遭此大辱！”惊问之。曰：“适出更衣，一少年丈夫，横来相干，幸而得逃。如此，复何面目！"十一娘细诘形貌，谢曰："勿须怪，此妾痴兄。会告夫人，杖责之。"封坚辞欲去。十一娘请待天曙。封曰："舅家咫尺，但须一梯度我过墙耳。"十一娘知不可留，使两婢逾墙送之。行半里许，辞谢自去。婢返，十一娘扶床悲惋，如失伉俪。

后数月，婢以故至东村，暮归，遇封女从老妪来。婢喜，拜问，封亦恻恻，讯十一娘兴居。婢捉袂曰："三姑过我。我家姑姑盼欲死！"封曰："我亦思之，但不乐使家人知。归启园门，我自至。"婢归告十一娘，十一娘喜，从其言，则封已在园中矣。相见，各道间阔，绵绵不寐。视婢子眠熟，乃起，移与十一娘同枕，私语曰："妾固知娘子未字。以才色门第，何患无贵介婿，然纨袴儿敖不足数，如欲得佳偶，请无以贫富论。"十一娘然之。封曰："旧年邂逅处，今复作道场，明日再烦一往，当令见一如意郎君。妾少读相人书，颇不参差。"

昧爽封即去，约俟兰若，十一娘果往，封已先在。眺览一周，十一娘便邀同车。携手出门，见一秀才，年可十七八，布袍不饰，而容仪俊伟。封潜指曰："此翰苑才也。"十一娘略睨之。封别曰："娘子先归，我即继至。"入暮果至，曰："我适物色甚详，其人即同里孟安仁也。"十一娘知其贫，不以为可。封曰："娘子何堕世情哉！此人苟长贫贱者，予当抉眸子，不复相天下士矣。"十一娘曰："且为奈何？"曰："愿得一物，持与订盟。"十一娘曰："姊何草草？父母在，不遂如何？"封曰："妾此为，正恐其不遂耳。志若坚，生死何可夺也？"十一娘必不可。封曰："娘子姻缘已动，而魔劫未消。所以故，来报前好耳。请即别，即以所赠金凤钗，矫命赠之。"十一娘方谋更商，封已出门去。

时孟生贫而多才，意将择耦，故十八犹未聘也。是日，忽睹两艳，归涉冥想。一更向尽，封三娘款门而入。烛之，识为日中所见，喜致诘问。曰："妾封氏，范十一娘之女伴也。"生大悦，不暇细审，遽前拥抱。封拒曰："妾非毛遂，乃曹丘生。十一娘愿缔永好，请倩冰也。"生愕然不信，封乃以钗示生。生喜不自已，矢曰："劳眷注如此，仆不得十一娘，宁终鳏耳。"封遂去。生诘旦，浼邻媪诣范夫人。夫人贫之，竟不商女，立便却去。十一娘知之，心失所望，深恨封之误己也，而金钗难返，只须以死矢之。

又数日，有某绅为子求婚，恐不谐，浼邑宰作伐。时某方居权要，范公心畏之。以问十一娘，十一娘不乐，母诘之，默默不言，但有涕泪。使人潜告夫人，非孟生不嫁。公闻益怒，竟许某绅家；且疑十一娘有私意于生，遂涓吉速成礼。十一娘忿不食，日惟耽卧。至亲迎之前夕，忽起，揽镜自妆，夫人窃喜。俄侍女奔曰："小姐自缢死！"举家惊涕，痛悔无所复及。三日遂葬。

孟生自邻媪反命，愤恨欲绝。然遥遥探访，妄冀复挽。察知佳人有主，忿火中烧，万虑俱断矣。未几，闻玉葬香埋，惝然悲丧，恨不从丽人俱死。向晚出门，意将乘昏夜一哭十一娘之墓。欻有一人来，近之，则封三娘。向生道喜曰："喜姻好可就矣。"生泫然曰："卿不知十一娘亡耶？"封曰："我所谓就者，正以其亡。可急唤家人发冢，我有异药能令苏。"生从之，发墓破棺，复掩其穴。生自负尸，与三娘俱归，置榻上，投以药，逾时而苏。顾见三娘，问："此何所？"封指生曰："此孟安仁也。"因告以故，始知复生。封惧漏泄，相将去五十里，避匿山村。

封欲辞去，十一娘乞留作伴，使别院居。因货殉葬之饰，用为资度，亦称小有。封每遇生来辄避去，十一娘从容曰："吾姊妹骨肉不啻也，然终无百年聚。计不如效英、皇。"封曰："妾少得异诀，吐纳可以长生，故不愿嫁耳。"十一娘笑曰："世传养生术，汗牛充栋，行而效者谁也？"封曰："妾所得非人世所知。世所传并非真诀，惟华陀五禽图差为不妄。凡修炼家，无非欲血气流通耳，若得厄逆症，作虎形立止，非其验耶？"十一娘阴与生谋，使伪为出者。入夜，强劝以酒，既醉，生潜入污之。三娘醒曰："妹子害我矣！倘色戒不破，道成当升第一天。今堕奸谋，命耳！"乃起告辞。十一娘告以诚意而哀谢之。封曰："实相告：我乃狐也。缘瞻丽容，忽生爱慕，如茧自缠，遂有今日。此乃情魔之劫，非关人力。再留则魔更生，无底止矣。娘子福泽正远，珍重自爱。"言已而逝。夫妻惊叹久之。

逾年，生乡、会果捷，官翰林。投刺谒范公，公愧悔不见；固请之，乃见。生入，执子婿礼，伏拜甚恭。公愧怒，疑生儇薄。生请间，具道情事。公不深信，使人探诸其家，方大惊喜。阴戒勿宣，惧有祸变。

又二年,某绅以关节发觉,父子充辽海军。十一娘始归宁焉。

狐 梦

余友毕怡庵,倜傥不群,豪纵自喜,貌丰肥,多髭,士林知名。尝以故至叔刺史公之别业,休憩楼上。传言楼中故多狐。毕每读《青凤传》,心辄向往,恨不一遇。因于楼上摄想凝思,既而归斋,日已浸暮。

时暑月燠热,当户而寝。睡中有人摇之,醒而却视则一妇人,年逾四十,而风韵犹存。毕惊起,问为谁,笑曰:"我狐也。蒙君注念,心窃感纳。"毕闻而喜,投以嘲谑。妇笑曰:"妾齿加长矣,纵人不见恶,先自惭沮。有小女及笄,可侍巾栉。明宵,无寓人于室,当即来。"言已而去。至夜,焚香坐伺,妇果携女至。态度娴婉,旷世无匹。妇谓女曰:"毕郎与有夙缘,即须留止。明旦早归,勿贪睡也。"毕乃握手入帏,款曲备至。事已笑曰:"肥郎痴重,使人不堪。"未明即去。

既夕自来,曰:"姊妹辈将为我贺新郎,明日即屈同去。"问:"何所?"曰:"大姊作筵主,此去不远也。"毕果候之。良久不至,身渐倦惰。才伏案头,女忽入曰:"劳君久伺矣。"乃握手而行。奄至一处有大院落,直上中堂,则见灯烛荧荧,灿若星点。俄而主人至,年近二旬,淡妆绝美。敛衽称贺已,将践席,婢入白:"二娘子至。"见一女子入,年可十八九,笑向女曰:"妹子已破瓜矣。新郎颇如意否?"女以扇击背,白眼视之。二娘曰:"记儿时与妹相扑为戏,妹畏人数胁骨,遥呵手指,即笑不可耐。便怒我,谓我当嫁僬侥国小王子。我谓婢子他日嫁多髭郎,刺破小吻,今果然矣。"大娘笑曰:"无怪三娘子怒诅也!新郎在侧,直尔憨跳!"顷之,合尊促坐,宴笑甚欢。

忽一少女抱一猫至,年可十二三,雏发未燥,而艳媚入骨。大娘曰:"四妹妹亦要见姊丈耶?此无坐处。"因提抱膝头,取肴果饵之。移时,转置二娘怀中,曰:"压我胫股酸痛!"二姊曰:"婢子许大,身如百钧重,我脆弱不堪;既欲见姊丈,姊丈故壮伟,肥膝耐坐。"乃捉置毕怀。入怀香软,轻若无人。毕抱与同杯饮,大娘曰:"小婢勿过饮,醉失仪容,恐姊丈所笑。”少女孜孜展笑,以手弄猫,猫戛然鸣。大娘曰:“尚不抛却,抱走蚤虱矣!”二娘曰:“请以狸奴为令,执箸交传,鸣处则饮。”众如其教。至毕辄鸣;毕故豪饮,连举数觥,乃知小女子故捉令鸣也,因大喧笑。二姊曰:“小妹子归休!压杀郎君,恐三姊怨人。”小女郎乃抱猫去。

大姊见毕善饮,乃摘髻子贮酒以劝。视髻仅容升许,然饮之觉有数斗之多。比干视之,则荷盖也。二娘亦欲相酬,毕辞不胜酒。二娘出一口脂合子,大于弹丸,酌曰:“既不胜酒,聊以示意。”毕视之,一吸可尽,接吸百口,更无干时。女在旁以小莲杯易合子去,曰:“勿为奸人所算。”置合案上,则一巨钵。二娘曰:“何预汝事!三日郎君,便如许亲爱耶!”毕持杯向口立尽。把之,腻软;审之,非杯,乃罗袜一钩,衬饰工绝。二娘夺骂曰:“猾婢!何时盗人履子去,怪道足冰冷也!”遂起,入室易舄。

女约毕离席告别,女送出村,使毕自归。瞥然醒寤,竟是梦景,而鼻口醺醺,酒气犹浓,异之。至暮女来,曰:“昨宵未醉死耶?”毕言:“方疑是梦。”女曰:“姊妹怖君狂噪,故托之梦,实非梦也。”女每与毕弈,毕辄负。女笑曰:“君日嗜此,我谓必大高着。今视之,只平平耳。”毕求指诲,女曰:“弈之为术,在人自悟,我何能益君?朝夕渐染,或当有益。”居数月,毕觉稍进。女试之,笑曰:“尚未,尚未。”毕出,与所尝共弈者游,则人觉其异,稍咸奇之。

毕为人坦直,胸无宿物,微泄之。女已知,责曰:“无惑乎同道者不交狂生也!屡嘱慎密,何尚尔尔?”怫然欲去。毕谢过不遑,女乃稍解,然由此来浸疏矣。积年余,一夕来,兀坐相向。与之弈,不弈;与之寝,不寝。怅然良久,曰:“君视我孰如青凤?”曰:“殆过之。”曰:“我自惭弗如。然聊斋与君文字交,请烦作小传,未必千载下无爱忆如君者。”曰:“夙有此志。曩遵旧嘱,故秘之。”女曰:“向为是嘱,今已将别,复何讳?”问:“何往?”曰:“妾与四妹妹为西王母征作花鸟使,不复得来矣。曩有姊行,与君家叔兄,临别已产二女,今尚未醮;妾与君幸无所累。”毕求赠言,曰:“盛气平,过自寡。”遂起,捉手曰:“君送我行。”至里许,洒涕分手,曰:“彼此有志,未必无会期也。”

乃去。

康熙二十一年腊月十九日，毕子与余抵足绰然堂，细述其异。余曰："有狐若此，则聊斋笔墨有光荣矣。"遂志之。

布 客

长清某，贩布为业，客于泰安。闻有术人工星命之学，诣问休咎。术人推之曰："运数大恶，可速归。"某惧，囊资北下。途中遇一短衣人，似是隶胥，渐渍与语，遂相知悦，屡市餐饮，呼与共啜。短衣人甚德之，某问所营干，答曰："将适长清，有所勾致。"问为何人，短衣人出牒，示令自审，第一即己姓名。骇曰："何事见勾？"短衣人曰："我乃蒿里人，东四司隶役。想子寿数尽矣。"某出涕求救。鬼曰："不能。然牒上名多，拘集尚需时日。子速归处置后事，我最后相招，此即所以报交好耳。"

无何，至河际，断绝桥梁，行人艰涉。鬼曰："子行死矣，一文亦将不去。请即建桥利行人，虽颇烦费，然于子未必无小益。"某然之，及归，告妻子作周身具。克日鸠工建桥。久之，鬼竟不至，心窃疑之。一日，鬼忽来曰："我已以建桥事上报城隍，转达冥司矣。谓此一节可延寿命。今牒名已除，敬以报命。"某喜感谢。后再至泰山，不忘鬼德，敬赍楮锭，呼名酬奠。既出，见短衣人匆遽而来曰："子几祸我！适司君方莅事，幸不闻知。不然，奈何！"送之数武，曰："后勿复来。倘有事北往，自当迂道过访。"遂别而去。

农 人

有农人耕于山下，妇以陶器为饷，食已置器垄畔，向暮视之，器中余粥尽空。如是者屡。心疑之，因睨注以觇之。有狐来，探首器中。农人荷锄潜往，力击之，狐惊窜走。器囊头，苦不得脱，狐颠蹶触器碎落，出首，见农人，窜益急，越山而去。

后数年，山南有贵家女，苦狐缠祟，敕勒无灵。狐谓女曰："纸上符咒，能奈我何！"女绐之曰："汝道术良深，可幸永好。顾不知生平亦有所畏者否？"狐曰："我罔所怖。但十年前在北山时，尝窃食田畔，被一人戴阔笠，持曲项兵，几为所戮，至今犹悸。”女告父。父思投其所畏，但不知姓名、居里，无从问讯。会仆以故至山村，向人偶道。旁一人惊曰：“此与予曩年事适相符，将无向所逐狐，今能为怪耶?”仆异之，归告主人。主人喜，即命仆持马招农人来，敬白所求。农人笑曰：“曩所遇诚有之，顾未必即为此物。且既能怪变，岂复畏一农人?”贵家固强之，使披戴如尔日状，入室以锄卓地，咤曰：“我日觅汝不可得，汝乃逃匿在此耶！今相值，决杀不宥！”言已，即闻狐鸣于室。农人益作威怒，狐即哀告乞命，农人叱曰：“速去，释汝。”女见狐捧头鼠窜而去。自是遂安。

章阿端

卫辉戚生，少年蕴藉，有气敢任。时大姓有巨第，白昼见鬼，死亡相继，愿以贱售。生廉其直购居之。而第阔人稀，东院楼亭，蒿艾成林，亦姑废置。家人夜惊，辄相哗以鬼。两月余，丧一婢。无何，生妻以暮至楼亭，既归得疾，数日寻毙。家人益惧，劝生他徙，生不听。而块然无偶，憭栗自伤。婢仆辈又时以怪异相聒。生怒，盛气襆被，独卧荒亭中，留烛以觇其异。久之无他，亦竟睡去。

忽有人以手探被，反复扪挲。生醒视之，则一老大婢，挛耳蓬头，臃肿无度。生知其鬼，捉臂推之，笑曰：“尊范不堪承教!”婢惭，敛手蹀躞而去。少顷，一女郎自西北隅出，神情婉妙，闯然至灯下，怒骂：“何处狂生，居然高卧!”生起笑曰：“小生此间之地主，候卿讨房税耳。”遂起，裸而捉之。女急遁，生先趋西北隅阻其归路，女既穷，便坐床上。近临之，对烛如仙，渐拥诸怀。女笑曰：“狂生不畏鬼耶?将祸尔死!”生强解裙襦，则亦不甚抗拒。已而自白曰：“妾章氏，小字阿端。误适荡子，刚愎不仁，横加折辱，愤悒夭逝，瘗此二十余年矣。此宅下皆坟冢也。”问：“老婢何人?”曰：“亦一故鬼，从妾服役。上有生人居，则鬼不安于夜室，适令驱君耳。”问：“扪挲何为?”笑曰：“此婢三十年未经人道，其情可悯，然亦太不自量矣。要之：馁怯者，鬼益侮弄之，刚肠者不敢犯也。”听邻钟响断，着衣下床，曰：“如不见猜，夜当复至。”

入夕果至，绸缪益欢。生曰："室人不幸殂谢，感悼不释于怀。卿能为我致之否?"女闻之益戚，曰："妾死二十年，谁一置念忆者！君诚多情，妾当极力。然闻投生有地矣，不知尚在冥司否。"逾夕告生曰："娘子将生贵人家。以前生失耳环，挞婢，婢自缢死，此案未结，以故迟留。今尚寄药王廊下，有监守者。妾使婢往行贿，或将来也。"生问："卿何闲散?"曰："凡枉死鬼不自投见，阎摩天子不及知也。"二鼓向尽，老婢果引生妻而至。生执手大悲，妻含涕不能言。女别去，曰："两人可话契阔，另夜请相见也。"生慰问婢死事。妻曰："无妨，行结矣。"上床偎抱，款若平生之欢。由此遂以为常。

后五日，妻忽泣曰："明日将赴山东，乖离苦长，奈何！"生闻言，挥涕流离，哀不自胜。女劝曰："妾有一策，可得暂聚。"共收涕询之。女请以钱纸十提，焚南堂杏树下，持贿押生者，俾缓时日，生从之。至夕妻至，曰："幸赖端娘，今得十日聚。"生喜，禁女勿去，留与连床，暮以暨晓，惟恐欢尽。过七八日，生以限期将满，夫妻终夜哭。问计于女，女曰："势难再谋。然试为之，非冥资百万不可。"生焚之如数。女来，喜曰："妾使人与押生者关说，初甚难，既见多金，心始摇。今已以他鬼代生矣。"自此，白日亦不复去，令生塞户牖，灯烛不绝。

如是年余，女忽病，瞀闷懊侬，恍惚如见鬼状。妻抚之曰："此为鬼病。"生曰："端娘已鬼，又何鬼之能病?"妻曰："不然。人死为鬼，鬼死为聻。鬼之畏聻，犹人之畏鬼也。"生欲为聘巫医。曰："鬼何可以人疗? 邻媪王氏，今行术于冥间，可往召之。然去此十余里，妾足弱不能行，烦君焚刍马。"生从之。马方爇，即见婢女牵赤骝，授绥庭下，转瞬已杳，少间，与一老妪叠骑而来，絷马廊柱。妪入，切女十指。既而端坐，首㑳倲作态。仆地移时，蹶而起曰："我黑山大王也。娘子病大笃，幸遇小神，福泽不浅哉！此业鬼为殃，不妨，不妨！但是病有瘳，须厚我供养，金百锭、钱百贯，盛筵一设，不得少缺。"妻一一嗷应。妪又仆而苏，向病者呵叱，乃已。既而欲去。妻送诸庭外，赠之以马，欣然而去。入视女郎，似稍醒。夫妻大悦，抚问之。女忽言曰："妾恐不得再履人世矣。合目辄见冤鬼，命也！"因泣下。越宿，病益沉殆，曲体战栗，若有所睹。拉生同卧，以首入怀，似畏扑捉。生一起，则惊叫不宁。如此六七日，夫妻无所为计。会生他出，半日而归，闻妻哭声，惊问，则端娘已毙床上，委蜕犹存。启之，白骨俨然。生大恸，以生人礼葬于祖墓之侧。

一夜，妻梦中呜咽，摇而问之，答云："适梦端娘来，言其夫为聻鬼，怒其改节泉下，衔恨索命去，乞我作道场。"生早起，即将如教。妻止之曰："度鬼非君所可与力也。"乃起去。逾刻而来，曰："余已命人邀僧侣。当先焚钱纸作用度。"生从之。日方落，僧众毕集，金铙法鼓，一如人世。妻每谓其聒耳，生殊不闻。道场既毕，妻又梦端娘来谢，言："冤已解矣，将生作城隍之女。烦为转致。"

居三年，家人初闻而惧，久之渐习。生不在，则隔窗启禀。一夜，向生啼曰："前押生者，今情弊漏泄，按责甚急，恐不能久聚矣。"数日果疾，曰："情之所钟，本愿长死，不乐生也。今将永诀，得非数乎！"生皇遽求策，曰："是不可为也。"问："受责乎？"曰："薄有所责。然偷生之罪大，偷死之罪小。"言讫不动。细审之，面庞形质，渐就澌灭矣。生每独宿亭中，冀有他遇，终亦寂然，人心遂安。

馎饦媪

韩生居别墅半载，腊尽始返。一夜，妻方卧，闻人行声。视之，炉中煤火，炽耀甚明。见一媪，可八九十岁，鸡皮橐背，衰发可数。向女曰："食馎饦否？"女惧，不敢应。媪遂以铁箸拨火，加釜其上，又注以水，俄闻汤沸。媪撩襟启腰橐，出馎饦数十枚投汤中，历历有声。自言曰："待寻箸来。"遂出门去。女乘媪去，急起捉釜倾箦后，蒙被而卧。少刻，媪至，逼问釜汤所在。女大惧而号，家人尽醒，媪始去。启箦照视，则土鳖虫数十，堆累其中。

金永年

利津金永年，八十二岁无子；媪亦七十八岁，自分绝望。忽梦神告曰："本应绝嗣，念汝贸贩平准，予一子。"醒以告媪。媪曰："此真妄想。两人皆将就木，何由生子？"无何，媪腹震动，十月，竟举一男。

花姑子

安幼舆,陕之拔贡生,为人挥霍好义,喜放生,见猎者获禽,辄不惜重直买释之。会舅家丧葬,往助执绋。暮归,路经华岳,迷窜山谷中,心大恐。一矢之外,忽见灯火,趋投之。数武中,欻见一叟,伛偻曳杖,斜径疾行。安停足,方欲致问,叟先诘谁何。安以迷途告,且言灯火处必是山村,将以投止。叟曰:“此非安乐乡。幸老夫来,可从去,茅庐可以下榻。”安大悦,从行里许,睹小村。叟扣荆扉,一妪出,启关曰:“郎子来耶?”叟曰:“诺。”

既入,则舍宇湫隘。叟挑灯促坐,便命随事具食。又谓妪曰:“此非他,是吾恩主。婆子不能行步,可唤花姑子来酾酒。”俄女郎以馔具入,立叟侧,秋波斜盼。安视之,芳容韶齿,殆类天仙。叟顾令煨酒。房西隅有煤炉,女郎入房拨火。安问:“此女公何人?”答云:“老夫章姓。七十年止有此女。田家少婢仆,以君非他人,遂敢出妻见子,幸勿哂也。”安问:“婿何家里?”答言:“尚未。”安赞其惠丽,称不容口。叟方谦挹,忽闻女郎惊号。叟奔入,则酒沸火腾。叟乃救止,诃曰:“老大婢,濡猛不知耶!”回首,见炉旁有蓟心插紫姑未竟,又诃曰:“发蓬蓬许,裁如婴儿!”持向安曰:“贪此生涯,致酒腾沸。蒙君子奖誉,岂不羞死!”安审谛之,眉目袍服,制甚精工。赞曰:“虽近儿戏,亦见慧心。”

斟酌移时,女频来行酒,嫣然含笑,殊不羞涩。安注目情动。忽闻妪呼,叟便去。安觑无人,谓女曰:“睹仙容,使我魂失。欲通媒妁,恐其不遂,如何?”女抱壶向火,默若不闻,屡问不对。生渐入室,女起,厉色曰:“狂郎入闼,将何为!”生长跪哀之。女夺门欲去,安暴起要遮,狎接臊脑。女颤声疾呼,叟匆遽入问。安释手而出,殊切愧惧。女从容向父曰:“酒复涌沸,非郎君来,壶子融化矣。”安闻女言,心始安妥,益德之。魂魄颠倒,丧所怀来。于是伪醉离席,女亦遂去。叟设裀褥,阖扉乃出。

安不寐,未曙,呼别。至家,即浼交好者造庐求聘,终日而返,竟莫得其居里。安遂命仆马,寻途自往。至则绝壁巉岩,竟无村落,访诸近里,此姓绝少。失望而归,并忘寝食。由此得昏瞀之疾,强啖汤粥,则嗌嗗欲吐,溃乱中,辄呼花姑子。家人不解,但终夜环伺之,气势阽危。一夜,守者困怠并寐,生蒙瞳中,觉有人揣而抗之。略开眸,则花姑子立床下,不觉神气清醒。熟视女郎,潸潸涕堕。女倾头笑曰:"痴儿何至此耶?"乃登榻,坐安股上,以两手为按太阳穴。安觉脑麝奇香,穿鼻沁骨。按数刻,忽觉汗满天庭,渐达肢体。小语曰:"室中多人,我不便住。三日当复相望。"又于绣袪中出数蒸饼置床头,悄然遂去。安至中夜,汗已思食,扪饼啖之。不知所苞何料,甘美非常,遂尽三枚。又以衣覆余饼,懵腾酣睡,辰分始醒,如释重负。三日饼尽,精神倍爽,乃遣散家人。又虑女来不得其门而入,潜出斋庭,悉脱扃键。

未几女果至,笑曰:"痴郎子!不谢巫耶?"安喜极,抱与绸缪,恩爱甚至。已而曰:"妾冒险蒙垢,所以故,来报重恩耳。实不能永谐琴瑟,幸早别图。"安默默良久,乃问曰:"素昧生平,何处与卿家有旧?实所不忆。"女不言,但云:"君自思之。"生固求永好。女曰:"屡屡夜奔固不可,常谐伉俪亦不能。"安闻言,悒悒而悲。女曰:"必欲相谐,明宵请临妾家。"安乃收悲以忻,问曰:"道路辽远,卿纤纤之步,何遂能来?"曰:"妾固未归。东头聋媪我姨行,为君故,淹留至今,家中恐所疑怪。"安与同衾,但觉气息肌肤,无处不香。问曰:"熏何芗泽,致侵肌骨?"女曰:"妾生来便尔,非由熏饰。"安益奇之。女早起言别,安虑迷途,女约相候于路。安抵暮驰去,女果伺待,偕至旧所,叟媪欢逆。酒肴无佳品,杂具藜藿。既而请安寝,女子殊不瞻顾,颇涉疑念。更既深,女始至,曰:"父母絮絮不寝,致劳久待。"浃洽终夜,谓安曰:"此宵之会,乃百年之别。"安惊问之,答曰:"父以小村孤寂,故将远徙。与君好合,尽此夜耳。"安不忍释,俯仰悲怆。依恋之间,夜色渐曙。叟忽然闯入,骂曰:"婢子玷我清门,使人愧怍欲死!"女失色,草草奔出。叟亦出,且行且詈。安惊孱愕怯,无以自容,潜奔而归。

数日徘徊,心景殆不可过。因思夜往,逾墙以观其便。叟固言有恩,即令事泄,当无大谴。遂乘夜窜往,蹀躞山中,迷闷不知所往。大惧。方觅归途，见谷中隐有舍宇。喜诣之，则闬闳高壮，似是世家，重门尚未扃也。安向门者讯章氏之居。有青衣人出，问："昏夜何人询章氏？"安曰："是吾亲好，偶迷居向。"青衣曰："男子无问章也。此是渠妗家，花姑即今在此，容传白之。"入未几，即出邀安。才登廊舍，花姑趋出迎，谓青衣曰："安郎奔波中夜，想已困殆，可伺床寝。"少间，携手入帏。安问："妗家何别无人？"女曰："妗他出，留妾代守。幸与郎遇，岂非夙缘？"然偎傍之际，觉甚膻腥，心疑有异，女抱安颈，遽以舌舐鼻孔，彻脑如刺。安骇绝，急欲逃脱，而身若巨绠之缚，少时闷然不觉矣。安不归，家中觅者穷人迹，或言暮遇于山径者。家人入山，则裸死危崖下。惊怪莫察其由，舁归。

众方聚哭，一女郎来吊，自门外噭啕而入。抚尸捺鼻，涕洟其中，呼曰："天乎，天乎！何愚冥至此！"痛哭声嘶，移时乃已。告家人曰："停以七日，勿殓也。"众不知何人，方将启问，女傲不为礼，含涕径出，留之不顾。尾其后，转眸已渺。群疑为神，谨遵所教。夜又来，哭如昨。至七夜，安忽苏，反侧以呻。家人尽骇。女子入，相向呜咽。安举手，挥众令去。女出青草一束，燂汤升许，即床头进之，顷刻能言。叹曰："再杀之惟卿，再生之亦惟卿矣！"因述所遇。女曰："此蛇精冒妾也。前迷道时，所见灯光，即是物也。"安曰："卿何能起死人而肉白骨也？毋乃仙乎？"曰："久欲言之，恐致惊怪。君五年前，曾于华山道上买猎獐而放之否？"曰："然，其有之。"曰："是即妾父也。前言大德，盖以此故。君前日已生西村王主政家。妾与父讼诸阎摩王，阎摩王弗善也。父愿坏道代郎死，哀之七日，始得当。今之邂逅，幸耳。然君虽生，必且痿痹不仁，得蛇血合酒饮之，病乃可除。"生衔恨切齿，而虑其无术可以擒之。女曰："不难。但多残生命，累我百年不得飞升。其穴在老崖中，可于晡时聚茅焚之，外以强弩戒备，妖物可得。"言已，别曰："妾不能终事，实所哀惨。然为君故，业行已损其七，幸悯宥也。月来觉腹中微动，恐是孽根。男与女，岁后当相寄耳。"流涕而去。

安经宿，觉腰下尽死，爬搔无所痛痒。乃以女言告家人。家人往，如其言，炽火穴中，有巨白蛇冲焰而出。数弩齐发，射杀之。火熄入洞，蛇大小数百头，皆焦且死。家人归，以蛇血进。安服三日，两股渐能转侧，半年始起。

后独行谷中，遇老媪以绷席抱婴儿授之，曰："吾女致意郎君。"方欲问讯，瞥不复见。启襁视之，男也。抱归，竟不复娶。

异史氏曰："人之所以异于禽兽者几希，此非定论也。蒙恩衔结，至于没齿，则人有惭于禽兽者矣。至于花姑，始而寄慧于憨，终而寄情于恝。乃知憨者慧之极，恝者情之至也。仙乎，仙乎！"

武孝廉

武孝廉石某，囊资赴都，将求铨叙。至德州，暴病，唾血不起，长卧舟中。仆篡金亡去，石大恚，病益加，资粮断绝，榜人谋委弃之。会有女子乘船，夜来临泊，闻之，自愿以舟载石。榜人悦，扶石登女舟。石视之，妇四十余，被服灿丽，神采犹都。呻以感谢，妇临审曰："君夙有瘵根，今魂魄已游墟墓。"石闻之，嗷然哀哭。妇曰："我有丸药，能起死。苟病瘳，勿相忘。"石洒泣矢盟。妇乃以药饵石，半日，觉少痊。妇即榻供甘旨，殷勤过于夫妇。石益德之。月余，病良已。石膝行而前，敬之如母。妇曰："妾茕独无依，如不以色衰见憎，愿侍巾栉。"时石三十余，丧偶经年，闻之，喜惬过望，遂相燕好。妇乃出藏金，使入都营干，相约返与同归。

石赴都夤缘，选得本省司阃，余金市鞍马，冠盖赫奕。因念妇腊已高，终非良偶，因以百金聘王氏女为继室。心中悚怯，恐妇闻知，遂避德州道，迂途履任。年余，不通音耗。有石中表，偶至德州，与妇为邻。妇知之，诣问石况，某以实对，妇大骂，因告以情。某亦代为不平，慰解曰："或署中务冗，尚未暇遑。乞修尺一书，为嫂寄之。"妇如其言。某敬以达石，石殊不置意。又年余，妇自往归石，止于旅舍，托官署司宾者通姓氏，石令绝之。一日，方燕饮，闻喧詈声，释杯凝听，则妇已搴帘入矣。石大骇，面色如土。妇指骂曰："薄情郎！安乐耶？试思富若贵何所自来？我与汝情分不薄，即欲置婢妾，相谋何妨？"石累足屏气，不能复作声。久之，长跪自投，诡辞求宥，妇气稍平。石与王氏谋，使以妹礼见妇。王氏雅不欲，石固哀之，乃往。王拜,妇亦答拜。曰:“妹勿惧,我非悍妒者。曩事,实人情所不堪,即妹亦不当愿有是郎。”遂为王缅述本末。王亦愤恨,因与交詈石。石不能自为地,惟求自赎,遂相安帖。

初,妇之未入也,石戒阍人勿通。至此,怒阍人,阴诘让之。阍人固言管钥未发,无入者,不服。石疑之而不敢问妇。两虽言笑,而终非所好也。幸妇娴婉,不争夕。三餐后,掩闼早眠,并不问良人夜宿何所。王初犹自危,见其如此,益敬之。厌旦往朝,如事姑嫜。妇御下宽和有体,而明察若神。一日,石失印绶,合署沸腾,屑屑还往,无所为计。妇笑言:“勿忧,竭井可得。”石从之,果得。叩其故,辄笑不言。隐约间,似知盗者之姓名,然终不肯泄。居之终岁,察其行多异。石疑其非人,常于寝后使人瞷听之,但闻床上终夜作振衣声,亦不知其何为。妇与王极相怜爱。

一夕,石以赴臬司未归,妇与王饮,不觉醉,就卧席间,化而为狐。王怜之,覆以锦褥。未几,石入,王告以异,石欲杀之。王曰:“即狐,何负于君?”石不听,急觅佩刀。而妇已醒,骂曰:“虺蝮之行,而豺狼之性,必不可以久居!曩时啖药,乞赐还也!”即唾石面。石觉森寒如浇冰水,喉中习习作痒,呕出,则丸药如故。妇拾之,忿然径出,追之已杳。石中夜旧症复作,血嗽不止,半载而卒。

异史氏曰:“石孝廉翩翩若书生,或言其折节能下士,语人如恐伤。壮年殂谢,士林悼之。至闻其负狐妇一事,则与李十郎何以少异?”

西湖主

陈生弼教,字明允,燕人也。家贫,从副将军贾绾作记室。泊舟洞庭。适猪婆龙浮水面,贾射之中背。有鱼衔龙尾不去,并获之。锁置桅间,奄存气息,而龙吻张翕,似求援拯。生恻然心动,请于贾而释之。携有金创药,戏敷患处,纵之水中,浮沉逾刻而没。

后年余,生北归,复经洞庭,大风覆舟。幸扳一竹簏,漂泊终夜,絓木而止。援岸方升,有浮尸继至,则其僮仆,力引出之,已就毙矣。惨怛无聊,坐对憩息。但见小山耸翠,细柳摇青,行人绝少,无可问途。自迟明以至辰后，怅怅靡之。忽僮仆肢体微动，喜而扪之，无何，呕水数斗，豁然顿苏。相与曝衣石上，近午始燥可着。而枵肠辘辘，饥不可堪。于是越山疾行，冀有村落。才至半山，闻鸣镝声。方疑听间，有二女郎乘骏马来，骋如撒菽。各以红绡抹额，髻插雉尾，着小袖紫衣，腰束绿锦；一挟弹、一臂青鞲。度过岭头，则数十骑猎于榛莽，并皆姝丽，装束若一。生不敢前。有男子步驰，似是驭卒，因就问之。答曰："此西湖主猎首山也。"生述所来，且告之馁。驭卒解裹粮授之，嘱云："宜即远避，犯驾当死！"生惧，疾趋下山。

茂林中隐有殿阁，谓是兰若。近临之，粉垣围沓，溪水横流，朱门半启，石桥通焉。攀扉一望，则台榭环云，拟于上苑，又疑是贵家园亭。逡巡而入，横藤碍路，香花扑人。过数折曲栏，又是别一院宇，垂杨数十株，高拂朱檐。山鸟一鸣，则花片乱飞；深巷微风，则榆钱自落。怡目快心，殆非人世。穿过小亭，有秋千一架，上与云齐，而罥索沉沉，杳无人迹。因疑地近闺阁，恇怯未敢深入。俄闻马腾于门，似有女子笑语。生与僮潜伏丛花中。未几，笑声渐近，闻一女子曰："今日猎兴不佳，获禽绝少。"又一女曰："非是公主射得雁落，几空劳仆马也。"无何，红妆数辈，拥一女郎至亭上坐。秃袖戎装，年可十四五。发多敛雾，腰细惊风，玉蕊琼英，未足方喻。诸女子献茗熏香，灿如堆锦。移时，女起，历阶而下。一女曰："公主鞍马劳顿，尚能秋千否？"公主笑诺。遂有驾肩者，捉臂者，褰裙者，挽扶而上。公主舒皓腕，蹑利屣，轻如飞燕，蹴入云霄。已而扶下，群曰："公主真仙人也！"嘻笑而去。

生睨良久，神志飞扬。迨人声既寂，出诣秋千下，徘徊凝想。见篱下有红巾，知为群美所遗，喜纳袖中。登其亭，见案上设有文具，遂题巾曰："雅戏何人拟半仙？分明琼女散金莲。广寒队里恐相妒，莫信凌波上九天。"题已，吟诵而出。复寻故径，则重门扃锢矣。踟蹰无计，返而楼阁亭台，涉历几尽。一女掩入，惊问："何得来此？"生揖之曰："失路之人，幸能垂救。"女问："拾得红巾否？"生曰："有之。然已玷染，如何？"因出之。女大惊曰："汝死无所矣！此公主所常御，涂鸦若此，何能为地？"生失色，哀求脱免。女曰："窃窥宫仪，罪已不赦。念汝儒冠，欲以私意相全，今孽乃自作，将何为计！”遂皇皇持巾去。生心悸肌栗，恨无翅翎，惟延颈俟死。

迁久，女复来，潜贺曰：“子有生望矣！公主看巾三四遍，䩄然无怒容，或当放君去。宜姑耐守，勿得攀树钻垣，发觉不宥矣。”日已投暮，凶祥不能自必，而饿焰中烧，忧煎欲死。无何，女子挑灯至，一婢提壶榼，出酒食饷生。生急问消息，女云：“适我乘间言：‘园中秀才，可恕则放之；不然，饿且死。’公主沉思云：‘深夜教渠何之？’遂命馈君食。此非恶耗也。”生徊徨终夜，危不自安。辰刻向尽，女子又饷之。生哀求缓颊，女曰：“公主不言杀，亦不言放，我辈下人，何敢屑屑渎告？”

既而斜日西转，眺望方殷，女子坌息急奔而入，曰：“殆矣！多言者泄其事于王妃，妃展巾抵地，大骂狂伧，祸不远矣！”生大惊，面如灰土，长跽请教。忽闻人语纷挐，女摇手避去。数人持索，汹汹入户，内一婢熟视曰：“将谓何人，陈郎耶？”遂止持索者，曰：“且勿且勿，待白王妃来。”返身急去。少间来，曰：“王妃请陈郎入。”生战惕从之。经数十门户，至一宫殿，碧箔银钩。即有美姬揭帘，唱：“陈生至。”上一丽者，袍服炫冶。生伏地稽首曰：“万里孤臣，幸恕生命。”妃急起捉之，曰：“我非君子，无以有今日。婢辈无知，致迕佳客，罪何可赎！”即设筵，酌以镂杯。生茫然不解其故，妃曰：“再造之恩，恨无所报。息女蒙题巾之爱，当是天缘，今夕即遣奉侍。”生意出非望，神惝恍而无着。

日方暮，一婢前曰：“公主已严妆讫。”遂引生就帐。忽而笙管敖嘈，阶上悉践花罽，门堂藩溷，处处皆笼烛。数十妖姬，扶公主交拜。麝兰之气，充溢殿庭。既而相将入帏，两相倾爱。生曰：“羁旅之臣，生平不省拜侍。点污芳巾，得免斧锧，幸矣，反赐姻好，实非所望。”公主曰：“妾母，湖君妃子，乃扬江王女。旧岁归宁，偶游湖上，为流矢所中。蒙君脱免，又赐刀圭之药，一门戴佩，常不去心。郎勿以非类见疑。妾从龙君得长生诀，愿与郎共之。”生乃悟为神人，因问：“婢子何以相识？”曰：“尔日洞庭舟上，曾有小鱼衔尾，即此婢也。”又问：“既不见诛，何迟迟不赐纵脱？”笑曰：“实怜君才，但不得自主。

颠倒终夜,他人不及知也。”生叹曰:“卿,我鲍叔也。馈食者谁?”曰:“阿念,亦妾腹心。”生曰:“何以报德?”笑曰:“侍君有日,徐图塞责未晚耳。”问:“大王何在?”曰:“从关圣征蚩尤未归。”

居数日,生虑家中无耗,悬念綦切,乃先以平安书遣仆归。家中闻洞庭舟覆,妻子缞绖已年余矣。仆归,始知不死,而音闻梗塞,终恐漂泊难返。又半载,生忽至,裘马甚都,囊中宝玉充盈。由此富有巨万,声色豪奢,世家所不能及。七八年间,生子五人。日日宴集宾客,宫室饮馔之奉,穷极丰盛。或问所遇,言之无少讳。

有童稚之交梁子俊者,宦游南服十余年。归过洞庭,见一画舫,雕槛朱窗,笙歌幽细,缓荡烟波。时有美人推窗凭眺。梁目注舫中,见一少年丈夫,科头叠股其上,旁有二八姝丽,挼莎交摩。念必楚襄贵官,而驺从殊少。凝眸审谛,则陈明允也。不觉凭栏酣呼,生闻罢棹,出临鹢首,邀梁过舟。见残肴满案,酒雾犹浓。生立命撤去。顷之,美婢三五,进酒烹茗,山海珍错,目所未睹。梁惊曰:“十年不见,何富贵一至于此!”笑曰:“君小觑穷措大不能发迹耶?”问:“适共饮何人?”曰:“山荆耳。”梁又异之。问:“携家何往?”答:“将西渡。”梁欲再诘,生遽命歌以侑酒。一言甫毕,旱雷聒耳,肉竹嘈杂,不复可闻言笑。梁见佳丽满前,乘醉大言曰:“明允公,能令我真个销魂否?”生笑云:“足下醉矣!然有一美妾之资,以赠故人。”遂命侍儿进明珠一颗,曰:“绿珠不难购,明我非吝惜。”乃趣别曰:“小事忙迫,不及与故人久聚。”送梁归舟,开缆径去。

梁归,探诸其家,则生方与客饮,益疑。因问:“昨在洞庭,何归之速?”答曰:“无之。”梁乃追述所见,一座尽骇。生笑曰:“君误矣,仆岂有分身术耶?”众异之,而究莫解其故。后八十一岁而终。迨殡,讶其棺轻,开视,则空棺耳。

异史氏曰:“竹簏不沉,红巾题句,此其中具有鬼神,要之皆恻隐之一念所通也。迨宫室妻妾,一身而两享其奉,则又不可解矣。昔有愿娇妻美妾、贵子贤孙,而兼长生不老者,仅得其半耳。岂仙人中亦有汾阳、季伦耶?”

孝 子

青州东香山之前,有周顺亭者,事母至孝。母股生巨疽,痛不可忍,昼夜嚬呻。周抚肌进药,至忘寝食。数月不痊,周忧煎无以为计。梦父告曰:“母疾赖汝孝。然此疮非人膏涂之不能愈,徒劳焦恻也。”醒而异之。乃起,以利刃割胁肉,肉脱落,觉不甚苦。急以布缠腰际,血亦不注。于是烹肉持膏,敷母患处,痛截然顿止。母喜问:“何药而灵效如此?”周诡对之。母疮寻愈。周每掩护割处,即妻子亦不知也。既痊,有巨疤如掌,妻诘之,始得其详。

异史氏曰:“刲股伤生,君子不贵。然愚夫妇何知伤生为不孝哉? 亦行其心之所不自已者而已。有斯人而知孝子之真,犹在天壤耳。”

狮 子

暹逻国贡狮,每止处,观者如堵。其形状与世所传绣画者迥异,毛黑黄色,长数寸。或投以鸡,先以爪抟而吹之。一吹,则毛尽落如扫,亦理之奇也。

阎 王

李常久,临朐人。壶榼于野,见旋风蓬蓬而来,敬酹奠之。后以故他适,路旁有广第,殿阁弘丽。一青衣人自内出,邀李,李固辞。青衣人要遮甚殷,李曰:“素不相识,得无误耶?”青衣云:“不误。”便言李姓字。问:“此谁家第?”云:“入自知之。”入,进一层门,见一女子手足钉扉上,近视之其嫂也,大骇。李有嫂,臂生恶疽,不起者年余矣。因自念何得至此。转疑招致意恶,畏沮却步,青衣促之,乃入。至殿下,上一人,冠带如王者,气象威猛。李跪伏,莫敢仰视。王者命曳起之,慰之曰:“勿惧。我以曩昔扰子杯酌,欲一见相谢,无他故也。”李心始安,然终不知故。王者又曰:“汝不忆田野酹奠时乎?”李顿悟,知其为神,顿首曰:“适见嫂氏,受此严刑,骨肉之情,实怆于怀。乞王怜宥!”王者曰:“此甚悍妒,宜得是罚。三年前,汝兄妾盘肠而产,彼阴以针刺肠上,俾至今脏腑常痛。此岂有人理者!"李固哀之,乃曰:"便以子故宥之。归当劝悍妇改行。"李谢而出,则扉上无人矣。

归视嫂,嫂卧榻上,创血殷席。时以妾拂意故,方致诟骂。李遽劝曰:"嫂勿复尔!今日恶苦,皆平日忌嫉所致。"嫂怒曰:"小郎若个好男儿,又房中娘子贤似孟姑姑,任郎君东家眠,西家宿,不敢一作声。自当是小郎大乾纲,到不得代哥子降伏老媪!"李微哂曰:"嫂勿怒,若言其情,恐欲哭不暇矣。"嫂曰:"便曾不盗得王母箩中线,又未与玉皇案前吏一眨眼,中怀坦坦,何处可用哭者!"李小语曰:"针刺人肠,宜何罪?"嫂勃然色变,问此言之因,李告之故。嫂战惕不已,涕泗流离而哀鸣曰:"吾不敢矣!"啼泪未干,觉疼顿止,旬日而瘥。由是立改前辙,遂称贤淑。后妾再产,肠复堕,针宛然在焉。拔去之,肠痛乃瘳。

异史氏曰:"或谓天下悍妒如某者,正复不少,恨阴网之漏多也。余曰不然。冥司之罚,未必无甚于钉扉者,但无回信耳。"

土　偶

沂水马姓,娶妻王氏,琴瑟甚敦。马早逝,王父母欲夺其志,王矢不他。姑怜其少,亦劝之,王不听。母曰:"汝志良佳,然齿太幼,儿又无出。每见有勉强于初,而贻羞于后者,固不如早嫁,犹恒情也。"王正容,以死自誓,母乃任之。女命塑工肖夫像,每日酹献如生时。

一夕将寝,忽见土偶人欠伸而下。骇心愕顾,即已暴长如人,真其夫也。女惧呼母,鬼止之曰:"勿尔。感卿情好,幽壤酸辛。一门有忠贞,数世祖宗皆有光荣。吾父生有损德,应无嗣,遂至促我茂龄。冥司念尔苦节,故令我归,与汝生一子承祧绪。"女亦沾襟,遂燕好如平生。鸡鸣,即下榻去。如此月余,觉腹微动。鬼乃泣曰:"限期已满,从此永诀矣!"遂绝。

女初不言,既而腹渐大不能隐,阴告其母。母疑涉妄,然窥女无他,大惑不解。十月,果举一男。向人言之,闻者无不匿笑,女亦无以自伸,有里正故与马有隙,告诸邑令。令拘讯邻人,并无异言。令曰:

“闻鬼子无影，有影者伪也。”抱儿日中，影淡淡如轻烟然。又刺儿指血付土偶上，立入无痕，取他偶涂之，一拭便去。以此信之。长数岁，口鼻言动，无一不肖马者。群疑始解。

长治女子

陈欢乐，潞之长治人，有女慧美。一道士行乞，睨之而去。由是日持钵近廛间。适一瞽人自陈家出，道士追与同行，问何来。瞽云：“适从陈家推造命。”道士曰：“闻其家有女郎，我中表亲欲求姻好，但未知其甲子。”瞽为述之，道士乃别而去。居数日，女绣于房，忽觉足麻痹，渐至股，又渐至腰腹，俄而晕然倾仆。定逾刻，始恍惚能立，将寻告母。及出门，则见茫茫黑波中，一路如线，骇而却退，门舍居庐，已被黑水淹没。又视路上，行人绝少，惟道士缓步于前。遂遥尾之，冀见同乡以相告语。走数里，忽睹里舍，视之，则己家门。大骇曰：“奔驰如许，固犹在村中。何向来迷罔若此！”欣然入门，父母尚未归。复至己房，所绣业履，犹在榻上。自觉奔波殆极，就榻憩坐。道士忽入，女大惊欲遁。道士捉而捺之，女欲号，则喑不能声。道士急以利刃剖女心，女觉魂飘飘离壳而立，四顾家舍全非，惟有崩崖若覆。视道士以己心血点木人上，又复叠指诅咒，女觉木人遂与己合。道士嘱曰：“自兹当听差遣，勿得违误！”遂佩戴之。

陈氏失女，举家惶惑。寻至牛头山，始闻村人传言，岭下一女子剖心而死。陈奔验，果其女也。泣以诉宰。宰拘岭下居人，拷掠几遍，迄无端绪。姑收群犯，以待覆勘。道士去数里外，坐路旁柳树下，忽谓女曰：“今遣汝第一差，往侦邑中审狱状，去当隐身暖阁上。倘见官宰用印，即当趋避，切记勿忘！限汝辰去巳来。迟一刻，则以一针刺汝心中，令作急痛；二刻，刺二针；至三针，则使汝魂魄销灭矣。”女闻之，四体惊悚，飘然遂去。瞬息至官廨，如言伏阁上。一时岭下人罗跪堂下，尚未讯诘。适将钤印公牒，女未及避，而印已出匣。女觉身躯重软，纸格似不能胜，曝然作响，满堂愕顾。宰命再举，响如前；三举，翻坠地下，众悉闻之。宰起祝曰：“如是冤鬼，当便直陈，为汝昭雪。”女哽咽而前，历言道士杀己、遣己状。宰差役驰去，至柳树下,道士果在。捉还,一鞫而服。人犯乃释。宰问女:“冤雪何归?”女曰:“将从大人。”宰曰:“我署中无处可容,不如暂归汝家。”女良久曰:“官署即吾家,我将入矣。”宰又问,音响已寂。退入宅中,则夫人生女矣。

义　犬

潞安某甲,父陷狱将死,搜括囊蓄,得百金,将诣郡关说。跨骡出,则所养黑犬从之。呵逐使退。既走,则又从之,鞭逐不返,从行数十里。某下骑,趋路侧私焉。既,乃以石投犬,犬始奔去;某既行,则犬欻然复来,啮骡尾。某怒鞭之,犬鸣吠不已。忽跃在前,愤龁骡首,似欲阻其去路。某以为不祥,益怒,回骑驰逐之。视犬已远,乃返辔疾驰,抵郡已暮。及扪腰橐,金亡其半,涔涔汗下,魂魄都失。辗转终夜,顿念犬吠有因。候关出城,细审来途。又自计南北冲衢,行人如蚁,遗金宁有存理。逡巡至下骑所,见犬毙草间,毛汗湿如洗。提耳起视,则封金俨然。感其义,买棺葬之,人以为义犬冢云。

鄱阳神

翟湛持,司理饶州,道经鄱阳湖。湖上有神祠,停盖游瞻。内雕丁普郎死节神像,翟姓一神,最居末坐。翟曰:“吾家宗人,何得在下!”遂于上易一座。既而登舟,大风断帆,桅樯倾侧,一家哀号。俄一小舟,破浪而来,既近官舟,急挽翟登小舟,于是家人尽登。审视其人,与翟姓神无少异。无何,浪息,寻之已杳。

伍秋月

秦邮王鼎字仙湖,为人慷慨有力,广交游。年十八,未娶,妻殒。每远游,恒经岁不返。兄鼐,江北名士,友于甚笃。劝弟勿游,将为择偶。生不听,命舟抵镇江访友,友他出,因税居于逆旅阁上。江水澄波,金山在目,心甚快之。

次日,友人来,请生移居,辞不去。居半月余,夜梦女郎,年可十四五,容华端妙,上床与合,既寤而遗。颇怪之,亦以为偶然。入夜,又梦之;如是三四夜。心大异,不敢息烛,身虽偃卧,惕然自警。才交睫,梦女复来,方狎,忽自惊寤,急开目,则少女如仙,俨然犹在抱也。见生醒,顿自愧怯。生虽知非人,意亦甚得,无暇问讯,直与驰骤。女若不堪,曰:“狂暴如此,无怪人不敢明告也。”生始诘之,答云:“妾伍氏秋月。先父名儒,邃于易数。常珍爱妾,但言不永寿,故不许字人。后十五岁果夭殁,即攒瘗阁东,令与地平,亦无冢志,惟立片石于棺侧,曰:‘女秋月,葬无冢,三十年,嫁王鼎。’今已三十年,君适至。心喜,亟欲自荐,寸心羞怯,故假之梦寐耳。”王亦喜,复求讫事。曰:“妾少须阳气,欲求复生,实不禁此风雨。后日好合无限,何必今宵。”遂起而去。次日复至,坐对笑谑,欢若平生。灭烛登床,无异生人,但女既起,则遗泄流离,沾染茵褥。

一夕,明月莹澈,小步庭中,问女:“冥中亦有城郭否?”答曰:“等耳。冥间城府,不在此处,去此可三四里。但以夜为昼。”问:“生人能见之否?”答云:“亦可。”生请往观,女诺之。乘月去,女飘忽若风,王极力追随,欻至一处,女言:“不远矣。”生瞻望殊无所见。女以唾涂其两眦,启之,明倍于常,视夜色不殊白昼。顿见雉堞在杳霭中。路上行人,趋如墟市。俄二皂絷三四人过,末一人怪类其兄;趋近视之,果兄,骇问:“兄那得来?”兄见生,潸然零涕,言:“自不知何事,强被拘囚。”王怒曰:“我兄秉礼君子,何至缧绁如此!”便请二皂,幸且宽释。皂不肯,殊大傲睨,生恚,欲与争,兄止之曰:“此是官命,亦合奉法。但余乏用度,索贿良苦。弟归,宜措置。”生把兄臂,哭失声。皂怒,猛掣项索,兄顿颠蹶。生见之,忿火填胸,不能制止,即解佩刀,立决皂首。一皂喊嘶,生又决之。女大惊曰:“杀官使,罪不宥!迟则祸及!请即觅舟北发,归家勿摘提幡,杜门绝出入,七日保无虑也。”

王乃挽兄夜买小舟,火急北渡。归见吊客在门,知兄果死。闭门下钥,始入,视兄已渺,入室,则亡者已苏,便呼:“饿死矣!可急备汤饼。”时死已二日,家人尽骇,生乃备言其故。七日启关,去丧幡,人始知其复苏。亲友集问,但伪对之。

转思秋月,想念颇烦,遂复南下至旧阁,秉烛久待,女竟不至。朦胧欲寝,见一妇人来,曰:“秋月小娘子致意郎君:前以公役被杀,凶犯逃亡,捉得娘子去,见在监押,押役遇之虐。日日盼郎君,当谋作经纪。”王悲愤,便从妇去。至一城都,入西郭,指一门曰:“小娘子暂寄此间。”王入,见房舍颇繁,寄顿囚犯甚多,并无秋月。又进一小扉,斗室中有灯火。王近窗以窥,则秋月在榻上,掩袖呜泣。二役在侧,撮颐捉履,引以嘲戏,女啼益急。一役挽颈曰:“既为罪犯,尚守贞耶?”王怒,不暇语,持刀直入,一役一刀,摧斩如麻,篡取女郎而出,幸无觉者。裁至旅舍,蓦然即醒。方怪幻梦之凶,见秋月含睇而立。生惊起曳坐,告之以梦。女曰:“真也,非梦也。”生惊曰:“且为奈何!”女叹曰:“此有定数。妾待月尽,始是生期。今已如此,急何能待!当速发瘗处,载妾同归,日频唤妾名,三日可活。但未满时日,骨软足弱,不能为君任井臼耳。”言已,草草欲出。又返身曰:“妾几忘之,冥追若何?生时,父传我符书,言三十年后可佩夫妇。”乃索笔疾书两符,曰:“一君自佩,一粘妾背。”

送之出,志其没处,掘尺许即见棺木,亦已败腐。侧有小婢,果如女言。发棺视之,女颜色如生。抱入房中,衣裳随风尽化。粘符已,以被褥严裹,负至江滨,呼拢泊舟,伪言妹急病,将送归其家。幸南风大竞,甫晓已达里门。抱女安置,始告兄嫂。一家惊顾,亦莫敢直言其惑。生启衾,长呼秋月,夜辄拥尸而寝。日渐温暖,三日竟苏,七日能步。更衣拜嫂,盈盈然神仙不殊。但十步之外,须人而行,不则随风摇曳,屡欲倾侧。见者以为身有此病,转更增媚。每劝生曰:“君罪孽太深,宜积德诵经以忏之。不然,寿恐不永也。”生素不佞佛,至此皈依甚虔。后亦无恙。

异史氏曰:“余欲上言定律,‘凡杀公役者,罪减平人三等。’盖此辈无有不可杀者也。故能诛锄蠹役者,即为循良;即稍苛之,不可谓虐。况冥中原无定法,倘有恶人,刀锯鼎镬,不以为酷。若人心之所快,即冥王之所善也。岂罪致冥追,遂可幸而逃哉!”

莲花公主

胶州窦旭,字晓晖。方昼寝,见一褐衣人立榻前,逡巡惶顾,似欲有言。生问之,答云:“相公奉屈。”生问:“相公何人?”曰:“近在邻境。”从之而出。转过墙屋,导至一处,叠阁重楼,万椽相接,曲折而行,觉万户千门,迥非人世。又见宫人女官往来甚夥,都向褐衣人问曰:“窦郎来乎?”褐衣人诺。俄,一贵官出,迎见生甚恭,既登堂,生启问曰:“素既不叙,遂疏参谒。过蒙爱接,颇注疑念。”贵官曰:“寡君以先生清族世德,倾风结慕,深愿思晤焉。”生益骇,问:“王何人?”答云:“少间自悉。”

无何,二女官至,以双旌导生行。入重门,见殿上一王者,见生入,降阶而迎,执宾主礼。礼已,践席,列筵丰盛。仰视殿上一匾曰“桂府”。生局蹙不能致辞。王曰:“忝近芳邻,缘即至深。便当畅怀,勿致疑畏。”生唯唯。酒数行,笙歌作于下,钲鼓不鸣,音声幽细。稍间,王忽左右顾曰:“朕一言,烦卿等属对:‘才人登桂府。’”四座方思,生即应云:“君子爱莲花。”王大悦曰:“奇哉!莲花乃公主小字,何适合如此?宁非夙分?传语公主,不可不出一晤君子。”移时,珮环声近,兰麝香浓,则公主至矣。年十六七,妙好无双。王命向生展拜,曰:“此即莲花小女也。”拜已而去。生睹之,神情摇动,木坐凝思。王举觞劝饮,目竟罔睹。王似微察其意,乃曰:“息女宜相匹敌,但自惭不类,如何?”生怅然若痴,即又不闻。近坐者蹑之曰:“王揖君未见,王言君未闻耶?”生茫乎若失,懡㦬自惭,离席曰:“臣蒙优渥,不觉过醉,仪节失次,幸能垂宥。然日旰君勤,即告出也。”王起曰:“既见君子,实惬心好,何仓卒而便言离也?卿既不住,亦无敢于强,若烦萦念,更当再邀。”遂命内官导之出。途中,内官语生曰:“适王谓可匹敌,似欲附为婚姻,何默不一言?”生顿足而悔,步步追恨,遂已至家。

忽然醒寤,则返照已残。冥坐观想,历历在目。晚斋灭烛,冀旧梦可以复寻,而邯郸路渺,悔叹而已。一夕,与友人共榻,忽见前内官来,传王命相召。生喜,从去,见王伏谒,王曳起,延止隅坐,曰:“别后知劳思眷。谬以小女子奉裳衣,想不过嫌也。”生即拜谢。王命学士大臣,陪侍宴饮。酒阑,宫人前白:“公主妆竟。”俄见数十宫人拥公主出,以红锦覆首,凌波微步,挽上氍毹,与生交拜成礼。已而送归馆舍。洞房温清，穷极芳腻。生曰："有卿在目，真使人乐而忘死。但恐今日之遭，乃是梦耳。"公主掩口曰："明明妾与君，那得是梦?"诘旦方起，戏为公主匀铅黄，已而以带围腰，布指度足。公主笑问曰："君颠耶?"曰："臣屡为梦误，故细志之。倘是梦时，亦足动悬想耳。"

调笑未已，一宫女驰入曰："妖入宫门，王避偏殿，凶祸不远矣!"生大惊，趋见王。王执手泣曰："君子不弃，方图永好。讵期孽降自天，国祚将覆，且复奈何!"生惊问何说。王以案上一章，授生启读。章曰："含香殿大学士臣黑翼，为非常怪异，祈早迁都，以存国脉事。据黄门报称：自五月初六日，来一千丈巨蟒盘踞宫外，吞食内外臣民一万三千八百余口，所过宫殿尽成丘墟，等因。臣奋勇前窥，确见妖蟒：头如山岳，目等江海。昂首则殿阁齐吞，伸腰则楼垣尽覆。真千古未见之凶，万代不遭之祸！社稷宗庙，危在旦夕！乞皇上早率宫眷，速迁乐土"云云。生览毕，面如灰土。即有宫人奔奏："妖物至矣!"合殿哀呼，惨无天日。王仓遽不知所为，但泣顾曰："小女已累先生。"生坌息而返。公主方与左右抱首哀鸣，见生入，牵衿曰："郎焉置妾?"生怆恻欲绝，乃捉腕思曰："小生贫贱，惭无金屋。有茅庐三数间，姑同窜匿可乎?"公主含涕曰："急何能择，乞携速往。"生乃挽扶而出。

未几至家，公主曰："此大安宅，胜故国多矣。然妾从君来，父母何依？请别筑一舍，当举国相从。"生难之。公主曰："不能急人之急，安用郎也!"生略慰解，即已入室。公主伏床悲啼，不可劝止。焦思无术，顿然而醒，始知梦也。而耳畔啼声，嘤嘤未绝，审听之，殊非人声，乃蜂子二三头，已鸣枕上。大叫怪事。友人诘之，乃以梦告，友人亦诧为异。共起视蜂，依依裳袂间，拂之不去。友人劝为营巢，生如所请，督工构造。方竖两堵，而群蜂自墙外来，络绎如绳，顶尖未合，飞集盈斗。迹所由来，则邻翁之旧圃也。圃中蜂一房，三十余年矣，生息颇繁。或以生事告翁，翁觇之，蜂户寂然。发其壁，则蛇据其中，长丈许，捉而杀之。乃知巨蟒即此物也。蜂入生家，滋息更盛，亦无他异。

绿衣女

于璟,字小宋,益都人,读书醴泉寺。夜方披诵,忽一女子在窗外赞曰:“于相公勤读哉!”因念深山何处得女子?方疑思间,女子已推扉笑入,曰:“勤读哉!”于惊起,视之,绿衣长裙,婉妙无比。于知非人,因诘里居。女曰:“君视妾当非能咋噬者,何劳穷问?”于心好之,遂与寝处。罗襦既解,腰细殆不盈掬。更筹方尽,翩然遂出。由此无夕不至。

一夕共酌,谈吐间妙解音律。于曰:“卿声娇细,倘度一曲,必能消魂。”女笑曰:“不敢度曲,恐销君魂耳。”于固请之。曰:“妾非吝惜,恐他人所闻。君必欲之,请便献丑,但只微声示意可耳。”遂以莲钩轻点床足,歌云:“树上乌臼鸟,赚奴中夜散。不怨绣鞋湿,只恐郎无伴。”声细如蝇,裁可辨认。而静听之,宛转滑烈,动耳摇心。

歌已,启门窥曰:“防窗外有人。”绕屋周视,乃入。生曰:“卿何疑惧之深?”笑曰:“谚云:‘偷生鬼子常畏人。’妾之谓矣。”既而就寝,惕然不喜,曰:“生平之分,殆止此乎?”于急问之,女曰:“妾心动,妾禄尽矣。”于慰之曰:“心动眼瞤,盖是常也,何遽此云?”女稍释,复相绸缪。更漏既歇,披衣下榻。方将启关,徘徊复返,曰:“不知何故,只是心怯。乞送我出门。”于果起,送诸门外。女曰:“君伫望我,我逾垣去,君方归。”于曰:“诺。”

视女转过房廊,寂不复见。方欲归寝,闻女号救甚急。于奔往,四顾无迹,声在檐间。举首细视,则一蛛大如弹,抟捉一物,哀鸣声嘶。于破网挑下,去其缚缠,则一绿蜂,奄然将毙矣。捉归室中置案头,停苏移时,始能行步。徐登砚池,自以身投墨汁,出伏几上,走作“谢”字。频展双翼,已乃穿窗而去。自此遂绝。

黎　氏

龙门谢中条者,佻达无行。三十余丧妻,遗二子一女,晨夕啼号,萦累甚苦。谋聘继室,低昂未就。暂雇佣媪抚子女。

一日,翔步山途,忽一妇人出其后。待以窥觇,是好女子,年二十许。心悦之,戏曰:“娘子独行,不畏怖耶?”妇走不对。又曰:“娘子纤步,山径殊难。”妇仍不顾。谢四望无人,近身侧,遽挲其腕。曳入幽谷,将以强合。妇怒呼曰:“何处强人,横来相侵!”谢牵挽而行,更不休止,妇步履跌蹶,困窘无计,乃曰:“燕婉之求,乃如此耶?缓我,当相就耳。”谢从之。偕入静壑,野合既已,遂相欣爱。

妇问其里居姓氏,谢以实告。既亦问妇,妇言:“妾黎氏。不幸早寡,姑又殒殁,块然一身,无所依倚,故常至母家耳。”谢曰:“我亦鳏也,能相从乎?”妇问:“君有子女无也?”谢曰:“实不相欺,若论枕席之事,交好者亦颇不乏。只是儿啼女哭,令人不耐。”妇踌躇曰:“此大难事,观君衣服袜履款样,亦只平平,我自谓能办。但继母难作,恐不胜诮让也。”谢曰:“请毋疑阻。我自不言,人何干与?”妇亦微纳。转而虑曰:“肌肤已沾,有何不从。但有悍伯,每以我为奇货,恐不允谐,将复如何?”谢亦忧皇,谋与逃窜。妇曰:“我亦思之烂熟。所虑家人一泄,两非所便。”谢云:“此即细事。家中惟一孤媪,立便遣去。”妇喜,遂与同归。

先匿外舍,即入遣媪讫,扫榻迎妇,倍极欢好。妇便操作,兼为儿女补缀,辛勤甚至。谢得妇,嬖爱异常,日惟闭门相对,更不通客。月余,适以公事出,反关乃去。及归,则中门严闭,扣之不应。排闼而入,渺无人迹。方至寝室,一巨狼冲门跃出,几惊绝。入视,子女皆无,鲜血殷地,惟三头存焉。返身追狼,已不知所之矣。

异史氏曰:“士则无行,报亦惨矣。再娶者,皆引狼入室耳;况将于野合逃窜中求贤妇哉!”

荷花三娘子

湖州宗相若,士人也。秋日巡视田垄,见禾稼茂密处,振摇甚动。疑之,越陌往觇,则有男女野合,一笑将返。即见男子腼然结带,草草径去。女子亦起。细审之,雅甚娟好。心悦之,欲就绸缪,实惭鄙恶。乃略近拂拭曰:“桑中之游乐乎?”女笑不语。宗近身启衣,肤腻如脂。于是挼莎上下几遍,女笑曰:“腐秀才!要如何,便如何耳,狂探何为?”诘其姓氏。曰:“春风一度,即别东西,何劳审究?岂将留名字作贞坊耶?”宗曰:“野田草露中,乃山村牧猪奴所为,我不习惯。以卿丽质,即私约亦当自重,何至屑屑如此?”女闻言,极意嘉纳。宗言:“荒斋不远,请过留连。”女曰:“我出已久,恐人所疑,夜分可耳。”问宗门户物志甚悉,乃趋斜径,疾行而去。更初,果至宗斋。殢雨尤云,备极亲爱。积有月日,密无知者。

会有番僧卓锡村寺,见宗惊曰:“君身有邪气,曾何所遇?”答曰:“无之。”过数日,悄然忽病。女每夕携佳果饵之,殷勤抚问,如夫妻之好。然卧后必强宗与合。宗抱病,颇不耐之。心疑其非人,而亦无术暂绝使去。因曰:“曩和尚谓我妖惑,今果病,其言验矣。明日屈之来,便求符咒。”女惨然色变,宗益疑之。次日,遣人以情告僧。僧曰:“此狐也。其技尚浅,易就束缚。”乃书符二道,付嘱曰:“归以净坛一事置榻前,即以一符贴坛口。待狐窜入,急覆以盆,再以一符贴盆上。投釜汤烈火烹煮,少顷毙矣。”家人归,并如僧教。夜深,女始至,探袖中金橘,方将就榻问讯。忽坛口飕飗一声,女已吸入。家人暴起,覆口贴符,方欲就煮。宗见金橘散满地上,追念情好,怆然感动,遽命释之。揭符去覆,女子自坛中出,狼狈颇殆,稽首曰:“大道将成,一旦几为灰土!君仁人也,誓必相报。”遂去。

数日,宗益沉绵,若将陨坠。家人趋市,为购材木。途中遇一女子,问曰:“汝是宗湘若纪纲否?”答云:“是。”女曰:“宗郎是我表兄,闻病沉笃,将便省视,适有故不得去。灵药一裹,劳寄致之。”家人受归。宗念中表迄无姊妹,知是狐报。服其药,果大瘳,旬日平复。心德之,祷诸虚空,愿一再覯。一夜,闭户独酌,忽闻弹指敲窗。拔关出视,则狐女也。大悦,把手称谢,延止共饮。女曰:“别来耿耿,思无以报高厚。今为君觅一良匹,聊足塞责否?”宗问:“何人?”曰:“非君所知。明日辰刻,早越南湖,如见有采菱女着冰縠帔者,当急趋之。苟迷所往,即视堤边有短干莲花隐叶底,便采归,以蜡火爇其蒂,当得美妇,兼致修龄。”宗谨受教。既而告别,宗固挽之。女曰:“自遭厄劫,顿悟大道。奈何以衾裯之爱,取人仇怨?”厉声辞去。

宗如言,至南湖,见荷荡佳丽颇多,中一垂髫人衣冰縠,绝代也。促舟劘逼,忽迷所往。即拨荷丛,果有红莲一枝,干不盈尺,折之而归。入门置几上，削蜡于旁，将以爇火。一回头，化为姝丽。宗惊喜伏拜。女曰："痴生！我是妖狐，将为君祟矣！"宗不听。女曰："谁教子者？"答曰："小生自能识卿，何待教？"捉臂牵之，随手而下，化为怪石，高尺许，面面玲珑。乃携供案上，焚香再拜而祝之。入夜，杜门塞窦，惟恐其亡。平旦视之，即又非石，纱帔一袭，遥闻芗泽，展视领衿，犹存余腻。宗覆衾拥之而卧。暮起挑灯，既返，则垂髫人在枕上。喜极，恐其复化，哀祝而后就之。女笑曰："孽障哉！不知何人饶舌，遂教风狂儿屑碎死！"乃不复拒。而款洽间若不胜任，屡乞休止。宗不听，女曰："如此，我便化去！"宗惧而罢。

由是两情甚谐。而金帛常盈箱箧，亦不知所自来。女见人喏喏，似口不能道辞，生亦讳言其异。怀孕十余月，计日当产。入室，嘱宗杜门禁款者，自乃以刀割脐下，取子出，令宗裂帛束之，过宿而愈。又六七年，谓宗曰："夙业偿满，请告别也。"宗闻泣下，曰："卿归我时，贫苦不自立，赖卿小阜，何忍遽离逖？且卿又无邦族，他日儿不知母，亦一恨事。"女亦怅悒曰："聚必有散，固是常也。儿福相，君亦期颐，更何求？妾本何氏。倘蒙思眷，抱妾旧物而呼曰：'荷花三娘子！'当有见耳。"言已解脱，曰："我去矣。"惊顾间，飞去已高于顶。宗跃起，急曳之，捉得履。履脱及地，化为石燕，色红于丹朱，内外莹彻，若水精然。拾而藏之。检视箱中，初来时所着冰縠帔尚在。每一忆念，抱呼"三娘子"，则宛然女郎，欢容笑黛。并肖生平，但不语耳。

骂 鸭

白家庄民某，盗邻鸭烹之。至夜，觉肤痒；天明视之，茸生鸭毛，触之则痛。大惧，无术可医。夜梦一人告之曰："汝病乃天罚。须得失者骂，毛乃可落。"邻翁素雅量，每失物未尝征于声色。民诡告翁曰："鸭乃某甲所盗。彼深畏骂焉，骂之亦可警将来。"翁笑曰："谁有闲气骂恶人。"卒不骂。某益窘，因实告邻翁。翁乃骂，其病良已。

异史氏曰："甚矣，攘者之可惧也：一攘而鸭毛生！甚矣，骂者之宜戒也：一骂而盗罪减！然为善有术，彼邻翁者，是以骂行其慈者也。"

柳氏子

胶州柳西川,法内史之主计仆也。年四十余生一子,溺爱甚至。纵任之,惟恐拂。既长,荡侈逾检,翁囊积为空。无何,子病,翁故蓄善骡,子曰:“骡肥可啖。杀啖我,我病可愈。”柳谋杀蹇劣者。子闻之,大怒骂,疾益甚。柳惧,杀骡以进,子乃喜。然尝一脔,便弃去。病卒不减,寻死,柳悼叹欲绝。

后三四年,村人以香社登岱。至山半,见一人乘骡驶行而来,怪似柳子。比至,果是。下骡遍揖,各道寒暄。村人共骇,亦不敢诘其死。但问:“在此何作?”答云:“亦无甚事,东西奔驰而已。”便问逆旅主人姓名,众具告之。柳子拱手曰:“适有小故,不暇叙间阔,明日当相谒。”上骡遂去。众既归寓,亦谓其未必即来。厌旦俟之,子果至,系骡厩柱,趋进笑言。众曰:“尊大人日切思慕,何不一归省侍?”子讶问:“言者何人?”众以柳对。子神色俱变,久之曰:“彼既见思,请归传语:我于四月七日,在此相候。”言讫,别去。

众归,以情致翁。翁大哭,如期而往,自以其故告主人。主人止之,曰:“曩见公子,情神冷落,似未必有嘉意。以我卜之,殆不可见。”柳啼泣不信。主人曰:“我非阻君,神鬼无常,恐遭不善。如必欲见,请伏椟中,察其词色,可见则出。”柳如其言。既而子来,问曰:“柳某来否?”主人曰:“无。”子盛气骂曰:“老畜产那便不来!”主人惊曰:“何骂父?”答曰:“彼是我何父!初与义为客侣,不意包藏祸心,隐我血资,悍不还。今愿得而甘心,何父之有!”言已出门,曰:“便宜他!”柳在椟中,历历闻之,汗流接踵,不敢出气。主人呼之出,狼狈而归。

异史氏曰:“暴得多金,何如其乐?所难堪者偿耳。荡费殆尽,尚不忘于夜台,怨毒之于人甚矣!”

上　仙

癸亥三月,与高季文赴稷下,同居逆旅。季文忽病。会高振美亦从念东先生至郡,因谋医药。闻袁鳞公言:南郭梁氏家有狐仙,善

“长桑之术”。遂共诣之。

梁,四十以来女子也,致绥绥有狐意。入其舍,复室中挂红幕。探幕一窥,壁间悬观音像。又两三轴,跨马操矛,驺从纷沓。北壁下有案,案头小座,高不盈尺,贴小锦褥,云仙人至,则居此。众焚香列揖。妇击磬三,口中隐约有词。祝已,肃客就外榻坐。妇立帘下,理发支颐与客语,具道仙人灵迹。久之,日渐曛。众恐碍夜难归,烦再祝请。妇乃击磬重祷,转身复立,曰:“上仙最爱夜谈,他时往往不得遇。昨宵有候试秀才,携酒肴来与上仙饮,上仙亦出良酝酬诸客,赋诗欢笑。散时,更漏向尽矣。”

言未已,闻室中细细繁响,如蝙蝠飞鸣。方凝听间,忽案上若堕巨石,声甚厉。妇转身曰:“几惊怖煞人!”便闻案上作叹咤声,似一健叟。妇以蕉扇隔小座。座上大言曰:“有缘哉!有缘哉!”抗声让坐,又似拱手为礼。已而问客:“何所谕教?”高振美遵念东先生意,问:“见菩萨否?”答云:“南海是我熟径,如何不见!”“阎罗亦更代否?”曰:“与阳世等耳。”“阎罗何姓?”曰:“姓曹。”已乃为季文求药。曰:“归当夜祀茶水,我与大士处讨药奉赠,何恙不已。”众各有问,悉为剖决。乃辞而归。过宿,季文少愈。余与振美治装先归,遂不暇造访矣。

侯静山

高少宰念东先生云:“崇祯间,有猴仙,号静山。托神于河间之叟,与人谈诗文,决休咎,娓娓不倦。以肴核置案上,啖饮狼藉,但不能见之耳。”时先生祖寝疾。或致书云:“侯静山,百年人也,不可不晤。”遂以仆马往招叟。叟至经日,仙犹未来。焚香祠之,忽闻屋上大声叹赞曰:“好人家!”众惊顾。俄檐间又言之,叟起曰:“大仙至矣。”群从叟岸帻出迎,又闻作拱致声。既入室,遂大笑纵谈。时少宰兄弟尚诸生,方入闱归。仙言:“二公闱卷亦佳,但经不熟,再须勤勉,云路亦不远矣。”二公敬问祖病,曰:“生死事大,其理难明。”因共知其不祥。无何,太先生谢世。

旧有猴人,弄猴于村。猴断锁而逸,不可追,入山中。数十年,人犹见之。其走飘忽,见人则窜。后渐入村中,窃食果饵,人皆莫之见。一日,为村人所睹,逐诸野,射而杀之。而猴之鬼竟不自知其死也,但觉身轻如叶,一息百里。遂往依河间叟,曰:“汝能奉我,我为汝致富。”因自号静山云。

钱 流

沂水刘宗玉云:其仆杜和,偶在园中,见钱流如水,深广二三尺许。杜惊喜,以两手满掬,复偃仰其上。既而起视,则钱已尽去,惟握于手者尚存。

郭 生

郭生,邑之东山人。少嗜读,但山村无所就正,年二十余,字画多讹。先是,家中患狐,服食器用,辄多亡失,深患苦之。一夜读,卷置案头,狐涂鸦甚,狼藉不辨行墨。因择其稍洁者辑读之,仅得六七十首,心恚愤而无如何。又积窗课二十余篇,待质名流。晨起,见翻摊案上,墨汁浓泚殆尽。恨甚。

会王生者,以故至山,素与郭善,登门造访。见污本,问之。郭具言所苦,且出残课示王。王谛玩之,其所涂留,似有春秋。又复视涴卷,类冗杂可删。讶曰:“狐似有意。不惟勿患,当即以为师。”过数月,回视旧作,顿觉所涂良确。于是改作两题,置案上,以观其异。比晓,又涂之。积年余,不复涂,但以浓墨洒作巨点,淋漓满纸。郭异之,持以白王。王阅之曰:“狐真尔师也,佳幅可售矣。”是岁,果入邑庠。郭以是德狐,恒置鸡黍,备狐啖饮。每市房书名稿,不自选择,但决于狐。由是两试俱列前名,入闱中副车。

时叶、缪诸公稿,风雅绝丽,家弦而户诵之。郭有抄本,爱惜臻至。忽被倾浓墨碗许于上,污荫几无余字,又拟题构作,自觉快意,悉浪涂之:于是渐不信狐。无何,叶公以正文体被收,又稍稍服其先见。然每作一文,经营惨淡,辄被涂污。自以屡拔前茅,心气颇高,以是益疑狐妄。乃录向之洒点烦多者试之,狐又尽泚之。乃笑曰:“是真妄矣!何前是而今非也?”遂不为狐设馔,取读本锁箱簏中。旦见封锢俨然,启视则卷面涂四画,粗于指,第一章画五,二章亦画五,后即无有矣。自是狐竟寂然。后郭一次四等,两次五等,始知其兆已寓意于画也。

异史氏曰:“满招损,谦受益,天道也。名小立,遂自以为是,执叶、缪之余习,狃而不变,势不至大败涂地不止也。满之为害如是夫!”

金生色

金生色,晋宁人也。娶同村木姓女。生一子,方周岁。金忽病,自分必死,谓妻曰:“我死,子必嫁,勿守也!”妻闻之,甘词厚誓,期以必死。金摇手呼母曰:“我死,劳看阿保,勿令守也。”母哭应之。既而金果死。

木媪来吊,哭已,谓金母曰:“天降凶忧,婿遽遭命。女太幼弱,将何为计?”母悲悼中,闻媪言,不胜愤激,盛气对曰:“必以守!”媪惭而罢。夜伴女寝,私谓女曰:“人尽夫也。以儿好手足,何患无良匹?小儿女不早作人家,眈眈守此襁褓物,宁非痴子?倘必令守,不宜以面目好相向。”金母过,颇闻絮语,益恚。明日,谓媪曰:“亡人有遗嘱,本不教妇守也。今既急不能待,乃必以守!”媪怒而去。

母夜梦子来,涕泣相劝,心异之。使人言于木,约殡后听妇所适。而询诸术家,本年墓向不利。妇思自衒以售,缞绖之中,不忘涂泽。居家犹素妆,一归宁,则崭然新艳。母知之,心弗善也,以其将为他人妇,亦隐忍之。于是妇益肆。村中有无赖子董贵者,见而好之,以金啖金邻妪,求通殷勤于妇。夜分,由妪家逾墙以达妇所,因与会合。往来积有旬日,丑声四塞,所不知者惟母耳。

妇室夜惟一小婢,妇腹心也。一夕,两情方洽,闻棺木震响,声如爆竹。婢在外榻,见亡者自幛后出,带剑入寝室去。俄闻二人骇诧声,少顷,董裸奔出;无何,金捽妇发亦出。妇大嗥,母惊起,见妇赤体走去,方将启关,问之不答。出门追视,寂不闻声,竟迷所往。入妇室,灯火犹亮。见男子履,呼婢,婢始战惕而出,具言其异,相与骇怪而已。

董窜过邻家,团伏墙隅,移时,闻人声渐息,始起。身无寸缕,苦寒战甚,将假衣于媪。视院中一室,双扉虚掩,因而暂入。暗摸榻上,触女子足,知为邻子妇。顿生淫心,乘其寝,潜就私之。妇醒,问:“汝来乎?”应曰:“诺。”妇竟不疑,狎亵备至。先是,邻子以故赴北村,嘱妻掩户以待其归。既返,闻室内有声,疑而审听,音态绝秽。大怒,操戈入室。董惧,窜于床下,子就戮之。又欲杀妻;妻泣而告以误,乃释之。但不解床下何人,呼母起,共火之,仅能辨认。视之,奄有气息。诘其所来,犹自供吐。而刃伤数处,血溢不止,少顷已绝。妪仓皇失措,谓子曰:“捉奸而单戮之,子且奈何?”子不得已,遂又杀妻。

是夜,木翁方寝,闻户外拉杂之声,出窥则火炽于檐,而纵火人犹彷徨未去。翁大呼,家人毕集,幸火初燃,尚易扑灭。命人操弓弩,逐搜纵火者。见一人趫捷如猿,竟越垣去。垣外乃翁家桃园,园中四缭周墉皆峻固。数人梯登以望,踪迹殊杳。惟墙下块然微动,问之不应,射之而软。启扉往验,则女子白身卧,矢贯胸脑。细烛之,则翁女而金妇也。骇告主人,翁媪惊惕欲绝,不解其故。女合眸,面色灰败,口气细于属丝。使人拔脑矢不可出,足踏顶而后出之。女嘤然一声,血暴注,气亦遂绝。

翁大惧,计无所出。既曙,以实情白金母,长跽哀祈。而金母殊不怨怒,但告以故,令自营葬。金有叔兄生光,怒登翁门,诟数前非。翁惭沮,赂令罢归。而终不知妇所私者何人。俄邻子以执奸自首,既薄责释讫。而妇兄马彪素健讼,具词控妹冤。官拘妪,妪惧,悉供颠末。又唤金母,母托疾,令生光代质,具陈底里。于是前状并发,牵木翁夫妇尽出,一切廉得其情。木以诲女嫁,坐纵淫,笞;使自赎,家产荡焉。邻妪导淫,杖之毙。案乃结。

异史氏曰:“金氏子其神乎!谆嘱醮妇,抑何明也!一人不杀,而诸恨并雪,可不谓神乎!邻媪诱人妇,而反淫已妇;木媪爱女,而卒以杀女。呜呼!‘欲知后日因,当前作者是’,报更速于来生矣!”

彭海秋

莱州诸生彭好古,读书别业,离家颇远,中秋未归,岑寂无偶。念村中无可共语。惟邱生是邑名士,而素有隐恶,彭常鄙之。月既上,倍益无聊,不得已,折简邀邱。饮次,有剥啄者。斋僮出应门,则一书生,将谒主人。鼓离席,肃客入。相揖环坐,便询族居。客曰:“小生广陵人,与君同姓,字海秋。值此良夜,旅邸倍苦。闻君高雅,遂乃不介而见。”视其人,布衣洁整,谈笑风流。彭大喜曰:“是我宗人。今夕何夕,遘此嘉客!”即命酌,款若夙好。察其意,似甚鄙邱。邱仰与攀谈,辄傲不为礼。彭代为之惭,因挠乱其词,请先以俚歌侑饮。乃仰天再咳,歌“扶风豪士之曲”,相与欢笑。客曰:“仆不能韵,莫报‘阳春’。请代者可乎?”彭言:“如教。”客问:“莱城有名妓无也?”彭曰:“无。”

客默良久,谓斋僮曰:“适唤一人,在门外,可导入之。”僮出,果见一女子逡巡户外。引之入,年二八已来,宛然若仙。彭惊绝,掖坐。衣柳黄帔,香溢四座。客便慰问:“千里颇烦跋涉也。”女含笑唯唯。彭异之,便致研诘。客曰:“贵乡苦无佳人,适于西湖舟中唤得来。”谓女曰:“适舟中所唱‘薄幸郎曲’,大佳,请再反之。”女歌云:“薄幸郎,牵马洗春沼。人声远,马声杳;江天高,山月小。掉头去不归,庭中空白晓。不怨别离多,但愁欢会少。眠何处?勿作随风絮。便是不封侯,莫向临邛去!”客于袜中出玉笛,随声便串;曲终笛止。

彭惊叹不已,曰:“西湖至此,何止千里,咄嗟招来,得非仙乎?”客曰:“仙何敢言,但视万里犹庭户耳。今夕西湖风月,尤盛曩时,不可不一观也,能从游否?”彭留心以觇其异,诺曰:“幸甚。”客问:“舟乎,骑乎?”彭思舟坐为逸,答言:“愿舟。”客曰:“此处呼舟较远,天河中当有渡者。”乃以手向空中招曰:“船来!我等要西湖去,不吝价也。”无何,彩船一只,自空飘落,烟云绕之。众俱登。见一人持短棹,棹末密排修翎,形类羽扇,一摇羽,清风习习。舟渐上入云霄,望南游行,其驶如箭。逾刻,舟落水中。但闻弦管敖嘈,鸣声喤聒。出舟一望,月印烟波,游船成市。榜人罢棹,任其自流。细视,真西湖也。客于舱后,取异肴佳酿,欢然对酌。少间,一楼船渐近,相傍而行。隔窗以窥,中有三两人,围棋喧笑。客飞一觥向女曰:"引此送君行。"女饮间,彭依恋徘徊,惟恐其去,蹴之以足。又斜波送盼,彭益动,请要后期。女曰:"如相见爱,但问娟娘名字,无不知者。"客即以彭绫巾授女,曰:"我为若代订三年之约。"即起,托女子于掌中,曰:"仙乎,仙乎!"乃扳邻窗,捉女入,窗目如盘,女伏身蛇游而进,殊不觉隘。俄闻邻舟曰:"娟娘醒矣。"舟即荡去。遥见舟已就泊,舟中人纷纷并去,游兴顿消。

遂与客言,欲一登岸,略同眺瞩。才作商榷,舟已自拢。因而离舟翔步,觉有里余。客后至,牵一马来,令彭捉之。即复去,曰:"待再假两骑来。"久之不至。行人亦稀,仰视斜月西转,天色向曙。邱亦不知何往。捉马营营,进退无主,振辔至泊舟所,则人船俱失。念腰橐空匮,倍益忧皇。天大明,见马上有小错囊;探之,得白金三四两。买食凝待,不觉向午。计不如暂访娟娘,可以徐察邱耗。比询娟娘名字,并无知者,兴转萧索。次日遂行。马调良,幸不蹇劣,半月始归。

方三人之乘舟而上也,斋僮归白:"主人已仙去。"举家哀啼,谓其不返。彭归,系马而入,家人惊喜集问,彭始具白其异。因念独还乡井,恐邱家闻而致诘,戒家人勿播。语次,道马所由来。众以仙人所遗,便悉诣厩验视。及至,则马顿渺,但有邱生,以草缰絷枥边。骇极,呼彭出视。见邱垂首栈下,面色灰死,问之不言,两眸启闭而已。彭大不忍,解扶榻上,若丧魂魄,灌以汤酡,稍稍能咽。中夜少苏,急欲登厕,扶掖而往,下马粪数枚。又少饮啜,始能言。彭就榻研问之,邱云:"下船后,彼引我闲语,至空处,戏拍项领,遂迷闷颠踣。伏定少刻,自顾已马。心亦醒悟,但不能言耳。是大辱耻,诚不可以告妻子,乞勿泄也!"彭诺之,命仆马驰送归。

彭自是不能忘情于娟娘。又三年,以姊丈判扬州,因往省视。州有梁公子,与彭通家,开筵邀饮。即席有歌姬数辈,俱来祗谒。公子问娟娘,家人白以病。公子怒曰:"婢子声价自高,可将索子系之来!"彭闻娟娘名,惊问其谁。公子曰:"此娼女,广陵第一人。缘有微名,遂倨而无礼。”彭疑名字偶同,然突突自急,极欲一见之。无何,娟娘至,公子盛气排数。彭谛视,真中秋所见者也。谓公子曰:“是与仆有旧,幸垂原恕。”娟娘向彭审顾,似亦错愕。公子未遑深问,即命行觞。彭问:“‘薄幸郎曲’,犹记之否?”娟娘更骇,目注移时,始度旧曲。听其声,宛似当年中秋时。酒阑,公子命侍客寝。彭捉手曰:“三年之约,今始践耶?”娟娘曰:“昔日从人泛西湖,饮不数卮,忽若醉。朦胧间,被一人携去置一村中,一僮引妾入,席中三客,君其一焉。后乘船至西湖,送妾自窗棂归,把手殷殷。每所凝念,谓是幻梦,而绫巾宛在,今犹什袭藏之。”彭告以故,相共叹咤。娟娘纵体入怀,哽咽而言曰:“仙人已作良媒,君勿以风尘可弃,遂舍念此苦海人。”彭曰:“舟中之约,未尝一日去心。卿倘有意,则泻囊货马,所不惜耳。”诘旦,告公子,又称贷于别驾,千金削其籍,携之以归。偶至别业,犹能识当年饮处云。

异史氏曰:“马而人,必其为人而马者也;使为马,正恨其不为人耳。狮象鹤鹏,悉受鞭策,何可谓非神人之仁爱乎?即订三年约,亦度苦海也。”

堪　舆

沂州宋侍郎君楚家,素尚堪舆,即闺阁中亦能读其书,解其理。宋公卒,两公子各立门户,为公卜兆。闻能善青乌之术者,不惮千里争罗致之。于是两门术士,召致盈百。日日连骑遍郊野,东西分道出入,如两旅。经月余,各得牛眠地,此言封侯,彼言拜相。兄弟两不相下,因负气不为谋,并营寿域,锦棚彩幢,两处俱备。灵舆至歧路,兄弟各率其属以争,自晨至于日昃,不能决。宾客尽引去。舁夫凡十易肩,困惫不举,相与委柩路侧。因止不葬,鸠工构庐,以蔽风雨。兄建舍于旁,留役居守,弟亦建舍如兄;兄再建之,弟又建之:三年而成村焉。

积多年兄弟继逝,嫂与娣始合谋,力破前人水火之议,并车入野,视所择两地,并言不佳,遂同修聘贽,请术人另相之。每得一地,必具图呈闺闼,判其可否。日进数图,悉疵摘之。旬余,始卜一域。嫂览图,喜曰:“可矣。”示娣。娣曰:“是地当先发一武孝廉。”葬后三年,公长孙果以武生领乡荐。

异史氏曰:“青乌之术,或有其理,而癖而信之则痴矣。况负气相争,委柩路侧,其于孝弟之道不讲,奈何冀以地理福儿孙哉!如闺中宛若,真雅而可传者矣。”

窦 氏

南三复,晋阳世家也。有别墅,去所居十余里,每驰骑日一诣之。适遇雨,中途有小村,见一农人家,门内宽敞,因投止焉。近村人固皆威重南。少顷,主人出邀,局蹐甚恭,入其舍斗如。客既坐,主人始操篲,殷勤泛扫;既而泼蜜为茶。命之坐,始敢坐。问其姓名,自言:“廷章,姓窦。”未几,进酒烹雏,给奉周至。有笄女行炙,时止户外,稍稍露其半体,年十五六,端妙无比,南心动。雨歇既归,系念綦切。

越日,具粟帛往酬,借此阶进。是后常一过窦,时携肴酒,相与留连。女渐稔,不甚避忌,辄奔走其前。睨之,则低鬟微笑。南益惑焉,无三日不往者。一日值窦不在,坐良久,女出应客。南捉臂狎之,女惭急,峻拒曰:“奴虽贫,要嫁,何贵倨凌人也!”时南失偶,便揖之曰:“倘获怜眷,定不他娶。”女要誓;南指矢天日,以坚永约,女乃允之。自此为始,瞰窦他出,即过缱绻。女促之曰:“桑中之约,不可长也。日在帡幪之下,倘肯赐以姻好,父母必以为荣,当无不谐。宜速为计!”南诺之。转念农家岂堪匹偶,姑假其词以因循之。

会媒来议婚于大家,初尚踌躇,既闻貌美财丰,志遂决。女以体孕,催并益急,南遂绝迹不往。无何,女临蓐,产一男。父怒搒女,女以情告,且言:“南要我矣。”窦乃释女,使人问南,南立却不承。窦乃弃儿,益扑女。女暗哀邻妇,告南以苦,南亦置之。女夜亡,视弃儿犹活,遂抱以奔南。款关而告阍者曰:“但得主人一言,我可不死。彼即不念我,宁不念儿耶?”阍人具以达南,南戒勿入。女倚户悲啼,五更始不复闻。至明视之,女抱儿坐僵矣。窦忿,讼之上官,悉以南不义,欲罪南。南惧,以千金行赂得免。

其大家梦女披发抱子而告曰:“必勿许负心郎;若许,我必杀之!"大家贪南富,卒许之。既亲迎,奁妆丰盛,新人亦娟好,然喜悲,终日未尝睹欢容,枕席之间,时复有涕洟。问之,亦不言。过数日,妇翁至,入门便泪,南未遑问故,相将入室。见女而骇曰:"适于后园,见吾女缢死桃树上,今房中谁也?"女闻言,色暴变,仆然而死。视之,则窦女。急至后园,新妇果自经死。骇极,往报窦。窦发女冢,棺启尸亡。前忿未蠲,倍益惨怒,复讼于官。官因其情幻,拟罪未决。南又厚饵窦,哀令休结;官亦受其赇嘱,乃罢。而南家自此稍替。又以异迹传播,数年无敢字者。

南不得已,远于百里外聘曹进士女。未及成礼,会民间讹传,朝廷将选良家女充掖庭,以故有女者,悉送归夫家去。一日,有妪导一舆至,自称曹家送女者。扶女入室,谓南曰:"选嫔之事已急,仓卒不能如礼,且送小娘子来。"问:"何无客?"曰:"薄有奁妆,相从在后耳。"妪草草径去。南视女亦风致,遂与谐笑。女俯颈引带,神情酷类窦女。心中作恶,第未敢言。女登榻,引被幛首而眠,亦谓新人常态,弗为意。日敛昏,曹人不至,始疑。捋被问女,而女亦奄然冰绝。惊怪莫知其故,驰伻告曹,曹竟无送女之事。相传为异。时有姚孝廉女新葬,隔宿为盗所发,破材失尸。闻其异,诣南所征之,果其女。启衾一视,四体裸然。姚怒,质状于官,官因南屡行无理,恶之,坐发冢见尸,论死。

异史氏曰:"始乱之而终成之,非德也,况誓于初而绝于后乎?挞于室,听之;哭于门,仍听之:抑何其忍!而所以报之者,亦比李十郎惨矣!"

梁　彦

徐州梁彦,患鼽嚏,久而不已。一日方卧,觉鼻奇痒,遽起大嚏。有物突出落地,状类屋上瓦狗,约指顶大。又嚏,又一枚落。四嚏凡落四枚。蠢然而动,相聚互嗅。俄而强者啮弱者以食,食一枚则身顿长。瞬息吞并,止存其一,大于鼫鼠矣。伸舌周匝,自舐其吻。梁大愕,踏之。物缘袜而上,渐至股际。捉衣而撼摆之,粘据不可下。顷入衿底,爬搔腰胁。大惧,急解衣掷地。扪之,物已贴伏腰间。推之不动，掐之则痛，竟成赘疣，口眼已合，如伏鼠然。

龙 肉

姜太史玉璇言："龙堆之下，掘地数尺，有龙肉充牣其中，任人割取，但勿言'龙'字。或言'此龙肉也'，则霹雳震作，击人而死。"太史曾食其肉，实不谬也。

卷 六

潞 令

宋国英,东平人,以教习授潞城令。贪暴不仁,催科尤酷,毙杖下者狼藉于庭。余乡徐白山适过之,见其横,讽曰:“为民父母,威焰固至此乎?”宋洋洋作得意之词曰:“喏! 不敢! 官虽小,莅任百日,诛五十八人矣。”后半年,方据案视事,忽瞪目而起,手足挠乱,似与人撑拒状,自言曰:“我罪当死! 我罪当死!”扶入署中,逾时寻卒。呜呼! 幸阴曹兼摄阳政,不然,颠越货多,则“卓异”声起矣,流毒安穷哉!

异史氏曰:“潞子故区,其人魂魄毅,故其为鬼雄。今有一官握篆于上,必有一二鄙流,风承而痔舐之。其方盛也,则竭攫未尽之膏脂,为之具锦屏;其将败也,则驱诛未尽之肢体,为之乞保留。官无贪廉,每莅一任,必有此两事。赫赫者一日未去,则蚩蚩者不敢不从。积习相传,沿为成规,其亦取笑于潞城之鬼也已!”

马介甫

杨万石,大名诸生也,生平有“季常之惧”。妻尹氏,奇悍,少迕之,辄以鞭挞从事。杨父年六十余而鳏,尹以齿奴隶数。杨与弟万钟常窃饵翁,不敢令妇知。然衣败絮,恐贻讪笑,不令见客。万石四十无子,纳妾王,旦夕不敢通一语。

兄弟候试郡中,见一少年,容服都雅。与语,悦之,询其姓字,自云:“介甫,马姓。”由此交日密,焚香为昆季之盟。既别,约半载,马忽携僮仆过杨。值杨翁在门外曝阳扪虱,疑为佣仆,通姓氏使达主人,翁披絮去。或告曰:“此即其翁也。”马方惊讶,杨兄弟岸帻出迎。登堂一揖,便请朝父,万石辞以偶恙。促坐笑语,不觉向夕,万石屡言具食而终不见至。兄弟迭互出入,始有瘦奴持壶酒来,俄顷饮尽。坐伺良久,万石频起催呼,额颊间热汗蒸腾。俄瘦奴以馔具出,脱粟失饪,殊不甘旨。食已,万石草草便去。万钟袱被来伴客寝,马责之曰:“曩以伯仲高义,遂同盟好。今老父实不温饱,行道者羞之!”万钟泫然曰:“在心之情,卒难申致。家门不吉,蹇遭悍嫂,尊长细弱,横被摧残。非沥血之好,此丑不敢扬也。”马骇叹移时,曰:“我初欲早旦而行,今得此异闻,不可不一目见之。请假闲舍,就便自炊。”万钟从其教,即除室为马安顿。夜深窃馈蔬稻,惟恐妇知。马会其意,力却之,且请杨翁与同食寝。自诣城肆市布帛,为易袍裤,父子兄弟皆感泣。万钟有子喜儿方七岁,夜从翁眠。马抚之曰:“此儿福寿,过于其父,但少年孤苦耳。”妇闻老翁安饱,大怒,辄骂,谓马强预人家事。初恶声尚在闺闼,渐近马居,以示瑟歌之意。杨兄弟汗体徘徊,不能制止;而马若弗闻也者。

妾王,体妊五月,妇始知之,褫衣惨掠。已,乃唤万石跪受巾帼,操鞭逐出。值马在外,惭懅不前,又追逼之,始出。妇亦随出,叉手顿足,观者填溢。马指妇叱曰:“去,去!”妇即反奔,若被鬼逐,裤履俱脱,足缠萦绕于道上,徒跣而归,面色灰死。少定,婢进袜履,着已,嗷啕大哭。家人无敢问者。马曳万石为解巾帼,万石耸身定息,如恐脱落,马强脱之,而坐立不宁,犹惧以私脱加罪。探妇哭已,乃敢入,趑趄而前。妇殊不发一语,遽起,入房自寝。万石意始舒,与弟窃奇焉。家人皆以为异,相聚偶语。妇微有闻,益羞怒,遍挞奴婢。呼妾,妾创剧不能起。妇以为伪,就榻搒之,崩注堕胎。万石于无人处,对马哀啼,马慰解之。呼僮具牢馔,更筹再唱,不放万石去。

妇在闺房恨夫不归,方大恚忿,闻撬扉声,急呼婢,则室门已辟。有巨人入,影蔽一室,狰狞如鬼;俄又有数人入,各执利刃。妇骇绝欲号,巨人以刀刺颈曰:“号便杀却!”妇急以金帛赎命。巨人曰:“我冥曹使者,不要钱,但取悍妇心耳!”妇益惧,自投败颡。巨人乃以利刃画妇心而数之曰:“如某事,谓可杀否?”即一画。凡一切凶悍之事,责数殆尽,刀画肤革不啻数十。末乃曰:“妾生子,亦尔宗绪,何忍打堕?此事必不可宥!”乃令数人反接其手,剖视悍妇心肠。妇叩头乞命,但言知悔。俄闻中门启闭,曰:“杨万石来矣。既已悔过,姑留余生。"纷然尽散。

无何,万石入,见妇赤身绷系,心头刀痕,纵横不可数。解而问之,得其故,大骇,窃疑马。明日,向马述之,马亦骇。由是妇威渐敛,经数月不敢出一恶语。马大喜,告万石曰:"实告君,幸勿宣泄,前以小术惧之。既得好合,请暂别也。"遂去。妇每日暮,挽留万石作侣,欢笑而承迎之。万石生平不解此乐,遽遭之,觉坐立皆无所可。妇一夜忆巨人状,瑟缩摇战。万石思媚妇意,微露其假。妇遽起,苦致穷诘。万石自觉失言,而不能悔,遂实告之。妇勃然大骂,万石惧,长跽床下。妇不顾,哀至漏三下,妇曰:"欲得我恕,须以刀画汝心头如干数,此恨始消。"乃起捉厨刀。万石大惧而奔,妇逐之。犬吠鸡腾,家人尽起。万钟不知何故,但以身左右翼兄。妇乃诟詈,忽见翁来,睹袍服,倍益烈怒,即就翁身条条割裂,批颊而摘翁髭。万钟见之怒,以石击妇,中颅,颠蹶而毙。万钟曰:"我死而父兄得生,何憾!"遂投井中,救之已死。移时妇复苏,闻万钟死,怒亦遂解。

既殡,弟妇恋儿,矢不嫁。妇唾骂不与食,醮去之。遗孤儿,朝夕受鞭楚,俟家人食讫,始啖以冷块。积半岁,儿尪羸,仅存气息。一日马忽至,万石嘱家人,勿以告妇。马见翁褴褛如故,大骇;又闻万钟殒谢,顿足悲哀。儿闻马至,便来依恋,前呼马叔。马不能识,审顾始辨,惊曰:"儿何憔悴至此!"翁乃嗫嚅具道情事,马忿然谓万石曰:"我曩道兄非人,果不谬。两人止此一线,杀之,将奈何?"万石不言,惟伏首帖耳而泣。坐语数刻,妇已知之,不敢自出逐客,但呼万石入,批使绝马。含涕而出,批痕俨然。马怒之曰:"兄不能威,独不能断'出'耶?殴父杀弟,安然忍之,何以为人!"万石欠伸,似有动容。马又激之曰:"如渠不去,理须杀;即便杀却勿惧。仆有二三知交,都居要地,必合极力,保无亏也。"万石诺,负气疾行,奔而入。适与妇遇,叱问:"何为?"万石皇遽失色,以手据地曰:"马生教余出妇。"妇益恚,顾寻刀杖,万石惧而却步。马唾之曰:"兄真不可教也已!"

遂开箧,出刀圭药,合水授万石饮。曰:"此丈夫再造散。所以不轻用者,以能病人故耳。今不得已,暂试之。"饮下,少顷,万石觉忿气填胸,如烈焰中烧,刻不容忍,直抵闺闼,叫喊雷动。妇未及诘,万石以足腾起，妇颠去数尺有咫。即复握石成拳，擂击无算。妇体几无完肤，嘲哳犹詈。万石于腰中出佩刀。妇骂曰："出刀子，敢杀我耶？"万石不语，割股上肉大如掌，掷地下。方欲再割，妇哀鸣乞恕。万石不听，又割之。家人见万石凶狂，相集，死力掖出。马迎去，捉臂相用慰劳。万石余怒未息，屡欲奔寻，马止之。少间，药力渐消，嗒若丧。马嘱曰："兄勿馁。乾纲之振，在此一举。夫人之所以惧者，非朝夕之故，其所由来者渐矣。譬之昨死而今生，须从此涤故更新。再一馁，则不可为矣。"遣万石入探之。妇股栗心慑，倩婢扶起，将以膝行。止之，乃已。出语马生，父子交贺。马欲去，父子共挽之。马曰："我适有东海之行，故便道相过，还时可复会耳。"

月余妇起，宾事良人。久觉黔驴无技，渐狎，渐嘲，渐骂；居无何，旧态全作矣。翁不能堪，宵遁，至河南隶道士籍，万石亦不敢寻。年余马至，知其状，怫然责数已，立呼儿至，置驴子上，驱策径去。由此乡人皆不齿万石。学使案临，以劣行黜名。又四五年，遭回禄，居室财物，悉为煨烬，延烧邻舍。村人执以告郡，罚锾烦苛。于是家产渐尽，至无居庐，近村相戒，无以舍舍万石。尹氏兄弟，怒妇所为，亦绝拒之。万石既穷，质妾于贵家，偕妻南渡。至河南界，资斧已绝。妇不肯从，聒夫再嫁。适有屠而鳏者，以钱三百货去。

万石一身，丐食于远村近郭间。至一朱门，阍人诃拒不听前。少间一官人出，万石伏地啜泣。官人熟视久之，略诘姓名，惊曰："是伯父也！何一贫至此？"万石细审，知为喜儿，不觉大哭。从之入，见堂中金碧焕映。俄顷，父扶童子出，相对悲哽。万石始述所遭。初，马携喜儿至此，数日，即出寻杨翁来，使祖孙同居。又延师教读。十五岁入邑庠，次年领乡荐，始为完婚。乃别欲去，祖孙泣留之。马曰："我非人，实狐仙耳。道侣相候已久。"遂去。孝廉言之，不觉恻楚。因念昔与庶伯母同受酷虐，倍益感伤。遂以舆马赍金赎王氏归。年余生一子，因以为嫡。

尹从屠半载，狂悖犹昔。夫怒，以屠刀孔其股，穿以毛绠悬梁上，荷肉竟出。号极声嘶，邻人始知。解缚抽绠，一抽则呼痛之声，震动四邻。以是见屠来，则骨毛皆竖。后胫创虽愈，而断芒遗肉内，终不利于行，犹夙夜服役，无敢少懈。屠既横暴，每醉归，则挞詈不情。至此，始悟昔之施于人者，亦犹是也。一日，杨夫人及伯母烧香普陀寺，近村农妇并来参谒。尹在中怅立不前，王氏故问："此伊谁？"家人进白："张屠之妻。"便诃使前，与太夫人稽首。王笑曰："此妇从屠，当不乏肉食，何羸瘠乃尔？"尹愧恨，归欲自经，绠弱不得死。屠益恶之。岁余，屠死。途遇万石，遥望之，以膝行，泪下如麻。万石碍仆，未通一言。归告侄，欲谋珠还，侄固不肯。妇为里人所唾弃，久无所归，依群乞以食。万石犹时就尹废寺中，侄以为玷，阴教群乞窘辱之，乃绝。

此事余不知其究竟，后数行，乃毕公权撰成之。

异史氏曰："惧内，天下之通病也。然不意天壤之间，乃有杨郎！宁非变异？余常作《妙音经》之续言，谨附录以博一噱：

'窃以天道化生万物，重赖坤成；男儿志在四方，尤须内助。同甘独苦，劳尔十月呻吟；就湿移干，苦矣三年嚬笑。此顾宗祧而动念，君子所以有伉俪之求；瞻井臼而怀思，古人所以有鱼水之爱也。第阴教之旗帜日立，遂乾纲之体统无存。始而不逊之声，或大施而小报；继则如宾之敬，竟有往而无来。只缘儿女深情，遂使英雄短气。床上夜叉坐，任金刚亦须低眉；釜底毒烟生，即铁汉无能强项。秋砧之杵可掬，不捣月夜之衣；麻姑之爪能搔，轻试连花之面。小受大走，直将代孟母投梭；妇唱夫随，翻欲起周婆制礼。婆娑跳掷，停观满道行人；嘲哳鸣嘶，扑落一群娇鸟。

'恶乎哉！呼天吁地，忽尔披发向银床；丑矣夫！转目摇头，猥欲投缳延玉颈。当是时也：地下已多碎胆，天外更有惊魂。北宫黝未必不逃，孟施舍焉能无惧？将军气同雷电，一入中庭，顿归无何有之乡；大人面若冰霜，比到寝门，遂有不可问之处。岂果脂粉之气，不势而威？胡乃肮脏之身，不寒而栗？犹可解者：魔女翘鬟来月下，何妨俯伏皈依？最冤枉者：鸠盘蓬首到人间，也要香花供养。闻怒狮之吼，则双孔撩天；听牝鸡之鸣，则五体投地。登徒子淫而忘丑，"回波词"怜而成嘲。设为汾阳之婿，立致尊荣，媚卿卿良有故；若赘外黄之家，不免奴役，拜仆仆将何求？彼穷鬼自觉无颜，任其斫树摧花，止求包荒于悍妇；如钱神可云有势，乃亦婴鳞犯制，不能借助于方兄。

‘岂缚游子之心，惟兹鸟道？抑消霸王之气，恃此鸿沟？然死同穴，生同衾，何尝教吟“白首”？而朝行云，暮行雨，辄欲独占巫山。恨煞“池水清”，空按红牙玉板；怜尔“妾命薄”，独支永夜寒更。蝉壳鹭滩，喜骊龙之方睡；犊车麈尾，恨驽马之不奔。榻上共卧之人，挞去方知为舅；床前久系之客，牵来已化为羊。需之殷者仅俄顷，毒之流者无尽藏。买笑缠头，而成自作之孽，太甲必曰难违；俯首帖耳，而受无妄之刑，李阳亦谓不可。酸风凛冽，吹残绮阁之春；醋海汪洋，淹断蓝桥之月。又或盛会忽逢，良朋即坐，斗酒藏而不设，且由房出逐客之书；故人疏而不来，遂自我广绝交之论。甚而雁影分飞，涕空沾于荆树；鸾胶再觅，变遂起于芦花。故饮酒阳城，一堂中惟有兄弟；吹竽商子，七旬余并无室家。古人为此，有隐痛矣。

‘呜呼！百年鸳偶，竟成附骨之疽；五两鹿皮，或买剥床之痛。髯如戟者如是，胆似斗者何人？固不敢于马栈下断绝祸胎，又谁能向蚕室中斩除孽本？娘子军肆其横暴，苦疗妒之无方；胭脂虎啖尽生灵，幸渡迷之有楫。天香夜爇，全澄汤镬之波；花雨晨飞，尽灭剑轮之火。极乐之境，彩翼双栖；长舌之端，青莲并蒂。拔苦恼于优婆之国，立道场于爱河之滨。咦！愿此几章贝叶文，洒为一滴杨枝水！’”

魁星

郓城张济宇，卧而未寐，忽见光明满室。惊视之，一鬼执笔立，若魁星状。急起拜叩，光亦寻灭。由此自负，以为元魁之先兆也。后竟落拓无成，家亦凋落，骨肉相继死，惟生一人存焉。彼魁星者，何以不为福而为祸也？

厍将军

厍大有字君实，汉中洋县人，以武举隶祖述舜麾下。祖厚遇之，屡蒙拔擢，迁伪周总戎。后觉大势既去，潜以兵乘祖。祖格拒伤手，因就缚之，纳款于总督蔡。至都梦至冥司，冥王怒其不义，命鬼以沸汤浇其足。既醒，足痛不可忍，后肿溃，指尽堕，又益之疟。辄呼曰：

"我诚负义!"遂死。

异史氏曰:"事伪朝固不足言忠;然国士庸人,因知为报,贤豪之自命宜尔也。是诚可以愓天下之人臣而怀二心者矣。"

绛　妃

癸亥岁,余馆于毕刺史公之绰然堂。公家花木最盛,暇辄从公杖履,得恣游赏。

一日眺览既归,倦极思寝,解屦登床。梦二女郎被服艳丽,近请曰:"有所奉托,敢屈移玉。"余愕然起,问:"谁相见召?"曰:"绛妃耳。"恍惚不解所谓,遽从之去。俄睹殿阁高接云汉,下有石阶层层而上,约尽百余级,始至颠头。见朱门洞敞。又有二三丽者,趋入通客。无何,诣一殿外,金钩碧箔,光明射眼,内一妇人降阶出,环佩锵然,状若贵嫔。方思展拜,妃便先言:"敬屈先生,理须首谢。"呼左右以毯贴地,若将行礼。余惶然无以为地,因启曰:"草莽微贱,得辱宠召,已有余荣。况敢分庭抗礼,益臣之罪,折臣之福!"妃命撤毯设宴,对宴相向。酒数行,余辞曰:"臣饮少辄醉,惧有愆仪。教命云何?幸释疑虑。"妃不言,但以巨杯促饮。

余屡请命,乃言:"妾,花神也。合家细弱依栖于此,屡被封家女子横见摧残。今欲背城借一,烦君属檄草耳。"余惶然起奏:"臣学陋不文,恐负重托;但承宠命,敢不竭肝膈之愚。"妃喜,即殿上赐笔札。诸姬者拭案拂坐,磨墨濡毫。又一垂髫人,折纸为范置腕下。略写一两句,便二三辈叠背相窥。余素迟钝,此时觉文思若涌。少间稿脱,争持去启呈绛妃。妃展阅一过,颇谓不疵,遂复送余归。醒而忆之,情事宛然。但檄词强半遗忘,因足而成之:

"谨按封氏,飞扬成性,忌嫉为心。济恶以才,妒同醉骨;射人于暗,奸类含沙。昔虞帝受其狐媚,英、皇不足解忧,反借渠以解愠;楚王蒙其蛊惑,贤才未能称意,惟得彼以称雄。沛上英雄,云飞而思猛士;茂陵天子,秋高而念佳人。从此怙宠日恣,因而肆狂无忌。怒号万窍,响碎玉于王宫;澎湃中宵,弄寒声于秋树。倏向山林丛里,假虎之威;时于滟滪堆中,生江之浪。

“且也，帘钩频动，发高阁之清商；檐铁忽敲，破离人之幽梦。寻帷下榻，反同入幕之宾；排闼登堂，竟作翻书之客。不曾于生平识面，直开门户而来；若非是掌上留裙，几掠妃子而去。吐虹丝于碧落，乃敢因月成阑；翻柳浪于青郊，谬说为花寄信。赋归田者，归途才就，飘飘吹薜荔之衣；登高台者，高兴方浓，轻轻落茱萸之帽。蓬梗卷兮上下，三秋之羊角抟空；筝声入乎云霄，百尺之鸢丝断系。不奉太后之诏，欲速花开；未绝坐客之缨，竟吹灯灭。

“甚则扬尘播土，吹平李贺之山；叫雨呼云，卷破杜陵之屋。冯夷起而击鼓，少女进而吹笙。荡漾以来，草皆成偃；吼奔而至，瓦欲为飞。未施抟水之威，浮水江豚时出拜；陡出障天之势，书天雁字不成行。助马当之轻帆，彼有取尔；牵瑶台之翠帐，于意云何？至于海鸟有灵，尚依鲁门以避；但使行人无恙，愿唤尤郎以归。古有贤豪，乘而破者万里；世无高士，御以行者几人？驾炮车之狂云，遂以夜郎自大；恃贪狼之逆气，漫以河伯为尊。姊妹俱受其摧残，汇族悉为其蹂躏。纷红骇绿，掩苒何穷？擘柳鸣条，萧骚无际。雨零金谷，缀为藉客之裀；露冷华林，去作沾泥之絮。埋香瘗玉，残妆卸而翻飞；朱榭雕阑，杂佩纷其零落。减春光于旦夕，万点正飘愁；觅残红于西东，五更非错恨。翩跹江汉女，弓鞋漫踏春园；寂寞玉楼人，珠勒徒嘶芳草。

“斯时也：伤春者有难乎为情之怨，寻胜者作无可奈何之歌。尔乃趾高气扬，发无端之踔厉；催蒙振落，动不已之珊珊。伤哉绿树犹存，簌簌者绕墙自落；久矣朱幡不竖，娟娟者霣涕谁怜？堕溷沾篱，毕芳魂于一日；朝容夕悴，免荼毒于何年？怨罗裳之易开，骂空闻于子夜；讼狂伯之肆虐，章未报于天庭。诞告芳邻，学作蛾眉之阵；凡属同气，群兴草木之兵。莫言蒲柳无能，但须藩篱有志。且看莺俦燕侣，公覆夺爱之仇；请与蝶友蜂媒，共发同心之誓。兰桡桂楫，可教战于昆明；桑盖柳旌，用观兵于上苑。东篱处士，亦出茅庐；大树将军，应怀义愤。杀其气焰，洗千年粉黛之冤；歼尔豪强，销万古风流之恨！”

河间生

河间某生，场中积麦穰如丘，家人日取为薪，洞之。有狐居其中，常与主人相见,老翁也。一日屈主人饮,拱生入洞,生难之,强而后入。入则廊舍华好。即坐,茶酒香烈;但日色苍皇,不辨中夕。筵罢既出,景物俱杳。翁每夜往夙归,人莫能迹,问之则言友朋招饮。生请与俱,翁不可;固请之,翁始诺。挽生臂,疾如乘风,可炊黍时,至一城市。入酒肆,见坐客良多,聚饮颇哗,乃引生登楼上。下视饮者,几案柈餐,可以指数。翁自下楼,任意取案上酒果,抔来供生。筵中人曾莫之禁。移时,生视一朱衣人前列金橘,命翁取之。翁曰:"此正人,不可近。"生默念:狐与我游,必我邪也。自今以往,我必正!方一注想,觉身不自主,眩堕楼下。饮者大骇,相哗以妖。生仰视,竟非楼,乃梁间耳。以实告众。众审其情确,赠而遣之。问其处,乃鱼台,去河间千里云。

云翠仙

梁有才,故晋人,流寓于济作小负贩,无妻子田产。从村人登岱。当四月交,香侣杂沓,又有优婆夷、塞,率男子以百十,杂跪神座下,视香炷为度,名曰:"跪香"。才视众中有女郎,年十七八而美。悦之,诈为香客,近女郎跪,又伪为膝困无力状,故以手据女郎足。女回首似嗔,膝行而远之。才亦膝行而近之,少间又据之。女郎觉,遽起,不跪,出门去。才亦起,亦出履其迹,不知其往,心无望,怏怏而行。途中见女郎从媪,似为女也母者,才趋之。

媪女行且语,媪云:"汝能参礼娘娘,大好事!汝又无弟妹,但获娘娘冥加护,护汝得快婿。但能相孝顺,都不必贵公子、富王孙也。"才窃喜,渐渍诘媪;媪自言为云氏,小女名翠仙,其出也。家西山四十里。才曰:"山路涩,母如此蹜蹜,妹如此纤纤,何能便至?"曰:"日已晚,将寄舅家宿耳。"才曰:"适言相婿,不以贫嫌,不以贱鄙,我又未婚,颇当母意否?"媪以问女,女不应;媪数问,女曰:"渠寡福,又荡无行,轻薄之心,还易翻覆。儿不能为遢伎儿作妇。"才闻,朴诚自表,切矢皦日。媪喜,竟诺之。女不乐,勃然而已。母又强拍哄之。

才殷勤,手于橐,觅山兜二,舁媪及女,己步从,若为仆。过隘,辄诃兜夫不得颠摇,意良殷。俄抵村舍,便邀才同入舅家。舅出翁,妗出媪也。云兄之嫂之,谓:“才吾婿。日适良,不须别择,便取今夕。”舅亦喜,出酒肴饵才。既,严妆翠仙出,拂榻促眠。女曰:“我固知郎不义,迫母命,漫相随。郎若人也,当不须忧偕活。”才唯唯听受。

明日早起,母谓才:“宜先去,我以女继至。”才归,扫户闼,媪果送女至。入视室中,虚无有,便云:“似此何能自给?老身速归,当小助汝辛苦。”遂去。次日,即有男女数辈,各携服食器具,布一室满之。不饭俱去,但留一婢。

才由此坐温饱,惟日引里无赖朋饮竞赌,渐盗女郎簪珥佐博。女劝之不听,颇不耐之,惟严守箱奁,如防寇。一日,博党款门访才,窥见女,适适然惊。戏谓才曰:“子大富贵,何忧贫耶?”才问故,答曰:“曩见夫人,真仙人也。适与子家道不相称。货为媵,金可得百;为妓,可得千。千金在室,而听饮博无资耶?”才不言,而心然之。归,辄向女欷歔,时时言贫不可度。女不顾,才频频击桌,抛箸,骂婢,作诸态。一夕女沽酒与饮,忽曰:“郎以贫故,日焦心。我又不能御贫,分郎忧衷,岂不愧怍?但无长物,止有此婢,鬻之,可稍稍佐经营。”才摇首曰:“其值几何!”又饮少时,女曰:“妾于郎,有何不相承?但力竭耳。念一贫如此,便死相从,不过均此百年苦,有何发迹?不如以妾鬻贵家,两所便益,得值或较婢多。”才故愕言:“何得至此!”女固言之,色作庄。才喜曰:“容再计之。”遂缘中贵人,货隶乐籍。中贵人亲诣才,见女大悦。恐不能即得,立券八百缗,事滨就矣。女曰:“母以婿家贫,常常萦念,今意断矣,我将暂归省;且郎与妾绝,何得不告母?”才虑母阻,女曰:“我顾自乐之,保无差贷。”才从之。

夜将半,始抵母家。挝阖入,见楼舍华好,婢仆辈往来憧憧。才日与女居,每请诣母,女辄止之。故为甥馆年余,曾未一临岳家。至此大骇,以其家巨,恐媵妓所不甘从也。女引才登楼上,媪惊问:“夫妇何来?”女怨曰:“我固道渠不义,今果然。”乃于衣底出黄金二铤,置几上,曰:“幸不为小人赚脱,今仍以还母。”母骇问故,女曰:“渠将鬻我,故藏金无用处。”乃指才骂曰:“豺鼠子!曩日负肩担,面沾尘如鬼。初近我,熏熏作汗腥,肤垢欲倾塌,足手皴一寸厚,使人终夜恶。自我归汝家,安座餐饭,鬼皮始脱。母在前,我岂诬耶?”才垂首不敢少出气。女又曰："自顾无倾城姿，不堪奉贵人；似若辈男子，我自谓犹相匹，有何亏负，遂无一念香火情？我岂不能起楼宇、买良沃？念汝儇薄骨、乞丐相，终不是白头侣！"言次，婢妪连衿臂，旋旋围绕之。闻女责数，便都唾骂，共言："不如杀却，何须复云云。"才大惧，据地自投，但言知悔。女又盛气曰："鬻妻子已大恶，犹未便是剧，何忍以同衾人赚作娼！"言未已，众眦裂，悉以锐簪、剪刀股攒刺胁腂。才号悲乞命，女止之，曰："可暂释却。渠便无仁义，我不忍其觳觫。"乃率众下楼去。

才坐听移时，语声俱寂，思欲潜遁。忽仰视，见星汉，东方已白，野色苍莽，灯亦寻灭。并无屋宇，身坐削壁上。俯瞰绝壑深无底，骇绝，惧堕。身稍移，塌然一声，随石崩坠，壁半有枯横焉，罥不得堕。以枯受腹，手足无着。下视茫茫，不知几何寻丈。不敢转侧，嗥怖声嘶，一身尽肿，眼耳鼻舌身力俱竭。日渐高，始有樵人望见之；寻绠来，缒而下，取置崖上，奄将溘毙。舁归其家，至则门洞敞，家荒荒如败寺，床簏什器俱杳，惟有绳床败案，是己家旧物，零落犹存。嗒然自卧，饥时日一乞食于邻，既而肿溃为癞。里党薄其行，悉唾弃之。才无计，货屋而穴居，行乞于道，以刀自随。或劝以刀易饵，才不肯，曰："野居防虎狼，用自卫耳。"后遇向劝鬻妻者于途，近而哀语，遽出刀摮而杀之，遂被收。官廉得其情，亦未忍酷虐之，系狱中，寻瘐死。

异史氏曰："得远山芙蓉，与共四壁，与之南面王岂易哉！己则非人，而怨逢恶之友，故为友者不可不知戒也。凡狭邪子诱人淫博，为诸不义，其事不败，虽则不怨亦不德。迨于身无襦，妇无裤，千人所指，无疾将死，穷败之念，无时不萦于心；穷败之恨，无时不切于齿。清夜牛衣中，辗转不寐。夫然后历历想未落时，历历想将落时，又历历想致落之故，而因以及发端致落之人。至于此，弱者起，拥絮坐诅，强者忍冻裸行，篝火索刀，霍霍磨之，不待终夜矣。故以善规人，如赠橄榄；以恶诱人，如馈漏脯也。听者固当省，言者可勿戒哉！"

跳　神

济俗：民间有病者，闺中以神卜。倩老巫击铁环单面鼓，婆娑作态，名曰“跳神”。而此俗都中尤盛。良家少妇，时自为之。堂中肉于案，酒于盆，甚设几上。烧巨烛，明于昼。妇束短幅裙，屈一足，作“商羊舞”。两人捉臂，左右扶掖之。妇刺刺琐絮，似歌又似祝，字多寡参差，无律带腔。室数鼓乱挝如雷，蓬蓬聒人耳。妇吻辟翕，杂鼓声，不甚辨了。既而首垂目斜睨，立全须人，失扶则仆。旋忽伸颈巨跃，离地尺有咫。室中诸女子，凛凛愕顾曰：“祖宗来吃食矣。”便一嘘，吹灯灭，内外冥黑。人慄息立暗中，无敢交一语，语亦不得闻，鼓声乱也。食顷，闻妇厉声呼翁姑及夫嫂小字，始共爇烛，伛偻问休咎。视樽中、盎中、案中，都空。望颜色，察嗔喜。肃肃罗问之，答若响。中有腹诽者，神已知，便指某姗笑我，大不敬，将褫汝裤。诽者自顾，莹然已裸，辄于门外树头觅得之。

满洲妇女，奉事尤虔。小有疑，必以决。时严妆，骑假虎、假马，执长兵，舞榻上，名“跳虎神”。马、虎势作威怒，尸者声伧伫。或言关、张、玄坛，不一号。赫气惨凛，尤能畏怖人。有丈夫穴窗来窥，辄被长兵破窗刺帽，挑入去。一家妪媳姊若妹，森森蹜蹜，雁行立，无歧念，无懈骨。

铁布衫法

沙回子得铁布衫大力法，骈其指力斫之，可断牛项；横搠之，可洞牛腹。曾在仇公子彭三家，悬木于空，遣两健仆极力撑去，猛反之，沙裸腹受木，砰然一声，木去远矣。又出其势即石上，以木椎力击之，无少损。但畏刀耳。

大力将军

查伊璜，浙人，清明饮野寺中，见殿前有古钟，大于两石瓮，而上下土痕手迹，滑然如新。疑之，俯窥其下，有竹筐受八升许，不知所贮何物。使数人抠耳，力掀举之无少动，益骇。乃坐饮以伺其人；居无何，有乞儿入，携所得糗糒，堆累钟下。乃以一手起钟，一手掬饵置筐内，往返数回始尽。已复合之乃去，移时复来，探取食之。食已复探，轻若启椟。一座尽骇。查问：“若个男儿胡行乞?”答以：“啖啖多，无佣者。”查以其健,劝投行伍,乞人愀然虑无阶。查遂携归饵之,计其食,略倍五六人。为易衣履,又以五十金赠之行。

后十余年,查犹子令于闽,有吴将军六一者,忽来通谒。款谈间,问:“伊璜是君何人?”答言:“为诸父行。与将军何处有素?”曰:“是我师也。十年之别,颇复忆念。烦致先生一赐临也。”漫应之。自念叔名贤,何得武弟子?会伊璜至,因告之,伊璜茫不记忆。因其问讯之殷,即命仆马,投刺于门。将军趋出,逆诸大门之外。视之,殊昧生平。窃疑将军误,而将军伛偻益恭。肃客入,深启三四关,忽见女子往来,知为私廨,屏足立。将军又揖之。少间登堂,则卷帘者、移座者,并皆少姬。既坐,方拟展问,将军颐少动,一姬捧朝服至,将军遽起更衣,查不知其何为。众姬捉袖整衿讫,先命数人捺查座上不使动,而后朝拜,如觐君父。查大愕,莫解所以。拜已,以便服侍坐。笑曰:“先生不忆举钟之乞人耶?”查乃悟。既而华筵高列,家乐作于下。酒阑,群姬列侍。将军入室,请衽何趾,乃去。

查醉起迟,将军已于寝门三问矣。查不自安,辞欲返,将军投辖下钥,锢闭之。见将军日无别作,惟点数姬婢养厮卒,及骡马服用器具,督造记籍,戒无亏漏。查以将军家政,故未深叩。一日,执籍谓查曰:“不才得有今日,悉出高厚之赐。一婢一物,所不敢私,敢以半奉先生。”查愕然不受,将军不听。出藏镪数万,亦两置之。按籍点照,古玩床几,堂内外罗列几满。查固止之,将军不顾。稽婢仆姓名已,即令男为治装,女为敛器,且嘱敬事先生,百声悚应。又亲视姬婢登舆,厩卒捉马骡,阗咽并发,乃返别查。

后查以修史一案,株连被收,卒得免,皆将军力也。

异史氏曰:“厚施而不问其名,真侠烈古丈夫哉!而将军之报,其慷慨豪爽,尤千古所仅见。如此胸襟,自不应老于沟渎。以是知两贤之相遇,非偶然也。”

白莲教

白莲盗首徐鸿儒,得左道之书,能役鬼神。小试之,观者尽骇,走门下者如鹜。于是阴怀不轨。因出一镜,言能鉴人终身。悬于庭,令人自照,或幞头,或纱帽,绣衣貂蝉,现形不一。人益怪愕。由是道路遥播,踵门求见者,挥汗相属。徐乃宣言:“凡镜中文武贵官,皆如来佛注定龙华会中人。各宜努力,勿得退缩。”因以对众自照,则冕旒龙兖,俨然王者。众相视而惊,大众齐伏。徐乃建旗秉钺,罔不欢跃相从,冀符所照。不数月,聚党以万计,滕、峄一带,望风而靡。

后大兵进剿,有彭都司者,长山人,艺勇绝伦,寇出二垂髫女与战。女俱双刃,利如霜;骑大马,喷嘶甚怒。飘忽盘旋,自晨达暮,彼不能伤彭,彭亦不能捷也。如此三日,彭觉筋力俱竭,哮喘卒。迨鸿儒既诛,捉贼党械问之,始知刃乃木刀,骑乃木凳也。假兵马死真将军,亦奇矣!

颜　氏

顺天某生,家贫,值岁饥,从父之洛。性钝,年十七,裁能成幅。而丰仪秀美,能雅谑,善尺牍,见者不知其中之无有也。无何,父母继殁,孑然一身,授童蒙于洛汭。

时村中颜氏有孤女,名士裔也,少慧,父在时尝教之读,一过辄记不忘。十数岁,学父吟咏,父曰:“吾家有女学士,惜不弁耳。”钟爱之,期择贵婿。父卒,母执此志,三年不遂,而母又卒。或劝适佳士,女然之而未就也。适邻妇逾垣来,就与攀谈。以字纸裹绣线,女启视,则某手翰,寄邻生者,反复之似爱好焉。邻妇窥其意,私语曰:“此翩翩一美少年,孤与卿等,年相若也。倘能垂意,妾嘱渠侬脑合之。”女默默不语。妇归,以意授夫。邻生故与生善,告之,大悦。有母遗金鸦环,托委致焉。刻日成礼,鱼水甚欢。

及睹生文,笑曰:“文与卿似是两人,如此,何日可成?”朝夕劝生研读,严如师友。敛昏,先挑烛据案自哦,为丈夫率,听漏三下,乃已。如是年余,生制艺颇通,而再试再黜,身名蹇落,饔飧不给,抚情寂漠,嗷嗷悲泣。女诃之曰:“君非丈夫,负此弁耳!使我易髻而冠,青紫直芥视之!”生方懊丧,闻妻言,睒暘而怒曰:“闺中人,身不到场屋,便以功名富贵,似在厨下汲水炊白粥;若冠加于顶,恐亦犹人耳!”女笑曰:“君勿怒。俟试期,妾请易装相代。倘落拓如君,当不敢复藐天下士矣。”生亦笑曰：“卿自不知蘖苦，直宜使请尝试之。但恐绽露，为乡邻笑耳。”女曰：“妾非戏语。君尝言燕有故庐，请男装从君归，伪为弟。君以襁褓出，谁得辨其非？”生从之。女入房，巾服而出，曰：“视妾可作男儿否？”生视之，俨然一少年也。生喜，遍辞里社。交好者薄有馈遗，买一羸蹇，御妻而归。

生叔兄尚在，见两弟如冠玉，甚喜，晨夕恤顾之。又见宵旰攻苦，倍益爱敬。雇一剪发雏奴为供给使，暮后辄遣去之。乡中吊庆，兄自出周旋，弟惟下帷读。居半年，罕有睹其面者。客或请见，兄辄代辞。读其文，瞲然骇异。或排闼入而迫之，一揖便亡去。客见丰采，又共倾慕，由此名大噪，世家争愿赘焉。叔兄商之，惟辗然笑。再强之，则言：“矢志青云，不及第，不婚也。”会学使案临，两人并出。兄又落；弟以冠军应试，中顺天第四。明年成进士，授桐城令，有吏治。寻迁河南道掌印御史，富埒王侯。因托疾乞骸骨，赐归田里。宾客填门，迄谢不纳。

又自诸生以及显贵，并不言娶，人无不怪之者。归后渐置婢，或疑其私，嫂察之，殊无苟且。无何，明鼎革，天下大乱。乃告嫂曰：“实相告：我小郎妇也。以男子阘茸，不能自立，负气自为之。深恐播扬，致天子召问，贻笑海内耳。”嫂不信。脱靴而示之足，始愕，视靴中则败絮满焉。于是使生承其衔，仍闭门而雌伏矣。而生平不孕，遂出资购妾。谓生曰：“凡人置身通显，则买姬媵以自奉，我宦迹十年犹一身耳。君何福泽，坐享佳丽？”生曰：“面首三十人，请卿自置耳。”相传为笑。是时生父母，屡受覃恩矣。搢绅拜往，尊生以侍御礼。生羞袭闺衔，惟以诸生自安，终身未尝舆盖云。

异史氏曰：“翁姑受封于新妇，可谓奇矣。然侍御而夫人也者，何时无之？但夫人而侍御者少耳。天下冠儒冠、称丈夫者，皆愧死矣！”

杜 翁

杜翁，沂水人。偶自市中出，坐墙下，以候同游。觉少倦，忽若梦，见一人持牒摄去。至一府署，从来所未经。一人戴瓦垄冠自内出，则青州张某，其故人也。见杜惊曰：“杜大哥何至此？”杜言：“不知何事，但有勾牒。”张疑其误，将为查验。乃嘱曰：“谨立此，勿他适。恐一迷失，将难救挽。”遂去，久之不出。

惟持牒人来，自认其误，释令归。杜别而行，途中遇六七女郎，容色美好，悦而尾之。下道，趋小径，行数十步，闻张在后大呼曰：“杜大哥，汝将何往？”杜迷恋不已。俄见诸女入一圭窦，心识为王氏卖酒之家。不觉探身门内，略一窥瞻，即觉身在苙中，与诸小豭同伏。豁然自悟，已化豕矣。而耳中犹闻张呼，大惧，急以首触壁。闻人言曰：“小豕颠痫矣。”还顾，已复为人。速出门，则张候于途。责曰：“固嘱勿他往，何不听言？几至坏事！”遂把手送至市门，乃去。杜忽醒，则身犹倚壁间。诣王氏问之，果有一豕自触死云。

小 谢

渭南姜部郎第，多鬼魅，常惑人，因徙去。留苍头门之而死，数易皆死，遂废之。里有陶生望三者，夙倜傥，好狎妓，酒阑辄去之。友人故使妓奔就之，亦笑内不拒，而实终夜无所沾染。常宿部郎家，有婢夜奔，生坚拒不乱，部郎以是契重之。家綦贫，又有“鼓盆之戚”；茅屋数椽，溽暑不堪其热，因请部郎假废第。部郎以其凶故却之，生因作《续无鬼论》献部郎，且曰：“鬼何能为！”部郎以其请之坚，诺之。

生往除厅事。薄暮，置书其中，返取他物，则书已亡。怪之，仰卧榻上，静息以伺其变。食顷，闻步履声，睨之，见二女自房中出，所亡书送还案上。一约二十，一可十七八，并皆姝丽。逡巡立榻下，相视而笑。生寂不动。长者翘一足踹生腹，少者掩口匿笑。生觉心摇摇若不自持，即急肃然端念，卒不顾。女近以左手捋髭，右手轻批颐颊作小响，少者益笑。生骤起，叱曰：“鬼物敢尔！”二女骇奔而散。生恐夜为所苦，欲移归，又耻其言不掩，乃挑灯读。暗中鬼影憧憧，略不顾瞻。夜将半，烛而寝。始交睫，觉人以细物穿鼻，奇痒，大嚏，但闻暗处隐隐作笑声。生不语，假寐以俟之。俄见少女以纸条拈细股，鹤行鹭伏而至，生暴起诃之，飘窜而去。既寝，又穿其耳。终夜不堪其扰。鸡既鸣，乃寂无声，生始酣眠，终日无所睹闻。

日既下,恍惚出现。生遂夜炊,将以达旦。长者渐曲肱几上观生读,既而掩生卷。生怒捉之,即已飘散;少间,又抚之。生以手按卷读。少者潜于脑后,交两手掩生目,瞥然去,远立以哂。生指骂曰:"小鬼头！捉得便都杀却!"女子即又不惧。因戏之曰:"房中纵送,我都不解,缠我无益。"二女微笑,转身向灶,析薪溲米,为生执爨。生顾而奖之曰:"两卿此为,不胜憨跳耶?"俄顷粥熟,争以匕、箸、陶碗置几上。生曰:"感卿服役,何以报德?"女笑云:"饭中溲合砒、鸩矣。"生曰:"与卿夙无嫌怨,何至以此相加。"啜已复盛,争为奔走。生乐之,习以为常。

日渐稔,接坐倾语,审其姓名。长者云:"妾秋容乔氏,彼阮家小谢也。"又研问所由来,小谢笑曰:"痴郎！尚不敢一呈身,谁要汝问门第,作嫁娶耶?"生正容曰:"相对丽质,宁独无情;但阴冥之气,中人必死。不乐与居者,行可耳;乐与居者,安可耳。如不见爱,何必玷两佳人？如果见爱,何必死一狂生?"二女相顾动容,自此不甚虐弄之。然时而探手于怀,捋裤于地,亦置不为怪。

一日,录书未卒业而出,返则小谢伏案头,操管代录。见生,掷笔睨笑。近视之,虽劣不成书,而行列疏整。生赞曰:"卿雅人也！苟乐此,仆教卿为之。"乃拥诸怀,把腕而教之画。秋容自外入,色乍变,意似妒。小谢笑曰:"童时尝从父学书,久不作,遂如梦寐。"秋容不语。生喻其意,伪为不觉者,遂抱而授以笔,曰:"我视卿能此否?"作数字而起,曰:"秋娘大好笔力!"秋容乃喜。生于是折两纸为范,俾共临摹,生另一灯读。窃喜其各有所事,不相侵扰。仿毕,祗立几前,听生月旦。秋容素不解读,涂鸦不可辨认,花判已,自顾不如小谢,有惭色。生奖慰之,颜始霁。二女由此师事生,坐为抓背,卧为按股,不惟不敢侮,争媚之。逾月,小谢书居然端好,生偶赞之。秋容大惭,粉黛淫淫,泪痕如线,生百端慰解之乃已。因教之读,颖悟非常,指示一过,无再问者。与生竞读,常至终夜。小谢又引其弟三郎来拜生门下,年十五六,姿容秀美,以金如意一钩为贽。生令与秋容执一经,满堂咿唔,生于此设鬼帐焉。部郎闻之喜,以时给其薪水。

积数月,秋容与三郎皆能诗,时相酬唱。小谢阴嘱勿教秋容,生诺之;秋容阴嘱勿教小谢,生亦诺之。一日生将赴试,二女涕泪相别。三郎曰:“此行可以托疾免;不然,恐履不吉。”生以告疾为辱,遂行。先是,生好以诗词讥切时事,获罪于邑贵介,日思中伤之。阴赂学使,诬以行简,淹禁狱中。资斧绝,乞食于囚人,自分已无生理。忽一人飘忽而入,则秋容也,以馔具馈生。相向悲咽,曰:“三郎虑君不吉,今果不谬。三郎与妾同来,赴院申理矣。”数语而出,人不之睹。越日部院出,三郎遮道声屈,收之。秋容入狱报生,返身往侦之,三日不返。生愁饿无聊,度日如年。忽小谢至,怆惋欲绝,言:“秋容归,经由城隍祠,被西廊黑判强摄去,逼充御媵。秋容不屈,今亦幽囚。妾驰百里,奔波颇殆;至北郭,被老棘刺吾足心,痛彻骨髓,恐不能再至矣。”因示之足,血殷凌波焉。出金三两,跛踦而没。部院勘三郎,素非瓜葛,无端代控,将杖之,扑地遂灭。异之。览其状,情词悲恻。提生面鞫,问:“三郎何人?”生伪为不知。部院悟其冤,释之。

既归,竟夕无一人。更阑,小谢始至,惨然曰:“三郎在部院,被廨神押赴冥司;冥王因三郎义,令托生富贵家。秋容久锢,妾以状投城隍,又被按阁不得入,且复奈何?”生忿然曰:“黑老魅何敢如此!明日仆其像,践踏为泥,数城隍而责之。案下吏暴横如此,渠在醉梦中耶!”悲愤相对,不觉四漏将残,秋容飘然忽至。两人惊喜,急问。秋容泣下曰:“今为郎万苦矣!判日以刀杖相逼,今夕忽放妾归,曰:‘我无他意,原以爱故;既不愿,固亦不曾污玷。烦告陶秋曹,勿见谴责。’”生闻少欢,欲与同寝,曰:“今日愿与卿死。”二女戚然曰:“向受开导,颇知义理,何忍以爱君者杀君乎?”执不可。然俯颈倾头,情均伉俪。二女以遭难故,妒念全消。

会一道士途遇生,顾谓“身有鬼气”。生以其言异,具告之。道士曰:“此鬼大好,不拟负他。”因书二符付生,曰:“归授两鬼,任其福命。如闻门外有哭女者,吞符急出,先到者可活。”生拜受,归嘱二女。后月余,果闻有哭女者,二女争奔而去。小谢忙急,忘吞其符。见有丧舆过,秋容直出,入棺而没;小谢不得入,痛哭而返。生出视,则富室郝氏殡其女。共见一女子入棺而去,方共惊疑;俄闻棺中有声,息肩发验,女已顿苏。因暂寄生斋外,罗守之。忽开目问陶生,郝氏研诘之,答云:“我非汝女也。”遂以情告。郝未深信,欲舁归,女不从,径入生斋,偃卧不起。郝乃识婿而去。

生就视之,面庞虽异,而光艳不减秋容,喜惬过望,殷叙平生。忽闻呜呜然鬼泣,则小谢哭于暗陬。心甚怜之,即移灯往,宽譬哀情,而衿袖淋浪,痛不可解,近晓始去。天明,郝以婢媪赍送香奁,居然翁婿矣。暮入帷房,则小谢又哭。如此六七夜。夫妇俱为惨动,不能成合卺之礼。生忧思无策,秋容曰:“道士,仙人也。再往求,倘得怜救。”生然之。迹道士所在,叩伏自陈。道士力言“无术”,生哀不已。道士笑曰:“痴生好缠人。合与有缘,请竭吾术。”乃从生来,索静室,掩扉坐,戒勿相问,凡十余日,不饮不食。潜窥之,瞑若睡。一日晨兴,有少女搴帘入,明眸皓齿,光艳照人,微笑曰:“跋履终日,惫极矣!被汝纠缠不了,奔驰百里外,始得一好庐舍,道人载与俱来矣。待见其人,便相交付耳。”敛昏,小谢至,女遽起迎抱之,翕然合为一体,仆地而僵。道士自室中出,拱手径去。拜而送之。及返,则女已苏。扶置床上,气体渐舒,但把足呻言趾股痠痛,数日始能起。

后生应试得通籍。有蔡子经者与同谱,以事过生,留数日。小谢自邻舍归,蔡望见之,疾趋相蹑,小谢侧身敛避,心窃怒其轻薄。蔡告生曰:“一事深骇物听,可相告否?”诘之,答曰:“三年前,少妹夭殒,经两夜而失其尸,至今疑念。适见夫人,何相似之深也?”生笑曰:“山荆陋劣,何足以方君妹?然既系同谱,义即至切,何妨一献妻孥。”乃入内室,使小谢衣殉装出。蔡大惊曰:“真吾妹也!”因而泣下。生乃具述其本末。蔡喜曰:“妹子未死,吾将速归,用慰严慈。”遂去。过数日,举家皆至。后往来如郝焉。

异史氏曰:“绝世佳人,求一而难之,何遽得两哉!事千古而一见,惟不私奔女者能遘之也。道士其仙耶?何术之神也!苟有其术,丑鬼可交耳。”

缢 鬼

范生者宿于旅,食后烛而假寐。忽一婢来,袱衣置椅上,又有镜奁揥篋,一一列案头,乃去。俄一少妇自房中出,发篋开奁,对镜栉掠;已而髻,已而簪,顾影徘徊甚久。前婢来,进匜沃盥。盥已捧帨,既,持沐汤去。妇解袱出裙帔,炫然新制,就着之。掩衿提领,结束周至。范不语,中心疑怪,谓必奔妇,将严装以就客也。妇装讫,出长带,垂诸梁而结焉。讶之。妇从容跂双弯,引颈受缢。方一着带,目即合,眉即竖,舌出吻二寸许,颜色惨变如鬼。大骇奔出,呼告主人,验之已渺。主人曰:“曩子妇经于是,毋乃此乎?”异哉!既死犹作其状,此何说也?

异史氏曰:“冤之极而至于自尽,苦矣!然前为人而不知,后为鬼而不觉,所最难堪者,束装结带时耳。故死后顿忘其他,而独于此际此境,犹历历一作,是其所极不忘者也。”

吴门画工

吴门一画工,喜绘吕祖,每想象神会,希幸一遇,虔结在念,靡刻不存。一日,有群丐饮郊郭间,内一人敝衣露肘,而神采轩豁。心疑吕祖,谛视,愈觉其确,遂捉其臂曰:“君吕祖也。”丐者大笑。某坚执为是,伏拜不起。丐者曰:“我即吕祖,汝将奈何?”某叩头,求指教。丐者曰:“汝能相识,可谓有缘。然此处非语所,夜间当相见也。”转盼遂杳,骇叹而归。

至夜,果梦吕祖来,曰:“念子志虑专凝,特来一见。但汝骨气贪吝,不能为仙。我使见一人可也。”即向空一招,遂有一丽人蹑空而下,服饰如贵嫔,容光袍仪,焕映一室。吕祖曰:“此乃董娘娘,子谨志之。”既而又问:“记得否?”答曰:“已记之。”又曰:“勿忘却。”俄而丽者去,吕祖亦去。醒而异之,即梦中所见,肖像而藏之,终亦不解所谓。

后数年偶游于都。会董妃卒,上念其贤,将为肖像。诸工群集,口授心拟,终不能似。某忽忆念梦中丽者,得无是耶?以图呈进。宫中传览,俱谓神肖。上大悦,授官中书,辞不受;赐万金。名大噪。贵戚家争赍重币,求为先人传影。凡悬空摹写,无不曲肖。浃辰之间,累数万金。莱芜朱拱奎曾见其人。

林　氏

济南戚安期，素佻达，喜狎妓，妻婉戒之不听。妻林氏，美而贤。会北兵入境被俘去，暮宿途中欲相犯，林伪许之。适兵佩刀系床头，急抽刀自刎死，兵举而委诸野。次日，拔舍去。有人传林死，戚痛悼往。视之，有微息。负而归，目渐动，稍嚬呻，轻扶其项，以竹管滴沥灌饮，能咽。戚抚之曰："卿万一能活，相负者必遭凶折！"半年，林平复如故；惟首为颈痕所牵，常若左顾。戚不以为丑，爱恋逾于平昔，曲巷之游从此绝迹。林自觉形秽，将为置媵，戚执不可。

居数年，林不育，因劝纳婢，戚曰："业誓不二，鬼神鉴之。即嗣续不承，亦吾命耳。若不应绝，卿岂老而不能生耶？"林乃托疾，使戚独宿，遣婢海棠卧其床下。既久，阴以宵情问婢。婢曰："并无。"林不信。至夜，戒婢勿往，自诣婢所卧。少间，闻床上睡息已动。潜起，登床扪之。戚醒问谁，林耳语曰："我海棠也。"戚拒却曰："我有盟誓，不敢更也。若似曩年，尚须汝奔就耶？"林乃下床去。戚仍孤眠。林又使婢托己往就之。戚念妻生平从不肯作不速之客，疑而摸其项，无痕，知为婢，又叱之。婢惭而退。及明，以情告林，使速嫁婢。林笑曰："君亦不必过执。倘得一丈夫子，岂不幸甚。"戚曰："倘背盟誓，鬼责将及，尚望延宗嗣乎？"

林一日笑语戚曰："凡农家者流，苗与秀不可知，播种常例不可违。晚间耕耨之期至矣。"戚笑会之。既夕，林灭烛呼婢，使卧己衾中。戚入就榻，戏曰："佃人来矣。深愧钱镈不利，负此良田。"婢不语。婢及举事，小语戚曰："私处小肿，颠猛不任。"戚体意温恤之。事已，婢伪起溺，以林易之。从此时值落红，辄一为之，而戚不知也。未几，婢腹震，林每使静坐，不令给役于前。故谓戚曰："妾劝内婢，而君弗听。设尔日冒妾时，君误信之，交而得孕，将复如何？"戚曰："留犊鬻母。"林乃不言。无何婢举一子，林暗买乳媪，抱养母家。积四五年，又产一子一女。长名长生已七岁，就外祖家读书。林半月辄托归宁，一往看视。婢年益长，戚时时促遣之。林辄诺。婢日思儿女，林乃窃为上鬟，送诣母所。林谓戚曰："日谓我不嫁海棠，母家有一义男,业配之。”又数年,子女俱长成。

值戚初度,林先期治具,为候宾客。戚叹曰:“岁月骛过,忽已半世。幸各强健,家亦不至冻馁。所阙者,膝下一点耳。”林曰:“君执拗,不从妾言,夫谁怨?然欲得男,两亦甚易,何况一也?”戚解颜曰:“既言不难,明日便索两男。”林曰:“易耳,易耳!”早起,命驾至母家,严妆子女,载与俱归。入门,令雁行立,呼父叩祝千秋。拜已而起,相顾嬉笑。戚骇怪不解。林曰:“君索两男,妾添一女。”始为详述本末。戚喜曰:“何不早告?”曰:“早告,恐绝其母。今子已成立,尚可绝其母乎?”戚感极涕泣。遂迎婢归,偕老焉。

异史氏曰:“女有存心如林氏者,可谓贤德矣。”

胡大姑

益都岳于九,家有狐祟,布帛器具,辄被抛掷邻堵。蓄细葛,将取作服,见捆卷如故,解视,则边实而中虚,悉被剪去。诸如此类,不堪其苦。乱诟骂之,岳戒止曰:“恐狐闻。”狐在梁上曰:“我已闻之矣。”祟益甚。

一日,夫妻卧未起,狐摄衾服去,各白身蹲床上,望空哀祝之。忽见好女子自窗入,掷衣床头。视之,不甚修长;衣绛红,外袭雪花比甲。岳着衣,揖之曰:“上仙有意垂顾,幸勿相扰。请以为女,何如?”狐曰:“我齿较汝长,何得妄自尊?”又请为姊妹,乃许之。于是命家人皆呼以胡大姑。时颜镇张八公子家,有狐居楼上,恒与人语。岳曰:“识之否?”答云:“是吾家喜姨,何得不识?”岳曰:“彼喜姨曾不扰人,汝何不效之?”狐不听,扰如故。犹不甚祟他人。而专祟其子妇:履袜簪珥往往弃道上,每食,辄于粥碗中埋死鼠或粪秽。妇辄掷碗骂骚狐,并不祷免。岳祝曰:“儿女辈皆呼汝姑,何略无尊长体耶?”狐曰:“教汝子出若妇,我为汝媳,便相安矣。”子妇骂曰:“淫狐不自惭,欲与人争汉子耶?”时妇坐衣笥上,忽见浓烟出尻下,熏热如笼。启视,藏裳俱烬;剩一二事,皆姑服也。又使岳子出其妇,子不应。过数日,又促之,仍不应。狐怒以石击之,额破血流,几毙。岳益患之。

西山李成文,善符水,因币聘之。李以泥金写红绢作符,三日始成。又以镜缚梃上，捉作柄，遍照宅中。使童子随视，有所见，即急告。至一处，童曰："墙上若犬伏。"李即戟手书符其处。既而禹步庭中，咒移时，即见家中犬豕并来，帖耳戢尾，若听教诲。李挥曰："去！"即纷然鱼贯而去。又咒，群鸭又来，又挥去之。已而鸡至。李指一鸡，大叱之；他鸡俱去，此鸡独伏，交翼长鸣，曰："余不敢矣！"李曰："此物是家中所作紫姑也。"家人并言不曾作。李曰："紫姑今尚在。"因共忆三年前，曾为此戏，怪异即自尔日始矣。遍搜之，见刍偶犹在厩梁上。李取投火中。乃出一酒瓻，三咒三叱，鸡起径去。闻瓻口作人言曰："岳四狠哉！数年后当复来。"岳乞付之汤火；李不可，携去。或见其壁间挂数十瓶，塞口者皆狐也。言其以次纵之，出为祟，因此获聘金，居为奇货云。

细　侯

昌化满生，设帐余杭。偶涉廛市，经临街阁下，忽有荔壳坠肩头。仰视，一雏姬凭阁上，妖姿要妙，不觉注目发狂，姬俯哂而入。询之，知为娼楼贾氏女细侯也。其声价颇高，自顾不能适愿。归斋冥想，终宵不枕。明日，往投以刺，相见，言笑甚欢，心志益迷。托故假贷同人，敛金如干，携以赴女，款洽臻至。即枕上口占一绝赠之云："膏腻铜盘夜未央，床头小语麝兰香。新鬟明日重妆凤，无复行云梦楚王。"细侯蹙然曰："妾虽污贱，每愿得同心而事之。君既无妇，视妾可当家否？"生大悦，即叮咛，坚相约。细侯亦喜曰："吟咏之事，妾自谓无难，每于无人处，欲效作一首，恐未能便佳，为观听所讥。倘得相从，幸以教妾。"因问生："家田产几何？"答曰："薄田半顷，破屋数椽而已。"细侯曰："妾归君后，当常相守，勿复设帐为也。四十亩聊足自给，十亩可以种黍，织五匹绢，纳太平之税有余矣。闭户相对，君读妾织，暇则诗酒可遣，千户侯何足贵！"生曰："卿身价约可几多？"曰："依媪贪志，何能盈也？多不过二百金足矣。可恨妾齿稚，不知重资财，得辄归母，所私蓄者区区无多。君能办百金，过此即非所虑。"生曰："小生之落寞，卿所知也，百金何能自致，有同盟友令于湖南，屡相见招，仆因道远，故惮于行。今为卿故，当往谋之。计三四月，可以复归,幸耐相候。”细侯曰:“诺。”

生即弃馆南游,至则令已免官,以挂误居民舍,宦囊空虚,不能为礼。生落魄难返,就邑中授徒焉。三年,莫能归。偶笞弟子,弟子自溺死。东翁痛子而讼师,因被逮囹圄。幸有他门人,怜师无过,时致馈遗,得以无苦。

细侯自别生,杜门不交一客。母诘知故,而志不可夺,亦姑听之。有富贾慕细侯名,托媒于媪,务在必得,不靳直。细侯不可。贾以负贩诣湖南,敬侦生耗。时狱已将解,贾以金赂当事吏,使久锢之。归告媪云:“生已瘐死。”细侯不信。媪曰:“无论满生已死,纵或不死,与其从穷措大以椎布终也,何如衣锦而厌粱肉乎?”细侯曰:“满生虽贫,其骨清也;守龌龊商,诚非所愿。且道路之言,何足凭信!”贾又转嘱他商,假作满生绝命书寄细侯,以绝其望。细侯得书,朝夕哀哭。媪曰:“我自幼于汝,抚育良劬。汝成人二三年,所得报日亦无多。既不愿隶籍,又不肯嫁,何以能生活?”细侯不得已,遂嫁贾。贾衣服簪环,供给丰侈。年余,生一子。

无何,生得门人力,昭雪出狱,始知贾之锢己也。然念素无嫌隙,反复不得其由。门人义助资斧得归。既闻细侯已嫁,心甚激楚,因以所苦,托市媪卖浆者达细侯。细侯大悲,方悟前此多端,悉贾之诡谋。乘贾他出,杀抱中儿,携所有以归满;凡贾家服饰,一无所取。贾归,怒讼于官。官原其情,竟置不问。噫!破镜重归,盟心不改,义实可嘉。然必杀子而行,未免太忍矣!

狼

有屠人货肉归,日已暮,欻一狼来,瞰担上肉,似甚垂涎,随屠尾行数里。屠惧,示之以刃,少却;及走,又从之。屠思狼所欲者肉,不如悬诸树而早取之。遂钩肉,翘足挂树间,示以空担。狼乃止。屠归。昧爽往取肉,遥望树上悬巨物,似人缢死状,大骇。逡巡近视,则死狼也。仰首细审,见狼口中含肉,钩刺狼腭,如鱼吞饵。时狼皮价昂,直十余金,屠小裕焉。缘木求鱼,狼则罹之,是可笑也!

一屠晚归,担中肉尽,止剩骨。途遇两狼缀行甚远。屠惧,投以骨,一狼得骨止,一狼又从;复投之,后狼止而前狼又至;骨已尽,而两狼并驱如故。屠大窘,恐前后受其敌。顾野有麦场,场主以薪积其中,苫蔽成丘。屠乃奔倚其下,弛担持刀。狼不敢前,眈眈相向。少时,一狼径去;其一犬坐于前,久之,目似瞑,意暇甚。屠暴起,以刀劈狼首,又数刀毙之。转视积薪后,一狼洞其中,意将隧入以攻其后也。身已半入,露其尾,屠自后断其股,亦毙之。方悟前狼假寐,盖以诱敌。狼亦黠矣!而顷刻两毙,禽兽之变诈几何哉,止增笑耳!

一屠暮行,为狼所逼。道旁有夜耕者所遗行室,奔入伏焉。狼自苫中探爪入,屠急捉之,令出不去,但思无计可以死之。惟有小刀不盈寸,遂割破狼爪下皮,以吹豕之法吹之。极力吹移时,觉狼不甚动,方缚以带。出视,则狼胀如牛,股直不能屈,口张不得合。遂负之以归。非屠,乌能作此谋也!三事皆出于屠;则屠人之残,杀狼亦可用也。

美人首

诸商寓居京舍,舍与邻屋相连,中隔板壁,板有松节脱处穴如盏。忽女子探首入,挽凤髻,绝美;旋伸一臂,洁白如玉。众骇其妖,欲捉,已缩去。少顷,又至,但隔壁不见其身。奔之,则又去之。一商操刀伏壁下。俄首出,暴决之,应手而落,血溅尘土。众惊告主人,主人惧,以其首首焉。逮诸商鞫之,殊荒唐。淹系半年,迄无情词,亦未有一人送官者,乃释商,瘗女首。

刘亮采

济南怀利仁曰:刘公亮采,狐之后身也。初,太翁居南山,有叟造其庐,自言胡姓。问所居,曰:“只在此山中。闲处人少,惟我两人,可与数晨夕,故来相拜识。”因与接谈,词旨便利,悦之。治酒相欢,醺醺而去。越日复来,更加款厚。刘云:“自蒙下交,分即最深。但不识家何里,焉所问兴居?”胡曰:“不敢讳,某实山中之老狐也。与若有夙因,故敢内交门下。固不能为翁福,亦不敢为翁祸,幸相信勿骇。”刘亦不疑,更相契重。即叙年齿,胡作兄,往来如昆季。有小休咎亦以告。

时刘乏嗣,叟忽云:"公勿忧,我当为君后。"刘讶其言怪,胡曰:"仆算数已尽,投生有期矣。与其他适,何如生故人家?"刘曰:"仙寿万年,何遂及此?"叟摇首曰:"非汝所知。"遂去。夜果梦叟来,曰:"我今至矣。"既醒,夫人生男,是为刘公。公既长,身短,言词敏谐,绝类胡。少有才名,壬辰成进士。为人任侠,急人之急,以故秦、楚、燕、赵之客,趾踏于门;货酒卖饼者,门前成市焉。

蕙 芳

马二混,居青州东门内,以货面为业。家贫无妇,与母共作苦。一日,媪独居,忽有美人来,年可十六七,椎布甚朴,光华照人。媪惊诘之,女笑曰:"我以贤郎诚笃,愿委身母家。"媪益惊曰:"娘子天人,有此一言,则折我母子数年寿!"女固请之,媪拒益力,女去。越三日复来,留连不去。问其姓氏,曰:"母肯纳我,我乃言;不然,无庸问。"媪曰:"贫贱佣保骨,得妇如此,不称亦不祥。"女笑坐床头,恋恋殊殷。媪辞之曰:"娘子宜速去,勿相祸。"女出门,媪窥之西去。

又数日,西巷中吕媪来,谓母曰:"邻女董蕙芳,孤而无依,自愿为贤郎妇,胡勿纳?"母以所疑为逃亡具白之。吕曰:"乌有是?如有乖谬,咎在老身。"母大喜,诺之。吕去,媪扫室布席,将待子归往娶之。日将暮,女飘然自至,入室参母,起拜尽礼。告媪曰:"妾有两婢,未得母命,不敢进也。"媪曰:"我母子守穷庐,不解役婢仆。日得蝇头利,仅足自给。今增新妇一人,娇嫩坐食,尚恐不充饱;益之二婢,岂吸风所能活耶?"女笑曰:"婢来,亦不费母度支,皆能自食。"问:"婢何在?"女乃呼:"秋月、秋松!"声未及已,忽如飞鸟堕,二婢已立于前,即令伏地叩母。

既而马归,母迎告之,马喜。入室,见翠栋雕梁,侔于宫殿,几屏帘幕,光耀夺目。惊极,不敢入。女下床迎笑,睹之若仙。益骇,却退,女挽之,坐与温语。马喜出非分,形神若不相属。即起,欲出行沽,女曰:"勿须。"因命二婢治具。秋月出一革袋,执向扉后,掿掿撼摆之。已而以手探入,壶盛酒,柈盛炙,触类熏腾。饮已而寝,则花罽锦裀,温腻非常。

天明出门,则茅庐依旧。母子共奇之。媪诣吕所,将迹所由。入门,先谢其媒合之德,吕讶云:“久不拜访,何邻女之曾托乎?”媪益疑,具言端委。吕大骇,即同媪来视新妇。女笑迎之,极道作合之义。吕见其惠丽,愕眙良久,即亦不辨,唯唯而已。女赠白木搔具一事,曰:“无以报德,姑奉此为姥姥爬背耳。”吕受以归,审视则化为白金。

马自得妇,顿更旧业,门户一新。笥中貂锦无数,任马取着,而出室门,则为布素,但轻暖耳。女所自衣亦然。积四五年,忽曰:“我谪降人间十余载,因与子有缘,遂暂留止。今别矣。”马苦留之,女曰:“请别择良偶以承庐墓,我岁月当一至焉。”忽不见。马乃娶秦氏。后三年,七夕,夫妻方共语,女忽入,笑曰:“新偶良欢,不念故人耶?”马惊起,怆然曳坐,便道衷曲。女曰:“我适送织女渡河,乘间一相望耳。”两相依依,语勿休止。忽空际有人呼“蕙芳”,女急起作别。马问其谁,曰:“余适同双成姊来,彼不耐久伺矣。”马送之,女曰:“子寿八旬,至期,我来收尔骨。”言已遂逝。今马六十余矣。其人但朴讷,无他长。

异史氏曰:“马生其名混,其业亵,蕙芳奚取哉?于此见仙人之贵朴讷诚笃也。余尝谓友人曰:若我与尔,鬼狐且弃之矣。所差不愧于仙人者,惟‘混’耳。”

山 神

益都李会斗,偶山行,值数人籍地饮。见李至,欢然并起,曳入坐,竞觞之。视其柈馔,杂陈珍错。移时饮甚欢,但酒味薄濇。忽遥有一人来,面狭长,可二三尺许;冠之高细称是。众惊曰:“山神至矣!”即纷纷四去。李亦伏匿坎窞中;既而起视,则肴酒一无所有,惟有破陶器贮溲浡,瓦片上盛蜥蜴数枚而已。

萧 七

徐继长,临淄人,居城东之磨房庄。业儒未成,去而为吏。偶适姻家,道出于氏殡宫。薄暮醉归,过其处,见楼阁繁丽,一叟当户坐。

徐酒渴思饮,揖叟求浆。叟起邀客入,升堂授饮。饮已,叟曰:“曛暮难行,姑留宿,早旦而发,何如也?”徐亦疲殆,遂止宿焉。叟命家人具酒奉客,且谓徐曰:“老夫一言,勿嫌孟浪:君清门令望,可附婚姻。有幼女未字,欲充下陈,幸垂援拾。”徐踧踖不知所对。叟即遣伻告其亲族,又传语令女郎妆束。顷之,峨冠博带者四五辈,先后并至。女郎亦炫妆出,姿容绝俗。于是交坐宴会。徐神魂眩乱,但欲速寝。酒数行,坚辞不任,乃使小鬟引夫妇入帏,馆同爰止。徐问其族姓,女曰:“萧姓,行七。”又细审门阀,女曰:“身虽陋贱,配吏胥当不辱寞,何苦研穷?”徐溺其色,款昵备至,不复他疑。

女曰:“此处不可为家。审知汝家姊姊甚平善,或不拗阻,归除一舍,行将自至耳。”徐应之。既而加臂于身,奄忽就寐,及觉,则抱中已空。天色大明,松阴翳晓,身下籍黍穰尺许厚。骇叹而归,告妻。妻戏为除馆,设榻其中,阖门出,曰:“新娘子今夜至矣。”相与共笑。日既暮,妻戏曳徐启门,曰:“新人得毋已在室耶?”及入,则美人华妆坐榻上,见二人入,桥起逆之,夫妻大愕。女掩口局局而笑,参拜恭谨。妻乃治具,为之合欢。女早起操作,不待驱使。

一日曰:“姊姨辈俱欲来吾家一望。”徐虑仓卒无以应客。女曰:“都知吾家不饶,将先赍馔具来,但烦吾家姊姊烹饪而已。”徐告妻,妻诺之。晨炊后,果有人荷酒胾来,释担而去。妻为职庖人之役。晡后,六七女郎至,长者不过四十以来,围坐并饮,喧笑盈室。徐妻伏窗一窥,惟见夫及七姐相向坐,他客皆不可睹。北斗挂屋角,欢然始去,女送客未返。妻入视案上,杯柈俱空。笑曰:“诸婢想俱饿,遂如狗舐砧。”少间女还,殷殷相劳,夺器自涤,促嫡安眠。妻曰:“客临吾家,使自备饮馔,亦大笑话。明日合另邀致。”逾数日,徐从妻言,使女复召客。客至,恣意饮啖;惟留四簋,不加匕箸。徐问之,群笑曰:“夫人为吾辈恶,故留以待调人。”座间一女年十八九,素舄缟裳,云是新寡,女呼为六姊;情态妖艳,善笑能口。与徐渐洽,辄以谐语相嘲。行觞政,徐为录事,禁笑谑。六姊频犯,连引十余爵,酡然径醉,芳体娇懒,荏弱难持。无何亡去,徐烛而觅之,则酣寝暗帏中。近接其吻亦不觉,以手探裤,私处坟起。心旌方摇,席中纷唤徐郎,乃急理其衣,见袖中有绫巾,窃之而出。迨于夜央,众客离席。六姊未醒。七姐入摇之,始呵欠而起,系裙理发从众去。

徐拳拳怀念不释,将于空处展玩遗巾,而觅之已渺。疑送客时遗落途间。执灯细照阶除,都复乌有,意顼顼不自得。女问之,徐漫应之。女笑曰:“勿诳语,巾子人已将去,徒劳心目。”徐惊,以实告,且言怀思。女曰:“彼与君无宿分,缘止此耳。”问其故,曰:“彼前身曲中女,君为士人,见而悦之,为两亲所阻,志不得遂,感疾阽危。使人语之曰:‘我已不起。但得若来获一扪其肌肤,死无憾!’彼感此意,允其所请。适以冗羁未遽往,过夕而至,则病者已殒,是前世与君有一扪之缘也。过此即非所望。”后设筵再招诸女,惟六姊不至。徐疑女妒,颇有怨怼。

女一日谓徐曰:“君以六姊之故,妄相见罪。彼实不肯至,于我何尤?今八年之好,行相别矣,请为君极力一谋,用解前之惑。彼虽不来,宁禁我不往?登门就之,或人定胜天不可知。”徐喜从之,女握手飘然履虚,顷刻至其家。黄甓广堂,门户曲折,与初见时无少异。岳父母并出,曰:“拙女久蒙温煦。老身以残年衰慵,有疏省问,或当不怪耶?”即张筵作会。女便问诸姊妹。母云:“各归其家,惟六姊在耳。”即唤婢请六娘子来,久之不出。女入曳之以至,俯首简默,不似前此之谐。少时,叟媪辞去。女谓六姊曰:“姐姐高自重,使人怨我!”六姊微哂曰:“轻薄郎何宜相近!”女执两人残卮,强使易饮,曰:“吻已接矣,作态何为?”少时,七姐亡去,室中止余二人。徐遽起相逼,六姊宛转撑拒。徐牵衣长跽而哀之,色渐和,相携入室。裁缓襦结,忽闻喊嘶动地,火光射闼。六姊大惊,推徐起曰:“祸事忽临,奈何!”徐忙迫不知所为,而女郎已窜无迹矣。

徐怅然少坐,屋宇并失。猎者十余人,按鹰操刃而至,惊问:“何人夜伏于此?”徐托言迷途,因告姓字。一人曰:“适逐一狐见之否?”答曰:“不见。”细认其处,乃于氏殡宫也。怏怏而归。犹冀七姊复至,晨占雀喜,夕卜灯花,而竟无消息矣。董玉玹谈。

乱 离

学师刘芳辉，京都人。有妹许聘戴生，出阁有日矣。值北兵入境，父兄恐细弱为累，谋妆送戴家。修饰未竟，乱兵纷入，父子分窜，女为牛录俘去。从之数日，殊不少狎。夜则卧之别榻，饮食供奉甚殷。又掠一少年来，年与女相上下，仪采都雅。牛录谓之曰："我无子，将以汝继统绪，肯否？"少年唯唯。又指女谓曰："如肯，即以此女为汝妇。"少年喜，愿从所命。牛录乃使同榻，浃洽甚乐。及枕上各道姓氏，则少年即戴生也。

陕西某公任盐秩，家累不从。值姜瓖之变，故里陷为盗薮，音信隔绝。后乱平，遣人探问，则百里绝烟，无处可询消息。会以复命入都，有老班役丧偶，贫不能娶，公赉数金使买妇。时大兵凯旋，俘获妇口无算，插标市上，如卖牛马。遂携金就择之。自分金少，不敢问少艾。中一媪甚整洁，遂赎以归。媪坐床上细认曰："汝非某班役耶？"惊问所知，曰："汝从我儿服役，胡不识！"役大骇，急告公。公认之果母也，因而痛哭，倍偿之。班役以金多不屑谋媪。见一妇年三十余，风范超脱，因赎之。既行，妇且走且顾，曰："汝非某班役耶？"又惊问之，曰："汝从我夫服役，如何不识！"班役愈骇，导见公，公视之真其夫人，又悲失声。一日而母妻重聚，喜极，乃以百金为班役娶美妇焉。此必公有大德，故鬼神为之感应。惜言者忘其姓字，秦中或有能道之者。

异史氏曰："炎昆之祸，玉石不分，诚然。若公一门，是以聚而传者也。董思白之后，仅有一孙，今亦不得奉其祭祀，亦朝士之责也。悲夫！"

豢 蛇

泗水山中旧有禅院，四无村落，人迹罕到，有道士栖止其中。或言内多大蛇，故游人绝迹。一少年入山罗鹰，入既深，夜无归宿，遥见兰若，趋投之。道士惊曰："居士何来？幸不为儿辈所见！"即命坐，具馇粥。食未已，一巨蛇入，粗十余围，昂首向客，怒目电瞛，客大惧。

道士以掌击其额,呵曰:“去!”蛇乃俯首入东室。蜿蜒移时,其躯始尽,盘伏其中,一室尽满。客大惧。道士曰:“此平时所豢养。有我在,不妨,所患客自遇之耳。”客甫坐,又一蛇入,较前略小,约可五六围。见客遽止,睒眒吐舌如前状。道士又叱之,亦入室去。室无卧处,半绕梁间,壁上土摇落有声。客益惧,终夜不眠。早起欲归,道士送之。出屋门见墙上阶下,大如盎盏者,行卧不一。见生人,皆有吞噬状。客依道士肘腋而行,使送出谷口,乃归。

余乡有客中州者,寄居蛇佛寺。寺中僧人具晚餐,肉汤甚美,而段段皆圆,类鸡项。疑问寺僧:“杀鸡何乃得多项?”僧曰:“此蛇段耳。”客大惊,有出门而哇者。既寝,觉胸上蠕蠕,摸之,蛇也。顿起骇呼,僧起曰:“此常事,奚足怪!”因以火照壁间,大小满墙,榻上下皆是也。次日,僧引入佛殿。佛座下有巨井,井中有蛇,粗如巨瓮,探首井边而不出。爇火下视,则蛇子蛇孙以数百万计,族居其中。僧云:“昔蛇出为害,佛坐其上以镇之,其患始平”云。

雷　公

亳州民王从简,其母坐室中,值小雨冥晦,见雷公持锤振翼而入。大骇,急以器中便溺倾注之。雷公沾秽,若中刀斧,返身疾逃;极力展腾,不得去,颠倒庭际,嗥声如牛。天上云渐低,渐与檐齐。云中萧萧如马鸣,与雷公相应。少时,雨暴澍,身上恶浊尽洗,乃作霹雳而去。

菱　角

胡大成,楚人,其母素奉佛。成从塾师读,道由观音祠,母嘱过必入叩。一日至祠,有少女挽儿遨戏其中,发裁掩颈,而风致娟然。时成年十四,心好之。问其姓氏,女笑云:“我是祠西焦画工女菱角也。问将何为?”成又问:“有婿家否?”女酡然曰:“无也。”成曰:“我为若婿,好否?”女惭云:“我不能自主。”而眉目澄澄,上下睨成,意似欣属焉。成乃出。女追而遥告曰:“崔尔诚,吾父所善,用为媒无不谐。”成曰:“诺。”因念其慧而多情,益倾慕之。归,向母实白心愿。母止此儿,恐拂其意,遂浼崔作冰。焦责聘财奢,事几不就。崔极言成清族美才,焦始许之。

成有伯父,老而无子,授教职于湖北。妻卒任所,母遣成往奔其丧。数月将归,伯又病卒。淹留既久,适大寇据湖南,家耗遂隔。成窜民间,吊影孤惶。一日,有媪年四十八九,萦回村中,日昃不去。自言:“乱无归,将以自鬻。”或问其价,曰:“不屑为人奴,亦不愿为人妇,但有母我者则从之,不较直。”闻者皆笑。成往视之,面目间有一二颇肖其母,触怀大悲。自念只身无缝纫者,遂邀归,执子礼焉。媪喜,便为炊饭织履,劬劳若母。拂意辄谴之;少有疾苦,则濡煦过于所生。

忽谓曰:“此处太平,幸可无虞。然儿长矣,虽在羁旅,大伦不可废。三两日,当为儿娶之。”成泣曰:“儿自有妇,但间阻南北耳。”媪曰:“大乱时,人事翻覆,何可株待?”成又泣曰:“无论结发之盟不可背,且谁以娇女付萍梗人?”媪不答,但为治帘幌衾枕,甚周备,亦不识所自来。一日,日既夕,戒成曰:“独坐勿寐,我往视新妇来也未。”遂出门去。三更既尽,媪不返,心大疑。俄闻门外喧哗,出视,则一女子坐庭中,蓬首啜泣。惊问:“何人?”亦不语。良久,乃言曰:“娶我来,即亦非福,但有死耳!”成大惊,不知其故。女曰:“我少受聘于胡大成,不意湖北去,音信断绝。父母强以我归汝家。身可致,志不可夺也!”成闻而哭曰:“我便即是胡某。卿菱角耶?”女收涕而骇,不信。相将入室,就灯审顾,曰:“得无梦耶?”乃转悲为喜,相道离苦。先是乱后,湖南百里,涤地无类。焦移家窜长沙之东,又受周生聘。乱中不能成礼,期是夕送诸其家。女泣不盥栉,家中强置车上。途次,女颠堕其下。遂有四人荷肩舆至,云是周家迎女者,即扶升舆,疾行若飞,至是始停。一老姥曳入,曰:“此汝夫家,但入勿哭。汝家婆婆,旦晚将至矣。”乃去,成诘知情事,始悟媪神人也。

夫妻焚香共祷,愿得母子复聚。母自戎马戒严,同俦人妇奔伏涧谷。一夜,噪言寇至,即并张皇四匿。有童子以骑授母,母急不暇问,扶肩而上,轻迅剽遬,瞬息至湖上。马踏水奔腾,蹄下不波。无何,扶下,指一户云:“此中可居。”母将启谢,回视其马,化为金毛犼,高丈余,童子超乘而去。母以手挝门,豁然启扉。有人出问,怪其音熟,视之，成也。母子抱哭。妇亦惊起，一门欢慰。疑媪是观音大士现身，由此持观音经咒益虔。遂流寓湖北，治田庐焉。

饿　鬼

齐人马永，贫而无赖，乡人戏名为饿鬼，年三十余，日益窭，衣百结鹑，两手交其肩，在市上攫食。人尽弃之，不以齿。邑有朱叟者，少携妻居于五都之市，操业不雅；暮岁归其乡，大为士类所口，而朱洁行为善，人始稍稍礼貌之。一日，值马攫食不偿，为肆人所苦；怜之，代给其直。引归，赠以数百俾作本。马去，不肯谋业，坐而食。无何资复匮，仍蹈故辙。而常惧与朱遇，去之临邑。

暮宿学宫，冬夜凛寒，辄摘圣贤头上旒而煨其板。学官知之，怒欲加刑。马哀免，愿为先生生财。学官喜，纵之去。马探某生殷富，登门强索资，故挑其怒，乃以刀自劙，诬而控诸学。学官勒取重赂，始免申黜。诸生因而共愤，公质县尹。尹廉得实，笞四十，梏其颈，三日毙焉。

是夜，朱叟梦马冠带而入，曰："负公大德，今来相报。"即寤，妾生子。叟知为马，名以马儿。少不慧，喜其能读。二十余，竭力经纪，得入邑庠。后考试寓旅邸，昼卧床上，见壁间悉糊旧艺，视之有"犬之性"四句题，心畏其难，读而志之。入场，适遇此题，录之，得优等，食饩焉。六十余，补临邑训导。官数年，曾无一道义交。惟袖中出青蚨，则作鸬鹚笑，不则睫毛一寸长，棱棱若不相识。偶大令以诸生小故，判令薄惩，辄酷烈如治盗贼。有讼士子者，即富来叩门矣。如此多端，诸生不复可耐。而年近七旬，臃肿聋聩，每向人物色乌须药。有某生素狂，锉茜根给之。天明共视，如庙中所塑灵官状。大怒拘生，生已早夜亡去。因此愤气中结，数月而死。

考弊司

闻人生，河南人。抱病经日，见一秀才入伏谒床下，谦抑尽礼。已而请生少步，把臂长语，刺刺且行，数里外犹不言别。生伫足，拱手致辞。秀才云："更烦移趾，仆有一事相求。"生问之，答云："吾辈悉属考弊司辖。司主名虚肚鬼王。初见之，例应割髀肉，浼君一缓颊耳。"生惊问："何罪而至于此？"曰："不必有罪，此是旧例。若丰于贿者可赎也，然而我贫。"生曰："我素不稔鬼王，何能效力？"曰："君前世是伊大父行，宜可听从。"

言次，已入城郭。至一府署，廨宇不甚弘敞，惟一堂高广，堂下两碣东西立，绿书大于栲栳，一云"孝弟忠信"，一云"礼义廉耻"。躇阶而进，见堂上一匾，大书"考弊司"。楹间，板雕翠色一联云："曰校、曰序、曰庠，两字德行阴教化；上士、中士、下士，一堂礼乐鬼门生。"游览未已，官已出，鬈发鲐背，若数百年人。而鼻孔撩天，唇外倾，不承其齿。从一主簿吏，虎首人身。有十余人列侍，半狞恶若山精。秀才曰："此鬼王也。"生骇极，欲退却；鬼王已睹，降阶揖生上，便问兴居。生但诺诺。又云："何事见临？"生以秀才意具白之。鬼王色变曰："此有成例，即父命所不敢承！"气象森凛，似不可入一词。生不敢言，骤起告别，鬼王侧行送之，至门外始返。生不归，潜入以观其变。至堂下，则秀才已与同辈数人，交臂历指，俨然在徽缨中。一狞人持刀来，裸其股，割片肉，可骈三指许。秀才大嗥欲嗄。

生少年负义，愤不自持，大呼曰："惨毒如此，成何世界！"鬼王惊起，暂命止割，跷履迎生。生忿然已出，遍告市人，将控上帝。或笑曰："迂哉！蓝蔚苍苍，何处觅上帝而诉之冤也？此辈与阎罗近，呼之或可应耳。"乃示之途。趋而往，果见殿陛威赫，阎罗方坐，伏阶号屈。王召诉已，立命诸鬼绾绁提锤而去。少顷，鬼王及秀才并至，审其情确，大怒曰："怜尔夙世攻苦，暂委此任，候生贵家，今乃敢尔！其去若善筋，增若恶骨，罚令生生世世不得发迹也！"鬼乃棰之，仆地，颠落一齿。以刀割指端，抽筋出，亮白如丝。鬼王呼痛，声类斩豕。手足并抽讫，有二鬼押去。

生稽首而出，秀才从其后，感荷殷殷。挽送过市，见一户垂朱帘，帘内一女子露半面，容妆绝美。生问："谁家？"秀才曰："此曲巷也。"既过，生低徊不能舍，遂坚止秀才。秀才曰："君为仆来，而令踽踽而去，心何忍。"生固辞，乃去。生望秀才去远，急趋入帘内。女接见，喜形于色。入室促坐，相道姓名。女曰："柳氏，小字秋华。"一妪出，为具肴酒。酒阑，入帷，欢爱殊浓，切切订婚嫁。妪入曰："薪水告竭，要耗郎君金资，奈何！"生顿念腰橐空虚，愧惶无声。久之，曰："我实不曾携得一文，宜署券保，归即奉酬。"妪变色曰："曾闻夜度娘索逋欠耶？"秋华嚬蹙，不作一语。生暂解衣为质，妪持笑曰："此尚不能偿酒值耳。"呶呶不满志，与女俱入。生惭，移时，犹冀女出展别，再订前约。久候无音，潜入窥之，见妪与女，自肩以上化为牛鬼，目睒睒相对立。大惧，趋出，欲归，则百道岐出，莫知所从。问之市人，并无知其村名者。徘徊廛肆之间，历两昏晓，凄意含酸，响肠鸣饿，进退不能自决。忽秀才过，望见之，惊曰："何尚未归，而简亵若此？"生腼颜莫对。秀才曰："有之矣！得毋为花夜叉所迷耶？"遂盛气而往，曰："秋华母子，何遽不少施面目耶！"去少时，即以衣来付生曰："淫婢无礼，已叱骂之矣。"送生至家，乃别而去。生暴绝三日而苏，历历为家人言之。

阎　罗

沂州徐公星自言夜作阎罗王。州有马生亦然。徐闻之，访诸其家，问马昨夕冥中处分何事？马曰："无他事，但送左萝石升天。天上堕莲花，朵大如屋"云。

大　人

长山李孝廉质君诣青州，途中遇六七人，语音类燕。审视两颊俱有瘢，大如钱，异之，因问何病之同。客曰：旧岁客云南，日暮失道，入大山中，绝壑巉岩，不可得出。因共系马解装，傍树栖止。夜深，虎豹鸮鸱，次第嗥动，诸客抱膝相向，不能寐。忽见一大人来，高以丈许。客团伏莫敢息。大人至，以手攫马而食，六七匹顷刻都尽；既而折树上长条，捉人首穿腮，如贯鱼状，贯讫，提行数步，条毳折有声。大人似恐坠落，乃屈条之两端，压以巨石而去。客觉其去远，出佩刀自断贯条，负痛疾走。见大人又导一人俱来，客惧，伏丛莽中。见后来者更巨，至树下，往来巡视，似有所求而不得。已乃声啁啾，似巨鸟鸣，意甚怒，盖怒大人之绐己也。因以掌批其颊。大人伛偻顺受，不敢少争。俄而俱去。

诸客始仓皇出，荒窜良久，遥见岭头有灯火，群趋之。至则一男子居石室中。客入环拜，兼告所苦。男子曳令坐曰："此物殊可恨，然我亦不能钳制。待舍妹归，可与谋也。"无何，一女子荷两虎自外入，问客何来，诸客叩伏而告以故。女子曰："久知两个为孽，不图凶顽若此！当即除之。"于石室中出铜锤，重三四百斤，出门遂逝。男子煮虎肉饷客。肉未熟，女子已返，曰："彼见我欲遁，追之数十里，断其一指而还。"因以指掷地，大于胫骨焉。众骇极，问其姓氏，不答。少间，肉熟，客创痛不食；女以药屑遍糁之，痛顿止。天明，女子送客至树下，行李俱在。各负装行十余里，经昨夜斗处，女子指示之，石洼中残血尚存盆许。出山，女子始别而返。

向杲

向杲字初旦，太原人，与庶兄晟友于最敦。晟狎一妓，名波斯，有割臂之盟，以其母取直奢，所约不遂。适其母欲从良，愿先遣波斯。有庄公子者，素善波斯，请赎为妾。波斯谓母曰："既愿同离水火，是欲出地狱而登天堂也。若妾媵之相去几何矣！肯从奴志，向生其可。"母诺之，以意达晟。时晟丧偶未婚，喜，竭资聘波斯以归。庄闻，怒夺所好，途中偶逢，大加诟骂；晟不服，遂嗾从人折棰笞之，垂毙乃去。杲闻奔视，则兄已死，不胜哀愤。具造赴郡。庄广行贿赂，使其理不得伸。

杲隐忿中结，莫可控诉，惟思要路刺杀庄，日怀利刃伏于山径之莽。久之，机渐泄。庄知其谋，出则戒备甚严。闻汾州有焦桐者，勇而善射，以多金聘为卫。杲无计可施，然犹日伺之。一日方伏，雨暴作，上下沾濡，寒战颇苦。既而烈风四塞，冰雹继至，身忽然痛痒不能复觉。岭上旧有山神祠，强起奔赴。既入庙，则所识道士在内焉。先是，道士尝行乞村中，杲辄饭之，道士以故识杲。见杲衣服濡湿，乃以布袍授之，曰："姑易此。"杲易衣，忍冻蹲若犬，自视则毛革顿生，身化为虎。道士已失所在。心中惊恨，转念：得仇人而食其肉，计亦良得。下山伏旧处，见己尸卧丛莽中，始悟前身已死，犹恐葬于乌鸢，时时逻守之。越日,庄始经此,虎暴出,于马上扑庄落,龁其首,咽之。焦桐返马而射,中虎腹,蹶然遂毙。

杲在错楚中,恍若梦醒;又经宵,始能行步,厌厌以归。家人以其连夕不返,方共骇疑,见之,喜相慰问。杲但卧,蹇涩不能语。少间,闻庄信,争即床头庆告之。杲乃自言:"虎即我也。"遂述其异,由此传播。庄子痛父之死甚惨,闻而恶之,因讼杲,官以其诞而无据,置不理焉。

异史氏曰:"壮士志酬,必不生返,此千古所悼恨也。借人之杀以为生,仙人之术亦神哉!然天下事足发指者多矣。使怨者常为人,恨不令暂作虎!"

董公子

青州董尚书可畏,家庭严肃,内外男女,不敢通一语。一日,有婢仆调笑于中门之外,公子见而怒叱之,各奔去。

及夜公子偕僮卧斋中,时方盛暑,室门洞敞。更深时,僮闻床上有声甚厉,惊醒;月影中见前仆提一物出门去,以其家人故,弗深怪,遂复寐。忽闻靴声訇然,一伟丈夫赤面修髯,似寿亭侯像,捉一人头入。僮惧,蛇行入床下,闻床上支支格格如振衣,如摩腹,移时始罢。靴声又响,乃去。僮伸颈渐出,见窗棂上有晓色。以手扪床上,着手沾湿,嗅之血腥。大呼公子,公子方醒,告而火之,血盈枕席。大骇,不知其故。

忽有官役叩门,公子出见,役愕然,但言怪事。诘之,告曰:"适衙前一人神色迷罔,大声曰:'我杀主人矣!'众见其衣有血污,执而白之官,审知为公子家人。渠言已杀公子,埋首于关庙之侧。往验之,穴土犹新,而首则并无。"公子骇异,趋赴公庭,见其人即前狎婢者也。因述其异。官甚惶惑,重责而释之。公子不欲结怨于小人,以前婢配之,令去。

积数日,其邻堵者,夜闻仆房中一声震响若崩裂,急起呼之,不应。排闼入视,见夫妇及寝床,皆截然断为两。木肉上俱有削痕,似一刀所断者。关公之灵迹最多,未有奇于此者也。

周 三

泰安张太华，富吏也。家有狐扰，不可堪，遣制罔效。陈其状于州尹，尹亦不能为力。时州之东亦有狐居村民家，人共见为一白发叟，叟与居人通吊问，如世人礼。自云行二，都呼为胡二爷。适有诸生谒尹，间道其异。尹为吏策，使往问叟，时东村人有作隶者，吏访之，果不诬，因与俱往。即隶家设筵招胡，胡至，揖让酬酢，无异常人。吏告所求，胡曰："我固悉之，但不能为君效力。仆友人周三，侨居岳庙，宜可降伏，当代求之。"吏喜，申谢。胡临别与吏约，明日张筵于岳庙之东，吏领教。

胡果导周至。周虬髯铁面，服裤褶。饮数行，向吏曰："适胡二弟致尊意，事已尽悉。但此辈实繁有徒，不可善谕，难免用武。请即假馆君家，微劳所不敢辞。"吏转念去一狐，得一狐，是以暴易暴也，游移不敢即应。周已知之，曰："无畏。我非他比，且与君有喜缘，请勿疑。"吏诺之。周又嘱："明日偕家人阖户坐室中，幸勿哗。"吏归，悉遵所教。俄闻庭中攻击刺斗之声，逾时始定。启关出视，血点点盈阶上。墀中有小狐首数枚，大如碗盏焉。又视所除舍，则周危坐其中，拱手笑曰："蒙重托，妖类已荡灭矣。"自是馆于其家，相见如主客焉。

鸽 异

鸽类甚繁：晋有坤星，鲁有鹤秀，黔有腋蝶，梁有翻跳，越有诸尖，皆异种也。又有靴头、点子、大白、黑石、夫妇雀、花狗眼之类，名不可屈以指，惟好事者所辨之也。

邹平张公子幼量癖好之，按经而求，务尽其种。其养之也，如保婴儿：冷则疗以粉草，热则投以盐颗。鸽善睡，睡太甚，有病麻痹而死者。张在广陵，以十金购一鸽，体最小，善走，置地上，盘旋无已时，不至于死不休也，故常须人把握之；夜置群中使惊诸鸽，可以免痹股之病，是名"夜游"。齐鲁养鸽家，无如公子最；公子亦以鸽自诩。

一夜坐斋中，忽一白衣少年叩扉入，殊不相识。问之，答曰："漂泊之人，姓名何足道。遥闻畜鸽最盛，此亦生平所好，愿得寓目。”张乃尽出所有，五色俱备，灿若云锦。少年笑曰：“人言果不虚，公子可谓养鸽之能事矣。仆亦携有一两头，颇愿观之否？”张喜，从少年去。月色冥漠，野圹萧条，心窃疑惧。少年指曰：“请勉行，寓屋不远矣。”又数武，见一道院仅两楹，少年握手入，昧无灯火。少年立庭中，口中作鸽鸣。忽有两鸽出：状类常鸽而毛纯白，飞与檐齐，且鸣且斗，每一扑，必作斤斗。少年挥之以肱，连翼而去。复撮口作异声，又有两鸽出：大者如鹜，小者裁如拳；集阶上，学鹤舞。大者延颈立，张翼作屏，宛转鸣跳，若引之；小者上下飞鸣，时集其顶，翼翩翩如燕子落蒲叶上，声细碎类鼗鼓；大者伸颈不敢动。鸣愈急，声变如磬，两两相和，间杂中节。既而小者飞起，大者又颠倒引呼之。张嘉叹不已，自觉望洋可愧。遂揖少年，乞求分爱，少年不许。又固求之，少年乃叱鸽去，仍作前声，招二白鸽来，以手把之，曰：“如不嫌憎，以此塞责。”接而玩之，睛映月作琥珀色，两目通透，若无隔阂，中黑珠圆于椒粒；启其翼，胁肉晶莹，脏腑可数。张甚奇之，而意犹未足，诡求不已。少年曰：“尚有两种未献，今不敢复请观矣。”

方竞论间，家人燎麻炬入寻主人。回视少年，化白鸽大如鸡，冲霄而去。又目前院宇都渺，盖一小墓，树二柏焉。与家人抱鸽，骇叹而归。试使飞，驯异如初，虽非其尤，人世亦绝少矣。于是爱惜臻至。

积二年，育雌雄各三。虽戚好求之，不得也。有父执某公为贵官，一日见公子，问：“畜鸽几许？”公子唯唯以退。疑某意爱好之也，思所以报而割爱良难。又念长者之求，不可重拂。且不敢以常鸽应，选二白鸽笼送之，自以千金之赠不啻也。他日见某公，颇有德色，而其殊无一申谢语。心不能忍，问：“前禽佳否？”答云：“亦肥美。”张惊曰：“烹之乎？”曰：“然。”张大惊曰：“此非常鸽，乃俗所言‘鞑靼’者也！”某回思曰：“味亦殊无异处。”

张叹恨而返。至夜梦白衣少年至，责之曰：“我以君能爱之，故遂托以子孙。何以明珠暗投，致残鼎镬！今率儿辈去矣。”言已化为鸽，所养白鸽皆从之，飞鸣径去。天明视之，果俱亡矣。心甚恨之，遂以所畜，分赠知交，数日而尽。

异史氏曰："物莫不聚于所好，故叶公好龙，则真龙入室，而况学士之于良友，贤君之于良臣乎？而独阿堵之物，好者更多，而聚者特少，亦以见鬼神之怒贪，而不怒痴也。"

向有友人馈朱鲫于孙公子禹年，家无慧仆，以老佣往。及门，倾水出鱼，索柈而进之，及达主所，鱼已枯毙。公子笑而不言，以酒犒佣，即烹鱼以飨。既归，主人问："公子得鱼颇欢慰否？"答曰："欢甚。"问："何以知？"曰："公子见鱼便欣然有笑容，立命赐酒，且烹数尾以犒小人。"主人骇甚，自念所赠，颇不粗劣，何至烹赐下人。因责之曰："必汝蠢顽无礼，故公子迁怒耳。"佣扬手力辩曰："我固陋拙，遂以为非人也！登公子门，小心如许，犹恐筲斗不文，敬索柈出，一一匀排而后进之，有何不周详也？"主人骂而遣之。

灵隐寺僧某以茶得名，铛臼皆精。然所蓄茶有数等，恒视客之贵贱以为烹献；其最上者，非贵客及知味者，不一奉也。一日有贵官至，僧伏谒甚恭，出佳茶，手自烹进，冀得称誉。贵官默然。僧惑甚，又以最上一等烹而进之。饮已将尽，并无赞语。僧急不能待，鞠躬曰："茶何如？"贵官执盏一拱曰："甚热。"

此两事，可与张公子之赠鸽同一笑也。

聂　政

怀庆潞王有昏德，时行民间，窥有好女子辄夺之。有王生妻，为王所睹，遣舆马直入其家。女子号泣不伏，强舁而出。王亡去，隐身聂政之墓，冀妻经过，得一遥诀。无何妻至，望见夫，大哭投地。王恻动心怀，不觉失声。从人知其王生，执之，将加搒掠。忽墓中一丈夫出，手握白刃，气象威猛，厉声曰："我聂政也！良家子岂可强占！念汝辈不能自由，姑且宥恕。寄语无道王：若不改行，不日将抉其首！"众大骇，弃车而走。丈夫亦入墓中而没。夫妻叩墓归，犹惧王命复临。过十余日，竟无消息，心始安。王自是淫威亦少杀云。

异史氏曰："余读《刺客传》，而独服膺于轵深井里也。其锐身而报知己也，有豫之义；白昼而屠卿相，有鲊之勇；皮面自刑，不累骨肉，有曹之智。至于荆轲，力不足以谋无道秦，遂使绝裾而去，自取灭亡。

轻借樊将军之头，何日可能还也？此千古之所恨，而聂政之所嗤者矣。闻之野史：其坟见掘于羊、左之鬼。果尔，则生不成名，死犹丧义，其视聂之抱义愤而惩荒淫者，为人之贤不肖何如哉！噫！聂之贤，于此益信。”

冷　生

平城冷生，少最钝，年二十余，未能通一经。忽有狐来与之燕处，每闻其终夜语，即兄弟诘之，亦不肯泄。如是多日，忽得狂易病，每得题为文，则闭门枯坐；少时哗然大笑。窥之，则手不停草，而一艺成矣。脱稿又文思精妙。是年入泮，明年食饩。每逢场作笑，响彻堂壁，由此“笑生”之名大噪。幸学使退休，不闻。后值某学使规矩严肃，终日危坐堂上。忽闻笑声，怒执之，将以加责，执事官代白其颠。学使怒稍息，释之，而黜其名。从此佯狂诗酒。著有《颠草》四卷，超拔可诵。

异史氏曰：“闭门一笑，与佛家顿悟时何殊间哉！大笑成文，亦一快事，何至以此褫革？如此主司，宁非悠悠！”

学师孙景夏往访友人，至其窗外，不闻人语，但闻笑声嗤然，顷刻数作。意其与人戏耳。入视，则居之独也。怪之。始大笑曰：“适无事，默熟笑谈耳。”

邑宫生家畜一驴，性蹇劣，每途中逢徒步客，拱手谢曰：“适忙，不遑下骑，勿罪！”言未已，驴已蹶然伏道上，屡试不爽。宫大惭恨，因与妻谋，使伪作客。己乃跨驴周于庭，向妻拱手，作遇客语，驴果伏。便以利锥毒刺之。适有友人相访，方欲款关，闻宫言于内曰：“不遑下骑，勿罪！”少顷，又言之。心大怪异，叩扉问其故，以实告，相与捧腹。

此二则，可附冷生之笑并传矣。

狐惩淫

某生购新第，常患狐。一切服物，多为所毁，且时以尘土置汤饼中。

一日有友过访，值生出，至暮不归。生妻备馔供客，已而偕婢啜食余饵。生素不羁，好蓄媚药，不知何时狐以药置粥中，妇食之，觉有脑麝气，问婢，婢云不知。食讫，觉欲焰上炽，不可暂忍，强自按抑，燥渴愈急。筹思家中无可奔者，惟有客在，遂往叩斋。客问其谁，实告之；问何作，不答。客谢曰："我与若夫道义交，不敢为此兽行。"妇尚流连，客叱骂曰："某兄文章品行，被汝丧尽矣！"隔窗唾之，妇大惭乃退。因自念我何为若此？忽忆碗中香，得毋媚药也？检包中药，果狼藉满案，盎盏中皆是也。稔知冷水可解，因就饮之。顷刻，心下清醒，愧耻无以自容。展转既久，更漏已残，愈恐天晓难以见人，乃解带自经。婢觉救之，气已渐绝；辰后始有微息。客夜间已遁。

生晡后方归，见妻卧，问之不语，但含清涕。婢以状告，大惊，苦诘之。妻遣婢去，始以实告。生叹曰："此我之淫报也，于卿何尤？幸有良友，不然，何以为人！"遂从此痛改往行，狐亦遂绝。

异史氏曰："居家者相戒勿蓄砒鸩，从无有相戒不蓄媚药者，亦犹人之畏兵刃而狎床笫也。宁知其毒有甚于砒鸩者哉！顾蓄之不过以媚内耳！乃至见嫉于鬼神；况人之纵淫，有过于蓄药者乎？"

某生赴试，自郡中归，日已暮，携有莲实菱藕，入室，并置几上。又有藤津伪器一事，水浸盎中。诸邻人以生新归，携酒登堂，生仓卒置床下而出，令内子经营供馔，与客薄饮。饮已入内，急烛床下，盎水已空。问妇，妇曰："适与菱藕并出供客，何尚寻也？"生忆肴中有黑条杂错，举座不知何物。乃失笑曰："痴婆子！此何物事，可供客耶？"妇亦疑曰："我尚怨子不言烹法，其状可丑，又不知何名，只得糊涂脔切耳。"生乃告之，相与大笑。今某生贵矣，相狎者犹以为戏。

山 市

奂山山市，邑八景之一也，数年恒不一见。孙公子禹年，与同人饮楼上，忽见山头有孤塔耸起，高插青冥。相顾惊疑，念近中无此禅院。无何，见宫殿数十所，碧瓦飞甍，始悟为山市。未几高垣睥睨，连亘六七里，居然城郭矣。中有楼若者、堂若者、坊若者，历历在目，以亿万计。忽大风起，尘气莽莽然，城市依稀而已。既而风定天清，一切乌有;惟危楼一座,直接霄汉。楼五架窗扉皆洞开,一行有五点明处,楼外天也。层层指数:楼愈高则明渐小;数至八层,裁如星点,又其上则黯然缥缈,不可计其层次矣。而楼上人往来屑屑,或凭或立,不一状。逾时楼渐低,可见其顶,又渐如常楼,又渐如高舍,倏忽如拳如豆,遂不可见。又闻有早行者,见山上人烟市肆,与世无别,故又名“鬼市”云。

江 城

临江高蕃,少慧,仪容秀美,十四岁入邑庠。富室争女之,生选择良苛,屡梗父命。父仲鸿年六十,止此子,宠惜之,不忍少拂。

东村有樊翁者,授童蒙于市肆,携家僦生屋。翁有女,小字江城,与生同甲,时皆八九岁,两小无猜,日共嬉戏。后翁徙去,积四五年,不复闻问。一日,生于隘巷中,见一女郎,艳美绝俗,从以小鬟仅六七岁,不敢倾顾但斜睨之。女停睇若欲有言,细视之江城也。顿大惊喜。各无所言,相视呆立,移时始别,两情恋恋。生故以红巾遗地而去,小鬟拾之,喜以授女。女入袖中,易以己巾,伪谓鬟曰:“高秀才非他人,勿得讳其遗物,可追还之。”小鬟果追付生,生得巾大喜。归见母,请与论婚。母曰:“家无半间屋,南北流寓,何足匹偶?”生曰:“我自欲之,固当无悔。”母不能决,以商仲鸿,鸿执不可。生闻之闷闷,嗌不容粒。母忧之,谓高曰:“樊氏虽贫,亦非狙侩无赖者比。我请过其家,倘其女可偶,当亦无害。”高曰:“诺。”母托烧香黑帝祠,诣之。见女明眸秀齿,居然娟好,心大爱悦。遂以金帛厚赠之,实告以意。樊媪谦抑而后受盟。归述其情,生始解颜为笑。

逾岁择吉迎女归,夫妻相得甚欢。而女善怒,反眼若不相识,词舌嘲啁,常聒于耳。生以爱故,悉含忍之。翁媪闻之,心弗善也,潜责其子。为女所闻,大恚,诟骂弥加。生稍稍反其恶声,女益怒,挞逐出户,阖其扉。生嚁嚁门外,不敢叩关,抱膝宿檐下。女从此视若仇。其初,长跪犹可以解,渐至屈膝无灵,而丈夫益苦矣。翁姑薄让之,女抵牾不可言状。翁姑忿怒,逼令大归。

樊惭惧,浼交好者请于仲鸿,仲鸿不许。年余,生出遇岳,岳邀归其家,谢罪不遑。妆女出见,夫妇相看,不觉恻楚。樊乃沽酒款婿,酬劝甚殷。日暮坚止留宿,扫别榻,使夫妇并寝。既曙辞归,不敢以情告父母,掩饰弥缝。自此三五日,暂一寄岳家宿,而父母不知也。樊一日自诣仲鸿。初不见,迫而后见之。樊膝行而请,高不承,诿诸其子。樊曰:“婿昨夜宿仆家,不闻有异言。”高惊问:“何时寄宿?”樊具以告。高赧谢曰:“我固不知。彼爱之,我独何仇乎?”樊既去,高呼子而骂,生但俯首,不少出气。言间,樊已送女至。高曰:“我不能为儿女任过,不如各立门户,即烦主析爨之盟。”樊劝之,不听。遂别院居之,遣一婢给役焉。

月余,颇相安,翁妪窃慰。未几女渐肆,生面上时有指爪痕,父母明知之,亦忍不置问。一日生不堪挞楚,奔避父所,芒芒然如鸟雀之被鹯殴者。翁媪方怪问,女已横梃追入,竟即翁侧捉而棰之。翁姑涕噪,略不顾瞻,挞至数十,始悻悻以去。高逐子曰:“我惟避嚣,故析尔。尔固乐此,又焉逃乎?”

生被逐,徙倚无所归。母恐其折挫行死,令独居而给之食。又召樊来,使教其女。樊入室,开谕万端,女终不听,反以恶言相苦。樊拂衣去,誓相绝。无何樊翁愤生病,与妪相继死。女恨之,亦不临吊,惟日隔壁噪骂,故使翁姑闻。高悉置不知。

生自独居,若离汤火,但觉凄寂。暗以金啖媒媪李氏,纳妓斋中,往来皆以夜。久之,女微闻之,诣斋嫚骂。生力白其诬,矢以天日,女始归。自此日伺生隙。李媪自斋中出,适相遇,急呼之;媪神色变异,女愈疑,谓媪曰:“明告所作,或可宥免;若有隐秘,撮毛尽矣!”媪战而告曰:“半月来,惟勾栏李云娘过此两度耳。适公子言,曾于玉笥山见陶家妇,爱其双翘,嘱奴招致之。渠虽不贞,亦未便作夜度娘,成否故未必也。”女以其言诚,姑从宽恕。媪欲去,又强止之。日既昏,呵之曰:“可先往灭其烛,便言陶家至矣。”媪如其言。女即遽入。生喜极,挽臂促坐,具道饥渴。女默不语,生暗中索其足,曰:“山上一觐仙容,介介独恋是耳。”女终不语。生曰:“夙昔之愿,今始得遂,何可觌面而不识也?”躬自促火一照,则江城也。大惧失色,堕烛于地,长跪觳觫,若兵在颈。女摘耳提归,以针刺两股殆遍,乃卧以下床,醒则骂之。生以此畏若虎狼，即偶假以颜色，枕席之上，亦震慑不能为人。女批颊而叱去之，益厌弃不以人齿。生日在兰麝之乡，如犴狴中人，仰狱吏之尊也。

女有两姊，俱适诸生。长姊平善，讷于口，常与女不相洽。二姊适葛氏，为人狡黠善辩，顾影弄姿，貌不及江城，而悍妒与埒。姊妹相逢无他语，惟各以阃威自鸣得意。以故二人最善。生适戚友，女辄嗔怒；惟适葛所，知而不禁。一日饮葛所，既醉，葛嘲曰："子何畏之甚？"生笑曰："天下事颇多不解：我之畏，畏其美也，乃有美不及内人，而畏甚于仆者，惑不滋甚哉？"葛大惭，不能对。婢闻，以告二姊。二姊怒，操杖遽出，生见其凶，蹀屣欲走。杖起，已中腰膂，三杖三蹶而不能起。误中颅，血流如沈。二姊去，生蹒跚而归。

妻惊问之，初以迕姨故，不敢遽告；再三研诘，始具陈之。女以帛束生首，忿然曰："人家男子，何烦他挞楚耶！"更短袖裳，怀木杵，携婢径去。抵葛家，二姊笑语承迎。女不语，以杵击之，仆；裂裤而痛楚焉。齿落唇缺，遗失溲便。女返，二姊羞愤，遣夫赴诉于高。生趋出，极意温恤，葛私语曰："仆此来，不得不尔。悍妇不仁，幸假手而惩创之，我两人何嫌焉。"女已闻之，遽出，指骂曰："龌龊贼！妻子亏苦，反窃窃与外人交好！此等男子，不宜打煞耶！"疾呼觅杖。葛大窘，夺门窜去。生由此往来全无一所。

同窗王子雅过之，宛转留饮。饮间，以闺阁相谑，颇涉狎亵。女适窥客，伏听尽悉，暗以巴豆投汤中而进之。未几吐利不可堪，奄存气息。女使婢问之曰："再敢无礼否？"始悟病之所自来，呻吟而哀之，则绿豆汤已储待矣，饮之乃止。从此同人相戒，不敢饮于其家。

王有酤肆，肆中多红梅，设宴招其曹侣。生托文社，禀白而往。日暮，既酣，王生曰："适有南昌名妓，流寓此间，可以呼来共饮。"众大悦。惟生离席，兴辞，群曳之曰："阃中耳目虽长，亦听睹不至于此。"因相矢缄口，生乃复坐。少间妓果出，年十七八，玉佩丁冬，云鬟掠削。问其姓，云："谢氏，小字芳兰。"出词吐气，备极风雅，举座若狂。而芳兰犹属意生，屡以色授。为众所觉，故曳两人连肩坐。芳兰阴把生手，以指书掌作"宿"字。生于此时，欲去不忍，欲留不敢，心如乱丝,不可言喻。而倾头耳语,醉态益狂,榻上胭脂虎,亦并忘之。少选,听更漏已动,肆中酒客愈稀,惟遥座一美少年对烛独酌,有小僮捧巾侍焉;众窃议其高雅。无何,少年罢饮,出门去。僮返身入,向生曰:“主人相候一语。”众则茫然,惟生颜色惨变,不遑告别,匆匆便去。盖少年乃江城,僮即其家婢也。

生从至家,伏受鞭扑。从此禁锢益严,吊庆皆绝。文宗下学,生以误讲降为青。一日与婢语,女疑与私,以酒坛囊婢首而挞之。已而缚生及婢,以绣剪剪腹间肉互补之,释缚令其自束。月余,补处竟合为一云。女每以白足踏饼尘土中,叱生摭食之。如是种种。母以忆子故,偶至其家,见子柴瘠,归而痛哭欲死。夜梦一叟告之曰:“不须忧烦,此是前世因。江城原静业和尚所养长生鼠,公子前生为士人,偶游其地,误毙之。今作恶报,不可以人力回也。每早起,虔心诵观音咒一百遍,必当有效。”醒而述于仲鸿,异之,夫妻遵教。虔诵两月余,女横如故,益之狂纵。闻门外钲鼓,辄握发出,憨然引眺,千人指视,恬不为怪。翁姑共耻之,而不能禁,腹诽而已。

忽有老僧在门外宣佛果,观者如堵。僧吹鼓上革作牛鸣。女奔出,见人众无隙,命婢移行床,翘登其上。众目集视,女如弗觉。逾时,僧敷衍将毕,索清水一盂,持向女而宣言曰:“莫要嗔,莫要嗔!前世也非假,今世也非真。咄!鼠子缩头去,勿使猫儿寻。”宣已,吸水噀射女面,粉黛淫淫,下沾衿袖。众大骇,意女暴怒,女殊不语,拭面自归。僧亦遂去。

女入室痴坐,嗒然若丧,终日不食,扫榻遽寝。中夜忽唤生醒,生疑其将遗,捧进溺盆。女却之,暗把生臂,曳入衾。生承命,四体惊悚,若奉丹诏。女慨然曰:“使君如此,何以为人!”乃以手抚扪生体,每至刀杖痕,嘤嘤啜泣,辄以爪甲自掐,恨不即死。生见其状,意良不忍,所以慰藉之良厚。女曰:“妾思和尚必是菩萨化身。清水一洒,若更腑肺。今回忆曩昔所为,都如隔世。妾向时得毋非人耶?有夫妇而不能欢,有姑嫜而不能事,是诚何心!明日可移家去,仍与父母同居,庶便定省。”絮语终夜,如话十年之别。昧爽即起,折衣敛器,婢携簏,躬襆被,促生前往叩扉。母出骇问,告以意。母尚迟回有难色，女已偕婢入。母从入。女伏地哀泣，但求免死。母察其意诚，亦泣曰："吾儿何遽如此?"生为细述前状，始悟曩昔之梦验也。喜，唤厮仆为除旧舍。女自是承颜顺志过于孝子，见人，则觍如新妇；或戏述往事，则红涨于颊。且勤俭，又善居积，三年翁媪不问家计，而富称巨万矣。生是岁乡捷。每谓生曰："当日一见芳兰，今犹忆之。"生以不受荼毒，愿已至足，妄念所不敢萌，唯唯而已。会以应举入都，数月乃返。入室，见芳兰方与江城对弈。惊而问之，则女以数百金出其籍矣。此事浙中王子雅言之甚详。

异史氏曰："人生业果，饮啄必报，而惟果报之在房中者，如附骨之疽，其毒尤惨。每见天下贤妇十之一，悍妇十之九，亦以见人世之能修善业者少也。观自在愿力宏大，何不将盂中水洒大千世界也?"

孙　生

孙生娶故家女辛氏，初入门，为穷裤，多其带，浑身纠缠甚密，拒男子不与共榻，床头常设锥簪之器以自卫。孙屡被刺剟，因就别榻眠。月余，不敢问鼎。即白昼相逢，女未尝假以言笑。

同窗某知之，私谓孙曰："夫人能饮否?"答云："少饮。"某戏之曰："仆有调停之法，善而可行。"问："何法?"曰："以迷药入酒，给使饮焉，则惟君所为矣。"孙笑之，而阴服其策良。询之医家，敬以酒煮乌头置案上。入夜，孙酾别酒，独酌数觥而寝。如此三夕，妻终不饮。一夜孙卧移时，视妻犹寂坐，孙故作鼾声，妻乃下榻，取酒煨炉上。孙窃喜。既而满饮一杯；又复酌，约尽半杯许，以其余仍内壶中，拂榻遂寝。久之无声，而灯煌煌尚未灭也。疑其尚醒，故大呼："锡檠熔化矣!"妻不应，再呼仍不应；白身往视，则醉睡如泥。启衾潜入，层层断其缚结。妻固觉之，不能动，亦不能言，任其轻薄而去。既醒，恶之，投缳自缢。孙梦中闻喘吼声，起而奔视，舌已出两寸许。大惊，断索，扶榻上，逾时始苏。孙自此殊厌恨之，夫妻避道而行，相逢则俯其首，积四五年不交一语。妻或在室中，与他人嬉笑，见夫至色则立变，凛如霜雪。孙尝寄宿斋中，经岁不归；即强之归，亦面壁移时，默然就枕而已。父母甚忧之。

一日有老尼至其家,见妇,亟加赞誉。母不言,但有浩叹,尼诘其故,具以情告。尼曰:“此易事耳。”母喜曰:“倘能回妇意,当不靳酬也。”尼窥室无人,耳语曰:“购春宫一帧,三日后为若厌之。”尼去,母即购以待之。三日尼果来,嘱曰:“此须甚密,勿令夫妇知。”乃剪下图中人,又针三枚、艾一撮,并以素纸包固,外绘数画如蚓状,使母赚妇出,窃取其枕,开其缝而投之;已而仍合之,返归故处。尼乃去。至晚,母强子归宿。媪往窃听。二更将残,闻妇呼孙小字,孙不答。少间,妇复语,孙厌气作恶声。质明,母入其室,见夫妇面首相背,知尼之术诬也。呼子于无人处,委谕之。孙闻妻名便怒,切齿。母怒骂之,不顾而去。

越日尼来,告之罔效,尼大疑。媪因述所听。尼笑曰:“前言妇憎夫,故偏厌之。今妇意已转,所未转者男耳。请作两制之法,必有验。”母从之,索子枕如前缄置讫,又呼令归寝。更余,犹闻两榻上皆有转侧声,时作咳,都若不能寐。久之,闻两人在一床上唧唧语,但隐约不可辨。将曙,犹闻嬉笑,吃吃不绝。媪以告母,母喜。尼来,厚馈之。孙由是琴瑟和好。生一男两女,十余年从无角口之事。同人私问其故,笑曰:“前此顾影生怒,后此闻声而喜,自亦不解其何心也。”

异史氏曰:“移憎而爱,术亦神矣。然能令人喜者,亦能令人怒,术人之神,正术人之可畏也。先哲云:‘六婆不入门。’有见矣夫!”

八大王

临洮冯生,盖贵介裔而凌夷矣。有渔鳖者负其债,不能偿,得鳖辄献之。一日献巨鳖,额有白点,生以其状异,放之。

后自婿家归,至恒河之侧,日已就昏,见一醉者从二三僮,颠跛而至,遥见生,便问:“何人?”生漫应:“行道者。”醉人怒曰:“宁无姓名,胡言行道者?”生驰驱心急,置不答,径过之。醉人益怒,捉袂使不得行,酒臭熏人。生更不耐,然力解不能脱。问:“汝何名?”呓然而对曰:“我南都旧令尹也。将何为?”生曰:“世间有此等令尹,辱寞世界矣!幸是旧令尹;假新令尹,将无杀尽途人耶?”醉人怒甚,势将用武。生大言曰:“我冯某非受人挝打者!”醉人闻之,变怒为欢,踉蹡下拜曰:“是我恩主,唐突勿罪!”起唤从人,先归治具。生辞之不得。握手行数里,见一小村。既入,则廊舍华好,似贵人家。醉人酲稍解,生始询其姓字。曰:“言之勿惊,我洮水八大王也。适西山青童招饮,不觉过醉,有犯尊颜,实切愧悚。”生知其妖,以其情辞殷渥,遂不畏怖。俄而设筵丰盛,促坐欢饮。八大王最豪,连举数觥。生恐其复醉,再作萦扰,伪醉求寝。八大王已喻其意,笑曰:“君得无畏我狂耶?但请勿惧。凡醉人无行,谓隔夜不复记者,欺人耳。酒徒之不德,故犯者十之九。仆虽不齿于侪偶,顾未敢以无赖之行施之长者,何遂见拒如此?”生乃复坐,正容而谏曰:“既自知之,何勿改行?”八大王曰:“老夫为令尹时,沉湎尤过于今日。自触帝怒,谪归岛屿,力返前辙者十余年矣。今老将就木,潦倒不能横飞,故态复作,我自不解耳。兹敬闻命矣。”倾谈间远钟已动。八大王起,捉臂曰:“相聚不久。蓄有一物,聊报厚德。此不可以久佩,如愿后,当见还也。”口中吐一小人,仅寸许,因以爪掐生臂,痛若肤裂;急以小人按捺其上,释手已入革里,甲痕尚在,而漫漫坟起,类痰核状。惊问之,笑而不答。但曰:“君宜行矣。”送生出,八大王自返。回顾村舍全渺,惟一巨鳖,蠢蠢入水而没。

错愕久之,自念所获,必鳖宝也。由此目最明,凡有珠宝之处,黄泉下皆可见,即素所不知之物,亦随口而知其名。于寝室中,掘得藏镪数百,用度颇充。后有货故宅者,生视其中有藏镪无算,遂以重金购居之。由此与王公埒富矣,火齐木难之类皆蓄焉。得一镜,背有凤纽,环水云湘妃之图,光射里余,须眉皆可数。佳人一照,则影留其中,磨之不能灭也;若改妆重照,或更一美人,则前影消矣。时肃府第三公主绝美,雅慕其名。会主游崆峒,乃往伏山中,伺其下舆,照之而归,设置案头。审视之,见美人在中,拈巾微笑,口欲言而波欲动,喜而藏之。

年余为妻所泄,闻之肃府。王怒收之,追镜去,拟斩。生大贿中贵人,使言于王曰:“王如见赦,天下之至宝,不难致也。不然,有死而已,于王诚无所益。”王欲籍其家而徙之。三公主曰:“彼已窥我,十死亦不足解此玷,不如嫁之。”王不许,公主闭户不食。妃子大忧,力言于王。王乃释生囚,命中贵以意示生。生辞曰:"糟糠之妻不下堂,宁死不敢承命。王如听臣自赎,倾家可也。"王怒,复逮之。妃召生妻入宫,将鸩之。既见,妻以珊瑚镜台纳妃,词意温恻。妃悦之,使参公主。公主亦悦之,订为姊妹,转使谕生。生告妻曰:"王侯之女,不可以先后论嫡庶也。"妻不听,归修聘币纳王邸,赍送者迨千人。珍石宝玉之属,王家不能知其名。王大喜,释生归,以公主嫔焉。公主仍怀镜归。

生一夕独寝,梦八大王轩然入曰:"所赠之物,当见还也。佩之若久,耗人精血,损人寿命。"生诺之,即留宴饮。八大王辞曰:"自聆药石,戒杯中物,已三年矣。"乃以口啮生臂,痛极而醒。视之,则核块消矣。后此遂如常人。

异史氏曰:"醒则犹人,而醉则犹鳖,此酒人之大都也。顾鳖虽日习于酒狂乎,而不敢忘恩,不敢无礼于长者,鳖不过人远哉?若夫己氏则醒不如人,而醉不如鳖矣。古人有龟鉴,盍以为鳖鉴乎?乃作《酒人赋》。赋曰:

'有一物焉,陶情适口;饮之则醺醺腾腾,厥名为"酒"。其名最多,为功已久:以宴嘉宾,以速父舅,以促膝而为欢,以合卺而成偶;或以为"钓诗钩",又以为"扫愁帚"。故曲生频来,则骚客之金兰友;醉乡深处,则愁人之逋逃薮。糟丘之台既成,鸱夷之功不朽。齐臣遂能一石,学士亦称五斗。则酒固以人传,而人或以酒丑。若夫落帽之孟嘉,荷锸之伯伦,山公之倒其接䍦,彭泽之漉以葛巾。酣眠乎美人之侧也,或察其无心;濡首于墨汁之中也,自以为有神。井底卧乘船之士,槽边缚珥玉之臣。甚至效鳖囚而玩世,亦犹非害物而不仁。

'至如雨宵雪夜,月旦花晨,风定尘短,客旧妓新,履舄交错,兰麝香沉,细批薄抹,低唱浅斟;忽清商兮一奏,则寂若兮无人。雅谑则飞花粲齿,高吟则戛玉敲金。总陶然而大醉,亦魂清而梦真。果尔,即一朝一醉,当亦名教之所不嗔。尔乃嘈杂不韵,俚词并进;坐起讙哗,呶呶成阵。涓滴忿争,势将投刃;伸颈攒眉,引杯若鸩;倾沈碎觥,拂灯灭烬。绿醑葡萄,狼藉不靳;病叶狂花,觞政所禁。如此情怀,不如弗饮。

‘又有酒隔咽喉，间不盈寸；呐呐呢呢，犹讥主吝。坐不言行，饮复不任：酒客无品，于斯为甚。甚有狂药下，客气粗；努石棱，磔髩须；袒两臂，跃双趺。尘蒙蒙兮满面，哇浪浪兮沾裾；口狺狺兮乱吠，发蓬蓬兮若奴。其吁地而呼天也，似李郎之呕其肝脏；其扬手而掷足也，如苏相之裂于牛车。舌底生莲者，不能穷其状；灯前取影者，不能为之图。父母前而受忤，妻子弱而难扶。或以父执之良友，无端而受骂于灌夫。婉言以警，倍益眩瞑。

‘此名“酒凶”，不可救拯。惟有一术，可以解酲。厥术维何？只须一梃。絷其手足，与斩豕等。止困其臀，勿伤其顶；捶至百余，豁然顿醒。’”

戏　缢

邑人某佻侻无赖，偶游村外，见少妇乘马来，谓同游者曰：“我能令其一笑。”众不信，约赌作筵。某遽奔去出马前，连声哗曰：“我要死！”因于墙头抽粱藍一本，横尺许，解带挂其上，引颈作缢状。妇果过而哂之，众亦粲然。妇去既远，某犹不动，众益笑之。近视则舌出目瞑，而气真绝矣。粱干自经，不亦奇哉？是可以为儇薄者戒。

卷 七

罗 祖

罗祖，即墨人也，少贫。总族中应出一丁戍北边，即以罗往。罗居边数年，生一子。驻防守备雅厚遇之。会守备迁陕西参将，欲携与俱去，罗乃托妻子于其友李某者，遂西。自此三年不得返。

适参将欲致书北塞，罗乃自陈，请以便道省妻子，参将从之。罗至家，妻子无恙，良慰。然床下有男子遗舄，心疑之；既而至李申谢。李致酒殷勤，妻又道李恩义，罗感激不胜。明日谓妻曰："我往致主命，暮不能归，勿伺也。"出门跨马而去。匿身近处，更定却归。闻妻与李卧语，大怒，破扉。二人惧，膝行乞死。罗抽刃出，已，复韬之曰："我始以汝为人也，今如此，杀之污吾刀耳！与汝约：妻子而受之，籍名亦而充之，马匹械器具在。我逝矣！"遂去。乡人共闻于官，官笞李，李以实告。而事无验见，莫可质凭，远近搜罗，则绝匿名迹。官疑其因奸致杀，益械李及妻；逾年并桎梏以死。乃驿送其子归即墨。

后石匣营有樵人入山，见一道人坐洞中，未尝求食。众以为异，赍粮供之。或有识者盖即罗也。馈遗满洞。罗终不食，意似厌嚣，以故来者渐寡。积数年，洞外蓬蒿成林。或潜窥之，则坐处不曾少移。又久之，见其出游山上，就之已杳；往瞰洞中，则衣上尘蒙如故。益奇之。更数日而往，则玉柱下垂，坐化已久。土人为之建庙，每三月间，香楮相属于道。其子往，人皆呼以小罗祖，香税悉归之。今其后人犹岁一往收税金焉。沂水刘宗玉向予言之甚详。予笑曰："今世诸檀越，不求为圣贤，但望成佛祖。请遍告之：若要立地成佛，须放下刀子去。"

刘 姓

邑刘姓，虎而冠者也。后去淄居沂，习气不除，乡人咸畏恶之。

有田数亩，与苗某连垄。苗勤，田畔多种桃。桃初实，子往攀摘，刘怒驱之，指为己有，子啼而告诸父。父方骇怪，刘已诟骂在门，且言将讼。苗笑慰之。怒不解，忿而去。

时有同邑李翠石作典商于沂，刘持状入城，适与之遇。以同乡故相熟，问："作何干？"刘以告，李笑曰："子声望众所共知；我素识苗甚平善，何敢占骗？将毋反言之也！"乃碎其词纸，曳入肆，将与调停。刘恨恨不已，窃肆中笔，复造状藏怀中，期以必告。未几苗至，细陈所以，因哀李为之解免，言："我农人，半世不见官长。但得罢讼，数株桃何敢执为己有。"李呼刘出，告以退让之意。刘又指天画地，叱骂不休，苗惟和色卑词，无敢少辩。

既罢，逾四五日，见其村中人传刘已死，李为惊叹。异日他适，见杖而来者俨然刘也。比至，殷殷问讯，且请顾临。李逡巡问曰："日前忽闻凶讣，一何妄也？"刘不答，但挽入村，至其家，罗浆酒焉。乃言："前日之传，非妄也。曩出门见二人来，捉见官府。问何事，但言不知。自思出入衙门数十年，非怯见官长者，亦不为怖。从去至公廨，见南面者有怒容曰：'汝即某耶？罪恶贯盈，不自悛悔；又以他人之物，占为己有。此等横暴，合置铛鼎！'一人稽簿曰：'此人有一善合不死。'南面者阅簿，其色稍霁，便云：'暂送他去。'数十人齐声呵逐。余曰：'因何事勾我来？又因何事遣我去？还祈明示。'吏持簿下，指一条示之。上记：崇祯十三年，用钱三百，救一人夫妇完聚。吏曰：'非此，则今日命当绝，宜堕畜生道。'骇极，乃从二人出。二人索贿，怒告曰：'不知刘某出入公门二十年，专勒人财者，何得向老虎讨肉吃耶？'二人乃不复言。送至村，拱手曰：'此役不曾啖得一掬水。'二人既去，入门遂苏，时气绝已隔日矣。"

李闻而异之，因诘其善行颠末。初，崇祯十三年，岁大凶，人相食。刘时在淄，为主捕隶。适见男女哭甚哀，问之，答云："夫妇聚裁年余，今岁荒，不能两全，故悲耳。"少时，油肆前复见之，似有所争。近诘之，肆主马姓者便云："伊夫妇饿将死，日向我讨麻酱以为活；今又欲卖妇于我，我家中已买十余口矣。此何要紧？贱则售之，否则已耳。如此可笑，生来缠人！"男子因言："今粟贵如珠，自度非得三百数,不足供逃亡之费。本欲两生,若卖妻而不免于死,何取焉?非敢言直,但求作阴鹫行之耳。"刘怜之,便问马出几何。马言:"今日妇口,止直百许耳。"刘请勿短其数,且愿助以半价之资,马执不可。刘少负气,便谓男子:"彼鄙琐不足道,我请如数相赠。若能逃荒,又全夫妇,不更佳耶?"遂发囊与之。夫妻泣拜而去。刘述此事,李大加奖叹。

刘自此前行顿改,今七旬犹健。去年李诣周村,遇刘与人争,众围劝不能解,李笑呼曰:"汝又欲讼桃树耶?"刘茫然改容,呐呐敛手而退。

异史氏曰:"李翠石兄弟皆称素封。然翠石又醇谨,喜为善,未尝以富自豪,抑然诚笃君子也。观其解纷劝善,其生平可知矣。古云:'为富不仁。'吾不知翠石先仁而后富者耶?抑先富而后仁者耶?"

邵九娘

柴廷宾,太平人,妻金氏不育,又奇妒。柴百金买妾,金暴遇之,经岁而死。柴忿出,独宿数月,不践闺闼。

一日柴初度,金卑词庄礼为丈夫寿,柴不忍拒,始通言笑。金设筵内寝招柴,柴辞以醉。金华妆自诣柴所,曰:"妾竭诚终日,君即醉,请一盏而别。"柴乃入,酌酒话言。妻从容曰:"前日误杀婢子,今甚悔之。何便仇忌,遂无结发情耶?后请纳金钗十二,妾不汝瑕疵也。"柴益喜,烛尽见跋,遂止宿焉。由此敬爱如初。

金便呼媒媪来,嘱为物色佳媵,而阴使迁延勿报,己则故督促之。如是年余。柴不能待,遍嘱戚好为之购致,得林氏之养女。金一见,喜形于色,饮食共之,脂泽花钏任其所取。然林固燕产,不习女红,绣履之外须人而成。金曰:"我素勤俭,非似王侯家,买作画图看者。"于是授美锦,使学制,若严师诲弟子。初犹呵骂,继而鞭楚。柴痛切于心,不能为地。而金之怜爱林尤倍于昔,往往自为妆束,匀铅黄焉。但履跟稍有折痕,则以铁杖击双弯,发少乱则批两颊。林不堪其虐,自经死。柴悲惨心目,颇致怨怼。妻怒曰:"我代汝教娘子,有何罪过?”柴始悟其奸,因复反目,永绝琴瑟之好。阴于别业修房闼,思购丽人而别居之。

荏苒半载,未得其人。偶会友人之葬,见二八女郎,光艳溢目,停睇神驰。女怪其狂顾,秋波斜转之。询诸人,知为邵氏。邵贫士,止此女,少聪慧,教之读,过目能了。尤喜读《内经》及冰鉴书。父爱溺之,有议婚者,辄令自择,而贫富皆少所可,故十七岁犹未字也。柴得其端末,知不可图,然心低徊之。又冀其家贫,或可利动。谋之数媪,无敢媒者,遂亦灰心,无所复望。

忽有贾媪者,以货珠过柴,柴告所愿,赂以重金,曰:“止求一通诚意,其成与否所勿责也。万一可图,千金不惜。”媪利其有,诺之。登门,故与邵妻絮语。睹女,惊赞曰:“好个美姑姑!假到昭阳院,赵家姊妹何足数得!”又问:“婿家阿谁?”邵妻答:“尚未。”媪言:“若个娘子,何愁无王侯作贵客也!”邵妻叹曰:“王侯家所不敢望;只要个读书种子,便是佳耳。我家小孽冤,翻复遴选,十无一当,不解是何意向?”媪曰:“夫人勿须烦怨。凭个丽人,不知前身修何福泽才能消受得!昨一大笑事,柴家郎君云:于某家茔边望见颜色,愿以千金为聘。此非饿鸱作天鹅想耶?早被老身呵斥去矣!”邵妻微笑不语。媪曰:“便是秀才家难与较计,若在别个,失尺而得丈,宜若可为矣。”邵妻复笑不言。媪抚掌曰:“果尔,则为老身计亦左矣。日蒙夫人爱,登堂便促膝赐浆酒;若得千金,出车马,入楼阁,老身再到门,则阍者呵叱及之矣。”邵妻沉吟良久,起而去与夫语;移时唤其女;又移时三人并出。邵妻笑曰:“婢子奇特,多少良匹悉不就,闻为贱媵则就之。但恐为儒林笑也!”媪曰:“倘入门得一小哥子,大夫人便如何耶!”言已,告以别居之谋。邵益喜,唤女曰:“试同贾姥言之。此汝自主张,勿后悔,致怼父母。”女腆然曰:“父母安享厚奉,则养女有济矣。况自顾命薄,若得佳偶,必减寿数,少受折磨,未必非福。前见柴郎亦福相,子孙必有兴者。”

媪大喜,奔告。柴喜出非望,即置千金,备舆马,娶女于别业,家人无敢言者。女谓柴曰:“君之计,所谓燕巢于幕,不谋朝夕者也。塞口防舌以冀不漏,何可得乎?请不如早归,犹速发而祸小。”柴虑摧残,女曰:“天下无不可化之人。我苟无过,怒何由起?”柴曰:“不然。此非常之悍,不可情理动者。”女曰:“身为贱婢,摧折亦自分耳。不然,买日为活,何可长也?”柴以为是,终踌躇而不敢决。

一日柴他往,女青衣而出,命苍头控老牝马,一妪携襆从之,竟诣嫡所,伏地而陈。妻始而怒,既念其自首可原,又见容饰兼卑,气亦稍平。乃命婢子出锦衣衣之,曰:“彼薄幸人播恶于众,使我横被口语。其实皆男子不义,诸婢无行,有以激之。汝试念背妻而立家室,此岂复是人矣?”女曰:“细察渠似稍悔之,但不肯下气耳。谚云:‘大者不伏小。’以礼论:妻之于夫,犹子之于父,庶之于嫡也。夫人若肯假以词色,则积怨可以尽捐。”妻云:“彼自不来,我何与焉?”即命婢媪为之除舍。心虽不乐,亦暂安之。

柴闻女归,惊惕不已,窃意羊入虎群,狼藉已不堪矣。疾奔而至,见家中寂然,心始稳贴。女迎门而劝,令诣嫡所,柴有难色。女泣下,柴意少纳。女往见妻曰:“郎适归,自惭无以见夫人,乞夫人往一姗笑之也。”妻不肯行,女曰:“妾已言:夫之于妻,犹嫡之于庶。孟光举案,而人不以为谄,何哉?分在则然耳。”妻乃从之,见柴曰:“汝狡兔三窟,何归为?”柴俯不对。女肘之,柴始强颜笑。妻色稍霁,将返。女推柴从之,又嘱庖人备酌。自是夫妻复和。女早起青衣往朝,盥已授帨,执婢礼甚恭。柴入其室,苦辞之,十余夕始肯一纳。妻亦心贤之,然自愧弗如,积惭成忌。但女奉侍谨,无可蹈瑕,或薄施呵谴,女惟顺受。

一夜夫妇少有反唇,晓妆犹含盛怒。女捧镜,镜堕,破之。妻益恚,握发裂眦。女惧,长跪哀免。怒不解,鞭之至数十。柴不能忍,盛气奔入,曳女出,妻呶呶逐击之。柴怒,夺鞭反扑,面肤绽裂,始退。由是夫妻若仇。柴禁女无往,女弗听,早起,膝行伺幕外。妻捶床怒骂,叱去,不听前。日夜切齿,将伺柴出而后泄愤于女。柴知之,谢绝人事,杜门不通吊庆。妻无如何,惟日挞婢媪以寄其恨,下人皆不可堪。

自夫妻绝好,女亦莫敢当夕,柴于是孤眠。妻闻之,意亦稍安。有大婢素狡黠,偶与柴语,妻疑其私,暴之尤苦。婢辄于无人处,疾首怨骂。一夕轮婢值宿,女嘱柴,禁无往,曰:“婢面有杀机,叵测也。”柴如其言,招之来,诈问:“何作?”婢惊惧,无所措词。柴益疑,检其衣得利刃焉。婢无言,惟伏地乞死。柴欲挞之,女止之曰:“恐夫人所闻,此婢必无生理。彼罪固不赦,然不如鬻之,既全其生,我亦得直焉。”柴然之。会有买妾者急货之。妻以其不谋故,罪柴,益迁怒女,诟骂益毒。柴忿,顾女曰:“皆汝自取。前此杀却,乌有今日?”言已而走。妻怪其言,遍诘左右并无知者,问女,女亦不言。心益闷怒,捉裾浪骂。柴乃返,以实告。妻大惊,向女温语,而心转恨其言之不早。

柴以为嫌隙尽释,不复作防。适远出,妻乃召女而数之曰:“杀主者罪不赦,汝纵之何心?”女造次不能以词自达。妻烧赤铁烙女面欲毁其容,婢媪皆为之不平。每号痛一声,则家人皆哭,愿代受死。妻乃不烙,以针刺胁二十余下,始挥之去。柴归,见面创,大怒,欲往寻之。女捉襟曰:“妾明知火坑而故蹈之。当嫁君时,岂以君家为天堂耶?亦自顾薄命,聊以泄造化之怒耳。安心忍受,尚有满时;若再触焉,是坎已填而复掘之也。”遂以药糁患处,数日寻愈。忽揽镜喜曰:“君今日宜为妾贺,彼烙断我晦纹矣!”朝夕事嫡。一如往日。

金前见众哭,自知身同独夫,略有愧悔之萌,时时呼女共事,词色平善。月余忽病逆,害饮食。柴恨其不死,略不顾问。数日腹胀如鼓,日夜浸困。女侍伺不遑眠食,金益德之。女以医理自陈;金自觉畴昔过惨,疑其怨报,故谢之。金为人持家严整,婢仆悉就约束;自病后,皆散诞无操作者。柴躬自经理,劬劳甚苦,而家中米盐,不食自尽。由是慨然兴中馈之思,聘医药之。金对人辄自言为“气蛊”,以故医脉之,无不指为气郁者。凡易数医,卒罔效,亦滨危矣。又将烹药,女进曰:“此等药百裹无益,只增剧耳。”金不信。女暗撮别剂易之。药下,食顷三遗,病若失。遂益笑女言妄,呻而呼之曰:“女华陀,今如何也?”女及群婢皆笑。金问故,始实告之。泣曰:“妾日受子之覆载而不知也!今而后,请惟家政,听子而行。”

无何病痊,柴整设为贺。女捧壶侍侧,金自起夺壶,曳与连臂,爱异常情。更阑女托故离席,金遣二婢曳还之,强与连榻。自此,事必商,食必偕,即姊妹无其和也。无何,女产一男。产后多病,金亲为调视,若奉老母。

后金患心痗,痛起则面目皆青,但欲觅死。女急取银针数枚,比至,则气息濒尽,按穴刺之,画然痛止。十余日复发,复刺;过六七日又发。虽应手奏效,不至大苦,然心常惴惴,恐其复萌。夜梦至一处,似庙宇,殿中鬼神皆动。神问:“汝金氏耶?汝罪过多端,寿数合尽;念汝改悔,故仅降灾以示微谴。前杀两姬,此其宿报。至邵氏何罪,而惨毒如此?鞭打之刑,已有柴生代报,可以相准;所欠一烙、二十三针,今三次止偿零数,便望病根除耶?明日又当作矣!”醒而大惧,犹冀为妖梦之诬。食后果病,其痛倍切。女至刺之,随手而瘥。疑曰:“技止此矣,病本何以不拔?请再灼之。此非烂烧不可,但恐夫人不能忍受。”金忆梦中语,以故无难色。然呻吟忍受之际,默思欠此十九针,不知作何变症,不如一朝受尽,庶免后苦。炷尽,求女再针,女笑曰:“针岂可以泛常施用耶?”金曰:“不必论穴,但烦十九刺。”女笑不可。金请益坚,起跪榻上,女终不忍。实以梦告,女乃约略经络刺之如数。自此平复,果不复病。弥自忏悔,临下亦无戾色。

子名曰俊,秀惠绝伦。女每曰:“此子翰苑相也。”八岁有神童之目,十五岁以进士授翰林。是时柴夫妇年四十,如夫人三十有二三耳。舆马归宁,乡里荣之。邵翁自鬻女后,家暴富,而士林羞与为伍,至是始有通往来者。

异史氏曰:“女子狡妒,其天性然也。而为妾媵者,又复炫美弄机以增其怒。呜呼!祸所由来矣。若以命自安,以分自守,百折而不移其志,此岂梃刃所能加乎?乃至于再拯其死,而始有悔悟之萌。呜呼!岂人也哉!如数以偿,而不增之息,亦造物之恕矣。顾以仁术作恶报,不亦傎乎!每见愚夫妇抱疴终日,即招无知之巫,任其刺肌灼肤而不敢呻,心尝怪之,至此始悟。”

闽人有纳妾者,夕入妻房,不敢便去,伪解屦作登榻状。妻曰:“去休!勿作态!”夫尚徘徊,妻正色曰:“我非似他家妒忌者,何必尔尔。”夫乃去。妻独卧,辗转不得寐,遂起,往伏门外潜听之。但闻妾声隐约,不甚了了,惟“郎罢”二字略可辨识。郎罢,闽人呼父也。妻听逾刻,痰厥而踣,首触扉作声。夫惊起启户,尸倒入。呼妾火之,则其妻也。急扶灌之。目略开,即呻曰:“谁家郎罢被汝呼!”妒情可哂。

巩 仙

巩道人,无名字,亦不知何里人。尝求见鲁王,阍人不为通。有中贵人出,揖求之,中贵见其鄙陋,逐去之;已而复来。中贵怒,且逐且扑。至无人处,道人笑出黄金二百两,烦逐者覆中贵:“为言我亦不要见王;但闻后苑花木楼台,极人间佳胜,若能导我一游,生平足矣。”又以白金赂逐者。其人喜,反命;中贵亦喜,引道人自后宰门入,诸景俱历。又从登楼上,中贵方凭窗,道人一推,但觉身堕楼外,有细葛绷腰,悬于空际;下视则高深晕目,葛隐隐作断声。惧极,大号。无何数监至,骇极。见其去地绝远,登楼共视,则葛端系檽上,欲解援之,则葛细不堪用力。遍索道人,已杳矣。束手无计,奏之鲁王,王诣视大奇之,命楼下藉茅铺絮,将因而断之。甫毕,葛崩然自绝,去地乃不咫耳。相与失笑。

王命访道士所在。闻馆于尚秀才家,往问之,则出游未复。既,遇于途,遂引见王。王赐宴坐,便请作剧,道士曰:“臣草野之夫,无他庸能。既承优宠,敢献女乐为大王寿。”遂探袖中出美人置地上,向王稽拜已。道士命扮“瑶池宴”本,祝王万年。女子吊场数语。道士又出一人,自白“王母”。少间,董双成、许飞琼,一切仙姬次第俱出。末有织女来谒,献天衣一袭,金彩绚烂,光映一室。王意其伪,索观之,道士急言:“不可!”王不听,卒观之,果无缝之衣,非人工所能制也。道士不乐曰:“臣竭诚以奉大王,暂而假诸天孙,今则浊气所染,何以还故主乎?”王又意歌者必仙姬,思欲留其一二,细视之,则皆宫中乐伎耳。转疑此曲非所夙谙,问之,果茫然不自知。道士以衣置火烧之,然后纳诸袖中,再搜之,则已无矣。

王于是深重道士,留居府内。道士曰:“野人之性,视宫殿如藩笼,不如秀才家得自由也。”每至中夜,必还其所,时而坚留,亦遂宿止。辄于筵间,颠倒四时花木为戏。王问曰:“闻仙人亦不能忘情,果否?”对曰:“或仙人然耳;臣非仙人,故心如枯木矣。”一夜宿府中,王遣少妓往试之。入其室,数呼不应,烛之,则瞑坐榻上。摇之,目一闪即复合;再摇之,齁声作矣。推之,则遂手而倒,酣卧如雷;弹其额,逆指作铁釜声。返以白王。王使刺一针,针弗入。推之,重不可摇;加十余人举掷床下,若千斤石堕地者。旦而窥之,仍眠地上。醒而笑曰:“一场恶睡,堕床下不觉耶!”后女子辈每于其坐卧时,按之为戏,初按犹软,再按则铁石矣。

道士舍秀才家,恒中夜不归。尚锁其户,及旦启扉,道士已卧室中。初,尚与曲妓惠哥善,矢志嫁娶。惠雅善歌,弦索倾一时。鲁王闻其名,召入供奉,遂绝情好。每系念之,苦无由通。一夕问道士:“见惠哥否?”答言:“诸姬皆见,但不知其惠哥为谁。”尚述其貌,道其年,道士乃忆之。尚求转寄一语,道士笑曰:“我世外人,不能为君塞鸿。”尚哀之不已。道士展其袖曰:“必欲一见,请入此。”尚窥之中大如屋。伏身入,则光明洞彻,宽若厅堂;几案床榻,无物不有。居其内,殊无闷苦。道士入府,与王对弈。望惠哥至,阳以袍袖拂尘,惠哥已纳袖中,而他人不之睹也。尚方独坐凝想时,忽有美人自檐间堕,视之惠哥也。两相惊喜,绸缪臻至。尚曰:“今日奇缘,不可不志。请与卿联之。”书壁上曰:“侯门似海久无踪。”惠续云:“谁识萧郎今又逢。”尚曰:“袖里乾坤真个大。”惠曰:“离人思妇尽包容。”书甫毕,忽有五人入,八角冠,淡红衣,认之都与无素。默然不言,捉惠哥去。尚惊骇,不知所由。道士既归,呼之出,问其情事,隐讳不以尽言。道士微笑,解衣反袂示之。尚审视,隐隐有字迹,细裁如虮,盖即所题句也。后十数日,又求一入。前后凡三入。

惠哥谓尚曰:“腹中震动,妾甚忧之,常以紧帛束腰际。府中耳目较多,倘一朝临蓐,何处可容儿啼?烦与巩仙谋,见妾三叉腰时,便一拯救。”尚诺之。归见道士,伏地不起。道士曳之曰:“所言,予已了了。但请勿忧。君宗祧赖此一线,何敢不竭绵薄。但自此不必复入。我所以报君者,原不在情私也。”后数月,道士自外入,笑曰:“携得公子至矣。可速把襁褓来!”尚妻最贤,年近三十,数胎而存一子;适生女,盈月而殇。闻尚言,惊喜自出。道士探袖出婴儿,酣然若寐,脐梗犹未断也。尚妻接抱,始呱呱而泣。

道士解衣曰："产血溅衣，道家最忌。今为君故，二十年故物，一旦弃之。"尚为易衣。道士嘱曰："旧物勿弃却，烧钱许，可疗难产，堕死胎。"尚从其言。居之又久，忽告尚曰："所藏旧衲，当留少许自用，我死后亦勿忘也。"尚谓其言不祥。道士不言而去，入见王曰："臣欲死！"王惊问之，曰："此有定数，亦复何言。"王不信，强留之；手谈一局急起，王又止之。请就外舍，从之。道士趋卧，视之已死。王具棺木，以礼葬之。尚临哭尽哀，始悟曩言盖先告之也。遗衲用催生，应如响，求者踵接于门。始犹以污袖与之；既而剪领衿，罔不效。及闻所嘱，疑妻必有产厄，断血布如掌，珍藏之。

会鲁王有爱妃临盆，三日不下，医穷于术，或有以尚生告者，立召入，一剂而产。王大喜，赠白金、彩缎良厚，尚悉辞不受。王问所欲，曰："臣不敢言。"再请之，顿首曰："如推天惠，但赐旧妓惠哥足矣。"王召之来，问其年，曰："妾十八入府，今十四年矣。"王以其齿加长，命遍呼群妓，任尚自择，尚一无所好。王笑曰："痴哉书生！十年前定婚嫁耶？"尚以实对。乃盛备舆马，仍以所辞彩缎为惠哥作妆，送之出。

惠所生子，名之秀生。秀者，袖也。是时年十一矣。日念仙人之恩，清明则上其墓。有久客川中者，逢道人于途，出书一卷曰："此府中物，来时仓猝，未暇璧返，烦寄去。"客归，闻道人已死，不敢达王，尚代奏之。王展视，果道士所借。疑之，发其冢，空棺耳。后尚子少殇，赖秀生承继，益服巩之先知云。

异史氏曰："袖里乾坤，古人之寓言耳，岂真有之耶？抑何其奇也！中有天地、有日月，可以娶妻生子，而又无催科之苦，人事之烦，则袖中虮虱，何殊桃源鸡犬哉！设容人常住，老于是乡可耳。"

二　商

莒人商姓者，兄富而弟贫，邻垣而居。康熙间，岁大凶，弟朝夕不自给。一日，日向午，尚未举火，枵腹蹀踱，无以为计。妻令往告兄，商曰："无益。脱兄怜我贫也，当早有以处此矣。"妻固强之，商便使其子往，少顷空手而返。商曰："何如哉！"妻详问阿伯云何，子曰：

“伯踌躇目视伯母，伯母告我曰：‘兄弟析居，有饭各食，谁复能相顾也。’”夫妻无言，暂以残盎败榻，少易糠秕而生。

里中三四恶少，窥大商饶足，夜逾垣入。夫妻惊寤，鸣盥器而号。邻人共嫉之，无援者。不得已疾呼二商，商闻嫂鸣欲趋救，妻止之，大声对嫂曰：“兄弟析居，有祸各受，谁复能相顾也！”俄，盗破扉，执大商及妇炮烙之，呼声綦惨。二商曰：“彼固无情，焉有坐视兄死而不救者！”率子越垣，大声疾呼。二商父子故武勇，人所畏惧，又恐惊致他援，盗乃去。视兄嫂两股焦灼，扶榻上，招集婢仆，乃归。

大商虽被创，而金帛无所亡失，谓妻曰：“今所遗留，悉出弟赐，宜分给之。”妻曰：“汝有好兄弟，不受此苦矣！”商乃不言。二商家绝食，谓兄必有一报，久之寂不闻。妇不能待，使子捉囊往从贷，得斗粟而返。妇怒其少欲反之，二商止之。逾两月，贫馁愈不可支。二商曰：“今无术可以谋生，不如鬻宅于兄。兄恐我他去，或不受券而恤焉，未可知；纵或不然，得十余金，亦可存活。”妻以为然，遣子操券诣大商。大商告之妇，且曰：“弟即不仁，我手足也。彼去则我孤立，不如反其券而周之。”妻曰：“不然。彼言去，挟我也；果尔，则适堕其谋。世间无兄弟者，便都死却耶？我高葺墙垣，亦足自固。不如受其券，从所适，亦可以广吾宅。”计定，令二商押署券尾，付直而去。二商于是徙居邻村。

乡中不逞之徒，闻二商去，又攻之。复执大商，搒楚并兼，梏毒惨至，所有金资，悉以赎命。盗临去，开廪呼村中贫者，恣所取，顷刻都尽。次日二商始闻，及奔视，则兄已昏愦不能语，开目见弟，但以手抓床席而已。少顷遂死。二商忿诉邑宰。盗首逃窜，莫可缉获。盗粟者百余人，皆里中贫民，州守亦莫如何。

大商遗幼子，才五岁，家既贫，往往自投叔所，数日不归；送之归，则啼不止。二商妇颇不加青眼。二商曰：“渠父不义，其子何罪？”因市蒸饼数枚，自送之。过数日，又避妻子，阴负斗粟于嫂，使养儿。如此以为常。又数年，大商卖其田宅，母得直足自给，二商乃不复至。后岁大饥，道殣相望，二商食指益繁，不能他顾。侄年十五，荏弱不能操业，使携篮从兄货胡饼。一夜梦兄至，颜色惨戚曰：“余惑于妇言，遂失手足之义。弟不念前嫌,增我汗羞。所卖故宅,今尚空闲,宜僦居之。屋后蓬颗下,藏有窖金,发之可以小阜。使丑儿相从,长舌妇余甚恨之,勿顾也。"既醒,异之。以重直啖第主,始得就,果发得五百金。从此弃贱业,使兄弟设肆廛间。侄颇慧,记算无讹,又诚悫,凡出入一锱铢必告。二商益爱之。一日泣为母请粟,商妻欲勿与,二商念其孝,按月廪给之。数年家益富。大商妇病死,二商亦老,乃析侄,家资割半与之。

异史氏曰:"闻大商一介不轻取与,亦狷洁自好者也。然妇言是听,愦愦不置一词,恝情骨肉,卒以吝死。呜呼!亦何怪哉!二商以贫始,以素封终。为人何所长?但不甚遵阃教耳。呜呼!一行不同,而人品遂异。"

沂水秀才

沂水某秀才,课业山中。夜有二美人入,含笑不言,各以长袖拂榻,相将坐,衣软无声。少间一美人起,以白绫巾展几上,上有草书三四行,亦未尝审其何词。一美人置白金一铤,可三四两许,秀才掇内袖中。美人取巾,握手笑出,曰:"俗不可耐!"秀才扪金则乌有矣。丽人在坐,投以芳泽,置不顾,而金是取,是乞儿相也,尚可耐哉!狐子可儿,雅态可想。

友人言此,并思不可耐事,附志之:对酸俗客。市井人作文语。富贵态状。秀才装名士。旁观谄态。信口谎言不倦。揖坐苦让上下。歪诗文强人观听。财奴哭穷。醉人歪缠。作满洲调。体气若逼人语。市井恶谑。任憨儿登筵抓肴果。假人余威装模样。歪科甲谈诗文。语次频称贵戚。

梅 女

封云亭,太行人。偶至郡,昼卧寓屋。时年少丧偶,岑寂之下,颇有所思。凝视间,见墙上有女子影依稀如画,念必意想所致,而久之不动,亦不灭,异之。起视转真;再近之,俨然少女,容蹙舌伸,索环秀领,惊顾未已,冉冉欲下。知为缢鬼,然以白昼壮胆,不大畏怯。语曰:“娘子如有奇冤,小生可以极力。”影居然下,曰:“萍水之人,何敢遽以重务浼君子。但泉下槁骸,舌不得缩,索不得除,求断屋梁而焚之,恩同山岳矣。”诺之,遂灭。呼主人来,问所见状,主人言:“此十年前梅氏故宅,夜有小偷入室,为梅所执,送诣典史。典史受盗钱五百,诬其女与通,将拘审验,女闻自经。后梅夫妻相继卒,宅归于余。客往往见怪异,而无术可以靖之。”封以鬼言告主人。计毁舍易楹,费不赀,故难之,封乃协力助作。

既就而复居之。梅女夜至,展谢已,喜气充溢,姿态嫣然。封爱悦之,欲与为欢。瞒然而惭曰:“阴惨之气,非但不为君利,若此之为,则生前之垢,西江不可濯矣。会合有时,今日尚未。”问:“何时?”但笑不言。封问:“饮乎?”答曰:“不饮。”封曰:“坐对佳人,闷眼相看,亦复何味?”女曰:“妾生平戏技,惟谙打马。但两人寥落,夜深又苦无局。今长夜莫遣,聊与君为交线之戏。”封从之。促膝戟指,翻变良久,封迷乱不知所从,女辄口道而颐指之,愈出愈幻,不穷于术。封笑曰:“此闺房之绝技。”女曰:“此妾自悟,但有双线,即可成文,人自不之察耳。”更阑颇怠,强使就寝,曰:“我阴人不寐,请自休。妾少解按摩之术,愿尽技能,以侑清梦。”封从其请。女叠掌为之轻按,自顶及踵皆遍;手所经,骨若醉。既而握指细擂,如以团絮相触状,体畅舒不可言:擂至腰,口目皆慵;至股,则沉沉睡去矣。

及醒,日已向午,觉骨节轻和,殊于往日。心益爱慕,绕屋而呼之,并无响应。日夕女始至,封曰:“卿居何所,使我呼欲遍?”曰:“鬼无所,要在地下。”问:“地下有隙可容身乎?”曰:“鬼不见地,犹鱼不见水也。”封握腕曰:“使卿而活,当破产购致之。”女笑曰:“无须破产。”戏至半夜,封苦逼之。女曰:“君勿缠我。有浙娼爱卿者,新寓北邻,颇极风致。明夕招与俱来,聊以自代,若何?”封允之。次夕,果与一少妇同至,年近三十已来,眉目流转,隐含荡意。三人狎坐,打马为戏。局终,女起曰:“嘉会方殷,我且去。”封欲挽之,飘然已逝。两人登榻,于飞甚乐。诘其家世,则含糊不以尽道,但曰:“郎如爱妾,当以指弹北壁,微呼曰:‘壶卢子’,即至。三呼不应,可知不暇,勿更招也。”天晓,入北壁隙中而去。次日女来,封问爱卿,女曰:“被高公子招去侑酒,以故不得来。”因而剪烛共话。女每欲有所言,吻已启而辄止;固诘之,终不肯言,欷歔而已。封强与作戏,四漏始去。自此二女频来,笑声彻宵旦,因而城社悉闻。

典史某,亦浙之世族,嫡室以私仆被黜。继娶顾氏,深相爱好,期月夭殂,心甚悼之。闻封有灵鬼,欲以问冥世之缘,遂跨马造封。封初不肯承,某力求不已。封设筵与坐,诺为招鬼妓。日及曛,叩壁而呼,三声未已,爱卿即入。举头见客,色变欲走;封以身横阻之。某审视,大怒,投以巨碗,溘然而灭。封大惊,不解其故,方将致诘。俄暗室中一老妪出,大骂曰:“贪鄙贼!坏我家钱树子!三十贯索要偿也!”以杖击某,中颅。某抱首而哀曰:“此顾氏,我妻也!少年而殒,方切哀痛,不图为鬼不贞。于姥乎何与?”妪怒曰:“汝本浙江一无赖贼,买得条乌角带,鼻骨倒竖矣!汝居官有何黑白?袖有三百钱便而翁也!神怒人怨,死期已迫。汝父母代哀冥司,愿以爱媳入青楼,代汝偿贪债,不知耶?”言已又击,某宛转哀鸣。方惊诧无从救解,旋见梅女自房中出,张目吐舌,颜色变异,近以长簪刺其耳。封惊极,以身障客。女愤不已,封劝曰:“某即有罪,倘死于寓所,则咎在小生。请少存投鼠之忌。”女乃曳妪曰:“暂假余息,为我顾封郎也。”某张皇鼠窜而去。至署患脑痛,中夜遂毙。

次夜,女出笑曰:“痛快!恶气出矣!”问:“何仇怨?”女曰:“曩已言之:受贿诬奸,衔恨已久。每欲浼君一为昭雪,自愧无纤毫之德,故将言而辄止。适闻纷拏,窃以伺听,不意其仇人也。”封讶曰:“此即诬卿者耶?”曰:“彼典史于此十有八年,妾冤殁十六寒暑矣。”问:“妪为谁?”曰:“老娼也。”又问爱卿,曰:“卧病耳。”因辗然曰:“妾昔谓会合有期,今真不远矣。君尝愿破家相赎,犹记否?”封曰:“今日犹此心也。”女曰:“实告君:妾殁日,已投生延安展孝廉家。徒以大怨未伸,故迁延于是。请以新帛作鬼囊,俾妾得附君以往,就展氏求婚,计必允谐。”封虑势分悬殊,恐将不遂。女曰:“但去无忧。”封从其言。女嘱曰:“途中慎勿相唤;待合卺之夕,以囊挂新人首,急呼曰:‘勿忘勿忘!’”封诺之。才启囊,女跳身已入。

携至延安,访之,果有展孝廉,生一女,貌极端好,但病痴,又常以舌出唇外,类犬喘日。年十六岁无问名者,父母忧念成痗。封到门投刺,具通族阀。既退,托媒。展喜,赘封于家。女痴绝,不知为礼,使两婢扶曳归所。群婢既去,女解衿露乳,对封憨笑。封覆囊呼之,女停眸审顾,似有疑思。封笑曰:“卿不识小生耶?”举之囊而示之。女乃悟,急掩衿,喜共燕笑。诘旦,封入谒岳。展慰之曰:“痴女无知,既承青眷,君倘有意,家中慧婢不乏,仆不靳相赠。”封力辨其不痴,展疑之。无何女至,举止皆佳,因大惊异。女但掩口微笑。展细诘之,女进退而惭于言,封为略述梗概。展大喜,爱悦逾于平时。使子大成与婿同学,供给丰备。年余,大成渐厌薄之,因而郎舅不相能,厮仆亦刻疵其短。展惑于浸润,礼稍懈。女觉之,谓封曰:“岳家不可久居;凡久居者,尽阘茸也。及今未大决裂,宜速归!”封然之,告展。展欲留女,女不可。父兄尽怒,不给舆马,女自出妆资贳马归。后展招令归宁,女固辞不往。后封举孝廉,始通庆好。

异史氏曰:“官卑者愈贪,其常情然乎？三百诬奸,夜气之牿亡尽矣。夺嘉偶,入青楼,卒用暴死。吁！可畏哉!”

康熙甲子,贝丘典史最贪诈,民咸怨之。忽其妻被狡者诱与偕亡。或代悬招状云:“某官因自己不慎,走失夫人一名。身无余物,止有红绫七尺,包裹元宝一枚,翘边细纹,并无阙坏。”亦风流之小报。

郭秀才

东粤士人郭某,暮自友人归,入山迷路,窜榛莽中。约更许,闻山头笑语,急趋之,见十余人藉地饮。望见郭,哄然曰:“坐中正欠一客,大佳,大佳!”郭既坐,见诸客半儒巾,便请指迷。一人笑曰:“君真酸腐！舍此明月不赏,何求道路?”即飞一觥来。郭饮之,芳香射鼻,一引遂尽。又一人持壶倾注。郭故善饮,又复奔驰吻燥,一举十觞。众人大赞曰:“豪哉！真吾友也!”郭放达喜谑,能学禽语,无不酷肖。离坐起溲,窃作燕子鸣。众疑曰:“半夜何得此耶?”又效杜鹃,众益疑。郭坐,但笑不言。方纷议间,郭回首为鹦鹉鸣曰:“郭秀才醉矣,送他归也!”众惊听,寂不复闻;少顷又作之。既而悟其为郭,始大笑。皆撮口从学,无一能者。

一人曰:“可惜青娘子未至。”又一人曰:“中秋还集于此,郭先生不可不来。”郭敬诺。一人起曰:“客有绝技,我等亦献踏肩之戏,若何?”于是哗然并起。前一人挺身矗立;即有一人飞登肩上,亦矗立;累至四人,高不可登;继至者,攀肩踏臂如缘梯状。十余人顷刻都尽,望之可接霄汉。方惊顾间,挺然倒地,化为修道一线。郭骇立良久,遵道得归。

翼日腹大痛,溺绿色似铜青,着物能染,亦无溺气,三日乃已。往验故处,则肴骨狼藉,四围丛莽,并无道路。至中秋郭欲赴约,朋友谏止之。设斗胆再往一会青娘子,必更有异,惜乎其见之摇也!

死　僧

某道士云游日暮,投止野寺。见僧房扃闭,遂藉蒲团,趺坐廊下。夜既静,闻启阖声,旋见一僧来,浑身血污,目中若不见道士,道士亦若不见之。僧直入殿登佛座,抱佛头而笑,久之乃去。及明视室,门扃如故。怪之,入村道所见。众如寺发扃验之,则僧杀死在地,室中席箧掀腾,知为盗劫。疑鬼笑有因;共验佛首,见脑后有微痕,刓之,内藏三十余金。遂用以葬之。

异史氏曰:“谚有之:‘财连于命。’不虚哉!夫人俭啬封殖,以予所不知谁何之人,亦已痴矣;况僧并不知谁何之人而无之哉!生不肯享,死犹顾而笑之,财奴之可叹如此。佛云:‘一文将不去,惟有孽随身。’其僧之谓夫!”

阿　英

甘玉字璧人,庐陵人,父母早丧。遗弟珏字双璧,始五岁从兄鞠养。玉性友爱,抚弟如子。后珏渐长,丰姿秀出,又惠能文。玉益爱之,每曰:“吾弟表表,不可以无良匹。”然简拔过刻,姻卒不就。

适读书匡山僧寺,夜初就枕,闻窗外有女子声。窥之,见三四女郎席地坐,数婢陈肴酒,皆殊色也。一女曰:“秦娘子,阿英何不来?”下坐者曰:“昨自函谷来,被恶人伤右臂,不能同游,方用恨恨。”一女曰："前宵一梦大恶，今犹汗悸。"下坐者摇手曰："莫道，莫道！今宵姊妹欢会，言之吓人不快。"女笑曰："婢子何胆怯尔尔！便有虎狼衔去耶？若要勿言，须歌一曲，为娘行侑酒。"女低吟曰："闲阶桃花取次开，昨日踏青小约未应乖。付嘱东邻女伴少待莫相催，着得凤头鞋子即当来。"吟罢，一座无不叹赏。

谈笑间，忽一伟丈夫岸然自外入，鹘睛荧荧，其貌狞丑。众啼曰："妖至矣！"仓卒哄然，殆如鸟散。惟歌者婀娜不前，被执哀啼，强与支撑。丈夫吼怒，龁手断指，就便嚼食。女郎踣地若死。玉怜恻不可复忍，乃急袖剑拔关出，挥之中股；股落，负痛逃去。扶女入室，面如尘土，血淋衿袖，验其手则右拇断矣，裂帛代裹之。女始呻曰："拯命之德，将何以报？"玉自初窥时，心已隐为弟谋，因告以意。女曰："狼疾之人，不能操箕帚矣。当别为贤仲图之。"诘其姓氏，答言："秦氏。"玉乃展衾，俾暂休养，自乃襆被他所。晓而视之，则床已空，意其自归。而访察近村，殊少此姓；广托戚朋，并无确耗。归与弟言，悔恨若失。

珏一日偶游涂野，遇一二八女郎，姿致娟娟，顾之微笑，似将有言。因以秋波四顾而后问曰："君甘家二郎否？"曰："然。"曰："君家尊曾与妾有婚姻之约，何今日欲背前盟，另订秦家？"珏云："小生幼孤，夙好都不曾闻，请言族阀，归当问兄。"女曰："无须细道，但得一言，妾当自至。"珏以未禀兄命为辞，女笑曰："骙郎君！遂如此怕哥子耶？妾陆氏，居东山望村。三日内当候玉音。"乃别而去。珏归，述诸兄嫂。兄曰："此大谬语！父殁时，我二十余岁，倘有是说，那得不闻？"又以其独行旷野，遂与男儿交语，愈益鄙之。因问其貌，珏红彻面颈不出一言。嫂笑曰："想是佳人。"玉曰："童子何辨妍媸？纵美，必不及秦；待秦氏不谐，图之未晚。"珏默而退。

逾数日，玉在途，见一女子零涕前行，垂鞭按辔而微睨之，人世殆无其匹。使仆诘焉，答曰："我旧许甘家二郎；因家贫远徙，遂绝耗问。近方归，复闻郎家二三其德，背弃前盟。往问伯伯甘璧人，焉置妾也？"玉惊喜曰："甘璧人，即我是也。先人曩约，实所不知。去家不远，请即归谋。"乃下骑授辔，步御以归。女自言："小字阿英，家无昆季，惟外姊秦氏同居。”始悟丽者即其人也。玉欲告诸其家，女固止之。窃喜弟得佳妇，然恐其佻达招议。久之，女殊矜庄，又娇婉善言。母事嫂，嫂亦雅爱慕之。

值中秋，夫妻方狎宴，嫂招之，珏意怅惘。女遣招者先行，约以继至；而端坐笑言良久，殊无去志。珏恐嫂待久，故连促之。女但笑，卒不复去。质旦，晨妆甫竟，嫂自来抚问：“夜来相对，何尔怏怏？”女微哂之。珏觉有异，质对参差，嫂大骇：“苟非妖物，何得有分身术？”玉亦惧，隔帘而告之曰：“家世积德，曾无怨仇。如其妖也，请速行，幸勿杀吾弟！”女腼然曰：“妾本非人，只以阿翁夙盟，故秦家姊以此劝驾。自分不能育男女，尝欲辞去，所以恋恋者，为兄嫂待我不薄耳。今既见疑，请从此诀。”转眼化为鹦鹉，翩然逝矣。

初，甘翁在时，蓄一鹦鹉甚慧，尝自投饵。时珏四五岁，问：“饲鸟何为？”父戏曰：“将以为汝妇。”间鹦鹉乏食，则呼珏云：“不将饵去，饿煞媳妇矣！”家人亦皆以此为戏。后断锁亡去。始悟旧约云即此也。然珏明知非人，而思之不置；嫂悬情尤切，旦夕啜泣。玉悔之而无如何。

后二年为弟聘姜氏女，意终不自得。有表兄为粤司李，玉往省之，久不归。适土寇为乱，近村里落，半为丘墟。珏大惧，率家人避山谷。山上男女颇杂，都不知其谁何。忽闻女子小语，绝类英，嫂促珏近验之，果英。珏喜极，捉臂不释，女乃谓同行者曰：“姊且去，我望嫂嫂来。”既至，嫂望见悲哽。女慰劝再三，又谓：“此非乐土。”因劝令归。众惧寇至，女固言：“不妨。”乃相将俱归。女撮土拦户，嘱安居勿出，坐数语，反身欲去。嫂急握其腕，又令两婢捉左右足，女不得已，止焉。然不甚归私室；珏订之三四，始为之一往。嫂每谓新妇不能当叔意。女遂早起为姜理妆，梳竟，细匀铅黄，人视之，艳增数倍；如此三日，居然丽人。嫂奇之，因言：“我又无子。欲购一妾，姑未遑暇。不知婢辈可涂泽否？”女曰：“无人不可转移，但质美者易为力耳。”遂遍相诸婢，惟一黑丑者，有宜男相。乃唤与洗濯，已而以浓粉杂药末涂之，如是三日，面色渐黄；四七日，脂泽沁入肌理，居然可观。日惟闭门作笑，并不计及兵火。

一夜,噪声四起,举家不知所谋。俄闻门外人马鸣动,纷纷俱去。既明,始知村中焚掠殆尽;盗纵群队穷搜,凡伏匿岩穴者悉被杀掳。遂益德女,目之以神。女忽谓嫂曰:"妾此来,徒以嫂义难忘,聊分离乱之忧。阿伯行至,妾在此,如谚所云,非李非桃,可笑人也。我姑去,当乘间一相望耳。"嫂问:"行人无恙乎?"曰:"近中有大难。此无与他人事,秦家姊受恩奢,意必报之,固当无妨。"嫂挽之过宿,未明已去。

玉自东粤归,闻乱,兼程进。途遇寇,主仆弃马,各以金束腰间,潜身丛棘中。一秦吉了飞集棘上,展翼覆之。视其足,缺一指,心异之。俄而群盗四合,绕莽殆遍,似寻之。二人气不敢息。盗既散,鸟始翔去。既归,各道所见,始知秦吉了即所救丽者也。

后值玉他出不归,英必暮至;计玉将归而早出。珏或会于嫂所,间邀之,则诺而不赴。一夕玉他往,珏意英必至,潜伏候之。未几英果来,暴起,要遮而归于室。女曰:"妾与君情缘已尽,强合之,恐为造物所忌。少留有余,时作一面之会,如何?"珏不听,卒与狎。天明诣嫂,嫂怪之。女笑云:"中途为强寇所劫,劳嫂悬望矣。"数语趋出。

居无何,有巨狸衔鹦鹉经寝门过。嫂骇绝,固疑是英。时方沐,辍洗急号,群起噪击,始得之。左翼沾血,奄存余息。抱置膝头,抚摩良久,始渐醒。自以喙理其翼。少选,飞绕室中,呼曰:"嫂嫂,别矣!吾怨珏也!"振翼遂去,不复来。

橘 树

陕西刘公为兴化令,有道士来献盆树,视之,则小橘细裁如指,摈弗受。刘有幼女,时六七岁,适值初度。道士云:"此不足供大人清玩,聊祝女公子福寿耳。"乃受之。女一见,不胜爱悦,置诸闺闼,朝夕护之惟恐伤。刘任满,橘盈把矣,是年初结实。简装将行,以橘重赘,谋弃之。女抱树娇啼。家人绐之曰:"暂去,且将复来。"女信之,涕始止。又恐为大力者负之而去,立视家人移栽墀下,乃行。

女归,受庄氏聘。庄丙戌登进士,释褐为兴化令,夫人大喜。窃意十余年,橘不复存;及至,则橘已十围,实累累以千计。问之故役。

皆云:“刘公去后,橘甚茂而不实,此其初结也。”更奇之。庄任三年,繁实不懈;第四年,憔悴无少华。夫人曰:“君任此不久矣。”至秋,果解任。

异史氏曰:“橘其有夙缘于女与?何遇之巧也。其实也似感恩,其不华也似伤离。物犹如此,而况于人乎?”

赤 字

顺治乙未冬夜,天上赤字如火。其文云:“白苕代靖否复议朝冶驰。”

牛成章

牛成章,江西之布商也。娶郑氏,生子、女各一。牛三十三岁病死。子名忠,时方十二;女八九岁而已。母不能贞,货产入囊,改醮而去,遗两孤难以存济。有牛从嫂,年已六秩,贫寡无归,送与居处。数年妪死,家益替。而忠渐长,思继父业而苦无资。妹适毛姓,毛富贾也,女哀婿假数十金付兄。兄从人适金陵,途中遇寇,资斧尽丧,飘荡不能归。

偶趋典肆,见主肆者绝类其父,出而潜察之,姓字皆符,骇异不谕其故。惟日流连其旁,以窥意旨,而其人亦略不顾问。如此三日,觇其言笑举止,真父无讹。即又不敢拜识,乃自陈于群小,求以同乡之故,进身为佣。立券已,主人视其里居、姓氏,似有所动,问所从来。忠泣诉父名,主人怅然若失,久之,问:“而母无恙乎?”忠又不敢谓父死,婉应曰:“我父六年前经商不返,母醮而去。幸有伯母抚育,不然,葬沟渎久矣。”主人惨然曰:“我即是汝父也。”于是握手悲哀。又导入参其后母。后母姬,年三十余,无出,得忠喜,设宴寝门。

牛终欷歔不乐,即欲一归故里。妻虑肆中乏人,故止之。牛乃率子纪理肆务。居之三月,乃以诸籍委子,取装西归。既别,忠实以父死告母,姬乃大惊,言:“彼负贩于此,曩所与交好者留作当商,娶我已六年矣,何言死耶?”忠又细述之。相与疑念,不谕其由。逾一昼夜而牛已返,携一妇人头如蓬葆,忠视之则其所生母也。牛摘耳顿骂："何弃吾儿！"妇慑伏不敢少动。牛以口龁其项，妇呼忠曰："儿救吾！儿救吾！"忠大不忍，横身蔽鬲其间。牛犹忿怒，妇已不见。众大惊，相哗以鬼。旋视牛，颜色惨变，委衣于地，化为黑气，亦寻灭矣。母子骇叹，举衣冠而瘗之。忠席父业，富有万金。后归家问之，则嫁母于是日死，一家皆见牛成章云。

青 娥

霍桓字匡九，晋人也。父官县尉，早卒。遗生最幼，聪惠绝人，十一岁以神童入泮。而母过于爱惜，禁不令出庭户，年十三尚不能辨叔伯甥舅焉。

同里有武评事者，好道，入山不返。有女青娥，年十四，美异常伦。幼时窃读父书，慕何仙姑之为人，父既隐，立志不嫁，母无奈之。一日，生于门外瞥见之。童子虽无知，只觉爱之极，而不能言；直告母，使委禽焉。母知其不可故难之，生郁郁不自得。母恐拂儿意，遂托往来者致意武，果不谐。

生行思坐筹，无以为计。会有一道士在门，手握小镵长裁尺许，生借阅一过，问："将何用？"答云："此劚药之具，物虽微，坚石可入。"生未深信。道士即以斫墙上石，应手落如腐。生大异之，把玩不释于手，道士笑曰："公子爱之，即以奉赠。"生大喜，酬之以钱，不受而去。持归，历试砖石，略无隔阂。顿念穴墙则美人可见，而不知其非法也。更定逾垣而出，直至武第，凡穴两重垣，始达中庭。见小厢中尚有灯火，伏窥之，则青娥卸晚装矣。少顷烛灭寂无声，穿墉入，女已熟眠。轻解双履，悄然登榻，又恐女郎惊觉，必遭呵逐，遂潜伏绣褶之侧，略闻香息，心愿窃慰。而半夜经营，疲殆颇甚，少一合眸，不觉睡去。女醒，闻鼻气休休，开目见穴隙亮入。大骇，暗中拔关轻出，敲窗唤家人妇，共爇火操杖以往。则见一总角书生酣眠绣榻，细审识为霍生。推之始觉，遽起，目灼灼如流星，似亦不大畏惧，但腼然不作一语。众指为贼，恐呵之。始出涕曰："我非贼，实以爱娘子故，愿以近芳泽耳。"众又疑穴数重垣，非童子所能者。生出镵以言异，共试之，骇绝，讶为神授。将共告诸夫人，女俯首沉思，意似不以为可。众窥知女意，因曰："此子声名门第，殊不辱玷。不如纵之使去，俾复求媒焉。诘旦，假盗以告夫人，如何也？"女不答。众乃促生行。生索镵，共笑曰："骇儿童！犹不忘凶器耶？"生觑枕边，有凤钗一股，阴纳袖中。已为婢子所窥，急白之，女不言亦不怒。一媪拍颈曰："莫道他骇，若意念乖绝也。"乃曳之，仍自窦中出。

既归，不敢实告母，但嘱母复媒致之。母不忍显拒，惟遍托媒氏，急为别觅良姻。青娥知之，中情皇急，阴使腹心者风示媪。媪悦，托媒往。会小婢漏泄前事，武夫人辱之，不胜恚愤。媒至，益触其怒，以杖画地，骂生并及其母。媒惧窜归，具述其状。生母亦怒曰："不肖儿所为，我都懵懵。何遂以无礼相加！当交股时，何不将荡儿淫女一并杀却？"由是见其亲属，辄便披诉。女闻愧欲死，武夫人大悔，而不能禁之使勿言也。女阴使人婉致生母，且矢之以不他，其词悲切。母感之乃不复言，而论亲之媒，亦遂辍矣。

会秦中欧公宰是邑，见生文，深器之，时召入内署，极意优宠。一日问生："婚乎？"答言："未。"细诘之，对曰："夙与故武评事女小有盟约，后以微嫌，遂致中寝。"问："犹愿之否？"生腼然不言，公笑曰："我当为子成之。"即委县尉教谕，纳币于武。夫人喜，婚乃定，逾岁娶女归。女入门，乃以镵掷地曰："此寇盗物，可将去！"生笑曰："勿忘媒妁。"珍佩之，恒不去身。女为人温良寡默，一日三朝其母，余惟闭门寂坐，不甚留心家务。母或以吊庆他往，则事事经纪，罔不井井。年余生一子孟仙，一切委之乳保，似亦不甚顾惜。又四五年，忽谓生曰："欢爱之缘，于兹八载。今离长会短，可将奈何！"生惊问之，即已默默，盛妆拜母，返身入室。追而诘之，则仰眠榻上而气绝矣。母子痛悼，购良材而葬之。

母已衰迈，每每抱子思母，如摧肺肝，由是遘病，遂惫不起。逆害饮食，但思鱼羹，而近地则无，百里外始可购致。时厮骑皆被差遣，生性纯孝，急不可待，怀资独往，昼夜无停趾。返至山中，日已沉冥，两足跛踦，步不能咫。后一叟至，问曰："足得毋泡乎？"生唯唯。叟便曳坐路隅，敲石取火，以纸裹药末熏生两足讫。试使行，不惟痛止，兼益矫健。感极申谢，叟问："何事汲汲？"答以母病，因历道所由。叟问:“何不另娶?”答云:“未得佳者。”叟遥指山村曰:“此处有一佳人,倘能从我去,仆当为君作伐。”生辞以母病待鱼,姑不遑暇。叟乃拱手,约以异日入村但问老王,乃别而去。

生归烹鱼献母,母略进,数日寻瘳。乃命仆马往寻叟,至旧处迷村所在。周章逾时,夕暾渐坠,山谷甚杂,又不可以极望。乃与仆上山头,以瞻里落;而山径崎岖,苦不可复骑,跋履而上,昧色笼烟矣。蹀躞四望,更无村落。方将下山,而归路已迷,心中燥火如烧。荒窜间,冥堕绝壁,幸数尺下有一线荒台,坠卧其上,阔仅容身,下视黑不见底。惧极不敢少动。又幸崖边皆生小树,约体如栏。

移时,见足傍有小洞口,心窃喜,以背着石,螬行而入。意稍稳,冀天明可以呼救。少顷,深处有光如星点。渐近之,约三四里许,忽睹廊舍,并无釭烛,而光明若昼。一丽人自房中出,视之则青娥也。见生,惊曰:“郎何能来?”生不暇陈,抱袪呜恻。女劝止之,问母及儿,生悉述苦况,女亦惨然。生曰:“卿死年余,此得无冥间耶?”女曰:“非也,此乃仙府。曩时非死,所瘗一竹杖耳。郎今来,仙缘有分也。”因导令朝父,则一修髯丈夫坐堂上,生趋拜。女曰:“霍郎来。”翁惊起,握手略道平素。曰:“婿来大好,分当留此。”生辞以母望,不能久留。翁曰:“我亦知之。但迟三数日,即亦何伤。”乃饵以肴酒,即令婢设榻于西堂,施锦裀焉。生既退,约女同榻寝,女却之曰:“此何处,可容狎亵?”生捉臂不舍。窗外婢子笑声嗤然,女益惭。方争拒间,翁入叱曰:“俗骨污吾洞府!宜即去!”生素负气,愧不能忍,作色曰:“儿女之情,人所不免,长者何当伺我?无难即去,但令女须便将去。”翁无辞,招女随之,启后户送之,赚生离门,父子阖扉去。

回首峭壁巉岩,无少隙缝,只影茕茕,罔所归适。视天上斜月高揭,星斗已稀。怅怅良久,悲已而恨,面壁叫号,迄无应者。愤极,腰中出镵,凿石攻进,瞬息洞入三四尺许。隐隐闻人语曰:“孽障哉!”生奋力凿益急。忽洞底豁开二扉,推娥出曰:“可去,可去!”壁即复合。女怨曰:“既爱我为妇,岂有待丈人如此者?是何处老道士授汝凶器,将人缠混欲死?”生得女,意愿已慰,不复置辩,但忧路险难归。女折两枝,各跨其一即化为马,行且驶,俄顷至家。时失生已七日矣。

初,生之与仆相失也,觅之不得,归而告母。母遣人穷搜山谷,并无踪绪。正忧惶所,闻子自归,欢喜承迎。举首见妇,几骇绝。生略述之,母益忻慰。女以形迹诡异,虑骇物听,求即播迁,母从之。异郡有别业,刻期徙往,人莫之知。

偕居十八年,生一女,适同邑李氏。后母寿终。女谓生曰:“吾家茅田中有雉抱八卵,其地可葬,汝父子扶榇归窆。儿已成立,宜即留守庐墓,无庸复来。”生从其言,葬后自返。月余孟仙往省之,而父母俱杳。问之老奴,则云:“赴葬未还。”心知其异,浩叹而已。

孟仙文名甚噪,而困于场屋,四旬不售。后以拔贡入北闱,遇同号生,年可十七八,神采俊逸,爱之。视其卷,注顺天廪生霍仲仙。瞪目大骇,因自道姓名。仲仙亦异之,便问乡贯,孟悉告之。仲仙喜曰:“弟赴都时,父嘱文场中如逢山右霍姓者,吾族也,宜与款接,今果然矣。顾何以名字相同如此?”孟仙因诘高、曾并严、慈姓讳,已而惊曰:“是我父母也!”仲仙疑年齿之不类。孟仙曰:“我父母皆仙人,何可以貌信其年岁乎?”因述往迹,仲仙始信。

场后不暇休息,命驾同归。才到门,家人迎告,是夜失太翁及夫人所在。两人大惊。仲仙入而询诸妇,妇言:“昨夕尚共杯酒,母谓:‘汝夫妇少不更事。明日大哥来,吾无虑矣。’早旦入室,则阒无人矣。”兄弟闻之,顿足悲哀。仲仙犹欲追觅,孟仙以为无益,乃止。是科仲领乡荐。以晋中祖墓所在,从兄而归。犹冀父母尚在人间,随在探访,而终无踪迹矣。

异史氏曰:“钻穴眠榻,其意则痴;凿壁骂翁,其行则狂;仙人之撮合之者,惟欲以长生报其孝耳。然既混迹人间,狎生子女,则居而终焉,亦何不可?乃三十年而屡弃其子,抑独何哉?异已!”

镜 听

益都郑氏兄弟,皆文学士。大郑早知名,父母尝过爱之,又因子并及其妇;二郑落拓,不甚为父母所欢,遂恶次妇,至不齿礼。冷暖相形,颇存芥蒂。次妇每谓二郑:“等男子耳,何遂不能为妻子争气?”遂摈弗与同宿。于是二郑感愤,勤心锐思,亦遂知名。父母稍稍优顾之，然终杀于兄。

次妇望夫綦切，是岁大比，窃于除夜以镜听卜。有二人初起，相推为戏，云："汝也凉凉去！"妇归，凶吉不可解，亦置之。闱后，兄弟皆归。时暑气犹盛，两妇在厨下炊饭饷耕，其热正苦。忽有报骑登门，报大郑捷，母入厨唤大妇曰："大男中式矣！汝可凉凉去。"次妇忿恻，泣且炊。俄又有报二郑捷者，次妇力掷饼杖而起，曰："侬也凉凉去！"此时中情所激，不觉出之于口；既而思之，始知镜听之验也。

异史氏曰："贫穷则父母不子，有以也哉！庭帏之中，固非愤激之地；然二郑妇激发男儿，亦与怨望无赖者殊不同科。投杖而起，真千古之快事也！"

牛　癀

陈华封，蒙山人。以盛暑烦热，枕藉野树下。忽一人奔波而来，首着围领，疾趋树阴，掬石而座，挥扇不停，汗下如流沈。陈起座，笑曰："若除围领，不扇可凉。"客曰："脱之易，再着难也。"就与倾谈，颇极蕴藉。既而曰："此时无他想，但得冰浸良酝，一道冷芳，度下十二重楼，暑气可消一半。"陈笑曰："此愿易遂，仆当为君偿之。"因握手曰："寒舍伊迩，请即迁步。"客笑而从之。

至家，出藏酒于石洞，其凉震齿。客大悦，一举十觥。日已就暮，天忽雨，于是张灯于室，客乃解除领巾，相与磅礴。语次，见客脑后时漏灯光，疑之。无何，客酩酊眠榻上。陈移灯窃窥之，见耳后有巨穴如盏大，数道厚膜间鬲如棂；棂外软革垂蔽，中似空空。骇极，潜抽髻簪，拨膜觇之，有一物状类小牛，随手飞出，破窗而去。益骇不敢复拨。方欲转步，而客已醒。惊曰："子窥见吾隐矣！放牛癀出，将为奈何？"陈拜诘其故，客曰："今已若此，尚复何讳。实相告：我六畜瘟神耳。适所纵者牛癀，恐百里内牛无种矣。"陈故以养牛为业，闻之大恐，拜求术解。客曰："余且不免于罪，其何术之能解？惟苦参散最效，其广传此方，勿存私念可也。"言已谢别出门，又掬土堆壁龛中，曰："每用一合亦效。"拱不复见。

居无何，牛果病，瘟疫大作。陈欲专利，秘其方不肯传，惟传其弟。弟试之神验。而陈自铿啖牛，殊罔所效。有牛两百蹄躈，倒毙殆尽；遗老牝牛四五头，亦逡巡就死。中心懊恼，无所用力。忽忆龛中掬土，念未必效，姑妄投之，经夜牛乃尽起。始悟药之不灵，乃神罚其私也。后数年，牝牛繁育，渐复其故。

金姑夫

会稽有梅姑祠。神故马姓，族居东莞，未嫁而夫早死，遂矢志不醮，三旬而卒。族人祠之，谓之梅姑。

丙申，上虞金生赴试经此，入庙徘徊，颇涉冥想。至夜梦青衣来，传梅姑命招之。从去，入祠，梅姑立候檐下，笑曰："蒙君宠顾，实切依恋。不嫌陋拙，愿以身为姬侍。"金唯唯。梅姑送之曰："君且去。设座成，当相迓耳。"醒而恶之。是夜，居人梦梅姑曰："上虞金生今为吾婿，宜塑其像。"诘旦，村人语梦悉同。族长恐玷其贞，以故不从，未几一家俱病。大惧，为肖像于左。既成，金生告妻子曰："梅姑迎我矣。"衣冠而死。妻痛恨，诣祠指女像秽骂；又升座批颊数四，乃去。今马氏呼为金姑夫。

异史氏曰："未嫁而守，不可谓不贞矣。为鬼数百年，而始易其操，抑何其无耻也？大抵贞魂烈魄，未必即依于土偶；其庙貌有灵，惊世而骇俗者，皆鬼狐凭之耳。"

梓潼令

常进士大忠，太原人。候选在都。前一夜梦文昌投刺，拔签得梓潼令，奇之。后丁艰归，服阕候补，又梦如前。默思岂复任梓潼乎？已而果然。

鬼　津

李某昼卧，见一妇人自墙中出，蓬首如筐，发垂蔽面，至床前，始以手自分，露面出，肥黑绝丑。某大惧，欲奔。妇猝然登床，力抱其首，便与接唇，以舌度津，冷如冰块，浸浸入喉。欲不咽而气不得息，咽之稠粘塞喉。才一呼吸，而口中又满，气急复咽之。如此良久，气闭不可复忍。闻门外有人行声,妇始释手去。由此腹胀喘满,数十日不食。或教以参芦汤探吐之,吐出物如卵清,病乃瘥。

仙人岛

王勉字黾斋,灵山人。有才思,屡冠文场,心气颇高,善诮骂,多所凌折。偶遇一道士,视之曰:"子相极贵,然被'轻薄孽'折除几尽矣。以子智慧,若反身修道,尚可登仙籍。"王嗤曰:"福泽诚不可知,然世上岂有仙人!"道士曰:"子何见之卑?无他求,即我便是仙耳。"王乃益笑其诬。

道士曰:"我何足异。能从我去,真仙数十,可立见之。"问:"在何处?"曰:"咫尺耳。"遂以杖夹股间,即以一头授生,令如己状。嘱合眼,呵曰:"起!"觉杖粗如五斗囊,凌空翕飞,潜扪之,鳞甲齿齿焉。骇惧,不敢复动。移时,又呵曰:"止!"即抽杖去,落巨宅中,重楼延阁,类帝王居。有台高丈余,台上殿十一楹,弘丽无比。道士曳客上,即命童子设筵招宾。殿上列数十筵,铺张炫目。道士易盛服以伺。

少顷,诸客自空中来,所骑或龙、或虎、或鸾凤,不一类。又各携乐器。有女子,有丈夫,有赤其两足。中独一丽者跨彩凤,宫样妆束,有侍儿代抱乐具,长五尺以来,非琴非瑟,不知其名。酒既行,珍肴杂错,入口甘芳,并异常馐。王默然寂坐,惟目注丽者,然心爱其人,而又欲闻其乐,窃恐其终不一弹。酒阑,一叟倡言曰:"蒙崔真人雅召,今日可云盛会,自宜尽欢。请以器之同者,共队为曲。"于是各合配旅。丝竹之声,响彻云汉。独有跨凤者,乐伎无偶。群声既歇,侍儿始启绣囊横陈几上。女乃舒玉腕,如搊筝状,其亮数倍于琴,烈足开胸,柔可荡魄。弹半炊许,合殿寂然,无有咳者。既阕,铿尔一声,如击清磬。共赞曰:"云和夫人绝技哉!"大众皆起告别,鹤唳龙吟,一时并散。

道士设宝榻锦衾,备王寝处。王初睹丽人心情已动,闻乐之后涉想尤劳;念己才调,自合芥拾青紫,富贵后何求弗得;顷刻百绪,乱如蓬麻。道士似已知之,谓曰:"子前身与我同学,后缘意念不坚,遂坠尘网。仆不自他于君,实欲拔出恶浊;不料迷晦已深,梦梦不可提悟。

今当送君行。未必无复见之期，然作天仙须再劫矣。”遂指阶下长石，令闭目坐，坚嘱无视。已，乃以鞭驱石。石飞起，风声灌耳，不知所行几许。忽念下方景界未审何似，隐将两眸微开一线，则见大海茫茫，浑无边际。大惧，即复合，而身已随石俱堕，砰然一响，汩没若鸥。

幸夙近海，略谙泅浮。闻人鼓掌曰：“美哉跌乎！”危殆方急，一女子援登舟上，且曰：“吉利，吉利，秀才‘中湿’矣！”视之，年可十六七，颜色艳丽。王出水寒栗，求火燎之。女子言：“从我至家，当为处置。苟适意，勿相忘。”王曰：“是何言哉！我中原才子，偶遭狼狈，过此图以身报，何但不忘！”女子以棹催艇，疾如风雨，俄已近岸。于舱中携所采莲花一握，导与俱去。

半里许入村，见朱户南开，进历数重门，女子先驰入。少间，一丈夫出，是四十许人，揖王升阶，命侍者取冠袍袜履，为王更衣。既，询邦族。王曰：“某非相欺，才名略可听闻。崔真人切切眷恋，招升天阙。自分功名反掌，以故不愿栖隐。”丈夫起敬曰：“此名仙人岛，远绝人世。文若，姓桓，世居幽僻，何幸得近名流。”因而殷勤置酒。又从容而言曰：“仆有二女，长者芳云年十六矣，只今未遭良匹，欲以奉侍高人，如何？”王意必采莲人，离席称谢。桓命于邻党中，招二三齿德来。顾左右，立唤女郎。无何，异香浓射，美姝十余辈，拥芳云出，光艳明媚，若芙蕖之映朝日。拜已即坐，群姝列侍，则采莲人亦在焉。

酒数行，一垂髫女自内出，仅十余龄，而姿态秀曼，笑依芳云肘下，秋波流动。桓曰：“女子不在闺中，出作何务？”乃顾客曰：“此绿云，即仆幼女。颇惠，能记典、坟矣。”因令对客吟诗，遂诵《竹枝词》三章，娇婉可听，便令傍姊隅坐。桓因谓：“王郎天才，宿构必富，可使鄙人得闻教乎？”王即慨然诵近体一作，顾盼自雄，中二句云：“一身剩有须眉在，小饮能令块磊消。”邻叟再三诵之。芳云低告曰：“上句是孙行者离火云洞，下句是猪八戒过子母河也。”一座抚掌。桓请其他，王述《水鸟》诗云：“潴头鸣格磔……”忽忘下句。甫一沉吟，芳云向妹呫呫耳语，遂掩口而笑。绿云告父曰：“渠为姊夫续下句矣。云：‘狗腚响弸巴。’”合席粲然。王有惭色。桓顾芳云，怒之以目。

王色稍定，桓复请其文艺。王意世外人必不知八股业，乃炫其冠军之作，题为“孝哉闵子骞”二句，破云：“圣人赞大贤之孝……”绿云顾父曰：“圣人无字门人者，‘孝哉……’一句，即是人言。”王闻之，意兴索然。桓笑曰：“童子何知！不在此，只论文耳。”王乃复诵，每数句，姊妹必相耳语，似是月旦之词，但嚅嗫不可辨。王诵至佳处，兼述文宗评语，有云：“字字痛切。”绿云告父曰：“姊云：‘宜删“切”字。’”众都不解。桓恐其语嫚，不敢研诘。王诵毕，又述总评，有云：“羯鼓一挝，则万花齐落。”芳云又掩口语妹，两人皆笑不可仰。绿云又告曰：“姊云：‘羯鼓当是四挝。’”众又不解。绿云启口欲言，芳云忍笑诃之曰：“婢子敢言，打煞矣！”众大疑，互有猜论。绿云不能忍，乃曰：“去‘切’字，言‘痛’则‘不通’。鼓四挝，其声云‘不通又不通’也。”众大笑。桓怒诃之，因而自起泛卮，谢过不遑。

王初以才名自诩，目中实无千古，至此神气沮丧，徒有汗淫。桓谀而慰之曰：“适有一言，请席中属对焉：‘王子身边，无有一点不似玉。’”众未措想，绿云应声曰：“黾翁头上，再着半夕即成龟。”芳云失笑，呵手扭胁肉数四。绿云解脱而走，回顾曰：“何预汝事！汝骂之频频不以为非，宁他人一句便不许耶？”桓咄之，始笑而去。邻叟辞别。

诸婢导夫妻入内寝，灯烛屏榻，陈设精备。又视洞房中，牙签满架，靡书不有。略致问难，响应无穷。王至此，始觉望洋堪羞。女唤“明珰”，则采莲者趋应，由是始识其名。屡受诮辱，自恐不见重于闺闼；幸芳云语言虽虐，而房帏之内，犹相爱好。王安居无事，辄复吟哦。女曰：“妾有良言，不知肯嘉纳否？”问：“何言？”曰：“从此不作诗，亦藏拙之一道也。”王大惭，遂绝笔。

久之，与明珰渐狎，告芳云曰：“明珰与小生有拯命之德，愿少假以辞色。”芳云乃即许之。每作房中之戏，招与共事，两情益笃，时色授而手语之。芳云微觉，责词重叠，王惟喋喋，强自解免。一夕对酌，王以为寂，劝招明珰。芳云不许，王曰：“卿无书不读，何不记‘独乐乐’数语？”芳云曰：“我言君不通，今益验矣。句读尚不知耶？‘独要，乃乐于人要；问乐，孰要乎？曰：不。’”一笑而罢。适芳云姊妹赴邻女之约，王得间，急引明珰，绸缪备至。当晚，觉小腹微痛，痛已而前阴尽肿。大惧,以告芳云。云笑曰:“必明珰之恩报矣!”王不敢隐,实供之。芳云曰:“自作之殃,实无可以方略。既非痛痒,听之可矣。”数日不瘳,忧闷寡欢。芳云知其意,亦不问讯,但凝视之,秋水盈盈,朗若曙星。王曰:“卿所谓‘胸中正,则眸子瞭焉’。”芳云笑曰:“卿所谓‘胸中不正,则瞭子眸焉’。”盖“没有”之“没”,俗读似“眸”,故以此戏之也。王失笑,哀求方剂。曰:“君不听良言,前此未必不疑妾为妒意。不知此婢,原不可近。曩实相爱,而君若东风之吹马耳,故唾弃不相怜。无已,为若治之。然医师必审患处。”乃探衣而咒曰:“‘黄鸟黄鸟,无止于楚!’”王不觉大笑,笑已而瘳。

逾数月,王以亲老子幼,每切怀忆,以意告女。女曰:“归即不难,但会合无日耳。”王涕下交颐,哀与同归,女筹思再三,始许之,桓翁张筵祖饯。绿云提篮入,曰:“姊姊远别,莫可持赠。恐至海南,无以为家,夙夜代营宫室,勿嫌草创。”芳云拜而受之。近而审谛,则用细草制为楼阁,大如橼,小如橘,约二十余座,每座梁栋榱题历历可数,其中供帐床榻类麻粒焉。王儿戏视之,而心窃叹其工。芳云曰:“实于君言:我等皆是地仙。因有夙分,遂得陪从。本不欲践红尘,徒以君有老父,故不忍违。待父天年,须复还也。”王敬诺。桓乃问:“陆耶?舟耶?”王以风涛险,愿陆。出则车马已候于门。

谢别而迈,行踪骛驶。俄至海岸,王心虑其无途。芳云出素练一匹,望南抛去,化为长堤,其阔盈丈。瞬息驰过,堤亦渐收。至一处,潮水所经,四望辽邈。芳云止勿行,下车取篮中草具,偕明珰数辈,布置如法,转眼化为巨第。并入解装,则与岛中居无稍差殊,洞房内几榻宛然。时已昏暮,因止宿焉。

早旦,命王迎养。王命骑趋诣故里,至则居宅已属他姓。问之里人,始知母及妻皆已物故,惟老父尚存。子善博,田产并尽,祖孙莫可栖止,暂僦居于西村。王初归时,尚有功名之念,不恝于怀;及闻此况,沉痛大悲,自念富贵纵可携取,与空花何异。驱马至西村见父,衣服滓敝,衰老堪怜。相见,各哭失声;问不肖子,则出赌未归。王乃载父而还。芳云朝拜已毕,燂汤请浴,进以锦裳,寝以香舍。又遥致故老与谈宴,享奉过于世家。子一日寻至其处,王绝之不听入,但予以廿金，使人传语曰："可持此买妇，以图生业。再来，则鞭打立毙矣！"子泣而去。王自归，不甚与人通礼；然故人偶至，必延接盘桓，抝抑过于平时。独有黄子介，夙与同门学，亦名士之坎坷者，王留之甚久，时与秘语，赂遗甚厚。居三四年，王翁卒，王万钱卜兆，营葬尽礼。时子已娶妇，妇束男子严，子赌亦少间矣；是日临丧，始得拜识姑嫜。芳云一见，许其能家，赐三百金为田产之费。翼日，黄及子同往省视，则舍宇全渺，不知所在。

异史氏曰："佳丽所在，人且于地狱中求之，况享受无穷乎？地仙许携姝丽，恐帝阙下虚无人矣。轻薄减其禄籍，理固宜然，岂仙人遂不之忌哉？彼妇之口，抑何其虐也！"

阎罗薨

巡抚某公父，先为南服总督，殂谢已久。公一夜梦父来，颜色惨栗，告曰："我生平无多孽愆，只有镇师一旅，不应调而误调之，途逢海寇，全军尽覆。今讼于阎君，刑狱酷毒，实可畏凛。阎罗非他，明日有经历解粮至，魏姓者是也。当代哀之，勿忘！"醒而异之，意未深信。既寐，又梦父让之曰："父罹厄难，尚弗镂心，犹妖梦置之耶？"公大异之。

明日，留心审阅，果有魏经历，转运初至，即刻传入，使两人捺坐，而后起拜，如朝参礼。拜已，长跽涟洏而告以故。魏不自任，公伏地不起。魏乃云："然，其有之。但阴曹之法，非若阳世懵懵，可以上下其手，即恐不能为力。"公哀之益切，魏不得已诺之。公又求其速理，魏筹回虑无静所，公请为粪除宾廨，许之。公乃起。又求一往窥听，魏不可。强之再四，嘱曰："去即勿声。且冥刑虽惨，与世不同，暂置若死，其实非死。如有所见，无庸骇怪。"

至夜潜伏廨侧，见阶下囚人，断头折臂者纷杂无数。墀中置火铛油镬，数人炽薪其下。俄见魏冠带出，升座，气象威猛，迥与曩殊。群鬼一时都伏，齐鸣冤苦。魏曰："汝等命戕于寇，冤自有主，何得妄告官长？"众鬼哗言曰："例不应调，乃被妄檄前来，遂遭凶害，谁贻之冤？"魏又曲为解脱，众鬼嘷冤，其声汹动。魏乃唤鬼役："可将某官赴油鼎，略入一爍，于理亦当。”察其意似欲借此以泄众忿。言一出，即有牛首阿旁执公父至，即以利叉刺入油鼎。公见之，中心惨怛，痛不可忍，不觉失声一号，庭中寂然，万形俱灭矣。

公叹咤而归。及明视魏，则已死于廨中。松江张禹定言之。以非佳名，故讳其人。

颠道人

颠道人，不知姓名，寓蒙山寺。歌哭不常，人莫之测，或见其煮石为饭者。

会重阳，有邑贵载酒登临，舆盖而往，宴毕过寺，甫及门，则道人赤足着破衲，自张黄盖，作警跸声而出，意近玩弄。邑贵乃惭怒，挥仆辈逐骂之。道人笑而却走。逐急，弃盖，共毁裂之，片片化为鹰隼，四散群飞。众始骇。盖柄转成巨蟒，赤鳞耀目。众哗欲奔，有同游者止之曰：“此不过翳眼之幻术耳，乌能噬人！”遂操刃直前。蟒张吻怒逆，吞客咽之。众骇，拥贵人急奔，息于三里之外。使数人逡巡往探，渐入寺，则人蟒俱无。方将返报，闻老槐内喘急如驴，骇甚。初不敢前，潜踪移近之，见树朽中空有窍如盘。试一攀窥，则斗蟒者倒植其中，而孔大仅容两手，无术可以出之。急以刀劈树，比树开而人已死，逾时少苏，舁归。道人不知所之矣。

异史氏曰：“张盖游山，厌气浃于骨髓。仙人游戏三昧，一何可笑！余乡殷生文屏，毕司农之妹夫也，为人玩世不恭。章丘有周生者，以寒贱起家，出必驾肩而行。亦与司农有瓜葛之旧。值太夫人寿，殷料其必来，先候于道，着猪皮靴，公服持手本。俟周至，鞠躬道左，唱曰：‘淄川生员，接章丘生员！’周惭，下舆，略致数语而别。少间，同聚于司农之堂，冠裳满座，视其服色，无不窃笑；殷傲睨自若。既而筵终出门，各命舆马。殷亦大声呼：‘殷老爷独龙车何在？’有二健仆，横扁杖于前，腾身跨之。致声拜谢，飞驰而去。殷亦仙人之亚也。”

胡四娘

程孝思，剑南人，少惠能文。父母俱早丧，家赤贫，无衣食业，求佣为胡银台司笔札。胡公试使文，大悦之，曰："此不长贫，可妻也。"

银台有三子四女，皆褓中论亲于大家；止有少女四娘孽出，母早亡，笄年未字，遂赘程。或非笑之，以为惛耄之乱命，而公弗之顾也，除馆馆生，供备丰隆。群公子鄙不与同食，婢仆咸揶揄焉。生默默不较短长，研读甚苦，众从旁厌讥之，程读弗辍；群又以鸣钲锽聒其侧，程携卷去读于闺中。

初，四娘之未字也，有神巫知人贵贱，遍观之，都无谀词，惟四娘至，乃曰："此真贵人也！"及赘程，诸姊妹皆呼之"贵人"以嘲笑之，而四娘端重寡言，若罔闻之。渐至婢媪，亦率相呼。四娘有婢名桂儿，意颇不平，大言曰："何知吾家郎君，便不作贵官耶？"二姊闻而嗤之曰："程郎如作贵官，当抉我眸子去！"桂儿怒而言曰："到尔时，恐不舍得眸子也！"二姊婢春香曰："二娘食言，我以两睛代之。"桂儿益恚，击掌为誓曰："管教两丁盲也！"二姊忿其语侵，立批之，桂儿号啡。夫人闻知，即亦无所可否，但微哂焉。桂儿噪诉四娘，四娘方绩，不怒亦不言，绩自若。

会公初度，诸婿皆至，寿仪充庭。大妇嘲四娘曰："汝家祝仪何物？"二妇曰："两肩荷一口！"四娘坦然，殊无惭怍。人见其事事类痴，愈益狎之。独有公爱妾李氏，三姊所自出也，恒礼重四娘，往往相顾恤。每谓三娘曰："四娘内慧外朴，聪明浑而不露，诸婢子皆在其包罗中而不自知。况程郎昼夜攻苦，夫岂久为人下者？汝勿效尤，宜善之，他日好相见也。"故三娘每归宁，辄加意相欢。

是年，程以公力得入邑庠。明年，学使科试士，而公适薨，程缞哀如子，未得与试。既离苫块，四娘赠以金，使趋入"遗才"籍。嘱曰："曩久居，所不被呵逐者，徒以有老父在，今万分不可矣！倘能吐气，庶回时尚有家耳。"临别，李氏、三娘赂遗优厚。程入闱，砥志研思，以求必售。无何放榜，竟被黜。愿乖气结，难于旋里，幸囊资小泰，携卷入都。

时妻党多任京秩，恐见诮讪，乃易旧名，诡托里居，求潜身于大人之门。东海李兰台见而器之，收诸幕中，资以膏火，为之纳贡，使应顺天举，连战皆捷，授庶吉士。自乃实言其故。李公假千金，先使纪纲赴剑南，为之治第。时胡大郎以父亡空匮，货其沃墅，因购焉。既成，然后贷舆马往迎四娘。

先是，程擢第后，有邮报者，举宅皆恶闻之；又审其名字不符，叱去之。适三郎完婚，戚眷登堂为馔，姊妹诸姑咸在，惟四娘不见招于兄嫂。忽一人驰入，呈程寄四娘函信，兄弟发视，相顾失色。筵中诸眷客始请见四娘，姊妹惴惴，惟恐四娘衔恨不至。无何，翩然竟来。申贺者，捉坐者，寒暄者，喧杂满屋。耳有听，听四娘；目有视，视四娘；口有道，道四娘也：而四娘凝重如故。众见其靡所短长，稍就安帖，于是争把盏酌四娘。方宴笑间，门外啼号甚急，群致怪问。俄见春香奔入，面血沾染，共诘之，哭不能对。二娘呵之，始泣曰："桂儿逼索眼睛，非解脱，几抉去矣！"二娘大惭，汗粉交下；四娘漠然；合坐寂无一语，各始告别。四娘盛妆，独拜李夫人及三姊，出门登车而去。众始知买墅者，即程也。

四娘初至墅，什物多阙。夫人及诸郎各以婢仆、器具相赠遗，四娘一无所受；惟李夫人赠一婢受之。居无何，程假归展墓，车马扈从如云。诣岳家，礼公柩，次参李夫人。诸郎衣冠既竟，已升舆矣。胡公殁，群公子日竞资财，柩之弗顾。数年，灵寝漏败，渐将以华屋作山丘矣。程睹之悲，竟不谋于诸郎，刻期营葬，事事尽礼。殡日，冠盖相属，里中咸嘉叹焉。

程十余年历秩清显，凡遇乡党厄急罔不极力。二郎适以人命被逮，直指巡方者，为程同谱，风规甚烈。大郎浼妇翁王观察函致之，殊无裁答，益惧。欲往求妹，而自觉无颜，乃持李夫人手书往。至都，不敢遽进。觑程入朝，而后诣之。冀四娘念手足之义，而忘睚眦之嫌。阍人既通，即有旧媪出，导入厅事，具酒馔，亦颇草草。食毕，四娘出，颜温霁，问："大哥人事大忙，万里何暇枉顾？"大郎五体投地，泣述所来。四娘扶而笑曰："大哥好男子，此何大事，直复尔尔？妹子一女流，几曾见呜呜向人？"大郎乃出李夫人书。四娘曰："诸兄家娘子都是天人，各求父兄即可了矣，何至奔波到此？”大郎无词，但顾哀之。四娘作色曰：“我以为跋涉来省妹子，乃以大讼求贵人耶！”拂袖径入。大郎惭愤而出。归家详述，大小无不诟詈，李夫人亦谓其忍。逾数日二郎释放宁家，众大喜，方笑四娘之徒取怨谤也。俄而四娘遣价候李夫人。唤入，仆陈金币，言：“夫人为二舅事，遣发甚急，未遑字覆。聊寄微仪，以代函信。”众始知二郎之归，乃程力也。后三娘家渐贫，程施报逾于常格。又以李夫人无子，迎养若母焉。

僧术

黄生，故家子，才情颇赡，夙志高骞。村外兰若有居僧某，素与分深，既而僧云游，去十余年复归。见黄，叹曰：“谓君腾达已久，今尚白纻耶？想福命固薄耳。请为君贿冥中主者。能置十千否？”答言：“不能。”僧曰：“请勉办其半，余当代假之。三日为约。”黄诺之，竭力典质如数。

三日，僧果以五千来付黄。黄家旧有汲水井，深不竭，云通河海。僧命束置井边，戒曰：“约我到寺，即推堕井中。候半炊时，有一钱泛起，当拜之。”乃去。黄不解何术，转念效否未定，而十千可惜。乃匿其九，而以一千投之。少间巨泡突起，铿然而破，即有一钱浮出，大如车轮。黄大骇，既拜，又取四千投焉。落下击触有声，为大钱所隔不得沉。日暮僧至，谯让之曰：“胡不尽投？”黄云：“已尽投矣。”僧曰：“冥中使者止将一千去，何乃妄言？”黄实告之，僧叹曰：“鄙吝者必非大器。此子之命合以明经终，不然甲科立致矣。”黄大悔，求再禳之，僧固辞而去。黄视井中钱犹浮，以绠钓上，大钱乃沉。是岁，黄以副榜准贡，卒如僧言。

异史氏曰：“岂冥中亦开捐纳之科耶？十千而得一第，直亦廉矣。然一千准贡，犹昂贵耳。明经不第，何值一钱！”

禄数

某显者多为不道，夫人每以果报劝谏之，殊不听信。适有方士能知人禄数，诣之。方士熟视曰：“君再食米二十石、面四十石，天禄乃终。”归语夫人。计一人终年仅食面二石，尚有二十余年天禄，岂不善所能绝耶？横如故。逾年，忽病“除中”，食甚多而旋饥，一昼夜十余餐。未及周岁，死矣。

柳　生

周生，顺天宦裔也，与柳生善。柳得异人之传，精袁许之术。尝谓周曰：“子功名无分，万钟之资尚可以人谋，然尊阃薄相，恐不能佐君成业。”未几妇果亡，家室萧条，不可聊赖。

因诣柳，将以卜姻。入客舍坐良久，柳归内不出。呼之再三，始方出，曰：“我日为君物色佳偶，今始得之。适在内作小术，求月老系赤绳耳。”周喜问之，答曰：“甫有一人携囊出，遇之否？”曰：“遇之。褴褛若丐。”曰：“此君岳翁，宜敬礼之。”周曰：“缘相交好，遂谋隐密，何相戏之甚也！仆即式微，犹是世裔，何至下昏于市侩？”柳曰：“不然。犁牛尚有子，何害？”周问：“曾见其女耶？”答曰：“未也。我素与无旧，姓名亦问讯知之。”周笑曰：“尚未知犁牛，何知其子？”柳曰：“我以数信之。其人凶而贱，然当生厚福之女。但强合之必有大厄，容复禳之。”周既归，未肯以其言为信，诸方觅之，迄无一成。

一日柳生忽至，曰：“有一客，我已代折简矣。”问：“为谁？”曰：“且勿问，宜速作黍。”周不谕其故，如命治具。俄客至，盖傅姓营卒也。心内不合，阳浮道与之；而柳生承应甚恭。少间酒肴既陈，杂恶草具进。柳起告客：“公子向慕已久，每托某代访，曩夕始得晤。又闻不日远征，立刻相邀，可谓仓卒主人矣。”饮间傅忧马病不可骑，柳亦俯首为之筹思。既而客去，柳让周曰：“千金不能买此友，何乃视之漠漠？”借马骑归，因假命周，登门持赠傅。周既知，稍稍不快，已无如何。

过岁将如江西，投臬司幕。诣柳问卜，柳言：“大吉！”周笑曰：“我意无他，但薄有所猎，当购佳妇，几幸前言之不验也，能否？”柳云：“并如君愿。”及至江西，值大寇叛乱，三年不得归。后稍平，选日遵路，中途为土寇所掠，同难人七八位，皆劫其金资释令去，惟周被掳至巢。盗首诘其家世，因曰：“我有息女，欲奉箕帚，当即无辞。”周不答，盗怒，立命枭斩。周惧，思不如暂从其请，因从容而弃之。遂告曰："小生所以踟蹰者，以文弱不能从戎，恐益为丈人累耳。如使夫妇得相将俱去，恩莫厚焉。"盗曰："我方忧女子累人，此何不可从也。"引入内，妆女出见，年可十八九，盖天人也。当夕合卺，深过所望。细审姓氏，乃知其父即当年荷囊人也。因述柳言，为之感叹。

过三四日，将送之行，忽大军掩至，全家皆就执缚。有将官三员监视，已将妇翁斩讫，寻次及周。周自分已无生理，一员审视曰："此非周某耶？"盖傅卒已以军功授副将军矣。谓僚曰："此吾乡世家名士，安得为贼！"解其缚，问所从来。周诡曰："适从江皋娶妇而归，不意途陷盗窟，幸蒙拯救，德戴二天！但室人离散，求借洪威，更赐瓦全。"傅命列诸俘，令其自认，得之。饷以酒食，助以资斧，曰："曩受解骖之惠，旦夕不忘。但抢攘间，不遑修礼，请以马二匹、金五十两，助君北旋。"又遣二骑持信矢护送之。

途中，女告周曰："痴父不听忠告，母氏死之。知有今日久矣，所以偷生旦暮者，以少时曾为相者所许，冀他日能收亲骨耳。某所窖藏巨金，可以发赎父骨，余者携归，尚足谋生产。"嘱骑者候于路，两人至旧处，庐舍已烬，于灰火中取佩刀掘尺许，果得金，尽装入橐，乃返。以百金赂骑者，使瘗翁尸，又引拜母冢，始行。至直隶界，厚赐骑者而去。周久不归，家人谓其已死，恣意侵冒，粟帛器具，荡无存者。闻主人归，大惧，哄然尽逃；只有一妪、一婢、一老奴在焉。周以出死得生，不复追问。及访柳，则不知所适矣。

女持家逾于男子，择醇笃者，授以资本而均其息。每诸商会计于檐下，女垂帘听之，盘中误下一珠，辄指其讹。内外无敢欺。数年夥商盈百，家数十巨万矣。乃遣人移亲骨厚葬之。

异史氏曰："月老可以贿嘱，无怪媒妁之同于牙侩矣。乃盗也而有是女耶？培塿无松柏，此鄙人之论耳。妇人女子犹失之，况以相天下士哉！"

冤 狱

朱生，阳谷人，少年佻达，喜诙谑。因丧偶往求媒媪，遇其邻人之妻，睨之美，戏谓媪曰：“适睹尊邻，雅少丽，若为我求凰，渠可也。”媪亦戏曰：“请杀其男子，我为若图之。”朱笑曰：“诺。”

更月余，邻人出讨负被杀于野。邑令拘邻保，血肤取实，究无端绪，惟媒媪述相谑之词，以此疑朱。捕至，百口不承。令又疑邻妇与私，搒掠之，五毒参至，妇不能堪，诬伏。又讯朱，朱曰：“细嫩不任苦刑，所言皆妄。既是冤死，而又加以不节之名，纵鬼神无知，予心何忍乎？我实供之可矣：欲杀夫而娶其妇皆我之为，妇不知之也。”问：“何凭？”答言：“血衣可证。”及使人搜诸其家，竟不可得。又掠之，死而复苏者再。朱乃云：“此母不忍出证据死我耳，待自取之。”因押归告母曰：“予我衣，死也；即不予，亦死也；均之死，故迟也不如其速也。”母泣，入室移时，取衣出付之。令审其迹确，拟斩。再驳再审，无异词。经年余，决有日矣。

令方虑囚，忽一人直上公堂，怒目视令而大骂曰：“如此愦愦，何足临民！”隶役数十辈，将共执之。其人振臂一挥，颓然并仆。令惧欲逃，其人大言曰：“我关帝前周将军也！昏官若动，即便诛却！”令战惧悚听。其人曰：“杀人者乃宫标也，于朱某何与？”言已倒地，气若绝。少顷而醒，面无人色。及问其人，则宫标也，搒之尽服其罪。

盖宫素不逞，知某讨负而归，意腰橐必富，及杀之竟无所得。闻朱诬服，窃自幸，是日身入公门，殊不自知。令问朱血衣所自来，朱亦不知之。唤其母鞫之，则割臂所染，验其左臂，刀痕犹未平也。令亦愕然。后以此被参揭免官，罚赎羁留而死。年余，邻母欲嫁其妇，妇感朱义，遂嫁之。

异史氏曰：“讼狱乃居官之首务，培阴骘，灭天理，皆在于此，不可不慎也。躁急污暴，固乖天和；淹滞因循，亦伤民命。一人兴讼则数农违时，一案既成则十家荡产，岂故之细哉！余尝谓为官者不滥受词讼，即是盛德。且非重大之情，不必羁候；若无疑难之事，何用徘徊？即或乡里愚民，山村豪气，偶因鹅鸭之争，致起雀角之忿，此不过借官宰之一言，以为平定而已，无用全人，只须两造，笞杖立加，葛藤悉断。所谓神明之宰非耶？

“每见今之听讼者矣：一票既出，若故忘之。摄牒者入手未盈，不令消见官之票;承刑者润笔不饱,不肯悬听审之牌。蒙蔽因循,动经岁月,不及登长吏之庭,而皮骨已将尽矣!而俨然而民上也者,偃息在床,漠若无事。宁知水火狱中有无数冤魂,伸颈延息以望拔救耶!然在奸民之凶顽,固无足惜;而在良民株累,亦复何堪?况且无辜之干连,往往奸民少而良民多;而良民之受害,且更倍于奸民。何以故?奸民难虐,而良民易欺也。皂隶之所殴骂,胥徒之所需索,皆相良者而施之暴。

"自入公门,如蹈汤火。早结一日之案,则早安一日之生,有何大事,而顾奄奄堂上若死人,似恐溪壑之不遽饱,而故假之以岁时也者!虽非酷暴,而其实厥罪维均矣。尝见一词之中,其急要不可少者,不过三数人;其余皆无辜之赤子,妄被罗织者也。或平昔以睚眦开嫌,或当前以怀璧致罪,故兴讼者以其全力谋正案,而以其余毒复小仇,带一名于纸尾,遂成附骨之疽;受万罪于公门,竟属切肤之痛。人跪亦跪,状若乌集;人出亦出,还同猱系。而究之官问不及,吏诘不至,其实一无所用,只足以破产倾家,饱蠹役之贪囊;鬻子典妻,泄小人之私愤而已。深愿为官者,每投到时,略一审诘:当逐逐之,不当逐芟之。不过一濡毫、一动腕之间耳,便保全多少身家,培养多少元气。从政者曾不一念及于此,又何必桁杨刀锯能杀人哉!"

鬼 令

教谕展先生,洒脱有名士风。然酒狂不持仪节,每醉归,辄驰马殿阶。阶上多古柏。一日纵马入,触树头裂,自言:"子路怒我无礼,击脑破矣!"中夜遂卒。

邑中某乙者,负贩其乡,夜宿古刹。更静人稀,忽见四五人携酒入饮,展亦在焉。酒数行,或以字为令曰:"田字不透风,十字在当中;十字推上去,古字赢一钟。"一人曰:"回字不透风,口字在当中;口字推上去,吕字赢一钟。"一人曰:"囹字不透风,令字在当中;令字推上去,含字赢一钟。"又一人曰:"困字不透风,木字在当中;木字推上去,杏字赢一钟。"末至展,凝思不得。众笑曰:"既不能令,须当受命。"飞一觥来。展即云:"我得之矣:曰字不透风,一字在当中……"

众又笑曰:"推作何物?"展吸尽曰:"一字推上去,一口一大钟!"相与大笑,未几出门去。某不知展死,窃疑其罢官归也。及归问之,则展死已久,始悟所遇者鬼耳。

甄 后

洛城刘仲堪,少钝而淫于典籍,恒杜门攻苦,不与世通。一日方读,忽闻异香满室,少间珮声甚繁。惊顾之,有美人入,簪珥光采,从者皆宫妆。刘惊伏地下,美人扶之曰:"子何前倨而后恭也?"刘益惶恐,曰:"何处天仙,未曾拜识。前此几时有侮?"美人笑曰:"相别几何,遂尔懵懵!危坐磨砖者非子耶?"乃展锦荐,设瑶浆,捉坐对饮,与论古今事,博洽非常。刘茫茫不知所对。美人曰:"我止赴瑶池一回宴耳,子历几生,聪明顿尽矣!"遂命侍者,以汤沃水晶膏进之。刘受饮讫,忽觉心神澄彻。既而曛黑,从者尽去,息烛解襦,曲尽欢好。

未曙,诸姬已复集。美人起,妆容如故,鬓发修整,不再理也。刘依依苦诘姓字,答曰:"告郎不妨,恐益君疑耳。妾,甄氏;君,公干后身。当日以妾故罹罪,心实不忍,今日之会,亦聊以报情痴也。"问:"魏文安在?"曰:"丕,不过贼父之庸子耳。妾偶从游嬉富贵者数载,过即不复置念。彼曩以阿瞒故,久滞幽冥,今未闻知。反是陈思为帝典籍,时一见之。"旋见龙舆止于庭中,乃以玉脂合赠刘,作别登车,云推而去。

刘自是文思大进。然追念美人,凝思若痴,历数月渐近羸殆。母不知其故,忧之。家一老妪,忽谓刘曰:"郎君意颇有思否?"刘以言隐中情告之,妪曰:"郎试作尺一书,我能邮致之。"刘惊喜曰:"子有异术,向日昧于物色。果能之,不敢忘也。"乃折柬为函,付妪便去。半夜而返曰:"幸不误事。初至门,门者以我为妖,欲加缚絷。我遂出郎君书,乃将去。少顷唤入,夫人亦欷歔,自言不能复会。便欲裁答。我言:'郎君羸惫,非一字所能瘳。'夫人沉思久,乃释笔云:'烦先报刘郎,当即送一佳妇去。'濒行,又嘱:'适所言乃百年计,但无泄,便可永久矣。'"刘喜,伺之。

明日,果一老姥率女郎诣母所,容色绝世,自言:"陈氏;女其所出，名司香，愿求作妇。”母爱之，议聘；更不索资，坐待成礼而去。惟刘心知其异，阴问女：“系夫人何人？”答云：“妾铜雀故妓也。”刘疑为鬼，女曰：“非也。妾与夫人俱隶仙籍，偶以罪过谪人间。夫人已复旧位；妾谪限未满，夫人请之天曹，暂使给役，去留皆在夫人，故得长侍床箦耳。”

一日，有瞽媪牵黄犬丐食其家，拍板俚歌。女出窥，立未定，犬断索咋女，女骇走，罗衿断。刘急以杖击犬。犬犹怒，龁断幅，顷刻碎如麻，嚼吞之。瞽媪捉领毛，缚以去。刘入视女，惊颜未定，曰：“卿仙人，何乃畏犬？”女曰：“君自不知，犬乃老瞒所化，盖怒妾不守分香戒也。”刘欲买犬杖毙，女不可，曰：“上帝所罚，何得擅诛？”

居二年，见者皆惊其艳，而审所从来，殊恍惚，于是共疑为妖。母诘刘，刘亦微道其异。母大惧，戒使绝之，刘不听。母阴觅术士来，作法于庭。方规地为坛，女惨然曰：“本期白首，今老母见疑，分义绝矣。要我去亦复非难，但恐非禁咒可遣耳！”乃束薪爇火，抛阶下。瞬息烟蔽房屋，对面相失。忽有声震如雷，已而烟灭，见术士七窍流血死矣。入室，女已渺。呼妪问之，妪亦不知所去。刘始告母：“妪盖狐也。”

异史氏曰：“始于袁，终于曹，而后注意于公干，仙人不应若是。然平心而论：奸瞒之篡子，何必有贞妇哉？犬睹故妓，应大悟分香卖履之痴，固犹然妒之耶？呜呼！奸雄不暇自哀，而后人哀之已！”

宦　娘

温如春，秦之世家也。少癖嗜琴，虽逆旅未尝暂舍。客晋，经由古寺，系马门外，暂憩止。入则有布衲道人，趺坐廊间，筇杖倚壁，花布囊琴。温触所好，因问：“亦善此也？”道人云：“顾不能工，愿就善者学之耳。”遂脱囊授温，视之，纹理佳妙，略一勾拨，清越异常。喜为抚一短曲，道人微笑，似未许可。温乃竭尽所长，道人哂曰：“亦佳，亦佳！但未足为贫道师也。”温以其言夸，转请之。道人接置膝上，裁拨动，觉和风自来；又顷之，百鸟群集，庭树为满。温惊极，拜请受业。道人三复之，温侧耳倾心，稍稍会其节奏。道人试使弹，点正疏节,曰:“此尘间已无对矣。”温由是精心刻画,遂称绝技。

后归程,离家数十里,日已暮,暴雨莫可投止。路旁有小村,趋之,不遑审择,见一门匆匆遽入。登其堂,阒无人;俄一女郎出,年十七八,貌类神仙。举首见客,惊而走入。温时未偶,系情殊深。俄一老妪出问客,温道姓名,兼求寄宿。妪言:“宿当不妨,但少床榻;不嫌屈体,便可藉藁。”少旋以烛来,展草铺地,意良殷。问其姓氏,答云:“赵姓。”又问:“女郎何人?”曰:“此宦娘,老身之犹子也。”温曰:“不揣寒陋,欲求援系,如何?”妪颦蹙曰:“此即不敢应命。”温诘其故,但云难言,怅然遂罢。妪既去,温视藉草腐湿,不堪卧处,因危坐鼓琴,以消永夜。雨既歇,冒夜遂归。

邑有林下部郎葛公喜文士,温偶诣之,受命弹琴。帘内隐约有眷客窥听,忽风动帘开,见一及笄人,丽绝一世。盖公有一女,小字良工,善词赋,有艳名。温心动,归与母言,媒通之,而葛以温势式微不许。然女自闻琴以后,心窃倾慕,每冀再聆雅奏;而温以姻事不谐,志乖意沮,绝迹于葛氏之门矣。一日,女于园中拾得旧笺一折,上书《惜余春词》云:“因恨成痴,转思作想,日日为情颠倒。海棠带醉,杨柳伤春,同是一般怀抱。甚得新愁旧愁,铲尽还生,便如青草。自别离,只在奈何天里,度将昏晓。今日个蹙损春山,望穿秋水,道弃已拚弃了!芳衾妒梦,玉漏惊魂,要睡何能睡好?漫说长宵似年,侬视一年,比更犹少:过三更已是三年,更有何人不老!”女吟咏数四,心悦好之。怀归,出锦笺,庄书一通置案间,逾时索之不可得,窃意为风飘去。适葛经闺门过,拾之;谓良工作,恶其词荡,火之而未忍言,欲急醮之。临邑刘方伯之公子,适来问名,心善之,而犹欲一睹其人。公子盛服而至,仪容秀美。葛大悦,款延优渥。既而告别,坐下遗女舄一钩。心顿恶其儇薄,因呼媒而告以故。公子亟辩其诬,葛弗听,卒绝之。

先是,葛有绿菊种,吝不传,良工以植闺中。温庭菊忽有一二株化为绿,同人闻之,辄造庐观赏,温亦宝之。凌晨趋视,于畦畔得笺写《惜余春词》,反覆披读,不知其所自至。以“春”为己名益惑之,即案头细加丹黄,评语亵嫚。适葛闻温菊变绿,讶之,躬诣其斋,见词便取展读。温以其评亵，夺而挼莎之。葛仅读一两句，盖即闺门所拾者也。大疑，并绿菊之种，亦猜良工所赠。归告夫人，使逼诘良工。良工涕欲死，而事无验见，莫有取实。夫人恐其迹益彰，计不如以女归温。葛然之，遥致温，温喜极。是日招客为绿菊之宴，焚香弹琴，良夜方罢。既归寝，斋童闻琴自作声，初以为僚仆之戏也；既知其非人，始白温。温自诣之，果不妄。其声梗涩，似将效己而未能者。爇火暴入，杳无所见。温携琴去，则终夜寂然。因意为狐，固知其愿拜门墙也者，遂每夕为奏一曲，而设弦任操若师，夜夜潜伏听之。至六七夜，居然成曲，雅足听闻。

温既亲迎，各述曩词，始知缔好之由，而终不知所由来。良工闻琴鸣之异，往听之，曰："此非狐也，调凄楚，有鬼声。"温未深信。良工因言其家有古镜，可鉴魑魅。翌日遣人取至，伺琴声既作，握镜遽入；火之，果有女子在，仓皇室隅，莫能复隐，细审之赵氏之宦娘也。大骇，穷诘之。泫然曰："代作蹇修，不为无德，何相逼之甚也？"温请去镜，约勿避；诺之。乃囊镜。女遥坐曰："妾太守之女，死百年矣。少喜琴筝，筝已颇能谙之，独此技未能嫡传，重泉犹以为憾。惠顾时，得聆雅奏，倾心向往；又恨以异物不能奉裳衣，阴为君䁖合佳偶，以报眷顾之情。刘公子之女舄，《惜余春》之俚词，皆妾为之也。酬师者不可谓不劳矣。"夫妻咸拜谢之。宦娘曰："君之业，妾思过半矣，但未尽其神理，请为妾再鼓之。"温如其请，又曲陈其法。宦娘大悦曰："妾已尽得之矣！"乃起辞欲去。良工故善筝，闻其所长，愿以披聆。宦娘不辞，其调其谱，并非尘世所能。良工击节，转请受业。女命笔为绘谱十八章，又起告别。夫妻挽之良苦，宦娘凄然曰："君琴瑟之好，自相知音；薄命人乌有此福。如有缘，再世可相聚耳。"因以一卷授温曰："此妾小像。如不忘媒妁，当悬之卧室，快意时焚香一炷，对鼓一曲，则儿身受之矣。"出门遂没。

阿　绣

海州刘子固，十五岁时，至盖省其舅。见杂货肆中一女子，姣丽无双，心爱好之。潜至其肆，托言买扇。女子便呼父，父出，刘意沮，故折阅之而退。遥睹其父他往,又诣之,女将觅父,刘止之曰:"无须,但言其价,我不靳直耳。"女如言固昂之,刘不忍争,脱贯竟去。明日复往又如之。行数武,女追呼曰:"返来!适伪言耳,价奢过当。"因以半价返之。刘益感其诚,蹈隙辄往,由是日熟。女问:"郎居何所?"以实对。转诘之,自言:"姚氏。"临行,所市物,女以纸代裹完好,已而以舌舐粘之。刘怀归不敢复动,恐乱其舌痕也。积半月为仆所窥,阴与舅力要之归。意惓惓不自得。以所市香帕脂粉等类,密置一箧,无人时,辄阖户自捡一过,触类凝想。

次年复至盖,装甫解即趋女所,至则肆宇阖焉,失望而返。犹意偶出未返,早又诣之,阖如故。问诸邻,始知姚原广宁人,以贸易无重息,故暂归去,又不审何时可复来。神志乖丧,居数日怏怏而归。母为议婚,屡梗之,母怪且怒。仆私以曩事告母,母益防闲之,盖之途由是绝。刘忽忽遂减眠食。母忧思无计,念不如从其志。于是刻日办装使如盖,转寄语舅,媒合之。舅即承命诣姚。逾时而返,谓刘曰:"事不谐矣!阿绣已字广宁人。"刘低头丧气,心灰绝望。既归,捧箧啜泣,而徘徊顾念,冀天下有似之者。

适媒来,艳称复州黄氏女。刘恐不确,命驾至复。入西门,见北向一家,两扉半开,内一女郎怪似阿绣。再属目之,且行且盼而入,真是无讹。刘大动,因僦其东邻居,细诘知为李氏。反复疑念,天下宁有此酷肖者耶?居数日莫可夤缘,惟目眈眈候其门,以冀女或复出。一日日方西,女果出,忽见刘,即返身走,以手指其后;又复掌及额而入。刘喜极,但不能解。凝思移时,信步诣舍后,见荒园寥廓,西有短垣,略可及肩。豁然顿悟,遂蹲伏露草中。久之,有人自墙上露其首,小语曰:"来乎?"刘诺而起,细视真阿绣也。因大恸,涕堕如绠。女隔堵探身,以巾拭其泪,深慰之。刘曰:"百计不遂,自谓今生已矣,何期复有今夕?顾卿何以至此?"曰:"李氏,妾表叔也。"刘请逾垣。女曰:"君先归,遣从人他宿,妾当自至。"刘如言,坐伺之。少间女悄然入,妆饰不甚炫丽,袍裤犹昔。刘挽坐,备道艰苦,因问:"卿已字,何未醮也?"女曰:"言妾受聘者,妄也。家君以道里赊远,不愿附公子婚,此或托舅氏诡词以绝君望耳。"既就枕席,宛转万态,款接之欢不可言喻。四更遽起，过墙而去。刘自是不复措意黄氏矣。旅居忘返，经月不归。

一夜仆起饲马，见室中灯犹明，窥之，见阿绣，大骇。顾不敢言主人，旦起访市肆，始返而诘刘曰："夜与还往者，何人也？"刘初讳之，仆曰："此第岑寂，狐鬼之薮，公子宜自爱。彼姚家女郎，何为而至此？"刘始腆然曰："西邻是其表叔，有何疑沮？"仆言："我已访之审：东邻止一孤媪，西家一子尚幼，别无密戚。所遇当是鬼魅；不然，焉有数年之衣尚未易者？且其面色过白，两颊少瘦，笑处无微涡，不如阿绣美。"刘反复思，乃大惧曰："然且奈何？"仆谋伺其来，操兵入共击之。至暮女至，谓刘曰："知君见疑，然妾亦无他，不过了夙分耳。"言未已，仆排闼入。女呵之曰："可弃兵！速具酒来，当与若主别。"仆便自投，若或夺焉。刘益恐，强设酒馔。女谈笑如常，举手向刘曰："君心事，方将图效绵薄，何竟伏戎？妾虽非阿绣，颇自谓不亚，君视之犹昔否耶？"刘毛发俱竖，噤不语。女听漏三下，把盏一呷，起立曰："我且去，待花烛后，再与新妇较优劣也。"转身遂杳。

刘信狐言，竟如盖。怨舅之诳己也，不舍其家；寓近姚氏，托媒自通，啖以重赂。姚妻乃言："小郎为觅婿广宁，若翁以是故去，就否未可知。须旋日方可计校。"刘闻之，彷徨无以自主，惟坚守以伺其归。逾十余日，忽闻兵警，犹疑讹传；久之信益急，乃趣装行。中途遇乱，主仆相失，为侦者所掠。以刘文弱疏其防，盗马亡去。至海州界见一女子，蓬鬓垢耳，出履蹉跌，不可堪。刘驰过之，女遽呼曰："马上人非刘郎乎？"刘停鞭审顾，则阿绣也。心仍讶其为狐，曰："汝真阿绣耶？"女问："何为出此言？"刘述所遇。女曰："妾真阿绣也。父携妾自广宁归，遇兵被俘，授马屡堕。忽一女子握腕趣遁，荒窜军中，亦无诘者。女子健步若飞隼，苦不能从，百步而屦屡褪焉。久之，闻号嘶渐远，乃释手曰：'别矣！前皆坦途可缓行，爱汝者将至，宜与同归。'"刘知其狐，感之。因述其留盖之故。女言其叔为择婿于方氏，未委禽而乱适作。刘始知舅言非妄。携女马上，叠骑归。入门则老母无恙，大喜。系马入，俱道所以。母亦喜，为女盥濯，竟妆，容光焕发。母抚掌曰："无怪痴儿魂梦不置也！"遂设裀褥，使从己宿。又遣人赴盖，寓书于姚。不数日姚夫妇俱至，卜吉成礼乃去。

刘出藏箧，封识俨然。有粉一函，启之，化为赤土。刘异之。女掩口曰："数年之盗，今始发觉矣。尔日见郎任妾包裹，更不及审真伪，故以此相戏耳。"方嬉笑间，一人搴帘入曰："快意如此，当谢蹇修否？"刘视之，又一阿绣也，急呼母。母及家人悉集，无有能辨识者。刘回眸亦迷，注目移时，始揖而谢之。女子索镜自照，赧然趋出，寻之已杳。夫妇感其义，为位于室而祀之。一夕刘醉归，室暗无人，方自挑灯，而阿绣至。刘挽问："何之？"笑曰："醉臭熏人，使人不耐！如此盘诘，谁作桑中逃耶？"刘笑捧其颊，女曰："郎视妾与狐姊孰胜？"刘曰："卿过之。然皮相者不辨也。"已而合扉相狎。俄有叩门者，女起笑曰："君亦皮相者也。"刘不解，趋启门，则阿绣入，大愕。始悟适与语者，狐也。暗中又闻笑声。夫妻望空而祷，祈求现像。狐曰："我不愿见阿绣。"问："何不另化一貌？"曰："我不能。"问："何故不能？"曰："阿绣，吾妹也，前世不幸夭殂。生时，与余从母至天宫见西王母，心窃爱慕，归则刻意效之。妹较我慧，一月神似；我学三月而后成，然终不及妹。今已隔世。自谓过之，不意犹昔耳。我感汝两人诚，故时复一至，今去矣。"遂不复言。

自此三五日辄一来，一切疑难悉决之。值阿绣归宁，来常数日住，家人皆惧避之。每有亡失，则华妆端坐，插玳瑁簪长数寸，朝家人而庄语之："所窃物，夜当送至某所；不然，头痛大作，悔无及！"天明，果于某所获之。三年后，绝不复来。偶失金帛，阿绣效其装吓家人，亦屡效焉。

杨疤眼

一猎人夜伏山中，见一小人，长二尺已来，踽踽行涧底。少间又一人来，高亦如之。适相值，交问何之。前者曰："我将往望杨疤眼。前见其气色晦黯，多罹不吉。"后人曰："我亦为此，汝言不谬。"猎者知其非人，厉声大叱，二人并无有矣。夜获一狐，左目上有瘢痕大如钱。

小 翠

王太常，越人。总角时，昼卧榻上。忽阴晦，巨霆暴作，一物大于猫，来伏身下，展转不离。移时晴霁，物即径出。视之非猫，始怖，隔房呼兄。兄闻，喜曰："弟必大贵，此狐来避雷霆劫也。"后果少年登进士，以县令入为侍御。

生一子名元丰，绝痴，十六岁不能知牝牡，因而乡党无与为婚。王忧之。适有妇人率少女登门，自请为妇。视其女，嫣然展笑，真仙品也。喜问姓名。自言："虞氏。女小翠，年二八矣。"与议聘金。曰："是从我糠覈不得饱，一旦置身广厦，役婢仆，厌膏粱，彼意适，我愿慰矣，岂卖菜也而索直乎！"夫人大悦，优厚之。妇即命女拜王及夫人，嘱曰："此尔翁姑，奉侍宜谨。我大忙，且去，三数日当复来。"王命仆马送之，妇言："里巷不远，无烦多事。"遂出门去。

小翠殊不悲恋，便即奁中翻取花样。夫人亦爱乐之。数日妇不至，以居里问女，女亦憨然不能言其道路。遂治别院，使夫妇成礼。诸戚闻拾得贫家儿作新妇，共笑姗之；见女皆惊，群议始息。女又甚慧，能窥翁姑喜怒。王公夫妇，宠惜过于常情，然惕惕焉惟恐其憎子痴，而女殊欢笑不为嫌。第善谑，刺布作圆，蹋蹴为笑。着小皮靴，蹴去数十步，给公子奔拾之，公子及婢恒流汗相属。一日王偶过，圆𥕢然来直中面目。女与婢俱敛迹去，公子犹踊跃奔逐之。王怒，投之以石，始伏而啼。王以告夫人，夫人往责女，女俯首微笑，以手刓床。既退，憨跳如故，以脂粉涂公子作花面如鬼。夫人见之怒甚，呼女诟骂。女倚几弄带，不惧亦不言。夫人无奈之，因杖其子。元丰大号，女始色变，屈膝乞宥。夫人怒顿解，释杖去。女笑拉公子入室，代扑衣上尘，拭眼泪，摩挲杖痕，饵以枣栗。公子乃收涕以忻。女阖庭户，复装公子作霸王，作沙漠人；己乃艳服，束细腰，婆娑作帐下舞；或髻插雉尾，拨琵琶，丁丁缕缕然，喧笑一室，日以为常。王公以子痴，不忍过责妇，即微闻焉，亦若置之。

同巷有王给谏者，相隔十余户，然素不相能；时值三年大计吏，忌公握河南道篆，思中伤之。公知其谋，忧虑无所为计。一夕早寝，女冠带饰冢宰状，剪素丝作浓髭，又以青衣饰两婢为虞候，窃跨厩马而出，戏云："将谒王先生。"驰至给谏之门，即又鞭挞从人，大言曰："我谒侍御王，宁谒给谏王耶！"回辔而归。比至家门，门者误以为真，奔白王公。公急起承迎，方知为子妇之戏。怒甚，谓夫人曰："人方蹈我之瑕，反以闺阁之丑登门而告之，余祸不远矣！"夫人怒，奔女室，诟让之。女惟憨笑，并不一置词。挞之不忍，出之则无家，夫妻懊怨，终夜不寝。时冢宰某公赫甚，其仪采服从，与女伪装无少殊别，王给谏亦误为真。屡侦公门，中夜而客未出，疑冢宰与公有阴谋。次日早朝，见而问曰："夜相公至君家耶?"公疑其相讥，惭言唯唯，不甚响答。给谏愈疑，谋遂寝，由此益交欢公。公探知其情窃喜，而阴嘱夫人劝女改行，女笑应之。

逾岁，首相免，适有以私函致公者误投给谏。给谏大喜，先托善公者往假万金，公拒之。给谏自诣公所。公觅巾袍并不可得；给谏伺候久，怒公慢，愤将行。忽见公子衮衣旒冕，有女子自门内推之以出，大骇；已而笑抚之，脱其服冕而去。公急出，则客去远。闻其故，惊颜如土，大哭曰："此祸水也！指日赤吾族矣！"与夫人操杖往。女已知之，阖扉任其诟厉。公怒，斧其门，女在内含笑而告之曰："翁无烦怒。有新妇在，刀锯斧钺妇自受之，必不令贻害双亲。翁若此，是欲杀妇以灭口耶?"公乃止。给谏归，果抗疏揭王不轨，衮冕作据。上惊验之，其旒冕乃粱藍心所制，袍则败布黄袱也。上怒其诬。又召元丰至，见其憨状可掬，笑曰："此可以作天子耶?"乃下之法司。给谏又讼公家有妖人，法司严诘臧获，并言无他，惟颠妇痴儿日事戏笑，邻里亦无异词。案乃定，以给谏充云南军。

王由是奇女。又以母久不至，意其非人，使夫人探诘之，女但笑不言。再复穷问，则掩口曰："儿玉皇女，母不知耶?"无何，公擢京卿。五十余每患无孙。女居三年，夜夜与公子异寝，似未尝有所私。夫人舁榻去，嘱公子与妇同寝。过数日，公子告母曰："借榻去，悍不还！小翠夜夜以足股加腹上，喘气不得；又惯掐人股里。"婢妪无不粲然。夫人呵拍令去。一日女浴于室，公子见之，欲与偕；女笑止之，谕使姑待。既去，乃更泻热汤于瓮，解其袍裤，与婢扶之人。公子觉蒸闷,大呼欲出。女不听,以衾蒙之。少时无声,启视已绝。女坦笑不惊,曳置床上,拭体干洁,加复被焉。夫人闻之,哭而入,骂曰:“狂婢何杀吾儿!”女辗然曰:“如此痴儿,不如勿有。”夫人益恚,以首触女;婢辈争曳劝之。方纷噪间,一婢告曰:“公子呻矣!”辍涕抚之,则气息休休,而大汗浸淫,沾浃裀褥。食顷汗已,忽开目四顾遍视家人,似不相识,曰:“我今回忆往昔,都如梦寐,何也?”夫人以其言语不痴,大异之。携参其父,屡试之果不痴,大喜,如获异宝。至晚,还榻故处,更设衾枕以觇之。公子入室,尽遣婢去。早窥之,则榻虚设。自此痴颠皆不复作,而琴瑟静好如形影焉。

年余,公为给谏之党奏劾免官,小有罣误。旧有广西中丞所赠玉瓶,价累千金,将出以贿当路。女爱而把玩之,失手堕碎,惭而自投。公夫妇方以免官不快,闻之,怒,交口呵骂。女奋而出,谓公子曰:“我在汝家,所保全者不止一瓶,何遂不少存面目?实与君言:我非人也。以母遭雷霆之劫,深受而翁庇翼;又以我两人有五年夙分,故以我来报曩恩、了夙愿耳。身受唾骂,擢发不足以数,所以不即行者,五年之爱未盈。今何可以暂止乎!”盛气而出,追之已杳。公爽然自失,而悔无及矣。公子入室,睹其剩粉遗钩,恸哭欲死;寝食不甘,日就羸瘁。公大忧,急为胶续以解之,而公子不乐。惟求良工画小翠像,日夜浇祷其下,几二年。

偶以故自他里归,明月已皎,村外有公家亭园,骑马墙外过,闻笑语声,停辔,使厩卒捉鞚,登鞍一望,则二女郎游戏其中。云月昏蒙,不甚可辨,但闻一翠衣者曰:“婢子当逐出门!”一红衣者曰:“汝在吾家园亭,反逐阿谁?”翠衣人曰:“婢子不羞!不能作妇,被人驱遣,犹冒认物产也?”红衣者曰:“索胜老大婢无主顾者!”听其音酷类小翠,疾呼之。翠衣人去曰:“姑不与若争,汝汉子来矣。”既而红衣人来,果小翠。喜极。女令登垣承接而下之,曰:“二年不见,骨瘦一把矣!”公子握手泣下,具道相思。女言:“妾亦知之,但无颜复见家人。今与大姊游戏,又相邂逅,足知前因不可逃也。”请与同归,不可;请止园中,许之。公子遣仆奔白夫人。夫人惊起,驾肩舆而往,启钥入亭。女即趋下迎拜;夫人捉臂流涕,力白前过,几不自容,曰:“若不少记榛梗,请偕归慰我迟暮。”女峻辞不可。夫人虑野亭荒寂,谋以多人服役。女曰:“我诸人悉不愿见,惟前两婢朝夕相从,不能无眷注耳;外惟一老仆应门,余都无所复须。”夫人悉如其言。托公子养疴园中,日供食用而已。

女每劝公子别婚,公子不从。后年余,女眉目音声渐与曩异,出像质之,迥若两人。大怪之。女曰:“视妾今日何如畴昔美?”公子曰:“今日美则美矣,然较畴昔则似不如。”女曰:“意妾老矣!”公子曰:“二十余岁何得速老!”女笑而焚图,救之已烬。一日谓公子曰:“昔在家时,阿翁谓妾抵死不作茧,今亲老君孤,妾实不能产,恐误君宗嗣。请娶妇于家,旦晚侍奉公姑,君往来于两间,亦无所不便。”公子然之,纳币于钟太史之家。吉期将近,女为新人制衣履,赍送母所。及新人入门,则言貌举止,与小翠无毫发之异。大奇之。往至园亭,则女亦不知所在。问婢,婢出红巾曰:“娘子暂归宁,留此贻公子。”展巾,则结玉玦一枚,心知其不返,遂携婢俱归。虽顷刻不忘小翠,幸而对新人如觌旧好焉。始悟钟氏之姻,女预知之,故先化其貌,以慰他日之思云。

异史氏曰:“一狐也,以无心之德,而犹思所报;而身受再造之福者,顾失声于破甑,何其鄙哉!月缺重圆,从容而去,始知仙人之情亦更深于流俗也!”

金和尚

金和尚,诸城人。父无赖,以数百钱鬻于五莲山寺。少顽钝,不能肄清业,牧猪赴市若佣保。后本师死,稍有遗金,卷怀离寺,作负贩去。饮羊、登垄,计最工。数年暴富,买田宅于水坡里。

弟子繁有徒,食指日千计。绕里膏田千百亩。里中起第数十处,皆僧无人;即有亦贫无业,携妻子,僦屋佃田者也。每一门内,四缭连屋,皆此辈列而居。僧舍其中,前有厅事,梁楹节棁,绘金碧,射人眼。堂上几屏,晶光可鉴。又其后为内寝,朱帘绣幕,兰麝充溢喷人。螺钿雕檀为床,床上锦茵褥,褶叠厚尺有咫。壁上美人、山水诸名迹,悬粘几无隙处。一声长呼,门外数十人轰应如雷,细缨革靴者皆乌集鹄立，受命皆掩口语，侧耳以听。客仓卒至，十余筵可咄嗟办，肥醴蒸薰，纷纷狼藉如雾霈。但不敢公然蓄歌妓，而狡童十数辈，皆慧黠能媚人，皂纱缠头，唱艳曲，听睹亦颇不恶。

金若一出，前后数十骑，腰弓矢相摩戛。奴辈呼之皆以"爷"；即邑人之若民，或"祖"之，"伯、叔"之，不以"师"，不以"上人"，不以禅号也。其徒出，稍稍杀于金，而风鬃云辔，亦略于贵公子等。金又广结纳，即千里外呼吸亦可通，以此挟方面短长，偶气触之，辄惕自惧。而其为人，鄙不文，顶趾无雅骨。生平不奉一经持一咒，迹不履寺院，室中亦未尝蓄铙鼓，此等物，门人辈弗及见，并弗及闻。凡僦屋者，妇女浮丽如京都，脂泽金粉，皆取给于僧；僧亦不之靳，以故里中不田而农者以百数。时而恶佃决僧首瘗床下，亦不甚穷诘，但逐去之，其积习然也。

金又买异姓儿，私子之。延儒师，教帖括业。儿聪慧能文，因令入邑庠；旋援例作太学生；未几赴北闱，领乡荐。由是金之名以"太公"噪。向之"爷"之者"太"之，膝席者皆垂手执儿孙礼。

无何，太公僧薨。孝廉缞绖卧苫块，北面称孤；诸门人释杖满床榻；而灵帏后嘤嘤细泣，惟孝廉夫人一而已。士大夫妇咸华妆来，搴帏吊唁，冠盖舆马塞道路。殡日，棚阁云连，幡幢翳日。殉葬刍灵，饰以金帛，舆盖仪仗数十事，马千匹，美人百袂皆如生。方弼、方相，以纸壳制巨人，皂帕金铠，空中而横以木架，纳活人内负之行。设机转动，须眉飞舞，目光铄闪，如将叱咤。观者惊怪，或小儿女遥望之，辄啼走。冥宅壮丽如宫阙，楼阁房廊连垣数十亩，千门万户，入者迷不可出。祭品象物，多难指名。会葬者盖相摩，上自方面，皆伛偻入，起拜如朝仪；下至贡监簿史，则手据地以叩，不敢劳公子，劳诸师叔也。

当是时，倾国瞻仰，男女喘汗属于道，携妇襁儿，呼兄觅妹者声鼎沸。杂以鼓乐喧豗，百戏鞺鞳，人语都不可闻。观者自肩以下皆隐不见，惟万顶攒动而已。有孕妇痛急欲产，诸女伴张裙为幄罗守之；但闻儿啼，不暇问雌雄，断幅绷怀中，或扶之，或曳之，蹩躠以去。奇观哉！

葬后，以金所遗资产，瓜分而二之：子一，门人一。孝廉得半，而居第之南、之北、之东西，尽缁党；然皆兄弟叙，痛痒犹相关云。

异史氏曰："此一派也，两宗未有，六祖无传，可谓独辟法门者矣。抑闻之：五蕴皆空，六尘不染，是谓'和尚'；口中说法，座上参禅，是谓'和样'；鞋香楚地，笠重吴天，是谓'和撞'；鼓钲锽聒，笙管敖曹，是谓'和唱'；狗苟钻缘，蝇营淫赌，是谓'和幛'。金也者，'尚'耶？'样'耶？'唱'耶？'撞'耶？抑地狱之'幛'耶？"

龙戏蛛

徐公为齐东令。署中有楼，用藏肴饵，往往被物窃食，狼藉于地。家人屡受谯责，因伏伺之。见一蜘蛛大如斗，骇走白公。公以为异，日遣婢辈投饵焉。蛛益驯，饥辄出依人，饱而后去。积年余，公偶阅案牍，蛛忽来伏几上。疑其饥，方呼家人取饵，旋见两蛇夹蛛卧，细裁如箸，蛛爪蜷腹缩，若不胜惧。转瞬间，蛇暴长粗于卵。大骇欲走。巨霆大作，合家震毙。移时公苏，夫人及婢仆击死者七人。公病月余，寻卒。公为人廉正爱民，柩发之日，民敛钱以送，哭声满野。

异史氏曰："龙戏蛛，每意是里巷之讹言耳，乃真有之乎？闻雷霆之击，必于凶人，奈何以循良之吏，罹此惨毒？天公之愦愦，不已多乎！"

商 妇

天津商人某，将贾远方，往从富人贷资数百。为偷儿所窥，及夕，预匿室中以俟其归。而商以是日良，负资竟发。偷儿伏久，但闻商人妇转侧床上，似不成眠。既而壁上一小门开，一室尽亮。门内有女子出，容齿少好，手引长带一条，近榻授妇，妇以手却之。女固授之；妇乃受带，起悬梁上，引颈自缢。女遂去，壁扉亦阖。偷儿大惊，拔关遁去。

既明，家人见妇死，质诸官。官拘邻人而锻炼之，诬服成狱，不日就决。偷儿愤其冤，自首于堂，告以是夜所见。鞫之情真，邻人遂免。问其里人，言宅之故主曾有少妇经死，年齿容貌，与盗言悉符，因知是其鬼也。俗传暴死者必求代替，其然欤？

阎罗宴

静海邵生,家贫。值母初度,备牲酒祀于庭,拜已而起,则案上肴馔皆空。甚骇,以情告母。母疑其困乏不能为寿,故诡言之,邵默然无以自白。

无何,学使案临,苦无资斧,薄贷而往。途遇一人,伏候道左,邀请甚殷。从去,见殿阁楼台,弥亘街路。既入,一王者坐殿上,邵伏拜。王者霁颜命坐,即赐宴饮,因曰:"前过华居,厮仆辈道路饥渴,有叨盛馔。"邵愕然不解。王者曰:"我忤官王也。不记尊堂设帨之辰乎?"筵终,出白镪一裹,曰:"豚蹄之扰,聊以相报。"受之而出,则宫殿人物一时都渺,惟有大树数章,萧然道侧。视所赠则真金,秤之得五两。考终,止耗其半,犹怀归以奉母焉。

役鬼

山西杨医,善针灸之术,又能役鬼。一出门,则捉骡操鞭者皆鬼物也。尝夜自他归,与友人同行。途中见二人来,修伟异常。友人大骇。杨便问:"何人?"答云:"长脚王、大头李,敬迓主人。"杨曰:"为我前驱。"二人旋踵而行,蹇缓则立候之,若奴隶然。

细柳

细柳娘,中都之士人女也。或以其腰嫖袅可爱,戏呼之"细柳"云。柳少慧,解文字,喜读相人书。而生平简默,未尝言人臧否;但有问名者,必求一亲窥其人。阅人甚多,俱未可,而年十九矣。父母怒之曰:"天下迄无良匹,汝将以丫角老耶?"女曰:"我实欲以人胜天,顾久而不就,亦吾命也。今而后,请惟父母之命是听。"

时有高生者,世家名士,闻细柳之名,委禽焉。既醮,夫妇甚得。生前室遗孤,小字长福,时五岁,女抚养周至。女或归宁,福辄号啼从之,呵遣所不能止。年余女产一子,名之长怙。生问名字之义,答言:"无他,但望其长依膝下耳。"

女于女红疏略,常不留意;而于亩之东南,税之多寡,按籍而问,惟恐不详。久之,谓生曰:“家中事请置勿顾,待妾自为之,不知可当家否?”生如言,半载而家无废事,生亦贤之。一日,生赴邻村饮酒,适有追逋赋者,打门而谇。遣奴慰之,弗去。乃趣童召生归。隶既去,生笑曰:“细柳,今始知慧女不若痴男耶?”女闻之,俯首而哭。生惊挽而劝之,女终不乐。生不忍以家政累之,仍欲自任,女又不肯。晨兴夜寐,经纪弥勤。每先一年,即储来岁之赋,以故终岁未尝见催租者一至其门;又以此法计衣食,由此用度益纾。于是生乃大喜,尝戏之曰:“细柳何细哉:眉细、腰细、凌波细,且喜心思更细。”女对曰:“高郎诚高矣:品高、志高、文字高,但愿寿数尤高。”

村中有货美材者,女不惜重直致之。价不能足,又多方乞贷于戚里。生以其不急之物,固止之,卒弗听。蓄之年余,富室有丧者,以倍资赎诸其门。生因利而谋诸女,女不可。问其故,不语;再问之,荧荧欲涕。心异之,然不忍重拂焉,乃罢。又逾岁,生年二十有五,女禁不令远游,归稍晚,僮仆招请者,相属于道。于是同人咸戏谤之。一日生如友人饮,觉体不快而归,至中途堕马,遂卒。时方溽暑,幸衣衾皆所夙备。里中始共服细娘智。

福年十岁始学为文。父既殁,娇惰不肯读,辄亡去从牧儿遨。谯诃不改,继以夏楚,而顽冥如故。母无奈之,因呼而谕之曰:“既不愿读,亦复何能相强?但贫家无冗人,便更若衣,使与僮仆共操作。不然,鞭挞勿悔!”于是衣以败絮,使牧豕;归则自掇陶器,与诸仆啖饭粥。数日,苦之,泣跪庭下。愿仍读。母返身向壁置不闻,不得已执鞭啜泣而出。残秋向尽,桁无衣,足无履,冷雨沾濡,缩头如丐。里人见而怜之,纳继室者皆引细娘为戒,啧有烦言。女亦稍稍闻之,而漠不为意。福不堪其苦,弃豕逃去,女亦任之,殊不追问。积数月,乞食无所,憔悴自归,不敢遽入,哀求邻媪往白母。女曰:“若能受百杖可来见,不然,早复去。”福闻之,骤入,痛哭愿受杖。母问:“今知改悔乎?”曰:“悔矣。”曰:“既知悔,无须挞楚,可安分牧豕,再犯不宥!”福大哭曰:“愿受百杖,请复读。”女不听。邻妪怂恿之,始纳焉。濯发授衣,令与弟怙同师。勤身锐虑,大异往昔,三年游泮。中丞杨公见其文而器之,月给常廪,以助灯火。

怙最钝，读数年不能记姓名。母令弃卷而农。怙游闲惮于作苦，母怒曰："四民各有本业，既不能读，又不能耕，宁不沟瘠死耶？"立杖之。由是率奴辈耕作，一朝晏起，则诟骂从之；而衣服饮食，母辄以美者归兄。怙虽不敢言，而心窃不能平。农工既毕，母出资使学负贩。怙淫赌，入手丧败，诡托盗贼运数，以欺其母。母觉之，杖责濒死。福长跪哀乞，愿以身代，怒始解。自是一出门，母辄探察之。怙行稍敛，而非其心之所得已也。一日请母，将从诸贾入洛；实借远游，以快所欲，而中心惕惕，惟恐不遂所请。母闻之，殊无疑虑，即出碎金三十两为之具装；末又以铤金一枚付之，曰："此乃祖宦囊之遗，不可用去，聊以压装备急可耳。且汝初学跋涉，亦不敢望重息，只此三十金得无亏负足矣。"临又嘱之。怙诺而出，欣欣意自得。至洛，谢绝客侣，宿名娼李姬之家。凡十余夕散金渐尽，自以巨金在囊，初不意空匮在虑，及取而斫之则伪金耳。大骇，失色。李媪见其状，冷语侵客。怙心不自安，然囊空无所向往，犹冀姬念夙好，不即绝之。俄有二人握索入，骤絷项领，惊惧不知所为。哀问其故，则姬已窃伪金去首公庭矣。至官不能置辞，梏掠几死。收狱中，又无资斧，大为狱吏所虐，乞食于囚，苟延余息。

初，怙之行也，母谓福曰："记取廿日后，当遣汝之洛。我事烦，恐忽忘之。"福不知所谓，黯然欲悲，不敢复请而退。过二十日而问之，叹曰："汝弟今日之浮荡，犹汝昔日之废学也。我不冒恶名，汝何以有今日？人皆谓我忍，但泪浮枕簟，而人不知耳！"因泣下。福侍立敬听，不敢研诘。泣已，乃曰："汝弟荡心不死，故授之伪金以挫折之，今度已在缧绁中矣。中丞待汝厚，汝往求焉，可以脱其死难，而生其愧悔也。"福立刻而发。比入洛，则弟被逮三日矣。即狱中而望之，怙奄然面目如鬼，见兄涕不可仰。福亦哭。时福为中丞所宠异，故遐迩皆知其名。邑宰知为怙兄，急释之。

怙至家，犹恐母怒，膝行而前。母顾曰："汝愿遂耶？"怙零涕不敢复作声，福亦同跪，母始叱之起。由是痛自悔，家中诸务，经理维勤；即偶惰，母亦不呵问之。凡数月，并不与言商贾，意欲自请而不敢，以意告兄。母闻而喜，并力质贷而付之，半载而息倍焉。是年福秋捷,又三年登第;弟货殖累巨万矣。邑有客洛者,窥见太夫人,年四旬犹若三十许人,而衣妆朴素,类常家云。

异史氏曰:“黑心符出,芦花变生,古与今如一丘之貉,良可哀也!或有避其谤者,又每矫枉过正,至坐视儿女之放纵而不一置问,其视虐遇者几何哉?独是日挞所生,而人不以为暴;施之异腹儿,则指摘从之矣。夫细柳固非独忍于前子也;然使所出贤,亦何能出此心以自白于天下?而乃不引嫌,不辞谤,卒使二子一富一贵,表表于世。此无论闺闼,当亦丈夫之铮铮者矣!”

卷 八

画 马

临清崔生家屡贫，围垣不修，每晨起，辄见一马卧露草间，黑质白章；惟尾毛不整，似火燎断者。逐去，夜又复来，不知所自。崔有好友官于晋，欲往就之，苦无健步，遂捉马施勒乘去，嘱家人曰："倘有寻马者，当如以告。"既就途，马骛驶，瞬息百里。夜不甚馁刍豆，意其病。次日紧衔不令驰，而马蹄嘶喷沫，健怒如昨。复纵之，午已达晋。时骑入市廛，观者无不称叹。晋王闻之，以重直购之。崔恐为失者所寻，不敢售。

居半年，无耗，遂以八百金货于晋邸，乃自市健骡归。后王以急务，遣校尉骑赴临清。马逸，追至崔之东邻，入门不见。索诸主人，主曾姓，实莫之睹。及入室，见壁间挂子昂画马一帧，内一匹毛色浑似，尾处为香炷所烧，始知马，画妖也。校尉难复王命，因讼曾。时崔得马资，居积盈万，自愿以直贷曾，付校尉去。曾甚德之，不知崔即当年之售主也。

局 诈

某御史家人，偶立市间，有一人衣冠华好，近与攀谈。渐问主人姓字、官阀，家人并告之。其人自言："王姓，贵主家之内使也。"语渐款洽，因曰："宦途险恶，显者皆附贵戚之门，尊主人所托何人也？"答曰："无之。"王曰："此所谓惜小费而忘大祸者也。"家人曰："何托而可？"王曰："公主待人以礼，能覆翼人。某侍郎系仆阶进。倘不惜千金贽，见公主当亦不难。"家人喜，问其居止。便指其门户曰："日同巷不知耶？"家人归告侍御。侍御喜，即张盛筵，使家人往邀王。王欣然来。筵间道公主情性及起居琐事甚悉，且言："非同巷之谊，即赐百金赏，不肯效牛马。"御史益佩戴之。临别订约，王曰："公但备物，仆乘间言之，旦晚当有报命。”

越数日始至，骑骏马甚都，谓侍御曰：“可速治装行。公主事大烦，投谒者踵相接，自晨及夕，不得一间。今得一间，宜急往，误则相见无期矣。”侍御乃出兼金重币，从之去。曲折十余里，始至公主第，下骑祗候。王先持贽入。久之，出，宣言：“公主召某御史。”即有数人接递传呼。侍御伛偻而入，见高堂上坐丽人，姿貌如仙，服饰炳耀；侍姬皆着锦绣，罗列成行。侍御伏谒尽礼，传命赐坐檐下，金碗进茗。主略致温旨，侍御肃而退。自内传赐缎靴、貂帽。

既归，深德王，持刺谒谢，则门阖无人，疑其侍主未归。三日三诣，终不复见。使人询诸贵主之门，则高扉扃锢。访之居人，并言：“此间曾无贵主。前有数人僦屋而居，今去已三日矣。”使反命，主仆丧气而已。

副将军某，负资入都，将图握篆，苦无阶。一日有裘马者谒之，自言：“内兄为天子近侍。”茶已，请间云：“目下有某处将军缺，倘不吝重金，仆嘱内兄游扬圣主之前，此任可致，大力者不能夺也。”某疑其妄。其人曰：“此无须踟蹰。某不过欲抽小数于内兄，于将军锱铢无所望。言定如干数，署券为信。待召见后方求实给，不效则汝金尚在，谁从怀中而攫之耶？”某乃喜，诺之。

次日复来引某去，见其内兄云：“姓田。”煊赫如侯家。某参谒，殊傲睨不甚为礼。其人持券向某曰：“适与内兄议，率非万金不可，请即署尾。”某从之。田曰：“人心叵测，事后虑有反复。”其人笑曰：“兄虑之过矣。既能予之，宁不能夺之耶？且朝中将相，有愿纳交而不可得者。将军前程方远，应不丧心至此。”某亦力矢而去。其人送之，曰：“三日即复公命。”

逾两日，日方西，数人吼奔而入，曰：“圣上坐待矣！”某惊甚，疾趋入朝。见天子坐殿上，爪牙森立。某拜舞已。上命赐坐，慰问殷勤，顾左右曰：“闻某武烈非常，今见之，真将军才也！”因曰：“某处险要地，今以委卿，勿负朕意，侯封有日耳。”某拜恩出。即有前日裘马者从至客邸，依券兑付而去。于是高枕待绶，日夸荣于亲友。过数日探访之，则前缺已有人矣。大怒，忿争于兵部之堂，曰：“某承帝简，何得授之他人?”司马怪之。及述宠遇,半如梦境。司马怒,执下廷尉。始供其引见者之姓名,则朝中并无此人。又耗万金,始得革职而去。

异哉!武弁虽骙,岂朝门亦可假耶?疑其中有幻术存焉,所谓“大盗不操矛弧”者也。

嘉祥李生,善琴。偶适东郊,见工人掘土得古琴,遂以贱直得之。拭之有异光,安弦而操,清烈非常。喜极,若获拱璧,贮以锦囊,藏之密室,虽至戚不以示也。

邑丞程氏新莅任,投刺谒李。李故寡交游,以其先施故,报之。过数日又招饮,固请乃往。程为人风雅绝伦,议论潇洒,李悦焉。越日折柬酬之,欢笑益洽。从此月夕花晨,未尝不相共也。年余,偶于丞廨中,见绣囊裹琴置几上,李便展玩。程问:“亦谙此否?”李曰:“生平最好。”程讶曰:“知交非一日,绝技胡不一闻?”拨炉爇沉香,请为小奏。李敬如教。程曰:“大高手!愿献薄技,勿笑小巫也。”遂鼓《御风曲》,其声泠泠,有绝世出尘之意。李更倾倒,愿师事之。自此二人以琴交,情分益笃。

年余,尽传其技。然程每诣李,李以常琴供之,未肯泄所藏也。一夕薄醉,丞曰:“某新肄一曲,无亦愿闻之乎?”为奏《湘妃》,幽怨若泣。李亟赞之。丞曰:“所恨无良琴;若得良琴,音调益胜。”李欣然曰:“仆蓄一琴,颇异凡品。今遇钟期,何敢终密?”乃启椟负囊而出。程以袍袂拂尘,凭几再鼓,刚柔应节,工妙入神。李击节不置。丞曰:“区区拙技,负此良琴。若得荆人一奏,当有一两声可听者。”李惊曰:“公闺中亦精之耶?”丞笑曰:“适此操乃传自细君者。”李曰:“恨在闺阁,小生不得闻耳。”丞曰:“我辈通家,原不以形迹相限。明日请携琴去,当使隔帘为君奏之。”李悦。

次日抱琴而往。丞即治具欢饮。少间将琴入,旋出即坐。俄见帘内隐隐有丽妆,顷之,香流户外。又少时弦声细作,听之,不知何曲;但觉荡心媚骨,令人魂魄飞越。曲终便来窥帘,竟二十余绝代之姝也。丞以巨白劝釂,内复改弦为《闲情之赋》,李形神益惑。倾饮过醉,离席兴辞,索琴。丞曰:“醉后防有蹉跌。明日复临,当令闺人尽其所长。”李归。

次日诣之，则廨舍寂然，惟一老隶应门。问之，云：“五更携眷去，不知何作，言往复可三日耳。”如期往伺之，日暮，并无音耗。吏皂皆疑，白令破扃而窥其室，室尽空，惟几榻犹存耳。达之上台，并不测其何故。

李丧琴，寝食俱废。不远数千里访诸其家。程故楚产，三年前，捐资受嘉祥。执其姓名，询其居里，楚中并无其人。或云：“有程道士者善鼓琴，又传其有点金术。三年前，忽去不复见。”疑即其人。又细审其年甲、容貌，吻合不谬。乃知道士之纳官皆为琴也。知交年余，并不言及音律；渐而出琴，渐而献技，又渐而惑以佳丽；浸渍三年，得琴而去。道士之癖，更甚于李生也。天下之骗机多端，若道士，骗中之风雅者矣。

放 蝶

长山王进士蚪生为令时，每听讼，按律之轻重，罚令纳蝶自赎；堂上千百齐放，如风飘碎锦，王乃拍案大笑。一夜梦一女子，衣裳华好，从容而入，曰：“遭君虐政，姊妹多物故。当使君先受风流之小谴耳。”言已化为蝶，回翔而去。明日，方独酌署中，忽报直指使至，皇遽而出，闺中戏以素花簪冠上，忘除之。直指见之，以为不恭，大受诟骂而返。由是罚蝶之令遂止。

青城于重寅，性放诞。为司理时，元夕以火花爆竹缚驴上，首尾并满，牵登太守之门，击柝而请，自白：“某献火驴，幸出一览。”时太守有爱子患痘，心绪方恶，辞之。于固请之。太守不得已，使阍人启钥。门甫辟，于火发机，推驴入。爆震驴惊，踶趹狂奔；又飞火射人，人莫敢近。驴穿堂入室，破瓯毁甑，火触成尘，窗纱都烬。家人大哗。痘儿惊陷，终夜而死。太守痛恨，将揭劾之。于浼诸司道，登堂负荆，乃免。

男生子

福建总兵杨辅有娈童，腹震动。十月既满，梦神人剖其两胁去之。及醒，两男夹左右啼。起视胁下，剖痕俨然。儿名之天舍、地舍云。

异史氏曰："按此吴藩未叛前事也。吴既叛，闽抚蔡公疑杨欲图之，而恐其为乱，以他故召之。杨妻夙智勇，疑之，沮杨行，杨不听。妻涕而送之。归则传齐诸将，披坚执锐，以待消息。少间闻夫被诛，遂反攻蔡。蔡仓皇不知所为，幸标卒固守，不克乃去。去既远，蔡始戎装突出，率众大噪。人传为笑焉。后数年，盗乃就抚。未几蔡暴亡；临卒见杨操兵入，左右亦皆见之。呜呼！其鬼虽雄，而头不可复续矣！生子之妖，其兆于此耶？"

钟 生

钟庆余，辽东名士，应济南乡试。闻藩邸有道士知人休咎，心向往之。二场后至趵突泉，适相值。年六十余，须长过胸，一皤然道人也。集问灾祥者如堵，道士悉以微词授之。于众中见生，忻然握手，曰："君心术德行，可敬也！"挽登阁上，屏人语，因问："莫欲知将来否？"曰："然。"曰："子福命至薄，然今科乡举可望。但荣归后，恐不复见尊堂矣。"生至孝，闻之泣下，遂欲不试而归。道士曰："若过此已往，一榜亦不可得矣。"生云："母死不见，且不可复为人，贵为卿相何加焉？"道士曰："某夙世与君有缘，今日必合尽力。"乃以一丸授之曰："可遣人夙夜将去，服之可延七日。场毕而行，母子犹及见也。"

生藏之，匆匆而出，神志丧失。因计终天有期，早归一日，则多得一日之奉养，携仆贳驴，即刻东迈。驱里许，驴忽返奔，下之不驯，控之则蹶。生无计，躁汗如雨。仆劝止之，生不听。又贳他驴，亦如之。日已衔山，莫知为计。仆又劝曰："明日即完场矣，何争此一朝夕乎？请即先主而行，计亦良得。"不得已，从之。次日草草竣事，立时遂发，不遑啜息，星驰而归。则母病绵惙，下丹药，渐就痊可。入视之，就榻泫泣。母摇首止之，执手喜曰："适梦之阴司，见王者颜色和霁。谓稽尔生平，无大罪恶；今念汝子纯孝，赐寿一纪。"生亦喜。历数日，果平健如故。

未几闻捷，辞母如济。因赂内监，致意道士。道士欣然出，生便伏谒。道士曰:“君既高捷,太夫人又增寿数,此皆盛德所致。道人何力焉!”生又讶其先知,因而拜问终身。道士云:“君无大贵,但得耄耋足矣。君前身与我为僧侣,以石投犬,误毙一蛙,今已投生为驴。论前定数,君当横折;今孝德感神,已有解星入命,固当无恙。但夫人前世为妇不贞,数应少寡。今君以德延寿,非其所偶,恐岁后瑶台倾也。”生恻然良久,问继室所在。曰:“在中州,今十四岁矣。”临别嘱曰:“倘遇危急,宜奔东南。”

后年余,妻病果死。钟舅令于西江,母遣往省,以便途过中州,将应继室之谶。偶适一村。值临河优戏,士女甚杂。方欲整辔趋过,有一失勒牡驴,随之而行,致骡蹄趹。生回首以鞭击驴耳,驴惊大奔。时有王世子方六七岁,乳媪抱坐堤上;驴冲过,扈从皆不及防,挤堕河中。众大哗,欲执之。生纵骡绝驰,顿忆道士言,极力趋东南。

约三十余里,入一山村,有叟在门,下骑揖之。叟邀入,自言“方姓”,便诘所来。生叩伏在地,具以情告,叟言:“不妨。请即寄居此间,当使徼者去。”至晚得耗,始知为世子,叟大骇曰:“他家可以为力,此真爱莫能助矣!”生哀不已。叟筹思曰:“不可为也。请过一宵,听其缓急,倘可再谋。”生愁怖,终夜不枕。次日侦听,则已行牒讥察,收藏者弃市。叟有难色,无言而入。生疑惧,无以自安。中夜叟来,入坐便问:“夫人年几何矣?”生以鳏对。叟喜曰:“吾谋济矣。”问之,答云:“余姊夫慕道,挂锡南山;姊又谢世。遗有孤女,从仆鞠养,亦颇慧。以奉箕帚如何?”生喜符道士之言,而又冀亲戚密迩,可以得其周谋,曰:“小生诚幸矣。但远方罪人,深恐贻累丈人。”叟曰:“此为君谋也。姊夫道术颇神,但久不与人事矣。合卺后,自与甥女筹之,必合有计。”生喜极,赘焉。

女十六岁,艳绝无双。生每对之欷歔。女云:“妾即陋,何遂遽见嫌恶?”生谢曰:“娘子仙人,相偶为幸。但有祸患,恐致乖违。”因以实告。女怨曰:“舅乃非人!此弥天之祸,不可为谋,乃不明言,而陷我于坎窞!”生长跪曰:“是小生以死命哀舅,舅慈悲而穷于术,知卿能生死人而肉白骨也。某诚不足称好逑,然家门幸不辱寞。倘得再生,香花供养有日耳。”女叹曰:“事已至此,夫复何辞?然父自削发招提，儿女之爱已绝。无已同往哀之，恐担挫辱不浅也。”乃一夜不寐，以毡绵厚作蔽膝，各以隐着衣底。然后唤肩舆，入南山十余里。山径拗折绝险，不复可乘。下舆，女跬步甚艰，生挽臂拽扶之，竭蹶始得上达。不远，即见山门，共坐少憩。女喘汗淫淫，粉黛交下。生见之，情不可忍，曰：“为某事，遂使卿罹此苦！”女愀然曰：“恐此尚未是苦！”困少苏，相将入兰若，礼佛而进。曲折入禅堂，见老僧趺坐，目若瞑，一僮执拂侍之。方丈中，扫除光洁；而坐前悉布沙砾，密如星宿。女不敢择，入跪其上；生亦从诸其后。僧开目一瞻，即复合去。女参曰：“久不定省，今女已嫁，故偕婿来。”僧久之，启视曰：“妮子大累人！”即不复言。夫妻跪良久，筋力俱殆，沙石将压入骨，痛不可支。又移时，乃言曰：“将骡来未？”女答曰：“未。”曰：“夫妻即去，可速将来。”二人拜而起，狼狈而行。

既归，如命，不解其意，但伏听之。过数日，相传罪人已得，伏诛讫。夫妻相庆。无何，山中遣僮来，以断杖付生云：“代死者，此君也。”便嘱瘗葬致祭，以解竹木之冤。生视之，断处有血痕焉。乃祝而葬之。夫妻不敢久居，星夜归辽阳。

鬼　妻

泰安聂鹏云，与妻某，鱼水甚谐。妻遘疾卒，聂坐卧悲思，忽忽若失。一夕独坐，妻忽排扉入，聂惊问：“何来？”笑云：“妾已鬼矣。感君悼念，哀白地下主者，聊与作幽会。”聂喜，携就床寝，一切无异于常。从此星离月会，积有年余。聂亦不复言娶。伯叔兄弟惧堕宗主，私谋于族，劝聂鸾续，聂从之，聘于良家。然恐妻不乐，秘之。未几吉期逼迩，鬼知其情，责之曰：“我以君义，故冒幽冥之谴；今乃质盟不卒，钟情者固如是乎？”聂述宗党之意，鬼终不悦，谢绝而去。聂虽怜之，而计亦得也。

迨合卺之夕，夫妇俱寝，鬼忽至，就床上挞新妇，大骂：“何得占我床寝！”新妇起，方与挡拒。聂惕然赤蹲，并无敢左右袒。无何，鸡鸣，鬼乃去。新妇疑聂妻故并未死，谓其赚己，投缳欲自缢。聂为之缅述，新妇始知为鬼。日夕复来，新妇惧避之。鬼亦不与聂寝，但以指掐肤肉;已乃对烛目怒相视,默默不语。如是数夕,聂患之。近村有良于术者,削桃为杙,钉墓四隅,其怪始绝。

黄将军

黄靖南得功微时,与二孝廉赴都,途遇响寇。孝廉惧,长跪献资。黄怒甚,手无寸铁,即以两手握骡足,举而投之。寇不及防,马倒人堕。黄拳之臂断,搜橐而归孝廉。孝廉服其勇,资劝从军。后屡建奇功,遂腰蟒玉。

三朝元老

某中堂,故明相也。曾降流寇,世论非之。老归林下,享堂落成,数人直宿其中。天明见堂上一匾云:"三朝元老。"一联云:"一二三四五六七,孝弟忠信礼义廉。"不知何时所悬。怪之,不解其义。或测之云:"首句隐亡八,次句隐无耻也。"

洪经略南征,凯旋,至金陵,醮荐阵亡将士。有旧门人谒见,拜已,即呈文艺。洪久厌文事,辞以昏眊,其人云:"但烦坐听,容某诵达上闻。"遂探袖出文,抗声朗读,乃故明思宗御制祭洪辽阳死难文也。读毕,大哭而去。

医 术

张氏者,沂之贫民。途中遇一道士,善风鉴,相之曰:"子当以术业富。"张曰:"宜何从?"又顾之,曰:"医可也。"张曰:"我仅识'之无'耳。乌能是?"道士笑曰:"迂哉!名医何必多识字乎?但行之耳。"既归,贫无业,乃摭拾海上方,即市廛中除地作肆,设鱼牙蜂房,谋升斗于口舌之间,而人亦未之奇也。

会青州太守病嗽,牒檄所属征医。沂故山僻少医工,而令惧无以塞责,又责里中使自报。于是共举张,令立召之。张方痰喘不能自疗,闻命大惧,固辞。令弗听,卒邮送之去。路经深山,渴极,咳愈甚。入村求水,而山中水价与玉液等,遍乞之无与者。见一妇漉野菜,菜多水寡,盎中浓浊如涎。张燥急难堪,便乞余渖饮之。少间渴解,嗽亦顿止。阴念:殆良方也。比至郡,诸邑医工已先施治,并未痊减。张入求密所,伪作药目,传示内外;复遣人于民间索诸藜藿,如法淘汰讫,以汁进太守。一服病良已,太守大悦,赐赉甚厚,旌以金匾。

由此名大噪,门常如市,应手无不悉效。有病伤寒者,言症求方。张适醉,误以疟剂予之。醒而悟,不敢以告人。三日后有盛仪造门而谢者,问之,则伤寒之人,大吐大下而愈矣。此类甚多。张由此称素封,益以声价自重,聘者非重资安舆不至焉。

益都韩翁,名医也。其未著时,货药于四方。暮无所宿,投止一家,则其子伤寒将死,因请施治。韩思不治则去此莫适,而治之诚无术。往复跮踱,以手搓体,而污垢成片,捻之如丸。顿思以此给之,当亦无所害。晓而不愈,已赚得寝食安饱矣。遂付之。中夜主人挝门甚急,意其子死,恐被侵辱,惊起,逾垣疾遁。主人追之数里,韩无所逃始止。乃知病者汗出而愈矣。挽回,款宴丰隆;临行,厚赠之。

藏虱

乡人某者,偶坐树下,扪得一虱,片纸裹之,塞树孔中而去。后二三年,复经其处,忽忆之,视孔中纸裹宛然。发而验之,虱薄如麸。置掌中审顾之。少顷,觉掌中奇痒,而虱腹渐盈矣。置之而归。痒处核起,肿数日,死焉。

梦狼

白翁,直隶人。长子甲筮仕南服,二年无耗。适有瓜葛丁姓造谒,翁款之。丁素走无常。谈次,翁辄问以冥事,丁对语涉幻;翁不深信,但微哂之。

别后数日,翁方卧,见丁又来,邀与同游。从之去,入一城阙。移时,丁指一门曰:“此间君家甥也。”时翁有姊子为晋令,讶曰:“乌在此?”丁曰:“倘不信,入便知之。”翁入,果见甥,蝉冠豸绣坐堂上,戟幢行列,无人可通。丁曳之出,曰:“公子衙署,去此不远,亦愿见之否?”翁诺。少间至一第,丁曰:“入之。”窥其门,见一巨狼当道,大惧不敢进。丁又曰:“入之。”又入一门,见堂上、堂下,坐者、卧者,皆狼也。又视墀中,白骨如山,益惧。丁乃以身翼翁而进。公子甲方自内出,见父及丁良喜。少坐,唤侍者治肴蔌。忽一巨狼,衔死人入。翁战惕而起,曰:“此胡为者?”甲曰:“聊充庖厨。”翁急止之。心怔忡不宁,辞欲出,而群狼阻道。进退方无所主,忽见诸狼纷然嗥避,或窜床下,或伏几底。错愕不解其故。俄有两金甲猛士怒目入,出黑索索甲。甲扑地化为虎,牙齿巉巉,一人出利剑,欲枭其首。一人曰:“且勿,且勿,此明年四月间事,不如姑敲齿去。”乃出巨锤锤齿,齿零落堕地。虎大吼,声震山岳。翁大惧,忽醒,乃知其梦。

心异之,遣人招丁,丁辞不至。翁志其梦,使次子诣甲,函戒哀切。既至,见兄门齿尽脱;骇而问之,醉中坠马所折,考其时则父梦之日也。益骇。出父书。甲读之变色,为间曰:“此幻梦之适符耳,何足怪。”时方赂当路者,得首荐,故不以妖梦为意。弟居数日,见其蠹役满堂,纳贿关说者中夜不绝,流涕谏止之。甲曰:“弟日居衡茅,故不知仕途之关窍耳。黜陟之权,在上台不在百姓。上台喜,便是好官;爱百姓,何术能令上台喜也?”弟知不可劝止,遂归告父,翁闻之大哭。无可如何,惟捐家济贫,日祷于神,但求逆子之报,不累妻孥。

次年,报甲以荐举作吏部,贺者盈门;翁惟欷歔,伏枕托疾不出。未几,闻子归途遇寇,主仆殒命。翁乃起,谓人曰:“鬼神之怒,止及其身,佑我家者不可谓不厚也。”因焚香而报谢之。慰藉翁者,咸以为道路讹传,惟翁则深信不疑,刻日为之营兆。而甲固未死。先是四月间,甲解任,甫离境,即遭寇,甲倾装以献之。诸寇曰:“我等来,为一邑之民泄冤愤耳,宁专为此哉!”遂决其首。又问家人:“有司大成者谁是?”司故甲之腹心,助纣为虐者。家人共指之,贼亦杀之。更有蠹役四人,甲聚敛臣也,将携入都。——并搜决讫,始分资入囊,骛驰而去。

甲魂伏道旁,见一宰官过,问:“杀者何人?”前驱者曰:“某县白知县也。”宰官曰:“此白某之子,不宜使老后见此凶惨,宜续其头。”即有一人掇头置腔上,曰:“邪人不宜使正,以肩承领可也。”遂去。移时复苏。妻子往收其尸,见有余息,载之以行;从容灌之,亦受饮。但寄旅邸,贫不能归。半年许,翁始得确耗,遣次子致之而归。甲虽复生,而目能自顾其背,不复齿人数矣。翁姊子有政声,是年行取为御史,悉符所梦。

异史氏曰:“窃叹天下之官虎而吏狼者,比比也。即官不为虎,而吏且将为狼,况有猛于虎者耶!夫人患不能自顾其后耳;苏而使之自顾,鬼神之教微矣哉!”

邹平李进士匡九,居官颇廉明。常有富民为人罗织,门役吓之曰:“官索汝二百金,宜速办;不然,败矣!”富民惧,诺备半数。役摇手不可,富民苦哀之,役曰:“我无不极力,但恐不允耳。待听鞫时,汝目睹我为若白之,其允与否,亦可明我意之无他也。”少间,公按是事。役知李戒烟,近问:“饮烟否?”李摇其首。役即趋下曰:“适言其数,官摇首不许,汝见之耶?”富民信之,惧,许如数。役知李嗜茶,近问:“饮茶否?”李颔之。役托烹茶,趋下曰:“谐矣!适首肯,汝见之耶?”既而审结,富民果获免,役即收其苞苴,且索谢金。呜呼!官自以为廉,而骂其贪者载道焉,此又纵狼而不自知者矣。世之如此类者更多,可为居官者备一鉴也。

又,邑宰杨公,性刚鲠,撄其怒者必死;尤恶隶皂,小过不宥。每凛坐堂上,胥吏之属无敢咳者。此属间有所白,必反而用之。适有邑人犯重罪,惧死。一吏索重赂,为之缓颊。邑人不信,且曰:“若能之,我何靳报焉!”乃与要盟。少顷,公鞫是事。邑人不肯服。吏在侧呵语曰:“不速实供,大人械梏死矣!”公怒曰:“何知我必械梏之耶?想其赂未到耳。”遂责吏,释邑人。邑人乃以百金报吏。要知狼诈多端,此辈败我阴骘,甚至丧我身家。不知居官者作何心腑,偏要以赤子饲麻胡也!

夜　明

有贾客泛于南海。三更时舟中大亮似晓。起视,见一巨物,半身出水上,俨若山岳;目如两日初升,光明四射,大地皆明。骇问舟人,并无知者。共伏瞻之。移时渐缩入水,乃复晦。后至闽中,俱言某夜明而复昏,相传为异。计其时,则舟中见怪之夜也。

夏 雪

丁亥年七月初六日,苏州大雪。百姓皇骇,共祷诸大王之庙。大王忽附人而言曰:"如今称老爷者皆增一大字;其以我神为小,消不得一大字耶?"众悚然,齐呼"大老爷",雪立止。由此观之,神亦喜谄,宜乎治下部者之得车多矣。

异史氏曰:"世风之变也,下者益谄,上者益骄。即康熙四十余年中,称谓之不古,甚可笑也。举人称爷,二十年始;进士称老爷,三十年始;司、院称大老爷,二十五年始。昔者大令谒中丞,亦不过老大人而止;今则此称久废矣。即有君子,亦素谄媚行乎谄媚,莫敢有异词也。若缙绅之妻呼太太,裁数年耳。昔惟缙绅之母,始有此称;以妻而得此称者,惟淫史中有林乔耳,他未之见也。唐时上欲加张说大学士,说辞曰:'学士从无大名,臣不敢称。'今之大,谁大之?初由于小人之谄,而因得贵倨者之悦,居之不疑,而纷纷者遂遍天下矣。窃意数年以后,称爷者必进而老,称老者必进而大,但不知大上造何尊称?匪夷所思矣!"

丁亥年六月初三日,河南归德府大雪尺余,禾皆冻死,惜乎其未知媚大王之术也。悲夫!

化 男

苏州木渎镇,有民女夜坐庭中,忽星陨中颅,仆地而死。其父母老而无子,止此女,哀呼急救。移时始苏,笑曰:"我今为男子矣!"验之果然。其家不以为妖,而窃喜其得丈夫子也。此丁亥间事。

禽 侠

天津某寺,鹳鸟巢于鸱尾。殿承尘上,藏大蛇如盆,每至鹳雏团翼时,辄出吞食尽。鹳悲鸣数日乃去。如是三年,人料其必不复至,次岁巢如故。约雏长成,即径去,三日始还,入巢哑哑,哺子如初。蛇又蜿蜒而上。甫近巢,两鹳惊,飞鸣哀急,直上青冥。俄闻风声蓬蓬,一瞬间天地似晦。众骇异,共视一大鸟翼蔽天日,从空疾下,骤如风雨，以爪击蛇，蛇首立堕，连摧殿角数尺许，振翼而去。鹳从其后，若将送之。巢既倾，两雏俱堕，一生一死。僧取生者置钟楼上。少顷鹳返，仍就哺之，翼成而去。

异史氏曰："次年复至，盖不料其祸之复也；三年而巢不移，则报仇之计已决；三日不返，其去作秦庭之哭，可知矣。大鸟必羽族之剑仙也，飘然而来，一击而去，妙手空空儿何以加此？"

济南有营卒，见鹳鸟过，射之，应弦而落。喙中衔鱼，将哺子也。或劝拔矢放之，卒不听。少顷带矢飞去。后往来近郭间两年余，贯矢如故。一日卒坐辕门下，鹳过，矢坠地。卒拾视曰："矢固无恙耶？"耳适痒，因以矢搔耳。忽大风摧门，门骤阖，触矢贯脑而死。

鸿

天津弋人得一鸿，其雄者随至其家，哀鸣翱翔，抵暮始去。次日弋人早出，则鸿已至，飞号从之；既而集其足下。弋人将并捉之。见其伸颈俯仰，吐出黄金半铤。弋人悟其意，乃曰："是将以赎妇也。"遂释雌。两鸿徘徊，若有悲喜，遂双飞而去。弋人称金，得二两六钱强。噫！禽鸟何知，而钟情若此！悲莫悲于生别离，物亦然耶？

象

粤中有猎兽者，挟矢如山。偶卧憩息，不觉沉睡，被象鼻摄而去。自分必遭残害。未几释置树下，顿首一鸣，群象纷至，四面旋绕，若有所求。前象伏树下，仰视树而俯视人，似欲其登。猎者会意，即足踏象背，攀援而升。虽至树巅，亦不知其意向所存。少时有狻猊来，众象皆伏。狻猊择一肥者，意将搏噬，象战栗，无敢逃者，惟共仰树上，似求怜拯。猎者会意，因望狻猊发一弩，狻猊立殪。诸象瞻空，意若拜舞。猎者乃下，象复伏，以鼻牵衣，似欲其乘，猎者随跨身其上。象乃行至一处，以蹄穴地，得脱牙无算。猎人下，束治置象背。象乃负送出山，始返。

负尸

有樵夫赴市，荷杖而归，忽觉杖头如有重负。回顾见一无头人悬系其上，大惊。脱杖乱击之，遂不复见。骇奔至一村，时已昏暮，有数人爇火照地，似有所寻。近问讯，盖众适聚坐，忽空中堕一人头，须发蓬然，倏忽已渺。樵人亦言所见，合之适成一人，究不解其何来。后有人荷篮而行，忽见其中有人头，人讶诘之，始大惊，倾诸地上，宛转而没。

紫花和尚

诸城丁生，野鹤公之孙也。少年名士，沉病而死，隔夜复苏，曰："我悟道矣。"时有僧善参玄，遣人邀至，使就榻前讲《楞严》。生每听一节，都言非是，乃曰："使吾病痊，证道何难。惟某生可愈吾疾，宜虔请之。"盖邑有某生者，精岐黄而不以术行，三聘始至，疏方下药，病愈。既归，一女子自外入，曰："我董尚书府中侍儿也。紫花和尚与妾有夙冤，今得追报，君又活之耶？再往，祸将及。"言已遂没。某惧，辞丁。丁病复作，固要之，乃以实告。丁叹曰："孽自前生，死吾分耳。"寻卒。后寻诸人，果有紫花和尚，高僧也，青州董尚书夫人尝供养家中；亦无有知其冤之所自结者。

周克昌

淮上贡生周天仪，年五旬，止一子，名克昌，爱昵之。至十三四岁，丰姿益秀；而性不喜读，辄逃塾从群儿戏，恒终日不返。周亦听之。一日既暮不归，始寻之，殊竟乌有。夫妻号啕，几不欲生。

年余昌忽自至，言："为道士迷去，幸不见害。值其他出，得逃而归。"周喜极，亦不追问。及教以读，慧悟倍于曩畴。逾年文思大进，既入郡庠试，遂知名。世族争婚，昌颇不愿。赵进士女有姿，周强为娶之。既入门，夫妻调笑甚欢；而昌恒独宿，若无所私。逾年秋战而捷，周益慰。然年渐暮，日望抱孙，故尝隐讽昌，昌漠若不解。母不能忍，朝夕多絮语。昌变色出曰："我久欲亡去，所不遽舍者，顾复之情耳。实不能探讨房帷以慰所望。请仍去,彼顺志者且复来矣。”媪追曳之,已踣,衣冠如蜕。大骇,疑昌已死,是必其鬼也。悲叹而已。

次日昌忽仆马而至,举家惶骇。近诘之,亦言:为恶人略卖于富商之家;商无子,子焉。得昌后,忽生一子。昌思家,遂送之归。问所学,则顽钝如昔。乃知此为昌;其入泮乡捷者鬼之假也。然窃喜其事未泄,即使袭孝廉之名。入房,妇甚狎熟;而昌腼然有怍色,似新婚者。甫周年,生子矣。

异史氏曰:“古言庸福人,必鼻口眉目间具有少庸,而后福随之;其精光陆离者鬼所弃也。庸之所在,桂籍可以不入闱而通,佳丽可以不亲迎而致;而况少有凭借,益之以钻窥者乎!”

嫦 娥

太原宗子美,从父游学,流寓广陵。父与红桥下林妪有素。一日父子过红桥,遇之,固请过诸其家,瀹茗共话。有女在旁,殊色也。翁亟赞之,妪顾宗曰:“大郎温婉如处子,福相也。若不鄙弃,便奉箕帚,如何?”翁笑,促子离席,使拜媪曰:“一言千金矣!”先是妪独居,女忽自至,告诉孤苦。问其小字,则名嫦娥。妪爱而留之,实将奇货居之也。

时宗年十四,睨女窃喜,意翁必媒定之,而翁归若忘,心灼热,隐以白母。翁笑曰:“曩与贪婆子戏耳。彼不知将卖黄金几何矣,此何可易言!”逾年翁媪并卒。子美不能忘情嫦娥,服将阕,托人示意林妪。妪初不承,宗忿曰:“我生平不轻折腰,何媪视之不值一钱?若负前盟,须见还也!”妪乃云:“曩或与而翁戏约,容有之。但无成言,遂都忘却。今既云云,我岂留嫁天王耶?要日日装束,实望易千金,今请半焉可乎?”宗自度难办,亦遂置之。

适有寡媪僦居西邻,有女及笄,小名颠当。偶窥之,雅丽不减嫦娥。向慕之,每以馈遗阶进;久而渐熟,往往送情以目,而欲语无间。一夕逾垣乞火,宗喜挽之,遂相燕好。约为嫁娶,辞以兄负贩未归。由此蹈隙往来,形迹周密。

一日偶经红桥,见嫦娥适在门内,疾趋过之。嫦娥望见,招之以手，宗驻足；女又招之，遂入。女以背约让宗，宗述其故。女入室，取黄金一铤付之，宗不受，辞曰："自分永与卿绝，遂他有所约。受金而为卿谋，是负人也；受金而不为卿谋，是负卿也：诚不敢有所负。"女良久曰："君所约，妾颇知之。其事必无成；即成之，妾不怨君之负心也。其速行，媪将至矣。"宗仓卒无以自主，受之而归。

隔夜告之颠当，颠当深然其言，但劝宗专心嫦娥。宗不语。颠当愿下之，宗乃悦。即遣媒纳金林妪，妪无辞，以嫦娥归宗。入门后，悉述颠当言，嫦娥微笑，阳怂恿之。宗喜，急欲一白颠当，而颠当迹久绝。嫦娥知其为己，因暂归宁，故予之间，嘱宗窃其佩囊。已而颠当果至，与商所谋，但言勿急。及解衿狎笑，胁下有紫荷囊，将便摘取。颠当变色起曰："君与人一心，而与妾二！负心郎！请从此绝。"宗曲意挽解，不听竟去。一日过其门探察之，已另有吴客僦居其中，颠当子母迁去已久，影灭迹绝，莫可问讯。

宗自娶嫦娥，家暴富，连阁长廊，弥亘街路。嫦娥善谐谑，适见美人画卷，宗曰："吾自谓如卿天下无两，但不曾见飞燕、杨妃耳。"女笑曰："若欲见之，此亦何难。"乃执卷细审一过，便趋入室，对镜修妆，效飞燕舞风，又学杨妃带醉。长短肥瘦，随时变更；风情态度，对卷逼真。方作态时，有婢自外至，不复能识，惊问其僚；复向审注，恍然始笑。宗喜曰："吾得一美人，而千古之美人，皆在床闼矣！"

一夜方熟寝，数人撬扉而入，火光射壁。女急起，惊言："盗入！"宗初醒，即欲鸣呼。一人以白刃加颈，惧不敢喘。又一人掠嫦娥负背上，哄然而去。宗始号，家役毕集，室中珍玩，无少亡者。宗大悲，恇然失图，无复情地。告官追捕，殊无音息。

荏苒三四年，郁郁无聊，因假赴试入都。居半载，占验询察，无计不施。偶过姚巷，值一女子，垢面敝衣，偃儴如丐。停趾相之，乃颠当也。骇曰："卿何憔悴至此？"答云："别后南迁，老母即世，为恶人掠卖旗下，挞辱冻馁，所不忍言。"宗泣下，问："可赎否？"曰："难矣。耗费烦多，不能为力。"宗曰："实告卿：年来颇称小有，惜客中资斧有限，倾装货马，所不敢辞。如所需过奢，当归家营办之。"女约明日出西城，相会丛柳下，嘱独往，勿以人从。宗曰："诺。"次日早往，则女先在，袿衣鲜明，大非前状。惊问之，笑曰："曩试君心耳，幸绨袍之意犹存。请至敝庐，宜必得当以报。"北行数武，即至其家，遂出肴酒，相与谈宴。宗约与俱归，女曰："妾多俗累，不能从。嫦娥消息，固颇闻之。"宗急询其何所，女曰："其行踪缥缈，妾亦不能深悉。西山有老尼，一目眇，问之当自知。"遂止宿其家。

天明示以径。宗至其处，有古寺周垣尽颓，丛竹内有茅屋半间，老尼缀衲其中。见客至，漫不为礼。宗揖之，尼始举头致问。因告姓氏，即白所求。尼曰："八十老瞽，与世睽绝，何处知佳人消息？"宗固求之。乃曰："我实不知。有二三戚属，来夕相过，或小女子辈识之，未可知。汝明夕可来。"宗乃出。次日再至，则尼他出，败扉扃焉。伺之既久，更漏已催，明月高揭，徘徊无计，遥见二三女郎自外入，则嫦娥在焉。宗喜极，突起，急揽其袪。嫦娥曰："莽郎君！吓煞妾矣！可恨颠当饶舌，乃教情欲缠人。"宗曳坐，执手款曲，历诉艰难，不觉恻楚。女曰："实相告：妾实姮娥被谪，浮沉俗间，其限已满；托为寇劫，所以绝君望耳。尼亦王母守府者，妾初谴时，蒙其收恤，故暇时常一临存。君如释妾，当为代致颠当。"宗不听，垂首陨涕。女遥顾曰："姊妹辈来矣。"宗方四顾，而嫦娥已杳。宗大哭失声，不欲复活，因解带自缢。恍惚觉魂已出舍，伥伥靡适。俄见嫦娥来，捉而提之，足离于地；入寺，取树上尸推挤之，唤曰："痴郎，痴郎！嫦娥在此。"忽若梦醒。少定，女恚曰："颠当贱婢！害妾而杀郎君，我不能恕之也！"下山赁舆而归。既命家人治装，乃返身出西城，诣谢颠当，至则舍宇全非，愕叹而返。窃幸嫦娥不知。

入门，嫦娥迎笑曰："君见颠当耶？"宗愕然不能答。女曰："君背嫦娥，乌得颠当？请坐待之，当自至。"未几颠当果至，仓皇伏榻下。嫦娥叠指弹之，曰："小鬼头陷人不浅！"颠当叩头，但求赊死。嫦娥曰："推人坑中，而欲脱身天外耶？广寒十一姑不日下嫁，须绣枕百幅、履百双，可从我去，相共操作。"颠当恭白："但求分工，按时赍送。"女不许，谓宗曰："君若缓颊，即便放却。"颠当目宗，宗笑不语，颠当目怒之。乃乞还告家人，许之，遂去。宗问其生平，乃知其西山狐也。买舆待之。

次日果来,遂俱归。然嫦娥重来,恒持重不轻谐笑。宗强使狎戏,惟密教颠当为之。颠当慧绝,工媚。嫦娥乐独宿,每辞不当夕。一夜漏三下,犹闻颠当房中,吃吃不绝。使婢窃听之,婢还,不以告,但请夫人自往。伏窗窥之,则见颠当凝妆作已状,宗拥抱,呼以嫦娥。女哂而退。未几,颠当心暴痛,急披衣,曳宗诣嫦娥所,入门便伏。嫦娥曰:"我岂医巫厌胜者?汝自欲捧心效西子耳。"颠当顿首,但言知罪。女曰:"愈矣。"遂起,失笑而去。颠当私谓宗:"吾能使娘子学观音。"宗不信,因戏相赌。嫦娥每趺坐,眸含若瞑。颠当悄以玉瓶插柳置几上;自乃垂发合掌,侍立其侧,樱唇半启,瓠犀微露,睛不少瞬。宗笑之。嫦娥开目问之,颠当曰:"我学龙女侍观音耳。"嫦娥笑骂之,罚使学童子拜。颠当束发,遂四面朝参之,伏地翻转,逞诸变态,左右侧折,袜能磨乎其耳。嫦娥解颐,坐而蹴之。颠当仰首,口衔凤钩,微触以齿。嫦娥方嬉笑间,忽觉媚情一缕,自足趾而上直达心舍,意荡思淫,若不自主。乃急敛神,呵曰:"狐奴当死!不择人而惑之耶?"颠当惧,释口投地。嫦娥又厉责之,众不解。嫦娥谓宗曰:"颠当狐性不改,适间几为所愚。若非夙根深者,堕落何难!"自是见颠当,每严御之。颠当惭惧,告宗曰:"妾于娘子一肢一体,无不亲爱;爱之极,不觉媚之甚。谓妾有异心,不惟不敢,亦不忍。"宗因以告嫦娥,嫦娥遇之如初。然以狎戏无节,数戒宗,宗不听;因而大小婢妇,竞相狎戏。

一日,二人扶一婢效作杨妃。二人以目会意,赚婢懈骨作酣态,两手遽释,婢暴颠墀下,声如倾堵。众方大哗;近抚之,而妃子已作马嵬薨矣。众大惧,急白主人。嫦娥惊曰:"祸作矣!我言如何哉!"往验之,不可救。使人告其父。父某甲,素无行,号奔而至,负尸入厅事,叫骂万端。宗闭户惴恐,莫知所措。嫦娥自出责之,曰:"主郎虐婢至死,律无偿法;且邂逅暴殂,焉知其不再苏?"甲噪言:"四支已冰,焉有生理!"嫦娥曰:"勿哗。纵不活,自有官在。"乃入厅事抚尸,而婢已苏,抚之随手而起。嫦娥返身怒曰:"婢幸不死,贼奴何得无状!可以草索絷送官府!"甲无词,长跪哀免。嫦娥曰:"汝既知罪,姑免究处。但小人无赖,反复何常,留汝女终为祸胎,宜即将去。原价如干数，当速措置来。”遣人押出，俾浼二三村老，券证署尾。已，乃唤婢至前，使甲自问之：“无恙乎？”答曰：“无恙。”乃付之去。已，遂召诸婢，数责遍扑。又呼颠当，为之厉禁。谓宗曰：“今而知为人上者，一笑嚬亦不可轻。谑端开之自妾，而流弊遂不可止。凡哀者属阴，乐者属阳；阳极阴生，此循环之定数。婢子之祸，是鬼神告之以渐也。荒迷不悟，则倾覆及之矣。”宗敬听之。颠当泣求拔脱。嫦娥乃掐其耳，逾刻释手，颠当怃然为间，忽若梦醒，据地自投，欢喜欲舞。由此闺阁清肃，无敢哗者。

婢至其家，无疾暴死。甲以赎金莫偿，浼村老代求怜恕，许之；又以服役之情，施以材木而去。宗常患无子。嫦娥腹中忽闻儿啼，遂以刃破左胁出之，果男；无何，复有身，又破右胁而出一女。男酷类父，女酷类母，皆论昏于世家。

异史氏曰：“阳极阴生，至言哉！然室有仙人，幸能极我之乐，消我之灾，长我之生，而不我之死。是乡乐，老焉可矣，而仙人顾忧之耶？天运循环之数，理固宜然；而世之长困而不亨者，又何以为解哉？昔宋人有求仙不得者，每曰：‘作一日仙人，而死亦无憾。’我不复能笑之也。”

鞠乐如

鞠乐如，青州人。妻死弃家而去。后数年，道服荷蒲团至。经宿欲去，戚族强留其衣杖。鞠托闲步至村外，室中服具皆冉冉飞出，随之而去。

褚　生

顺天陈孝廉，十六七岁时，尝从塾师读于僧寺，徒侣甚繁。内有褚生，自言山东人，攻苦讲求，略不暇息；且寄宿斋中，未尝一见其归。陈与最善，因诘之，答曰：“仆家贫，办束金不易，即不能惜寸阴，而加以夜半，则我之二日，可当人三日。”陈感其言，欲携榻来与共寝。褚止之曰：“且勿，且勿！我视先生，学非吾师也。阜城门有吕先生，年虽耄可师，请与俱迁之。”盖都中设帐者多以月计，月终束金完，任其留止。于是两生同诣吕。吕,越之宿儒,落魄不能归,因授童蒙,实非其志也。得两生甚喜,而褚又甚慧,过目辄了,故尤器重之。两人情好款密,昼同几,夜同榻。

月既终,褚忽假归,十余日不复至。共疑之。一日陈以故至天宁寺,遇褚廊下,劈苘淬硫,作火具焉。见陈,忸怩不安,陈问:"何遽废读?"褚握手请间,戚然曰:"贫无以遗先生,必半月贩,始能一月读。"陈感慨良久,曰:"但往读,自合极力。"命从人收其业,同归塾。戒陈勿泄,但托故以告先生。陈父固肆贾,居物致富,陈辄窃父金代褚遗师。父以亡金责陈,陈实告之。父以为痴,遂使废学。褚大惭,别师欲去。吕知其故,让之曰:"子既贫,胡不早告?"乃悉以金返陈父,止褚读如故,与共饔飧,若子焉。陈虽不入馆,每邀褚过酒家饮。褚固以避嫌不往,而陈要之弥坚,往往泣下,褚不忍绝,遂与往来无间。逾二年陈父死,复求受业。吕感其诚纳之,而废学既久,较褚悬绝矣。

居半年,吕长子自越来,丐食寻父。门人辈敛金助装,褚惟洒涕依恋而已。吕临别,嘱陈师事褚。陈从之,馆褚于家。未几,入邑庠,以"遗才"应试。陈虑终不能幅,褚请代之。至期,褚偕一人来,云是表兄刘天若,嘱陈暂从去。陈方出,褚忽自后曳之,身欲踣,刘急挽之而去。览眺一过,相携宿于其家。家无妇女,即馆客于内舍。

居数日,忽已中秋。刘曰:"今日李皇亲园中,游人甚夥,当往一豁积闷,相便送君归。"使人荷茶鼎、酒具而往。但见水肆梅亭,喧啾不得入。过水关,则老柳之下,横一画桡,相将登舟。酒数行,苦寂。刘顾僮曰:"梅花馆近有新姬,不知在家否?"僮去少时,与姬俱至,盖勾栏李遏云也。李,都中名妓,工诗善歌,陈曾与友人饮其家,故识之。相见,略道温凉。姬戚戚有忧容。刘命之歌,为歌《蒿里》。陈不悦,曰:"主客即不当卿意,何至对生人歌死曲?"姬起谢,强颜欢笑,乃歌艳曲。陈喜,捉腕曰:"卿向日《浣溪纱》读之数过,今并忘之。"姬吟曰:"泪眼盈盈对镜台,开帘忽见小姑来,低头转侧看弓鞋。强解绿蛾开笑面,频将红袖拭香腮,小心犹恐被人猜。"陈反复数四。已而泊舟,过长廊,见壁上题咏甚多,即命笔记词其上。日已薄暮,刘曰:"闱中人将出矣。"遂送陈归,入门即别去。

陈见室暗无人，俄延间褚已入门，细审之却非褚生。方疑，客遽近身而仆。家人曰："公子惫矣！"共扶拽之。转觉仆者非他，即己也。既起，见褚生在旁，惚惚若梦。屏人而研究之。褚曰："告之勿惊：我实鬼也。久当投生，所以因循于此者，高谊所不能忘，故附君体，以代捉刀；三场毕，此愿了矣。"陈复求赴春闱，曰："君先世福薄，悭吝之骨，诰赠所不堪也。"问："将何适？"曰："吕先生与仆有父子之分，系念常不能置。表兄为冥司典簿，求白地府主者，或当有说。"遂别而去。陈异之；天明访李姬，将问以泛舟之事，则姬死数日矣。又至皇亲园，见题句犹存，而淡墨依稀，若将磨灭。始悟题者为魂，作者为鬼。

至夕，褚喜而至，曰："所谋幸成，敬与君别。"遂伸两掌，命陈书褚字于上以志之。陈将置酒为饯，摇首曰："勿须。君如不忘旧好，放榜后，勿惮修阻。"陈挥涕送之。见一人伺候于门，褚方依依，其人以手按其项，随手而匾，掬入囊，负之而去。过数日，陈果捷。于是治装如越。吕妻断育几十年，五旬余忽生一子，两手握固不可开。陈至，请相见，便谓掌中当有文曰"褚"。吕不深信。儿见陈，十指自开，视之果然。惊问其故，具告之。共相欢异。陈厚贻之乃返。后吕以岁贡，廷试入都，舍于陈；则儿十三岁入泮矣。

异史氏曰："吕老教门人，而不知自教其子。呜呼！作善于人，而降祥于己，一间也哉！褚生者，未以身报师，先以魂报友，其志其行，可贯日月，岂以其鬼故奇之与！"

盗　户

顺治间，滕、峄之区，十人而七盗，官不敢捕。后受抚，邑宰别之为"盗户"。凡值与良民争，则曲意左袒之，盖恐其复叛也。后讼者辄冒称盗户，而怨家则力攻其伪。每两造具陈，曲直且置不辨，而先以盗之真伪，反复相苦，烦有司稽籍焉。适官署多狐，宰有女为所惑，聘术士来，符捉入瓶，将炽以火。狐在瓶内大呼曰："我盗户也！"闻者无不匿笑。

异史氏曰："今有明火劫人者，官不以为盗而以为奸；逾墙行淫者,每不自认奸而自认盗:世局又一变矣。设今日官署有狐,亦必大呼曰'吾盗'无疑也。"

章丘漕粮徭役,以及征收火耗,小民尝数倍于绅衿,故有田者争求托焉。虽于国课无伤,而实于官橐有损。邑令钟,牒请厘弊,得可。初使自首。既而奸民以此要上,数十年鬻去之产,皆诬托诡挂,以讼售主。令悉左袒之。故良懦者多丧其产。有李生亦为某甲所讼,同赴质审。甲呼之"秀才",李厉声争辩,不居秀才之名。喧不已。令诘左右,共指为真秀才,令问:"何故不承?"李曰:"秀才且置高阁,待争地后再作之不晚也。"噫!以盗之名则争冒之;以秀才之名则争辞之,变异矣哉!有人投匿名状云:"告状人原壤,为抗法吞产事:身以年老不能当差。有负郭田五十亩,于隐公元年,暂挂恶衿颜渊名下。今功令森严,理合自首。讵恶久假不归,霸为己有。身往理说,被伊师率恶党七十二人,毒杖交加,伤残胫股;又将身锁置陋巷,日给箪食瓢饮,囚饿几死。互乡地证,叩乞革顶严究,俾血产归主,上告。"此可以继柳跖之告夷、齐矣。

某 乙

邑西某乙,故梁上君子也。其妻深以为惧,屡劝止之;乙遂翻然自改。居二三年,贫窭不能自堪,思欲一作冯妇而后已之。乃托贸易,就善卜者以决趋向。术者曰:"东南吉。利小人,不利君子。"兆隐与心合,窃喜。遂南行抵苏、松间,日游村郭几数月。偶入一寺,见墙隅堆石子二三枚,心知其异,亦以一石投之,径趋龛后卧。日既暮,寺中聚语,似有十余人。忽一人数石,讶其多,因共搜之,龛后得乙,问:"投石者汝耶?"乙诺。诘里居、姓名,乙诡对之。乃授以兵,率与共去。至一巨第,出软梯,争逾垣入。以乙远至,径不熟,俾伏墙外,司传递、守囊橐焉。少顷掷一裹下,又少顷缒一箧下。乙举箧知有物,乃破箧,以手揣取,凡沉重物,悉纳一囊,负之疾走,竟取道归。由此建楼阁、买良田,为子纳粟。邑令匾其门曰"善士"。后大案发,群寇悉获;惟乙无名籍,莫可查诘,得免。事寝既久,乙醉后时自述之。

曹有大寇某,得重资归,肆然安寝。有二三小盗逾垣入,捉之,索金。某不与；棰灼并施，罄所有乃去。某向人曰："吾不知炮烙之苦如此！"遂深恨盗，投充马捕，捕邑寇殆尽。获曩寇，亦以所施者施之。

霍 女

朱大兴，彰德人。家富有而吝啬已甚，非儿女婚嫁，座无宾、厨无肉。然佻达喜渔色，色所在冗费不惜。每夜逾垣过村，从荡妇眠。一夜遇少妇独行，知为亡者，强胁之，引与俱归。烛之，美绝。自言"霍氏"。细致研诘，女不悦，曰："既加收齿，何必复盘察？如恐相累，不如早去。"朱不敢问，留与寝处。顾女不能安粗粝，又厌见肉臛，必燕窝、鸡心、鱼肚白作羹汤，始能餍饱。朱无奈，竭力奉之。又善病，日须参汤一碗。朱初不肯。女呻吟垂绝，不得已投之，病若失。遂以为常。女衣必锦绣，数日即厌其故。如是月余，计费不赀，朱渐不供。女啜泣不食，求去；朱惧，又委曲承顺之。每苦闷，辄令十数日一招优伶为戏；戏时，朱设凳帘外，抱儿坐观之。女亦无喜容，数相诮骂，朱亦不甚分解。居二年，家渐落，向女婉言求少减；女许之，用度皆损其半。久之仍不给，女亦以肉糜相安；又渐而不珍亦御矣。朱窃喜。忽一夜，启后扉亡去。朱怊怅若失，遍访之，乃知在邻村何氏家。

何大姓，世胄也，豪纵好客，灯火达旦。忽有丽人，半夜入闺闼。诘之，则朱家之逃妾也。朱为人，何素藐之；又悦女美，竟纳焉。绸缪数日，益惑之，穷极奢欲，供奉一如朱。朱得耗，坐索之，何殊不为意。朱质于官。官以其姓名来历不明，置不理。朱货产行赇，乃准拘质。女谓何曰："妾在朱家，原非采礼媒定者，胡畏之？"何喜，将与质成。座客顾生谏曰："收纳逋逃，已干国纪；况此女入门，日费无度，即千金之家，何能久也？"何大悟，罢讼，以女归朱。

过一二日，女又逃。有黄生者，故贫士，无偶。女叩扉入，自言所来。黄见艳丽忽投，惊惧不知所为。黄素怀刑，固却之，女不去。应对间，娇婉无那。黄心动，留之，而虑其不能安贫。女早起，躬操家苦，劬劳过旧室焉。黄为人蕴藉潇洒，工于内媚，因恨相得之晚，止恐风声漏泄，为欢不久。而朱自讼后，家益贫；又度女不能安，遂置不究。女从黄数岁，亲爱甚笃。

一日忽欲归宁，要黄御送之。黄曰："向言无家，何前后之舛？"曰："曩漫言之。妾镇江人。昔从荡子流落江湖，遂至于此。妾家颇裕，君竭资而往，必无相亏。"黄从其言，赁舆同去。至扬州境，泊舟江际。女适凭窗，有巨商子过，惊其艳，反舟缀之，而黄不知也。女忽曰："君家甚贫，今有一疗贫之法，不知能从否？"黄诘之，女曰："妾相从数年，未能为君育男女，亦一不了事。妾虽陋，幸未老耄，有能以千金相赠者，便鬻妾去，此中妻室、田庐皆备焉。此计如何？"黄失色，不知何故。女笑曰："君勿急，天下固多佳人，谁肯以千金买妾者？其戏言于外，以觇其有无。卖不卖，固自在君耳。"黄不肯。女自与榜人妇言之，妇目黄，黄漫应焉。妇去无几，返言："邻舟有商人子，愿出八百。"黄故摇首以难之。未几复来，便言如命，即请过船交兑。黄微哂，女曰："教渠姑待，我嘱黄郎，即令去。"女谓黄曰："妾日以千金之躯事君，今始知耶？"黄问："以何词遣之？"女曰："请即往署券，去不去固自在我耳。"黄不可。女逼促之，黄不得已诣焉。立刻兑付。黄令封志之，曰："遂以贫故，竟果如此，遽相割舍。倘室人必不肯从，仍以原金璧赵。"方运金至舟，女已从榜人妇从船尾登商舟，遥顾作别，并无凄恋。黄惊魂离舍，嗌不能言。俄商舟解缆，去如箭激。黄大号，欲追傍之，榜人不从，开舟南渡矣。

瞬息达镇江，运资上岸，榜人急解舟去。黄守装闷坐，无所适归，望江水之滔滔，如万镝之丛体。方掩泣间，忽闻姣声呼"黄郎"。愕然回顾，则女已在前途。喜极，负装从之，问："卿何遽得来？"女笑曰："再迟数刻，则君有疑心矣。"黄乃疑其非常，固诘其情。女笑曰："妾生平于吝者则破之，于邪者则诳之也。若实与君谋，君必不肯，何处可致千金者？错囊充牣，而合浦珠还，君幸足矣，穷问何为？"乃雇役荷囊，相将俱去。

至水门内，一宅南向，径入。俄而翁媪男妇，纷出相迎，皆曰："黄郎来也！"黄入参公姥。有两少年揖坐与语，是女兄弟大郎、三郎也。筵间味无多品，玉柈四枚，方几已满。鸡蟹鹅鱼，皆脔切为个。少年以巨碗行酒，谈吐豪放。已而导入别院，俾夫妇同处。衾枕滑软，而床则以熟革代棕藤焉。日有婢媪馈致三餐，女或时竟日不出。黄独居闷苦，屡言归，女固止之。一日谓黄曰："今为君谋：请买一人为子嗣计。然买婢媵则价奢；当伪为妾也兄者，使父与论婚，良家子不难致。"黄不可，女弗听。有张贡士之女新寡，议聘金百缗，女强为娶之。新妇小名阿美，颇婉妙。女嫂呼之；黄瑟踧不安，女殊坦坦。他日，谓黄曰："妾将与大姊至南海一省阿姨，月余可返，请夫妇安居。"遂去。

夫妻独居一院，按时给饮食，亦甚隆备。然自入门后，曾无一人复至其室。每晨，阿美入觐媪，一两言辄退。娣姒在旁，惟相视一笑。既流连久坐，亦不款曲，黄见翁亦如之。偶值诸郎聚语，黄至，既都寂然。黄疑闷莫可告语，阿美觉之，诘曰："君既与诸郎伯仲，何以月来都如生客？"黄仓猝不能对，吃吃而言曰："我十年于外，今始归耳。"美又细审翁姑阀阅，及妯娌里居。黄大窘，不能复隐，底里尽露。女泣曰："妾家虽贫，无作贱媵者，无怪诸宛若鄙不齿数矣！"黄惶怖莫知筹计，惟长跪一听女命。美收涕挽之，转请所处。黄曰："仆何敢他谋，计惟孑身自去耳。"女曰："既嫁复归，于情何忍？渠虽先从，私也；妾虽后至，公也。不如姑俟其归，问彼既出此谋，将何以置妾也？"

居数月，女竟不返。一夜闻客舍喧饮，黄潜往窥之，见二客戎装上座：一人裹豹皮巾，凛若天神；东首一人，以虎头革作兜牟，虎口衔额，鼻耳悉具焉。惊异而返，以告阿美，竟莫测霍父子何人。夫妻疑惧，谋欲僦寓他所，又恐生其猜度。黄曰："实告卿：即南海人还，折证已定，仆亦不能家此也。今欲携卿去，又恐尊大人别有异言。不如姑别，二年中当复至。卿能待，待之；如欲他适，亦自任也。"阿美欲告父母而从之，黄不可。阿美流涕，要以信誓，乃别而归。黄入辞翁姑。时诸郎皆他出，翁挽留以待其归，黄不听而行。

登舟凄然，形神丧失。至瓜州，忽回首见片帆来驶如飞；渐近，则船头按剑而坐者霍大郎也。遥谓曰："君欲遄返，胡再不谋？遗夫人去，二三年谁能相待也？"言次，舟已逼近。阿美自舟中出，大郎挽登黄舟，跳身径去。先是，阿美既归，方向父母泣诉，忽大郎将舆登门，按剑相胁,逼女风走。一家慑息,莫敢遮问。女述其状,黄不解何意,而得美良喜,开舟遂发。

至家,出资营业,颇称富有。阿美常悬念父母,欲黄一往探之;又恐以霍女来,嫡庶复有参差。居无何,张翁访至,见屋宇修整,心颇慰,谓女曰:“汝出门后,遂诣霍家探问,见门户已扃,第主亦不之知,半年竟无消息。汝母日夜零涕,谓被奸人赚去,不知流离何所。今幸无恙耶?”黄实告以情,因相猜为神。

后阿美生子,取名仙赐。至十余岁,母遣诣镇江,至扬州界,休于旅舍,从者皆出。有女子来,挽儿入他室,下帘,抱诸膝上,笑问何名。儿告之。问:“取名何义?”答云:“不知。”女曰:“归问汝父当自知。”乃为挽髻,自摘髻上花代簪之;出金钏束腕上。又以黄金内袖,曰:“将去买书读。”儿问其谁,曰:“儿不知更有一母耶?归告汝父:朱大兴死无棺木,当助之,勿忘也。”老仆归舍,失少主,寻至他室,闻与人语,窥之则故主母。帘外微嗽,将有咨白。女推儿榻上,恍惚已杳。问之舍主,并无知者。

数日,自镇江归,语黄,又出所赠。黄感叹不已。及询朱,则死裁三日,露尸未葬,厚恤之。

异史氏曰:“女其仙耶?三易其主不为贞。然为吝者破其悭,为淫者速其荡,女非无心者也。然破之则不必其怜之矣,贪淫鄙吝之骨,沟壑何惜焉?”

司文郎

平阳王平子,赴试北闱,赁居报国寺。寺中有余杭生先在,王以比屋居投刺焉,生不之答;朝夕遇之多无状。王怒其狂悖,交往遂绝。

一日,有少年游寺中,白服裙帽,望之傀然。近与接谈,言语谐妙,心爱敬之。展问邦族,云:“登州宋姓。”因命苍头设座,相对噱谈。余杭生适过,共起逊坐。生居然上座,更不抝挹。卒然问宋:“亦入闱者耶?”答曰:“非也。驽骀之才,无志腾骧久矣。”又问:“何省?”宋告之。生曰:“竟不进取,足知高明。山左、右并无一字通者。”宋曰:“北人固少通者,而不通者未必是小生;南人固多通者,然通者亦未必是足下。”言已，鼓掌，王和之，因而哄堂。生惭忿，轩眉攘腕而大言曰：“敢当前命题，一校文艺乎？”宋他顾而哂曰：“有何不敢！”便趋寓所，出经授王。王随手一翻，指曰：“‘阙党童子将命。’”生起，求笔札。宋曳之曰：“口占可也。我破已成：‘于宾客往来之地，而见一无所知之人焉。’”王捧腹大笑。生怒曰：“全不能文，徒事嫚骂，何以为人！”王力为排难，请另命佳题。又翻曰：“‘殷有三仁焉。’”宋立应曰：“三子者不同道，其趋一也。夫一者何也？曰：仁也。君子亦仁而已矣，何必同？”生遂不作，起曰：“其为人也小有才。”遂去。

王以此益重宋。邀入寓室，款言移晷，尽出所作质宋。宋流览绝疾，逾刻已尽百首，曰：“君亦沉深于此道者？然命笔时，无求必得之念，而尚有冀幸得之心，即此已落下乘。”遂取阅过者一一诠说。王大悦，师事之；使庖人以蔗糖作水角。宋啖而甘之，曰：“生平未解此味，烦异日更一作也。”从此相得甚欢。宋三五日辄一至，王必为之设水角焉。余杭生时一遇之，虽不甚倾谈，而傲睨之气顿减。一日以窗艺示宋，宋见诸友圈赞已浓，目一过，推置案头，不作一语。生疑其未阅，复请之，答已览竟。生又疑其不解，宋曰：“有何难解？但不佳耳！”生曰：“一览丹黄，何知不佳？”宋便诵其文，如夙读者，且诵且訾。生局蹐汗流，不言而去。移时宋去，生入，坚请王作，王拒之。生强搜得，见文多圈点，笑曰：“此大似水角子！”王故朴讷，觍然而已。次日宋至，王具以告。宋怒曰：“我谓‘南人不复反矣’，伧楚何敢乃尔！必当有以报之！”王力陈轻薄之戒以劝之，宋深感佩。

既而场后以文示宋，宋颇相许。偶与涉历殿阁，见一瞽僧坐廊下，设药卖医。宋讶曰：“此奇人也！最能知文，不可不一请教。”因命归寓取文。遇余杭生，遂与俱来。王呼师而参之。僧疑其问医者，便诘症候。王具白请教之意，僧笑曰：“是谁多口？无目何以论文？”王请以耳代目。僧曰：“三作两千余言，谁耐久听！不如焚之，我视以鼻可也。”王从之。每焚一作，僧嗅而颔之曰：“君初法大家，虽未逼真，亦近似矣。我适受之以脾。”问：“可中否？”曰：“亦中得。”余杭生未深信，先以古大家文烧试之。僧再嗅曰：“妙哉！此文我心受之矣,非归、胡何解办此!”生大骇,始焚己作。僧曰:“适领一艺,未窥全豹,何忽另易一人来也?”生托言:“朋友之作,止此一首;此乃小生作也。”僧嗅其余灰,咳逆数声,曰:“勿再投矣!格格而不能下,强受之以膈,再焚则作恶矣。”生惭而退。

数日榜放,生竟领荐;王下第。生与王走告僧,僧叹曰:“仆虽盲于目,而不盲于鼻;帘中人并鼻盲矣。”俄余杭生至,意气发舒,曰:“盲和尚,汝亦啖人水角耶?今竟何如?”僧曰:“我所论者文耳,不谋与君论命。君试寻诸试官之文,各取一首焚之,我便知孰为尔师。”生与王并搜之,止得八九人。生曰:“如有舛错,以何为罚?”僧愤曰:“剜我盲瞳去!”生焚之,每一首,都言非是;至第六篇,忽向壁大呕,下气如雷。众皆粲然。僧拭目向生曰:“此真汝师也!初不知而骤嗅之,刺于鼻,刺于腹,膀胱所不能容,直自下部出矣!”生大怒,去,曰:“明日自见!勿悔!勿悔!”

越二三日竟不至;视之已移去矣。乃知即某门生也。宋慰王曰:“凡吾辈读书人,不当尤人,但当克己:不尤人则德益弘,能克己则学益进。当前踧落,固是数之不偶;平心而论,文亦未便登峰,其由此砥砺,天下自有不盲之人。”王肃然起敬。又闻次年再行乡试,遂不归,止而受教。宋曰:“都中薪桂米珠,勿忧资斧。舍后有窖镪,可以发用。”即示之处。王谢曰:“昔窦、范贫而能廉,今某幸能自给,敢自污乎?”王一日醉眠,仆及庖人窃发之。王忽觉,闻舍后有声,出窥则金堆地上。情见事露,并相慑伏。方诃责间,见有金爵,类多镌款,审视皆大父字讳。盖王祖曾为南部郎,入都寓此,暴病而卒,金其所遗也。王乃喜,称得金八百余两。明日告宋,且示之爵,欲与瓜分,固辞乃已。以百金往赠瞽僧,僧已去。

积数月,敦习益苦。及试,宋曰:“此战不捷,始真是命矣!”俄以犯规被黜。王尚无言,宋大哭不能止,王反慰解之。宋曰:“仆为造物所忌,困顿至于终身,今又累及良友。其命也夫!其命也夫!”王曰:“万事固有数在。如先生乃无志进取,非命也。”宋拭泪曰:“久欲有言,恐相惊怪。某非生人,乃飘泊之游魂也。少负才名,不得志于场屋。佯狂至都,冀得知我者传诸著作。甲申之年,竟罹于难,岁岁飘蓬。幸相知爱，故极力为‘他山’之攻，生平未酬之愿，实欲借良朋一快之耳。今文字之厄若此，谁复能漠然哉！”王亦感泣，问：“何淹滞？”曰：“去年上帝有命，委宣圣及阎罗王核查劫鬼，上者备诸曹任用，余者即俾转轮。贱名已录，所未投到者，欲一见飞黄之快耳。今请别矣！”王问：“所考何职？”曰：“梓潼府中缺一司文郎，暂令聋僮署篆，文运所以颠倒。万一幸得此秩，当使圣教昌明。”

明日，忻忻而至，曰：“愿遂矣！宣圣命作《性道论》，视之色喜，谓可司文。阎罗稽簿，欲以‘口孽’见弃。宣圣争之乃得就。某伏谢已，又呼近案下，嘱云：‘今以怜才，拔充清要；宜洗心供职，勿蹈前愆。’此可知冥中重德行更甚于文学也。君必修行未至，但积善勿懈可耳。”王曰：“果尔，余杭其德行何在？”曰：“不知。要冥司赏罚，皆无少爽。即前日瞽僧亦一鬼也，是前朝名家。以生前抛弃字纸过多，罚作瞽。彼自欲医人疾苦，以赎前愆，故托游廛肆耳。”王命置酒，宋曰：“无须。终岁之扰，尽此一刻，再为我设水角足矣。”王悲怆不食，坐令自啖。顷刻，已过三盛，捧腹曰：“此餐可饱三日，吾以志君德耳。向所食都在舍后，已成菌矣。藏作药饵，可益儿慧。”王问后会，曰：“既有官责，当引嫌也。”又问：“梓潼祠中，一相酹祝，可能达否？”曰：“此都无益。九天甚远，但洁身力行，自有地司牒报，则某必与知之。”言已，作别而没。王视舍后，果生紫菌，采而藏之。旁有新土坟起，则水角宛然在焉。

王归，弥自刻厉。一夜，梦宋舆盖而至，曰：“君向以小忿误杀一婢，削去禄籍，今笃行已折除矣。然命薄不足任仕进也。”是年捷于乡，明年春闱又捷。遂不复仕。生二子，其一绝钝，啖以菌，遂大慧。后以故诣金陵，遇余杭生于旅次，极道契阔，深自降抑，然鬓毛斑矣。

异史氏曰：“余杭生公然自诩，意其为文，未必尽无可观；而骄诈之意态颜色，遂使人顷刻不可复忍。天人之厌弃已久，故鬼神皆玩弄之。脱能增修厥德，则帘内之‘刺鼻棘心’者，遇之正易，何所遭之仅也。”

丑 狐

穆生，长沙人，家清贫，冬无絮衣。一夕枯坐，有女子入，衣服炫丽而颜色黑丑，笑曰："得毋寒乎？"生惊问之，曰："我狐仙也。怜君枯寂，聊与共温冷榻耳。"生惧其狐，而厌其丑，大号。女以元宝置几上，曰："若相谐好，以此相赠。"生悦而从之。床无裀褥，女代以袍。将晓，起而嘱曰："所赠可急市软帛作卧具，余者絮衣作馔足矣。倘得永好，勿忧贫也。"遂去。

生告妻，妻亦喜，即市帛为之缝纫。女夜至，见卧具一新，喜曰："君家娘子劬劳哉！"留金以酬之。从此至无虚夕。每去，必有所遗。年余，屋庐修洁，内外皆衣文锦绣，居然素封。女赂贻渐少，生由此心厌之，聘术士至，画符于门。女啮折而弃之，入指生曰："背德负心，至君已极！然此奈何我！若相厌薄，我自去耳。但情义既绝，受于我者须要偿也！"忿然而去。

生惧，告术士。术士作坛，陈设未已，忽颠地下，血流满颊；视之，割去一耳。众大惧奔散，术士亦掩耳窜去。室中掷石如盆，门窗釜甑，无复全者。生伏床下，蓄缩汗耸。俄见女抱一物入，猫首猧尾，置床前，嗾之曰："嘻嘻！可嚼奸人足。"物即龁履，齿利于刃。生大惧，将屈藏之，四肢不能动。物嚼指爽脆有声。生痛极哀祝，女曰："所有金珠，尽出勿隐。"生应之。女曰："呵呵！"物乃止。生不能起，但告以处。女自往搜括，珠钿衣服之外，止得二百余金。女少之，又曰："嘻嘻！"物复嚼。生哀鸣求恕。女限十日偿金六百，生诺之，女乃抱物去。

久之，家人渐聚，从床下曳生出，足血淋漓，丧其二指。视室中财物尽空，惟当年破被存焉；遂以覆生令卧。又惧十日复来，乃货婢鬻衣，以足其数。至期女果至，急付之，无言而去。自此遂绝。生足创，医药半年始愈，而家清贫如初矣。

狐适近村于氏。于业农家不中资，三年间援例纳粟，夏屋连蔓，所衣华服半生家物。生见之，亦不敢问。偶适野，遇女于途，长跪道左。女无言，但以素巾裹五六金，遥掷之，反身径去。后于氏早卒，女犹时至其家,家中金帛辄亡去。于子睹其来,拜参之,遥祝:"父即去世,儿辈皆若子,纵不抚恤,何忍坐令贫也?"女去,遂不复至。

异史氏曰:"邪物之来,杀之亦壮;而既受其德,即鬼物不可负也。既贵而杀赵孟,则贤豪非之矣。夫人非其心之所好,即万钟何动焉。观其见金色喜,其亦利之所在,丧身辱行而不惜者欤?伤哉贪人,卒取残败!"

吕无病

洛阳孙公子名麒,娶蒋太守女,甚相得。二十夭殂,悲不自胜。离家,居山中别业。

适阴雨昼卧,室无人,忽见复室帘下,露妇人足,疑而问之。有女子褰帘入,年约十八九,衣服朴洁,而微黑多麻,类贫家女。意必村中僦屋者,呵曰:"所须宜白家人,何得轻入!"女微笑曰:"妾非村中人,祖籍山东,吕姓。父文学士。妾小字无病。从父客迁,早离顾复。慕公子世家名士,愿为康成文婢。"孙笑曰:"卿意良佳。但仆辈杂居,实所不便,容旋里后,当舆聘之。"女次且曰:"自揣陋劣,何敢遂望敌体?聊备案前驱使,当不至倒捧册卷。"孙曰:"纳婢亦须吉日。"乃指架上,使取《通书》第四卷——盖试之也。女翻检得之。先自涉览,而后进之,笑曰:"今日河魁不曾在房。"孙意少动,留匿室中。女闲居无事,为之拂几整书,焚香拭鼎,满室光洁。孙悦之。

至夕,遣仆他宿。女俯眉承睫,殷勤臻至。命之寝,始持烛去。中夜睡醒,则床头似有卧人;以手探之知为女,捉而撼焉。女惊起,立榻下,孙曰:"何不别寝,床头岂汝卧处也?"女曰:"妾善惧。"孙怜之,俾施枕床内。忽闻气息之来,清如莲蕊,异之;呼与共枕,不觉心荡;渐与同衾,大悦之。念避匿非策,又恐同归招议。孙有母姨,近隔十余门,谋令遁诸其家,而后再致之。女称善,便言:"阿姨,妾熟识之,无容先达,请即去。"孙送之,逾垣而去。孙母姨,寡媪也。凌晨启户,女掩入。媪诘之,答云:"若甥遣问阿姨。公子欲归,路赊乏骑,留奴暂寄此耳。"媪信之,遂止焉。孙归,矫谓姨家有婢,欲相赠,遣人舁之而还,坐卧皆以从。久益嬖之,纳为妾。世家论婚皆勿许,殆有终焉之志。女知之,苦劝令娶;乃娶于许,而终嬖爱无病。许甚贤,略不争夕,无病事许益恭,以此嫡庶偕好。许举一子阿坚,无病爱抱如己出。儿甫三岁,辄离乳媪,从无病宿,许唤不去。无何许病卒,临诀,嘱孙曰:“无病最爱儿,即令子之可也,即正位焉亦可也。”既葬,孙将践其言,告诸宗党,佥谓不可;女亦固辞,遂止。

邑有王天官女新寡,来求婚。孙雅不欲娶,王再请之。媒道其美,宗族仰其势,共怂恿之。孙惑焉,又娶之。色果艳;而骄已甚,衣服器用多厌嫌,辄加毁弃。孙以爱敬故,不忍有所拂。入门数月,擅宠专房,而无病至前,笑啼皆罪。时怒迁夫婿,数相闹斗。孙患苦之,以故多独宿。妇又怒。孙不能堪,托故之都,逃妇难也。妇以远游咎无病。无病鞠躬屏气,承望颜色,而妇终不快。夜使直宿床下,儿奔与俱。每唤起给使,儿辄啼,妇厌骂之。无病急呼乳媪来,抱之不去,强之益号。妇怒起,毒挞无算,始从乳媪去。儿以是病悸,不食。妇禁无病不令见之。儿终日啼,妇叱媪,使弃诸地。儿气竭声嘶,呼而求饮,妇戒勿与。日既暮,无病窥妇不在,潜饮儿。儿见之,弃水捉衿,号啕不止。妇闻之,意气汹汹而出。儿闻声辍涕,一跃遂绝。无病大哭。妇怒曰:“贱婢丑态!岂以儿死胁我耶!无论孙家襁褓物,即杀王府世子,王天官女亦能任之!”无病乃抽息忍涕,请为葬具。妇不许,立命弃之。

妇去,窃抚儿,四体犹温,隐语媪曰:“可速将去,少待于野,我当继至。其死也共弃之,活也共抚之。”媪曰:“诺。”无病入室,携簪珥出,追及之。共视儿,已苏。二人喜,谋趋别业,往依姨。媪虑其纤步为累,无病乃先趋以俟之,疾若飘风,媪力奔始能及。约二更许,儿病危不复可前。遂斜行入村,至田叟家,倚门待晓,叩扉借室,出簪珥易资,巫医并致,病卒不瘳。女掩泣曰:“媪好视儿,我往寻其父也。”媪方惊其谬妄,而女已杳矣,骇诧不已。

是日孙在都,方憩息床上,女悄然入。孙惊起曰:“才眠已入梦耶!”女握手哽咽,顿足不能出声。久之久之,方失声而言曰:“妾历千辛,与儿逃于杨——”句未终,纵声大哭,倒地而灭。孙骇绝,犹疑为梦;唤从人共视之,衣履宛然,大异不解。即刻趣装,星驰而归。既闻儿死妾遁,抚膺大悲。语侵妇,妇反唇相稽。孙忿,出白刃;婢媪遮救不得近,遥掷之。刀脊中额,额破血流,披发嗥叫而出,将以奔告其家。孙捉还,杖挞无数,衣皆若缕,伤痛不可转侧。孙命舁诸房中护养之,将待其瘥而后出之。妇兄弟闻之,怒,率多骑登门,孙亦集健仆械御之。两相叫骂,竟日始散。王未快意,讼之。孙捍卫入城,自诣质审,诉妇恶状。宰不能屈,送广文惩戒以悦王。广文朱先生,世家子,刚正不阿。廉得情,怒曰:"堂上公以我为天下之龌龊教官,勒索伤天害理之钱,以吮人痈痔者耶!此等乞丐相,我所不能!"竟不受命。孙公然归。王无奈之,乃示意朋好,为之调停,欲生谢过其家。孙不肯,十反不能决。妇创渐平,欲出之,又恐王氏不受,因循而安之。

妾亡子死,夙夜伤心,思得乳媪,一问其情。因忆无病言"逃于杨",近村有杨家疃,疑其在是;往问之并无知者。或言五十里外有杨谷,遣骑诣讯,果得之。儿渐平复,相见各喜,载与俱归。儿望见父,嗷然大啼,孙亦泪下。妇闻儿尚存,盛气奔出,将致诮骂。儿方啼,开目见妇,惊投父怀,若求藏匿。抱而视之,气已绝矣。急呼之,移时始苏。孙恚曰:"不知如何酷虐,遂使吾儿至此!"乃立离婚书,送妇归。王果不受,又舁还孙。孙不得已,父子别居一院,不与妇通。乳媪乃备述无病情状,孙始悟其为鬼。感其义,葬其衣履,题碑曰"鬼妻吕无病之墓"。无何,妇产一男,交手于项而死之。孙益忿,复出妇;王又舁还之。孙乃具状控诸上台,皆以天官故置不理。后天官卒,孙控不已,乃判令大归。孙由此不复娶,纳婢焉。

妇既归,悍名噪甚,三四年无问名者。妇顿悔,而已不可复挽。有孙家旧媪,适至其家。妇优待之,对之流涕;揣其情,似念故夫。媪归告孙,孙笑置之。又年余妇母又卒,孤无所依,诸娣姒颇厌嫉之,妇益失所,日辄涕零。一贫士丧偶,兄议厚其奁妆而遣之,妇不肯。每阴托往来者致意孙,泣告以悔,孙不听。一日妇率一婢,窃驴跨之,竟奔孙。孙方自内出,迎跪阶下,泣不可止。孙欲去之,妇牵衣复跪之。孙固辞曰:"如复相聚,常无间言则已耳;一朝有他,汝兄弟如虎狼,再求离逖,岂可复得!"妇曰:"妾窃奔而来,万无还理。留则留之,否则死之！且妾自二十一岁从君，二十三岁被出，诚有十分恶，宁无一分情？”乃脱一腕钏，并两足而束之，袖覆其上，曰：“此时香火之誓，君宁不忆之耶？”孙乃荧眦欲泪，使人挽扶入室；而犹疑王氏诈谖，欲得其兄弟一言为证据。妇曰：“妾私出，何颜复求兄弟？如不相信，妾藏有死具在此，请断指以自明。”遂于腰间出利刃，就床边伸左手一指断之，血溢如涌。孙大骇，急为束裹。妇容色痛变，而更不呻吟，笑曰：“妾今日黄粱之梦已醒，特借斗室为出家计，何用相猜？”孙乃使子及妾另居一所，而己朝夕往来于两间。又日求良药医指创，月余寻愈。

妇由此不茹荤酒，闭户诵佛而已。居久，见家政废弛，谓孙曰：“妾此来，本欲置他事于不问，今见如此用度，恐子孙有饿莩者矣。无已，再腆颜一经纪之。”乃集婢媪，按日责其绩织。家人以其自投也，慢之，窃相诮讪，妇若不闻。既而课工，惰者鞭挞不贷，众始惧之。又垂帘课主计仆，综理微密。孙乃大喜，使儿及妾皆朝见之。阿坚已九岁，妇加意温恤，朝入塾，常留甘饵以待其归，儿亦渐亲爱之。一日，儿以石投雀，妇适过，中颅而仆，逾刻不语。孙大怒，挞儿；妇苏，力止之，且喜曰：“妾昔虐儿，中心每不自释，今幸销一罪案矣。”孙益嬖爱之，妇每拒，使就妾宿。居数年，屡产屡殇，曰：“此昔日杀儿之报也。”阿坚既娶，遂以外事委儿，内事委媳。一日曰：“妾某日当死。”孙不信。妇自理葬具，至日更衣入棺而卒。颜色如生，异香满室；既殓，香始渐灭。

异史氏曰：“心之所好，原不在妍媸也。毛嫱、西施，焉知非自爱之者美之乎？然不遭悍妒，其贤不彰，几令人与嗜痂者并笑矣。至锦屏之人，其夙根原厚，故豁然一悟，立证菩提；若地狱道中，皆富贵而不经艰难者矣。”

钱卜巫

夏商，河间人。其父东陵，豪富侈汰，每食包子，辄弃其角，狼藉满地。人以其肥重，呼之“丢角太尉”。暮年家甚贫，日不给餐，两肱瘦垂革如囊，人又呼“募庄僧”，谓其挂袋也。临终谓商曰：“余生平暴殄天物,上干天怒,遂至冻饿以死。汝当惜福力行,以盖父愆。”

商恪遵治命,诚朴无二,躬耕自给。乡人咸爱敬之。富人某翁哀其贫,假以资使学负贩,辄亏其母。愧无以偿,请为佣,翁不肯。商瞿然不自安,尽货其田宅,往酬翁。翁诘得情,益直之,强为赎还旧业;又益贷以重金,俾作贾。商辞曰:“十数金尚不能偿,奈何结来生驴马债耶?”翁乃招他贾与偕。数月而返,仅能不亏;翁不收其息,使复之。年余贷资盈辇,归至江,遭飓,舟几覆,物半丧失。归计所有,略可偿主,遂语贾曰:“天之所贫,谁能救之?此皆我累君也!”乃稽簿付贾,奉身而退。翁再强之,必不可,躬耕如故。每自叹曰:“人生世上,皆有数年之享,何遂落魄如此?”

会有外来巫,以钱卜,悉知人运数。敬诣之。巫,老妪也。寓室精洁,中设神座,香气常熏。商入朝拜讫,巫便索资。商授百钱,巫尽纳木筒中,执跪座下,摇响如祈祷状。已而起,倾钱入手,而后于案上次第摆之。其法以字为否,幕为亨;数至五十八皆字,以后则尽幕矣。遂问:“庚甲几何?”答:“二十八岁。”巫摇首曰:“早矣!官人现行者先人运,非身运。五十八岁方交本身运,始无盘错也。”问:“何谓先人运?”曰:“先人有善,其福未尽,则后人享之;先人有不善,其祸未尽,则后人亦受之。”商屈指曰:“再三十年,齿已老耄,行就木矣。”巫曰:“五十八以前,便有回闰,略可营谋;然仅免饥寒耳。五十八之年,当有巨金自来,不须力求。官人生无过行,再世享之不尽也。”别巫而返,疑信半焉。

然安贫自守,不敢妄求。后至五十三岁,留意验之。时方东作,病痁不能耕。既痊,天大旱,早禾尽枯。近秋方雨,家无别种,田数亩悉以种谷。既而又旱,荞菽半死,惟谷无恙;后得雨勃发,其丰倍焉。来春大饥,得以无馁。商以此信巫,从翁贷资,小权子母,辄小获;或劝作大贾,商不肯。迨五十七岁,偶葺墙垣,掘地得铁釜;揭之,白气如絮,惧不敢发。移时气尽,白镪满瓮。夫妻共运之,称计一千三百二十五两。窃议巫术小舛。邻人妻入商家,窥见之,归告夫。夫忌焉,潜告邑宰。宰最贪,拘商索金。妻欲隐其半,商曰:“非所宜得,留之贾祸。”尽献之。宰得金,恐其漏匿,又追贮器,以金实之,满焉,乃释商。居无何，宰迁南昌同知。逾岁，商以懋迁至南昌，则宰已死。妻子将归，货其粗重；有桐油如干篓，商以直贱，买之以归。既抵家，器有渗漏，泻注他器，则内有白金二铤；遍探皆然。兑之，适得前掘镪之数。

商由此暴富，益赡贫穷，慷慨不吝。妻劝积遗子孙，商曰："此即所以遗子孙也。"邻人赤贫至为丐，欲有所求，而心自愧。商闻而告之曰："昔日事，乃我时数未至，故鬼神假子手以败之，于汝何尤？"遂周给之。邻人感泣。后商寿八十，子孙承继，数世不衰。

异史氏曰："汰侈已甚，王侯不免，况庶人乎！生暴天物，死无饭含，可哀矣哉！幸而鸟死鸣哀，子能干蛊，穷败七十年，卒以中兴；不然，父孽累子，子复累孙，不至乞丐相传不止矣。何物老巫，遂宣天之秘？呜呼！怪哉！"

姚　安

姚安，临洮人，美丰标。同里宫姓，有女子字绿娥，艳而知书，择偶不嫁。母语人曰："门族风采，必如姚某始字之。"姚闻，绐妻窥井，挤堕之，遂娶绿娥。雅甚亲爱。

然以其美也，故疑之。闭户相守，步辄缀焉；女欲归宁，则以两肘支袍，覆翼以出，入舆封志，而后驰随其后，越宿促与俱归。女心不能善，忿曰："若有桑中约，岂琐琐所能止耶！"姚以故他往，则扃女室中。女益厌之，俟其去，故以他钥置门外以疑之。姚见大怒，问所自来。女愤言："不知！"姚愈疑，伺察弥严。一日自外至，潜听久之，乃开锁启扉，惟恐其响，悄然掩入。见一男子貂冠卧床上，忿怒，取刀奔入，力斩之。近视，则女昼眠畏寒，以貂覆面上。大骇，顿足自悔。

宫翁忿质于官。官收姚，褫衿苦械。姚破产，以具金赂上下，得不死。由此精神迷惘，若有所失。适独坐，见女与髯丈夫狎亵榻上，恶之，操刃而往，则没矣；反坐又见之。怒甚，以刀击榻，席褥断裂。愤然执刃，近榻以伺之，见女面立，视之而笑。遽斫之，立断其首；既坐，女不移处，而笑如故。夜间灭烛，则闻淫溺之声，亵不可言。日日如是，不复可忍，于是鬻其田宅，将卜居他所。至夜偷儿穴壁入，劫金而去。自此贫无立锥,忿恚而死。里人藁葬之。

异史氏曰:“爱新而杀其旧,忍乎哉!人止知新鬼为厉,而不知故鬼之夺其魄也。呜呼!截指而适其屦,不亡何待!”

采薇翁

明鼎革,干戈蜂起。於陵刘芝生先生聚众数万,将南渡。忽一肥男子诣栅门,敞衣露腹,请见兵主。先生延入与语,大悦之。问其姓名,自号采薇翁。刘留参帷幄,赠以刃。翁言:“我自有利兵,无须矛戟。”问:“兵所在?”翁乃捋衣露腹,脐大可容鸡子;忍气鼓之,忽脐中塞肤,嗤然突出剑跗;握而抽之,白刃如霜。刘大惊,问:“止此乎?”笑指腹曰:“此武库也,何所不有。”命取弓矢,又如前状,出雕弓一具;略一闭息,则一矢飞堕,其出不穷。已而剑插脐中,既都不见。刘神之,与同寝处,敬礼甚备。

时营中号令虽严,而乌合之群,时出剽掠。翁曰:“兵贵纪律;今统数万之众,而不能镇慑人心,此败亡之道。”刘喜之,于是纠察卒伍,有掠取妇女财物者,枭以示众。军中稍肃,而终不能绝。翁不时乘马出,遨游部伍之间,而军中悍将骄卒,辄首自堕地,不知其何因。因共疑翁。前进严饬之策,兵士已畏恶之;至此益相憾怨。诸部领谮于刘曰:“采薇翁,妖术也。自古名将,止闻以智,不闻以术。浮云、白雀之徒,终致灭亡。今无辜将士,往往自失其首,人情汹惧;将军与处,亦危道也,不如图之。”刘从其言,谋俟其寝而诛之。使觇翁,翁坦腹方卧,鼻息如雷。众大喜,以兵绕舍,两人持刀入断其头;及举刀,头已复合,息如故,大惊。又斫其腹;腹裂无血,其中戈矛森聚,尽露其颖。众益骇,不敢近;遥拨以矟,而铁弩大发,射中数人。众惊散,白刘。刘急诣之,已杳矣。

崔 猛

崔猛字勿猛,建昌世家子。性刚毅,幼在塾中,诸童稍有所犯,辄奋拳殴击,师屡戒不悛,名、字皆先生所赐也。至十六七,强武绝伦。又能持长竿跃登夏屋。喜雪不平,以是乡人共服之,求诉禀白者盈阶满室。崔抑强扶弱，不避怨嫌；稍逆之，石杖交加，支体为残。每盛怒，无敢劝者。惟事母孝，母至则解。母谴责备至，崔唯唯听命，出门辄忘。比邻有悍妇，日虐其姑。姑饿濒死，子窃啖之；妇知，诟厉万端，声闻四院。崔怒，逾垣而过，鼻耳唇舌尽割之，立毙。母闻大骇，呼邻子极意温恤，配以少婢，事乃寝。母愤泣不食。崔惧，跪请受杖，且告以悔，母泣不顾。崔妻周，亦与并跪。母乃杖子，而又针刺其臂，作十字纹，朱涂之，俾勿灭。崔并受之，母乃食。

母喜饭僧道，往往餍饱之。适一道士在门，崔过之。道士目之曰："郎君多凶横之气，恐难保其令终。积善之家，不宜有此。"崔新受母戒，闻之，起敬曰："某亦自知；但一见不平，苦不自禁。力改之，或可免否?"道士笑曰："姑勿问可免不可免，请先自问能改不能改。但当痛自抑；如有万分之一，我告君以解死之术。"崔生平不信厌禳，笑而不言。道士曰："我固知君不信。但我所言，不类巫觋，行之亦盛德；即或不效，亦无妨碍。"崔请教，乃曰："适门外一后生，宜厚结之，即犯死罪，彼亦能活之也。"呼崔出，指示其人。盖赵氏儿，名僧哥。赵，南昌人，以岁祲饥，侨寓建昌。崔由是深相结，请赵馆于其家，供给优厚。僧哥年十二，登堂拜母，约为弟昆。逾岁东作，赵携家去，音问遂绝。

崔母自邻妇死，戒子益切，有赴诉者，辄摈斥之。一日崔母弟卒，从母往吊。途遇数人絷一男子，呵骂促步，加以捶扑。观者塞途，舆不得进。崔问之，识崔者竞相拥告。先是，有巨绅子某甲者豪横一乡，窥李申妻有色欲夺之，道无由。因命家人诱与博赌，贷以资而重其息，要使署妻于券，资尽复给。终夜负债数千，积半年，计子母三十余千。申不能偿，强以多人篡取其妻。申哭诸其门，某怒，拉系树上，榜笞刺剟，逼立"无悔状"。崔闻之，气涌如山，鞭马前向，意将用武。母搴帘而呼曰："唶！又欲尔耶！"崔乃止。既吊而归，不语亦不食，兀坐直视，若有所嗔。妻诘之，不答。至夜，和衣卧榻上，辗转达旦，次夜复然。忽启户出，辄又还卧。如此三四，妻不敢诘，惟慑息以听之。既而迟久乃返，掩扉熟寝矣。

是夜，有人杀某甲于床上，刳腹流肠；申妻亦裸尸床下。官疑申，捕治之。横被残梏,踝骨皆见,卒无词。积年余不堪刑,诬服,论辟。会崔母死,既殡,告妻曰:"杀甲者实我也,徒以有老母故不敢泄。今大事已了,奈何以一身之罪殃他人?我将赴有司死耳!"妻惊挽之,绝裾而去,自首于庭。官愕然,械送狱,释申。申不可,坚以自承。官不能决,两收之。戚属皆诮让申,申曰:"公子所为,是我欲为而不能者也。彼代我为之,而忍坐视其死乎?今日即谓公子未出也可。"执不异词,固与崔争。久之,衙门皆知其故,强出之,以崔抵罪,濒就决矣。会恤刑官赵部郎,案临阅囚,至崔名,屏人而唤之。崔入,仰视堂上,僧哥也。悲喜实诉。赵徘徊良久,仍令下狱,嘱狱卒善视之。寻以自首减等,充云南军,申为服役而去,未期年援赦而归,皆赵力也。

既归,申终从不去,代为纪理生业。予之资,不受。缘橦技击之术,颇以关怀。崔厚遇之,买妇授田焉。崔由此力改前行,每抚臂上刺痕,泫然流涕。以故乡邻有事,申辄矫命排解,不相禀白。

有王监生者家豪富,四方无赖不仁之辈,出入其门。邑中殷实者,多被劫掠;或迕之,辄遣盗杀诸途。子亦淫暴。王有寡婶,父子俱烝之。妻仇氏屡沮王,王缢杀之。仇兄弟质诸官,王赇嘱,以告者坐诬。兄弟冤愤莫伸,诣崔求诉。申绝之使去。过数日,客至,适无仆,使申瀹茗。申默然出,告人曰:"我与崔猛朋友耳,从徙万里,不可谓不至矣;曾无廪给,而役同厮养,所不甘也!"遂忿而去。或以告崔。崔讶其改节,而亦未之奇也。申忽讼于官,谓崔三年不给佣值。崔大异之,亲与对状,申忿相争。官不直之,责逐而去。又数日,申忽夜入王家,将其父子婶妇并杀之,粘纸于壁,自书姓名,及追捕之,则亡命无迹。王家疑崔主使,官不信。崔始悟前此之讼,盖恐杀人之累己也。关行附近州邑,追捕甚急。会闯贼犯顺,其事遂寝。及明鼎革,申携家归,仍与崔善如初。

时土寇啸聚,王有从子得仁,集叔所招无赖,据山为盗,焚掠村疃。一夜,倾巢而至,以报仇为名。崔适他出,申破扉始觉,越墙伏暗中。贼搜崔、李不得,据崔妻,括财物而去。申归,止有一仆,忿极,乃断绳数十段,以短者付仆,长者自怀之。嘱仆越贼巢,登半山,以火爇绳,散挂荆棘,即反勿顾。仆应而去。申窥贼皆腰束红带,帽系红绢,遂效其装。有老牝马初生驹，贼弃诸门外。申乃缚驹跨马，衔枚而出，直至贼穴。贼据一大村，申絷马村外，逾垣入。见贼众纷纭，操戈未释。申窃问诸贼，知崔妻在王某所。俄闻传令，俾各休息，轰然嗷应。忽一人报东山有火，众贼共望之；初犹一二点，既而多类星宿。申坌息急呼东山有警。王大惊，束装率众而出。申乘间漏出其右，返身入内。见两贼守帐，绐之曰："王将军遗佩刀。"两贼竞觅。申自后斫之，一贼踣；其一回顾，申又斩之。竟负崔妻越垣而出。解马授辔，曰："娘子不知途，纵马可也。"马恋驹奔驶，申从之。出一隘口，申灼火于绳，遍悬之，乃归。

次日崔还，以为大辱，形神跳躁，欲单骑往平贼。申谏止之。集村人共谋，众恇怯莫敢应。解谕再四，得敢往二十余人，又苦无兵。适于得仁族姓家获奸细二，崔欲杀之，申不可；命二十人各持白梃，具列于前，乃割其耳而纵之。众怨曰："此等兵旅，方惧贼知，而反示之。脱其倾队而来，阖村不保矣！"申曰："吾正欲其来也。"执匿盗者诛之。遣人四出，各假弓矢火铳，又诣邑借巨炮二。日暮，率壮士至隘口，置炮当其冲；使二人匿火而伏，嘱见贼乃发。又至谷东口，伐树置崖上。已而与崔各率十余人，分岸伏之。一更向尽，遥闻马嘶，贼果大至，缗属不绝。俟尽入谷，乃推堕树木，断其归路。俄而炮发，喧腾号叫之声震动山谷。贼骤退，自相践踏；至东口，不得出，集无隙地。两岸铳矢夹攻，势如风雨，断头折足者枕藉沟中。遗二十余人，长跪乞命。乃遣人絷送以归。乘胜直抵其巢。守巢者闻风奔窜，搜其辎重而还。

崔大喜，问其设火之谋。曰："设火于东，恐其西追也；短，欲其速尽，恐侦知其无人也；既而设于谷口，口甚隘，一夫可以断之，彼即追来，见火必惧：皆一时犯险之下策也。"取贼鞫之，果追入谷，见火惊退。二十余贼，尽劓刖而放之。由此威声大震，远近避乱者从之如市，得土团三百余人。各处强寇无敢犯，一方赖之以安。

异史氏曰："快牛必能破车，崔之谓哉！志意慷慨，盖鲜俪矣。然欲天下无不平之事，宁非意过其通者与？李申，一介细民，遂能济美。缘橦飞入，剪禽兽于深闺；断路夹攻，荡幺魔于隘谷。使得假五丈之旗，为国效命，乌在不南面而王哉！”

诗 谳

青州居民范小山，贩笔为业，行贾未归。四月间，妻贺氏独居，夜为盗所杀。是夜微雨，泥中遗诗扇一柄，乃王晟之赠吴蜚卿者。晟，不知何人；吴，益都之素封，与范同里，平日颇有佻达之行，故里党共信之。郡县拘质，坚不伏，惨被械梏，诬以成案；驳解往复，历十余官，更无异议。

吴亦自分必死，嘱其妻罄竭所有，以济茕独。有向其门诵佛千者，给以絮裤；至万者絮袄。于是乞丐如市，佛号声闻十余里。因而家骤贫，惟日货田产以给资斧。阴赂监者使市鸩，夜梦神人告之曰："子勿死，曩日'外边凶'，目下'里边吉'矣。"再睡又言，以是不果死。

未几，周元亮先生分守是道，录囚至吴，若有所思。因问："吴某杀人，有何确据？"范以扇对。先生熟视扇，便问："王晟何人？"并云不知。又将爰书细阅一过，立命脱其死械，自监移之仓。范力争之，怒曰："尔欲妄杀一人便了却耶？抑将得仇人而甘心耶？"众疑先生私吴，俱莫敢言。

先生标朱签，立拘南郭某肆主人。主人惧，莫知所以。至则问曰："肆壁有东莞李秀诗，何时题耶？"答云："旧岁提学案临，有日照二三秀才，饮醉留题，不知所居何里。"遂遣役至日照，坐拘李秀。数日秀至，怒曰："既作秀才，奈何谋杀人？"秀顿首错愕，曰："无之！"先生掷扇下，令其自视，曰："明系尔作，何诡托王晟？"秀审视，曰："诗真某作，字实非某书。"曰："既知汝诗，当即汝友。谁书者？"秀曰："迹似沂州王佐。"乃遣役关拘王佐。佐至，呵问如秀状。佐供："此益都铁商张成索某书者，云晟其表兄也。"先生曰："盗在此矣。"执成至，一讯遂伏。

先是成窥贺美，欲挑之恐不谐。念托于吴，必人所共信，故伪为吴扇，执而往。谐则自认，不谐则嫁名于吴，而实不期至于杀也。逾垣入逼妇；妇因独居，常以刃自卫。既觉，捉成衣，操刀而起。成惧夺其刀。妇力挽,令不得脱,且号。成益窘,遂杀之,委扇而去。

三年冤狱,一朝而雪,无不诵神明者。吴始悟"里边吉"乃"周"字也。然终莫解其故。后邑绅乘间请之,笑曰:"此最易知。细阅爰书,贺被杀在四月上旬;是夜阴雨,天气犹寒,扇乃不急之物,岂有忙迫之时,反携此以增累者,其嫁祸可知。向避雨南郭,见题壁诗与箑头之作,口角相类,故妄度李生,果因是而得真盗。"闻者叹服。

异史氏曰:"入之深者,当其无有有之用。词赋文章,华国之具也,而先生以相天下士,称孙阳焉。岂非入其中深乎?而不谓相士之道,移于折狱。《易》曰:'知幾其神。'先生有之矣。"

鹿衔草

关外山中多鹿。土人戴鹿首伏草中,卷叶作声,鹿即群至。然牡少而牝多。牡交群牝,千百必遍,既遍遂死。众牝嗅之,知其死,分走谷中,衔异草置吻旁以熏之,顷刻复苏。急鸣金施铳,群鹿惊走。因取其草,可以回生。

小 棺

天津有舟人某,夜梦一人教之曰:"明日有载竹笥赁舟者,索之千金;不然,勿渡也。"某醒不信。既寐复梦,且书"顾、㔾、㝢"三字于壁,嘱云:"倘渠吝价,当即书此示之。"某异之。但不识其字,亦不解何意。次日留心行旅;日向西,果有一人驱骡载笥来,问舟。某如梦索价,其人笑之。反复良久,某牵其手,以指书前字。其人大愕,即刻而灭。搜其装载,则小棺数万余,每具仅长指许,各贮滴血而已。某以三字传示遐迩,并无知者。未几吴逆叛谋既露,党羽尽诛,陈尸几如棺数焉。徐白山说。

邢子仪

滕有杨某从白莲教党,得左道之术。徐鸿儒诛后,杨幸漏脱,遂挟术以遨。家中田园楼阁,颇称富有。至泗上某绅家,幻法为戏,妇女出窥。杨睨其女美,归谋摄取之。其继室朱氏亦风韵,饰以华妆,伪作仙姬；又授木鸟，教之作用；乃自楼头推堕之。朱觉身轻如叶，飘飘然凌云而行。无何至一处，云止不前，知已至矣。是夜，月明清洁，俯视甚了。取木鸟投之，鸟振翼飞去，直达女室。女见彩禽翔入，唤婢扑之，鸟已冲帘出。女追之，鸟堕地作鼓翼声；近逼之，扑入裙底；展转间，负女飞腾，直冲霄汉。婢大号。朱在云中言曰："下界人勿须惊怖，我月府姮娥也。渠是王母第九女偶谪尘世。王母日切怀念，暂招去一相会聚，即送还耳。"遂与结襟而行。

方及泗水之界，适有放飞爆者，斜触鸟翼；鸟惊堕，牵朱亦堕，落一秀才家。秀才邢子仪，家赤贫而性方鲠。曾有邻妇夜奔，拒不纳。妇衔愤去，谮诸其夫，诬以挑引。夫固无赖，晨夕登门诟辱之，邢因货产僦居别村。有相者顾某善决人福寿，邢踵门叩之。顾望见笑曰："君富足千钟，何着败絮见人？岂谓某无瞳耶?"邢嗤妄之。顾细审曰："是矣。固虽萧索，然金穴不远矣。"邢又妄之。顾曰："不惟暴富，且得丽人。"邢终不以为信。顾推之出，曰："且去且去，验后方索谢耳。"是夜，独坐月下，忽二女自天降，视之皆丽姝。诧为妖，诘问之，初不肯言。邢将号召乡里，朱惧，始以实告，且嘱勿泄，愿终从焉。邢思世家女不与妖人妇等，遂遣人告其家。其父母自女飞升，零涕惶惑；忽得报书，惊喜过望，立刻命舆马星驰而去。报邢百金，携女归。邢得艳妻，方忧四壁，得金甚慰。往谢顾，顾又审曰："尚未尚未。泰运已交，百金何足言！"遂不受谢。

先是绅归，请于上官捕杨。杨预遁不知所之，遂籍其家，发牒追朱。朱惧，牵邢饮泣。邢亦计窘，姑赂承牒者，赁车骑携朱诣绅，哀求解脱。绅感其义，为竭力营谋，得赎免；留夫妻于别馆，欢如戚好。绅女幼受刘聘；刘，显秩也，闻女寄邢家信宿以为辱，反婚书与女绝姻。绅将议姻他族，女告父母誓从邢。邢闻之喜；朱亦喜，自愿下之。绅忧邢无家，时杨居宅从官货，因代购之。夫妻遂归，出橐金，粗治器具，蓄婢仆，旬日耗费已尽。但冀女来，当复得其资助。一夕，朱谓邢曰："孽夫杨某，曾以千金埋楼下，惟妾知之。适视其处，砖石依然，或窖藏无恙。"往共发之，果得金。因信顾术之神，厚报之。后女于归，妆资丰盛，不数年，富甲一郡矣。

异史氏曰:“白莲歼灭而杨独不死,又附益之,几疑恢恢者疏而且漏矣。孰知天留之,盖为邢也。不然,邢即否极而泰,亦恶能仓卒起楼阁、累巨金哉?不爱一色,而天报之以两。呜呼!造物无言,而意可知矣。”

李　生

商河李生,好道。村外里余有兰若,筑精舍三楹,趺坐其中。游食缁黄,往来寄宿,辄与倾谈,供给不厌。一日,大雪严寒,有老僧担囊借榻,其词玄妙。信宿将行,固挽之,留数日。适生以他故归,僧嘱早至,意将别生。鸡鸣而往,叩关不应。逾垣入,见室中灯火荧荧,疑其有作,潜窥之。僧趣装矣,一瘦驴絷灯檠上,细审不类真驴,颇似殉葬物;然耳尾时动,气咻咻然。俄而装成,启户牵出。生潜尾之。门外原有大池,僧系驴池树,裸入水中,遍体掬濯已;着衣牵驴入,亦濯之。既而加装超乘,行绝驶。生始呼之。僧但遥拱致谢,语不及闻,去已远矣。

王梅屋言:李其友人。曾至其家,见堂上额书“待死堂”,亦达士也。

陆押官

赵公,湖广武陵人,官宫詹,致仕归。有少年伺门下,求司笔札。公召入,见其人秀雅,诘其姓名,自言陆押官,不索佣值。公留之,慧过凡仆。往来笺奏,任意裁答,无不工妙。主人与客弈,陆睨之,指点辄胜。赵益优宠之。

诸僚仆见其得主人青目,戏索作筵。押官许之,问:“僚属几何?”会别业主计者约三十余人,众悉告之数以难之。押官曰:“此大易。但客多,仓卒不能遽办,肆中可也。”遂遍邀诸侣,赴临街店。皆坐。酒甫行,有按壶起者曰:“诸君姑勿酌,请问今日谁作东道主?宜先出资为质,始可放情饮啖;不然,一举数千,哄然都散,向何取偿也?”众目押官。押官笑曰:“得无谓我无钱耶?我固有钱。”乃起,向盆中捻湿面如拳,碎掐置几上,随掷遂化为鼠,窜动满案。押官任捉一头裂之，啾然腹破，得小金；再捉，亦如之。顷刻鼠尽，碎金满前，乃告众曰："是不足供饮耶？"众异之，乃共恣饮。既毕，会直三两余，众秤金，适符其数。

众索一枚怀归，白其异于主人。主人命取金，搜之已亡。反质肆主，则偿资悉化蒺藜。仆白赵，赵诘之。押官曰："朋辈逼索酒食，囊空无资。少年学作小剧，故试之耳。"众复责偿。押官曰："某村麦穰中，再一簸扬，可得麦二石，足偿酒价有余也。"因浼一人同去。某村主计者将归，遂与偕往。至则净麦数斛，已堆场中矣。众以此益奇押官。

一日赵赴友筵，堂中有盆兰甚茂，爱之。归犹赞叹之。押官曰："诚爱此兰，无难致者。"赵犹未信。凌晨至斋，忽闻异香蓬勃，则有兰花一盆，箭叶多寡，宛如所见。因疑其窃，审之。押官曰："臣家所蓄，不下千百，何须窃焉？"赵不信。适某友至，见兰惊曰："何酷肖寒家物！"赵曰："余适购之，亦不识所自来。但君出门时，见兰花尚在否？"某曰："我实不曾至斋，有无固不可知。然何以至此？"赵视押官，押官曰："此无难辨：公家盆破有补缀处，此盆无也。"验之始信。夜告主人曰："向言某家花卉颇多，今屈玉趾，乘月往观。但诸人皆不可从，惟阿鸭无害。"——鸭，宫詹僮也。遂如所请。公出，已有四人荷肩舆，伏候道左。赵乘之，疾于奔马。俄顷入山，但闻奇香沁骨。至一洞府，见舍宇华耀迥异人间，随处皆设花石，精盆佳卉，流光散馥，即兰一种约有数十余盆，无不茂盛。观已，如前命驾归。押官从赵十余年，后赵无疾卒，遂与阿鸭俱出，不知所往。

蒋太史

蒋太史超，记前世为峨嵋僧，数梦至故居庵前潭边濯足。为人笃嗜内典，一意台宗，虽早登禁林，常有出世之想。假归江南，抵秦邮，不欲归。子哭挽之弗听。遂入蜀，居成都金沙寺；久之，又之峨嵋，居伏虎寺，示疾怛化。自书偈云："翛然猿鹤自来亲，老衲无端堕业尘。妄向镬汤求避热，那从大海去翻身。功名傀儡场中物，妻子骷髅队里人。只有君亲无报答，生生常自祝能仁。"

邵士梅

邵进士名士梅，济宁人。初授登州教授，有二老秀才投刺，睹其名，似甚熟识；凝思良久，忽悟前身。便问斋夫："某生居某村否？"又言其丰范，一一吻合。俄两生入，执手倾语，欢若平生。谈次，问高东海况。二生曰："狱死二十余年矣，今一子尚存。此乡中细民，何以见知？"邵笑云："我旧戚也。"先是，高东海素无赖，然性豪爽，轻财好义。有负租而鬻女者，倾囊代赎之。私一媪，媪坐隐盗，官捕甚急，逃匿高家。官知之，收高，备极搒掠，终不服，寻死狱中。其死之日，即邵生辰。后邵至某村，恤其妻子，远近皆知其异。此高少宰言之，即高公子冀良同年也。

顾　生

江南顾生客稷下，眼暴肿，昼夜呻吟，罔所医药。十余日痛少减。乃合眼时辄睹巨宅，凡四五进，门皆洞辟；最深处有人往来，但遥睹不可细认。

一日方凝神注之，忽觉身入宅中，三历门户，绝无人迹。有南北厅事，内以红毡贴地。略窥之，见满屋婴儿，坐者、卧者、膝行者，不可数计。愕疑间，一人自舍后出，见之曰："小王子谓有远客在门，果然。"便邀之。顾不敢入，强之乃入。问："此何所？"曰："九王世子居。世子疟疾新瘥，今日亲宾作贺，先生有缘也。"言未已，有奔至者督促速行。俄至一处，雕榭朱栏，一殿北向，凡九楹。历阶而升，则客已满座。见一少年北面坐，知是王子，便伏堂下。满堂尽起。王子曳顾东向坐。酒既行，鼓乐暴作，诸妓升堂，演《华封祝》。才过三折，逆旅主人及仆唤进午餐，就床头频呼之。耳闻甚真，心恐王子知，遂托更衣而出。仰视日中夕，则见仆立床前，始悟未离旅邸。

心欲急返，因遣仆阖扉去。甫交睫，见宫舍依然，急循故道而入。路经前婴儿处并无婴儿，有数十媪蓬首驼背，坐卧其中。望见顾，出恶声曰："谁家无赖子，来此窥伺！"顾惊惧，不敢置辩，疾趋后庭，升殿即坐。见王子颔下添髭尺余矣。见顾，笑问："何往？剧本过七折矣。”因以巨觥示罚。移时曲终,又呈出目。顾点《彭祖娶妇》。妓即以椰瓢行酒,可容五斗许。顾离席辞曰:“臣目疾,不敢过醉。”王子曰:“君患目,有太医在此,便合诊视。”东座一客,即离坐来,两指启双眦,以玉簪点白膏如脂,嘱合目少睡。王子命侍儿导入复室,令卧;卧片时,觉床帐香软,因而熟眠。

居无何,忽闻鸣钲锽聒,即复惊醒。疑是优戏未毕,开目视之,则旅舍中狗舐油铛也。然目疾若失。再闭眼,一无所睹矣。

陈锡九

陈锡九,邳人。父子言,邑名士。富室周某,仰其声望,订为婚姻。陈累举不第,家业萧条,游学于秦,数年无信。周阴有悔心。以少女适王孝廉为继室,王聘仪丰盛,仆马甚都。以此愈憎锡九贫,坚意绝婚;问女,女不从。怒,以恶服饰遣归锡九。日不举火,周全不顾恤。

一日使佣媪以榼饷女,入门向母曰:“主人使某视小姑姑饿死否。”女恐母惭,强笑以乱其词。因出榼中肴饵,列母前。媪止之曰:“无须尔!自小姑入人家,何曾交换出一杯温凉水?吾家物,料姥姥亦无颜啖噉得。”母大恚,声色俱变。媪不服,恶语相侵。纷纭间锡九自外入,讯知大怒,撮毛批颊,挞逐出门而去。次日周来逆女,女不肯归;明日又来,增其人数,众口呶呶,如将寻斗。母强劝女去。女潸然拜母,登车而去。过数日,又使人来逼索离婚书,母强锡九与之。惟望子言归,以图别处。

周家有人自西安来,知子言已死,陈母哀愤成疾而卒。锡九哀迫中,尚望妻归;久而渺然,悲愤益切。薄田数亩,鬻治葬具。葬毕,乞食赴秦,以求父骨。至西安遍访居人,或言数年前有书生死于逆旅,葬之东郊,今冢已没。锡九无策,惟朝丐市廛,暮宿野寺,冀有知者。

会晚经丛葬处,有数人遮道,逼索饭价。锡九曰:“我异乡人,乞食城郭,何处少人饭价?”共怒,捽之仆地,以埋儿败絮塞其口。力尽声嘶,渐就危殆。忽共惊曰:“何处官府至矣!”释手寂然。俄有车马至,便问:“卧者何人?”即有数人扶至车下。车中人曰:“是吾儿也。

孽鬼何敢尔！可悉缚来，勿致漏脱。”锡九觉有人去其塞，少定细认，真其父也。大哭曰：“儿为父骨良苦。今固尚在人间耶！”父曰：“我非人，太行总管也。此来亦为吾儿。”锡九哭益哀。父慰谕之。锡九泣述岳家离婚，父曰：“无忧，今新妇亦在母所。母念儿甚，可暂一往。”遂与同车，驰如风雨。

移时至一官署，下车入重门，则母在焉。锡九痛欲绝，父止之。锡九啜泣听命。见妻在母侧，问母曰：“儿妇在此，得毋亦泉下耶？”母曰：“非也，是汝父接来，待汝归家，当便送去。”锡九曰：“儿侍父母，不愿归矣。”母曰：“辛苦跋涉而来，为父骨耳。汝不归，初志为何也？况汝孝行已达天帝，赐汝金万斤，夫妻享受正远，何言不归？”锡九垂泣。父数数促行，锡九哭失声。父怒曰：“汝不行耶！”锡九惧，收声，始询葬所。父挽之曰：“子行，我告之：去丛葬处百余步，有子母白榆是也。”挽之甚急，竟不遑别母。门外有健仆，捉马待之。既超乘，父嘱曰：“日所宿处，有少资斧，可速办装归，向岳索妇；不得妇，勿休也。”锡九诺而行。马绝驶，鸡鸣至西安。仆扶下，方将拜致父母，而人马已杳。寻至旧宿处，倚壁假寐，以待天明。坐处有拳石碍股，晓而视之，白金也。市棺赁舆，寻双榆下，得父骨而归。

合厝既毕，家徒四壁。幸里中怜其孝，共饭之。将往索妇，自度不能用武，与族兄十九往。及门，门者绝之。十九素无赖，出语秽亵。周使人劝锡九归，愿即送女去，锡九还。初，女之归也，周对之骂婿及母，女不语，但向壁零涕。陈母死，亦不使闻。得离书，掷向女曰：“陈家出汝矣！”女曰：“我不曾悍逆，何为出我？”欲归质其故，又禁闭之。后锡九如西安，遂造凶讣以绝女志。此信一播，遂有杜中翰来议姻，竟许之。亲迎有日，女始知，遂泣不食，以被韬面，气如游丝。周正无法，忽闻锡九至，发语不逊，意料女必死，遂舁归锡九，意将待女死以泄其愤。锡九归，而送女者已至；犹恐锡九见其病而不内，甫入门委之而去。邻里代忧，共谋舁还；锡九不听，扶置榻上，而气已绝。始大恐。正遑迫间，周子率数人持械入，门窗尽毁。锡九逃匿，苦搜之。乡人尽为不平；十九纠十余人锐身急难，周子兄弟皆被夷伤，始鼠窜而去。周益怒，讼于官，捕锡九、十九等。锡九将行，以女尸嘱邻媪，忽闻榻上若息，近视之，秋波微动矣，少时已能转侧。大喜，诣官自陈。宰怒周讼诬。周惧，啖以重赂始得免。锡九归，夫妻相见，悲喜交并。

先是，女绝食奄卧，自矢必死。忽有人捉起曰："我陈家人也，速从我去，夫妻可以相见，不然无及矣！"不觉身已出门，两人扶登肩舆。顷刻至官廨，见公姑俱在，问："此何所？"母曰："不必问，容当送汝归。"一日见锡九至，甚喜。一见遽别，心颇疑怪。公不知何事，恒数日不归。昨夕忽归，曰："我在武夷，迟归二日，难为保儿矣。可速送儿归去。"遂以舆马送女。忽见家门，遂如梦醒。女与锡九共述曩事，相与惊喜。从此夫妻相聚，但朝夕无以自给。锡九于村中设童蒙帐，兼自攻苦，每私语曰："父言天赐黄金，今四堵空空，岂训读所能发迹耶？"

一日自塾中归，遇二人问之曰："君陈某耶？"锡九曰："然。"二人即出铁索絷之，锡九不解其故。少间村人毕集，共诘之，始知郡盗所牵。众怜其冤，醵钱赂役，途中得无苦。至郡见太守，历述家世。太守愕然曰："此名士之子，温文尔雅，乌能作贼！"命脱缧绁，取盗严梏之，始供为周某贿嘱。锡九又诉翁婿反面之由，太守更怒，立刻拘提。即延锡九至署，与论世好，盖太守旧邳宰韩公之子，即子言受业门人也。赠灯火之费以百金；又以二骡代步，使不时趋郡，以课文艺。转于各上官游扬其孝，自总制而下皆有馈遗。锡九乘骡而归，夫妻慰甚。

一日妻母哭至，见女伏地不起。女骇问之，始知周已被械在狱矣。女哀哭自咎，但欲觅死。锡九不得已，诣郡为之缓颊。太守释令自赎，罚谷一百石，批赐孝子陈锡九。放归出仓粟，杂糠秕而辇运之，锡九谓女曰："尔翁以小人之心度君子矣。乌知我必受之，而琐琐杂糠核耶？"因笑却之。

锡九家虽小有，而垣墙陋蔽。一夜群盗入，仆觉大号，止窃两骡而去。后半年余，锡九夜读，闻挝门声，问之寂然。呼仆起视，则门一启，两骡跃入，乃向所亡也。直奔枥下，咻咻汗喘。烛之，各负革囊，解视则白镪满中。大异，不知其所自来。后闻是夜大盗劫周，盈装出,适防兵追急,委其捆载而去。骡认故主,径奔至家。

周自狱中归,刑创犹剧;又遭盗劫,大病而死。女夜梦父囚系而至,曰:“吾生平所为,悔已无及。今受冥谴,非若翁莫能解脱,为我代求婿,致一函焉。”醒而呜泣。诘之,具以告。锡九久欲一诣太行,即日遂发。既至,备牲物酹祝之,即露宿其处,冀有所见,终夜无异,遂归。周死,母子逾贫,仰给于次婿。王孝廉考补县尹,以墨败,举家徙沈阳,益无所归。锡九时顾恤之。

异史氏曰:“善莫大于孝,鬼神通之,理固宜然。使为尚德之达人也者,即终贫,犹将取之,乌论后此之必昌哉?或以膝下之娇女,付诸颁白之叟,而扬扬曰:‘某贵官,吾东床也。’呜呼!宛宛婴婴者如故,而金龟婿以谕葬归,其惨已甚矣;而况以少妇从军乎?”

卷 九

邵临淄

临淄某翁之女,太学李生妻也。未嫁时,有术士推其造,决其必受官刑。翁怒之,既而笑曰:“妄言一至于此!无论世家女必不至公庭,岂一监生不能庇一妇乎?”既嫁,悍甚,指骂夫婿以为常。李不堪其虐,忿鸣于官。邑宰邵公准其词,签役立勾。翁闻之大骇,率子弟登堂,哀求寝息,弗许。李亦自悔,求罢。公怒曰:“公门内岂作辍尽由尔耶?必拘审!”既到,略诘一二言,便曰:“真悍妇!”杖责三十,臀肉尽脱。

异史氏曰:“公岂有伤心于闺闼耶?何怒之暴也!然邑有贤宰,里无悍妇矣。志之,以补《循吏传》之所不及者。”

于去恶

北平陶圣俞,名下士。顺治间赴乡试,寓居郊郭。偶出户,见一人负笈侄儴,似卜居未就者。略诘之,遂释负于道,相与倾语,言论有名士风。陶大说之,请与同居。客喜,携囊入,遂同栖止。客自言:“顺天人,姓于,字去恶。”以陶差长,兄之。

于性不喜游瞩,常独坐一室,而案头无书卷。陶不与谈,则默卧而已。陶疑之,搜其囊箧,则笔研之外更无长物。怪而问之,笑曰:“吾辈读书,岂临渴始掘井耶?”一日就陶借书去,闭户抄甚疾,终日五十余纸,亦不见其折叠成卷。窃窥之,则每一稿脱,则烧灰吞之。愈益怪焉,诘其故,曰:“我以此代读耳。”便诵所抄书,顷刻数篇,一字无讹。陶悦,欲传其术,于以为不可。陶疑其吝,词涉诮让,于曰:“兄诚不谅我之深矣。欲不言,则此心无以自剖;骤言之,又恐惊为异怪。奈何?”陶固谓:“不妨。”于曰:“我非人,实鬼耳。今冥中以科目授官,七月十四日奉诏考帘官,十五日士子入闱,月尽榜放矣。”陶问:“考帘官为何?”曰:“此上帝慎重之意,无论鸟吏鳖官,皆考之。能文者以内帘用,不通者不得与焉。盖阴之有诸神,犹阳之有守令也。得志诸公,目不睹坟典,不过少年持敲门砖,猎取功名,门既开则弃去;再司簿书十数年即文学士,胸中尚有字耶!阳世所以陋劣幸进,而英雄失志者,惟少此一考耳。”陶深然之,由是益加敬畏。

一日自外来,有忧色,叹曰:“仆生而贫贱,自谓死后可免;不谓迍邅先生相从地下。”陶请其故,曰:“文昌奉命都罗国封王,帘官之考遂罢。数十年游神耗鬼,杂入衡文,吾辈宁有望耶?”陶问:“此辈皆谁何人?”曰:“即言之,君亦不识。略举一二人,大概可知:乐正师旷、司库和峤是也。仆自念命不可凭,文不可恃,不如休耳。”言已怏怏,遂将治任。陶挽而慰之,乃止。

至中元之夕,谓陶曰:“我将入闱。烦于昧爽时,持香炷于东野,三呼去恶,我便至。”乃出门去。陶沽酒烹鲜以待之。东方既白,敬如所嘱。无何,于偕一少年来。问其姓字,于曰:“此方子晋,是我良友,适于场中相邂逅。闻兄盛名,深欲拜识。”同至寓,秉烛为礼。少年亭亭似玉,意度谦婉。陶甚爱之,便问:“子晋佳作,当大快意。”于曰:“言之可笑!闱中七则,作过半矣,细审主司姓名,裹具径出。奇人也!”

陶扇炉进酒,因问:“闱中何题?去恶魁解否?”于曰:“书艺、经论各一,夫人而能之。策问:‘自古邪僻固多,而世风至今日,奸情丑态,愈不可名,不惟十八狱所不得尽,抑非十八狱所能容。是果何术而可?或谓宜量加一二狱,然殊失上帝好生之心。其宜增与、否与,或别有道以清其源,尔多士其悉言勿隐。’弟策虽不佳,颇为痛快。表:‘拟天魔殄灭,赐群臣龙马天衣有差。’次则《瑶台应制诗》、《西池桃花赋》。此三种,自谓场中无两矣!”言已鼓掌。方笑曰:“此时快心,放兄独步矣;数辰后,不痛哭始为男子也。”天明,方欲辞去。陶留与同寓,方不可,但期暮至。三日竟不复来,陶使于往寻之。于曰:“无须。子晋拳拳,非无意者。”日既西,方果来。出一卷授陶,曰:“三日失约,敬录旧艺百余作,求一品题。”陶捧读大喜,一句一赞,略尽一二首,遂藏诸笥。谈至更深,方遂留,与于共榻寝。自此为常。

方无夕不至，陶亦无方不欢也。

一夕仓皇而入，向陶曰："地榜已揭，于五兄落第矣！"于方卧，闻言惊起，泫然流涕。二人极意慰藉，涕始止。然相对默默，殊不可堪。方曰："适闻大巡环张桓侯将至，恐失志者之造言也；不然，文场尚有翻覆。"于闻之色喜。陶询其故，曰："桓侯翼德，三十年一巡阴曹，三十五年一巡阳世，两间之不平，待此老而一消也。"乃起，拉方俱去。两夜始返，方喜谓陶曰："君不贺五兄耶？桓侯前夕至，裂碎地榜，榜上名字，止存三之一。遍阅遗卷，得五兄甚喜，荐作交南巡海使，旦晚舆马可到。"陶大喜，置酒称贺。酒数行，于问陶曰："君家有闲舍否？"问："将何为？"曰："子晋孤无乡土，又不忍恝然于兄。弟意欲假馆相依。"陶喜曰："如此，为幸多矣。即无多屋宇，同榻何碍。但有严君，须先关白。"于曰："审知尊大人慈厚可依。兄场闱有日，子晋如不能待，先归何如？"陶留伴逆旅，以待同归。

次日方暮，有车马至门，接于莅任。于起，握手曰："从此别矣。一言欲告，又恐阻锐进之志。"问："何言？"曰："君命淹蹇，生非其时。此科之分十之一；后科桓侯临世，公道初彰，十之三；三科始可望也。"陶闻欲中止。于曰："不然，此皆天数。即明知不可，而注定之艰苦，亦要历尽耳。"又顾方曰："勿淹滞，今朝年、月、日、时皆良，即以舆盖送君归。仆驰马自去。"方忻然拜别。陶中心迷乱，不知所嘱，但挥涕送之。见舆马分途，顷刻都散。始悔子晋北旋，未致一字，而已无及矣。

三场毕，不甚满志，奔波而归。入门问子晋，家中并无知者。因为父述之，父喜曰："若然，则客至久矣。"先是陶翁昼卧，梦舆盖止于其门，一美少年自车中出，登堂展拜。讶问所来，答云："大哥许假一舍，以入闱不得偕来。我先至矣。"言已，请入拜母。翁方谦却，适家媪入曰："夫人产公子矣。"恍然而醒，大奇之。是日陶言，适与梦符，乃知儿即子晋后身也。父子各喜，名之小晋。儿初生，善夜啼，母苦之。陶曰："倘是子晋，我见之，啼当止。"俗忌客忤，故不令陶见。母患啼不可耐，乃呼陶入。陶呜之曰："子晋勿尔！我来矣！"儿啼正急，闻声辍止，停睇不瞬，如审顾状。陶摩顶而去。自是竟不复啼。

数月后,陶不敢见之,一见则折膝索抱,走去则啼不可止。陶亦狎爱之。四岁离母,辄就兄眠;兄他出,则假寐以俟其归。兄于枕上教毛诗,诵声呢喃,夜尽四十余行。以子晋遗文授之,欣然乐读,过口成诵;试之他文不能也。八九岁眉目朗彻,宛然一子晋矣。

陶两入闱,皆不第。丁酉,文场事发,帘官多遭诛遣,贡举之途一肃,乃张巡环力也。陶下科中副车,寻贡。遂灰志前途,隐居教弟。尝语人曰:“吾有此乐,翰苑不易也。”

异史氏曰:“余每至张夫子庙堂,瞻其须眉,凛凛有生气。又其生平喑哑如霹雳声,矛马所至,无不大快,出人意表。世以将军好武,遂置与绛、灌伍;宁知文昌事繁,须侯固多哉!呜呼!三十五年,来何暮也!”

狂 生

刘学师言:济宁有狂生某,善饮;家无儋石,而得钱辄沽,殊不以穷厄为意。值新刺史莅任,善饮无对。闻生名,招与饮而悦之,时共谈宴。生恃其狎,凡有小讼求直者,辄受薄贿为之缓颊;刺史每可其请。生习为常,刺史心厌之。

一日早衙,持刺登堂,刺史览之微笑,生厉声曰:“公如所请可之;不如所请否之,何笑也!闻之:士可杀而不可辱。他固不能相报,岂一笑不能报耶?”言已大笑,声震堂壁。刺史怒曰:“何敢无礼!宁不闻灭门令尹耶!”生掉臂竞下,大声曰:“生员无门之可灭!”刺史益怒,执之。访其家居,则并无田宅,惟携妻在城堞上住。刺史闻而释之,但逐不令居城垣。朋友怜其狂,为买数尺地,购斗室焉。入而居之,叹曰:“今而后畏令尹矣!”

异史氏曰:“士君子奉法守礼,不敢劫人于市,南面者奈我何哉!然仇之犹得而加者,徒以有门在耳;夫至无门可灭,则怒者更无以加之矣。噫嘻!此所谓‘贫贱骄人’者耶!独是君子虽贫,不轻干人,乃以口腹之累,喋喋公堂,品斯下矣。虽然,其狂不可及。”

澂 俗

澂人多化物类,出院求食。有客寓旅邸时,见群鼠入米盎,驱之即遁。客伺其入,骤覆之,瓢水灌注其中,顷之尽毙。主人全家暴卒,惟一子在。讼官,官原而宥之。

凤 仙

刘赤水,平乐人,少颖秀,十五入郡庠。父母早亡,遂以游荡自废。家不中资,而性好修饰,衾榻皆精美。

一夕被人招饮,忘灭烛而去。酒数行始忆之,急返。闻室中小语,伏窥之,见少年拥丽者眠榻上。宅临贵家废第,恒多怪异,心知其狐,亦不恐,入而叱曰:“卧榻岂容鼾睡!”二人遑遽,抱衣赤身遁去。遗紫纨裤一,带上系针囊。大悦,恐其窃去,藏衾中而抱之。俄一蓬头婢自门罅入,向刘索取。刘笑要偿。婢请遗以酒,不应;赠以金,又不应。婢笑而去。旋返曰:“大姑言:如赐还,当以佳偶为报。”刘问:“伊谁?”曰:“吾家皮姓,大姑小字八仙,共卧者胡郎也;二姑水仙,适富川丁官人;三姑凤仙,较两姑尤美,自无不当意者。”刘恐失信,请坐待好音。婢去复返曰:“大姑寄语官人:好事岂能猝合?适与之言,反遭诟厉;但缓时日以待之,吾家非轻诺寡信者。”刘付之。

过数日渺无信息。薄暮自外归,闭门甫坐,忽双扉自启,两人以被承女郎,手捉四角而入,曰:“送新人至矣!”笑置榻上而去。近视之,酣睡未醒,酒气犹芳,赪颜醉态,倾绝人寰。喜极,为之捉足解袜,抱体缓裳。而女已微醒,开目见刘,四肢不能自主,但恨曰:“八仙淫婢卖我矣!”刘狎抱之。女嫌肤冰,微笑曰:“今夕何夕,见此凉人!”刘曰:“子兮子兮,如此凉人何!”遂相欢爱。既而曰:“婢子无耻,玷人床寝,而以妾换裤耶!必小报之!”

从此无夕不至,绸缪甚殷。袖中出金钏一枚,曰:“此八仙物也。”又数日,怀绣履一双来,珠嵌金绣,工巧殊绝,且嘱刘暴扬之。刘出夸示亲宾,求观者皆以资酒为贽,由此奇货居之。女夜来,作别语。怪问之,答云:“姊以履故恨妾,欲携家远去,隔绝我好。”刘惧,愿还之。女云："不必。彼方以此挟妾，如还之，中其机矣。"刘问："何不独留？"曰："父母远去，一家十余口，俱托胡郎经纪，若不从去，恐长舌妇造黑白也。"从此不复至。

逾二年，思念綦切。偶在途中，遇女郎骑款段马，老仆鞚之，摩肩过；反启障纱相窥，丰姿艳绝。顷，一少年后至，曰："女子何人？似颇佳丽。"刘亟赞之。少年拱手笑曰："太过奖矣！此即山荆也。"刘惶愧谢过。少年曰："何妨。但南阳三葛，君得其龙，区区者又何足道！"刘疑其言。少年曰："君不认窃眠卧榻者耶？"刘始悟为胡。叙僚婿之谊，嘲谑甚欢。少年曰："岳新归，将以省觐，可同行否？"刘喜，从入萦山。

山上故有邑人避乱之宅，女下马入。少间，数人出望，曰："刘官人亦来矣。"入门谒见翁妪。又一少年先在，靴袍炫美。翁曰："此富川丁婿。"并揖就坐。少时，酒炙纷纶，谈笑颇洽。翁曰："今日三婿并临，可称佳集。又无他人，可唤儿辈来，作一团圞之会。"俄，姊妹俱出。翁命设坐，各傍其婿。八仙见刘，惟掩口而笑；凤仙辄与嘲弄；水仙貌少亚，而沉重温克，满座倾谈，惟把酒含笑而已。于是履舄交错，兰麝熏人，饮酒乐甚。刘视床头乐具毕备，遂取玉笛，请为翁寿。翁喜，命善者各执一艺，因而合座争取；惟丁与凤仙不取。八仙曰："丁郎不谙可也，汝宁指屈不伸者？"因以拍板掷凤仙怀中，便串繁响。翁悦曰："家人之乐极矣！儿辈俱能歌舞，何不各尽所长？"八仙起，捉水仙曰："凤仙从来金玉其音，不敢相劳；我二人可歌《洛妃》一曲。"二人歌舞方已，适婢以金盘进果，都不知其何名。翁曰："此自真腊携来，所谓'田婆罗'也。"因掬数枚送丁前。凤仙不悦曰："婿岂以贫富为爱憎耶？"翁微哂不言。八仙曰："阿爹以丁郎异县，故是客耳。若论长幼，岂独凤妹妹有拳大酸婿耶？"凤仙终不快，解华妆，以鼓拍授婢，唱《破窑》一折，声泪俱下；既阕，拂袖径去，一座为之不欢。八仙曰："婢子乔性犹昔。"乃追之，不知所往。

刘无颜，亦辞而归。至半途见凤仙坐路旁，呼与并坐，曰："君一丈夫，不能为床头人吐气耶？黄金屋自在书中，愿好为之。"举足云："出门匆遽，棘刺破复履矣。所赠物，在身边否？"刘出之，女取而易之。刘乞其敝者,赧然曰:"君亦大无赖矣!几见自己衾枕之物,亦要怀藏者?如相见爱,一物可以相赠。"旋出一镜付之曰:"欲见妾,当于书卷中觅之;不然,相见无期矣。"言已不见。

怊怅而归。视镜,则凤仙背立其中,如望去人于百步之外者。因念所嘱,谢客下帷。一日见镜中人忽现正面,盈盈欲笑,益重爱之。无人时,辄以共对。月余锐志渐衰,游恒忘返。归见镜影,惨然若涕;隔日再视,则背立如初矣:始悟为己之废学也。乃闭户研读,昼夜不辍;月余则影复向外。自此验之:每有事荒废,则其容戚;数日攻苦,则其容笑。于是朝夕悬之,如对师保。如此二年,一举而捷。喜曰:"今可以对我凤仙矣!"揽镜视之,见画黛弯长,瓠犀微露,喜容可掬,宛在目前。爱极,停睇不已。忽镜中人笑曰:"'影里情郎,画中爱宠',今之谓矣。"惊喜四顾,则凤仙已在座右。握手问翁媪起居,曰:"妾别后不曾归家,伏处岩穴,聊与君分苦耳。"刘赴宴郡中,女请与俱;共乘而往,人对面不相窥。既而将归,阴与刘谋,伪为娶于郡也者。女既归,始出见客,经理家政。人皆惊其美,而不知其狐也。

刘属富川令门人,往谒之。遇丁,殷殷邀至其家,款礼优渥,言:"岳父母近又他徙。内人归宁,将复。当寄信往,并诣申贺。"刘初疑丁亦狐,及细审邦族,始知富川大贾子也。初,丁自别业暮归,遇水仙独步,见其美,微睨之。女请附骥以行。丁喜,载至斋,与同寝处。棂隙可入,始知为狐。女言:"郎勿见疑。妾以君诚笃,故愿托之。"丁嬖之,竟不复娶。

刘归,假贵家广宅,备客燕寝,洒扫光洁,而苦无供帐;隔夜视之,则陈设焕然矣。过数日,果有三十余人,赍旗采酒礼而至,舆马缤纷,填溢阶巷。刘揖翁及丁、胡入客舍,凤仙逆妪及两姨入内寝。八仙曰:"婢子今贵,不怨冰人矣。钏履犹存否?"女搜付之,曰:"履则犹是也,而被千人看破矣。"八仙以履击背,曰:"挞汝寄于刘郎。"乃投诸火,祝曰:"新时如花开,旧时如花谢;珍重不曾着,姮娥来相借。"水仙亦代祝曰:"曾经笼玉笋,着出万人称;若使姮娥见,应怜太瘦生。"凤仙拨火曰:"夜夜上青天,一朝去所欢;留得纤纤影,遍与世人看。"遂以灰捻柈中,堆作十余分,望见刘来,托以赠之。但见绣履满柈，悉如故款。八仙急出，推柈堕地；地上犹有一二只存者，又伏吹之，其迹始灭。次日，丁以道远，夫妇先归。八仙贪与妹戏，翁及胡屡督促之，亭午始出，与众俱去。

初来，仪从过盛，观者如市。有两寇窥见丽人，魂魄丧失，因谋劫诸途。侦其离村，尾之而去。相隔不盈一尺，马极奔不能及。至一处，两崖夹道，舆行稍缓；追及之，持刀吼咤，人众都奔。下马启帘，则老妪坐焉。方疑误掠其母；才他顾，而兵伤右臂，顷已被缚。凝视之，崖并非崖，乃平乐城门也；舆中则李进士母，自乡中归耳。一寇后至，亦被断马足而絷之。门丁执送太守，一讯而伏。时有大盗未获，诘之，即其人也。

明春，刘及第。凤仙以招祸，故悉辞内戚之贺。刘亦更不他娶。及为郎官，纳妾，生二子。

异史氏曰："嗟乎！冷暖之态，仙凡固无殊哉！'少不努力，老大徒伤'。惜无好胜佳人，作镜影悲笑耳。吾愿恒河沙数仙人，并遣娇女婚嫁人间，则贫穷海中，少苦众生矣。"

佟客

董生，徐州人，好击剑，每慷慨自负。偶于途中遇一客，跨蹇同行。与之语，谈吐豪迈；诘其姓字，云："辽阳佟姓。"问："何往？"曰："余出门二十年，适自海外归耳。"董曰："君遨游四海，阅人綦多，曾见异人否？"佟曰："异人何等？"董乃自述所好，恨不得异人之传。佟曰："异人何地无之，要必忠臣孝子，始得传其术也。"董又毅然自许；即出佩剑弹之而歌，又斩路侧小树以矜其利。佟掀髯微笑，因便借观。董授之。展玩一过，曰："此甲铁所铸，为汗臭所蒸，最为下品。仆虽未闻剑术，然有一剑颇可用。"遂于衣底出短刃尺许，以削董剑，脆如瓜瓠，应手斜断如马蹄。董骇极，亦请过手，再三拂拭而后返之。邀佟至家，坚留信宿。叩以剑法，谢不知。董按膝雄谈，惟敬听而已。

更既深，忽闻隔院纷拏。隔院为生父居，心惊疑。近壁凝听，但闻人作怒声曰："教汝子速出即刑，便赦汝！"少顷似加搒掠，呻吟不绝者，真其父也。生捉戈欲往，佟止之曰："此去恐无生理，宜审万全。”生皇然请教，佟曰：“盗坐名相索，必将甘心焉。君无他骨肉，宜嘱后事于妻子；我启户为君警厮仆。”生诺，入告其妻。妻牵衣泣。生壮念顿消，遂共登楼上，寻弓觅矢，以备盗攻。仓皇未已，闻佟在楼檐上笑曰：“贼幸去矣。”烛之已杳。逡巡出，则见翁赴邻饮，笼烛方归；惟庭前多编菅遗灰焉。乃知佟异人也。

异史氏曰：“忠孝，人之血性；古来臣子而不能死君父者，其初岂遂无提戈壮往时哉，要皆一转念误之耳。昔解缙与方孝孺相约以死，而卒食其言；安知矢约归后，不听床头人呜泣哉？”

邑有快役某，每数日不归，妻遂与里中无赖通。一日归，值少年自房中出，大疑，苦诘妻。妻不服。既于床头得少年遗物，妻窘无词，惟长跪哀乞。某怒甚，掷以绳，逼令自缢。妻请妆服而死，许之。妻乃入室理妆；某自酌以待之，呵叱频催。俄妻炫服出，含涕拜曰：“君果忍令奴死耶？”某盛气咄之。妻返走入房，方将结带，某掷盏呼曰：“咍，返矣！一顶绿头巾，或不能压人死耳。”遂为夫妇如初。此亦大绅者类也，一笑。

辽阳军

沂水某，明季充辽阳军。会辽城陷，为乱兵所杀；头虽断犹不甚死。至夜一人执簿来，按点诸鬼。至某，谓其不宜死，使左右续其头而送之。遂共取头按项上，群扶之，风声簌簌，行移时，置之而去。视其地则故里也。沂令闻之，疑其窃逃。拘讯而得其情，颇不信；又审其颈无少断痕，将刑之。某曰：“言无可凭信，但请寄狱中。断头可假，陷城不可假。设辽城无恙，然后受刑未晚也。”令从之。数日辽信至，时日一如所言，遂释之。

张贡士

安丘张贡士，寝疾，仰卧床头。忽见心头有小人出，长仅半尺；儒冠儒服，作俳优状。唱昆山曲，音调清彻，说白、自道名贯，一与己同；所唱节末，皆其生平所遭。四折既毕，吟诗而没。张犹记其梗概，为人述之。

高西园云:向读渔洋先生《池北偶谈》,见有记心头小人者,为安丘张某事。余素善安丘张卯君,意必其宗属也。一日晤间问及,始知即卯君事。询其本末,云:当病起时,所记昆山曲者,无一字遗,皆手录成册。后其嫂夫人以为不祥语,焚弃之。每从酒边茶余,犹能记其尾声,常举以诵客。今并识之,以广异闻。其词云:"诗云子曰都休讲,不过是'都都平丈'(相传一村塾师训童子读论语,字多讹谬。其尤堪笑者,读'郁郁乎文哉'为'都都平丈我')。全凭着佛留一百二十行(村塾中有训蒙要书,名《庄农杂字》。其开章云:佛留一百二十行,惟有庄农打头强,最为鄙俚)。"玩其语意,似自道其生平寥落,晚为农家作塾师,主人慢之,而为是曲。意者:夙世老儒,其卯君前身乎? 卯君名在辛,善汉隶篆印。

爱 奴

河间徐生,设教于恩。腊初归,途遇一叟,审视曰:"徐先生撤帐矣。明岁授教何所?"答曰:"仍旧。"叟曰:"敬业姓施。有舍甥延求明师,适托某至东疃聘吕子廉,渠已受贽稷门。君如苟就,束仪请倍于恩。"徐以成约为辞。叟曰:"信行君子也。然去新岁尚远,敬以黄金一两为贽,暂留教之,明岁另议何如?"徐可之。叟下骑呈礼函,且曰:"敝里不遥矣。宅綦隘,饲畜为艰,请即遣仆马去,散步亦佳。"徐从之,以行李寄叟马上。

行三四里许,日既暮,始抵其宅,沤钉兽环,宛然世家。呼甥出拜,十三四岁童子也。叟曰:"妹夫蒋南川,旧为指挥使。止遗此儿,颇不钝,但娇惯耳。得先生一月善诱,当胜十年。"未几设筵,备极丰美,而行酒下食,皆以婢媪。一婢执壶侍立,年约十五六,风致韵绝,心窃动之。席既终,叟命安置床寝,始辞而去。

天未明,儿出就学。徐方起,即有婢来捧巾侍盥,即执壶人也。日给三餐悉此婢,至夕又来扫榻。徐问:"何无僮仆?"婢笑不言,布衾径去。次夕复至。入以游语,婢笑不拒,遂与狎。因告曰:"吾家并无男子,外事则托施舅。妾名爱奴。夫人雅敬先生,恐诸婢不洁,故以妾来。今日但须缄密,恐发觉,两无颜也。"一夜共寝忘晓,为公子所遭,徐惭怍不自安。至夕婢来曰:“幸夫人重君,不然败矣！公子入告,夫人急掩其口,若恐君闻。但戒妾勿得久留斋馆而已。”言已遂去。徐甚德之。

然公子不善读,诃责之,则夫人辄为缓颊。初犹遣婢传言;渐亲出,隔户与先生语,往往零涕。顾每晚必问公子日课。徐颇不耐,作色曰:“既从儿懒,又责儿工,此等师我不惯作！请辞。”夫人遣婢谢过,徐乃止。自入馆以来,每欲一出登眺,辄锢闭之。一日醉中怏闷,呼婢问故。婢言:“无他,恐废学耳。如必欲出,但请以夜。”徐怒曰:“受人数金,便当淹禁死耶！教我夜窜何之乎？久以素食为耻,贽固犹在囊耳。”遂出金置几上,治装欲行。夫人出,脉脉不语,惟掩袂哽咽,使婢返金,启钥送之。徐觉门户逼侧;走数步,日光射入,则身自陷冢中出,四望荒凉,一古墓也。大骇。然心感其义,乃卖所赐金,封堆植树而去。

过岁复经其处,展拜而行。遥见施叟,笑致温凉,邀之殷切。心知其鬼,而欲一问夫人起居,遂相将入村,沽酒共酌。不觉日暮,叟起偿酒价,便言:“寒舍不远,舍妹亦适归宁,望移玉趾,为老夫祓除不祥。”出村数武,又一里落,叩扉入,秉烛向客。俄,蒋夫人自内出,始审视之,盖四十许丽人也。拜谢曰:“式微之族,门户零落,先生泽及枯骨,真无计可以偿之。”言已泣下。既而呼爱奴,向徐曰:“此婢,妾所怜爱,今以相赠,聊慰客中寂寞。凡有所须,渠亦略能解意。”徐唯唯。少间兄妹俱去,婢留侍寝。鸡初鸣,叟即来促装送行;夫人亦出,嘱婢善事先生。又谓徐曰:“从此尤宜谨秘,彼此遭逢诡异,恐好事者造言也。”徐诺而别,与婢共骑。至馆独处一室,与同栖止。或客至,婢不避,人亦不之见也。偶有所欲,意一萌而婢已致之。又善巫,一挼挲而痾立愈。清明归,至墓所,婢辞而下。徐嘱代谢夫人。曰:“诺。”遂没。数日返,方拟展墓,见婢华妆坐树下,因与俱发。终岁往还,如此为常。欲携同归,执不可。岁杪辞馆归,相订后期。婢送至前坐处,指石堆曰:“此妾墓也。夫人未出阁时,便从服役,夭殂瘗此。如再过以炷香相吊,当得复会。”

别归,怀思颇苦,敬往祝之,殊无影响。乃市榇发冢,意将载骨归葬,以寄恋慕。穴开自入,则见颜色如生。肤虽未朽,衣败若灰;头上玉饰金钏都如新制。又视腰间,裹黄金数铤,卷怀之。始解袍覆尸,抱入材内,赁舆载归;停诸别第,饰以绣裳,独宿其旁,冀有灵应。忽爱奴自外入,笑曰:"劫坟贼在此耶!"徐惊喜慰问。婢曰:"向从夫人往东昌,三日归,则舍宇已空。频蒙相邀,所以不肯相从者,以少受夫人重恩,不忍离逖耳。今既劫我来,即速瘗葬便见厚德。"徐问:"有百年复生者,今芳体如故,何不效之?"叹曰:"此有定数。世传灵迹,半涉幻妄。要欲复起动履,亦复何难?但不能类生人,故不必也。"乃启棺入,尸即自起,亭亭可爱。探其怀,则冷若冰雪。遂将入棺复卧,徐强止之,婢曰:"妾过蒙夫人宠,主人自异域来,得黄金数万,妾窃取之,亦不甚追问。后濒危,又无戚属,遂藏以自殉。夫人痛妾夭谢,又以宝饰入殓。身所以不朽者,不过得金宝之余气耳。若在人世,岂能久乎?必欲如此,切勿强以饮食;若使灵气一散,则游魂亦消矣。"徐乃构精舍,与共寝处。笑语一如常人;但不食不息,不见生人。年余徐饮薄醉,执残沥强灌之,立刻倒地,口中血水流溢,终日而尸已变。哀悔无及,厚葬之。

异史氏曰:"夫人教子,无异人世,而所以待师者何厚也!不亦贤乎!余谓艳尸不如雅鬼,乃以措大之俗莽,致灵物不享其长年,惜哉!"

章丘朱生,素刚鲠,设帐于某贡士家。每谴弟子,内辄遣婢为乞免,不听。一日亲诣窗外,与朱关说。朱怒,执界方,大骂而出。妇惧而奔;朱追之,自后横击臀股,锵然作皮肉声。令人笑绝!

长山某,每延师,必以一年束金,合终岁之虚盈,计每日得如干数;又以师离斋、归斋之日,详记为籍;岁终,则公同按日而乘除之。马生馆其家,初见操珠盘来,得故甚骇;既而暗生一术,反嗔为喜,听其复算不少校。翁大悦,坚订来岁之约。马辞以故。遂荐一生乖谬者自代。及就馆,动辄诟骂,翁无奈,悉含忍之。岁杪携珠盘至,生勃然忿极,姑听其算。翁又以途中日尽归于西,生不受,拨珠归东。两争不决,操戈相向,两人破头烂额而赴公庭焉。

单父宰

青州民某五旬余，继娶少妇。二子恐其复育，乘父醉，潜割睾丸而药糁之。父觉，托病不言，久之创渐平。忽入室，刀缝绽裂，血溢不止，寻毙。妻知其故，讼于官。官械其子，果伏。骇曰："余今为'单父宰'矣!"并诛之。

邑有王生者，娶月余而出其妻。妻父讼之。时淄宰辛公，问王何故出妻。答云："不可说。"固诘之，曰："以其不能产育耳。"公曰："妄哉！月余新妇，何知不产?"忸怩久之，告曰："其阴甚偏。"公笑曰："是则偏之为害，而家之所以不齐也。"此可与"单父宰"并传一笑。

孙必振

孙必振渡江，值大风雷，舟船荡摇，同舟大恐。忽见金甲神立云中，手持金字牌下示；诸人共仰视之，上书"孙必振"三字，甚真。众谓孙："必汝有犯天谴，请自为一舟，勿相累。"孙尚无言，众不待其肯可，视旁有小舟，共推置其上。孙既登舟，回首，则前舟覆矣。

邑人

邑有乡人，素无赖。一日晨起，有二人摄之去。至市头，见屠人以半猪悬架上，二人便极力推挤之，遂觉身与肉合，二人亦径去。少间屠人卖肉，操刀断割，遂觉一刀一痛，彻于骨髓。后有邻翁来市肉，苦争低昂，添脂搭肉，片片碎割，其苦更惨。肉尽，乃寻途归；归时日已向辰。家人谓其晏起，乃细述所遭。呼邻问之，则市肉方归，言其片数、斤数，毫发不爽。崇朝之间，已受凌迟一度，不亦奇哉!

元宝

广东临江山崖巉岩，常有元宝嵌石上。崖下波涌，舟不可泊。或荡桨近摘之，则牢不可动；若其人数应得此，则一摘即落，回首已复生矣。

研 石

王仲超言:洞庭君山间有石洞,高可容舟,深暗不测,湖水出入其中。尝秉烛泛舟而入,见两壁皆黑石,其色如漆,按之而软;出刀割之,如切硬腐。随意制为研。既出,见风则坚凝过于他石。试之墨,大佳。估舟游楫,往来甚众,中有佳石,不知取用,亦赖好奇者之品题也。

武 夷

武夷山有削壁千仞,人每于下拾沉香玉块焉。太守闻之,督数百人作云梯,将造顶以觇其异,三年始成。太守登之,将及巅,见大足伸下,一拇指粗于捣衣杵,大声曰:"不下,将堕矣!"大惊,疾下。才至地,则架木朽折,崩坠无遗。

大 鼠

万历间,宫中有鼠,大与猫等,为害甚剧。遍求民间佳猫捕制之,辄被啖食。适异国来贡狮猫,毛白如雪。抱投鼠屋,阖其扉,潜窥之。猫蹲良久,鼠逡巡自穴中出,见猫怒奔之。猫避登几上,鼠亦登,猫则跃下。如此往复,不啻百次。众咸谓猫怯,以为是无能为者。既而鼠跳掷渐迟,硕腹似喘,蹲地上少休。猫即疾下,爪掬顶毛,口龁首领,辗转争持,猫声呜呜,鼠声啾啾。启扉急视,则鼠首已嚼碎矣。然后知猫之避非怯也,待其惰也。彼出则归,彼归则复,用此智耳。噫!匹夫按剑何异鼠乎!

张不量

贾人某至直隶界,忽大雨雹,伏禾中。闻空中云:"此张不量田,勿伤其稼。"贾私意张氏既云"不良",何反佑护?雹止,入村,访问其人,且问取名之义。盖张素封,积粟甚富。每春贫民就贷,偿时多寡不校,悉内之,未尝执概取盈,故名"不量",非"不良"也。众趋田中,见稞穗摧折如麻,独张氏诸田无恙。

牧竖

两牧竖入山至狼穴，穴有小狼二，谋分捉之。各登一树，相去数十步。少顷大狼至，入穴失子，意甚仓皇。竖于树上扭小狼蹄耳故令嗥；大狼闻声仰视，怒奔树下，号且爬抓。其一竖又在彼树致小狼鸣急；狼辍声四顾，始望见之，乃舍此趋彼，跑号如前状。前树又鸣，又转奔之。口无停声，足无停趾，数十往复，奔渐迟，声渐弱；既而奄奄僵卧，久之不动。竖下视之，气已绝矣。

今有豪强子，怒目按剑，若将搏噬；为所怒者，乃阖扇去。豪力尽声嘶，更无敌者，岂不畅然自雄？不知此禽兽之威，人故弄之以为戏耳。

富翁

富翁某，商贾多贷其资。一日出，有少年从马后，问之，亦假本者。翁诺之。至家，适几上有钱数十，少年即以手叠钱，高下堆垒之。翁谢去，竟不与资。或问故，翁曰："此人必善博，非端人也。所熟之技，不觉形于手足矣。"访之果然。

王司马

新城王大司马霁宇镇北边时，常使匠人铸一大杆刀，阔盈尺，重百钧。每按边，辄使四人扛之。卤簿所止，则置地上，故令北人捉之，力撼不可少动。司马阴以桐木依样为刀，宽狭大小无异，贴以银箔，时于马上舞动。诸部落望见，无不震悚。又于边外埋苇薄为界，横斜十余里，状若藩篱，扬言曰："此吾长城也。"北兵至，悉拔而火之。司马又置之。既而三火，乃以炮石伏机其下，北兵焚薄，药石尽发，死伤甚众。既遁去，司马设薄如前。北兵遥望皆却走，以故帖服若神。后司马乞骸归，塞上复警。召再起；司马时年八十有三，力疾陛辞。上慰之曰："但烦卿卧治耳。"于是司马复至边。每止处，辄卧幛中。北人闻司马至皆不信，因假议和，将验真伪。启帘，见司马坦卧，皆望榻伏拜，挢舌而退。

岳 神

扬州提同知，夜梦岳神召之，词色愤怒。仰见一人侍神侧，少为缓颊。醒而恶之。早诣岳庙，默作祈禳。既出见药肆一人，绝肖所见。问之知为医生。及归暴病，特遣人聘之。至则出方为剂，暮服之，中夜而卒。或言：阎罗王与东岳天子，日遣侍者男女十万八千众，分布天下作巫医，名“勾魂使者”。用药者不可不察也！

小 梅

蒙阴王慕贞，世家子也。偶游江浙，见媪哭于途，诘之。言：“先夫止遗一子，今犯死刑，谁有能出之者？”王素慷慨，志其姓名，出囊中金为之斡旋，竟释其罪。

其人出，闻王之救己也，茫然不解其故；访诣旅邸，感泣谢问。王曰：“无他，怜汝母老耳。”其人大骇曰：“母故已久。”王亦异之。抵暮媪来申谢，王咎其谬诬，媪曰：“实相告：我东山老狐也。二十年前，曾与儿父有一夕之好，故不忍其鬼之馁也。”王悚然起敬，再欲诘之，已杳。

先是，王妻贤而好佛，不茹荤酒，治洁室，悬观音像，以无子，日日焚祷其中。而神又最灵，辄示梦，教人趋避，以故家中事皆取决焉。后有疾綦笃，移榻其中；又别设锦裀于内室而扃其户，若有所伺。王以为惑，而以其疾势昏瞀，不忍伤之。卧病二年，恶嚣，常屏人独寝。潜听之似与人语，启门视之又寂然。病中他无所虑，有女十四岁，惟日催治装遣嫁。既醮，呼王至榻前，执手曰：“今诀矣！初病时，菩萨告我，命当速死；念不了者，幼女未嫁，因赐少药，俾延息以待。去岁，菩萨将回南海，留案前侍女小梅，为妾服役。今将死，薄命人又无所出。保儿，妾所怜爱，恐娶悍怒之妇，令其子母失所。小梅姿容秀美，又温淑，即以为继室可也。”盖王有妾生一子，名保儿。王以其言荒唐，曰：“卿素敬者神，今出此言，不已亵乎？”答云：“小梅事我年余，相忘形骸，我已婉求之矣。”问：“小梅何处？”曰：“室中非耶？”方欲再诘，闭目已逝。

王夜守灵帏，闻室中隐隐啜泣，大骇，疑为鬼。唤诸婢妾启钥视之，则二八丽者缞服在室。众以为神，共罗拜之，女敛涕扶掖。王凝注之，俯首而已。王曰："如果亡室之言非妄，请即上堂，受儿女朝谒；如其不可，仆亦不敢妄想，以取罪过。"女靦然出，竟登北堂。王使婢为设坐南向，王先拜，女亦答拜；下而长幼卑贱，以次伏叩，女庄容坐受，惟妾至则挽之。自夫人卧病，婢惰奴偷，家久替。众参已，肃肃列侍。女曰："我感夫人盛意，羁留人间，又以大事相委，汝辈宜各洗心，为主效力，从前愆尤，悉不计校。不然，莫谓室无人也！"共视座上，真如悬观音图像，时被微风吹动。闻言悚惕，哄然并诺。女乃排拨丧务，一切井井，由是大小无敢懈者。女终日经纪内外，王将有作，亦禀白而行；然虽一夕数见，并不交一私语。

既殡，王欲申前约，不敢径告，嘱妾微示意。女曰："妾受夫人谆嘱，义不容辞；但匹配大礼，不得草草。年伯黄先生位尊德重，求使主秦晋之盟，则惟命是听。"时沂水黄太仆致仕闲居，于王为父执，往来最善。王即亲诣，以实告。黄奇之，即与同来。女闻，即出展拜。黄一见，惊为天人，逊谢不敢当礼；既而助妆优厚，成礼乃去。女馈遗枕履，若奉舅姑，由此交益亲。

合卺后，王终以神故，亵中带肃，时研诘菩萨起居。女笑曰："君亦太愚，焉有正直之神，而下婚尘世者？"王力审所自。女曰："不必研穷，既以为神，朝夕供养，自无殃咎。"女御下常宽，非笑不语；然婢贱戏狎时，遥见之，则默默无声。女笑谕曰："岂尔辈尚以我为神耶？我何神哉！实为夫人姨妹，少相交好；姊病见思，阴使南村王姥招我来。第以日近姊夫，有男女之嫌，故托为神道，闭内室中，其实何神！"众犹不信。而日侍边旁，见其举动，不少异于常人，浮言渐息。然即顽奴钝婢，王素挞楚所不能化者，女一言无不乐于奉命。皆云："并不自知。实非畏之；但睹其貌，则心自柔，故不忍拂其意耳。"以此百废具举。数年中，田地连阡，仓廪万石矣。

又数年，妾产一女。女生一子——子生，左臂有朱点，因字小红。弥月，女使王盛筵招黄。黄贺仪丰渥，但辞以耄，不能远涉；女遣两媪强邀之，黄始至。抱儿出，袒其左臂，以示命名之意。又再三问其吉凶。黄笑曰："此喜红也，可增一字，名喜红。"女大悦，更出展叩。是日，鼓乐充庭，贵戚如市。

黄留三日始去。忽门外有舆马来，逆女归宁。向十余年，并无瓜葛，共议之，而女若不闻。理妆竟，抱子于怀，要王相送，王从之。至二三十里许，寂无行人，女停舆，呼王下骑，屏人与语，曰："王郎王郎，会短离长，谓可悲否？"王惊问故，女曰："君谓妾何人也？"答曰："不知。"女曰："江南拯一死罪，有之乎？"曰："有。"曰："哭于路者吾母也，感义而思所报。乃因夫人好佛，附为神道，实将以妾报君也。今幸生此襁褓物，此愿已慰。妾视君晦运将来，此儿在家，恐不能育，故借归宁，解儿危难。君记取家有死口时，当于晨鸡初唱，诣西河柳堤上，见有挑葵花灯来者，遮道苦求，可免灾难。"王曰："诺。"因讯归期，女云："不可预定。要当牢记吾言，后会亦不远也。"临别，执手怆然交涕。俄登舆，疾若风。王望之不见，始返。

经六七年，绝无音问。忽四乡瘟疫流行，死者甚众，一婢病三日死。王念曩嘱，颇以关心。是日与客饮，大醉而睡。既醒闻鸡鸣，急起至堤头，见灯光闪烁，适已过去。急追之，止隔百步许，愈追愈远，渐不可见，懊恨而返。数日暴病，寻卒。

王族多无赖，共凭陵其孤寡，田禾树木，公然伐取，家日陵替。逾岁，保儿又殇，一家更无所主。族人益横，割裂田产，厩中牛马俱空；又欲瓜分第宅。以妾居故，遂将数人来，强夺鬻之。妾恋幼女，母子环泣，惨动邻里。方危难间，俄闻门外有肩舆人，共觇，则女引小郎自车中出。四顾人纷如市，问："此何人？"妾哭诉其由。女颜色惨变，便唤从来仆役，关门下钥。众欲抗拒，而手足若痿。女令一一收缚，系诸廊柱，日与薄粥三瓯。即遣老仆奔告黄公，然后入室哀泣。泣已，谓妾曰："此天数也。已期前月来，适以母病耽延，遂至于今。不谓转盼间已成丘墟！"问旧时婢媪，则皆被族人掠去，又益欷歔。越日，婢仆闻女至，皆自遁归，相见无不流涕。所絷族人，共噪儿非慕贞体胤，女亦不置辩。既而黄公至，女引儿出迎。黄握儿臂，便捋左袂，见朱记宛然，因袒示众人以证其确。乃细审失物，登簿记名，亲诣邑令。令拘无赖辈，各笞四十，械禁严追；不数日，田地马牛悉归故主。

黄将归,女引儿泣拜曰:“妾非世间人,叔父所知也。今以此子委叔父矣。”黄曰:“老夫一息尚在,无不为区处。”黄去,女盘查就绪,托儿于妾,乃具馔为夫祭扫,半日不返。视之,则杯馔犹陈,而人杳矣。

异史氏曰:“不绝人嗣者,人亦不绝其嗣,此人也而实天也。至座有良朋,车裘可共;迨宿莽既滋,妻子陵夷,则车中人望望然去之矣。死友而不忍忘,感恩而思所报,独何人哉!狐乎!倘尔多财,吾为尔宰。”

药　僧

济宁某偶于野寺外,见一游僧向阳扪虱,杖挂葫芦,似卖药者。因戏曰:“和尚亦卖房中丹否?”僧曰:“有。弱者可强,微者可巨,立刻见效,不俟经宿。”某喜求之。僧解衲角,出药一丸如黍大,令吞之。约半炊时,下部暴长;逾刻自扪,增于旧者三之一。心犹未足,窥僧起遗,窃解衲,拈二三丸并吞之。俄觉肤若裂,筋若抽,项缩腰橐,而阴长不已。大惧,无法。僧返见其状,惊曰:“子必窃吾药矣!”急与一丸,始觉休止。解衣自视,则几与两股鼎足而三矣。缩颈蹒跚而归,父母皆不能识。从此为废物,日卧街上,多见之者。

于中丞

于中丞成龙,按部至高邮。适巨绅家将嫁女,装奁甚富,夜被穿窬席卷而去。刺史无术。公令诸门尽闭,止留一门放行人出入,吏目守之,严搜装载。又出示谕阖城户口,各归第宅,候次日查点搜掘,务得赃物所在。乃阴嘱吏目:设有城门中出入至再者捉之。过午得二人,一身之外,并无行装。公曰:“此真盗也。”二人诡辩不已。公令解衣搜之,见袍服内着女衣二袭,皆奁中物也。盖恐次日大搜,急于移置,而物多难携,故密着而屡出之也。

又公为宰时,至邻邑。早旦经郭外,见二人以床舁病人,覆大被;枕上露发,发上簪凤钗一股,侧眠床上。有三四健男夹随之,时更番以手拥被,令压身底,似恐风入。少顷息肩路侧,又使二人更相为荷。于公过,遣隶回问之,云是妹子垂危,将送归夫家。公行二三里,又遣隶回,视其所入何村。隶尾之,至一村舍,两男子迎之而入,还以白公。公谓其邑宰:“城中得无有劫寇否?”宰曰:“无之。”时功令严,上下讳盗,故即被盗贼劫杀,亦隐忍而不敢言。公就馆舍,嘱家人细访之,果有富室被强寇入家,炮烙而死。公唤其子来诘其状,子固不承。公曰:“我已代捕大盗在此,非有他也。”子乃顿首哀泣,求为死者雪恨。公叩关往见邑宰,差健役四鼓出城,直至村舍,捕得八人,一鞫而伏。诘其病妇何人,盗供:“是夜同在勾栏,故与妓女合谋,置金床上,令抱卧至窝处始瓜分耳。”共服于公之神。或问所以能知之故,公曰:“此甚易解,但人不关心耳。岂有少妇在床,而容入手衾底者?且易肩而行,其势甚重,交手护之,则知其中必有物矣。若病妇昏愦而至,必有妇人倚门而迎;止见男子,并不惊问一言,是以确知其为盗也。”

皂 隶

万历间,历城令梦城隍索人服役,即以皂隶八人书姓名于牒,焚庙中;至夜八人皆死。庙东有酒肆,肆主故与一隶有素。会夜来沽酒,问:“款何客?”答云:“僚友甚多,沽一尊少叙姓名耳。”质明,见他役,始知其人已死。入庙启扉,则瓶在焉,贮酒如故。归视所与钱皆纸灰也。令肖八像于庙,诸役得差,皆先酬之乃行;不然,必遭笞谴。

绩 女

绍兴有寡媪夜绩,忽一少女推扉入,笑曰:“老姥无乃劳乎?”视之年十八九,仪容秀美,袍服炫丽。媪惊问:“何来?”女曰:“怜媪独居,故来相伴。”媪疑为侯门亡人,苦相诘,女曰:“媪勿惧,妾之孤亦犹媪也。我爱媪洁,故相就,两免岑寂,固不佳耶?”媪又疑为狐,默然犹豫。女竟升床代绩,曰:“媪无忧,此等生活,妾优为之,定不以口腹相累。”媪见其温婉可爱,遂安之。

夜深,谓媪曰:“携来衾枕,尚在门外,出溲时烦代捉入。”媪出,果得衣一裹。女解陈榻上,不知是何等锦绣,香滑无比。媪亦设布被,与女同榻。罗衿甫解,异香满室。既寝,媪私念遇此佳人,可惜身非男子。女子枕边笑曰:“姥七旬犹妄想耶?”媪曰:“无之。”女曰:“既不妄想,奈何欲作男子?”媪愈知为狐,大惧。女又笑曰:“愿作男子,何心而又惧我耶?”媪益恐,股战摇床。女曰:“嗟乎!胆如此大,还欲作男子!实相告:我真仙人,然非祸汝者。但须谨言,衣食自足。”媪早起拜于床下,女出臂挽之,臂腻如脂,热香喷溢;肌一着人,觉皮肤松快。媪心动,复涉遐想。女哂曰:“婆子战栗才止,心又何处去矣!使作丈夫,当为情死。”媪曰:“使是丈夫,今夜那得不死!”由是两心浃洽,日同操作。视所绩匀细生光,织为布晶莹如锦,价较常三倍。媪出则扃其户,有访媪者,辄于他室应之。居半载,无知者。

后媪渐泄于所亲,里中姊妹行皆托媪以求见。女让曰:“汝言不慎,我将不能久居矣。”媪悔失言,深自责;而求见者日益众,至有以势迫媪者。媪涕泣自陈。女曰:“若诸女伴,见亦无妨;恐有轻薄儿,将见狎侮。”媪复哀恳,始许之。越日老媪少女,香烟相属于道。女厌其烦,无贵贱,悉不交语,惟默然端坐,以听朝参而已。乡中少年闻其美,神魂倾动,媪悉绝之。

有费生者,邑之名士,倾其产以重金啖媪,媪诺为之请。女已知之,责曰:“汝卖我耶?”媪伏地自投。女曰:“汝贪其赂,我感其痴,可以一见。然而缘分尽矣。”媪又伏叩。女约以明日。生闻之,喜,具香烛而往,入门长揖。女帘内与语,问:“君破产相见,将何以教妾也?”生曰:“实不敢他有所干,只以王嫱、西子,徒得传闻,如不以冥顽见弃,俾得一阔眼界,下愿已足。若休咎自有定数,非所乐闻。”忽见布幕之中,容光射露,翠黛朱樱,无不毕现,似无帘幌之隔者。生意眩神驰,不觉倾拜。拜已而起,则厚幕沉沉,闻声不见矣。悒怅间,窃恨未睹下体;俄见帘下绣履双翘,瘦不盈指。生又拜。帘中语曰:“君归休!妾体惰矣!”媪延生别室,烹茶为供。生题《南乡子》一调于壁云:“隐约画帘前,三寸凌波玉笋尖。点地分明莲瓣落,纤纤,再着重台更可怜。　花衬凤头弯,入握应知软似绵;但愿化为蝴蝶去,裙边,一嗅余香死亦甜。”题毕而去。

女览题不悦,谓媪曰:“我言缘分已尽,今不妄矣。”媪伏地请罪。女曰:“罪不尽在汝。我偶堕情障以色身示人,遂被淫词污亵,此皆自取,于汝何尤。若不速迁,恐陷身情窟,转劫难出矣。”遂襆被出。媪追挽之,转瞬已失。

红毛毡

红毛国,旧许与中国相贸易。边帅见其众,不许登岸。红毛人固请:“赐一毡地足矣。”帅思一毡所容无几,许之。其人置毡岸上仅容二人;拉之容四五人;且拉且登,顷刻毡大亩许,已数百人矣。短刃并发,出于不意,被掠数里而去。

抽 肠

莱阳民某昼卧,见一男子与妇人握手入。妇黄肿,腰粗欲仰,意象愁苦。男子促之曰:“来,来!”某意其苟合者,因假睡以窥所为。既入,似不见榻上有人。又促曰:“速之!”妇便自坦胸怀,露其腹,腹大如鼓。男子出屠刀一把,用力刺入,从心下直剖至脐,蚩蚩有声。某大惧,不敢喘息。而妇人攒眉忍受,未尝少呻。男子口衔刀,入手于腹,捉肠挂肘际;且挂且抽,顷刻满臂。乃以刀断之,举置几上,还复抽之。几既满,悬椅上;椅又满,乃肘数十盘,如渔人举网状,望某首边一掷。觉一阵热腥,面目喉膈覆压无缝。某不能复忍,以手推肠,大号起奔。肠堕榻前,两足被萦,冥然而倒。家人趋视,但见身绕猪脏;既入审顾,则初无所有。众各自谓目眩,未尝骇异。及某述所见,始共奇之。而室中并无痕迹,惟数日血腥不散。

张鸿渐

张鸿渐,永平人。年十八为郡名士。时卢龙令赵某贪暴,人民共苦之。有范生被杖毙,同学忿其冤,将鸣部院,求张为刀笔之词,约其共事。张许之。妻方氏美而贤,闻其谋,谏曰:“大凡秀才作事,可以共胜,而不可以共败;胜则人人贪天功,一败则纷然瓦解,不能成聚。今势力世界,曲直难以理定;君又孤,脱有翻覆,急难者谁也!”张服其言,悔之,乃婉谢诸生,但为创词而去。

质审一过,无所可否。赵以巨金纳大僚,诸生坐结党被收,又追捉刀人。张惧亡去，至凤翔界，资斧断绝。日既暮，踟躇旷野，无所归宿。欻睹小村，趋之。老妪方出阖扉，见生，问所欲为。张以实告，妪曰："饮食床榻，此都细事；但家无男子，不便留客。"张曰："仆亦不敢过望，但容寄宿门内，得避虎狼足矣。"妪乃令入，闭门，授以草荐，嘱曰："我怜客无归，私容止宿，未明宜早去，恐吾家小娘子闻知，将便怪罪。"

妪去，张倚壁假寐。忽有笼灯晃耀，见妪导一女郎出。张急避暗处，微窥之，二十许丽人也。及门见草荐，诘妪。妪实告之，女怒曰："一门细弱，何得容纳匪人！"即问："其人焉往？"张惧出伏阶下。女审诘邦族，色稍霁，曰："幸是风雅士，不妨相留。然老奴竟不关白，此等草草，岂所以待君子。"命妪引客入舍。俄顷罗酒浆，品物精洁；既而设锦裀于榻。张甚德之，因私询其姓氏。妪曰："吾家施氏，太翁夫人俱谢世，止遗三女。适所见长姑舜华也。"妪去。张视几上有《南华经注》，因取就枕上伏榻翻阅。忽舜华推扉入。张释卷，搜觅冠履。女即榻捺坐曰："无须，无须！"因近榻坐，腆然曰："妾以君风流才士，欲以门户相托，遂犯瓜李之嫌。得不相遐弃否？"张皇然不知所对，但云："不相诳，小生家中固有妻耳。"女笑曰："此亦见君诚笃，顾亦不妨。既不嫌憎，明日当烦媒妁。"言已欲去。张探身挽之，女亦遂留。未曙即起，以金赠张曰："君持作临眺之资；向暮宜晚来，恐旁人所窥。"张如其言，早出晏归，半年以为常。

一日归颇早，至其处，村舍全无，不胜惊怪。方徘徊间，闻妪云："来何早也！"一转盼间，则院落如故，身固已在室中矣，益异之。舜华自内出，笑曰："君疑妾耶？实对君言：妾，狐仙也，与君固有夙缘。如必见怪，请即别。"张恋其美，亦安之。夜谓女曰："卿既仙人，当千里一息耳。小生离家三年，念妻孥不去心，能携我一归乎？"女似不悦，曰："琴瑟之情，妾自分于君为笃；君守此念彼，是相对绸缪者皆妄也！"张谢曰："卿何出此言。谚云：'一日夫妻，百日恩义。'后日归念卿时，亦犹今日之念彼也。设得新忘故，卿何取焉？"女乃笑曰："妾有褊心，于妾愿君之不忘，于人愿君之忘之也。然欲暂归，此复何难？君家咫尺耳！"遂把袂出门，见道路昏暗，张逡巡不前。女曳之走，无几时，曰："至矣。君归，妾且去。"张停足细认，果见家门。逾垝垣入，见室中灯火犹荧。近以两指弹扉，内问为谁，张具道所来。内秉烛启关，真方氏也。两相惊喜。握手入帷。见儿卧床上，慨然曰："我去时儿才及膝，今身长如许矣！"夫妇依倚，恍如梦寐。张历述所遭。问及讼狱，始知诸生有瘐死者，有远徙者，益服妻之远见。方纵体入怀，曰："君有佳偶，想不复念孤衾中有零涕人矣！"张曰："不念，胡以来也？我与彼虽云情好，终非同类；独其恩义难忘耳。"方曰："君以我何人也！"张审视竟非方氏，乃舜华也。以手探儿，一竹夫人耳。大惭无语。女曰："君心可知矣！分当自此绝矣，犹幸未忘恩义，差足自赎。"

过二三日，忽曰："妾思痴情恋人，终无意味。君日怨我不相送，今适欲至都，便道可以同去。"乃向床头取竹夫人共跨之，令闭两眸，觉离地不远，风声飕飕。移时寻落，女曰："从此别矣。"方将订嘱，女去已渺。怅立少时，闻村犬鸣吠，苍茫中见树木屋庐，皆故里景物，循途而归。逾垣叩户，宛若前状。方氏惊起，不信夫妇；诘证确实，始挑灯呜咽而出。既相见，涕不可仰。张犹疑舜华之幻弄也；又见床卧一儿如昨夕，因笑曰："竹夫人又携入耶？"方氏不解，变色曰："妾望君如岁，枕上啼痕固在也。甫能相见，全无悲恋之情，何以为心矣！"张察其情真，始执臂欷歔，具言其详。问讼案所结，并如舜华言。方相感慨，闻门外有履声，问之不应。

盖里中有恶少甲，久窥方艳，是夜自别村归，遥见一人逾垣去，谓必赴淫约者，尾之入。甲故不甚识张，但伏听之。及方氏亟问，乃曰："室中何人也？"方讳言："无之。"甲言："窃听已久，敬将以执奸也。"方不得已以实告，甲曰："张鸿渐大案未消，即使归家，亦当缚送官府。"方苦哀之，甲词益狎逼。张忿火中烧，把刀直出，剁甲中颅。甲踣犹号，又连剁之，遂死。方曰："事已至此，罪益加重。君速逃，妾请任其辜。"张曰："丈夫死则死耳，焉肯辱妻累子以求活耶！卿无顾虑，但令此子勿断书香，目即瞑矣。"

天明，赴县自首。赵以钦案中人，姑薄惩之。寻由郡解都，械禁颇苦。途中遇女子跨马过，一老妪捉鞚，盖舜华也。张呼妪欲语，泪随声堕。女返辔,手启障纱,讶曰:“表兄也,何至此?”张略述之。女曰:“依兄平昔,便当掉头不顾,然予不忍也。寒舍不远,即邀公役同临,亦可少助资斧。”从去二三里,见一山村,楼阁高整。女下马入,令妪启舍延客。既而酒炙丰美,似所夙备。又使妪出曰:“家中适无男子,张官人即向公役多劝数觞,前途倚赖多矣。遣人措办数十金为官人作费,兼酬两客,尚未至也。”二役窃喜,纵饮,不复言行。日渐暮,二役径醉矣。女出以手指械,械立脱。曳张共跨一马,驶如龙。少时促下,曰:“君止此。妾与妹有青海之约,又为君逗留一晌,久劳盼注矣。”张问:“后会何时?”女不答,再问之,推堕马下而去。

既晓问其地,太原也。遂至郡,赁屋授徒焉。托名宫子迁。居十年,访知捕亡浸怠,乃复逡巡东向。既近里门,不敢遽入,俟夜深而后入。及门,则墙垣高固,不复可越,只得以鞭挝门。久之妻始出问,张低语之。喜极纳入,作呵叱声,曰:“都中少用度,即当早归,何得遣汝半夜来?”入室,各道情事,始知二役逃亡未返。言次,帘外一少妇频来,张问伊谁,曰:“儿妇耳。”问:“儿安在?”曰:“赴郡大比未归。”张涕下曰:“流离数年,儿已成立,不谓能继书香,卿心血殆尽矣!”话未已,子妇已温酒炊饭,罗列满几。张喜慰过望。居数日,隐匿屋榻,惟恐人知。一夜方卧,忽闻人语腾沸,捶门甚厉。大惧,并起。闻人言曰:“有后门否?”益惧,急以门扇代梯,送张夜度垣而出;然后诣门问故,乃报新贵者也。方大喜,深悔张遁,不可追挽。

张是夜越莽穿榛,急不择途,及明困殆已极。初念本欲向西,问之途人,则去京都通衢不远矣。遂入乡村,意将质衣而食。见一高门,有报条粘壁上,近视知为许姓,新孝廉也。顷之,一翁自内出,张迎揖而告以情。翁见仪容都雅,知非赚食者,延入相款。因诘所往,张托言:“设帐都门,归途遇寇。”翁留诲其少子。张略问官阀,乃京堂林下者;孝廉其犹子也。月余,孝廉偕一同榜归,云是永平张姓,十八九少年也。张以乡谱俱同,暗中疑是其子;然邑中此姓良多,姑默之。至晚解装,出“齿录”,急借披读,真子也。不觉泪下。共惊问之,乃指名曰:“张鸿渐,即我是也。”备言其由。张孝廉抱父大哭。许叔侄慰劝,始收悲以喜。许即以金帛函字,致告宪台,父子乃同归。

方自闻报，日以张在亡为悲；忽白孝廉归，感伤益痛。少时父子并入，骇如天降，询知其故，始共悲喜。甲父见其子贵，祸心不敢复萌。张益厚遇之，又历述当年情状，甲父感愧，遂相交好。

太医

万历间，孙评事少孤，母十九岁守节。孙举进士，而母已死。尝语人曰："我必博诰命以光泉壤，始不负萱堂苦节。"忽得暴病，綦笃。素与太医善，使人招之，使者出门，而疾益剧。张目曰："生不能扬名显亲，何以见老母地下乎！"遂卒，目不瞑。无何太医至，闻哭声，即入临吊。见其状异之。家人告以故，太医曰："欲得诰赠，即亦不难。今皇后旦晚临盆矣，但活十余日，诰命可得。"立命取艾灸尸一十八处。炷将尽，床上已呻；急灌以药，居然复生。嘱曰："切记勿食熊虎肉。"共志之。然以此物不常有，颇不关意。

既而三日平复，仍从朝贺。过六七日果生太子，召赐群臣宴。中使出异品，遍赐文武，白片朱丝，甘美无比。孙啖之，不知何物。次日访诸同僚，曰："熊膰也。"大惊失色，即刻而病，至家遂卒。

牛飞

邑人某，购一牛，颇健。夜梦牛生两翼飞去，以为不祥，疑有丧失。牵入市损价售之，以巾裹金缠臂上。归至半途，见有鹰食残兔，近之甚驯。遂以巾头絷股，臂之。鹰屡摆扑，把捉稍懈，带巾腾去。此虽定数，然不疑梦，不贪拾遗，则走者何遽能飞哉？

王子安

王子安，东昌名士，困于场屋。入闱后期望甚切。近放榜时，痛饮大醉，归卧内室。忽有人白："报马来。"王踉跄起曰："赏钱十千！"家人因其醉，诳而安之曰："但请睡，已赏矣。"王乃眠。俄又有入者曰："汝中进士矣！"王自言："尚未赴都，何得及第？"其人曰："汝忘之耶？三场毕矣。"王大喜，起而呼曰："赏钱十千！"家人又诳之如前。又移时，一人急入曰："汝殿试翰林，长班在此。"果见二人拜床下，衣冠修洁。王呼赐酒食,家人又绐之,暗笑其醉而已。久之,王自念不可不出耀乡里,大呼长班,凡数十呼无应者。家人笑曰:“暂卧候,寻他去。”又久之,长班果复来。王捶床顿足,大骂:“钝奴焉往!”长班怒曰:“措大无赖!向与尔戏耳,而真骂耶?”王怒,骤起扑之,落其帽。王亦倾跌。

妻入,扶之曰:“何醉至此!”王曰:“长班可恶,我故惩之,何醉也?”妻笑曰:“家中止有一媪,昼为汝炊,夜为汝温足耳。何处长班,伺汝穷骨?”子女皆笑。王醉亦稍解,忽如梦醒,始知前此之妄。然犹记长班帽落。寻至门后,得一缨帽如盏大,共疑之。自笑曰:“昔人为鬼揶揄,吾今为狐奚落矣。”

异史氏曰:“秀才入闱,有七似焉:初入时,白足提篮似丐。唱名时,官呵隶骂似囚。其归号舍也,孔孔伸头,房房露脚,似秋末之冷蜂。其出场也,神情惝恍,天地异色,似出笼之病鸟。迨望报也,草木皆惊,梦想亦幻。时作一得志想,则顷刻而楼阁俱成;作一失志想,则瞬息而骸骨已朽。此际行坐难安,则似被絷之猱。忽然而飞骑传人,报条无我,此时神色猝变,嗒然若死,则似饵毒之蝇,弄之亦不觉也。初失志心灰意败,大骂司衡无目,笔墨无灵,势必举案头物而尽炬之;炬之不已,而碎踏之;踏之不已,而投之浊流。从此披发入山,面向石壁,再有以‘且夫’、‘尝谓’之文进我者,定当操戈逐之。无何日渐远,气渐平,技又渐痒,遂似破卵之鸠,只得衔木营巢,从新另抱矣。如此情况,当局者痛哭欲死,而自旁观者视之,其可笑孰甚焉。王子安方寸之中,顷刻万绪,想鬼狐窃笑已久,故乘其醉而玩弄之。床头人醒,宁不哑然失笑哉?顾得志之况味,不过须臾;词林诸公,不过经两三须臾耳,子安一朝而尽尝之,则狐之恩与荐师等。”

刁姓

有刁姓者,家无生产,每出卖许负之术——实无术也——数月一归,则金帛盈橐。共异之。会里人有客于外者,遥见高门内一人,冠华阳巾,言语啁嗻,众妇丛绕之。近视则刁也。因微窥所为,见有问者曰:“吾等众人中有一夫人在,能辨之乎?”盖有一贵人妇微服其中,将以验其术也。里人代为刁窘。刁从容望空横指曰:“此何难辨。试观贵人顶上,自有云气环绕。”众目不觉集视一人,觇其云气,刁乃指其人曰:“此真贵人!”众惊以为神。里人归述其诈慧,乃知虽小道,亦必有过人之才;不然,乌能欺耳目、赚金钱,无本而殖哉!

农 妇

邑西磁窑坞有农人妇,勇健如男子,辄为乡中排难解纷。与夫异县而居。夫家高苑,距淄百余里;偶一来,信宿便去。妇自赴颜山,贩陶器为业。有赢余,则施丐者。一夕与邻妇语,忽起曰:“腹少微痛,想孽障欲离身也。”遂去。天明往探之,则见其肩荷酿酒巨瓮二,方将入门,随至其室,则有婴儿绷卧,骇问之,盖娩后已负重百里矣。故与北庵尼善,订为姊妹。后闻尼有秽行,忿然操杖,将往挞楚,众苦劝乃止。一日遇尼于途,遽批之。问:“何罪?”亦不答。拳石交施,至不能号,乃释而去。

异史氏曰:“世言女中丈夫,犹自知非丈夫也,妇并忘其为巾帼矣。其豪爽自快,与古剑仙无殊,毋亦其夫亦磨镜者流耶?”

金陵乙

金陵卖酒人某乙,每酿成,投水而置毒焉,即善饮者,不过数盏,便醉如泥。以此得“中山”之名,富致巨金。

早起见一狐醉卧槽边,缚其四肢。方将觅刃,狐已醒,哀曰:“勿见害,请如所求。”遂释之,辗转已化为人。时巷中孙氏,其长妇患狐为祟,因问之,答云:“是即我也。”乙窥妇娣尤美,求狐携往。狐难之,乙固求之。狐邀乙去,入一洞中,取褐衣授之,曰:“此先兄所遗,着之当可去。”既服而归,家人皆不之见,袭衣裳而出,始见之。大喜,与狐同诣孙氏家。见墙上贴巨符,画蜿蜒如龙,狐惧曰:“和尚大恶,我不往矣!”遂去。乙逡巡近之,则真龙盘壁上,昂首欲飞,大惧亦出。盖孙觅一异域僧,为之厌胜,授符先归,僧犹未至也。

次日僧来,设坛作法。邻人共观之,乙亦杂处其中。忽变色急奔,状如被捉;至门外踣地,化为狐,四体犹着人衣。将杀之,妻子叩请。僧命牵去，日给饮食，数月寻毙。

郭　安

孙五粒，有僮仆独宿一室，恍惚被人摄去。至一宫殿，见阎罗在上，视之曰：“误矣，此非是。”因遣送还。既归大惧，移宿他所。遂有僚仆郭安者，见榻空闲，因就寝焉。又一仆李禄，与僮有夙怨，久将甘心，是夜操刀入，扪之以为僮也，竟杀之。郭父鸣于官。时陈其善为邑宰，殊不苦之。郭哀号，言：“半生止此子，今将何以聊生！”陈即以李禄为之子。郭含冤而退。此不奇于僮之见鬼，而奇于陈之折狱也。

济之西邑有杀人者，其妇讼之。令怒，立拘凶犯至，拍案骂曰：“人家好好夫妇，直令寡耶！即以汝配之，亦令汝妻寡守。”遂判合之。此等明决皆是甲榜所为，他途不能也。而陈亦尔尔，何途无才！

折　狱

邑之西崖庄，有贾某被人杀于途，隔夜其妻亦自经死。贾弟鸣于官。时浙江费公祎祉令淄，亲诣验之。见布袱裹银五钱余，尚在腰中，知非为财也者。拘两村邻保审质一过，殊少端绪，并未搒掠，释散归农，但命地约细察，十日一关白而已。逾半年事渐懈。贾弟怨公仁柔，上堂屡聒。公怒曰：“汝既不能指名，欲我以桎梏加良民耶！”呵逐而出。贾弟无所伸诉，愤葬兄嫂。

一日以逋赋故逮数人至，内一人周成惧责，上言钱粮措办已足，即于腰中出银袱，禀公验视。验已，便问：“汝家何里？”答云：“某村。”又问：“去西崖几里？”答云：“五六里。”“去年被杀贾某，系汝何人？”答云：“不识其人。”公勃然曰：“汝杀之，尚云不识耶！”周力辩不听，严梏之，果伏其罪。

先是，贾妻王氏，将诣姻家，惭无钗饰，聒夫使假于邻。夫不肯；妻自假之，颇甚珍重。归途卸而裹诸袱，内袖中；既至家，探之已亡。不敢告夫，又无力偿邻，懊恼欲死。是日周适拾之，知为贾妻所遗，窥贾他出，半夜逾垣，将执以求合。时溽暑，王氏卧庭中，周潜就淫之。王氏觉大号。周急止之，留袱纳钗。事已，妇嘱曰：“后勿来，吾家男子恶,犯恐俱死!”周怒曰:“我挟勾栏数宿之资,宁一度可偿耶?”妇慰之曰:“我非不愿相交,渠常善病,不如从容以待其死。”周乃去,于是杀贾,夜诣妇曰:“今某已被人杀,请如所约。”妇闻大哭,周惧而逃,天明则妇死矣。

公廉得情,以周抵罪。共服其神,而不知所以能察之故。公曰:“事无难辨,要在随处留心耳。初验尸时,见银袱刺万字文,周袱亦然,是出一手也。及诘之,又云无旧,词貌诡变,是以确知其真凶也。”

异史氏曰:“世之折狱者,非悠悠置之,则缧系数十人而狼藉之耳。堂上肉鼓吹,喧阗旁午,遂嚬蹙曰:‘我劳心民事也。’云板三敲,则声色并进,难决之词,不复置念,专待升堂时,祸桑树以烹老龟耳。呜呼!民情何由得哉!余每曰:‘智者不必仁,而仁者则必智;盖用心苦则机关出也。’‘随在留心’之言,可以教天下之宰民社者矣。”

邑人胡成,与冯安同里,世有隙。胡父子强,冯屈意交欢,胡终猜之。一日共饮薄醉,颇倾肝胆。胡大言:“勿忧贫,百金之产不难致也。”冯以其家不丰,故嗤之。胡正色曰:“实相告:昨途遇大商,载厚装来,我颠越于南山眢井中矣。”冯又笑之。时胡有妹夫郑伦,托为说合田产,寄数百金于胡家,遂尽出以炫冯。冯信之。既散,阴以状报邑。公拘胡对勘,胡言其实,问郑及产主皆不讹。乃共验诸眢井。一役缒下,则果有无首之尸在焉。胡大骇,莫可置辩,但称冤苦。公怒,击喙数十,曰:“确有证据,尚叫屈耶!”以死囚具禁制之。尸戒勿出,惟晓示诸村,使尸主投状。

逾日有妇人抱状,自言为亡者妻,言:“夫何甲,揭数百金作贸易,被胡杀死。”公曰:“井有死人,恐未必即是汝夫。”妇执言甚坚。公乃命出尸于井,视之果不妄。妇不敢近,却立而号。公曰:“真犯已得,但骸躯未全。汝暂归,待得死者首,即招报令其抵偿。”遂自狱中唤胡出,呵曰:“明日不将头至,当械折股!”押去终日而返,诘之,但有号泣。乃以梏具置前作刑势,却又不刑,曰:“想汝当夜扛尸忙迫,不知坠落何处,奈何不细寻之?”胡哀祈容急觅。公乃问妇:“子女几何?”答曰:“无。”问:“甲有何戚属?”“但有堂叔一人。”慨然曰:

"少年丧夫,伶仃如此,其何以为生矣!"妇乃哭,叩求怜悯。公曰:"杀人之罪已定,但得全尸,此案即结;结案后速醮可也。汝少妇勿复出入公门。"妇感泣,叩头而下。公即票示里人,代觅其首。

经宿,即有同村王五,报称已获。问验既明,赏以千钱。唤甲叔至,曰:"大案已成;然人命重大,非积岁不能成结。侄既无出,少妇亦难存活,早令适人。此后亦无他务,但有上台检驳,止须汝应声耳。"甲叔不肯,飞两签下;再辩,又一签下。甲叔惧,应之而出。妇闻,诣谢公恩。公极意慰谕之。又谕:"有买妇者,当堂关白。"既下,即有投婚状者,盖即报人头之王五也。公唤妇上,曰:"杀人之真犯,汝知之乎?"答曰:"胡成。"公曰:"非也。汝与王五乃真犯耳。"二人大骇,力辩冤枉。公曰:"我久知其情,所以迟迟而发者,恐有万一之屈耳。尸未出井,何以确信为汝夫?盖先知其死矣。且甲死犹衣败絮,数百金何所自来?"又谓王五曰:"头之所在,汝何知之熟也!所以如此其急者,意在速合耳。"两人惊颜如土,不能强置一词。并械之,果吐其实。盖王五与妇私已久,谋杀其夫,而适值胡成之戏也。

乃释胡。冯以诬告重笞,徒三年。事结,并未妄刑一人。

异史氏曰:"我夫子有仁爱名,即此一事,亦以见仁人之用心苦矣。方宰淄时,松裁弱冠,过蒙器许,而驽钝不才,竟以不舞之鹤为羊公辱。是我夫子生平有不哲之一事,则松实贻之也。悲夫!"

义 犬

周村有贾某贸易芜湖,获重资,赁舟将归,见堤上有屠人缚犬,倍价赎之,养豢舟上。舟人固积寇也,窥客装,荡舟入莽,操刀欲杀。贾哀赐以全尸,盗乃以毡裹置江中。犬见之,哀嗥投水;口衔裹具,与共浮沉。流荡不知几里,达浅搁乃止。犬泅出,至有人处,狺狺哀吠。或以为异,从之而往,见毡束水中,引出断其绳。客固未死,始言其情。复哀舟人载还芜湖,将以伺盗船之归。登舟失犬,心甚悼焉。

抵关三四日,估楫如林,而盗船不见。适有同乡估客将携俱归,忽犬自来,望客大嗥,唤之却走。客下舟趁之。犬奔上一舟,啮人胫股,挞之不解。客近呵之,则所啮即前盗也。衣服与舟皆易,故不得而认之矣。缚而搜之,则裹金犹在。呜呼!一犬也,而报恩如是,世无心肝者,其亦愧此犬也夫!

杨大洪

大洪杨先生涟,微时为楚名儒,自命不凡。科试后,闻报优等者,时方食,含哺出问:"有杨某否?"答云:"无。"不觉嗒然自丧,咽食入鬲,遂成病块,噎阻甚苦。众劝令录遗才;公患无资,众醵十金送之行,乃强就道。

夜梦人告之云:"前途有人能愈君疾,宜苦求之。"临去赠以诗,有"江边柳下三弄笛,抛向江心莫叹息"之句。明日途次,果见道士坐柳下,因便叩请。道士笑曰:"子误矣,我何能疗病?请为三弄可也。"因出笛吹之。公触所梦,拜求益切,且倾囊献之。道士接金掷诸江流。公以所来不易,哑然惊惜。道士曰:"君未能恝然耶?金在江边,请自取之。"公诣视果然。又益奇之,呼为仙。道士漫指曰:"我非仙,彼处仙人来矣。"赚公回顾,力拍其项曰:"俗哉!"公受拍,张吻作声,喉中呕出一物,堕地堛然,俯而破之,赤丝中裹饭犹存,病若失。回视道士已杳。

异史氏曰:"公生为河岳,没为日星,何必长生乃为不死哉!或以未能免俗,不作天仙,因而为公悼惜;余谓天上多一仙人,不如世上多一圣贤,解者必不议予说之傎也。"

查牙山洞

章丘查牙山,有石窟如井,深数尺许。北壁有洞门,伏而引领望见之。会近村数辈,九日登临饮其处,共谋入探之。三人受灯,缒而下。洞高敞与夏屋等,入数武稍狭,即忽见底。底际一窦,蛇行可入。烛之,漆漆然暗深不测。

两人馁而却退;一人夺火而嗤之,锐身塞而进。幸隘处仅厚于堵,即又顿高顿阔,乃立,乃行。顶上石参差危耸,将坠不坠。两壁嶙嶙峋峋然,类寺庙中塑,都成鸟兽人鬼形:鸟若飞,兽若走,人若坐若立,鬼魅魍魉,示现忿怒;奇奇怪怪,类多丑少妍。心凛然作怖畏。喜径夷，无少陂。逡巡几百步，西壁开石室，门左一怪石，鬼面人身而立，目怒口箕张，齿舌狞恶，左手作拳触腰际，右手叉五指欲扑人。心大恐，毛森森以立。遥望门中有爇灰，知有人曾至者，胆乃稍壮，强入之。见地上列碗盏，泥垢其中，然皆近今物，非古窑也。旁置锡壶四，心利之，解带缚项系腰间。即又旁瞩，一尸卧西隅，两肱及股四布以横。骇极。渐审之，足蹑锐履，梅花刻底犹存，知是少妇。人不知何里，毙不知何年。衣色黯败，莫辨青红；发蓬蓬，似筐许乱丝粘着髑髅上；目、鼻孔各二，瓠犀两行白巉巉，意是口也。存想首颠当有金珠饰，以火近脑，似有口气嘘灯，灯摇摇无定，焰纁黄，衣动掀掀。复大惧，手摇颤，灯顿灭。忆路急奔，不敢手索壁，恐触鬼者物也。头触石，仆，即复起；冷湿浸颔颊，知是血，不觉痛，抑不敢呻；坌息奔至窦，方将伏，似有人捉发住，晕然遂绝。

众坐井上俟久，疑之，又缒二人下。探身入窦，见发罥石上，血淫淫已僵。二人失色，不敢入，坐愁叹。俄井上又使二人下；中有勇者，始健进，曳之以出。置山上，半日方醒，言之缕缕。所恨未穷其底；极穷之，必更有佳境。后章令闻之，以丸泥封窦，不可复入矣。

康熙二十六七年间，养母峪之南石崖崩，现洞口，望之钟乳林，林如密笋。然深险无人敢入。忽有道士至，自称钟离弟子，言："师遣先至，粪除洞府。"居人供以膏火，道士携之而下，坠石笋上，贯腹而死。报令，令封其洞。其中必有奇境，惜道士尸解，无回音耳。

安期岛

长山刘中堂鸿训，同武弁某使朝鲜。闻安期岛神仙所居，欲命舟往游。国中臣僚佥谓不可，令待小张。盖安期不与世通，惟有弟子小张，岁辄一两至。欲至岛者，须先自白。如以为可，则一帆可至，否则飓风覆舟。

逾一二日，国王召见。入朝，见一人佩剑，冠棕笠，坐殿上；年三十许，仪容修洁。问之即小张也。刘因自述向往之意，小张许之。但言："副使不可行。"又出遍视从人，惟二人可以从游。遂命舟导刘俱往。水程不知远近，但觉习习如驾云雾，移时已抵其境。时方严寒，既至则气候温煦，山花遍岩谷。导入洞府，见三叟趺坐。东西者见客入，漠若罔知；惟中坐者起迎客，相为礼。既坐，呼茶。有僮将盘去。洞外石壁上有铁锥，锐没石中；僮拔锥，水即溢射，以盏承之；满，复塞之。既而托至，其色淡碧。试之，其凉震齿。刘畏寒不饮。叟顾僮颐视之。僮取盏去，呷其残者；仍于故处拔锥溢取而返，则芳烈蒸腾，如初出于鼎。窃异之。问以休咎，笑曰："世外人岁月不知，何解人事？"问以却老术，曰："此非富贵人所能为者。"刘兴辞，小张仍送之归。

既至朝鲜，备述其异。国王叹曰："惜未饮其冷者。此先天之玉液，一盏可延百龄。"刘将归，王赠一物，纸帛重裹，嘱近海勿开视。既离海，急取拆视，去尽数百重，始见一镜；审之，则鲛宫龙族，历历在目。方凝注间，忽见潮头高于楼阁，汹汹已近。大骇，极驰；潮从之，疾若风雨。大惧，以镜投之，潮乃顿落。

沅　俗

李季霖摄篆沅江，初莅任，见猫犬盈堂，讶之。僚属曰："此乡中百姓，瞻仰风采也。"少间人畜已半；移时都复为人，纷纷并去。一日出谒客，肩舆在途。忽一舆夫急呼曰："小人吃害矣！"即倩役代荷，伏地乞假。怒呵之，役不听，疾奔而去。遣人尾之。役奔入市，觅得一叟，便求按视。叟相之曰："是汝吃害矣。"乃以手揣其肤肉，自上而下力推之，推至少股，见皮内坟起，以利刃破之，取出石子一枚，曰："愈矣。"乃奔而返。后闻其俗有身卧室中，手即飞出，入人房闼，窃取财物。设被主觉，絷不令去，则此人一臂不用矣。

云萝公主

安大业，卢龙人。生而能言，母饮以犬血始止。既长，韶秀，顾影无俦，慧而能读。世家争婚之。母梦曰："儿当尚主。"信之。至十五六迄无验，亦渐自悔。

一日安独坐，忽闻异香。俄一美婢奔入，曰："公主至。"即以长毡贴地，自门外直至榻前。方骇疑间，一女郎扶婢肩入；服色容光，映照四堵。婢即以绣垫设榻上，扶女郎坐。安仓皇不知所为，鞠躬便问："何处神仙，劳降玉趾？"女郎微笑，以袍袖掩口。婢曰："此圣后府中云萝公主也。圣后属意郎君，欲以公主下嫁，故使自来相宅。"安惊喜不知置词，女亦俯首，相对寂然。

安故好棋，楸枰尝置坐侧。一婢以红巾拂尘，移诸案上，曰："主日耽此，不知与粉侯孰胜？"安移坐近案，主笑从之。甫三十余着，婢竟乱之，曰："驸马负矣！"敛子入盒，曰："驸马当是俗间高手，主仅能让六子。"乃以六黑子实局中，主亦从之。主坐次，辄使婢伏座下，以背受足；左足踏地，则更一婢右伏。又两小鬟夹侍之；每值安凝思时，辄曲一肘伏肩上。局阑未结，小鬟笑云："驸马负一子。"进曰："主惰，宜且退。"女乃倾身与婢耳语。

婢出，少顷而还，以千金置榻上，告生曰："适主言居宅湫隘，烦以此少致修饰，落成相会也。"一婢曰："此月犯天刑，不宜建造；月后吉。"女起；生遮止，闭门。婢出一物，状类皮排，就地鼓之；云气突出，俄顷四合，冥不见物，索之已杳。

母知之，疑以为妖。而生神驰梦想，不能复舍。急于落成，无暇禁忌；刻日敦迫，廊舍一新。

先是，有滦州生袁大用，侨寓邻坊，投刺于门；生素寡交，托他出，又窥其亡而报之。后月余，门外适相值，二十许少年也。宫绢单衣，丝履乌带，意甚都雅。略与倾谈，颇甚温谨。喜，揖而入。请与对弈，互有赢亏。已而设席流连，谈笑大欢。明日邀生至其寓所，珍肴杂进，相待殷渥。有小僮十二三许，拍板清歌，又跳掷作剧。生大醉不能行，便令负之，生以其纤弱恐不胜，袁强之。僮绰有余力，荷送而归。生奇之。明日犒以金，再辞乃受。由此交情款密，三数日辄一过从。袁为人简默，而慷慨好施。市有负债鬻女者，解囊代赎，无吝色。生以此益重之。过数日，诣生作别，赠象箸、楠珠等十余事，白金五百，用助兴作。生反金受物，报以束帛。

后月余，乐亭有仕宦而归者，橐资充牣。盗夜入，执主人，烧铁钳灼，劫掠一空。家人识袁，行牒追捕。邻院屠氏，与生家积不相能，因其土木大兴，阴怀疑忌。适有小仆窃象箸，卖诸其家，知袁所赠，因报大尹。尹以兵绕舍,值生主仆他出,执母而去。母衰迈受惊,仅存气息,二三日不复饮食。尹释之。生闻母耗,急奔而归,则母病已笃,越宿遂卒。收殓甫毕,为捕役执去。尹见其少年温文,窃疑诬枉,故恐喝之。生实述其交往之由。尹问:"其何以暴富?"生曰:"母有藏镪,因欲亲迎,故治昏室耳。"尹信之,具牒解郡。

邻人知其无事,以重金赂监者,使杀诸途。路经深山,被曳近削壁,将推堕。计逼情危,时方急难,忽一虎自丛莽中出,啮二役皆死,衔生去。至一处,重楼叠阁,虎入,置之。见云萝扶婢出,凄然慰吊曰:"妾欲留君,但母丧未卜窀穸。可怀牒去,到郡自投,保无恙也。"因取生胸前带,结连十余扣,嘱云:"见官时,拈此结而解之,可以弭祸。"生如其教,诣郡自投。太守喜其诚信,又稽牒知其冤,销名令归。

至中途,遇袁,下骑执手,备言情况。袁愤然作色,默然无语。生曰:"以君风采,何自污也?"袁曰:"某所杀皆不义之人,所取皆非义之财。不然,即遗于路者不拾也。君教我固自佳,然如君家邻,岂可留在人间耶!"言已超乘而去。

生归,殡母已,杜门谢客。忽一日盗入邻家,父子十余口尽行杀戮,止留一婢。席卷资物,与僮分携之。临去,执灯谓婢;"汝认明:杀人者我也,与人无涉。"并不启关,飞檐越壁而去。明日告官。疑生知情,又捉生去。邑宰词色甚厉,生上堂握带,且辨且解。宰不能诘,又释之。既归,益自韬晦,读书不出,一跛妪执炊而已。服既阕,日扫阶庭,以待好音。

一日异香满院。登阁视之,内外陈设焕然矣。悄揭画帘,则公主凝妆坐,急拜之。女挽手曰:"君不信数,遂使土木为灾;又以苫块之戚,迟我三年琴瑟:是急之而反以得缓,天下事大抵然也。"生将出资治具。女曰:"勿复须。"婢探椟,有肴羹热如新出于鼎,酒亦芳烈。酌移时,日已投暮,足下所踏婢,渐都亡去。女四肢娇惰,足股屈伸,似无所着,生狎抱之。女曰:"君暂释手。今有两道,请君择之。"生揽项问故,曰:"若为棋酒之交,可得三十年聚首;若作床第之欢,可六年谐合耳。君焉取?"生曰:"六年后再商之。"女乃默然,遂相燕好。

女曰："妾固知君不免俗道，此亦数也。"因使生蓄婢媪，别居南院，炊爨纺织以作生计。北院中并无烟火，惟棋枰、酒具而已。户常阖，生推之则自开，他人不得入也。然南院人作事勤惰，女辄知之，每使生往谴责，无不具服。女无繁言，无哂笑，与有所谈，但俯首微哂。每骈肩坐，喜斜倚人。生举而加诸膝，轻如抱婴。生曰："卿轻若此，可作掌上舞。"曰："此何难！但婢子之为，所不屑耳。飞燕原九姊侍儿，屡以轻佻获罪，怒谪尘间，又不守女子之贞；今已幽之。"

阁上以锦裀布满，冬未尝寒，夏未尝热。女严冬皆着轻縠，生为制鲜衣，强使着之。逾时解去，曰："尘浊之物，几于压骨成劳！"一日抱诸膝上，忽觉沉倍曩昔，异之。笑指腹曰："此中有俗种矣。"过数日，颦黛不食，曰："近病恶阻，颇思烟火之味。"生乃为具甘旨。从此饮食遂不异于常人。一日曰："妾质单弱，不任生产。婢子樊英颇健，可使代之。"乃脱衷服衣英，闭诸室。少顷闻儿啼声，启扉视之，男也。喜曰："此儿福相，大器也！"因名大器。绷纳生怀，俾付乳媪，养诸南院。女自免身，腰细如初，不食烟火矣。

忽辞生，欲暂归宁。问返期，答以"三日"。鼓皮排如前状，遂不见。至期不来；积年余音信全渺，亦已绝望。生键户下帏，遂领乡荐。终不肯娶；每独宿北院，沐其余芳。一夜辗转在榻，忽见灯火射窗，门亦自辟，群婢拥公主入。生喜，起问爽约之罪。女曰："妾未愆期，天上二日半耳。"生得意自诩，告以秋捷，意主必喜。女愀然曰："乌用是傥来者为！无足荣辱，止折人寿数耳。三日不见，入俗幛又深一层矣。"生由是不复进取。过数月又欲归宁，生殊凄恋，女曰："此去定早还，无烦穿望。且人生合离，皆有定数，撙节之则长，恣纵之则短也。"既去，月余即返。从此一年半载辄一行，往往数月始还，生习为常，亦不之怪。

又生一子。女举之曰："豺狼也！"立命弃之。生不忍而止，名曰可弃。甫周岁，急为卜婚。诸媒接踵，问其甲子，皆谓不合。曰："吾欲为狼子治一深圈，竟不可得，当令倾败六七年，亦数也。"嘱生曰："记取四年后，侯氏生女，左胁有小赘疣，乃此儿妇。当婚之，勿较其门第也。”即令书而志之。后又归宁,竟不复返。生每以所嘱告亲友。果有侯氏女,生有赘疣,侯贱而行恶,众咸不齿,生竟媒定焉。

大器十七岁及第,娶云氏,夫妻皆孝友。父钟爱之。可弃渐长,不喜读,辄偷与无赖博赌,恒盗物偿戏债。父怒挞之,而卒不改。相戒提防,不使有所得。遂夜出,小为穿窬。为主所觉,缚送邑宰。宰审其姓氏,以名刺送之归。父兄共絷之,楚掠惨棘,几于绝气。兄代哀免,始释之。父忿恚得疾,食锐减。乃为二子立析产书,楼阁沃田,尽归大器。可弃怨怒,夜持刀入室将杀兄,误中嫂。先是,主有遗裤绝轻软,云拾作寝衣。可弃斫之,火星四射,大惧奔出。父知病益剧,数月寻卒。可弃闻父死,始归。兄善视之,而可弃益肆。年余所分田产略尽,赴郡讼兄。官审知其人,斥逐之。兄弟之好遂绝。

又逾年可弃二十有三,侯女十五矣。兄忆母言,欲急为完婚。召至家,除佳宅与居;迎妇入门,以父遗良田,悉登籍交之,曰:“数顷薄田,为若蒙死守之,今悉相付。吾弟无行,寸草与之皆弃也。此后成败,在于新妇。能令改行,无忧冻馁;不然,兄亦不能填无底壑也。”

侯虽小家女,然固慧丽,可弃雅畏爱之,所言无敢违。每出限以晷刻,过期则诟厉不与饮食,可弃以此少敛。年余生一子,妇曰:“我以后无求于人矣。膏腴数顷,母子何患不温饱?无夫焉,亦可也。”会可弃盗粟出赌,妇知之,弯弓于门以拒之。大惧避去。窥妇入,逡巡亦入。妇操刀起,可弃反奔,妇逐斫之,断幅伤臂,血沾袜履。忿极往诉兄,兄不礼焉,冤惭而去。过宿复至,跪嫂哀泣,乞求先容于妇,妇决绝不纳。可弃怒,将往杀妇,兄不语。可弃忿起,操戈直出。嫂愕然,欲止之;兄目禁之。俟其去,乃曰:“彼固作此态,实不敢归也。”使人觇之,已入家门。兄始色动,将奔赴之,而可弃已坌息入。

盖可弃入家,妇方弄儿,望见之,掷儿床上,觅得厨刀;可弃惧,曳戈反走,妇逐出门外始返。兄已得其情,故诘之。可弃不言,惟向隅泣,目尽肿。兄怜之,亲率之去,妇乃内之。俟兄出,罚使长跪,要以重誓,而后以瓦盆赐之食。自此改行为善。妇持筹握算,日致丰盈,可弃仰成而已。后年七旬,子孙满前,妇犹时捋白须,使膝行焉。

异史氏曰:“悍妻妒妇,遭之者如疽附于骨,死而后已,岂不毒哉！然砒、附，天下之至毒也，苟得其用，瞑眩大瘳，非参、苓所能及矣。而非仙人洞见脏腑，又乌敢以毒药贻子孙哉！”

章丘李孝廉善迁，少倜傥不泥，丝竹词曲之属皆精之。两兄皆登甲榜，而孝廉益佻脱。娶夫人谢，稍稍禁制之。遂亡去，三年不返，遍觅不得。后得之临清勾栏中。家人入，见其南向坐，少姬十数左右侍，盖皆学音艺而拜门墙者也。临行积衣累笥，悉诸姬所贻。既归，夫人闭置一室，投书满案。以长绳系榻足，引其端自棂内出，贯以巨铃，系诸厨下。凡有所需则蹑绳，绳动铃响则应之。夫人躬设典肆，垂帘纳物而估其直；左持筹，右握管；老仆供奔走而已。由此居积致富。每耻不及诸姒贵。锢闭三年而孝廉捷。喜曰：“三卵两成，吾以汝为毈矣，今亦尔耶？”

又耿进士崧生，章丘人。夫人每以绩火佐读：绩者不辍，读者不敢息也。或朋旧相诣，辄窃听之：论文则瀹茗作黍；若恣谐谑，则恶声逐客矣。每试得平等，不敢入室门；超等始笑迎之。设帐得金悉内献，丝毫不敢匿。故东主馈遗，恒面较锱铢。人或非笑之，而不知其销算良难也。后为妇翁延教内弟。是年游泮，翁谢仪十金，耿受盒返金。夫人知之曰：“彼虽固亲，然舌耕为何也？”追之返而受之。耿不敢争，而心终歉焉，思暗偿之。于是每岁馆金，皆短其数以报夫人。积二年余得若干数。忽梦一人告之曰：“明日登高，金数即满。”次日试一临眺，果拾遗金，恰符缺数，遂偿岳。后成进士，夫人犹呵谴之。耿曰：“今一行作吏，何得复尔？”夫人曰：“谚云：‘水长则船亦高。’即为宰相，宁便大耶？”

鸟　语

中州境有道士，募食乡村。食已闻鹂鸣，因告主人使慎火。问故，答曰：“鸟云：‘大火难救，可怕！’”众笑之，竟不备。明日果火，延烧数家，始惊其神。好事者追及之，称为仙。道士曰：“我不过知鸟语耳，何仙乎！”适有皂花雀鸣树上，众问何语。曰：“雀言：‘初六养之，初六养之；十四、十六殇之。’想其家双生矣。今日为初十，不出五六日，当俱死也。”询之果生二子，无何并死，其日悉符。

邑令闻其奇,招之,延为客。时群鸭过,因问之。对曰:“明公内室必相争也。鸭曰:‘罢罢!偏向他!’”令大服,盖妻妾反唇,令适被喧聒而出也。因留居署中,优礼之。时辨鸟言,多奇中。而道士朴野多肆言,辄无顾忌。令最贪,一切供用诸物,皆折为钱以入之。一日方坐,群鸭复来,令又诘之。答曰:“今日所言,不与前同,乃为明公会计耳。”问:“何计?”曰:“彼云:‘蜡烛一百八,银朱一千八。’”令惭,疑其相讥。道士求去,不许。逾数日宴客,忽闻杜宇。客问之,答云:“鸟曰:‘丢官而去。’”众愕然失色。令大怒,立逐而出。未几令果以墨败。呜呼!此仙人儆戒之,惜乎危厉熏心者,不之悟也!

齐俗呼蝉曰“稍迁”,其绿色者曰“都了”。邑有父子,俱青、社生,将赴岁试,忽有蝉落襟上。父喜曰:“稍迁,吉兆也。”一僮视之,曰:“何物稍迁,都了而已。”父子不悦。已而果皆被黜。

天 宫

郭生京都人,年二十余,仪容修美。一日薄暮,有老妪贻尊酒,怪其无因,妪笑曰:“无须问。但饮之自有佳境。”遂径去。揭尊微嗅,冽香四射,遂饮之。忽大醉,冥然罔觉。

及醒,则与一人并枕卧。抚之肤腻如脂,麝兰喷溢,盖女子也。问之不答,遂与交。交已,以手扪壁,壁皆石,阴阴有土气,酷类坟冢。大惊,疑为鬼迷,因问女子:“卿何神也?”女曰:“我非神,乃仙耳。此是洞府。与有夙缘,勿相讶,但耐居之。再入一重门,有漏光处,可以溲便。”既而女起,闭户而去。久之腹馁,遂有女僮来,饷以面饼、鸭臛,使扪索而啖之。黑漆不知昏晓。无何女子来寝,始知夜矣。郭曰:“昼无天日,夜无灯火,食炙不知口处;常常如此,则姮娥何殊于罗刹,天堂何别于地狱哉!”女笑曰:“为尔俗中人,多言喜泄,故不欲以形色相见。且暗中摸索,妍媸亦当有别,何必灯烛!”

居数日,幽闷异常,屡请暂归。女曰:“来夕当与君一游天宫,便即为别。”次日忽有小鬟笼灯入,曰:“娘子伺郎久矣。”从之出。星斗光中,但见楼阁无数。经几曲画廊,始至一处,堂上垂珠帘,烧巨烛如昼。入,则美人华妆南向坐,年约二十许,锦袍炫目,头上明珠,翘颤四垂；地下皆设短烛，裙底皆照，诚天人也。郭迷乱失次，不觉屈膝。女令婢扶曳入坐。俄顷八珍罗列。女行酒曰：“饮此以送君行。”郭鞠躬曰：“向觌面不识仙人，实所惶悔；如容自赎，愿收为没齿不二之臣。”女顾婢微笑，便命移席卧室。室中流苏绣帐，衾褥香软。使郭就榻坐。饮次，女屡言：“君离家久，暂归亦无妨。”更尽一筹，郭不言别。女唤婢笼烛送之。郭仍不言，伪醉眠榻上，抗之不动。女使诸婢扶裸之。一婢排私处曰：“个男子容貌温雅，此物何不文也！”举置床上，大笑而去。

女亦寝，郭乃转侧。女问：“醉乎？”曰：“小生何醉！甫见仙人，神志颠倒耳。”女曰：“此是天宫。未明宜早去。如嫌洞中怏闷，不如早别。”郭曰：“今有人夜得名花，闻香扪干，而苦无灯火，此情何以能堪？”女笑，允给灯火。漏下四点，呼婢笼烛抱衣而送之。入洞，见丹垩精工，寝处褥革棕毡尺许厚。郭解履拥衾，婢徘徊不去。郭凝视之，风致娟好，戏曰：“谓我不文者卿耶？”婢笑，以足蹴枕曰：“子宜僵矣！勿复多言。”视履端嵌珠如巨菽。捉而曳之，婢仆于怀，遂相狎，而呻楚不胜。郭问：“年几何矣？”答云：“十七。”问：“处子亦知情否？”曰：“妾非处子，然荒疏已三年矣。”郭研诘仙人姓氏，及其清贯、尊行。婢曰：“勿问！即非天上，亦异人间。若必知其确耗，恐觅死无地矣。”郭遂不敢复问。

次夕女果以烛来，相就寝食，以此为常。一夜女入曰：“期以永好；不意人情乖阻，今将粪除天宫，不能复相容矣。请以卮酒为别。”郭泣下，请得脂泽为爱。女不许，赠以黄金一斤、珠百颗。三盏既尽，忽已昏醉。

既醒，觉四体如缚，纠缠甚密，股不得伸，首不得出。极力转侧，晕堕床下。出手摸之，则锦被囊裹，细绳束焉。起坐凝思，略见床棂，始知为己斋中。时离家已三月，家人谓其已死。郭初不敢明言，惧被仙谴，然心疑怪之。窃间以告知交，莫有测其故者。被置床头，香盈一室；拆视，则湖绵杂香屑为之，因珍藏焉。后某达官闻而诘之，笑曰：“此贾后之故智也。仙人乌得如此？虽然，此亦宜甚秘，泄之，族矣！”有巫常出入贵家，言其楼阁形状，绝似严东楼家。郭闻之大惧，携家亡去。未几严伏诛,始归。

异史氏曰:“高阁迷离,香盈绣帐;雏奴蹀躞,履缀明珠:非权奸之淫纵,豪势之骄奢,乌有此哉?顾淫筹一掷,金屋变而长门;唾壶未干,情田鞠为茂草。空床伤意,暗烛销魂。含颦玉台之前,凝眸宝幄之内。遂使糟丘台上,路入天宫;温柔乡中,人疑仙子。伧楚之帷薄固不足羞,而广田自荒者,亦足戒已!”

乔　女

平原乔生有女黑丑,壑一鼻,跛一足。年二十五六,无问名者。邑有穆生四十余,妻死,贫不能续,因聘焉。三年生一子。未几穆生卒,家益索,大困,则乞怜其母。母颇不耐之。女亦愤不复返,惟以纺织自给。

有孟生丧偶,遗一子乌头,裁周岁,以乳哺乏人,急于求配;然媒数言,辄不当意。忽见女,大悦之,阴使人风示女。女辞焉,曰:“饥冻若此,从官人得温饱,夫宁不愿?然残丑不如人,所可自信者,德耳。又事二夫,官人何取焉!”孟益贤之,使媒者函金加币而说其母。母悦,自诣女所固要之,女志终不夺。母惭,愿以少女字孟,家人皆喜,而孟殊不愿。

居无何,孟暴疾卒,女往临哭尽哀。孟故无戚党,死后,村中无赖悉凭陵之,家具携取一空。方谋瓜分其田产,家人又各草窃以去,惟一妪抱儿哭帷中。女问得故,大不平。闻林生与孟善,乃踵门而告曰:“夫妇、朋友,人之大伦也。妾以奇丑为世不齿,独孟生能知我。前虽固拒之,然固已心许之矣。今身死子幼,自当有以报知己。然存孤易,御侮难,若无兄弟父母,遂坐视其子死家灭而不一救,则五伦可以无朋友矣。妾无所多须于君,但以片纸告邑宰;抚孤,则妾不敢辞。”林曰:“诺。”女别而归。林将如其所教;无赖辈怒,咸欲以白刃相仇。林大惧,闭户不敢复行。女见数日寂无音,问之,则孟氏田产已尽矣。

女忿甚,挺身自诣官。官诘女属孟何人,女曰:“公宰一邑,所凭者理耳。如其言妄,即至戚无所逃罪;如非妄,则道路之人可听也。”

官怒其言戆，呵逐而出。女冤愤无伸，哭诉于搢绅之门。某先生闻而义之，代剖于宰。宰按之果真，穷治诸无赖，尽返所取。

或议留女居孟第，抚其孤；女不肯。扃其户，使媪抱乌头从与俱归，另舍之。凡乌头日用所需，辄同妪启户出粟，为之营办；己锱铢无所沾染，抱子食贫，一如曩昔。积数年乌头渐长，为延师教读；己子则使学操作。妪劝使并读，女曰："乌头之费，其所自有；我耗人之财以教己子，此心何以自明？"又数年，为乌头积粟数百石，乃聘于名族，治其第宅，析令归。乌头泣要同居，女从之；然纺绩如故。乌头夫妇夺其具，女曰："我母子坐食，心甚不安。"遂早暮为之纪理，使其子巡行阡陌，若为佣然。乌头夫妻有小过，辄斥谴不少贷；稍不悛，则怫然欲去。夫妻跪道悔词始止。未几乌头入泮，又辞欲归。乌头不可，捐聘币，为穆子完婚。女乃析子令归。乌头留之不得，阴使人于近村为市恒产百亩而后遣之。后女疾求归。乌头不听。病益笃，嘱曰："必以我归葬！"乌头诺。

既卒，阴以金啖穆子，俾合葬于孟。及期，棺重，三十人不能举。穆子忽仆，七孔血出，自言曰："不肖儿，何得遂卖汝母！"乌头惧，拜祝之，始愈。乃复停数日，修治穆墓已，始合厝之。

异史氏曰："知己之感，许之以身，此烈男子之所为也。彼女子何知，而奇伟如是？若遇九方皋，直牡视之矣。"

蛤（此名寄生）

东海有蛤，饥时浮岸边，两壳开张；中有小蟹出，赤线系之，离壳数尺，猎食既饱乃归，壳始合。或潜断其线，两物皆死。

刘夫人

廉生者，彰德人。少笃学；然早孤，家甚贫。一日他出，暮归失途。入一村，有媪来谓曰："廉公子何之？夜得毋深乎？"生方皇惧，更不暇问其谁何，便求假榻。媪引去，入一大第。有双鬟笼灯，导一妇人出，年四十余，举止大家。媪迎曰："廉公子至。"生趋拜。妇喜曰："公子秀发，何但作富家翁乎！"即设筵，妇侧坐，劝釂甚殷，而自已举杯未尝饮，举箸亦未尝食。生惶惑，屡审阀阅。笑曰："再尽三爵告君知。"生如命饮。妇曰："亡夫刘氏，客江右，遭变遽殒。未亡人独居荒僻，日就零落。虽有两孙，非鸱鸮即驽骀耳。公子虽异姓，亦三生骨肉也；且至性纯笃，故遂靦然相见。无他烦，薄藏数金，欲倩公子持泛江湖，分其赢余，亦胜案头萤枯死也。"生辞曰："少年书痴，恐负重托。"妇曰："读书之计，先于谋生。公子聪明，何之不可？"遣婢运资出，交兑八百余两。生惶恐固辞，妇曰："妾亦知公子未惯懋迁，但试为之，当无不利。"生虑重金非一人可任，谋合商侣。妇曰："勿须。但觅一朴悫谙练之仆，为公子服役足矣。"遂轮纤指以卜之曰："伍姓者吉。"命仆马囊金送生出，曰："腊尽涤盏，候洗宝装矣。"又顾仆曰："此马调良，可以乘御，即赠公子，勿须将回。"生归，夜才四鼓，仆系马自去。

明日多方觅役，果得伍姓，因厚价招之。伍老于行旅，又为人戆拙不苟，资财悉倚付之。往涉荆襄，岁杪始得归，计利三倍。生以得伍力多，于常格外，另有馈赏，谋同飞洒，不令主知。甫抵家，妇已遣人将迎，遂与俱去。见堂上华筵已设；妇出，备极慰劳。生纳资讫，即呈簿；妇置不顾。少顷即席，歌舞鞺鞳，伍亦赐筵外舍，尽醉方归。因生无家室，留守新岁。次日又求稽盘，妇曰："后无须尔，妾会计久矣。"乃出册示生，登志甚悉，并给仆者亦载其上。生曰："夫人真神人也！"过数日，馆谷丰盛，待若子侄。一日堂上设席，一东面，一南面；堂下设一筵西向。谓生曰："明日财星临照，宜可远行。今为主价粗设祖帐，以壮行色。"少间伍亦呼至，赐坐堂下。一时鼓钲鸣聒。女优进呈曲目，生命唱《陶朱富》。妇曰："此先兆也，当得西施作内助矣。"宴罢，仍以全金付生，曰："此行不可以岁月计，非获巨万勿归也。妾与公子，所凭者在福命，所信者在腹心。勿劳计算，远方之盈绌，妾自知之。"生唯唯而退。

往客淮上，进身为鹾贾，逾年利又数倍。然生嗜读，操筹不忘书卷，所与游皆文士；所获既盈，隐思止足，渐谢任于伍。桃源薛生与最善，适过访之，薛一门俱适别业，昏暮无所复之，阍人延生入，扫榻作炊。细诘主人起居，盖是时方讹传朝廷欲选良家女，犒边庭，民间骚动。闻有少年无妇者,不通媒妁,竟以女送诸其家,至有一夕而得两妇者。薛亦新婚于大姓,犹恐舆马喧动,为大令所闻,故暂迁于乡。生既留,初更向尽,方将拂榻就寝,忽闻数人排闼入。阍人不知何语,但闻一人云:“官人既不在家,秉烛者何人?”阍人答:“是廉公子,远客也。”俄而问者已入,袍帽光洁,略一举手,即诘邦族。生告之。喜曰:“吾同乡也。岳家谁氏?”答云:“无之。”益喜,趋出,即招一少年同入,敬与为礼。卒然曰:“实告公子:某慕姓。今夕此来,将送舍妹于薛官人,至此方知无益。进退维谷之际,适逢公子,宁非数乎!”生以未悉其人,故踌躇不敢应。慕竟不听其致词,急呼送女者。少间二媪扶女郎入,坐生榻上。睨之年十五六,佳妙无双。生喜,始整巾向慕展谢;又嘱阍人行沽,略尽款洽。

慕言:“先世彰德人;母族亦世家,今陵夷矣。闻外祖遗有两孙,不知家况何似。”生问:“伊谁?”曰:“外祖刘,字晖若,闻在郡北三十里。”生曰:“仆郡城东南人,去北里颇远;年又最少,无多交知。郡中此姓最繁,止知郡北有刘荆卿,亦文学士,未审是否?然贫矣!”慕曰:“某祖墓尚在彰郡,每欲扶两榇归葬故里,以资斧未办,姑犹迟迟。今妹子从去,归计益决矣。”生闻之,锐然自任。二慕俱喜。酒数行辞去。生却仆移灯,琴瑟之爱,不可胜言。次日薛已知之,趋入城,除别院馆生。生诣淮,交盘已,留伍居肆,装资返桃源,同二慕启岳父母骸骨,两家细小,载与俱归。入门安置已,囊金诣主。前仆已候于途。

从去,妇逆见,色喜曰:“陶朱公载得西子来矣!前日为客,今日吾甥婿也。”置酒迎尘,倍益亲爱。生服其先知,因问:“夫人与岳母远近?”妇云:“勿问,久自知之。”乃堆金案上,瓜分为五;自取其二,曰:“吾无用处,聊贻长孙。”生以过多,辞不受。凄然曰:“吾家零落,宅中乔木被人伐作薪;孙子去此颇远,门户萧条,烦公子一营办之。”生诺,而金止收其半,妇强纳之。送生出,挥涕而返。生疑怪间,回视第宅,则为墟墓。始悟妇即妻之外祖母也。

既归,赎墓田一顷,封植伟丽。刘有二孙,长即荆卿;次玉卿,饮博无赖,皆贫。兄弟诣生申谢,生悉厚赠之。由此往来最稔。生颇道其经商之由,玉卿窃意冢中多金,夜合博徒数辈,发墓搜之,剖棺露胔,竟无少获,失望而散。生知墓被发,以告荆卿。诣同验之,入圹,见案上累累,前所分金具在。荆卿欲与生共取之。生曰:“夫人原留此以待兄也。”荆卿乃囊运而归,告诸邑宰,访缉甚严。

后一人卖圹中玉簪,获之,穷讯其党,始知玉卿为首。宰将治以极刑,荆卿代哀,仅得赊死。墓内外两家并力营缮,较前益坚美。由此廉、刘皆富,惟玉卿如故。生及荆卿常河润之,而终不足供其赌博。一夜盗入生家,执索金资。生所藏金皆以千五百为个,发示之。盗取其二,止有鬼马在厩,用以运之而去。使生送诸野,乃释之。村众望盗火未远,噪逐之。贼惊遁。共至其处,则金委路侧,马已成灰烬。始知马亦鬼也。是夜止失金钏一枚而已。先是盗执生妻,悦其美,将欲淫。一盗带面具,力呵止之,声似玉卿。盗释生妻,但脱腕钏而去。生以是疑玉卿,然心窃德之。后盗以钏质赌,为捕役所获,诘其党,果有玉卿。宰怒,备极五毒。兄与生谋,欲为贿脱,谋未成而玉卿已死。生犹时恤其妻子。生后登贤书,数世皆素封焉。呜呼!“贪”字之点画形象甚近乎“贫”。如玉卿者,可以鉴矣!

陵县狐

陵县李太史家,每见瓶鼎古玩之物,移列案边,势危将堕。疑厮仆所为,辄怒谴之。仆辈称冤,而亦不知其由,乃严扃斋扉,天明复然。心知其异,暗觇之。一夜光明满室,讶为盗。两仆近窥,则一狐卧椟上,光自两眸出,晶莹四射。恐其遁,急入捉之。狐啮腕肉欲脱,仆持益坚,因共缚之。举视则四足皆无骨,随手摇摇若带垂焉。太史念其通灵,不忍杀;覆以柳器,狐不能出,戴器而走。乃数其罪而放之,怪遂绝。

卷 十

王货郎

济南业酒人某翁，遣子小二如齐河索贯价。出西门，见兄阿大。时大死已久，二惊问："哥那得来？"答云："冥府一疑案，须弟一证之。"二作色怨讪。大指后一人如皂状者，曰："官役在此，我岂自由耶！"但引手招之，不觉从去，尽夜狂奔，至泰山下。忽见官衙，方将并入，见群众纷出。皂问："所事何如矣？"一人曰："勿须复入，结矣。"皂乃释令归。大忧弟无资斧。皂思良久，即引二去，走二三十里，入村至一家檐下，嘱云："如有人出，便使相送；如其不肯，便道王货郎言之矣。"遂去。二冥然而僵。既晓第主出，见人死门外大骇。守移时微苏，扶入饵之，始言里居，即求资送，主人难之，二如皂言。主人惊绝，急雇骑送之归。偿之不受，问其故亦不言，别而去。

疲 龙

胶州王侍御出使琉球。舟行海中，忽自云际堕一巨龙，激水高数丈。龙半浮半沉，仰其首，以舟承颔；睛半含，嗒然若丧。阖舟大恐，停桡不敢少动。舟人曰："此天上行雨之疲龙也。"王悬敕于上，焚香共祝之，移时悠然遂逝。舟方行，又一龙堕如前状。日凡三四。又逾日，舟人命多备白米，戒曰："去清水潭不远矣。如有所见，但糁米于水，寂无哗。"俄至一处，水清澈底。下有群龙，五色，如盆如瓮，条条尽伏。有蜿蜒者，鳞鬣爪牙，历历可数。众神魂俱丧，闭息含眸，不惟不敢窥，并不能动。惟舟人握米自撒。久则见海波深黑，始有呻者。因问掷米之故，答曰："龙畏蛆，恐入其甲。白米类蛆，故龙见辄伏，舟行其上，可无害也。"

真　生

长安士人贾子龙,偶过邻巷,见一客风度洒如,问之则真生,咸阳僦寓者也。心慕之。明日往投刺,适值其出;凡三谒皆不遇。乃阴使人窥其在舍而后过之,真走避不出;贾搜之始出。促膝倾谈,大相知悦。贾就逆旅,遣僮行沽。真又善饮,能雅谑,乐甚。酒欲尽,真搜箧出饮器,玉卮无当,注杯酒其中,盎然已满;以小盏挹取入壶,并无少减。贾异之,坚求其术。真曰:"我不愿相见者,君无他短,但贪心未净耳。此乃仙家隐术,何能相授。"贾曰:"冤哉!我何贪?间萌奢想者徒以贫耳!"一笑而散。由此往来无间,形骸尽忘。每值乏窘,真辄出黑石一块,吹咒其上,以磨瓦砾,立刻化为白金,便以赠生;仅足所用,未尝赢余。贾每求益。真曰:"我言君贪,如何,如何!"贾思明告必不可得,将乘其醉睡,窃石而要之。一日饮既卧,贾潜起,搜诸衣底。真觉之,曰:"子真丧心,不可处也!"遂辞别,移居而去。

后年余,贾游河干,见一石莹洁,绝类真生物。拾之,珍藏若宝。过数日真忽至,噘然若有所失。贾慰问之,真曰:"君前所见,乃仙人点金石也。曩从抱真子游,彼怜我介,以此相贻。醉后失去,隐卜当在君所。如有还带之恩,不敢忘报。"贾笑曰:"仆生平不敢欺友朋,诚如所卜。但知管仲之贫者,莫如鲍叔,君且奈何?"真请以百金为赠。贾曰:"百金非少,但授我口诀,一亲试之无憾矣。"真恐其寡信。贾曰:"君自仙人,岂不知贾某宁失信于朋友者乎!"真授其诀。贾顾砌石上有巨石,将试之。真掣其肘,不听前。贾乃俯掬半砖置砧上曰:"若此者非多耶?"真乃听之,贾不磨砖而磨砧;真变色欲与争,而砧已化为浑金。反石于真。真叹曰:"业如此,复何言。然妄以福禄加人,必遭天谴。如逭我罪,施材百具、絮衣百领,肯之乎?"贾曰:"仆所欲得钱者,原非欲窖藏之也。君尚视我为守钱虏耶?"真喜而去。

贾得金,且施且贾,不三年施数已满。真忽至,握手曰:"君信义人也!别后被福神奏帝,削去仙籍;蒙君博施,今幸以功德消罪。愿勉之,勿替也。"贾问真:"系天上何曹?"曰:"我乃有道之狐耳。出身綦微。不堪孽累，故生平自爱，一毫不敢妄作。”贾为设酒，遂与欢饮如初。贾至九十余，狐犹时至其家。

长山某卖解砒药，即垂危灌之无不活。然秘其方，不传人。一日以株连被逮。妻弟饷狱食，隐置砒霜。坐待食已乃告之，不信。少顷腹中溃动，始大惊，骂曰：“畜生！速向城中物色薜荔爪为末，清水一盏将来！”妻弟如言。觅至，某已呕泻欲死，急服之，立刻而愈。其方始传。此亦犹狐之秘其石也。

布　商

布商某至青州境，偶入废寺，见其院宇零落，叹悼不已。僧在侧曰：“今如有善信，暂起山门，亦佛面之光。”客慨然自任。僧喜，邀入方丈，款待殷勤。僧又举内外殿阁，并请装修；客辞不能。僧固强之，词色悍怒。客惧，请倾囊倒装，悉以授僧。欲出，僧止之曰：“君竭资实非所愿，得毋甘心于我乎？不如先之。”遂握刀相向。客哀求切，不听。请自经，许之。逼置暗室，且迫促之。适有防海将军经寺外，遥自缺墙外望见一红裳女子入僧舍，疑之。下马入寺，遍搜不得。至暗室所，严扃双扉，僧不肯开，托有妖异。将军怒，斩关入，则见客缢梁上。救之，复苏，诘得其情。又械问僧女子所在，实为乌有，盖神佛现化也。杀僧，财物仍以归客。客重募修庙宇，从此香火大盛。赵孝廉丰原言之最悉。

彭二挣

禹城韩公甫言：与邑人彭二挣并行于途，忽回首不见之，惟空蹇随行，但闻号救甚急，细听则在被囊中。近视囊内累然，虽偏重不得堕。欲出之，而囊口缝纫甚密；以刀断线，始见彭犬卧其中，出而问之，亦不自知其何以入。盖其家有狐为祟，乃狐之所为也。

何　仙

长山王公子瑞亭，能以乩卜。乩神自称何仙，乃纯阳弟子，或云是吕祖所跨鹤云。每降，辄与人论文作诗。李太史质君师事之，丹黄课艺,理绪明切;太史揣摹成,何仙力居多焉,故文学士多皈依之。每为人决疑难事,多凭理,不甚言休咎。

辛未,朱文宗案临济南,试后,诸友请决第等。何仙索试艺,悉月旦之。有乐陵李忭,乃好学深思之士,其相好友在座,出其文代为之请。乩批云:“一等。”少间,又批云:“适评李生,据文为断。然此生运气大晦,应犯夏楚。异哉!文与数适不相符,岂文宗不论文耶?诸公少待,试往探之。”少顷,又书云:“适至提学署中,见文宗公事旁午,所焦虑者殊不在文也。一切付幕客,客六七人,粟生、例监都在其中,前生全无根气,大半饿鬼道中游魂,乞食于四方者也。曾在黑暗狱中八百年,损其目之精气,如人久在洞中,乍出则天地异色,无正明也。中有一二为人身所化者,阅卷分曹,恐不能适相值耳。”众问挽回之术,书云:“其术至实,人所共晓,何必问?”众会其意以告李。李惧,以文质孙太史子未,且诉以兆。太史赞其文,为解其惑。李心益壮,乩语不复置怀。案发,竟居四等。太史大骇,取其文复阅之,殊无疵摘。评云:“石门公祖素有文名,必不悠谬至此。此必幕中醉汉,不识句读者所为。”于是众益服何仙之神,共焚香祝谢之。

乩又批云:“李生勿以暂时之屈,遂怀惭怍。当多写试卷,益暴之,明岁可得优等。”李如言布之。久而署中亦闻,悬牌特慰之。科试果列前名,其灵应如此。

异史氏曰:“幕中多此辈客,无怪京中丑妇巷中,至夕无闲床也。”

牛同人

(前缺)牛过父室,则翁卧床上未醒,以此知为狐。怒曰:“狐可忍也,胡败我伦!关圣号为‘伏魔’,今何在,而任此类横行!”因作表上玉帝,内微诉关帝之不职。久之,忽闻空中喊嘶声,则关帝也。怒叱曰:“书生何得无礼!我岂专掌为汝家驱狐耶?若禀诉不行,咎怨何辞矣。”即令杖牛二十,股肉几脱。少间,有黑面将军获一狐至,牵之而去,其怪遂绝。后三年,济南游击女为狐所惑,百术不能遣。狐语女曰:“我生平所畏惟牛同人而已。”游击亦不知牛何里,无可物色。适提学按临，牛赴试，在省偶被营兵迕辱，忿诉游击之门，游击一闻其名，不胜惊喜，伛偻甚恭。立捉兵至，捆责尽法。已，乃实告以情，牛不得已，为之呈告关帝。俄顷，见金甲神降于其家。狐方在室，颜猝变，现形如犬，绕屋嗥窜。旋出自投阶下。神言："前帝不忍诛，今再犯不赦矣！"絷系马颈而去。

神　女

米生，闽人，偶入郡，饮醉过市，闻高门中有箫声。询知为开寿筵者，然门庭殊清寂。醉中雅爱笙歌，因就街头写晚生刺，封祝寿仪投焉。人问："君系此翁何亲？"米云："并非。"人又云："此流寓于此，不审何官，甚属骄倨。既非亲属，又将何求？"生悔之，而刺已投矣。

未几两少年出迎，华裳炫目，丰采都雅，揖生入。见一叟南向坐，东西列数筵，客六七人，皆似贵胄；见生至，俱起为礼，叟亦杖而起。生久立，待与周旋，叟殊不离席。两少年致词曰："家君衰迈，起拜良难，予兄弟代谢高贤之枉驾也。"生逊谢。遂增一筵于上，与叟接席。未几女乐作于下。座后设琉璃屏，以幛内眷。鼓吹大作，座客无哗。筵将终，两少年起，各以巨杯劝客，杯可容三斗；生有难色，然见客受，亦受。顷刻四顾，主客尽釂，生不得已亦强尽之。少年复斟；生觉惫甚，起而告退。少年强挽其裾。生大醉逖地，但觉有人以冷水洒面，恍然若寤。起视，宾客尽散，惟一少年捉臂送之，遂别而归。后再过其门，则已迁去矣。

自郡归，偶适市，一人自肆中出，招之饮。并不识；姑从之入，则座上先有里人鲍庄在焉。问其人，乃诸姓，市中磨镜者也。问："何相识？"曰："前日上寿者，君识之否？"生曰："不识。"诸曰："予出入其门最稔。翁，傅姓，不知其何籍、何官。先生上寿时，我方在墀下，故识之也。"日暮饮散。鲍庄夜死于途。鲍父不识诸，执名讼生。检得鲍庄体有重伤，生以谋杀论死，备历械梏；以诸未获，罪无申证，颂系之。年余直指巡方，廉知其冤，释之。

家中田产荡尽，衣巾革褫，冀其可以辨复，于是携囊入郡。日将暮，休憩路侧。遥见小车来，二青衣夹随之。既过忽命停舆，车中命一青衣问生:“君非米姓乎?”生曰:“诺。”问:“何贫窭若此?”生告以故。问:“安往?”又告之。青衣向车中语;复返,请生至车前。车中以纤手搴帘,微睨之,乃绝代佳人也。谓生曰:“君不幸得无妄之祸,甚为太息。今日学使署非白手可以出入者,途中无可为赠……”乃于髻上摘珠花一朵授生,曰:“此物可鬻百金,请缄藏之。”生下拜,欲问官阀,车发已远,不解何人。执花悬想,上缀明珠,非凡物也。珍藏而行。至郡投状,上下勒索甚苦;生又不忍货花,遂归依于兄嫂。幸兄贤,为之经纪,贫不废读。

过岁赴郡应试,误入深山。时值清明,游人甚众。有数女骑来,内一女郎,即向年车中人也。见生停骖,问:“何往?”生具对。女惊曰:“君衣顶尚未复耶?”生惨然出珠花,曰:“不忍弃此,故未复也。”女郎晕红上颊,嘱云:“且坐待路隅。”款段而去。久之一婢驰马来,以裹物授生,曰:“娘子说:如今学使之门如市,赠白金二百,为进取之资。”生辞曰:“娘子惠我多矣!自分掇芹不难,重赐所不敢受。但告以姓名,绘一小像,焚香供之,足矣。”婢不顾,委金于地,上马而去。生得金,终不屑夤缘。旋入邑庠第一。乃以金授兄;兄善行运,三年旧业尽复。适有巡抚于闽者乃生祖门人,优恤甚厚。然生素清鲠,虽属通家,不肯少有干谒。

一日有客裘马至门,家人不识。生出视,则傅公子也。揖入,各道间阔。治具相款,肴酒既陈,公子起而请间;相将入内,公子拜伏于地。生惊问故,则怆然曰:“家君适罹大祸,欲有求于抚台,非兄不可。”生力辞曰:“渠虽世谊,而以私干人,生平从不为也。”公子伏地哀泣。生厉色曰:“小生与公子,一饮之知交耳,何遂以丧节强人!”公子大惭,起而别去。越日方独坐,有青衣人入,视之即山中赠金者。生方惊起,青衣曰:“君忘珠花耶?”生曰:“不敢忘。”曰:“昨公子,即娘子胞兄也。”生闻之窃喜,伪曰:“此难相信。若得娘子亲见一言,则油鼎可蹈耳;不然,不敢奉命。”青衣乃驰马去。

更半复返,扣扉入曰:“娘子来矣。”言未几,女郎惨然入,向壁而哭,不出一语。生拜曰:“小生非娘子,无以有今日。但有驱策,敢不惟命!”女曰:“受人求者常骄人,求人者常畏人。中夜奔波,生平何解此苦,只以畏人故耳,亦复何言!”生慰之曰:“小生所以不遽诺者,恐过此一见为难耳。使卿夙夜蒙露,吾知罪矣!”因挽其袪,隐抑搔之。女怒曰:“子诚敝人也!不念畴昔之义,而欲乘人之厄。予过矣!予过矣!”忿然而出,登车欲去。生追出谢过,长跪而要遮之。青衣亦为缓颊,女意稍解,就车中谓生曰:“实告君:妾非人,乃神女也。家君为南岳都理司,偶失礼于地官,将达帝庭;非本地都人官印信不可解也。君如不忘旧义,以黄纸一幅为妾求之。”言已,车发遂去。

生归,悚惧不已。乃假驱祟言于巡抚。巡抚以事近巫蛊,不许。生以厚金赂其心腹,诺之,而未得其便。及归,青衣候门,生具告之,默然遂去,意似怨其不忠。生追送之曰:“归告娘子:如事不谐,我以身命殉之!”归而终夜思维,计无所出。适院署有宠妾购珠,生乃以珠花献之。姬大悦,窃印为生嵌之。怀归,青衣适至。笑曰:“幸不辱命。然数年来,贫贱乞食所不忍鬻者,今仍为主人弃之矣!”因告以情。且曰:“黄金抛置,我都不惜;寄语娘子:珠花须要偿也。”逾数日,傅公子登堂申谢,纳黄金百两。生作色曰:“所以然者,为令妹之惠我无私耳;不然,即万金岂足以易名节哉!”再强之,生色益厉。公子惭退,曰:“此事殊未了!”翼日青衣奉女郎命,进明珠百颗,曰:“此足以偿珠花否耶?”生曰:“重花者非贵珠也。设当日赠我万镒之宝,直须卖作富家翁耳;什袭而甘贫贱何为乎?娘子神人,小生何敢他望,幸得报洪恩于万一,死无憾矣!”青衣置珠案间,生朝拜而后却之。

越数日公子又至。生命治酒。公子使从人入厨下,自行烹调,相对纵饮,欢若一家。有客馈苦糯,公子饮而美,引尽百盏,面颊微赪。乃谓生曰:“君贞介士,愚兄弟不能早知君,有愧裙钗多矣。家君感大德,无以相报,欲以妹子附为婚姻,恐以幽明见嫌也。”生喜出非常,不知所对。公子辞出,曰:“明夜七月初九,新月钩辰,天孙有少女下嫁,吉期也,可备青庐。”次夕果送女郎至,一切无异常人。三日后,女自兄嫂以及仆妇,皆有馈赏。又最贤,事嫂如姑。数年不育,劝纳妾,生不肯。

适兄贾于江淮,为买少姬而归。姬,姓顾,小字博士,貌亦清婉,夫妇皆喜。见髻上插珠花,酷似当年故物;摘视,果然。异而诘之,答云:"昔有巡抚爱妾死,其婢盗出鬻于市,先人廉其值,买归。妾爱之。先父止生妾,故与妾。后父死家落,妾寄养于顾媪家。顾,妾姨行,见珠屡欲售去,妾死不肯,故得存也。"夫妇叹曰:"十年之物,复归故主,岂非数哉。"女另出珠花一朵,曰:"此物久无偶矣!"因并赐之,亲为簪于髻上。姬退,问女郎家世甚悉,家人皆讳言之。阴语生曰:"妾视娘子非人间人也,其眉目间有神气。昨簪花时得近视,其美丽出于肌里,非若凡人以黑白位置中见长耳。"生笑之。姬曰:"君勿言,妾将试之:如其神,但有所须,无人处焚香以求,彼当自知。"女郎绣袜精工,博士爱之而未敢言,乃即闺中焚香祝之。女早起,忽检箧中出袜,遣婢赠博士。生见而笑。女问故,以实告。女曰:"黠哉婢乎!"因其慧益怜爱之;然博士益恭,昧爽时必薰沐以朝。

后博士一举两男,两人分字之。生年八十,女貌犹如处子。生病,女置材,倍加宽大。及死,女不哭;男女他适,女已入材中死矣。因合葬之。至今传为"大材家"云。

异史氏曰:"女则神矣,博士而能知之,是遵何术欤?乃知人之慧,固有灵于神者矣!"

湘 裙

晏仲,陕西延安人。与兄伯同居,友爱敦笃。伯三十而卒,无嗣;嫂亦继亡。仲痛悼之,每思生二子,则以一继兄后。甫举一男,而仲妻又死。仲恐继室不恤其子,将购一妾。邻村有货婢者,仲往相之,略不称意,被友人留酌醉归。

途中遇故窗友梁生,握手殷殷,邀至其家。竟忘其已死,随之而去。入其门,并非旧第,疑而问之。曰:"新移于此。"入谋酒,又告竭,嘱仲坐待,挈瓶往沽。仲出立门外以俟之。忽见一妇人控驴而过,有八九岁童子随之,其面目神色,绝类其兄。心恻然动,急委缀之,便问:"童子何姓?"童曰:"姓晏。"仲惊,又问其父名。曰:"不知。"叙问间,已至其家,妇人下驴入。仲执童子曰:"汝父在家否?"

童子入问。少顷一媪出窥,则其嫂也。讶叔何来。仲大悲,随之而入。见庐落整顿,问:“兄何在?”嫂曰:“责负未归。”问:“骑驴者何人?”曰:“此汝兄妾甘氏,生两男矣。长阿大赴市未返;汝所见者阿小。”坐久酒渐醒,始悟所见皆鬼。然以兄弟情切,亦不甚惧。嫂治酒饭。仲急欲见兄,促阿小觅之。良久哭而归,云:“李家负欠不还,反与父闹。”仲闻之,与阿小奔去,见两人方捽兄地上。仲怒,奋拳直入,当者尽踣。急救兄起,敌已俱奔。追捉一人,捶楚无算,始起。执兄手,顿足哀泣;兄亦泣。既归,举家慰问,乃具酒食,兄弟相庆。忽一少年入,年约十六七。伯呼阿大,令拜叔。仲挽之,哭向兄曰:“大哥地下有两子,而坟墓不扫;弟又无妻子,奈何?”伯亦凄恻。嫂曰:“遣阿小从叔去,亦得。”阿小闻言,依叔肘下,眷恋不去。仲抚之,问:“汝乐从否?”答云:“乐从。”仲念鬼虽非人,慰情亦胜无也,因为解颜。伯曰:“从去但勿娇惯,宜啖以血肉,驱向日中曝之,午过乃已。六七岁儿,历春及夏,骨肉更生,可以娶妻育子;但恐不寿耳。”

言间有少女在门外窥听,意致温婉。仲疑为兄女,因问兄。兄曰:“此名湘裙,吾妾妹也。孤而无归,寄食十年矣。”问:“已字否?”伯曰:“尚未。近有媒议东村田家。”女在窗外小语曰:“我不嫁田家牧牛子。”仲颇心动,未便明言。既而伯起,设榻于斋,止弟宿。仲本不欲留,意恋湘裙,将探兄意,遂别兄就寝。时方初春,天气尚寒,斋中夙无烟火,森然冷坐。思得小饮,俄见阿小推扉入,以杯羹斗酒置案上。仲问:“谁为?”答曰:“湘姨。”酒将尽,又以灰覆盆火置床下。仲问:“爹娘睡乎?”曰:“睡已久矣。”“汝寝何所?”曰:“与湘姨同榻耳。”阿小俟叔眠,乃掩门去。仲念湘裙慧而解意,愈爱慕之;且能抚阿小,欲得之心更坚,辗转床头终夜不寐。

早起,告兄曰:“弟孑然无偶,愿大哥留意。”伯曰:“吾家非一瓢一担者,物色当自有人。地下即有佳丽,恐于弟无所利益。”仲曰:“古人亦有鬼妻,何害?”伯会意,曰:“湘裙亦佳。但以巨针刺人迎,血出不止者,便可为生人妻,何得草草。”仲曰:“得湘裙抚阿小,亦得。”伯但摇首。仲求不已,嫂曰:“试捉湘裙强刺验之,不可乃已。”遂握针出门外,遇湘裙急捉其腕,则血痕犹湿。盖闻伯言时,已自试之矣。嫂释手而笑，反告伯曰：“渠作有意乔才久矣，尚为之代虑耶?”妾闻之怒，趋近湘裙，以指刺眶而骂曰：“淫婢不羞！欲从阿叔奔走耶？我定不如其愿!”湘裙愧愤，哭欲觅死，举家腾沸。仲乃大惭，别兄嫂，率阿小而出。兄曰：“弟姑去；阿小勿使复来，恐损其生气也。”仲曰：“诺。”

既归，伪增其年，托言兄卖婢之遗腹子。众以其貌酷肖，亦信为伯遗体。仲教之读，辄遣抱书就日中诵之。初以为苦，久而渐安。六月中，几案灼人，而儿戏且读，殊无少怨。儿甚慧，日尽半卷，夜与叔抵足，恒背诵之。叔甚慰。又以不忘湘裙，故不复作“燕楼”想矣。

一日双媒来为阿小议姻，中馈无人，心甚躁急。忽甘嫂自外入曰：“阿叔勿怪，吾送湘裙至矣。缘婢子不识羞，我故挫辱之。叔如此表表而不相从，更欲从何人者?”见湘裙立其后，心甚欢悦。肃嫂坐；具述有客在堂，乃趋出。少间复入，则甘氏已去。湘裙卸妆入厨下，刀砧盈耳矣。俄而肴胾罗列，烹饪得宜。客去，仲入，见湘裙凝妆坐室中，遂与交拜成礼。至晚，女仍欲与阿小共宿。仲曰：“我欲以阳气温之，不可离也。”因置女别室，惟晚间杯酒一往欢会而已。湘裙抚前子如己出，仲益贤之。

一夕夫妻款洽，仲戏问：“阴世有佳人否?”女思良久，答曰：“未见。惟邻女葳灵仙，群以为美；顾貌亦犹人，要善修饰耳。与妾往还最久，心中窃鄙其荡也。如欲见之，顷刻可致。但此等人，未可招惹。”仲急欲一见。女把笔似欲作书，既而掷管曰：“不可，不可！”强之再四，乃曰：“勿为所惑。”仲诺之。遂裂纸作数画若符，于门外焚之。少时帘动钩鸣，吃吃作笑声。女起曳入，高髻云翘，殆类画图。扶坐床头，酌酒相叙间阔。初见仲，犹以红袖掩口，不甚纵谈；数盏后，嬉狎无忌，渐伸一足压仲衣。仲心迷乱，魄荡魂飞。目前唯碍湘裙；湘裙又故防之，顷刻不离于侧。葳灵仙忽起搴帘而出；湘裙从之，仲亦从之。葳灵仙握仲趋入他室。湘裙甚恨，然而无可如何，愤愤归室，听其所为而已。既而仲入，湘裙责之曰：“不听我言，后恐却之不得耳。”仲疑其妒，不乐而散。次夕葳灵仙不召自来。湘裙甚厌见之，傲不为礼；仙竟与仲相将而去。如此数夕。女望其来则诟辱之，而亦不能却也。月余仲病不能起,始大悔,唤湘裙与共寝处,冀可避之;昼夜之防稍懈,则人鬼已在阳台。湘裙操杖逐之,鬼忿与争,湘裙荏弱,手足皆为所伤。仲浸以沉困。湘裙泣曰:"吾何以见吾姊乎!"

又数日仲冥然遂死。初见二隶执牒入,不觉从去。至途患无资斧,邀隶便道过兄所。兄见之,惊骇失色,问:"弟近何作?"仲曰:"无他,但有鬼病耳。"实告之。兄曰:"是矣。"乃出白金一裹,谓隶曰:"姑笑纳之。吾弟罪不应死,请释归,我使豚子从去,或无不谐。"便唤阿大陪隶饮。返身入家,便告以故。乃令甘氏隔壁唤葳灵仙。俄至见仲欲遁,伯揪返骂曰:"淫婢!生为荡妇,死为贱鬼,不齿群众久矣;又祟吾弟耶!"立批之,云鬟蓬飞,妖容顿减。久之一妪来,伏地哀恳。伯又责妪纵女宣淫,呵詈移时,始令与女俱去。

伯乃送仲出,飘忽间已抵家门,直至卧室,豁然若寤,始知适间之已死也。伯责湘裙曰:"我与若姊谓汝贤能,故使从吾弟,反欲促吾弟死耶!设非名分之嫌,便当挞楚!"湘裙惭惧啜泣,望伯伏谢。伯顾阿小喜曰:"儿居然生人矣!"湘裙欲出作黍,伯曰:"弟事未办,我不遑暇。"阿小年十三,渐知恋父;见父出,零涕从之。伯曰:"从叔最乐,我行复来耳。"转身便逝,从此不复相闻问矣。

后阿小娶妇,生一子,亦三十而卒。仲抚其孤如侄生时。仲年八十,其子二十余矣,乃析之。湘裙无出。一日谓仲曰:"我先驱狐狸于地下可乎?"盛妆上床而殁。仲亦不哀,半年亦殁。

异史氏曰:"天下之友爱如仲几人哉!宜其不死而益之以年也。阳绝阴嗣,此皆不忍死兄之诚心所格;在人无此理,在天宁有此数乎?地下生子,愿承前业者想亦不少;恐承绝产之贤兄贤弟,不肯收恤耳!"

三 生

湖南某,能记前生三世。一世为令尹,闱场入帘。有名士兴于唐被黜落,愤懑而卒,至阴司执卷讼之。此状一投,其同病死者以千万计,推兴为首,聚散成群。某被摄去对质。阎王问曰:"尔既衡文,何得黜佳士而进凡庸?"某辨曰:"上有总裁,某不过奉行之耳。"阎罗即发一签,往拘主司。勾至,阎罗即述某言。主司曰:“某不过总其大成;虽有佳章,而房官不荐,吾何由见之?”阎罗曰:“此不得相诿,其失一也,例合笞。”方将施刑,兴不满志,戛然大号;两墀诸鬼,万声鸣和。阎罗问故,兴抗言曰:“笞罪太轻,是必掘其双睛,以为不识文字之报。”阎罗不肯,众呼益厉。阎罗曰:“彼非不欲得佳文,特其所见鄙耳。”众又请剖其心。阎罗不得已,使人褫去袍服,以白刃劙胸,两人沥血鸣嘶。众始大快,皆曰:“吾辈抑郁泉下,未有能一伸此气者;今得兴先生,怨气都消矣。”哄然而散。

某受剖已,押投陕西为庶人子。年二十余,值土寇大作,陷入盗中。有兵巡道往平贼,俘掳其众,某亦在中。心犹自揣非贼,冀可辨释。及见堂上官亦年二十余,细视则兴也。惊曰:“吾合休矣!”既而俘者尽释,惟某后至,不容置辨,立斩之。某至阴司投状讼兴。阎罗不即拘,待其禄尽。

迟之三十年兴方至,面质之。兴以草菅人命罚作畜。稽某所为,曾挞其父母,其罪维均。某恐后世再报,请为大畜。阎罗判为大犬,兴为小犬。某生于顺天府市肆中。一日卧街头,适有客自南携金毛犬来,大如狸。某视之,兴也。心易其小,龁之。小犬咬其喉下,系缀如铃。大犬摆扑嗥窜,市人解之不得。两犬俱毙。

并至阴司,互有争论。阎罗曰:“冤冤相报,何时可已?今为若解之。”乃判兴来世为某婿。某生庆云,二十八举于乡。生一女,娴静娟好,世族争委禽焉;皆不许。过临郡,值学使发落诸生,其第一卷李生,即兴也。遂挽至旅舍优待之。问其家适无偶,遂订姻好。人皆谓怜才,而不知其有夙因也。及完娶,相得甚欢。然婿恃才辄侮翁,恒隔岁不一至其门。翁亦耐之。后婿中岁淹蹇,苦不得售,翁为百计营谋,始得连捷。从此和好如父子焉。

异史氏曰:“一被黜而三世不解,怨毒之甚至此哉!阎罗之调停固善;然墀下千万众,如此纷纷,毋亦天下之爱婿,皆冥中之悲鸣号动者耶?”

长 亭

石太璞，泰山人，好厌禳之术。有道士遇之，喜其慧，纳为弟子。启牙签，出二卷，上卷驱狐，下卷驱鬼，乃以下卷授之曰：“虔奉此书，衣食佳丽皆有之。”问其姓名，曰：“吾汴城北村玄帝观王赤城也。”留数日，尽传其诀。石由此精于符箓，委贽者接踵于门。

一日有叟来，自称翁姓，炫陈币帛，谓其女鬼病已殆，必求亲诣。石闻病危，辞不受贽，姑与俱往。十余里入山村，至其家，廊舍华好。入室，见少女卧縠幛中，婢以钩挂帐。望之年十四五许，支缀于床，形容已槁。近临之，忽开目云：“良医至矣。”举家皆喜，谓其不语已数日矣。石乃出，因诘病状。叟曰：“白昼见少年来，与共寝处，捉之已杳；少间复至，意其为鬼。”石曰：“其鬼也驱之不难；恐其是狐，则非余所敢知矣。”叟曰：“必非必非。”石授以符，是夕宿于其家。夜分有少年入，衣冠整肃。石疑是主人眷属，起而问之。曰：“我鬼也。翁家尽狐。偶悦其女红亭，姑止焉。鬼为狐祟，阴骘无伤，君何必离人之缘而护之也？女之姊长亭，光艳尤绝。敬留全璧，以待高贤。彼如许字，方可为之施治；尔时我当自去。”石诺之。是夜少年不复至，女顿醒。天明，叟喜告石，请石入视。石焚旧符，坐诊之。见绣幕有女郎，丽如天人，心知其长亭也。诊已，索水洒幛。女郎急以碗水付之，蹀躞之间，意动神流。石生此际，心殊不在鬼矣。出辞叟，托制药去，数日不返。鬼益肆，除长亭外，子妇婢女俱被淫惑。又以仆马招石，石托疾不赴。

明日，叟自至。石故作病股状，扶杖而出。叟问故，曰：“此鳏之难也！曩夜婢子登榻，倾跌，堕汤夫人泡两足耳。”叟问：“何久不续？”石曰：“恨不得清门如翁者。”叟默而出。石送嘱曰：“病瘥当自至，无烦玉趾也。”又数日叟复来，石跛而见之。叟慰问曰：“顷与荆人言，君如驱鬼去，使举家安枕，小女长亭，年十七矣，愿遣奉事君子。”石喜，顿首于地。乃曰：“雅意若此，病躯何敢复爱。”立刻出门，并骑而去。入视祟者既毕，石恐负约，请与媪盟。媪出曰：“先生何见疑也？”随拔长亭所插金簪，授石为信。石喜拜受，乃遍集家人，悉为祓除。惟长亭深匿不出；遂写一佩符，使持赠之。是夜寂然，惟红亭呻吟未已，投以法水，所患若失。石起辞，叟挽留殷恳。至晚，肴核罗列，劝酬殊切。漏二下，主人辞去。石方就枕，闻叩扉甚急；起视，则长亭掩入，仓皇告曰："吾家欲以白刃相仇，可急走！"言已径返身去。石战惧失色，越垣急窜。遥见火光，疾奔而往，则里人夜猎者也。喜，待猎已，从与俱归。心怀怨愤，无路可伸，欲往汴城寻师治之。奈家有老父，病废在床，日夜筹思，进退莫决。

忽一日双舆至门，则翁媪送长亭至，谓石曰："曩夜之归，胡再不谋？"石见长亭，怨恨都消，故隐不发。媪促两人庭拜讫。石欲设筵，媪曰："我非闲人，不能坐享甘旨。我家老子昏髦，倘有不悉，郎肯为长亭一念老身，为幸多矣。"登车遂去。盖杀婿之谋，媪不与闻；及追之不得而返，媪始知之。心不能平，与叟日相诟谇。长亭亦涕泣不食。媪强送女来，非翁意也。长亭入门，诘之，始知其故。过两三月，翁家取女归宁。石料其不返，禁止之。女自此时一涕零。年余生一子，名慧儿，雇乳媪哺之。儿好啼，夜必归母。一日翁家又以舆来，言媪思女甚。长亭益悲，石不忍复留之。欲抱子去，石不可，长亭乃自归。别时以一月为期，既而半载无耗。遣人往探之，则向所僦宅久空。

又二年余，望想都绝；而儿啼终夜，寸心如割。既而父又病卒，倍益哀伤；因而病惫，苫次弥留，不能受宾朋之吊。方昏愦间，忽闻妇人哭入。视之，则缞绖者长亭也。石大悲，一恸遂绝。婢惊呼，女始辍泣，抚之良久渐苏。曰："我疑已死，与汝相聚于冥中。"女曰："非也。妾不孝，不得严父心，尼归三载，诚所负心。适家人由东海过此，得翁凶信。妾遵严命而绝儿女之情，不敢循乱命而失翁媳之礼。妾来时，母知而父不知也。"言间，儿投怀中。言已，始抚而泣曰："我有父，儿无母矣！"儿亦噭啕，一室掩泣。女起，经理家政，柩前牲盛洁备，石乃大慰。然病久，急切不能起。女乃请石外兄款洽吊唁。丧既闭，石始能杖而起，相与营谋斋葬。葬已，女欲辞归，以受背父之谴。夫挽儿号，隐忍而止。未几，有人来言母病，乃谓石曰："妾为君父来，君不为妾母放令归耶？"石许之，女使乳媪抱儿他适，涕洟出门而去。

去后数年不返。石父子渐亦忘之。

一日昧爽启扉，则长亭飘入。石方骇问，女戚然坐榻上，叹曰："生长闺阁，视一里为遥；今一日夜而奔千里，殆矣！"细诘之，女欲言复止。固诘之，乃哭曰："今为君言，恐妾之所悲，而君之所快也。迩年徙居晋界，僦居赵缙绅之第。主客交最善，以红亭妻其公子。公子数逋荡，家庭颇不相安。妹归告父；父留之半年不令还。公子忿恨，不知何处聘一恶人来，遣神绾锁缚老父去。一门大骇，顷刻四散矣。"石闻之，笑不自禁。女怒曰："彼虽不仁，妾之父也。妾与君琴瑟数年，止有相好而无相尤。今日人亡家败，百口流离，即不为父伤，宁不为妾吊乎！闻之忭舞，更无片语相慰藉，何不义也！"拂袖而出。石追谢之，亦已渺矣。怅然自悔，拚已决绝。

过二三日，媪与女俱来，石喜慰问。母女俱伏。惊问其故，又俱哭。女曰："妾负气而去，今不能自坚，又要求人，复何颜面！"石曰："岳固非人；母之惠，卿之情，所不敢忘。然闻祸而乐，亦犹人情，卿何不能暂忍？"女曰："顷于途中遇母，始知絷吾父者，乃君师也。"石曰："果尔，亦大易。然翁不归，则卿之父子离散；恐翁归，则卿之夫泣儿悲也。"媪矢以自明，女亦誓以相报。石乃即刻治任如汴，询至玄帝观，则赤城归未久。入而参拜，师问："何来？"石视厨下一老狐，孔前股而系之，笑曰："弟子之来，为此老魅。"赤城诘之，曰："是吾岳也。"因以实告。道士谓其狡诈不肯轻释；固请，始许之。石因备述其诈，狐闻之，塞身入灶，似有惭状。道士笑曰："彼羞恶之心未尽亡也。"石起，牵之而出，以刀断索抽之。狐痛极，齿龈龈然。石不遽抽，而顿挫之，笑问之曰："翁痛乎？勿抽可耶！"狐睛睒闪，似有愠色。既释，摇尾出观而去。石辞归。

三日前，已有人报叟信，媪先去，留女待石。石至，女逆而伏。石挽之曰："卿如不忘琴瑟之情，不在感激也。"女曰："今复迁还故居矣，村舍邻迩，音问可以不梗。妾欲归省，三日可旋，君信之否？"曰："儿生而无母，未便殇折。我日日鳏居，习已成惯。今不似赵公子，而反德报之，所以为卿者尽矣。如其不还，在卿为负义，道里虽近，当亦不复过问，何不信之与有？"女去，二日即返。问："何速？"曰："父以君在汴曾相戏弄,未能忘怀,言之絮叨;妾不欲复闻,故早来也。”自此闺中之往来无间,而翁婿间尚不通吊庆云。

异史氏曰:“狐情反复,谲诈已甚。悔婚之事,两女而一辙,诡可知矣。然要而婚之,是启其悔者犹在初也。且婿既爱女而救其父,止宜置昔怨而仁化之;乃复狎弄于危急之中,何怪其没齿不忘也!天下之有冰玉而不相能者,类如此。”

席方平

席方平,东安人。其父名廉,性戆拙。因与里中富室羊姓有隙,羊先死;数年,廉病垂危,谓人曰:“羊某今贿嘱冥使搒我矣。”俄而身赤肿,号呼遂死。席惨怛不食,曰:“我父朴讷,今见凌于强鬼;我将赴冥,代伸冤气矣。”自此不复言,时坐时立,状类痴,盖魂已离舍。

席觉初出门,莫知所往;但见路有行人,便问城邑。少选,入城。其父已收狱中。至狱门,遥见父卧檐下,似甚狼狈。举目见子,潸然流涕,曰:“狱吏悉受赇嘱,日夜搒掠,胫股摧残甚矣!”席怒,大骂狱吏:“父如有罪,自有王章,岂汝等死魅所能操耶!”遂出,写状。趁城隍早衙,喊冤投之。羊惧,内外贿通,始出质理。城隍以所告无据,颇不直席。席愤气无伸,冥行百余里至郡,以官役私状,告诸郡司。迟至半月始得质理。郡司扑席,仍批城隍赴案。席至邑,备受械梏,惨冤不能自舒。城隍恐其再讼,遣役押送归家。役至门辞去。

席不肯入,遁赴冥府,诉郡邑之酷贪。冥王立拘质对。二官密遣腹心与席关说,许以千金。席不听。过数日,逆旅主人告曰:“君负气已甚,官府求和而执不从,今闻于王前各有函进,恐事殆矣。”席犹未信。俄有皂衣人唤入。升堂,见冥王有怒色,不容置词,命笞二十。席厉声问:“小人何罪?”冥王漠若不闻。席受笞,喊曰:“受笞允当,谁教我无钱也!”冥王益怒,命置火床。两鬼捽席下,见东墀有铁床,炽火其下,床面通赤。鬼脱席衣,掬置其上,反复揉捺之。痛极,骨肉焦黑,苦不得死。约一时许,鬼曰:“可矣。”遂扶起,促使下床着衣,犹幸跛而能行。复至堂上,冥王问:“敢再讼乎?”席曰:“大冤未伸,寸心不死,若言不讼,是欺王也。必讼!”王曰:“讼何词?”席曰:“身所受者,皆言之耳。”冥王又怒,命以锯解其体。二鬼拉去,见立木高八九尺许,有木板二仰置其上,上下凝血模糊。方将就缚,忽堂上大呼“席某”,二鬼即复押回。冥王又问:“尚敢讼否?”答曰:“必讼!”冥王命捉去速解。既下,鬼乃以二板夹席缚木上。锯方下,觉顶脑渐辟,痛不可忍,顾亦忍而不号。闻鬼曰:“壮哉此汉!”锯隆隆然寻至胸下。又闻一鬼云:“此人大孝无辜,锯令稍偏,勿损其心。”遂觉锯锋曲折而下,其痛倍苦。俄顷半身辟矣;板解,两身俱仆。鬼上堂大声以报,堂上传呼,令合身来见。二鬼即推令复合,曳使行。席觉锯缝一道,痛欲复裂,半步而踣。一鬼于腰间出丝带一条授之,曰:“赠此以报汝孝。”受而束之,一身顿健,殊无少苦。遂升堂而伏。冥王复问如前;席恐再罹酷毒,便答:“不讼矣。”冥王立命送还阳界。隶率出北门,指示归途,反身遂去。

席念阴曹之昧暗尤甚于阳间,奈无路可达帝听。世传灌口二郎为帝勋戚,其神聪明正直,诉之当有灵异。窃喜二隶已去,遂转身南向。奔驰间,有二人追至,曰:“王疑汝不归,今果然矣。”捽回复见冥王。窃疑冥王益怒,祸必更惨;而王殊无厉容,谓席曰:“汝志诚孝。但汝父冤,我已为若雪之矣。今已往生富贵家,何用汝鸣呼为。今送汝归,予以千金之产、期颐之寿,于愿足乎?”乃注籍中,嵌以巨印,使亲视之。席谢而下。鬼与俱出,至途,驱而骂曰:“奸猾贼!频频反复,使人奔波欲死!再犯,当捉入大磨中细细研之!”席张目叱曰:“鬼子胡为者!我性耐刀锯,不耐挞楚耶!请反见王,王如令我自归,亦复何劳相送。”乃返奔。二鬼惧,温语劝回。席故蹇缓,行数步辄憩路侧。鬼含怒不敢复言。约半日至一村,一门半开,鬼引与共坐;席便据门阈,二鬼乘其不备,推入门中。

惊定自视,身已生为婴儿。愤啼不乳,三日遂殇。魂摇摇不忘灌口,约奔数十里,忽见羽葆来,幡戟横路。越道避之,因犯卤簿,为前马所执,絷送车前。仰见车中一少年,丰仪瑰玮。问席:“何人?”席冤愤正无所出,且意是必巨官,或当能作威福,因缅诉毒痛。车中人命释其缚,使随车行。俄至一处,官府十余员,迎谒道左,车中人各有问讯。已而指席谓一官曰:“此下方人,正欲往诉,宜即为之剖决。”

席询之从者，始知车中即上帝殿下九王，所嘱即二郎也。席视二郎，修躯多髯，不类世间所传。九王既去，席从二郎至一官廨，则其父与羊姓并衙隶俱在。少顷，槛车中有囚人出，则冥王及郡司、城隍也。当堂对勘，席所言皆不妄。三官战栗，状若伏鼠。二郎援笔立判；顷刻，传下判语，令案中人共视之。判云：

“勘得冥王者：职膺王爵，身受帝恩。自应贞洁以率臣僚，不当贪墨以速官谤。而乃繁缨棨戟，徒夸品秩之尊；羊狠狼贪，竟玷人臣之节。斧敲斫，斫入木，妇子之皮骨皆空；鲸吞鱼，鱼食虾，蝼蚁之微生可悯。当掬江西之水，为尔湔肠；即烧东壁之床，请君入瓮。城隍、郡司，为小民父母之官，司上帝牛羊之牧。虽则职居下列，而尽瘁者不辞折腰；即或势逼大僚，而有志者亦应强项。乃上下其鹰鸷之手，既罔念夫民贫；且飞扬其狙狯之奸，更不嫌乎鬼瘦。惟受赃而枉法，真人面而兽心！是宜剔髓伐毛，暂罚冥死；所当脱皮换革，仍令胎生。隶役者：既在鬼曹，便非人类。只宜公门修行，庶还落蓐之身；何得苦海生波，益造弥天之孽？飞扬跋扈，狗脸生六月之霜；隳突叫号，虎威断九衢之路。肆淫威于冥界，咸知狱吏为尊；助酷虐于昏官，共以屠伯是惧。当以法场之内，剁其四肢；更向汤镬之中，捞其筋骨。羊某：富而不仁，狡而多诈。金光盖地，因使阎摩殿上尽是阴霾；铜臭熏天，遂教枉死城中全无日月。余腥犹能役鬼，大力直可通神。宜籍羊氏之家，以偿席生之孝。即押赴东岳施行。”

又谓席廉：“念汝子孝义，汝性良懦，可再赐阳寿三纪。”使两人送之归里。席乃抄其判词，途中父子共读之。既至家，席先苏；令家人启棺视父，僵尸犹冰，俟之终日，渐温而活。又索抄词，则已无矣。

自此，家道日丰，三年良沃遍野；而羊氏子孙微矣，楼阁田产尽为席有。即有置其田者，必梦神人叱之曰：“此席家物，汝乌得有之！”初未深信；既而种作，则终年升斗无所获，于是复鬻于席。席父九十余岁而卒。

异史氏曰：“人人言净土，而不知生死隔世，意念都迷，且不知其所以来，又乌知其所以去；而况死而又死，生而复生者乎？忠孝志定，万劫不移，异哉席生，何其伟也！”

素 秋

俞慎字谨庵，顺天旧家子。赴试入都，舍于郊郭。时见对户一少年，美如冠玉。心好之，渐近与语，风雅尤绝。大悦，捉臂邀至寓所，相与款宴。问其姓氏，则金陵俞士忱也，字恂九。公子闻与同姓，更加浃洽，订为昆仲；少年遂减名字为忱。

明日过其家，书舍光洁；然门庭踧落，更无厮仆。引公子入内，呼妹出拜，年约十三四，肌肤莹澈，粉玉无其白也。少顷托茗献客，家中似无臧获。公子异之，数语遂出。自后友爱如胞。恂九无日不来，或留共宿，则以弱妹无伴为辞。公子曰："吾弟流寓千里，曾无应门之僮，兄妹纤弱，何以为生？计不如从我去，有斗舍可共栖止，如何？"恂九喜，约以场后。试毕，恂九邀公子去，曰："中秋月明如昼，妹子素秋具有蔬酒，勿违其意。"竟挽入内。素秋出，略道温凉，便入复室，下帘治具。少间自出行炙。公子起曰："妹子奔波，情何以忍！"素秋笑入。顷之搴帘出，则一青衣婢捧壶；又一媪托柈进烹鱼。公子讶曰："此辈何来？不早从事而烦妹子？"恂九微笑曰："妹子又弄怪矣。"但闻帘内吃吃作笑声，公子不解其故。既而筵终，婢媪撤器，公子适嗽，误咳婢衣；婢随唾而倒，碎碗流炙。视婢，则帛剪小人，仅四寸许。恂九大笑。素秋笑出，拾之而去。俄而婢复出，奔走如故，公子大异之。恂九曰："此不过妹子幼时，卜紫姑之小技耳。"公子因问："弟妹都已长成，何未婚姻？"答云："先人既世，去留尚无定所，故此迟迟。"遂与商定行期，鬻宅，携妹与公子俱西。既归，除舍舍之；又遣一婢为之服役。

公子妻，韩侍郎之犹女也，尤怜爱素秋，饮食共之。公子与恂九亦然。而恂九又最慧，目下十行，试作一艺，老宿不能及之。公子劝赴童试，恂九曰："姑为此业者，聊与君分苦耳。自审福薄，不堪仕进；且一入此途，遂不能不戚戚于得失，故不为也。"居三年，公子又下第。恂九大为扼腕，奋然曰："榜上一名，何遂艰难若此！我初不欲为成败所惑，故宁寂寂耳。今见大哥不能发舒，不觉中热，十九岁老童当效驹驰也。"公子喜，试期送入场，邑、郡、道皆第一。益与公子下帷攻苦。逾年科试,并为郡、邑冠军。恂九名大噪,远近争婚之,恂九悉却去。公子力劝之,乃以场后为解。

无何,试毕,倾慕者争录其文,相与传颂;恂九亦自觉第二人不屑居也。及榜发,兄弟皆黜。时方对饮,公子尚强作噱;恂九失色,酒盏倾堕,身仆案下。扶置榻上,病已困殆。急呼妹至,张目谓公子曰:"吾两人情虽如胞,实非同族。弟自分已登鬼箓。衔恩无可相报,素秋已长成,既蒙嫂抚爱,媵之可也。"公子作色曰:"是真吾弟之乱命也!其将谓我人头畜鸣者耶!"恂九泣下。公子即以重金为购良材。恂九命舁至,力疾而入,嘱妹曰:"我没后即阖棺,无令一人开视。"公子尚欲有言,而目已瞑矣。公子哀伤,如丧手足。然窃疑其嘱异,俟素秋他出,启而视之,则棺中袍服如蜕;揭之,有蠹鱼径尺僵卧其中。骇异间,素秋促入,惨然曰:"兄弟何所隔阂?所以然者非避兄也;但恐传布飞扬,妾亦不能久居耳。"公子曰:"礼缘情制,情之所在,异族何殊焉?妹宁不知我心乎?即中馈当无漏言,请勿虑。"遂速卜吉期,厚葬之。

初,公子欲以素秋论婚于世家,恂九不欲。既殁,公子商于素秋,素秋不应。公子曰:"妹子年已二十,长而不嫁,人其谓我何?"对曰:"若然,但惟兄命。然自顾无福相,不愿入侯门,寒士而可。"公子曰:"诺。"不数日,冰媒相属,卒无所可。先是,公子妻弟韩荃来吊,得窥素秋,心爱悦之,欲购作小妻。谋之姊,姊急戒勿言,恐公子知。韩心不释,托媒风示公子,许为买乡场关节。公子闻之,大怒诟骂,将致意者批逐出门,自此交往遂绝。又有故尚书孙某甲,将娶而妇卒,亦遣冰来。其甲第人所素识,公子欲一见其人,因使媒约,使甲躬谒。及期,垂帘于内,令素秋自相之。甲至,裘马驺从,炫耀闾里;人又秀雅如处子。公子大悦,而素秋殊不乐。公子竟许之,盛备装奁。素秋固止之;公子亦不听,卒厚赠焉。既嫁,琴瑟甚敦。然兄嫂系念,月辄归宁。来时,奁中珠绣,必携数事付嫂收贮。嫂不解其意,亦姑听之。

甲少孤,寡母溺爱太过,日近匪人,引诱嫖赌,家传书画鼎彝,皆以鬻偿戏债。韩荃与有瓜葛,日招甲饮而窃探之,愿以两妾及五百金易素秋。甲初不肯;韩固求之,甲意摇动,恐公子不甘。韩曰:"彼与我至戚,此又非其支系,若事已成,彼亦无如我何;万一有他,我身任之。有家君在,何畏一俞谨庵哉!”遂盛妆两姬出行酒,且曰:“果如所约,此即君家人矣。”甲惑之,约期而去。至日,虑韩诈谖,夜候于途,果有舆来,启帘验照不虚,乃导去,姑置斋中。韩仆以五百金交兑明白。甲奔入,诳素秋曰:“公子暴病相呼。”素秋未遑理妆,草草遂出。舆既发,夜迷不知何所,遑行良远,殊不可到。忽见二巨烛来,众窃喜其可以问路。及至前,则巨蟒两目如灯。众大骇,人马俱窜,委舆路侧;将曙复集则空舆存焉。意必葬于蛇腹,归告主人,垂首丧气而已。

数日后,公子遣人诣妹,始知为恶人赚去,初不疑其婿之伪也。陪娶婢归,细诘情迹,微窥其变,忿极,遍诉都邑。某甲惧,求救于韩。韩以金妾两亡,正复懊丧,斥绝不为力。甲呆憨无所复计,各处勾牒至,俱以赂嘱免行。月余,金珠服饰典货一空。公子于宪府究理甚急,邑官皆奉严令,甲知不能复匿,始出,至公堂实情尽吐。宪票拘韩对质。韩惧,以情告父。父时已休职,怒其所为不法,执付隶。及见官府,言及遇蟒之变,悉谓其词枝梧;家人搒掠殆遍,甲亦屡被敲楚。幸母日鬻田产,上下营求,刑轻得不死,而韩仆已瘐毙矣。韩久困囹圄,愿助甲赂公子千金,哀求罢讼。公子不许。甲母又请益以二姬,但求姑存疑案以待寻访;妻又承叔母命,朝夕解免,公子乃许之。甲家甚贫,货宅办金,而急切不能得售,因先送姬来,乞其延缓。

逾数日,公子夜坐斋中,素秋偕一媪,蓦然忽入。公子骇问:“妹固无恙耶?”笑曰:“蟒变乃妹之小术耳。当夜窜入一秀才家,依于其母。彼亦识兄,今在门外。”公子倒屣出迎,则宛平名士周生也,素相善。把臂入斋,款洽臻至。倾谈既久,始知颠末。初,素秋昧爽款生门,母纳入,诘之,知为公子妹,便欲驰报。素秋止之,因与母居。甚得母欢,以子无妇,窃属意素秋,微言之。素秋以未奉兄命为辞。生亦以公子交契,故不肯作无媒之合,但频频侦听。知讼事已有关说,素秋乃告母欲归。母遣生率一媪送之,即嘱媪为媒。公子以素秋居生家久,亦有此心;及闻媪言大喜,即与生面订姻好。先是,素秋夜归,欲使公子得金而后宣之。公子不可,曰:“向愤无所泄,故索金以败之耳。今复见妹,万金何能易哉!”即遣人告诸两家罢之。又念生家故不甚丰,道又远,亲迎殊难,因移生母来,居以恂九旧第;生亦备币帛鼓乐,婚嫁成礼。

一日,嫂戏素秋曰:“今得新婿,从前枕席之爱犹忆之否?”素秋笑顾婢曰:“忆之否?”嫂不解,研问之,盖三年床笫皆以婢代。每夕以笔画其两眉,驱之去,即对烛独坐,婿亦不之辨也。益奇之,求其术,但笑不言。次年大比,生将与公子偕往。素秋曰:“不必。”公子强挽而去。是科,公子中式,生落第归。逾年母卒,遂不复言进取矣。一日,素秋谓嫂曰:“向求我术,固未肯以此骇物听也。今将远别,请秘授之,亦可以避兵燹。”嫂惊问故,答曰:“三年后此处当无人烟。妾荏弱不堪惊恐,将蹈海滨而隐。大哥富贵中人,不可以偕,故言别也。”乃以术悉授嫂。数日又告别,公子留之不得,至泣下,问:“何往?”又不言。鸡鸣早起,携一白须奴,控双卫而去。公子阴使人尾送之,至胶莱之界,尘雾幛天,既晴,已迷所往。

三年后闯寇犯顺,村舍为墟。韩夫人剪帛置门内,寇至,见云绕韦驮高丈余,遂骇走,以是得保无恙。后村中有贾客至海上,遇一叟似老奴,而髭发尽黑,猝不能认。叟停足笑曰:“我家公子尚健耶?借口寄语:秋姑亦甚安乐。”问其居何里,曰:“远矣,远矣!”匆匆遂去。公子闻之,使人于所在遍访之,竟无踪迹。

异史氏曰:“管城子无食肉相,其来旧矣。初念甚明,而乃持之不坚。宁知糊眼主司,固衡命不衡文耶?一击不中,冥然遂死,蠹鱼之痴,一何可怜!伤哉雄飞不如雌伏。”

贾奉雉

贾奉雉,平凉人。才名冠世,而试辄不售。一日途中遇一秀才,自言姓郎,风格飘洒,谈言微中。因邀俱归,出课艺就正。郎读之,不甚称许,曰:“足下文,小试取第一则有余,大场取榜尾亦不足。”贾曰:“奈何?”郎曰:“天下事,仰而跂之则难,俯而就之甚易,此何须鄙人言哉!”遂指一二人、一二篇以为标准,大率贾所鄙弃而不屑道者。贾笑曰:“学者立言,贵乎不朽,即味列八珍,当使天下不以为泰耳。

如此猎取功名,虽登台阁,犹为贱也。”郎曰:“不然。文章虽美,贱则弗传。君将抱卷以终也则已;不然,帘内诸官,皆以此等物事进身,恐不能因阅君文,另换一副眼睛肺肠也。”贾终默然。郎起笑曰:“少年盛气哉!”遂别去。

是秋入闱复落,邑邑不得志,颇思郎言,遂取前所指示者强读之。未至终篇,昏昏欲睡,心惶惑无以自主。又三年,场期将近,郎忽至,相见甚欢。出拟题七使贾作文。越日,索文而阅,不以为可,又令复作;作已,又訾之。贾戏于落卷中,集其葛茸泛滥,不可告人之句,连缀成文,示之。郎喜曰:“得之矣!”因使熟记,坚嘱勿忘。贾笑曰:“实相告,此言不由中,转瞬即去,便受夏楚,不能复忆之也。”郎坐案头,强令自诵一遍;因使袒背,以笔写符而去,曰:“只此已足,可以束阁群书矣。”验其符,濯之不下,深入肌理。

入场七题无一遗者。回思诸作,茫不记忆,惟戏缀之文,历历在心。然把笔终以为羞;欲少窜易,而颠倒苦思,更不能复易一字。日已西坠,直录而出。郎候之已久,问:“何暮也?”贾以实告,即求拭符;视之已漫灭矣。回忆场中文,浑如隔世。大奇之,因问:“何不自谋?”笑曰:“某惟不作此等想,故不能读此等文也。”遂约明日过其寓。贾曰:“诺。”郎去,贾复取文自阅,大非本怀,怏怏自失,不复访郎,嗒丧而归。榜发,竟中经魁。复阅旧稿,汗透重衣,自言曰:“此文一出,何以见天下士矣!”正惭怍间,郎忽至曰:“求中即中矣,何其闷也?”曰:“仆适自念,以金盆玉碗贮狗矢,真无颜出见同人。行将遁迹山林,与世长辞矣。”郎曰:“此论亦高,但恐不能耳。若果能,仆引见一人,长生可得,并千载之名,亦不足恋,况傥来之富贵乎!”贾悦,留与共宿,曰:“容某思之。”天明,谓郎曰:“吾志决矣!”不告妻子,飘然遂去。

渐入深山,至一洞府,其中别有天地。有叟坐堂上,郎使参之,呼以师。叟曰:“来何早也?”郎曰:“此人道念已坚,望加收齿。”叟曰:“汝既来,须将此身并置度外,始得。”贾唯唯听命。郎送至一院,安其寝处,又投以饵,始去。房亦精洁;但户无扉,窗无棂,内惟一几一榻。贾解履登榻,月明穿射;觉微饥,取饵啖之,甘而易饱。因即寂坐,但觉清香满室,脏腑空明,脉络皆可指数。忽闻有声甚厉,似猫抓痒,自牖窥之,则虎蹲檐下。乍见甚惊;因忆师言,收神凝坐。虎似知有其人,寻入近榻,气咻咻遍嗅足股。少间闻庭中嗥动,如鸡受缚,虎即趋出。

又坐少时,一美人入,兰麝扑人,悄然登榻,附耳小言曰:“我来矣。”一言之间,口脂散馥。贾瞑然不少动。又低声曰:“睡乎?”声音颇类其妻,心微动。又念曰:“此皆师相试之幻术也。”瞑如故。美人曰:“鼠子动矣!”初,夫妻与婢同室,狎亵惟恐婢闻,私约一谜曰:“鼠子动,则相欢好。”忽闻是语,不觉大动,开目凝视,真其妻也。问:“何能来?”答云:“郎生恐君岑寂思归,遣一妪导我来。”言次,因贾出门不相告语,偎傍之际,颇有怨怼。贾慰藉良久,始得嬉笑为欢。既毕,夜已向晨,闻叟谯呵声,渐近庭院。妻急起,无地自匿,遂越短墙而去。俄顷郎从叟入。叟对贾杖郎,便令逐客。郎亦引贾自短墙出,曰:“仆望君奢,不免躁进;不图情缘未断,累受扑责。从此暂别,相见行有日矣。”指示归途,拱手遂别。

贾俯视故村,故在目中。意妻弱步,必滞途间。疾趋里余,已至家门,但见房垣零落,旧景全非,村中老幼,竟无一相识者,心始骇异。忽念刘、阮返自天台,情景真似。不敢入门,于对户憩坐。良久,有老翁曳杖出。贾揖之,问:“贾某家何所?”翁指其第曰:“此即是也。得无欲闻奇事耶?仆悉知之。相传此公闻捷即遁;遁时其子才七八岁。后至十四五岁,母忽大睡不醒。子在时,寒暑为之易衣;迨后穷踧,房舍拆毁,惟以木架苫覆蔽之。月前夫人忽醒,屈指百余年矣。远近闻其异,皆来访视,近日稍稀矣。”贾豁然顿悟,曰:“翁不知贾奉雉即某是也。”翁大骇,走报其家。

时长孙已死;次孙祥,至五十余矣。以贾年少,疑有诈伪。少间夫人出,始识之。双涕霪霪,呼与俱去。苦无屋宇,暂入孙舍。大小男妇,奔入盈侧,皆其曾、玄,率陋劣少文。长孙妇吴氏,沽酒具藜藿;又使少子杲及妇,与已同室,除舍舍祖翁姑。贾入舍,烟埃儿溺,杂气熏人。居数日,懊惋殊不可耐。两孙家分供餐饮,调饪尤乖。里中以贾新归,日日招饮;而夫人恒不得一饱。吴氏故士人女,颇娴闺训,承顺不衰。祥家给奉渐疏，或呼而与之。贾怒，携夫人去，设帐东里。每谓夫人曰："吾甚悔此一返，而已无及矣。不得已，复理旧业，若心无愧耻，富贵不难致也。"居年余，吴氏犹时馈赠，而祥父子绝迹矣。是岁试入邑庠。宰重其文，厚赠之，由此家稍裕。祥稍稍来近就之。贾唤入，计曩所耗费出金偿之，斥绝令去。遂买新第，移吴氏共居之。吴二子，长者留守旧业；次杲颇慧，使与门人辈共笔砚。

贾自山中归，心思益明澈，遂连捷登进士。又数年，以侍御出巡两浙，声名赫奕，歌舞楼台，一时称盛。贾为人鲠峭，不避权贵，朝中大僚思中伤之。贾屡疏恬退，未蒙俞允，未几而祸作矣。先是，祥六子皆无赖，贾虽摈斥不齿，然皆窃余势以作威福，横占田宅，乡人共患之。有某乙娶新妇，祥次子篡娶为妾。乙故狙诈，乡人敛金助讼，以此闻于都。当道交章劾贾。贾殊无以自剖，被收经年。祥及次子皆瘐死。贾奉旨充辽阳军。

时杲入泮已久，人颇仁厚，有贤声。夫人生一子，年十六，遂以嘱杲，夫妻携一仆一媪而去。贾曰："十余年之富贵，曾不如一梦之久。今始知荣华之场，皆地狱境界，悔比刘晨、阮肇，多造一重孽案耳。"数日抵海岸，遥见巨舟来，鼓乐殷作，虞候皆如天神。既近，舟中一人出，笑请侍御过舟少憩。贾见惊喜，踊身而过，押吏不敢禁。夫人急欲相从，而相去已远，遂愤投海中。漂泊数步，见一人垂练于水引救而去。隶命篙师荡舟，且追且号，但闻鼓声如雷，与轰涛相间，瞬间遂杳。仆识其人，盖郎生也。

异史氏曰："世传陈大士在闱中，书艺既成，吟诵数四，叹曰：'亦复谁人识得！'遂弃而更作，以故闱墨不及诸稿。贾生羞而遁去，盖亦有仙骨焉。乃再返人世，遂以口腹自贬，贫贱之中人甚矣哉！"

胭　脂

东昌卞氏，业牛医者，有女小字胭脂，才姿惠丽。父宝爱之，欲占凤于清门，而世族鄙其寒贱，不屑缔盟，所以及笄未字。对户庞姓之妻王氏，佻脱善谑，女闺中谈友也。一日送至门，见一少年过，白服裙帽，丰采甚都。女意动，秋波萦转之。少年俯首趋去。去既远，女犹凝眺。王窥其意，戏谓曰："以娘子才貌，得配若人，庶无可憾。"女晕红上颊，脉脉不作一语。王问："识得此郎否？"女曰："不识。"曰："此南巷鄂秀才秋隼，故孝廉之子。妾向与同里，故识之，世间男子无其温婉。近以妻服未阕，故衣素。娘子如有意，当寄语使委冰焉。"女无语，王笑而去。

数日无耗，女疑王氏未往，又疑宦裔不肯俯就。邑邑徘徊，渐废饮食；萦念颇苦，寝疾惙顿。王氏适来省视，研诘病由。女曰："自亦不知。但尔日别后，渐觉不快，延命假息，朝暮人也。"王小语曰："我家男子负贩未归，尚无人致声鄂郎。芳体违和，莫非为此？"女赪颜良久。王戏曰："果为此，病已至是，尚何顾忌？先令其夜来一聚，彼岂不肯可？"女叹气曰："事至此，已不能羞。若渠不嫌寒贱，即遣冰来，病当愈；若私约，则断断不可！"王颔之而去。

王幼时与邻生宿介通，既嫁，宿侦夫他出，辄寻旧好。是夜宿适来，因述女言为笑，戏嘱致意鄂生。宿久知女美，闻之窃喜其有机可乘。欲与妇谋，又恐其妒，乃假无心之词，问女家闺闼甚悉。次夜逾垣入，直达女所，以指叩窗。女问："谁何？"答曰："鄂生。"女曰："妾所以念君者，为百年，不为一夕。郎果爱妾，但当速遣冰人；若言私合，不敢从命。"宿姑诺之，苦求一握玉腕为信。女不忍过拒，力疾启扉。宿遽入，抱求欢。女无力撑拒，仆地上，气息不续。宿急曳之。女曰："何来恶少，必非鄂郎；果是鄂郎，其人温驯，知妾病由，当相怜恤，何遂狂暴若此！若复尔尔，便当鸣呼，品行亏损，两无所益！"宿恐假迹败露，不敢复强，但请后会。女以亲迎为期。宿以为远，又请。女厌纠缠，约待病愈。宿求信物，女不许；宿捉足解绣履而出。女呼之返，曰："身已许君，复何吝惜？但恐'画虎成狗'，致贻污谤。今亵物已入君手，料不可反。君如负心，但有一死！"宿既出，又投宿王所。既卧，心不忘履，阴摸衣袂，竟已乌有。急起篝灯，振衣冥索。诘王，不应。疑其藏匿，妇故笑以疑之。宿不能隐，实以情告。言已遍烛门外，竟不可得。懊恨归寝，犹意深夜无人，遗落当犹在途也。早起寻，亦复杳然。

先是巷中有毛大者，游手无籍。尝挑王氏不得，知宿与洽，思掩执以胁之。是夜过其门,推之未扃,潜入。方至窗下,踏一物软若絮绵,拾视,则巾裹女舄。伏听之,闻宿自述甚悉,喜极,抽身而出。逾数夕,越墙入女家,门户不悉,误诣翁舍。翁窥窗见男子,察其音迹,知为女来。大怒,操刀直出。毛大骇,反走。方欲攀垣,而卞追已近,急无所逃,反身夺刃;媪起大呼,毛不得脱,因而杀翁。女稍痊,闻喧始起。共烛之,翁脑裂不能言,俄顷已绝。于墙下得绣履,媪视之,胭脂物也。逼女,女哭而实告之;不忍贻累王氏,言鄂生之自至而已。天明讼于邑。

官拘鄂。鄂为人谨讷,年十九岁,见人羞涩如童子。被执骇绝。上堂不能置词,惟有战栗。宰益信其情实,横加梏械。生不堪痛楚,遂诬服。及解郡,敲扑如邑。生冤气填塞,每欲与女面质;及相见,女辄诟詈,遂结舌不能自伸,由是论死。经数官复讯无异。

后委济南府复审。时吴公南岱守济南,一见鄂生,疑其不类杀人者,阴使人从容私问之,俾尽得其词。公以是益知鄂生冤。筹思数日始鞫之。先问胭脂:"订约后有知者否?"曰:"无之。""遇鄂生时别有人否?"亦曰:"无之。"乃唤生上,温语慰问。生曰:"曾过其门,但见旧邻妇王氏同一少女出,某即趋避,过此并无一言。"吴公叱女曰:"适言侧无他人,何以有邻妇也?"欲刑之。女惧曰:"虽有王氏,与彼实无关涉。"公罢质,命拘王氏。拘到,禁不与女通,立刻出审,便问王:"杀人者谁?"王曰:"不知。"公诈之曰:"胭脂供杀卞某汝悉知之,何得不招?"妇呼曰:"冤哉!淫婢自思男子,我虽有媒合之言,特戏之耳。彼自引奸夫入院,我何知焉!"公细诘之,始述其前后相戏之词。公呼女上,怒曰:"汝言彼不知情,今何以自供撮合哉?"女流涕曰:"自己不肖,致父惨死,讼结不知何年,又累他人,诚不忍耳。"公问王氏:"既戏后,曾语何人?"王供:"无之。"公怒曰:"夫妻在床应无不言者,何得云无?"王曰:"丈夫久客未归。"公曰:"虽然,凡戏人者,皆笑人之愚,以炫己之慧,更不向一人言,将谁欺?"命梏十指。妇不得已,实供:"曾与宿言。"公于是释鄂拘宿。宿至,自供:"不知。"公曰:"宿妓者必非良士!"严械之。宿供曰:"赚女是真。自失履后,未敢复往,杀人实不知情。"公曰:"逾墙者何所不至!"又械之。宿不任凌藉，遂亦诬承。招成报上，咸称吴公之神。铁案如山，宿遂延颈以待秋决矣。

然宿虽放纵无行，实亦东国名士。闻学使施公愚山贤能称最，且又怜才恤士，宿因以一词控其冤枉，语言怆恻。公乃讨其招供，反复凝思之，拍案曰："此生冤也！"遂请于院、司，移案再鞫。问宿生："鞋遗何所？"供曰："忘之。但叩妇门时，犹在袖中。"转诘王氏："宿介之外，奸夫有几？"供言："无有。"公曰："淫妇岂得专私一人？"又供曰："身与宿介稚齿交合，故未能谢绝；后非无见挑者，身实未敢相从。"因使指其挑者，供云："同里毛大，屡挑屡拒之矣。"公曰："何忽贞白如此？"命搒之。妇顿首出血，力辨无有，乃释之。又诘："汝夫远出，宁无有托故而来者？"曰："有之。某甲、甲乙，皆以借贷馈赠，曾一二次入小人家。"

盖甲、乙皆巷中游荡之子，有心于妇而未发者也。公悉籍其名，并拘之。既齐，公赴城隍庙，使尽伏案前。讯曰："曩梦神告，杀人者不出汝等四五人中。今对神明，不得有妄言。如肯自首，尚可原宥；虚者廉得无赦！"同声言无杀人之事。公以三木置地，将并夹之；括发裸身，齐鸣冤苦。公命释之，谓曰："既不自招，当使鬼神指之。"使人以毡褥悉障殿窗，令无少隙；袒诸囚背，驱入暗中，始投盆水，一一命自盥讫；系诸壁下，戒令"面壁勿动，杀人者当有神书其背"。少间，唤出验视，指毛曰："此真杀人贼也！"盖公先使人以灰涂壁，又以烟煤濯其手：杀人者恐神来书，故匿背于壁而有灰色；临出以手护背，而有烟色也。公固疑是毛，至此益信。施以毒刑，尽吐其实。判曰：

"宿介：蹈盆成括杀身之道，成登徒子好色之名。只缘两小无猜，遂野鹜如家鸡之恋；为因一言有漏，致得陇兴望蜀之心。将仲子而逾园墙，便如鸟堕；冒刘郎而至洞口，竟赚门开。感帨惊尨，鼠有皮胡若此？攀花折树，士无行其谓何！幸而听病燕之娇啼，犹为玉惜；怜弱柳之憔悴，未似莺狂。而释幺凤于罗中，尚有文人之意；乃劫香盟于袜底，宁非无赖之尤？蝴蝶过墙，隔窗有耳；莲花瓣卸，堕地无踪。假中之假以生，冤外之冤谁信？天降祸起，酷械至于垂亡；自作孽盈，断头几于不续。彼逾墙钻隙，固有玷夫儒冠；而僵李代桃，诚难消其冤气。是宜稍宽笞扑，折其已受之惨；姑降青衣，开彼自新之路。

“若毛大者：刁猾无籍，市井凶徒。被邻女之投梭，淫心不死；伺狂童之入巷，贼智忽生。开户迎风，喜得履张生之迹；求浆值酒，妄思偷韩掾之香。何意魄夺自天，魂摄于鬼。浪乘槎木，直入广寒之宫；径泛渔舟，错认桃源之路。遂使情火息焰，欲海生波。刀横直前，投鼠无他顾之意；寇穷安往，急兔起反噬之心。越壁入人家，止期张有冠而李借；夺兵遗绣履，遂教鱼脱网而鸿罹。风流道乃生此恶魔，温柔乡何有此鬼蜮哉！即断首领，以快人心。

“胭脂：身犹未字，岁已及笄。以月殿之仙人，自应有郎似玉；原霓裳之旧队，何愁贮屋无金？而乃感关雎而念好逑，竟绕春婆之梦；怨摽梅而思吉士，遂离倩女之魂。为因一线缠萦，致使群魔交至。争妇女之颜色，恐失‘胭脂’；惹鸷鸟之纷飞，并托‘秋隼’。莲钩摘去，难保一瓣之香；铁限敲来，几破连城之玉。嵌红豆于骰子，相思骨竟作厉阶；丧乔木于斧斤，可憎才真成祸水！葳蕤自守，幸白璧之无瑕；缧绁苦争，喜锦衾之可覆。嘉其入门之拒，犹洁白之情人；遂其掷果之心，亦风流之雅事。仰彼邑令，作尔冰人。”

案既结，遐迩传颂焉。自吴公鞫后，女始知鄂生冤。堂下相遇，觍然含涕，似有痛惜之词，而未可言也。生感其眷恋之情，爱慕殊切；而又念其出身微贱，日登公堂，为千人所窥指，恐娶之为人姗笑，日夜萦回，无以自主。判牒既下，意始安帖。邑宰为之委禽，送鼓吹焉。

异史氏曰：“甚哉！听讼之不可以不慎也！纵能知李代为冤，谁复思桃僵亦屈？然事虽暗昧，必有其间，要非审思研察，不能得也。呜呼！人皆服哲人之折狱明，而不知良工之用心苦矣。世之居民上者，棋局消日，细被放衙，下情民艰，更不肯一劳方寸。至鼓动衙开，巍然坐堂上，彼哓哓者直以桎梏靖之，何怪覆盆之下多沉冤哉！”

愚山先生吾师也。方见知时，余犹童子。窃见其奖进士子，拳拳如恐不尽；小有冤抑，必委曲呵护之，曾不肯作威学校，以媚权要。真宣圣之护法，不止一代宗匠，衡文无屈士已也。而爱才如命，尤非后世学使虚应故事者所及。尝有名士入场，作“宝藏兴焉”文，误记“水”下；录毕而后悟之，料无不黜之理。因作词文后云：“宝藏在山间，误认却在水边。山头盖起水晶殿。瑚长峰尖，珠结树颠。这一回崖中跌死撑船汉！告苍天：留点蒂儿，好与友朋看。”先生阅而和之曰：“宝藏将山夸，忽然见在水涯。樵夫漫说渔翁话。题目虽差，文字却佳，怎肯放在他人下。尝见他，登高怕险；那曾见，会水淹杀？”此亦风雅之一斑，怜才之一事也。

阿　纤

奚山者，高密人。贸贩为业，常客蒙沂间。一日途中阻雨，至歇处，夜已深，遍叩无应。徘徊庑下。忽二扉豁开，一叟出，邀客入，山喜从之。絷蹇登堂，堂上并无几榻。叟曰：“我怜客无归，故相容纳。我实非卖食沽饮者。家下止有老荆弱女，已眠熟矣。虽有宿肴，苦少烹鬻，勿嫌冷啜也。”言已，便入。少顷，以足床来置地上，促客坐；又携一短足几至：往来蹀躞。山起坐不自安，曳令暂息。

少间，一女郎出行酒。叟顾曰：“我家阿纤兴矣。”视之，年十六七，窈窕秀弱，风致嫣然。山有少弟未婚，窃属意焉。因问叟清贯尊阀，答云：“士虚，姓古。子孙夭折，剩有此女。适不忍搅其酣睡，想老荆唤起矣。”问：“婿家阿谁？”答云：“未字。”山窃喜。既而品味杂陈，似所宿具。食已，致谢曰：“萍水之人，遂蒙宠惠，没齿所不敢忘。缘翁盛德，乃敢遽陈朴鲁：仆有弟三郎，十七岁矣。读书肄业，颇不冥顽。欲求援系，不嫌寒贱否？”叟喜曰：“老夫在此，亦是侨寓。倘得相托，便假一庐，移家而往，庶免悬念。”山都应之，遂启展谢。叟殷勤安置而去。鸡既鸣，叟出，呼客盥沐。束装已，酬以饭金。固辞曰：“留客一饭，万无受金之理；矧附为婚姻乎？”

既别，客月余乃返。去村里余，遇老媪率一女郎，冠服尽素。既近，疑似阿纤。女郎亦频转顾，因把媪袂，附耳不知何辞。媪便停步，向山曰：“君奚姓乎？”山曰：“然。”媪惨容曰：“不幸老翁压于败堵，今将上墓。家虚无人，请少待路侧，行即还也。”遂入林去，移时始来。途已昏冥，遂与偕行。道其孤弱，不觉哀啼，山亦酸恻。媪曰：“此处人情大不平善，孤孀难以过度。阿纤既为君家妇，过此恐迟时日，不如早夜同归。”山可之。

既至家,媪挑灯供客已,谓山曰:“意君将至,储粟都已粜去;尚存二十余石,远莫致之。北去四五里,村中第一门有谈二泉者,是吾售主。君勿惮劳,先以尊乘运一囊去,叩门而告之,但道南村中古姥有数石粟,粜作路用,烦驱蹄躈一致之也。”即以囊粟付山。山策蹇去,叩门,一硕腹男子出,告以故,倾囊先归。俄有两夫以五骡至。媪引山至粟所,乃在窖中。山下为操量执概,母放女收,顷刻盈装,付之以去。凡四返而粟始尽。既而以金授媪。媪留其一人二畜,治任遂东。行二十里,天始曙。至一市,市头赁骑,谈仆乃返。

既归,山以情告父母。相见甚喜,即以别第馆媪,卜吉为三郎完婚。媪治奁装甚备。阿纤寡言少怒,或与言,但有微笑,昼夜绩织无停晷,以是上下俱怜悦之。嘱三郎曰:“寄语大伯:再过西道,勿言吾母子也。”居三四年,奚家益富,三郎入泮矣。

一日山宿古之旧邻,偶及曩年无归,投宿翁媪之事。主人曰:“客误矣。东邻为阿伯别第,三年前居者辄睹怪异,故空废甚久,有何翁媪相留?”山讶之,而未深信。主人又曰:“此宅向空十年无敢入者。一日第后墙倾,伯往视之,则石压巨鼠如猫,尾在外犹摇。急归,呼众往视,则已渺矣。群疑是物为妖。后十余日复入试,寂无形声;又年余始有居人。”山益奇之。归家私语,窃疑新妇非人,阴为三郎虑;而三郎笃爱如常。久之,家人竞相猜议。女微察之,至夜语三郎曰:“妾从君数年,未尝少失妇德;今置之不以人齿,请赐离婚书,听君自择良偶。”因泣下。三郎曰:“区区寸心,宜所夙知。自卿入门,家日益丰,咸以福泽归卿,乌得有异言?”女曰:“君无二心,妾岂不知;但众口纷纭,恐不免秋扇之捐。”三郎再四慰解,乃已。

山终不释,日求善扑之猫以觇其异。女虽不惧,然蹙蹙不快。一夕谓媪小恙,辞三郎省侍之。天明三郎往讯,则室已空矣。骇极,使人四途踪迹,并无消息。中心营营,寝食都废。而父兄皆以为幸,将为续婚;而三郎殊不怿。又年余,音问已绝。父兄辄相诮责,不得已,勉买一妾,然思阿纤不衰。又数年,奚家日渐贫,由是咸忆阿纤。

有叔弟岚以事至胶,迂道宿表戚陆生家。夜闻邻哭甚哀,未遑诘问。及返,又闻之,因问主人。答云:“数年前有寡母孤女,僦居于此。月前姥死，女独处无一线之亲，是以哀耳。"问："何姓?"曰："姓古。尝闭户不与里社通，故未悉其家世。"岚惊曰："是吾嫂也!"遂往款扉。有人挥涕出，隔扉问曰："客何人？我家故无男子。"岚隙窥而遥审之，果嫂，便曰："嫂启关，我是叔家阿遂。"女拔关纳入，诉其孤苦、凄怆悲怀。岚曰："三兄忆念颇苦，夫妻即有乖迕，何遂远遁至此?"即欲赁舆同归。女怆然曰："我以人不齿数故，遂与母偕隐；今又返而依人，谁不加白眼？如欲复还，当与大兄分炊；不然，行乳药求死耳!"

岚归以告三郎。三郎星夜驰去。夫妻相见，各有涕洟。次日告其屋主。屋主谢监生，窥女美，阴欲图致为妾，数年不取屋直，频风示媪，媪绝之。媪死，窃幸可谋，而三郎忽至。通计房租以留难之。三郎家故不丰，闻金多，有忧色。女曰："不妨。"引三郎视仓储，约粟三十余石，偿租有余。三郎喜以告谢，谢不受粟，故索金。女叹曰："此皆妾身之恶幛也!"遂以其情告三郎。三郎怒，将讼于邑。陆氏止之，为散粟于里党，敛资偿谢，以车送两人归。

三郎实告父母，与兄析居。阿纤出私金，日建仓廪，而家中尚无儋石，共奇之。年余验视，则仓中满矣。又不数年，家中大富；而山苦贫。女请翁姑自养之；辄以金粟周兄，习以为常。三郎喜曰："卿可谓不念旧恶矣。"女曰："彼自爱弟耳。且非兄，妾何缘识三郎哉?"后亦无甚怪异。

瑞　云

瑞云，杭之名妓，色艺无双。年十四。其母蔡媪，将使出应客。瑞云曰："此奴终身发轫之始，不可草草。价由母定，客则听奴自择之。"媪曰："诺。"乃定价十五金，逐日见客。客求见者必以贽：贽厚者接以弈，酬以画；薄者一茶而已。瑞云名噪已久，富商贵介，接踵于门。

余杭贺生，才名夙著，而家仅中资。素仰瑞云，固未敢拟同鸳梦，亦竭微贽，冀得一睹芳泽。窃恐其阅人既多，不以寒酸在意；及至相见一谈，而款接殊殷。坐语良久，眉目含情，作诗赠生曰："何事求浆者,蓝桥叩晓关?有心寻玉杵,端只在人间。”生得诗狂喜,更欲有言,忽小鬟来白“客至”,生仓猝遂别。既归,吟玩诗意,梦魂萦扰。过一二日,情不自已,修贽复往。瑞云接见良欢。移坐近生,悄然曰:“能图一宵之聚否?”生曰:“穷踧之士,惟有痴情可献知己。一丝之贽,已竭绵薄。得近芳容,私愿已足;若肌肤之亲,何敢作此梦想。”瑞云闻之,戚然不乐,相对遂无一语。生久坐不出,媪频唤瑞云以促之,生乃归。心甚悒悒,思欲罄家以博一欢,而更尽而别,此情复何可耐?筹思及此,热念都消,由是音息遂绝。

瑞云择婿数月,不得一当,媪恚,将强夺之。一日有秀才投贽,坐语少时,便起,以一指按女额曰:“可惜,可惜!”遂去。瑞云送客返,共视额上有指印黑如墨,濯之益真;过数日墨痕益阔;年余连额彻准矣,见者辄笑,而车马之迹以绝。媪斥去妆饰,使与婢辈伍。瑞云又荏弱,不任驱使,日益憔悴。贺闻而过之,见蓬首厨下,丑状类鬼。举目见生,面壁自隐。贺怜之,便与媪言愿赎作妇。媪许之。贺货田倾装,买之以归。入门,牵衣揽涕,不敢以伉俪自居,愿备妾媵,以俟来者。贺曰:“人生所重者知己;卿盛时犹能知我,我岂以衰故忘卿哉!”遂不复娶。闻者又姗笑之,而生情益笃。

居年余偶至苏,有和生与同主人,忽问:“杭有名妓瑞云,近如何矣?”贺曰:“适人矣。”问:“何人?”曰:“其人率与仆等。”和曰:“若能如君,可谓得人矣。不知其价几何?”贺曰:“缘有奇疾,姑从贱售耳。不然,如仆者,何能于勾栏中买佳丽哉!”又问:“其人果能如君否?”贺以其问之异,因反诘之。和笑曰:“实不相欺:昔曾一觐其芳仪,甚惜其以绝世之姿,而流落不偶,故以小术晦其光而保其璞,留待怜才者之真赏耳。”贺急问曰:“君能点之,亦能涤之否?”和笑曰:“乌得不能?但须其人一诚求耳!”贺起拜曰:“瑞云之婿,即某是也。”和喜曰:“天下惟真才人为能多情,不以妍媸易念也。请从君归,便赠一佳人。”遂同返杭。

抵家,贺将命酒。和止之曰:“先行吾法,当先令治具者有欢心也。”即令以盥器贮水,戟指而书之,曰:“濯之当愈。然须亲出一谢医人也。”贺喜谢,笑捧而去,立俟瑞云自颒之,随手光洁,艳丽一如当年。夫妇共德之,同出展谢,而客已渺,遍觅之不得,意者其仙欤?

仇大娘

仇仲,晋人也。值大乱,为寇俘去。二子福、禄俱幼;继室邵氏,抚双孤,遗业能温饱。而岁屡祲,豪强者复凌藉之,遂至食息不保。仲叔尚廉利其嫁,屡劝驾,邵氏矢志不摇。廉阴券于大姓,欲强夺之;关说已成,并无人知。里人魏名夙狡狯,与仲家积不相能,事事思中伤之。因邵寡,伪造浮言以相败辱。大姓闻之,恶其不德而止。久之,廉之阴谋与外之飞语,邵渐闻之,冤结胸怀,朝夕陨涕,四体渐以不仁,委身床榻。福甫十六岁,因缝纫无人,遂急为毕姻。妇,姜秀才屺瞻之女,颇贤能,百事赖以经纪。由此用渐裕,仍使禄从师读。

魏忌嫉之,而阳与善,频招福饮,福倚为心腹交。魏乘间告曰:"尊堂病废,不能理家人生产,弟坐食一无所操作,贤夫妇何为作牛马哉!且弟买妇,将大耗金钱。为君计不如早析,则贫在弟而富在君也。"福归谋诸妇,妇咄之。奈魏日以微言相渐渍,福惑焉,直以己意告母,母怒,诟骂之。福益恚,辄视金粟为他人物而委弃之。魏乘机诱赌,仓粟渐空,妇知而未敢言。及粮绝,被母骇问,始以实告。母怒,遂析之。幸姜女贤,旦夕为母执炊,奉事一如平日。福既析,愈无顾忌,大肆淫赌,数月间田屋悉偿赌债,而母与妻皆不知。福资既罄,无所为计,因券妻贷资,苦无受者。邑人赵阎罗,原系漏网大盗,武断一乡,竟不畏福言之食,慨然假资。福持去,数日复空。意踟蹰,将背券盟。赵横目相加。福惧,赚妻付之。魏闻窃喜,急奔告姜,实将倾败仇也。姜怒,讼兴;福惧甚,亡去。

姜女至赵家,方知为婿所卖,大哭,但欲觅死。赵初慰谕之,不听;既而威逼之,愈骂;大怒,鞭挞之,终不肯服。因拔笄自刺其喉,急救,已透食管,血溢出。赵急以帛束其项,犹冀从容而挫折焉。明日拘票已至,赵行行不置意。官验女伤,命重笞之,隶相顾不敢用刑。官久知其横暴,至此益信,大怒,唤家人出,立毙之。姜遂舁女归。自姜之讼也,邵氏始知福不肖状,一号几绝,冥然大渐。禄时年十五,茕茕无主。

先是，仲有前室女大娘，嫁于远郡，性刚猛，每归宁，馈赠不满其志，辄迕父母，往往以愤去，仲以是怒恶之；数载已不往置问。邵氏垂危，魏欲使招之来而启其争。适有贸贩者与大娘同里，便托寄信大娘，且歆以家之可图。数日大娘果与少子至。入门，见幼弟侍病母，景象凄惨，不觉恻然。因问弟福，禄实告之。大娘闻之，忿气塞吭，曰："家无成人，遂任人蹂躏至此！吾家田产，诸贼何得赚去！"因入厨下，爇火炊糜，先供母，而后呼弟及子啖之。啖已，忿出，诣邑投状，讼诸博徒。众惧，敛金赂大娘。大娘受其金而仍讼之。官拘甲、乙等，各加杖责，田产殊置不问。大娘率子赴郡讼之。郡守最恶赌博。大娘力陈孤苦及诸恶局骗之状，情词慷慨。守为之动，判令知县追田给主；仍惩仇福以儆不肖。到县，邑令奉命敲逼，于是故产尽反。

大娘已寡，乃遣少子归，且嘱从兄务业，勿得复来。大娘从此止母家，养母教弟，内外井然。母大慰，病渐瘥，家务悉委大娘。里中豪强少见陵暴，辄握刀登门，侃侃争论，罔不屈服。居年余，田产日增。时市药饵珍肴，馈遗姜女。见禄渐长成，嘱媒谋姻。魏告人曰："仇家产业，悉属大娘，恐将来不可复返矣。"人咸信之，故无肯与论婚者。

有范公子子文，家中名园为晋第一。园中名花夹路，直通内室。或不知而误入之，公子怒，执为盗，杖几死。会清明，禄自塾中归，魏引与遨游，遂至范园。魏故与园丁相熟，放令入，周历亭榭。俄至一处，溪水汹涌，有画桥朱栏，通一漆门；遥望门内，繁花如锦，盖即公子内斋也。魏绐禄曰："君请先入，我适欲私焉。"禄信之，寻桥入户，至一院落，闻女子笑声。方停步间，一婢出，窥见之，旋踵即返。禄始骇奔。无何公子出，叱家人绾索逐之。禄大窘，自投溪中。公子反怒为笑。命仆引出。见其容裳都雅，便令易其衣履，曳入一亭，诘其姓氏。蔼颜温语，意甚亲昵。俄趋入内；旋出，笑握禄手，过桥渐达曩所。禄不解其意，逡巡不敢入。公子强曳之入，见花篱内隐隐有美人窥伺。既坐，则群婢行酒。禄辞曰："童子无知，误践闺闼，得蒙赦宥，已出非望。但求释令早归，受恩匪浅。"公子不听。俄顷，肴炙纷纭。禄又起，辞以醉饱，公子捺坐，笑曰："仆有一乐拍名，若能对之，即放君行。"禄请教。公子曰:"拍名'浑不似'。"禄默思良久,对曰:"银成'没奈何'。"公子大喜曰:"真石崇也!"禄殊不解。

盖公子有女名蕙娘,美而知书,日择良偶。夜梦一人告之曰:"石崇,汝婿也。"问:"何在?"曰:"明日落水矣。"早告父母,共以为异。禄适符梦兆,故邀入内舍,使夫人女婢共觇之也。公子闻对而喜,乃曰:"拍名乃小女所拟,屡思而无其偶,今得属对,亦有天缘。仆欲以息女奉箕帚;寒舍不乏第宅,更无烦亲迎耳。"禄惶然逊谢,且以母病不能入赘为辞。公子姑令归谋,遂遣园人负湿衣,送之以马。既归告母,母惊为不祥。于是始知魏氏险;然因凶得吉,亦置不仇,但戒子远绝而已。逾数日公子又使人致意母,母终不敢应。大娘应之,即倩双媒纳采焉。未几禄赘入公子家。年余游泮,才名籍甚。妻弟长成,敬少弛;禄怒,携妇而归,母已杖而能行。频岁赖大娘经纪,第宅完好。新妇既归,仆从如云,宛然大家矣。

魏既见绝,嫉妒益深,恨无瑕之可蹈,乃引旗下逃人诬禄寄资。国初立法最严,禄依令徙口外。范公子上下贿托,仅以蕙娘免行;田产尽没入官。幸大娘执析产书,锐身告理,新增良沃若干顷,悉挂福名,母女始得安居。禄自分不返,遂写离书付岳家,伶仃自去。

行数日至都北,饭于旅肆。有丐子怔营户外,貌绝类兄;亲往讯诘,果兄。禄因自述,兄弟悲惨。禄解复衣,分数金,嘱令归。福泣受而别。禄至关外,寄将军帐下为奴。因禄文弱,俾主文籍,与诸仆同栖止。仆辈研问家世,禄悉告之。内一人惊曰:"是吾儿也!"盖仇仲初为寇家牧马,后寇投诚,卖仲旗下,时从主屯关外。向禄缅述,始知真为父子,抱头大哭,一室俱为酸辛。已而愤曰:"何物逃东,遂诈吾儿!"因泣告将军。将军即令禄摄书记;函致亲王,付仲诣都。仲伺车驾出,先投冤状。亲王为之婉转,遂得昭雪,命地方官赎业归仇。仲返,父子各喜。禄细问家口,为赎身计。乃知仲入旗下,两易配而无所出,时方鳏居。禄遂治任归。

初,福别弟归,匍匐投大娘。大娘奉母坐堂上,操杖问之:"汝愿受扑责,便可姑留;不然,汝田产既尽,亦无汝啖饭之所,请仍去。"福涕泣伏地,愿受笞。大娘投杖曰:"卖妇之人,亦不足惩。但宿案未消,再犯首官可耳。”即使人往告姜,姜女骂曰:“我是仇家何人,而相告耶!”大娘频述告福而揶揄之,福惭愧不敢出气。居半年,大娘虽给奉周备,而役同厮养。福操作无怨词,托以金钱辄不苟。大娘察其无他,乃白母,求姜女复归,母意其不可复挽,大娘曰:“不然。渠如肯事二主,楚毒岂肯自罹?要不能不有此忿耳。”率弟躬往负荆。岳父母诮让良切。大娘叱使长跪,然后请见姜女。请之再四,坚避不出;大娘搜捉以出。女乃指福唾骂,福惭汗无地自容。姜母始曳令起。大娘请问归期,女曰:“向受姊惠綦多,今承尊命,岂复敢有异言?但恐不能保其不再卖也!且恩义已绝,更何颜与黑心无赖子共生活哉?请别营一室,妾往奉事老母,较胜披削足矣。”大娘代白其悔,为翼日之约而别。

次日,以乘舆取归,母逆于门而跪拜之。女伏地大哭。大娘劝止,置酒为欢,命福坐案侧,乃执爵而言曰:“我苦争者非自利也。今弟悔过,贞妇复还,请以簿籍交纳;我以一身来,仍以一身去耳。”夫妇皆兴席改容。罗拜哀泣,大娘乃止。居无何,昭雪命下,不数日,田宅悉还故主。魏大骇,不知其故,自恨无术可以复施。适西邻有回禄之变,魏托救焚而往,暗以编菅爇禄第,风又暴作,延烧几尽;止余福居两三屋,举家依聚其中。未几禄至,相见悲喜。初,范公子得离书,持商蕙娘。蕙娘痛哭,碎而投诸地。父从其志,不复强。禄归闻其未嫁,喜如岳所。公子知其灾,欲留之;禄不可,遂辞而退。大娘幸有藏金,出葺败堵。福负锸营筑,掘见窖镪,夜与弟共发之,石池盈丈,满中皆不动尊也。由是鸠工大作,楼舍群起,壮丽拟于世胄。禄感将军义,备千金往赎父。福请行,因遣健仆辅之以去。禄乃迎蕙娘归。未几父兄同归,一门欢腾。大娘自居母家,禁子省视,恐人议其私也。父既归,坚辞欲去。兄弟不忍。父乃析产而三之:子得二,女得一也。大娘固辞。兄弟皆泣曰:“吾等非姊,乌有今日!”大娘乃安之,遣人招子移家共居焉。或问大娘:“异母兄弟,何遂关切如此?”大娘曰:“知有母而不知有父者,惟禽兽如此耳,岂以人而效之?”福禄闻之皆流涕,使工人治其第,皆与己等。

魏自计十余年,祸之而益福之,深自愧悔。又仰其富,思交欢之,因以贺仲阶进，备物而往。福欲却之；仲不忍拂，受鸡酒焉。鸡以布缕缚足，逸入灶；灶火燃布，往栖积薪，僮婢不察。俄而薪焚灾舍，一家惶骇。幸手指众多，一时扑灭，而厨中已百物俱空矣。兄弟皆谓其物不祥。后值父寿，魏复馈牵羊。却之不得，系羊庭树。夜有僮被仆殴，忿趋树下，解羊索自经死。兄弟叹曰："其福之不如其祸之也！"自是魏虽殷勤，竟不敢受其寸缕，宁厚酬之而已。后魏老，贫而作丐，仇每周以布粟而德报之。

异史氏曰："噫嘻！造物之殊不由人也！益仇之而益福之，彼机诈者无谓甚矣。顾受其爱敬，而反以得祸，不更奇哉？此可知盗泉之水，一掬亦污也。"

曹操冢

许城外有河水汹涌，近崖深黯。盛夏时有人入浴，忽然若被刀斧，尸断浮出；后一人亦如之。转相惊怪。邑宰闻之，遣多人闸断上流，竭其水。见崖下有深洞，中置转轮，轮上排利刃如霜。去轮攻之，中有小碑，字皆汉篆。细视之，则曹孟德墓也。破棺散骨，所殉金宝尽取之。

异史氏曰："后贤诗云：'尽掘七十二疑冢，必有一冢葬君尸。'宁知竟在七十二冢之外乎？奸哉瞒也！然千余年而朽骨不保，变诈亦复何益？呜呼，瞒之智正瞒之愚也！"

龙飞相公

安庆戴生，少薄行，无检幅。一日醉归，途中遇故表兄季生。醉后昏眊，竟忘其死，问："向在何所？"季曰："仆已异物，君忘之耶？"戴始恍然，而醉亦不惧，问："冥间何作？"答曰："近在转轮王殿下司录。"戴曰："人世祸福当必知之？"季曰："此仆职也，乌得不知？但过繁不甚关切，不能尽记耳。三日前偶稽册，尚睹君名。"戴急问其何词，季曰："不敢相欺，尊名在黑暗狱中。"戴大惧，酒亦醒，苦求拯拔。季曰："此非仆所能效力，惟善可以已之。然君恶籍盈指，非大善不可复挽。穷秀才有何大力？即日行一善，非年余不能相准，今已晚矣。但从此砥行,则地狱或有出时。”戴闻之泣下,伏地哀恳;及仰首而季已杳矣。悒悒而归。由此洗心改行,不敢差跌。

先是,戴私其邻妇,邻人闻之而不肯发,思掩执之。而戴自改行,永与妇绝;邻人伺之不得,以为恨。一日遇于田间,阳与语,绐窥眢井,因而堕之。井深数丈,计必死。而戴中夜苏,坐井中大号,殊无知者。邻人恐其复上,过宿往听之;闻其声,急投石。戴移避洞中,不敢复作声。邻人知其不死,劚土填井,几满之。

洞中冥黑真与地狱无异。况空洞无所得食,计无生理。匍匐渐入,则三步外皆水,无所复之,还坐故处。初觉腹馁,久竟忘之。因思重泉下无善可行,惟长宣佛号而已。既见磷火浮游,荧荧满洞,因而祝之曰:“闻青磷悉为冤鬼;我虽暂生,固亦难返,如可共话,亦慰寂寞。”但见诸磷渐浮水来;磷中有一人,高约人身之半。诘所自来,答云:“此古煤井。主人攻煤,震动古墓,被龙飞相公决地海之水,溺死四十三人。我皆鬼也。”问:“相公何人?”曰:“不知也。但相公文学士,今为城隍幕客,彼亦怜我等无辜,三五日辄一施水粥。思我辈冷水浸骨,超拔无日。君倘再履人世,祈捞残骨葬一义冢,则惠及泉下者多矣。”戴曰:“如有万分之一,此更何难。但深在九地,安望重睹天日乎!”因教诸鬼使念佛,捻块代珠,记其藏数。不知时之昏晓:倦则眠,醒则坐而已。

忽见深处有笼灯,众喜曰:“龙飞相公施食矣!”邀戴同往。戴虑水沮,众强曳扶以行,飘若履虚。曲折半里许,至一处,众释令自行;步益上,如升数仞之阶。阶尽,睹房廊,堂上烧明烛一支,大如臂。戴久不见火光,喜极趋上。上坐一叟,儒服儒巾。戴辍步不敢前,叟已睹见,讶问:“生人何来?”戴上,伏地自陈。叟曰:“我子孙也。”因令起,赐之坐。自言:“戴潜,字龙飞。向因不肖孙堂,连结匪类,近墓作井,使老夫不安于夜室,故以海水没之。今其后续如何矣?”盖戴近宗凡五支,堂居长。初,邑中大姓赂堂,攻煤于其祖茔之侧。诸弟畏其强莫敢争。无何地水暴至,采煤人尽死井中。诸死者家群兴大讼,堂及大姓皆以此贫;堂子孙至无立锥。戴乃堂弟裔也。曾闻先人传其事,因告翁。翁曰:“此等不肖,其后焉得昌!汝既来此,当勿废读。”因饷以酒馔，遂置卷案头，皆成、洪制艺，迫使研读。又命题课文，如师教徒。堂上烛常明，不剪亦不灭。倦时辄眠，莫辨晨夕。翁时出，则以一僮给役。历时觉有数年之久，然幸无苦。但无别书可读，惟制艺百首，首四千余遍矣。翁一日谓曰：“子孽报已满，合还人世。余冢邻煤洞，阴风刺骨，得志后当迁我于东原。”戴敬诺。翁乃唤集群鬼，仍送至旧坐处。群鬼罗拜再嘱。戴亦不知何计可出。

先是家中失戴，搜访既穷，母告官，系缧多人，杳无踪迹。积三四年，官离任，缉察亦弛。戴妻不安于室，遣嫁去。会里中人复治旧井，入洞见戴，抚之未死。大骇，报诸其家。舁归经日，始能言其底里。自戴入井，邻人殴杀其妻，为妻翁所讼，驳审年余，仅存皮骨而归。闻戴复生，大惧亡去。宗人议究治之，戴不许；且谓曩时实所自取，此冥中之谴，于彼何与焉。邻人察其意无他，始逡巡而归。井水既涸，戴买人入洞拾骨，俾各为具，市棺设地，葬丛冢焉。又稽宗谱名潜，字龙飞，先设品物祭诸冢。学使闻其异，又赏其文，是科以优等入闱，遂捷于乡。既归，营兆东原，迁龙飞厚葬之；春秋上墓，岁岁不衰。

异史氏曰：“余乡有攻煤者，洞没于水，十余人沉溺其中。竭水求尸，两月余始得涸，而十余人并无死者。盖水大至时，共泅高处，得不溺。缒而上之，见风始绝，一昼夜乃渐苏。始知人在地下，如蛇鸟之蛰，急切未能死也。然未有至数年者。苟非至善，三年地狱中，乌复有生人哉！”

珊　瑚

安生大成，重庆人。父孝廉，早卒。弟二成，幼。生娶陈氏，小字珊瑚，性娴淑。而生母沈，悍不仁，遇之虐，珊瑚无怨色。每早旦靓妆往朝。值生疾，母谓其诲淫，诟责之。珊瑚退，毁妆以进。母益怒，投颡自挝。生素孝，鞭妇，母少解。自此益憎妇。妇虽奉事惟谨，终不与一语。生知母怒，亦寄宿他所，示与妇绝。久之母终不快，触物类而骂之，意总在珊瑚。生曰：“娶妻以奉姑嫜，今若此，何以妻为！”遂出珊瑚，使老妪送归母家。

方出里门，珊瑚泣曰：“为女子不能作妇，归何以见双亲？不如死!”袖中出剪刀刺喉。急救之,血溢沾襟。扶归生族婶家。婶王氏,寡居无偶,遂止焉。媪归,生嘱隐其情,而心窃恐母知。过数日探知珊瑚创渐平,登王氏门,使勿留珊瑚。王召生入;不入,但盛气逐珊瑚。无何,王乃率珊瑚出见生,问:“珊瑚何罪?”生责其不能事母。珊瑚默默不作一语,惟俯首呜泣,泪皆赤,素衫尽染;生惨恻不能尽词而退。又数日母已闻之,怒诣王,恶言诮让。王傲不相下,反述其恶,且曰:“妇已出,尚属安家何人?我自留陈氏女,非留安氏妇也,何烦强与他家事!”母怒甚而穷于词,又见王意气汹汹,惭沮大哭而返。

珊瑚意不自安,思他适。先是生有母姨于媪,即沈姊也。年六十余,子死,止一幼孙及寡媳;又尝善视珊瑚。遂辞王,往投媪。媪诘得故,极道妹子昏暴,即欲送之还。珊瑚力言其不可,兼嘱勿言,乃与于媪居,如姑妇焉。珊瑚有两兄,闻而怜之,欲移归另嫁。珊瑚执不肯,惟从于媪纺绩以自度。

生自出妇,母多方为生谋婚,而悍声流播,远近无与为偶。积三四年,二成渐长,遂先为毕姻。二成妻臧姑,骄悍戾沓,尤倍于母。母或怒以色,则臧姑怒以声。二成又懦,不敢为左右袒。于是母威顿减,莫敢撄,反望色笑而承迎之,犹不能得臧姑欢。臧姑役母若婢;生不敢言,惟身代母操作,涤器洒扫之事皆与焉。母子恒于无人处,相对饮泣。无何,母以郁抑成病,委顿在床,便溺转侧皆须生;生昼夜不得寐,两目尽赤。呼弟代役,甫入门,臧姑辄唤去。

生于是奔告于媪,冀媪临存。入门泣且诉;诉未毕,珊瑚自帏中出。生大惭,禁声欲出。珊瑚以两手叉扉。生窘极,自肘下冲出而归,亦不敢以告母。无何于媪至,母喜止之。从此媪家无日不有人来,来必以甘旨饷媪。媪寄语寡媳:“此处不饿,后无复尔。”而家中馈遗卒无少间。媪不肯少尝食,缄留以待病者。母病亦渐瘥。媪幼孙又以母命将佳饵来问病。沈叹曰:“贤哉妇乎!姊何修者!”媪曰:“妹以去妇何如人?”曰:“嘻!诚不至夫臧氏之甚也!然乌如甥妇贤。”媪曰:“妇在,汝不知劳;汝怒,妇不知怨,恶乎弗如?”沈乃泣下,且告之悔,曰:“珊瑚嫁也未者?”答云:“不知,请访之。”又数日病愈,媪欲别。沈泣曰:“恐姊去,我仍死耳!”媪乃与生谋,析二成居。二成告臧姑。臧姑不乐,语侵兄,兼及媪。生愿以良田悉归二成,臧姑乃喜。立析产书已,媪始去。

明日以车来迎沈。沈至其家,先求见甥妇,亟道甥妇德。媪曰:“小女子百善,何遂无一疵?余固能容之。子即有妇如吾妇,恐亦不能享也。”沈曰:“冤哉!谓我木石鹿豕耶!具有口鼻,岂有触香臭而不知者?”媪曰:“被出如珊瑚,不知念子作何语?”曰:“骂之耳。”媪曰:“诚反躬无可骂,亦恶乎而骂之?”曰:“瑕疵人所时有,惟其不能贤,是以知其骂也。”媪曰:“当怨者不怨,则德焉者可知;当去者不去,则抚焉者可知。向之所馈遗而奉事者,固非予妇也,尔妇也。”沈惊曰:“如何?”曰:“珊瑚寄此久矣。向之所供,皆渠夜绩之所贻也。”沈闻之,泣数行下,曰:“我何以见我妇矣!”媪乃呼珊瑚。珊瑚含涕而出,伏地下。母惭痛自挞,媪力劝始止,遂为姑媳如初。

十余日偕归,家中薄田数亩,不足自给,惟恃生以笔耕,妇以针耨。二成称饶,然兄不之求,弟亦不之顾也。臧姑以嫂之出也鄙之;嫂亦恶其悍置不齿。兄弟各院居。臧姑时有凌虐,一家尽掩其耳。臧姑无所用虐,虐夫及婢。婢一日自经死。婢父讼臧姑,二成代妇质理,大受扑责,仍坐拘臧姑。生上下为之营脱,卒不免。臧姑械十指,肉尽脱。官贪暴,索望良奢。二成质田贷资,如数纳入,姑释归。而债家责负日亟,不得已,悉以良田鬻于村中任翁。翁以田半属大成所让,要生署券。生往,翁忽自言:“我安孝廉也。任某何人,敢市吾业!”又顾生曰:“冥中感汝夫妻孝,故使我暂归一面。”生出涕曰:“父有灵,急救吾弟!”曰:“逆子悍妇不足惜也!归家速办金,赎吾血产。”生曰:“母子仅自存活,安得多金?”曰:“紫薇树下有藏金,可以取用。”欲再问之,翁已不语;少时而醒,茫不自知。

生归告母,亦未深信。臧姑已率人往发窖,坎地四五尺,止见砖石,并无金,失意而去。生闻其掘藏,戒母及妻勿往视。后知其无所获,母窃往窥之,见砖石杂土中,遂返。珊瑚继至,则见土内悉白镪;呼生往验之,果然。生以先人所遗,不忍私,召二成均分之。数适得揭取之二,各囊归。二成与臧姑共验之,启囊则瓦砾满中,大骇。疑二成为兄所愚,使二成往窥兄,兄方陈金几上,与母相庆。因实告兄,兄亦骇，而心甚怜之，举金而并赐之。二成乃喜，往酬债讫，甚德兄。臧姑曰："即此益知兄诈。若非自愧于心，谁肯以瓜分者复让人乎？"二成疑信半之。次日债主遣仆来，言所偿皆伪金，将执以首官。夫妻皆失色。臧姑曰："何如！我固谓兄贤不至于此，是将以杀汝也！"二成惧，往哀债主，主怒不释。二成乃券田于主，听其自售，始得原金而归。细视之，见断金二锭，仅裹真金一韭叶许，中尽铜耳。臧姑因与二成谋：留其断者，余仍反诸兄以觇之。且教之言曰："屡承让德，实所不忍。薄留二锭，以见推施之义。所存物产，尚与兄等。余无庸多田也，业已弃之，赎否在兄。"生不知其意，固让之。二成辞甚决，生乃受。称之少五两，命珊瑚质奁妆以满其数，携付债主。主疑似旧金，以剪刀夹验之，纹色俱足，无少差谬，遂收金，与生易券。

二成还金后，意其必有参差；既闻旧业已赎，大奇之。臧姑疑发掘时，兄先隐其真金，忿诣兄所，责数诟厉。生乃悟反金之故。珊瑚逆而笑曰："产固在耳，何怒为？"使生出券付之。二成一夜梦父责之曰："汝不孝不弟，冥限已迫，寸土皆非已有，占赖将以奚为！"醒告臧姑，欲以田归兄。臧姑嗤其愚。是时二成有两男，长七岁，次三岁。未几长男病痘死。臧姑始惧，使二成退券于兄，言之再三，生不受。无何次男又死。臧姑益惧，自以券置嫂所。春将尽，田芜秽不耕，生不得已种治之。

臧姑自此改行，定省如孝子，敬嫂亦至。半年母病卒。臧姑哭之恸，至勺饮不入口。向人曰："姑早死，使我不得事，是天不许我自赎也！"育十胎皆不存，遂以兄子为子。夫妻皆寿终。生养二子皆举进士。人以为孝友之报云。

异史氏曰："不遭跋扈之恶，不知靖献之忠，家与国有同情哉。逆妇化而母死，盖一堂孝顺，无德以戡之也。臧姑自克，谓天不许其自赎，非悟道者何能为此言乎？然应迫死，而以寿终，天固已恕之矣。生于忧患，有以矣夫！"

五　通

南有五通，犹北之有狐也。然北方狐祟，尚可驱遣；而江浙五通，则民家美妇辄被淫占,父母兄弟皆莫敢息,为害尤烈。

有赵弘者,吴之典商也,妻阎氏颇风格。一夜有丈夫岸然自外入,按剑四顾,婢媪尽奔。阎欲出,丈夫横阻之,曰:“勿相畏,我五通神四郎也。我爱汝,不为汝祸。”为抱腰举之,如举婴儿,置床上,裙带自开,遂狎之。而伟岸甚不可堪,迷惘中呻楚欲绝。四郎亦怜惜,不尽其器。既而下床,曰:“我五日当复来。”乃去。弘于门外设典肆,是夜婢奔告之。弘知其五通,不敢问。质明视之,妻惫不起,心甚羞恨,戒家人勿播。妇三四日始就平复,惧其复至。婢媪不敢宿内室,悉避外舍;惟妇对烛含愁以伺之。无何四郎偕两人入,皆少年蕴藉。有僮列肴酒,与妇共饮。妇羞缩低头,强之饮亦不饮;心惕惕然,恐更番为淫,则命合尽矣。三人互相劝酬,或呼大兄,或呼三弟。饮至中夜,上坐二客并起,曰:“今日四郎以美人见招,会当邀二郎、五郎醵酒为贺。”遂辞而去。四郎挽妇入帏,妇哀免;四郎强合之,鲜血流离,昏不知人,四郎始去。妇奄卧床榻,不胜羞愤,思欲自尽,而投缳则带自绝,屡试皆然,苦不得死。幸四郎不常至,约妇痊可始一来。积两三月,一家俱不聊生。

有会稽万生者,赵之表弟,刚猛善射。一日过赵,时已暮,赵以客舍为家人所集,遂宿赵内院。万久不寐,闻庭中有人行声,伏窗窥之,见一男子入妇室。疑之,捉刀而潜视之,见男子与阎氏并肩坐,肴陈几上矣。忿火中腾,奔而入。男子惊起,急觅剑;刀已中颅,颅裂而踣。视之则一小马,大如驴。愕问妇;妇具道之,且曰:“诸神将至,为之奈何!”万摇手,禁勿声。灭烛取弓矢,伏暗中。未几有四五人自空飞堕,万急发一矢,首者殪。三人吼怒,拔剑搜射者。万握刀依扉后,寂不动。一人入,剁颈亦殪。仍倚扉后,久之无声,乃出,叩关告赵。赵大惊,共烛之,一马两豕死室中。举家相庆。犹恐二物复仇,留万于家,炰豕烹马而供之,味美异于常馐。万生之名,由是大噪。

居月余,其怪竟绝,乃辞欲去。有木商某苦要之。先是,某有女未嫁,忽五通昼降,是二十余美丈夫,言将聘作妇,委金百两,约吉期而去。计期已迫,合家惶惧。闻万生名,坚请过诸其家。恐万有难词，隐不以告。盛筵既罢，妆女出拜客，年十六七，是好女子。万错愕不解其故，离席伛偻，某捺坐而实告之。万生平意气自豪，遂亦不辞。至日某乃悬彩于门，使万坐室中。日昃不至，疑新郎已在诛数。未几见檐间忽如鸟坠，则一少年盛服入，见万，返身而奔。万追出，但见黑气欲飞，以刀跃挥之，断其一足，大嗥而去。俯视，则巨爪大如手，不知何物；寻其血迹，入于江中。某大喜，闻万无偶，是夕即以所备床寝，使与女合卺焉。

于是素患五通者，皆拜请一宿其家。居年余始携妻而去。从此吴中止有一通，不敢公然为害矣。

异史氏曰："五通、青蛙，惑俗已久，遂至任其淫乱，无人敢私议一语。万生真天下之快人也！"

金生字王孙，苏州人。设帐于淮，馆缙绅园。园中屋宇无多，花木丛杂。夜既深，僮仆尽散，辄吊孤影。

一夜三漏将残，忽有人以指弹扉。急问之，对以"乞火"，声类馆僮。启户则二八佳丽，一婢从之。生意妖魅，穷诘甚悉。女曰："妾以君风雅之士，枯寂可怜，不畏多露，相与遣此良宵。恐言其故，妾不敢来，君亦不敢纳也。"生又以为邻之奔女，惧丧行检，敬谢之。女横波一顾，生觉神魂都迷，忽颠倒不能自主。婢已知之，便云："霞姑，我且去。"女颔之。既而呵之曰："去则去耳，甚得云耶、霞耶！"婢既去，女笑曰："适室中无人，遂偕婢从来。无知如此，遂以小字令君闻矣。"生曰："卿深细如此，故仆惧有祸机。"女曰："久当自知，保不败君行止，勿忧也。"上榻缓其装束，见臂上腕钏，以条金贯火齐，衔明珠二粒；烛既灭，光照一室。生益骇，终莫测其所自至。生于女去时遥尾之，女似已觉，遽蔽其光，树浓茂，昏不见掌而返。

一日生诣河北，笠带断绝，风吹欲落，辄于马上以手自按。至河，坐扁舟上，飘风堕笠，随波竟去。意颇自失。既渡，见大风飘笠，团转空际；渐落，以手承之，则带已续矣。异之。归斋向女缅述；女不言，但微笑之。生疑女所为，曰："卿果神人，当相明告，以祛烦惑。"女曰："岑寂之中，得此痴情人为君破闷，妾自谓不恶。纵令妾能为此，亦相爱耳。苦致诘难，欲相绝耶？"生不敢复言。

先是生有甥女既嫁，为五通所惑，心忧之而未以告人。缘与女狎昵既久，肺膈无不倾吐。女曰："此等物事，家君能驱除之。顾何敢以情人之私告诸严君？"生苦哀求计。女沉思曰："此亦易除，但须亲往。若辈皆我奴隶，若令一指得着肌肤，则此耻西江不能濯也。"生哀求不已，女曰："当即图之。"次夕至，告曰："妾为君遣婢南下矣。婢子弱，恐不能便诛却耳。"次夜方寝，婢来叩户，生急内入，女问："何如？"答曰："力不能擒，已宫之矣。"笑问其状，曰："初以为郎家也；既到始知其非。比至婿家，灯火已张，入见娘子坐灯下，隐几若寐，我敛魂覆瓿中。少时物至，入室急退，曰：'何得寓生人！'审视无他，乃复入。我阳若迷。彼启衾入，又惊曰：'何得有兵气！'本不欲以秽物污指，奈恐缓而生变，遂急捉而阉之。物惊嗥遁去。乃起启瓿，娘子若醒，而婢子行矣。"生喜谢之，女与俱去。

后半月余，女不复至，亦已绝望。岁暮解馆欲归，女复至。生喜逆之，曰："卿久见弃，念必有获罪处；幸不终绝耶？"女曰："终岁之好，分手未有一言，终属缺事。闻君卷帐，故窃来一告别耳。"生请偕归，女叹曰："难言之矣！今将别，情不忍昧。妾实金龙大王之女，缘与君有夙分，故来相就。不合遣婢江南，致江湖流传，言妾为君阉割五通。家君闻之，以为大辱，忿欲赐死。幸婢以身自任，怒乃稍解；杖婢以百数。妾一跬步，必使保姆从之。投隙一至，不能尽此衷曲，奈何！"言已欲别，生挽之而泣。女曰："君勿尔，后三十年可复相聚。"生曰："仆年三十矣；又三十年，皤然一老，何颜复见？"女曰："不然，龙宫无白叟也。且人生寿夭，不在容貌，如徒求驻颜，固亦大易。"乃书一方于卷头而去。

生旋里，甥女始言其异，云："当晚若梦，觉一人捉塞盎中；既醒，则血殷床褥而怪绝矣。"生曰："我曩祷河伯耳。"群疑始解。

后生六十余，貌犹类三十许人。一日渡河，遥见上流浮莲叶大如席，一丽人坐其上，近视则神女也。生跃从之，人随荷叶俱小，渐渐如钱而灭。此事与赵弘一则，俱明季事，不知孰前孰后。若在万生用武之后，则吴下仅遗半通，宜其不为害也。

申 氏

泾河之间，有士人子申氏者，家窭贫，竟日恒不举火。夫妻相对，无以为计。妻曰："无已，子其盗乎！"申曰："士人子不能亢宗，而辱门户、羞先人，跖而生，不如夷而死！"妻忿曰："子欲活而恶辱耶？世不田而食者，止两途：汝既不能盗，我无宁娼乎！"申怒，与妻语相侵。妻含愤而眠。

申念：为男子不能谋两餐，致使妻欲娼，固不如死！潜起，投缳庭树间。但见父来，惊曰："痴儿，何至于此！"断其绳，嘱曰："盗可以为，须择禾黍深处伏之。此行可富，无庸再矣。"妻闻堕地声，惊寤；呼夫不应，爇火觅之，见树上缳绝，申死其下。大骇。抚捺之，移时而苏，扶卧床上。妻忿气少平。既明托夫病，乞邻得稀酡饵申。申啜已，出而去。至午负一囊米至。妻问所从来，曰："余父执皆世家，向以摇尾羞，故不屑相求也。古人云：'不遭者可无不为。'今且将作盗，何顾焉！可速炊，我将从卿言往行劫。"妻疑其未忘前言之忿，含忍之。因淅米作糜。申饱食讫，急寻坚木，斧作梃，持之欲去。妻察其意似真，曳而止之。申曰："子教我为，事败相累，当无悔！"绝裾而出。

日暮抵邻村，违村里许伏焉。忽暴雨上下淋湿，遥望浓树，将以投止。而电光一照，已近村垣。远处似有行人，恐为所窥，见垣下有禾黍蒙密，疾趋而入，蹲避其中。无何一男子来，躯甚壮伟，亦投禾中。申惧，不敢少动，幸男子斜行去。微窥之，入于垣中。默忆垣内为富室亢氏第，此必梁上君子，伺其重获而出，当合有分。又念其人雄健，倘善取不予，必至用武。自度力不敌，不如乘其无备而颠之。计已定，伏伺良专。直将鸡鸣，始越垣出。足未及地，申暴起，梃中腰膂，踣然倾跌，则一巨龟，喙张如盆。大惊，又连击之，遂毙。

先是亢翁有女绝惠美，父母甚怜爱之。一夜有丈夫入室，狎逼为欢。欲号则舌已入口，昏不知人，听其所为而去。羞以告人，惟多集婢媪，严扃门户而已。夜既寝，更不知扉何自而开，入室则群众皆迷，婢媪遍淫之。于是相告各骇，以告翁；翁戒家人操兵环绣闼，室中人烛而坐。约近夜半,内外人一时都瞑,忽若梦醒,见女白身卧,状类痴,良久始寤。翁甚恨之,而无如何。积数月女柴瘠颇殆,每语人:“有能驱遣者,谢金三百。”申平时亦悉闻之。是夜得龟,因悟祟翁女者,必是物也。遂叩门求赏。翁喜,延之上座,使人舁龟于庭脔割之。留申过夜,其怪果绝,乃如数赠之。

负金而归。妻以其隔夜不还,方且忧盼;见申入,急问之。申不言,以金置榻上。妻开视,几骇绝,曰:“子真为盗耶!”申曰:“汝逼我为此,又作是言!”妻泣曰:“前特以相戏耳。今犯断头之罪,我不能为贼人累也。请先死!”乃奔。申逐出,笑曳而返之,具以实告,妻乃喜。自此谋生产,称素封焉。

异史氏曰:“人不患贫,患无行耳。其行端者,虽饿不死;不为人怜,亦有鬼佑也。世之贫者,利所在忘义,食所在忘耻,人且不敢以一文相托,而何以见谅于鬼神乎!”

邑有贫民某乙,残腊向尽,身无完衣。自念何以卒岁?不敢与妻言,暗操白梃,出伏墓中,冀有孤身而过者,劫其所有。悬望甚苦,渺无人迹;而松风刺骨,不可复耐。意濒绝矣,忽见一人伛偻来。心窃喜,持梃遽出。则一叟负囊道左,哀曰:“一身实无长物。家绝食,适于婿家乞得五升米耳。”乙夺米,复欲褫其絮袄,叟苦哀求,乙怜其老释之,负米而归。妻诘其自,诡以“赌债”对。

阴念此策良佳,次夜复往。居无几时,见一人荷梃来,亦投墓中,蹲居眺望,意似同道。乙乃逡巡自冢后出。其人惊问:“谁何?”答云:“行道者。”问:“何不行?”曰:“待君耳。”其人失笑。各以意会,并道饥寒之苦。夜既深,无所猎获。乙欲归,其人曰:“子虽作此道,然犹雏也。前村有嫁女者,营办中夜,举家必殆。从我去,得当均之。”乙喜从之。至一门,隔壁闻炊饼声,知未寝,伏伺之。无何,一人启关荷杖出行汲,二人乘间掩入。见灯辉北舍,他屋皆暗黑。闻一媪曰:“大姐,可向东舍一瞩,汝奁妆悉在椟中,忘扃镝未也。”闻少女作娇惰声。二人窃喜,潜趋东舍,暗中摸索得卧椟;启复探之,深不见底。其人谓乙曰:“入之!”乙果入,得一裹传递而出。其人问:“尽矣乎?”曰:“尽矣。”又绐之曰:“再索之。”乃闭椟,加锁而去。乙在其中，窘急无计。未几灯火亮入，先照椟。闻媪云："谁已扃矣。"于是母及女上榻息烛。乙急甚，乃作鼠啮物声。女曰："椟中有鼠！"媪曰："勿坏尔衣。我疲顿已极，汝宜自觇之。"女振衣起，发扃启椟。乙突出，女惊仆。乙拔关奔去，虽无所得，而窃幸获免。

嫁女家被盗，四方流播。或议乙。乙惧，东遁百里，为逆旅主人赁作佣。年余浮言稍息，始取妻同居，不业白梃矣。此其自述，因类申氏，故附志之。

恒 娘

都中洪大业，妻朱氏，姿致颇佳，两相爱悦。后洪纳婢宝带为妾，貌远逊朱，而洪嬖之。朱不平，遂致反目。洪虽不敢公然宿妾所，然益嬖妾，疏朱。

后徙居，与帛商狄姓为邻。狄妻恒娘，先过院谒朱。恒娘三十许，姿仅中人，言词轻倩。朱悦之。次日答拜，见其室亦有小妾，年二十许，甚娟好。邻居几半年，并不闻其诟谇一语；而狄独钟爱恒娘，副室则虚位而已。朱一日问恒娘曰："予向谓良人之爱妾，为其为妾也，每欲易妻之名呼作妾。今乃知不然。夫人何术？如可授，愿北面为弟子。"恒娘曰："嘻！子则自疏，而尤男子乎？朝夕而絮聒之，是为丛驱雀，其离滋甚耳！其归益纵之，即男子自来，勿纳也。一月后当再为子谋之。"朱从其谋，益饰宝带，使从丈夫寝。洪一饮食，亦使宝带共之。洪时以周旋朱，朱拒之益力，于是共称朱氏贤。

如是月余朱往见恒娘，恒娘喜曰："得之矣！子归毁若妆，勿华服，勿脂泽，垢面敝履，杂家人操作。一月后可复来。"朱从之。衣敝补衣，故为不洁清，而纺绩外无他问。洪怜之，使宝带分其劳；朱不受，辄叱去之。

如是者一月，又往见恒娘。恒娘曰："孺子真可教也！后日为上巳节，欲招子踏春园。子当尽去敝衣，袍裤袜履，崭然一新，早过我。"朱曰："诺。"至日，揽镜细匀铅黄，一如恒娘教。妆竟，过恒娘。恒娘喜曰："可矣！"又代挽凤髻，光可鉴影。袍袖不合时制，拆其线更作之；谓其履样拙，更于笥中出业履，共成之，讫，即令易着。临别饮以酒，嘱曰："归去一见男子，即早闭户寝，渠来叩关勿听也。三度呼可一度纳。口索舌，手索足，皆吝之。半月后当复来。"朱归，炫妆见洪，洪上下凝睇之，欢笑异于平时。朱少话游览，便支颐作惰态；日未昏，即起入房，阖扉眠矣。未几洪果来款关，朱坚卧不起，洪始去。次夕复然。明日洪让之，朱曰："独眠习惯，不堪复扰。"日既西，洪入闺坐守之。灭烛登床，如调新妇，绸缪甚欢。更为次夜之约；朱不可长，与洪约以三日为率。

半月许复诣恒娘，恒娘阖门与语曰："从此可以擅专房矣。然子虽美，不媚也。子之姿，一媚可夺西施之宠，况下者乎！"于是试使睨，曰："非也！病在外眦。"试使笑，又曰："非也！病在左颐。"乃以秋波送娇，又辗然瓠犀微露，使朱效之。凡数十作，始略得其仿佛。恒娘曰："子归矣，揽镜而娴习之，术无余矣。至于床笫之间，随机而动之，因所好而投之，此非可以言传者也。"

朱归，一如恒娘教。洪大悦，形神俱惑，惟恐见拒。日将暮，则相对调笑，跬步不离闺闼，日以为常，竟不能推之使去。朱益善遇宝带，每房中之宴，辄呼与共榻坐；而洪视宝带益丑，不终席，遣去之。朱赚夫入宝带房，扃闭之，洪终夜无所沾染。于是宝带恨洪，对人辄怨谤。洪益厌怒之，渐施鞭楚。宝带忿，不自修，拖敝垢履，头类蓬葆，更不复可言人矣。

恒娘一日谓朱曰："我之术何如？"朱曰："道则至妙；然弟子能由之，而终不能知之也。纵之，何也？"曰："子不闻乎：人情厌故而喜新，重难而轻易？丈夫之爱妾，非必其美也，甘其所乍获，而幸其所难遘也。纵而饱之，则珍错亦厌，况藜羹乎！""毁之而复炫之，何也！"曰："置不留目，则似久别；忽睹艳妆，则如新至：譬贫人骤得粱肉，则视脱粟非味矣。而又不易与之，则彼故而我新，彼易而我难，此即子易妻为妾之法也。"朱大悦，遂为闺中密友。

积数年，忽谓朱曰："我两人情若一体，自当不昧生平。向欲言而恐疑之也；行相别，敢以实告：妾乃狐也。幼遭继母之变，鬻妾都中。良人遇我厚，故不忍遽绝，恋恋以至于今。明日老父尸解，妾往省觐，不复还矣。"朱把手唏嘘。早旦往视，则举家惶骇，恒娘已杳。

异史氏曰:“买珠者不贵珠而贵椟:新旧易难之情,千古不能破其惑;而变憎为爱之术,遂得以行乎其间矣。古佞臣事君,勿令见人,勿使窥书。乃知容身固宠,皆有心传也。

葛巾

常大用,洛人,癖好牡丹。闻曹州牡丹甲齐、鲁,心向往之。适以他事如曹,因假缙绅之园居焉。时方二月,牡丹未华,惟徘徊园中,目注勾萌,以望其拆。作《怀牡丹》诗百绝。未几花渐含苞,而资斧将匮;寻典春衣,流连忘返。

一日凌晨趋花所,则一女郎及老妪在焉。疑是贵家宅眷,遂遄返。暮往又见之,从容避去;微窥之,宫妆艳绝。眩迷之中,忽转一想:此必仙人,世上岂有此女子乎!急返身而搜之,骤过假山,适与媪遇。女郎方坐石上,相顾失惊。妪以身幛女,叱曰:“狂生何为!”生长跪曰:“娘子必是仙人!”妪咄之曰:“如此妄言,自当絷送令尹!”生大惧。女郎微笑曰:“去之!”过山而去。

生返,不能徒步,意女郎归告父兄,必有诟辱相加。偃卧空斋,甚悔孟浪。窃幸女郎无怒容,或当不复置念。悔惧交集,终夜而病。日已向辰,喜无问罪之师,心渐宁帖。回忆声容,转惧为想。如是三日,憔悴欲死。乘烛夜分,仆已熟眠。妪入,持瓯而进曰:“吾家葛巾娘子,手合鸩汤,其速饮!”生骇然曰:“仆与娘子,夙无怨嫌,何至赐死?既为娘子手调,与其相思而病,不如仰药而死!”遂引而尽之。妪笑接瓯而去。生觉药气香冷,似非毒者。俄觉肺膈宽舒,头颅清爽,酣然睡去。既醒红日满窗。试起,病若失,心益信其为仙。无可夤缘,但于无人时,虔拜而默祷之。

一日行去,忽于深树内觌面遇女郎,幸无他人,大喜投地。女郎近曳之,忽闻异香竟体,即以手握玉腕而起,指肤软腻,使人骨节欲酥。正欲有言,老妪忽至。女令隐身石后,南指曰:“夜以花梯度墙,四面红窗者即妾居也。”匆匆而去。生怅然,魂魄飞散,莫知所往。至夜移梯登南垣,则垣下已有梯在,喜而下,果有红窗。室中闻敲棋声,伫立不敢复前,姑逾垣归。少间再过之,子声犹繁;渐近窥之,则女郎与一素衣美人相对弈，老妪亦在坐，一婢侍焉。又返。凡三往复，漏已三催。生伏梯上，闻妪出云："梯也，谁置此？"呼婢共移去之。生登垣，欲下无阶，恨悒而返。

次夕复往，梯先设矣。幸寂无人，入，则女郎兀坐若有思者，见生惊起，斜立含羞。生揖曰："自分福薄，恐于天人无分，亦有今夕也！"遂狎抱之。纤腰盈掬，吹气如兰，撑拒曰："何遽尔！"生曰："好事多磨，迟为鬼妒。"言未已，遥闻人语。女急曰："玉版妹子来矣！君可姑伏床下。"生从之。无何一女子入，笑曰："败军之将，尚可复言战否？业已烹茗，敢邀为长夜之欢。"女郎辞以困惰，玉版固请之，女郎坚坐不行。玉版曰："如此恋恋，岂藏有男子在室耶？"强拉出门而去。生出恨极，遂搜枕簟。室内并无香奁，惟床头有一水精如意，上结紫巾，芳洁可爱。怀之，越垣归。自理衿袖，体香犹凝，倾慕益切。然因伏床之恐，遂有怀刑之惧，筹思不敢复往，但珍藏如意，以冀其寻。

隔夕女郎果至，笑曰："妾向以君为君子，不知其为寇盗也。"生曰："有之。所以偶不君子者，第望其如意耳。"乃揽体入怀，代解裙结。玉肌乍露，热香四流，偎抱之间，觉鼻息汗熏，无气不馥。因曰："仆固意卿为仙人，今益知不妄。幸蒙垂盼，缘在三生。但恐杜兰香之下嫁，终成离恨耳。"女笑曰："君虑亦过。妾不过离魂之倩女，偶为情动耳。此事宜要慎秘，恐是非之口捏造黑白，君不能生翼，妾不能乘风，则祸离更惨于好别矣。"生然之，而终疑为仙，固诘姓氏，女曰："既以妾为仙，仙人何必以姓名传。"问："妪何人？"曰："此桑姥。妾少时受其露覆，故不与婢辈等。"遂起欲去，曰："妾处耳目多，不可久羁，蹈隙当复来。"临别，索如意，曰："此非妾物，乃玉版所遗。"问："玉版为谁？"曰："妾叔妹也。"付钩乃去。

去后，衾枕皆染异香。从此三两夜辄一至。生惑之不复思归，而囊橐既空欲货马，女知之，曰："君以妾故，泻囊质衣，情所不忍。又去代步，千余里将何以归？妾有私蓄，聊可助装。"生辞曰："感卿情好，抚臆誓肌，不足论报；而又贪鄙以耗卿财，何以为人乎！"女固强之，曰："姑假君。"遂捉生臂至一桑树下，指一石曰："转之！"生从之。

又拔头上簪，刺土数十下，又曰："爬之。"生又从之。则瓮口已见。女探入，出白镪近五十余两；生把臂止之，不听，又出数十铤，生强分其半而后掩之。

一夕谓生曰："近日微有浮言，势不可长，此不可不预谋也。"生惊曰："且为奈何！小生素迂谨，今为卿故，如寡妇之失守，不复能自主矣。一惟卿命，刀锯斧钺，亦所不遑顾耳！"女谋偕亡，命生先归，约会于洛。生治任旋里，拟先归而后迎之；比至，则女郎车适已至门。登堂朝家人，四邻惊贺，而并不知其窃而逃也。生窃自危，女殊坦然，谓生曰："无论千里外非逻察所及，即或知之，妾世家女，卓王孙当无如长卿何也。"

生弟大器，年十七，女顾之曰："是有慧根，前程尤胜于君。"完婚有期，妻忽夭殒。女曰："妾妹玉版，君固尝窥见之，貌颇不恶，年亦相若，作夫妇可称佳偶。"生请作伐，女曰："是亦何难。"生曰："何术？"曰："妹与妾最相善。两马驾轻车，费一妪之往返耳。"生恐前情发，不敢从其谋，女曰："不妨。"即命桑妪遣车去。数日至曹。将近里门，媪下车，使御者止而候于途，乘夜入里。良久偕女子来，登车遂发。昏暮即宿车中，五更复行。女郎计其时日，使大器盛服而迎之。五十里许乃相遇，御轮而归；鼓吹花烛，起拜成礼。由此兄弟皆得美妇，而家又日富。

一日有大寇数十骑突入第。生知有变，举家登楼。寇入围楼。生俯问："有仇否？"答云："无仇。但有两事相求：一则闻两夫人世间所无，请赐一见；一则五十八人，各乞金五百。"聚薪楼下，为纵火计以胁之。生允其索金之请，寇不满志，欲焚楼，家人大恐。女欲与玉版下楼，止之不听。炫妆下阶，未尽者三级，谓寇曰："我姊妹皆仙媛，暂时一履尘世，何畏寇盗！欲赐汝万金，恐汝不敢受也。"寇众一齐仰拜，喏声"不敢"。姊妹欲退，一寇曰："此诈也！"女闻之，反身伫立，曰："意欲何作，便早图之！尚未晚也。"诸寇相顾，默无一言。姊妹从容上楼而去。寇仰望无迹，哄然始散。

后二年，姊妹各举一子，始渐自言："魏姓，母封曹国夫人。"生疑曹无魏姓世家，又且大姓失女，何得置之不问？未敢穷诘，心窃怪之。

遂托故复诣曹，入境咨访，世族并无魏姓。于是仍假馆旧主人，忽见壁上有赠曹国夫人诗，颇涉骇异，因诘主人。主人笑，即请往观曹夫人，至则牡丹一本，高与檐等。问所由名，则以其花为曹第一，故同人戏封之。问其“何种”，曰：“葛巾紫也。”愈骇，遂疑女为花妖。既归不敢质言，但述赠夫人诗以觇之。女蹙然变色，遽出呼玉版抱儿至，谓生曰：“三年前感君见思，遂呈身相报；今见猜疑，何可复聚！”因与玉版皆举儿遥掷之，儿堕地并没。生方惊顾，则二女俱渺矣。悔恨不已。后数日，堕儿处生牡丹二株，一夜径尺，当年而花，一紫一白，朵大如盘，较寻常之葛巾、玉版，瓣尤繁碎。数年茂荫成丛，移分他所，更变异种，莫能识其名。自此牡丹之盛，洛下无双焉。

异史氏曰：“怀之专一，鬼神可通，偏反者亦不可谓无情也。少府寂寞，以花当夫人；况真能解语，何必力穷其原哉？惜常生之未达也！”

卷十一

冯木匠

抚军周有德,改创故藩邸为部院衙署。时方鸠工,有木作匠冯明寰直宿其中。夜方就寝,忽见纹窗半开,月明如昼。遥望短垣上立一红鸡,注目间,鸡已飞抢至地。俄一少女,露半身来相窥。冯疑为同辈所私;静听之,众已熟眠。私心怔忡,窃望其误投也。少间女果越窗过,径已入怀。冯喜,默不一言。欢毕,女亦遂去。自此夜夜至。初犹自隐,后遂明告。女曰:"我非误就,敬相投耳。"两人情日密。既而工满,冯欲归,女已候于旷野。冯所居村离郡固不甚远,女遂从去。既入室,家人皆莫之睹,冯始知其非人。迨数月,精神渐减,心益惧,延师镇驱,卒无少验。一夜女艳妆来,向冯曰:"世缘俱有定数:当来推不去,当去亦挽不住。今与子别矣。"遂去。

黄　英

马子才,顺天人。世好菊,至才尤甚。闻有佳种必购之,千里不惮。一日有金陵客寓其家,自言其中表亲有一二种,为北方所无。马欣动,即刻治装,从客至金陵。客多方为之营求,得两芽,裹藏如宝。

归至中途,遇一少年,跨蹇从油碧车,丰姿洒落。渐近与语,少年自言:"陶姓。"谈言骚雅。因问马所自来,实告之。少年曰:"种无不佳,培溉在人。"因与论艺菊之法。马大悦,问:"将何往?"答云:"姊厌金陵,欲卜居于河朔耳。"马欣然曰:"仆虽固贫,茅庐可以寄榻。不嫌荒陋,无烦他适。"陶趋车前向姊咨禀,车中人推帘语,乃二十许绝世美人也。顾弟言:"屋不厌卑,而院宜得广。"马代诺之,遂与俱归。

第南有荒圃,仅小室三四椽,陶喜居之。日过北院为马治菊,菊已枯,拔根再植之,无不活。然家清贫,陶日与马共饮食,而察其家似不举火。马妻吕，亦爱陶姊，不时以升斗馈恤之。陶姊小字黄英，雅善谈，辄过吕所，与共纫绩。陶一日谓马曰："君家固不丰，仆日以口腹累知交，胡可为常！为今计，卖菊亦足谋生。"马素介，闻陶言，甚鄙之，曰："仆以君风流雅士，当能安贫；今作是论，则以东篱为市井，有辱黄花矣。"陶笑曰："自食其力不为贪，贩花为业不为俗。人固不可苟求富，然亦不必务求贫也。"马不语，陶起而出。

自是马所弃残枝劣种，陶悉掇拾而去。由此不复就马寝食，招之始一至。未几菊将开，闻其门嚣喧如市。怪之，过而窥焉，见市人买花者，车载肩负，道相属也。其花皆异种，目所未睹。心厌其贪，欲与绝；而又恨其私秘佳种，遂款其扉，将就诮让。陶出，握手曳入。见荒庭半亩皆菊畦，数椽之外无旷土。劚去者，则折别枝插补之；其蓓蕾在畦者，罔不佳妙，而细认之，尽皆向所拔弃也。陶入室，出酒馔，设席畦侧，曰："仆贫不能守清戒，连朝幸得微资，颇足供醉。"少间，房中呼"三郎"，陶诺而去。俄献佳肴，烹饪良精。因问："贵姊胡以不字？"答云："时未至。"问："何时？"曰："四十三月。"又诘："何说？"但笑不言，尽欢始散。过宿又诣之，新插者已盈尺矣。大奇之，苦求其术，陶曰："此固非可言传；且君不以谋生，焉用此？"又数日，门庭略寂，陶乃以蒲席包菊，捆载数车而去。逾岁，春将半，始载南中异卉而归，于都中设花肆，十日尽售，复归艺菊。问之去年买花者，留其根，次年尽变而劣，乃复购于陶。

陶由此日富。一年增舍，二年起夏屋。兴作从心，更不谋诸主人。渐而旧日花畦，尽为廊舍。更于墙外买田一区，筑墉四周，悉种菊。至秋载花去，春尽不归。而马妻病卒。意属黄英，微使人风示之。黄英微笑，意似允许，惟专候陶归而已。年余陶竟不至。黄英课仆种菊，一如陶。得金益合商贾，村外治膏田二十顷，甲第益壮。忽有客自东粤来，寄陶生函信，发之，则嘱姊归马。考其寄书之日，即马妻死之日；回忆园中之饮，适四十三月也，大奇之。以书示英，请问"致聘何所"。英辞不受采。又以故居陋，欲使就南第居，若赘焉。马不可，择日行亲迎礼。

黄英既适马，于间壁开扉通南第，日过课其仆。马耻以妻富，恒嘱黄英作南北籍，以防淆乱。而家所需，黄英辄取诸南第。不半岁，家中触类皆陶家物。马立遣人一一赍还之，戒勿复取。未浃旬又杂之。凡数更，马不胜烦。黄英笑曰："陈仲子毋乃劳乎?"马惭，不复稽，一切听诸黄英。鸠工庀料，土木大作，马不能禁。经数月，楼舍连亘，两第竟合为一，不分疆界矣。然遵马教，闭门不复业菊，而享用过于世家。马不自安，曰："仆三十年清德，为卿所累。今视息人间，徒依裙带而食，真无一毫丈夫气矣。人皆祝富，我但祝穷耳!"黄英曰："妾非贪鄙；但不少致丰盈，遂令千载下人，谓渊明贫贱骨，百世不能发迹，故聊为我家彭泽解嘲耳。然贫者愿富为难，富者求贫固亦甚易。床头金任君挥去之，妾不靳也。"马曰："捐他人之金，抑亦良丑。"英曰："君不愿富，妾亦不能贫也。无已，析君居：清者自清，浊者自浊，何害?"乃于园中筑茅茨，择美婢往侍马。马安之。然过数日，苦念黄英。招之不肯至，不得已反就之。隔宿辄至以为常。黄英笑曰："东食西宿，廉者当不如是。"马亦自笑无以对，遂复合居如初。

会马以事客金陵，适逢菊秋。早过花肆，见肆中盆列甚繁，款朵佳胜，心动，疑类陶制。少间主人出，果陶也。喜极，具道契阔，遂止宿焉。要之归，陶曰："金陵吾故土，将婚于是。积有薄资，烦寄吾姊。我岁杪当暂去。"马不听，请之益苦。且曰："家幸充盈，但可坐享，无须复贾。"坐肆中，使仆代论价，廉其直，数日尽售。逼促囊装，赁舟遂北。入门，则姊已除舍，床榻裀褥皆设，若预知弟也归者。陶自归，解装课役，大修亭园，惟日与马共棋酒，更不复结一客。为之择婚，辞不愿。姊遣二婢侍其寝处，居三四年生一女。

陶饮素豪，从不见其沉醉。有友人曾生，量亦无对。适过马，马使与陶相较饮。二人纵饮甚欢，相得恨晚。自辰以迄四漏，计各尽百壶。曾烂醉如泥，沉睡座间。陶起归寝，出门践菊畦，玉山倾倒，委衣于侧，即地化为菊，高如人；花十余朵，皆大如拳。马骇绝，告黄英。英急往，拔置地上，曰："胡醉至此!"覆以衣，要马俱去，戒勿视。既明而往，则陶卧畦边。马乃悟姊弟皆菊精也，益敬爱之。而陶自露迹，饮益放，恒自折柬招曾，因与莫逆。值花朝，曾乃造访，以两仆舁药浸白酒一坛，约与共尽。坛将竭，二人犹未甚醉。马潜以一瓶续入之,二人又尽之。曾醉已惫,诸仆负之以去。陶卧地,又化为菊。马见惯不惊,如法拔之,守其旁以观其变。久之,叶益憔悴。大惧,始告黄英。英闻骇曰:"杀吾弟矣!"奔视之,根株已枯。痛绝,掐其梗,埋盆中,携入闺中,日灌溉之。马悔恨欲绝,甚怨曾。越数日,闻曾已醉死矣。盆中花渐萌,九月既开,短干粉朵,嗅之有酒香,名之"醉陶",浇以酒则茂。后女长成,嫁于世家。黄英终老,亦无他异。

异史氏曰:"青山白云人,遂以醉死,世尽惜之,而未必不自以为快也。植此种于庭中,如见良友,如见丽人,不可不物色之也。"

书　痴

彭城郎玉柱,其先世官至太守,居官廉,得俸不治生产,积书盈屋。至玉柱尤痴。家苦贫,无物不鬻,惟父藏书,一卷不忍置。父在时,曾书《劝学篇》粘其座右,郎日讽诵;又幛以素纱,惟恐磨灭。非为干禄,实信书中真有金粟。昼夜研读,无问寒暑。年二十余,不求婚配,冀卷中丽人自至。见宾亲不知温凉,三数语后,则诵声大作,客逡巡自去。每文宗临试,辄首拔之,而苦不得售。

一日方读,忽大风飘卷去。急逐之,踏地陷足;探之,穴有腐草;掘之,乃古人窖粟,朽败已成粪土。虽不可食,而益信"千钟"之说不妄,读益力。一日梯登高架,于乱卷中得金辇径尺,大喜,以为"金屋"之验。出以示人,则镀金而非真金。心窃怨古人之诳己也。居无何,有父同年,观察是道,性好佛。或劝郎献辇为佛龛。观察大悦,赠金三百、马二匹。郎喜,以为金屋、车马皆有验,因益刻苦。然行年已三十矣。或劝其娶,曰:"'书中自有颜如玉',我何忧无美妻乎?"又读二三年,迄无效,人咸揶揄之。时民间讹言天上织女私逃。或戏郎:"天孙窃奔,盖为君也。"郎知其戏,置不辩。

一夕读《汉书》至八卷,卷将半,见纱剪美人夹藏其中。骇曰:"书中颜如玉,其以此验之耶?"心怅然自失。而细视美人,眉目如生;背隐隐有细字云"织女"。大异之。日置卷上,反复瞻玩,至忘食寝。一日方注目间,美人忽折腰起,坐卷上微笑。郎惊绝,伏拜案下。既起,已盈尺矣。益骇,又叩之。下几亭亭,宛然绝代之姝。拜问:

"何神?"美人笑曰:"妾颜氏,字如玉,君固相知已久。日垂青盼,脱不一至,恐千载下无复有笃信古人者。"郎喜,遂与寝处。然枕席间亲爱倍至,而不知为人。

每读必使女坐其侧。女戒勿读,不听;女曰:"君所以不能腾达者,徒以读耳。试观春秋榜上,读如君者几人?若不听,妾行去矣。"郎暂从之。少顷忘其教,吟诵复起。逾刻索女,不知所在。神志丧失,嘱而祷之,殊无影迹。忽忆女所隐处,取《汉书》细检之,直至旧处,果得之。呼之不动,伏以哀祝。女乃下曰:"君再不听,当相永绝!"因使治棋枰、樗蒲之具,日与遨戏。而郎意殊不属。觑女不在,则窃卷流览。恐为女觉,阴取《汉书》第八卷,杂混他所以迷之。一日读酣,女至竟不之觉;忽睹之,急掩卷而女已亡矣。大惧,冥搜诸卷,渺不可得;既,仍于《汉书》八卷中得之,页数不爽。因再拜祝,矢不复读。

女乃下,与之弈,曰:"三日不工,当复去。"至三日,忽一局赢女二子。女乃喜,授以弦索,限五日工一曲。郎手营目注,无暇他及;久之随手应节,不觉鼓舞。女乃日与饮博,郎遂乐而忘读。女又纵之出门,使结客,由此倜傥之名暴著。女曰:"子可以出而试矣。"

郎一夜谓女曰:"凡人男女同居则生子;今与卿居久,何不然也?"女笑曰:"君日读书,妾固谓无益。今即夫妇一章,尚未了悟,枕席二字有工夫。"郎惊问:"何工夫?"女笑不言。少间潜迎就之。郎乐极曰:"我不意夫妇之乐,有不可言传者。"于是逢人辄道,无有不掩口者。女知而责之,郎曰:"钻穴逾隙者始不可以告人,天伦之乐人所皆有,何讳焉?"过八九月,女果举一男,买媪抚字之。

一日,谓郎曰:"妾从君二年,业生子,可以别矣。久恐为君祸,悔之已晚。"郎闻言泣下,伏不起,曰:"卿不念呱呱者耶?"女亦凄然,良久曰:"必欲妾留,当举架上书尽散之。"郎曰:"此卿故乡,乃仆性命,何出此言!"女不之强,曰:"妾亦知其有数,不得不预告耳。"先是,亲族或窥见女,无不骇绝,而又未闻其缔姻何家,共诘之。郎不能作伪语,但默不言。人益疑,邮传几遍,闻于邑宰史公。史,闽人,少年进士。闻声倾动,窃欲一睹丽容,因而拘郎与女。女闻知遁匿无迹。宰怒,收郎,斥革衣衿,梏械备加,务得女所自往。郎垂死无一言。械其婢,略得道其仿佛。宰以为妖,命驾亲临其家。见书卷盈屋,多不胜搜,乃焚之庭中,烟结不散,暝若阴霾。

郎既释,远求父门人书,得从辨复。是年秋捷,次年举进士。而衔恨切于骨髓。为颜如玉之位,朝夕而祝曰:“卿如有灵,当佑我官于闽。”后果以直指巡闽。居三月,访史恶款,籍其家。时有中表为司理,逼纳爱妾,托言买婢寄署中。案既结,郎即日自劾,取妾而归。

异史氏曰:“天下之物,积则招妒,好则生魔,女之妖书之魔也。事近怪诞,治之未为不可;而祖龙之虐不已惨乎!其存心之私,更宜得怨毒之报也。呜呼!何怪哉!”

齐天大圣

许盛,兖人。从兄成贾于闽,货未居积。客言大圣灵著,将祷诸祠。盛未知大圣何神,与兄俱往。至则殿阁连蔓,穷极弘丽。入殿瞻仰,神猴首人身,盖齐天大圣孙悟空云。诸客肃然起敬,无敢有惰容。盛素刚直,窃笑世俗之陋。众焚奠叩祝,盛潜去之。既归,兄责其慢。盛曰:“孙悟空乃丘翁之寓言,何遂诚信如此?如其有神,刀槊雷霆,余自受之!”逆旅主人闻呼大圣名,皆摇手失色,若恐大圣闻。盛见其状,益哗辨之,听者皆掩耳而走。

至夜盛果病,头痛大作。或劝诣祠谢,盛不听。未几头小愈,股又痛,竟夜生巨疽,连足尽肿,寝食俱废。兄代祷迄无验;或言:神谴须自祝,盛卒不信。月余疮渐敛,而又一疽生,其痛倍苦。医来,以刀割腐肉,血溢盈碗;恐人神其词,故忍而不呻。又月余始就平复。而兄又大病。盛曰:“何如矣!敬神者亦复如是,足征余之疾非由悟空也。”兄闻其言,益恚,谓神迁怒,责弟不为代祷。盛曰:“兄弟犹手足。前日支体糜烂而不之祷;今岂以手足之病,而易吾守乎?”但为延医锉药,而不从其祷。药下,兄暴毙。

盛惨痛结于心腹,买棺殓兄已,投祠指神而数之曰:“兄病,谓汝迁怒,使我不能自白。倘尔有神,当令死者复生。余即北面称弟子,不敢有异词;不然,当以汝处三清之法,还处汝身,亦以破吾兄地下之惑。”至夜梦一人招之去,入大圣祠,仰见大圣有怒色,责之曰:“因汝无状,以菩萨刀穿汝胫股;犹不自悔,啧有烦言。本宜送拔舌狱,念汝一生刚鲠,姑置宥赦。汝兄病,乃汝以庸医夭其寿数,与人何尤?今不少施法力,益令狂妄者引为口实。”乃命青衣使请命于阎罗。青衣曰:“三日后鬼籍已报天庭,恐难为力。”神取方版,命笔不知何词,使青衣执之而去。良久乃返。成与俱来,并跪堂上。神问:“何迟?”青衣曰:“阎魔不敢擅专,又持大圣旨上咨斗宿,是以来迟。”盛趋上拜谢神恩。神曰:“可速与兄俱去。若能向善,当为汝福。”兄弟悲喜,相将俱归。醒而异之。急起,启材视之,兄果已苏,扶出,极感大圣力。盛由此诚服信奉,更倍于流俗。而兄弟资本,病中已耗其半;兄又未健,相对长愁。

一日偶游郊郭,忽一褐衣人相之曰:“子何忧也?”盛方苦无所诉,因而备述其遭。褐衣人曰:“有一佳境,暂往瞻瞩,亦足破闷。”问:“何所?”但云:“不远。”从之。出郭半里许,褐衣人曰:“予有小术,顷刻可到。”因命以两手抱腰,略一点头,遂觉云生足下,腾踔而上,不知几百由旬。盛大惧,闭目不敢少启。顷之曰:“至矣。”忽见琉璃世界,光明异色,讶问:“何处?”曰:“天宫也。”信步而行,上上益高。遥见一叟,喜曰:“适遇此老,子之福也!”举手相揖。叟邀过诣其所,烹茗献客;止两盏,殊不及盛。褐衣人曰:“此吾弟子,千里行贾,敬造仙署,求少赠馈。”叟命僮出白石一柈,状类雀卵,莹澈如冰,使盛自取之。盛念携归可作酒枚,遂取其六。褐衣人以为过廉,代取六枚付盛并裹之。嘱纳腰橐,拱手曰:“足矣。”辞叟出,仍令附体而下,俄顷及地。盛稽首请示仙号,笑曰:“适即所谓筋斗云也。”盛恍然悟为大圣,又求佑护。曰:“适所会财星,赐利十二分,何须多求。”盛又拜之,起视已渺。

既归,喜而告兄。解取共视,则融入腰橐矣。后辇货而归,其利倍蓰。自此屡至闽必祷大圣。他人之祷时不甚验,盛所求无不应者。

异史氏曰:“昔士人过寺,画琵琶于壁而去;比返,则其灵大著,香火相属焉。天下事固不必实有其人,人灵之则既灵焉矣。何以故?人心所聚,而物或托焉耳。若盛之方鲠,固宜得神明之佑,岂真耳内绣针,毫毛能变,足下筋斗,碧落可升哉!卒为邪惑,亦其见之不真也。”

青蛙神

江汉之间,俗事蛙神最虔。祠中蛙不知几百千万,有大如笼者。或犯神怒,家中辄有异兆;蛙游几榻,甚或攀缘滑壁,其状不一,此家当凶。人则大恐,斩牲禳祷之,神喜则已。

楚有薛昆生者,幼惠,美姿容。六七岁时,有青衣媪至其家,自称神使,坐致神意,愿以女下嫁昆生。薛翁性朴拙,雅不欲,辞以儿幼。虽固却之,而亦未敢议婚他姓。迟数年昆生渐长,委禽于姜氏。神告姜曰:“薛昆生吾婿也,何得近禁脔!”姜惧,反其仪。薛翁忧之,洁牲往祷,自言不敢与神相匹偶。祝已,见肴酒中皆有巨蛆浮出,蠢然扰动,倾弃谢罪而归。心益惧,亦姑听之。

一日昆生在途,有使者迎宣神命,苦邀移趾。不得已,从与俱往。入一朱门,楼阁华好。有叟坐堂上,类七八十岁人。昆生伏谒,叟命曳起之,赐坐案旁。少间婢媪集视,纷纭满侧。叟顾曰:“入言薛郎至矣。”数婢奔去。移时一媪率女郎出,年十六七,丽绝无俦。叟指曰:“此小女十娘,自谓与君可称佳偶,君家尊乃以异类见拒。此自百年事,父母止主其半,是在君耳。”昆生目注十娘,心爱好之,默然不言。媪曰:“我固知郎意良佳。请先归,当即送十娘往也。”昆生曰:“诺。”趋归告翁。翁仓遽无所为计,乃授之词,使返谢之,昆生不肯行。方诮让间,舆已在门,青衣成群,而十娘入矣。上堂朝见翁姑,见之皆喜。即夕合卺,琴瑟甚谐。由此神翁神媪时降其家。视其衣,赤为喜,白为财,必见,以故家日兴。

自婚于神,门堂藩溷皆蛙,人无敢诟蹴之。惟昆生少年任性,喜则忌,怒则践毙,不甚爱惜。十娘虽谦驯,但含怒,颇不善昆生所为;而昆生不以十娘故敛抑之。十娘语侵昆生,昆生怒曰:“岂以汝家翁媪能祸人耶?大丈夫何畏蛙也!”十娘甚讳言“蛙”,闻之恚甚,曰:“自妾入门为汝家妇,田增粟,贾增价,亦复不少。今老幼皆已温饱,遂如鸮鸟生翼,欲啄母睛耶!”昆生益愤曰:“吾正嫌所增污秽,不堪贻子孙。请不如早别。”遂逐十娘,翁媪既闻之,十娘已去。呵昆生,使急往追复之。昆生盛气不屈。至夜母子俱病,郁冒不食。翁惧,负荆于祠,词义殷切。过三日病寻愈。十娘已自至,夫妻欢好如初。

十娘日辄凝妆坐,不操女红,昆生衣履一委诸母。母一日忿曰:“儿既娶,仍累媪!人家妇事姑,我家姑事妇!”十娘适闻之,负气登堂曰:“儿妇朝侍食,暮问寝,事姑者,其道如何?所短者,不能吝佣钱自作苦耳。”母无言,惭沮自哭。昆生入见母涕痕,诘得故,怒责十娘。十娘执辨不相屈。昆生曰:“娶妻不能承欢,不如勿有!便触老蛙怒,不过横灾死耳!”复出十娘。十娘亦怒,出门径去。次日居舍灾,延烧数屋,几案床榻,悉为煨烬。昆生怒,诣祠责数曰:“养女不能奉翁姑,略无庭训,而曲护其短!神者至公,有教人畏妇者耶!且盎盂相敲,皆臣所为,无所涉于父母。刀锯斧钺,即加臣身;如其不然,我亦焚汝居室,聊以相报。”言已,负薪殿下,爇火欲举。居人集而哀之,始愤而归。父母闻之,大惧失色。至夜神示梦于近村,使为婿家营宅。及明赍材鸠工,共为昆生建造,辞之不肯;日数百人相属于道,不数日第舍一新,床幕器具悉备焉。修除甫竟,十娘已至,登堂谢过,言词温婉。转身向昆生展笑,举家变怨为喜。自此十娘性益和,居二年无间言。

十娘最恶蛇,昆生戏函小蛇,给使启之。十娘色变,诟昆生。昆生亦转笑生嗔,恶相抵。十娘曰:“今番不待相迫逐,请自此绝。”遂出门去。薛翁大恐,杖昆生,请罪于神。幸不祸之,亦寂无音。积有年余,昆生怀念十娘,颇自悔,窃诣神所哀十娘,迄无声应。未几,闻神以十娘字袁氏,中心失望,因亦求婚他族;而历相数家,并无如十娘者,于是益思十娘。往探袁氏,则已垩壁涤庭,候鱼轩矣。心愧愤不能自已,废食成疾。父母忧皇,不知所处。

忽昏愦中有人抚之曰:“大丈夫频欲断绝,又作此态!”开目则十娘也。喜极,跃起曰:“卿何来?”十娘曰:“以轻薄人相待之礼,止宜从父命,另醮而去。固久受袁家采币,妾千思万思而不忍也。卜吉已在今夕,父又无颜反币,妾亲携而置之矣。适出门,父走送曰:‘痴婢!不听吾言,后受薛家凌虐,纵死亦勿归也!’”昆生感其义,为之流涕。家人皆喜,奔告翁媪。媪闻之,不待往朝,奔入子舍,执手呜泣。由此昆生亦老成,不作恶虐,于是情好益笃。十娘曰:“妾向以君儇薄,未必遂能相白首,故不欲留孽根于人世;今已靡他,妾将生子。”居无何,神翁神媪着朱袍,降临其家。次日十娘临蓐,一举两男。

由此往来无间。居民或犯神怒,辄先求昆生;乃使妇女辈盛妆入闺,朝拜十娘,十娘笑则解。薛氏苗裔甚繁,人名之“薛蛙子家”。近人不敢呼,远人则呼之。

青蛙神,往往托诸巫以为言。巫能察神嗔喜:告诸信士曰“喜矣”,福则至;“怒矣”,妇子坐愁叹,有废餐者。流俗然哉?抑神实灵,非尽妄也。

有富贾周某性吝啬。会居人敛金修关圣祠,贫富皆与有力,独周一毛所不肯拔。久之工不就,首事者无所为谋。适众赛蛙神,巫忽言:“周将军仓命小神司募政,其取簿籍来。”众从之。巫曰:“已捐者不复强,未捐者量力自注。”众唯唯敬听,各注已。巫视曰:“周某在此否?”周方混迹其后,惟恐神知,闻之失色,次且而前。巫指籍曰:“注金百。”周益窘,巫怒曰:“淫债尚酬二百,况好事耶!”盖周私一妇,为夫掩执,以金二百自赎,故讦之也。周益惭惧,不得已,如命注之。

既归告妻,妻曰:“此巫之诈耳。”巫屡索,卒不与。一日方昼寝,忽闻门外如牛喘。视之则一巨蛙,室门仅容其身,步履蹇缓,塞两扉而入。既入转身卧,以阈承颔,举家尽惊。周曰:“此必讨募金也。”焚香而祝,愿先纳三十,其余以次赍送,蛙不动;请纳五十,身忽一缩小尺许;又加二十益缩如斗;请全纳,缩如拳,从容出,入墙罅而去。周急以五十金送监造所,人皆异之,周亦不言其故。积数日,巫又言:“周某欠金五十,何不催并?”周闻之,惧,又送十金,意将以次完结。一日夫妇方食,蛙又至,如前状,目作怒。少间登其床,床摇撼欲倾;加喙于枕而眠,腹隆起如卧牛,四隅皆满。周惧,即完百数与之。验之,仍不少动。半日间小蛙渐集,次日集多,穴仓登榻,无处不至;大于碗者,升灶啜蝇,糜烂釜中,以致秽不可食;至三日庭中蠢蠢,更无隙地。一家皇骇,不知计之所出。不得已,请教于巫。巫曰:“此必少之也。”遂祝之,益以二十首始举;又益之起一足;直至百金,四足尽起,下床出门,狼犺数步,复返身卧门内。周惧,问巫。巫揣其意,欲周即解囊。周无奈何,如数付巫,蛙乃行,数步外身暴缩,杂众蛙中,不可辨认,纷纷然亦渐散矣。

祠既成,开光祭赛,更有所需。巫忽指首事者曰:“某宜出如干数。”共十五人,止遗二人。众祝曰:“吾等与某某,已同捐过。”巫曰:“我不以贫富为有无,但以汝等所侵渔之数为多寡。此等金钱,不可自肥,恐有横灾飞祸。念汝等首事勤劳,故代汝消之也。除某某廉正无苟且外,即我家巫,我亦不少私之,便令先出,以为众倡。”即奔入家,搜括箱椟。妻问之亦不答,尽卷囊蓄而出,告众曰:“某私克银八两,今使倾橐。”与众衡之,秤得六两余,使人志其欠数。众愕然,不敢置辨,悉如数内入。巫过此茫不自知;或告之,大惭,质衣以盈之。惟二人亏其数,事既毕,一人病月余,一人患疔瘇,医药之费,浮于所欠,人以为私克之报云。

异史氏曰:“老蛙司募,无不可与为善之人,其胜刺钉拖索者不既多乎?又发监守之盗而消其灾,则其现威猛,正其行慈悲也。神矣!”

任 秀

任建之,鱼台人。贩毡裘为业,竭资赴陕。途中逢一人,自言:“申竹亭,宿迁人。”话言投契,盟为昆弟,行止与俱。至陕,任病不起,申善视之,积十余日,疾大渐。谓申曰:“吾家故无恒产,八口衣食皆恃一人犯霜露。今不幸殂谢异域。君,我手足也,两千里外,更有谁何!囊金二百余金,一半君自取之,为我小备殓具,剩者可助资斧;其半寄吾妻子,俾辇吾榇而归。如肯携残骸旋故里,则装资勿计矣。”乃扶枕为书付申,至夕而卒。申以五六金为市薄材,殓已。主人催其移槥,申托寻寺观,竟遁不返。任家年余方得确耗。

任子秀,年十七,方从师读,由此废学,欲往寻父柩。母怜其幼,秀哀涕欲死,遂典资治任,俾老仆佐之行,半年始还。殡后家贫如洗。

幸秀聪颖,释服,入鱼台泮。而佻达喜博,母教戒綦严,卒不改。一日文宗案临,试居四等。母愤泣不食,秀惭惧,对母自矢。于是闭户年余,遂以优等食饩。母劝令设帐,而人终以其荡无检幅,咸诮薄之。

有表叔张某贾京师,劝赴都,愿携与俱,不耗其资。秀喜从之。至临清,泊舟关外。时盐航舣集,帆樯如林。卧后,闻水声人声聒耳不寐。更既静,忽闻邻舟骰声清越,入耳萦心,不觉旧技复痒。窃听诸客,皆已酣寝,囊中自备千文,思欲过舟一戏。潜起解囊,捉钱踟蹰,回思母训,即复束置。既睡,心怔忡苦不得眠;又起又解,如是者三。兴勃发,不可复忍,携钱径去。至邻舟,则见两人对赌,钱注丰美。置钱几上,即求入局。二人喜,即与共掷。秀大胜。一客钱尽,即以巨金质舟主,渐以十余贯作孤注。赌方酣,又有一人登舟来,眈视良久,亦倾囊出百金质主人,入局共博。张中夜醒,觉秀不在舟,闻骰声,心知之,因诣邻舟,欲挠沮之。至,则秀胯侧积资如山,乃不复言,负钱数千而返。呼诸客并起,往来移运,尚存十余千。未几三客俱败,一舟之钱尽空。客欲赌金,而秀欲已盈,故托非钱不博以难之。张在侧,又促逼令归。三客燥急。舟主利其盆头,转贷他舟,得百余千。客得钱,赌更豪,无何又尽归秀。

天已曙,放晓关矣,共运资而返。三客已去。主人视所质二百余金,尽箔灰耳。大惊,寻至秀舟,告以故,欲取偿于秀,及问里居、姓名,知为建之之子,缩颈羞汗而退。过访榜人,乃知主人即申竹亭也。秀至陕时,亦颇闻其姓字;至此鬼已报之,故不复追其前郄矣。乃以资与张合业而北,终岁获息倍蓰。遂援例入监。益权子母,十年间财雄一方。

晚　霞

五月五日,吴越有斗龙舟之戏:刳木为龙,绘鳞甲,饰以金碧;上为雕甍朱槛,帆旌皆以锦绣。舟末为龙尾高丈余,以布索引木板下垂。有童坐板上,颠倒滚跌,作诸巧剧。下临江水,险危欲堕。故其购是童也,先以金啖其父母,预调驯之,堕水而死勿悔也。吴门则载美姬,较不同耳。

镇江有蒋氏童阿端，方七岁，便捷奇巧莫能过，声价益起，十六岁犹用之。至金山下堕水死。蒋媪止此子，哀鸣而已。阿端不自知死，有两人导去，见水中别有天地；回视则流波四绕，屹如壁立。俄入宫殿，见一人兜牟坐。两人曰："此龙窝君也。"便使拜伏。龙窝君颜色和霁，曰："阿端伎巧可入柳条部。"遂引至一所，广殿四合。趋上东廊，有诸少年出与为礼，率十三四岁。即有老妪来，众呼解姥。坐令献技。已，乃教以"钱塘飞霆"之舞，"洞庭和风"之乐。但闻鼓钲喤聒，诸院皆响；既而诸院皆息。姥恐阿端不能即娴，独絮絮调拨之；而阿端一过殊已了了。姥喜曰："得此儿，不让晚霞矣！"

明日龙窝君按部，诸部毕集。首按"夜叉部"，鬼面鱼服，鸣大钲，围四尺许，鼓可四人合抱之，声如巨霆，叫噪不复可闻。舞起则巨涛汹涌，横流空际，时堕一点大如盆，着地消灭。龙窝君急止之，命进"乳莺部"，皆二八姝丽，笙乐细作，一时清风习习，波声俱静，水渐凝如水晶世界，上下通明。按毕，俱退立西墀下。次按"燕子部"，皆垂髫人。内一女郎，年十四五已来，振袖倾鬟，作"散花舞"；翩翩翔起，衿袖袜履间，皆出五色花朵，随风扬下，飘泊满庭。舞毕，随其部亦下西墀。阿端旁睨，雅爱好之，问之同部即晚霞也。无何，唤"柳条部"。龙窝君特试阿端。端作前舞，喜怒随腔，俯仰中节。龙窝君嘉其惠悟，赐五文裤褶，鱼须金束发，上嵌夜光珠。阿端拜赐下，亦趋西墀，各守其伍。端于众中遥注晚霞，晚霞亦遥注之。少间，端逡巡出部而北，晚霞亦渐出部而南，相去数武，而法严不敢乱部，相视神驰而已。既按"蛱蝶部"，童男女皆双舞，身长短、年大小、服色黄白，皆取诸同。诸部按毕，鱼贯而出。"柳条"在"燕子部"后，端疾出部前，而晚霞已缓滞在后。回首见端，故遗珊瑚钗，端急内袖中。

既归，凝思成疾，眠餐顿废。解姥辄进甘旨，日三四省，抚摩殷切，病不少瘥。姥忧之，罔所为计，曰："吴江王寿期已促，且为奈何！"薄暮一童子来，坐榻上与语，自言："隶蛱蝶部。"从容问曰："君病为晚霞否？"端惊问："何知？"笑曰："晚霞亦如君耳。"端凄然起坐，便求方计。童问："尚能步否？"答云："勉强尚能自力。"童挽出，南启一户，折而西，又辟双扉。见莲花数十亩，皆生平地上，叶大如席，花大如盖，落瓣堆梗下盈尺。童引入其中，曰："姑坐此。"遂去。少时，一美人拨莲花而入，则晚霞也。相见惊喜，各道相思，略述生平。遂以石压荷盖令侧，雅可幛蔽；又匀铺莲瓣而藉之，忻与狎寝。既订后约，日以夕阳为候，乃别。端归，病亦寻愈。由此两人日以会于莲亩。

过数日，随龙窝君往寿吴江王。称寿已，诸部悉归，独留晚霞及乳莺部一人在宫中教舞。数月更无音耗，端怅望若失。惟解姥日往来吴江府，端托晚霞为外妹，求携去，冀一见之。留吴江门下数日，宫禁严森，晚霞苦不得出，怏怏而返。积月余，痴想欲绝。一日解姥入，戚然相吊曰："惜乎！晚霞投江矣！"端大骇，涕下不能自止。因毁冠裂服，藏金珠而出，意欲相从俱死。但见江水若壁，以首力触不得入。念欲复还，惧问冠服，罪将增重。意计穷蹙，汗流浃踵。忽睹壁下有大树一章，乃猱攀而上，渐至端杪，猛力跃堕，幸不沾濡，而竟已浮水上。不意之中，恍睹人世，遂飘然泅去。移时得岸，少坐江滨，顿思老母，遂趁舟而去。

抵里，四顾居庐，忽如隔世。次且至家，忽闻窗中有女子曰："汝子来矣。"音声甚似晚霞。俄，与母俱出，果霞。斯时两人喜胜于悲；而媪则悲疑惊喜，万状俱作矣。初，晚霞在吴江，觉腹中震动，龙宫法禁严，恐旦夕身娩，横遭挞楚，又不得一见阿端，但欲求死，遂潜投江水。身泛起，沉浮波中，有客舟拯之，问其居里。晚霞故吴名妓，溺水不得其尸，自念衏院不可复投，遂曰："镇江蒋氏，吾婿也。"客因代贯扁舟，送诸其家。蒋媪疑其错误，女自言不误，因以其情详告媪。媪以其风格婉妙，颇爱悦之。第虑年太少，必非肯终寡也者。而女孝谨，顾家中贫，便脱珍饰售数万。媪察其志无他，良喜。然无子，恐一旦临蓐，不见信于戚里，以谋女。女曰："母但得真孙，何必求人知。"媪亦安之。

会端至，女喜不自已。媪亦疑儿不死；阴发儿冢，骸骨俱存，因以此诘端。端始爽然自悟；然恐晚霞恶其非人，嘱母勿复言。母然之。遂告同里，以为当日所得非儿尸，然终虑其不能生子。未几竟举一男，捉之无异常儿，始悦。久之，女渐觉阿端非人，乃曰："胡不早言！凡鬼衣龙宫衣，七七魂魄坚凝，生人不殊矣。若得宫中龙角胶，可以续骨节而生肌肤,惜不早购之也。"

端货其珠,有贾胡出资百万,家由此巨富。值母寿,夫妻歌舞称觞,遂传闻王邸。王欲强夺晚霞。端惧,见王自陈:"夫妇皆鬼。"验之无影而信,遂不之夺。但遣宫人就别院传其技。女以龟尿毁容,而后见之。教三月,终不能尽其技而去。

白秋练

直隶有慕生,小字蟾宫,商人慕小寰之子。聪惠喜读。年十六,翁以文业迂,使去而学贾,从父至楚。每舟中无事,辄便吟诵。抵武昌,父留居逆旅,守其居积。生乘父出,执卷哦诗,音节铿锵。辄见窗影憧憧,似有人窃听之,而亦未之异也。

一夕翁赴饮,久不归,生吟益苦。有人徘徊窗外,月映甚悉。怪之,遽出窥觇,则十五六倾城之姝。望见生,急避去。又二三日,载货北旋,暮泊湖滨。父适他出,有媪入曰:"郎君杀吾女矣!"生惊问之,答云:"妾白姓。有息女秋练,颇解文字。言在郡城,得听清吟,于今结念,至绝眠餐。意欲附为婚姻,不得复拒。"生心实爱好,第虑父嗔,因直以情告。媪不实信,务要盟约。生不肯,媪怒曰:"人世姻好,有求委禽而不得者。今老身自媒,反不见纳,耻孰甚焉!请勿想北渡矣!"遂去。少间父归,善其词以告之,隐冀垂纳。而父以涉远,又薄女子之怀春也,笑置之。

泊舟处水深没棹;夜忽沙碛拥起,舟滞不得动。湖中每岁客舟必有留住守洲者,至次年桃花水溢,他货未至,舟中物当百倍于原直也,以故翁未甚忧怪。独计明岁南来,尚须揭资,于是留子自归。生窃喜,悔不诘媪居里。日既暮,媪与一婢扶女郎至,展衣卧诸榻上,向生曰:"人病至此,高枕作无事者!"遂去。生初闻而惊;移灯视女,则病态含娇,秋波自流。略致讯诘,嫣然微笑。生强其一语,曰:"'为郎憔悴却羞郎',可为妾咏。"生狂喜,欲近就之,而怜其荏弱。探手于怀,接腼为戏。女不觉欢然展谑,乃曰:"君为妾三吟王建'罗衣叶叶'之作,病当愈。"生从其言。甫两过,女揽衣起曰:"妾愈矣!"再读,则娇颤相和。生神志益飞,遂灭烛共寝。女未曙已起,曰:"老母将至矣。”未几媪果至。见女凝妆欢坐，不觉欣慰；邀女去，女俯首不语。媪即自去，曰：“汝乐与郎君戏，亦自任也。”于是生始研问居止。女曰：“妾与君不过倾盖之交，婚嫁尚未可必，何须令知家门。”然两人互相爱悦，要誓良坚。

女一夜早起挑灯，忽开卷凄然泪莹，生起急问之。女曰：“阿翁行且至。我两人事，妾适以卷卜，展之得李益《江南曲》，词意非祥。”生慰解之，曰：“首句‘嫁得瞿塘贾’，即已大吉，何不祥之与有！”女乃少欢，起身作别曰：“暂请分手，天明则千人指视矣。”生把臂哽咽，问：“好事如谐，何处可以相报？”曰：“妾常使人侦探之，谐否无不闻也。”生将下舟送之，女力辞而去。无何慕果至。生渐吐其情，父疑其招妓，怒加诟厉。细审舟中财物，并无亏损，谯呵乃已。一夕翁不在舟，女忽至，相见依依，莫知决策。女曰：“低昂有数，且图目前。姑留君两月，再商行止。”临别，以吟声作为相会之约。由此值翁他出，遂高吟，则女自至。四月行尽，物价失时，诸贾无策，敛资祷湖神之庙。端阳后，雨水大至，舟始通。

生既归，凝思成疾。慕忧之，巫医并进。生私告母曰：“病非药禳可痊，惟有秋练至耳。”翁初怒之；久之支离益惫，始惧，赁车载子复入楚，泊舟故处。访居人，并无知白媪者。会有媪操舵湖滨，即出自任。翁登其舟，窥见秋练，心窃喜，而审诘邦族，则浮家泛宅而已。因实告子病由，冀女登舟，姑以解其沉痼。媪以婚无成约，弗许。女露半面，殷殷窥听，闻两人言，眦泪欲堕。媪视女面，因翁哀请，即亦许之。至夜翁出，女果至，就榻呜泣曰：“昔年妾状今到君耶！此中况味，要不可不使君知。然羸顿如此，急切何能便瘳？妾请为君一吟。”生亦喜。女亦吟王建前作。生曰：“此卿心事，医二人何得效？然闻卿声，神已爽矣。试为我吟‘杨柳千条尽向西’。”女从之。生赞曰：“快哉！卿昔诵诗余，有《采莲子》云：‘菡萏香莲十顷陂。’心尚未忘，烦一曼声度之。”女又从之。甫阕，生跃起曰：“小生何尝病哉！”遂相狎抱，沉痾若失。既而问：“父见媪何词？事得谐否？”女已察知翁意，直对“不谐”。

既而女去，父来，见生已起，喜甚，但慰勉之。因曰：“女子良佳。

然自总角时把舵棹歌,无论微贱,抑亦不贞。”生不语。翁既出,女复来,生述父意。女曰:“妾窥之审矣:天下事,愈急则愈远,愈迎则愈拒。当使意自转,反相求。”生问计,女曰:“凡商贾之志在于利耳。妾有术知物价。适视舟中物,并无少息。为我告翁:居某物利三之,某物十之。归家,妾言验,则妾为佳妇矣。再来时君十八,妾十七,相欢有日,何忧为!”生以所言物价告父。父颇不信,姑以余资半从其教。既归,所自买货,资本大亏;幸少从女言,得厚息,略相准。以是服秋练之神。生益夸张之,谓女自言能使己富。翁于是益揭资而南。至湖,数日不见白媪;过数日,始见其泊舟柳下,因委禽焉。媪悉不受,但涓吉送女过舟。翁另赁一舟,为子合卺。

女乃使翁益南,所应居货,悉籍付之。媪乃邀婿去,家于其舟。翁三月而返。物至楚,价已倍蓰。将归,女求载湖水;既归,每食必加少许,如用醯酱焉。由是每南行,必为致数坛而归。后三四年,举一子。

一日涕泣思归。翁乃偕子及妇俱入楚。至湖,不知媪之所在。女扣舷呼母,神形丧失。促生沿湖问讯。会有钓鲟鳇者,得白骥。生近视之,巨物也,形全类人,乳阴毕具。奇之,归以告女。女大骇,谓夙有放生愿,嘱生赎放之。生往商钓者,钓者索直昂。女曰:“妾在君家,谋金不下巨万,区区者何遂靳直也!如必不从,妾即投湖水死耳!”生惧,不敢告父,盗金赎放之。既返不见女。搜之不得,更尽始至。问:“何往?”曰:“适至母所。”问:“母何在?”腆然曰:“今不得不实告矣:适所赎,即妾母也。向在洞庭,龙君命司行旅。近宫中欲选嫔妃,妾被浮言者所称道,遂敕妾母,坐相索。妾母实奏之。龙君不听,放母于南滨,饿欲死,故罹前难。今难虽免,而罚未释。君如爱妾,代祷真君可免。如以异类见憎,请以儿掷还君。妾自去,龙宫之奉,未必不百倍君家也。”生大惊,虑真君不可得见。女曰:“明日未刻,真君当至。见有跛道士,急拜之,入水亦从之。真君喜文士,必合怜允。”乃出鱼腹绫一方,曰:“如问所求,即出此,求书一‘免’字。”

生如言候之。果有道士蹩躠而至,生伏拜之。道士急走,生从其后。道士以杖投水,跃登其上。生竟从之而登,则非杖也,舟也。又拜之,道士问:“何求?”生出罗求书。道士展视曰:“此白骥翼也,子何遇之?”蟾宫不敢隐,详陈始末。道士笑曰:“此物殊风流,老龙何得荒淫!”遂出笔草书“免”字如符形,返舟令下。则见道士踏杖浮行,顷刻已渺。归舟女喜,但嘱勿泄于父母。

归后二三年,翁南游,数月不归。湖水俱罄,久待不至。女遂病,日夜喘急,嘱曰:“如妾死,勿瘗,当于卯、午、酉三时,一吟杜甫《梦李白》诗,死当不朽。待水至,倾注盆内,闭门缓妾衣,抱入浸之,宜得活。”喘息数日,奄然遂毙。后半月,慕翁至,生急如其教,浸一时许,渐苏。自是每思南旋。后翁死,生从其意,迁于楚。

王　者

湖南巡抚某公,遣州佐押解饷六十万赴京。途中被雨,日暮愆程,无所投宿,远见古刹,因诣栖止。天明视所解金,荡然无存。众骇怪莫可取咎。回白抚公,公以为妄,将置之法;及诘众役,并无异词。公责令仍反故处,缉察端绪。

至庙前见一瞽者,形貌奇异,自榜云:“能知心事。”因求卜筮。瞽曰:“是为失金者。”州佐曰:“然。”因诉前苦。瞽者便索肩舆,云:“但从我去当自知。”遂如其言,官役皆从之。瞽曰:“东。”东之。瞽曰:“北。”北之。凡五日,入深山,忽睹城郭,居人辐辏。入城走移时,瞽曰:“止。”因下舆,以手南指:“见有高门西向,可款关自问之。”拱手自去。州佐如其教,果见高门,渐入之。一人出,衣冠汉制,不言姓名。州佐述所自来,其人云:“请留数日,当与君谒当事者。”遂导去,令独居一所,给以食饮。暇时闲步至第后,见一园亭,入涉之。老松翳日,细草如毡。数转廊榭,又一高亭,历阶而入,见壁上挂人皮数张,五官俱备,腥气流熏。不觉毛骨森竖,疾退归舍。自分留鞹异域,已无生望,因念进退一死,亦姑听之。

明日,衣冠者召之去,曰:“今日可见矣。”州佐唯唯。衣冠者乘怒马甚驶,州佐步驰从之。俄,至一辕门,俨如制府衙署,皂衣人罗列左右,规模凛肃。衣冠者下马导入。又一重门,见有王者,珠冠绣绂南面坐。州佐趋上伏谒。王者问:“汝湖南解官耶?”州佐诺。王者曰:“银俱在此。是区区者,汝抚军即慨然见赠,未为不可。”州佐泣诉:“限期已满,归必就刑,禀白何所申证?”王者曰:“此即不难。”遂付以巨函云:“以此复之,可保无恙。”又遣力士送之。州佐慑息不敢辨,受函而返。山川道路,悉非来时所经。既出山,送者乃去。

数日抵长沙,敬白抚公。公益妄之,怒不容辨,命左右者飞索以缧。州佐解襆出函,公拆视未竟,面如灰土。命释其缚,但云:“银亦细事,汝姑出。”于是急檄属官,设法补解讫。数日公疾,寻卒。先是公与爱姬共寝,既醒,而姬发尽失。阖署惊怪,莫测其由。盖函中即其发也。外有书云:“汝自起家守令,位极人臣。赇赂贪婪,不可悉数。前银六十万,业已验收在库。当自发贪囊,补充旧额。解官无罪,不得加谴责。前取姬发,略示微警。如复不遵教令,旦晚取汝首领。姬发附还,以作明信。”

公卒后,家人始传其书。后属员遣人寻其处,则皆重岩绝壑,更无径路矣。

异史氏曰:“红线金合,以儆贪婪,良亦快异。然桃源仙人,不事劫掠;即剑客所集,乌得有城郭衙署哉?呜呼!是何神欤?苟得其地,恐天下之赴诉者无已时矣。”

某甲

某甲私其仆妇,因杀仆纳妇,生二子一女。阅十九年,巨寇破城,劫掠一空。一少年贼,持刀入甲家。甲视之,酷类死仆。自叹曰:“吾今休矣!”倾囊赎命。迄不顾,亦不一言,但搜人而杀,共杀一家二十七口而去。甲头未断,寇去少苏,犹能言之。三日寻毙。呜呼!果报不爽,可畏也哉!

衢州三怪

张握仲从戎衢州,言:“衢州夜静时,人莫敢独行。钟楼上有鬼,头上一角,象貌狞恶,闻人行声即下。人骇而奔,鬼亦遂去。然见之辄病,且多死者。又城中一塘,夜出白布一匹,如匹练横地。过者拾之,即卷入水。又有鸭鬼,夜既静,塘边并寂无一物,若闻鸭声,人即病。”

拆楼人

何冏卿,平阴人。初令秦中,一卖油者有薄罪,其言戆,何怒,杖杀之。后仕至铨司,家资富饶。建一楼,上梁日,亲宾称觞为贺。忽见卖油者入,阴自骇疑。俄报妾生子。愀然曰:“楼工未成,拆楼人已至矣!”人谓其戏,而不知其实有所见也。后子既长,最顽,荡其家。佣为人役,每得钱数文,辄买香油食之。

异史氏曰:“常见富贵家楼第连亘,死后,再过已墟。此必有拆楼人降生其家也。身居人上,乌可不早自惕哉!”

大　蝎

明彭将军宏,征寇入蜀。至深山中,有大禅院,云已百年无僧。询之土人,则曰:“寺中有妖,入者辄死。”彭恐伏寇,率兵斩茅而入。前殿中有皂雕夺门飞去;中殿无异;又进之,则佛阁,周视亦无所见,但入者皆头痛不能禁。彭亲入亦然。少顷,有大蝎如琵琶,自板上蠢蠢而下,一军惊走,彭遂火其寺。

陈云栖

真毓生,楚夷陵人,孝廉之子。能文,美丰姿,弱冠知名。儿时,相者曰:“后当娶女道士为妻。”父母共以为笑。而为之论婚,低昂苦不能就。生母臧夫人,祖居黄冈,生以故诣外祖母。闻时人语曰:“黄州‘四云’,少者无伦。”盖郡有吕祖庵,庵中女道士皆美,故云。

庵去臧氏村仅十余里,生因窃往。扣其关,果有女道士三四人,谦喜承迎,仪度皆洁。中一最少者,旷世真无其俦,心好而目注之。女以手支颐但他顾。诸道士觅盏烹茶。生乘间问姓字,答云:“云栖,姓陈。”生戏曰:“奇矣!小生适姓潘。”陈赪颜发頳,低头不语,起而去。少间瀹茗,进佳果,各道姓字:一白云深,年三十许;一盛云眠,二十已来;一梁云栋,约二十有四五,却为弟。而云栖不至,生殊怅惘,因问之。白曰:“此婢惧生人。”生乃起别,白力挽之,不留而出。

白曰:“而欲见云栖,明日可复来。”

生归,思恋綦切。次日又诣之。诸道士俱在,独少云栖,未便遽问。诸道士治具留餐,生力辞,不听。白拆饼授箸,劝进良殷。既问:“云栖何在?”答云:“自至。”久之,日势已晚,生欲归。白捉腕留之,曰:“姑止此,我捉婢子来奉见。”生乃止。俄,挑灯具酒,云眠亦去。酒数行,生辞已醉。白曰:“饮三觥,则云栖出矣。”生果饮如数。梁亦以此挟劝之,生又尽之,覆盏告辞。白顾梁曰:“吾等面薄,不能劝饮。汝往曳陈婢来,便道潘郎待妙常已久。”梁去,少时而返,具言:“云栖不至。”生欲去,而夜已深,乃佯醉仰卧。两人代裸之,迭就淫焉。终夜不堪其扰。天既明,不睡而别。数日不敢复往,而心念云栖不忘也,但不时于近侧探侦之。

一日既暮,白出门与少年去。生喜,不甚畏梁,急往款关。云眠出应门,问之,则梁亦他适。因问云栖,盛导去,又入一院。呼曰:“云栖!客至矣。”但见室门闇然而合。盛笑曰:“闭扉矣。”生立窗外,似将有言,盛乃去。云栖隔窗曰:“人皆以妾为饵钓君也。频来则身命殆矣。妾不能终守清规,亦不敢遂乖廉耻,欲得如潘郎者事之耳。”生乃以白头相约。云栖曰:“妾师抚养,即亦非易,果相见爱,当以二十金赎妾身。妾候君三年。如望为桑中之约,所不能也。”生诺之。方欲自陈,而盛复至,从与俱出,遂别归。

中心怊怅,思欲委曲夤缘,再一亲其娇范,适有家人报父病,遂星夜而还。无何,孝廉卒。夫人庭训最严,心事不敢使知,但刻减金资,日积之。有议婚者,辄以服阕为辞。母不听。生婉告曰:“曩在黄冈,外祖母欲以婚陈氏,诚心所愿。今遭大故,音耗遂梗,久不如黄省问;旦夕一往,如不果谐,从母所命。”夫人许之。乃携所积而去。

至黄诣庵中,则院宇荒凉,大异畴昔。渐入之,惟一老尼炊灶下,因就问。尼曰:“前年老道士死,‘四云’星散矣。”问:“何之?”曰:“云深、云栋,从恶少去;向闻云栖寓居郡北;云眠消息不知也。”生闻之悲叹。命驾即诣郡北,遇观辄询,并少踪迹。怅恨而归,伪告母曰:“舅言:陈翁如岳州,待其归,当遣伻来。”

逾半年夫人归宁,以事问母,母殊茫然。夫人怒子诳;媪疑甥与舅谋,而未以问也。幸舅出莫从稽其妄。夫人以香愿登莲峰,斋宿山下。既卧,逆旅主人扣扉,送一女道士寄宿同舍,自言:“陈云栖。”闻夫人家夷陵,移坐就榻,告诉坎坷,词旨悲恻。末言:“有表兄潘生,与夫人同籍,烦嘱子侄辈一传口语,但道其寄栖鹤观师叔王道成所,朝夕厄苦,度日如岁。令早一临存;恐过此以往,未之或知也。”夫人审名字,即又不知。但云:“既在学宫,秀才辈想无不闻也。”未明早别,殷殷再嘱。

夫人既归,向生言及。生长跪曰:“实告母:所谓潘生即儿也。”夫人既知其故,怒曰:“不肖儿! 宣淫寺观,以道士为妇,何颜见亲宾乎!”生垂头,不敢出词。会生以赴试入郡,窃命舟访王道成。至,则云栖半月前出游不返。既归,悒悒而病。

适臧媪卒,夫人往奔丧,殡后迷途,至京氏家,问之,则族妹也。相便邀入。见有少女在堂,年可十八九,姿容曼妙,目所未睹。夫人每思得一佳妇,俾子不怼,心动,因诘生平。妹云:“此王氏女也,京氏甥也。怙恃俱失,暂寄此耳。”问:“婿家谁?”曰:“无之。”把手与语,意致娇婉,母大悦,为之过宿,私以己意告妹。妹曰:“良佳。但其人高自位置,不然,胡蹉跎至今也。容商之。”夫人招与同榻,谈笑甚欢;自愿母夫人。夫人悦,请同归荆州,女益喜。

次日同舟而还。既至则生病未起,母欲慰其沉疴,使婢阴告曰:“夫人为公子载丽人至矣。”生未信,伏窗窥之,较云栖尤艳绝也。因念:三年之约已过,出游不返,则玉容必已有主。得此佳丽,心怀颇慰。于是輾然动色,病亦寻瘳。母乃招两人相拜见。生出,夫人谓女:“亦知我同归之意乎?”女微笑曰:“妾已知之。但妾所以同归之初志,母不知也。妾少字夷陵潘氏,音耗阔绝,必已另有良匹。果尔,则为母也妇;不尔,则终为母也女,报母有日也。”夫人曰:“既有成约,即亦不强。但前在五祖山时,有女冠问潘氏,今又潘氏,固知夷陵世族无此姓也。”女惊曰:“卧莲峰下者母耶? 询潘者即我是也。”母始恍然悟,笑曰:“若然,则潘生固在此矣。”女问:“何在?”夫人命婢导去问生,生惊曰:“卿云栖耶?”女问:“何知?”生言其情,始知以潘郎为戏。女知为生,羞与终谈,急返告母。母问其“何复姓王”。答云:“妾本姓王。道师见爱,遂以为女,从其姓耳。”夫人亦喜,涓吉为之成礼。

先是,女与云眠俱依王道成。道成居隘,云眠遂去之汉口。女娇痴不能作苦,又羞出操道士业,道成颇不善之。会京氏如黄冈,女遇之流涕,因与俱去,俾改女子装,将论婚士族,故讳其曾隶道士籍。而问名者女辄不愿,舅及姑妗皆不知意向,心厌嫌之。是日从夫人归,得所托,如释重负焉。合卺后各述所遭,喜极而泣。女孝谨,夫人雅怜爱之;而弹琴好弈,不知理家人生业,夫人颇以为忧。

积月余,母遣两人如京氏,留数日而归,泛舟江流,欻一舟过,中一女冠,近之即云眠也。云眠独与女善。女喜,招与同舟,相对酸辛。问:“将何之?”盛云:“久切悬念。远至栖鹤观。则闻依京舅矣。故将诣黄冈一奉探耳。竟不知意中人已得相聚。今视之如仙,剩此漂泊人,不知何时已矣!”因而欷歔。女设一谋:令易道装,伪作姊,携伴夫人,徐择佳偶。盛从之。

既归,女先白夫人,盛乃入。举止大家;谈笑间,练达世故。母既寡苦寂,得盛良欢,惟恐其去。盛早起代母劬劳,不自作客。母益喜,阴思纳女姊,以掩女冠之名,而未敢言也。一日忘某事未作,急问之,则盛代备已久。因谓女曰:“画中人不能作家,亦复何为。新妇若大姊者,吾不忧也。”不知女存心久,但恐母嗔。闻母言,笑对曰:“母既爱之,新妇欲效英、皇,何如?”母不言,亦辗然笑。女退,告生曰:“老母首肯矣。”

乃另洁一室,告曰:“昔在观中共枕时,姊言:‘但得一能知亲爱之人,我两人当共事之。’犹忆之否?”盛不觉双眦荧荧,曰:“妾所谓亲爱者非他,如日日经营,曾无一人知其甘苦;数日来,略有微劳,即烦老母恤念,则中心冷暖顿殊矣。若不下逐客令,俾得长伴老母,于愿斯足,亦不望前言之践也。”女告母。母令姊妹焚香,各矢无悔词,乃使生与行夫妇礼。将寝,告生曰:“妾乃二十三岁老处女也。”生犹未信。既而落红殷褥,始奇之。盛曰:“妾所以乐得良人者,非不能甘岑寂也;诚以闺阁之身,觍然酬应如勾栏,所不堪耳。借此一度,挂名君籍,当为君奉事老母,作内纪纲。若房闱之乐,请别与人探讨之。”三日后，襆被从母，遣之不去。女早诣母所，占其床寝，不得已，乃从生去。由是三两日辄一更代，习为常。

夫人故善弈，自寡居，不暇为之。自得盛，经理井井，昼日无事，辄与女弈。挑灯瀹茗，听两妇弹琴，夜分始散。每与人曰：“儿父在时，亦未能有此乐也。”盛司出纳，每记籍报母。母疑曰：“儿辈常言幼孤，作字弹棋，谁教之？”女笑以实告。母亦笑曰：“我初不欲为儿娶一道士，今竟得两矣。”忽忆童时所卜，始信定数不可逃也。生再试不第。夫人曰：“吾家虽不丰，薄田三百亩，幸得云眠纪理，日益温饱。儿但在膝下，率两妇与老身共乐，不愿汝求富贵也。”生从之。后云眠生男女各一，云栖女一男三。母八十余岁而终。孙皆入泮；长孙，云眠所出，已中乡选矣。

司札吏

游击官某，妻妾甚多。最讳某小字，呼年曰岁，生曰硬，马曰大驴；又讳败曰胜，安为放。虽简札往来，不甚避忌，而家人道之，则怒。一日司札吏白事，误犯；大怒，以研击之立毙。三日后醉卧，见吏持刺入，问：“何为？”曰：“‘马子安’来拜。”忽悟其鬼，急起，拔刀挥之。吏微笑，掷刺几上，泯然而没。取刺视之，书云：“岁家眷硬大驴子放胜。”暴谬之夫，为鬼揶揄，可笑甚已！

牛首山一僧，自名铁汉，又名铁屎。有诗四十首，见者无不绝倒。自镂印章二：一曰“混帐行子”，一曰“老实泼皮”。秀水王司直梓其诗，名曰《牛山四十屁》。款云：“混帐行子，老实泼皮放。”不必读其诗，标名已足解颐。

蚰蜒

学使朱裔三家门限下有蚰蜒，长数尺。每遇风雨即出，盘旋地上如白练。按蚰蜒形若蜈蚣，昼不能见，夜则出，闻腥辄集。或云：蜈蚣无目而多贪也。

司 训

教官某甚聋，而与一狐善，狐耳语之亦能闻。每见上官，亦与狐俱，人不知其重听也。积五六年，狐别而去，嘱曰："君如傀儡，非挑弄之，则五官俱废。与其以聋取罪，不如早自高也。"某恋禄，不能从其言，应对屡乖。学使欲逐之，某又求当道者为之缓颊。一日执事文场。唱名毕，学使退与诸教官燕坐。教官各扪籍靴中，呈进关说。已而学使笑问："贵学何独无所呈进？"某茫然不解。近坐者肘之，以手入靴，示之势。某为亲戚寄卖房中伪器，辄藏靴中，随在求售。因学使笑语，疑索此物，鞠躬起对曰："有八钱者最佳，下官不敢呈进。"一座匿笑。学使叱出之，遂免官。

异史氏曰："平原独无，亦中流之砥柱也。学使而求呈进，固当奉之以此。由是得免，冤哉！"

朱公子子青《耳录》云："东莱一明经迟，司训沂水。性颠痴，凡同人咸集时，皆默不语；迟坐片时，不觉五官俱动，笑啼并作，旁若无人焉者。若闻人笑声，顿止。日俭鄙自奉，积金百余两，自埋斋房，妻子亦不使知。一日独坐，忽手足动，少刻云：'作恶结怨，受冻忍饥，好容易积蓄者，今在斋房。倘有人知，竟如何？'如此再四。一门斗在旁，殊亦不觉。次日迟出，门斗入，掘取而去。过二三日，心不自宁，发穴验视，则已空空。顿足拊膺，叹恨欲死。"教职中可云千态百状矣。

黑 鬼

胶州李总镇，买二黑鬼，其黑如漆。足革粗厚，立刃为途，往来其上，毫无所损。总镇配以娼，生子而白，僚仆戏之，谓非其种。黑鬼亦疑，因杀其子，检骨尽黑，始悔焉。公每令两鬼对舞，神情亦可观也。

织 成

洞庭湖中，往往有水神借舟。遇有空船，缆忽自解，飘然游行。但闻空中音乐并作，舟人蹲伏一隅，瞑目听之，莫敢仰视，任所往。游毕仍泊旧处。

有柳生落第归,醉卧舟上。笙乐忽作。舟人摇生不得醒,急匿艎下。俄有人捽生。生醉甚,随手堕地,眠如故,即亦置之。少间,鼓吹鸣聒。生微醒,闻兰麝充盈,睨之,见满船皆佳丽。心知其异,目若瞑。少间传呼织成,即有侍儿来,立近颊际,翠袜紫舄,细瘦如指。心好之,隐以齿啮其袜。少间,女子移动,牵曳倾踣。上问之,因白其故。在上者怒,命即行诛。遂有武士入,捉缚而起。

见南面一人,冠类王者。因行且语,曰:"闻洞庭君为柳氏,臣亦柳氏;昔洞庭落第,今臣亦落第;洞庭得遇龙女而仙,今臣醉戏一姬而死,何幸不幸之悬殊也!"王者闻之,唤回,问:"汝秀才下第者乎?"生诺。便授笔札,令赋《风鬟雾鬓》。生固襄阳名士,而构思颇迟,捉笔良久。上诮让曰:"名士何得尔?"生释笔自白:"昔《三都赋》十稔而成,以是知文贵工不贵速也。"王者笑听之。自辰至午,稿始脱。王者览之,大悦曰:"真名士也!"遂赐以酒。顷刻,异馔纷纶。

方问对间,一吏捧簿进白:"溺籍告成矣。"问:"人数几何?"曰:"一百二十八人。"问:"签差何人矣?"答云:"毛、南二尉。"生起拜辞,王者赠黄金十斤,又水晶界方一握,曰:"湖中小有劫数,持此可免。"忽见羽葆人马,纷立水面,王者下舟登舆,遂不复见,久之寂然。舟人始自艎下出,荡舟北渡,风逆不得前。忽见水中有铁猫浮出,舟人骇曰:"毛将军出现矣!"各舟商人俱伏。又无何,湖中一木直立,筑筑摇动。益惧曰:"南将军又出矣!"少时,波浪大作,上翳天日,四顾湖舟,一时尽覆。生举界方危坐舟中,万丈洪涛至舟顿灭,以是得全。

既归,每向人语其异,言:"舟中侍儿,虽未悉其容貌,而裙下双钩,亦人世所无。"后以故至武昌,有崔媪卖女,千金不售;蓄一水晶界方,言有能配此者,嫁之。生异之,怀界方而往。媪忻然承接,呼女出见,年十五六已来,媚曼风流,更无伦比,略一展拜,反身入帏。生一见魂魄动摇,曰:"小生亦蓄一物,不知与老姥家藏颇相称否?"因各出相较,长短不爽毫厘。媪喜,便问寓所,请生即归命舆,界方留作信。生不肯留,媪笑曰:"官人亦太小心!老身岂为一界方抽身窜去耶?”生不得已,留之。出则赁舆急返,而媪室已空。大骇。遍问居人,迄无知者。

日已向西,形神懊丧,邑邑而返。中途,值一舆过,忽搴帘曰:“柳郎何迟也?”视之,则崔媪,喜问:“何之?”媪笑曰:“必将疑老身拐骗者矣。别后,适有便舆,顿念官人亦侨寓,措办良艰,故遂送女归舟耳。”生邀回车,媪必不可。生仓皇不能确信,急奔入舟,女果及一婢在焉。见生入,含笑承迎。生见翠袜紫履,与舟中侍儿妆饰,更无少别。心异之,徘徊凝注,女笑曰:“眈眈注目,生平所未见耶?”生益俯窥之,则袜后齿痕宛然,惊曰:“卿织成耶?”女掩口微哂。生长揖曰:“卿果神人,早请直言,以祛烦惑。”女曰:“实告君:前舟中所遇,即洞庭君也。仰慕鸿才,便欲以妾相赠;因妾过为王妃所爱,故归谋之。妾之来从妃命也。”生喜,沐手焚香,望湖朝拜,乃归。

后诣武昌,女求同去,将便归宁。既至洞庭,女拔钗掷水,忽见一小舟自湖中出,女跃登如飞鸟集,转瞬已杳。生坐船头,于没处凝盼之。遥遥一楼船至,既近窗开,忽如一彩禽翔过,则织成至矣。一人自窗中递掷金珠珍物甚多,皆妃赐也。自是,岁一两觐以为常。故生家富有珠宝,每出一物,世家所不识焉。

相传唐柳毅遇龙女,洞庭君以为婿。后逊位于毅。又以毅貌文,不能摄服水怪,付以鬼面,昼戴夜除;久之渐习忘除,遂与面合而为一。毅览镜自惭。故行人泛湖,或以手指物,则疑为指己也;以手覆额,则疑其窥己也:风波辄起,舟多覆。故初登舟,舟人必以此告戒之。不则设牲牢祭享乃得渡。许真君偶至湖,浪阻不得行。真君怒,执毅付郡狱。狱吏检囚,恒多一人,莫测其故。一夕毅示梦郡伯,哀求拔救。伯以幽明异路,谢辞之。毅云:“真君于某日临境,但为求恳,必合有济。”既而真君果至,因代求之,遂得释。嗣后湖禁稍平。

竹 青

鱼客,湖南人,忘其郡邑。家贫,下第归,资斧断绝。羞于行乞,饿甚,暂憩吴王庙中,拜祷神座。出卧廊下,忽一人引去见王,跪白曰:“黑衣队尚缺一卒,可使补缺。”王曰:“可。”即授黑衣。既着身,化为乌,振翼而出。见乌友群集,相将俱去,分集帆樯。舟上客旅,争以肉向上抛掷。群于空中接食之。因亦尤效,须臾果腹。翔栖树杪,意亦甚得。逾二三日,吴王怜其无偶,配以雌,呼之“竹青”。雅相爱乐。鱼每取食,辄驯无机,竹青恒劝谏之,卒不能听。一日有满兵过,弹之中胸。幸竹青衔去之,得不被擒。群乌怒,鼓翼搧波,波涌起,舟尽覆。竹青仍投饵哺鱼。鱼伤甚,终日而毙。忽如梦醒,则身卧庙中。先是居人见鱼死,不知谁何,抚之未冷,故不时令人逻察之。至是讯知其由,敛资送归。

后三年,复过故所,参谒吴王。设食,唤乌下集群啖,祝曰:“竹青如在,当止。”食已并飞去。后领荐归,复谒吴王庙,荐以少牢。已,乃大设以飨乌友,又祝之。是夜宿于湖村,秉烛方坐,忽几前如飞鸟飘落;视之则二十许丽人,辗然曰:“别来无恙乎?”鱼惊问之,曰:“君不识竹青耶?”鱼喜,诘所来。曰:“妾今为汉江神女,返故乡时常少。前乌使两道君情,故来一相聚也。”鱼益欣感,宛如夫妻之久别,不胜欢恋。生将偕与俱南,女欲邀与俱西,两谋不决。寝初醒,则女已起。开目,见高堂中巨烛荧煌,竟非舟中。惊起,问:“此何所?”女笑曰:“此汉阳也。妾家即君家,何必南!”天渐晓,婢媪纷集,酒炙已进。就广床上设矮几,夫妇对酌。鱼问:“仆何在?”答:“在舟上。”生虑舟人不能久待,女言:“不妨,妾当助君报之。”于是日夜谈宴,乐而忘归。

舟人梦醒,忽见汉阳,骇绝。仆访主人,杳无音信。舟人欲他适,而缆结不解,遂共守之。积两月余,生忽忆归,谓女曰:“仆在此,亲戚断绝。且卿与仆,名为琴瑟,而不一认家门,奈何?”女曰:“无论妾不能往;纵往,君家自有妇,将何以处妾乎?不如置妾于此,为君别院可耳。”生恨道远不能时至,女出黑衣,曰:“君向所著旧衣尚在。如念妾时,衣此可至,至时为君解之。”乃大设肴珍,为生祖饯。即醉而寝,醒则身在舟中,视之洞庭旧泊处也。舟人及仆俱在,相视大骇,诘其所往,生故怅然自惊。枕边一襆,检视,则女赠新衣袜履,黑衣亦折置其中。又有绣橐维絷腰际,探之,则金资充牣焉。于是南发,达岸,厚酬舟人而去。

归家数月，苦忆汉水，为潜出黑衣着之，两胁生翼，翕然凌空，经两时许，已达汉水。回翔下视，见孤屿中有楼舍一簇，遂飞堕。有婢子已望见之，呼曰："官人至矣！"无何，竹青出，命众手为缓结，觉羽毛划然尽脱。握手入舍，曰："郎来恰好，妾旦夕临蓐矣。"生戏问曰："胎生乎？卵生乎？"女曰："妾今为神，则皮骨已硬，应与曩异。"越数日果产，胎衣厚裹如巨卵然，破之男也。生喜，名之"汉产"。三日后，汉水神女皆登堂，以服食珍物相贺。并皆佳妙，无三十以上人。俱入室就榻，以拇指按儿鼻，名曰"增寿"。既去，生问："适来者皆谁何？"女曰："此皆妾辈。其末后着藕白者，所谓'汉皋解珮'，即其人也。"居数月，女以舟送之，不用帆楫，飘然自行。抵陆，已有人絷马道左，遂归。由此往来不绝。

积数年，汉产益秀美，生珍爱之。妻和氏苦不育：每思一见汉产。生以情告女。女乃治任，送儿从父归，约以三月。既归，和爱之过于己出，过十余月不忍令返。一日暴病而殇，和氏悼痛欲死。生乃诣汉告女。入门，则汉产赤足卧床上，喜以问女。女曰："君久负约。妾思儿，故招之也。"生因述和氏爱儿之故。女曰："待妾再育，令汉产归。"

又年余，女双生男女各一：男名"汉生"，女名"玉珮"。生遂携汉产归，然岁恒三四往，不以为便，因移家汉阳。汉产十二岁入郡庠。女以人间无美质，招去，为之娶妇，始遣归。妇名"卮娘"，亦神女产也。后和氏卒，汉生及妹皆来擗踊。葬毕，汉产遂留；生携汉生、玉珮去，自此不返。

段　氏

段瑞环，大名富翁也。四十无子。妻连氏最妒，欲买妾而不敢。私一婢，连觉之，挞婢数百，鬻诸河间栾氏之家。

段日益老，诸侄朝夕乞贷，一言不相应，怒征声色。段思不能给其求，而欲嗣一侄，则群侄阻挠之，连之悍亦无所施，始大悔。愤曰："翁年六十余，安见不能生男！"遂买两妾，听夫临幸，不之问。居年余，二妾皆有身，举家皆喜。于是气息渐舒，凡诸侄有所强取，辄恶声梗拒之。无何，一妾生女，一妾生男而殇。夫妻失望。又将年余，段中风不起，诸侄益肆，牛马什物竞自取去。连诟斥之，辄反唇相稽。无所为计，朝夕呜哭。段病益剧，寻死。诸侄集柩前议析遗产，连虽痛切，然不能禁止之。但留沃墅一所，赡养老稚，侄辈不肯。连曰："汝等寸土不留，将令老妪及呱呱者饿死耶！"日不决，惟忿哭自挝。

忽有客入吊，直趋灵所，俯仰尽哀。哀已，便就苫次。众诘为谁，客曰："亡者吾父也。"众益骇。客从容自陈。先是，婢嫁栾氏，逾五六月，生子怀，栾抚之等诸男。十八岁入泮。后栾卒，诸兄析产置不与诸栾齿。怀问母，始知其故，曰："既属两姓，各有宗祏，何必在此承人百亩田哉！"乃命骑诣段，而段已死。言之凿凿，确可信据。连方忿痛，闻之大喜，直出曰："我今亦复有儿！诸所假去牛马什物，可好自送还；不然，有讼兴也！"诸侄相顾失色，渐引去。怀乃携妻来，共居父忧。诸段不平，共谋逐怀。怀知之，曰："栾不以为栾，段复不以为段，我安适归乎！"忿欲质官，诸戚党为之排解，群谋亦寝。

而连以牛马故不肯已，怀劝置之，连曰："我非为牛马也，杂气集满胸，汝父以愤死，我所以吞声忍泣者，为无儿耳。今有儿，何畏哉！前事汝不知状，待予自质审。"怀固止之，不听，具词赴宰控。宰拘诸段，审状，连气直词恻，吐陈泉涌。宰为动容，并惩诸段，追物给主。既归，其兄弟之子有不与党谋者，招之来，以所追物尽散给之。

连七十余岁，将死，呼女及孙媳嘱曰："汝等志之：如三十不育，便当典质钗珥，为夫纳妾。无子之情状实难堪也！"

异史氏曰："连氏虽妒，而能疾转，宜天以有后伸其气也。观其慷慨激发，吁！亦杰矣哉！"

济南蒋稼，其妻毛氏不育而妒。嫂每劝谏，不听，曰："宁绝嗣，不令送眼流眉者忿气人也！"年近四旬，颇以嗣续为念。欲继兄子，兄嫂俱诺，而故悠忽之。儿每至叔所，夫妻饵以甘脆，问曰："肯来吾家乎？"儿亦应之。兄私嘱儿曰："倘彼再问，答以不肯。如问何故不肯，答云：'待汝死后，何愁田产不为吾有。'"一日稼出远贾，儿复来。毛又问，儿即以父言对。毛大怒曰："妻孥在家，固日日盘算吾田产耶！其计左矣！"逐儿出，立招媒媪为夫买妾。

及夫归,时有卖婢者其价昂,倾资不能取盈,势将难成。其兄恐迟而变悔,遂暗以金付媪,伪称为媪转贷而玉成之。毛大喜,遂买婢归。毛以情告夫,夫怒,与兄绝。年余妾生子。夫妻大喜。

毛曰:"媪不知假贷何人,年余竟不置问,此德不可忘。今子已生,尚不偿母价也!"稼乃囊金诣媪,媪笑曰:"当大谢大官人。老身一贫如洗,谁敢贷一金者。"具以实告。稼感悟,归告其妻,相为感泣。遂治具邀兄嫂至,夫妇皆膝行,出金偿兄,兄不受,尽欢而散。后稼生三子。

狐　女

伊衮,九江人。夜有女来相与寝处。心知为狐,而爱其美,秘不告人,父母亦不知也。久而形体支离。父母穷诘,始实告之。父母大忧,使人更代伴寝,兼施敕勒,卒不能禁。翁自与同衾,则狐不至;易人则又至。伊问狐,狐曰:"世俗符咒何能制我。然俱有伦理,岂有对翁行淫者!"翁闻之,益伴子不去,狐遂绝。后值叛寇横恣,村人尽窜,一家相失。

伊奔入昆仑山,四顾荒凉。日既暮,心恐甚。忽见一女子来,近视之,则狐女也。离乱之中,相见忻慰。女曰:"日已西下,君姑止此。我相佳地,暂创一室以避虎狼。"乃北行数武,遂蹲莽中,不知何作。少顷返,拉伊南去,约十余步,又曳之回。忽见大木千章,绕一高亭,铜墙铁柱,顶类金箔;近视则墙可及肩,四围并无门户,而墙上密排坎窞。女以足踏之而过,伊亦从之。既入,疑金屋非人工可造,问所自来。女笑曰:"君子居之,明日即以相赠。金铁各千万,计半生吃着不尽矣。"既而告别。伊苦留之,乃止。曰:"被人厌弃,已拚永绝;今又不能自坚矣。"及醒,狐女不知何时已去。天明,逾垣而出。回视卧处并无亭屋,惟四针插指环内,覆脂合其上;大树则丛荆老棘也。

张氏妇

凡大兵所至,其害甚于盗贼,盖盗贼人犹得而仇之,兵则人所不敢仇也。其少异于盗者,特不敢轻于杀人耳。甲寅岁,三藩作反,南征之士,养马兖郡,鸡犬庐舍一空,妇女皆被淫污。时遭霪雨,田中潴水为湖,民无所匿,遂乘桴入高粱丛中。兵知之,裸体乘马,入水搜淫,鲜有遗脱。

惟张氏妇不伏,公然在家。有厨舍一所,夜与夫掘坎深数尺,积茅焉;覆以薄,加席其上,若可寝处。自炊灶下。有兵至,则出门应给之。二蒙古兵强与淫,妇曰:"此等事,岂可对人行者。"其一微笑,啁嗻而出。妇与入室,指席使先登。薄折,兵陷。妇又另取席及薄覆其上,故立坎边,以诱来者。少间,其一复入。闻坎中号,不知何处,妇以手笑招之曰:"在此处。"兵踏席,又陷。妇乃益投以薪,掷火其中。火大炽,屋焚。妇乃呼救。火既熄,燔尸焦臭。人问之,妇曰:"两猪恐害于兵,故纳坎中耳。"

由此离村数里,于大道旁并无树木处,携女红往坐烈日中。村去郡远,兵来率乘马,顷刻数至。笑语啁嗻,虽多不解,大约调弄之语。然去道不远,无一物可以蔽身,辄去,数日无患。一日一兵至,甚无耻,就烈日中欲淫妇。妇含笑不甚拒。隐以针刺其马,马辄喷嘶,兵遂絷马股际,然后拥妇。妇出巨锥猛刺马项,马负痛奔骇。缰系股不得脱,曳驰数十里,同伍始代捉之。首躯不知处,缰上一股,俨然在焉。

异史氏曰:"巧计六出,不失身于悍兵。贤哉妇乎,慧而能贞!"

于子游

海滨人说:一日海中忽有高山出,居人大骇。一秀才寄宿渔舟,沽酒独酌。夜阑,一少年入,儒服儒冠,自称:"于子游。"言词风雅。秀才悦,便与欢饮。饮至中夜,离席言别。秀才曰:"君家何处?玄夜茫茫,亦太自苦。"答云:"仆非土著,以序近清明,将随大王上墓。眷口先行,大王姑留憩息,明日辰刻发矣。宜归早治任也。"秀才亦不知大王何人。送至艎首,跃身入水,拨刺而去,乃知为鱼妖也。次日,见山峰浮动,顷刻已没。始知山为大鱼,即所云大王也。俗传清明前,海中大鱼携儿女往拜其墓,信有之乎?

康熙初年，莱郡潮出大鱼，鸣号数日，其声如牛。既死，荷担割肉者一道相属。鱼大盈亩，翅尾皆具；独无目珠。眶深如井，水满之。割肉者误堕其中辄溺死。或云，“海中贬大鱼则去其目，以目即夜光珠”云。

男 妾

一官绅在扬州买妾，连相数家，悉不当意。惟一媪寄居卖女，女十四五，丰姿姣好，又善诸艺。大悦，以重价购之。至夜入衾，肤腻如脂。喜扪私处，则男子也。骇极，方致穷诘。盖买好僮，加意修饰，设局以骗人耳。黎明，遣家人寻媪，则已遁去无踪。中心懊丧，进退莫决。适浙中同年某来访，因为告诉。某便索观，一见大悦，以原价赎之而去。

异史氏曰：“苟遇知音，即与以南威不易。何事无知婆子多作一伪境哉！”

汪可受

湖广黄梅县汪可受，能记三生：一世为秀才，读书僧寺。僧有牝马产骡驹，爱而夺之。后死，冥王稽籍，怒其贪暴，罚使为骡偿寺僧。既生，僧爱护之，欲死无间。稍长，辄思投身涧谷，又恐负豢养之恩，冥罚益甚，遂安之。数年孽满自毙。生一农人家。堕蓐能言，父母以为不祥，杀之，乃生汪秀才家。秀才近五旬，得男甚喜。汪生而了了，但忆前生以早言死，遂不敢言，至三四岁人皆以为哑。一日父方为文，适有友人过访，投笔出应客。汪入见父作，不觉技痒，代成之。父返见之，问：“何人来？”家人曰：“无之。”父大疑。次日故书一题置几上，旋出；少间即返，翳行悄步而入。则见儿伏案间，稿已数行，忽睹父至，不觉出声，跪求免死。父喜，握手曰：“吾家止汝一人，既能文，家门之幸也，何自匿为？”由是益教之读。少年成进士，官至大同巡抚。

牛 犊

楚中一农人赴市归，暂休于途。有术人后至，止与倾谈。忽瞻农人曰："子气色不祥，三日内当退财，受官刑。"农人曰："某官税已完，生平不解争斗，刑何从至？"术人曰："仆亦不知。但气色如此，不可不慎之也！"农人颇不深信，拱别而归。次日牧犊于野，有驿马过，犊望见误以为虎，直前触之，马毙。役报农人至官，官薄惩之，使偿其马。盖水牛见虎必斗，故贩牛者露宿，辄以牛自卫；遥见马过，急驱避之，恐其误也。

王 大

李信，博徒也。昼卧，忽见昔年博友王大、冯九来邀与敖戏，李亦忘其为鬼。忻然从之。既出，王大往邀村中周子明，冯乃导李先行，入村东庙中。少顷周果同王至。冯出叶子约与撩零，李曰："仓卒无博资，辜负盛邀，奈何？"周亦云然。王云："燕子谷黄八官人放利债，同往贷之，宜必诺允。"于是四人并去。

飘忽间至一大村，村中甲第连垣，王指一门，曰："此黄公子家。"内一老仆出，王告以意，仆即入白。旋出，奉公子命请王、李相会。入见公子，年十八九，笑语蔼然。便以大钱一提付李，曰："知君悫直，无妨假贷；周子明我不能信之也。"王委曲代为请。公子要李署保，李不肯。王从旁怂恿之，李乃诺。亦授一千而出。便以付周，且述公子之意，以激其必偿。

出谷，见一妇人来，则村中赵氏妻，素喜争善骂。冯曰："此处无人，悍妇宜小祟之。"遂与捉返入谷。妇大号，冯掬土塞其口。周赞曰："此等妇，只宜椓杙阴中！"冯乃捋裤，以长石强纳之，妇若死。众乃散去，复入庙，相与赌博。

自午至夜分，李大胜，冯、周资皆空。李因以厚资增息悉付王，使代偿黄公子；王又分给周、冯，局复合。居无何闻人声纷拏，一人奔入曰："城隍老爷亲捉博者，今至矣！"众失色。李舍钱逾垣而逃。众顾资皆被缚。既出，果见一神人坐马上，马后絷博徒二十余人。天未明已至邑城，门启而入。至衙署，城隍南面坐，唤人犯上，执籍呼名。呼已，并令以利斧斫去将指，乃以墨朱各涂两目，游市三周讫。押者索贿而后去其墨朱，众皆赂之。独周不肯，辞以囊空；押者约送至家而后酬之，亦不许。押者指之曰："汝真铁豆，炒之不能爆也！"遂拱手去。周出城，以唾湿袖，且行且拭。及河自照，墨朱未去，掬水盥之，坚不可下，悔恨而归。

先是，赵氏妇以故至母家，日暮不归。夫往迎之，至谷口，见妇卧道周。睹状，知其遇鬼，去其泥塞，负之而归。渐醒能言，始知阴中有物，宛转抽拔而出。乃述其遭。赵怒，遽赴邑宰，讼李及周。牒下，李初醒；周尚沉睡，状类死。宰以其诬控，笞赵械妇，夫妻皆无理以自申。

越日周醒，目眶忽变一赤一黑，大呼指痛。视之筋骨已断，惟皮连之，数日寻堕。目上墨朱，深入肌理。见者无不掩笑。一日见王大来索负。周厉声但言无钱，王忿而去。家人问之，始知其故。共以神鬼无情，劝偿之。周龃龉不可，且曰："今日官宰皆左袒赖债者，阴阳应无二理，况赌债耶！"次日有二鬼来，谓黄公子具呈在邑，拘赴质审；李信亦见隶来取作间证，二人一时并死。至村外相见，王、冯俱在。李谓周曰："君尚带赤墨眼，敢见官耶？"周仍以前言告。李知其吝，乃曰："汝既昧心，我请见黄八官人，为汝还之。"遂共诣公子所。李入而告以故，公子不可，曰："负欠者谁，而取偿于子？"出以告周，因谋出资，假周进之。周益忿，语侵公子。

鬼乃拘与俱行。无何至邑，入见城隍。城隍呵曰："无赖贼！涂眼犹在，又赖债耶！"周曰："黄公子出利债诱某博赌，遂被惩创。"城隍唤黄家仆上，怒曰："汝主人开场诱赌，尚讨债耶？"仆曰："取资时，公子不知其赌。公子家燕子谷，捉获博徒在观音庙，相去十余里。公子从无设局场之事。"城隍顾周曰："取资悍不还，反被捏造！人之无良，至汝而极！"欲笞之。周又诉其息重，城隍曰："偿几分矣？"答云："实尚未有所偿。"城隍怒曰："本资尚欠，而论息耶？"笞三十，立押偿主。二鬼押至家，索贿，不令即活，缚诸厕内，令示梦家人。家人焚楮锭二十提，火既灭，化为金二两、钱二千。周乃以金酬债，以钱赂押者，遂释令归。

既苏，臀疮坟起，脓血崩溃，数月始痊。后赵氏妇不敢复骂；而周以四指带赤墨眼，赌如故。此以知博徒之非人矣！

异史氏曰："世事之不平，皆由为官者矫枉之过正也。昔日富豪以倍称之息折夺良家子女，人无敢言者；不然，函刺一投，则官以三尺法左袒之。故昔之民社官，皆为势家役耳。迨后贤者鉴其弊，又悉举而大反之。有举人重资作巨商者，衣锦厌粱肉，家中起楼阁、买良沃。而竟忘所自来。一取偿则怒目相向。质诸官，官则曰：'我不为人役也。'呜呼！是何异懒残和尚，无工夫为俗人拭泪哉！余尝谓昔之官谄，今之官谬；谄者固可诛，谬者亦可恨也。放资而薄其息，何尝专有益于富人乎？"

张石年宰淄川，最恶博。其涂面游城亦如冥法，刑不至堕指，而赌以绝。盖其为官甚得钩距法。方簿书旁午时，每一人上堂，公偏暇，里居、年齿、家口、生业，无不絮絮问。问已，始劝勉令去。有一人完税缴单，自分无事，呈单欲下。公止之，细问一过，曰："汝何博也？"其人力辩生平不解博。公笑曰："腰中尚有博具。"搜之果然。人以为神，而并不知其何术。

乐　仲

乐仲，西安人。父早丧，母遗腹生仲。母好佛，不茹荤酒。仲既长，嗜饮善啖，窃腹诽母，每以肥甘劝进，母咄之。后母病，弥留，苦思肉。仲急无所得肉，刲左股献之。病稍瘥，悔破戒，不食而死。

仲哀悼益切，以利刃益刲右股见骨。家人共救之，裹帛敷药，寻愈。心念母苦节，又恸母愚，遂焚所供佛像，立主祀母，醉后辄对哀哭。年二十始娶，身犹童子。娶三日，谓人曰："男女居室，天下之至秽，我实不为乐！"遂去妻。妻父顾文渊，浼戚求返，请之三四，仲必不可。迟半年，顾遂醮女。

仲鳏居二十年，行益不羁，奴隶优伶皆与饮，里党乞求不靳与；有言嫁女无釜者，揭灶头举赠之。自乃从邻借釜炊。诸无行者知其性，朝夕骗赚之。或以赌博无资，故对之欷歔，言追呼急，将鬻其子。仲措税金如数,倾囊遗之;及租吏登门,自始典质营办。以故,家日益落。先是仲殷饶,同堂子弟争奉事之,家中所有任其取携,亦莫之较;及仲蹇落,存问绝少,仲旷达不为意。值母忌辰,仲适病,不能上墓,欲遣子弟代祀,诸子弟皆谢以故。仲乃酹诸室中,对主号痛,无嗣之戚,颇萦怀抱。因而病益剧。瞀乱中觉有人抚摩之,目微启,则母也。惊问:“何来?”母曰:“缘家中无人上墓,故来就享,即视汝病。”问:“母向居何所?”母曰:“南海。”抚摩既已,遍体生凉。开目四顾,渺无一人。

病瘥既起,思朝南海。会邻村有结香社者,即卖田十亩,挟资求偕。社人嫌其不洁,共摈绝之。乃随从同行。途中牛酒薤蒜不戒,众更恶之;乘其醉睡,不告而去。仲即独行。至闽,遇友人邀饮,有名妓琼华在座。适言南海之游,琼华愿附以行。仲喜,即待趋装,遂与俱发,虽寝食与共,而毫无所私。及至南海,社中人见其载妓而至,更非笑之,鄙不与同朝,仲与琼华知其意,乃俟其先拜而后拜之。众拜时,恨无现示。及二人拜,方投地,忽见遍海皆莲花,花上璎珞垂珠;琼华见为菩萨,仲见花朵上皆其母。因急呼奔母,跃入从之。众见万朵莲花,悉变霞彩,障海如锦。少间云静波澄,一切都杳,而仲犹身在海岸。亦不自解其何以得出,衣履并无沾濡。望海大哭,声震岛屿。琼华挽劝之,怆然下刹,命舟北渡。途中有豪家招琼华去,仲独憩逆旅。

有童子方八九岁,丐食肆中,貌不类乞儿。细诘之,则被逐于继母,心怜之。儿依依左右,苦求拔拯,仲遂携与俱归。问其姓氏,则曰:“阿辛,姓雍,母顾氏。尝闻母言:适雍六月,遂生余。余本乐姓。”仲大惊。自疑生平一度,不应有子。因问乐居何乡,答云:“不知。但母没时,付一函书,嘱勿遗失。”仲急索书。视之,则当年与顾家离婚书也。惊曰:“真吾儿也!”审其年月良确,颇慰心愿。然家计日疏,居二年,割亩渐尽,竟不能畜僮仆。

一日父子方自炊,忽有丽人入,视之则琼华也。惊问:“何来?”笑曰:“业作假夫妻,何又问也?向不即从者,徒以有老妪在;今已死。顾念不从人无以自庇,从人则又无以自洁。计两全者,无如从君,是以不惮千里。”遂解装代儿炊。仲良喜。至夜父子同寝如故,另治一室居琼华。儿母之,琼华亦善抚儿。戚党闻之,皆馔仲,两人皆乐受之。客至,琼华悉为治具,仲亦不问所自来。琼华渐出金珠赎故产,广置婢仆牛马,日益繁盛。仲每谓琼华曰:“我醉时,卿当避匿,勿使我见。”华笑诺之。一日大醉,急唤琼华。华艳妆出;仲睨之良久,大喜,蹈舞若狂,曰:“吾悟矣!”顿醒。觉世界光明,所居庐舍尽为琼楼玉宇,移时始已。从此不复饮市上,惟日对琼华饮。琼华茹素,以茶茗侍。一日微醺,命琼华按股,见股上刲痕,化为两朵赤菡萏,隐起肉际。奇之。仲笑曰:“卿视此花放后,二十年假夫妻分手矣。”琼华信之。

既为阿辛完婚,琼华渐以家付新妇,与仲别院居。子妇三日一朝,事非疑难不以告。役二婢:一温酒,一瀹茗而已。一日琼华至儿所,儿媳咨白良久,共往见父。入门,见父白足坐榻上。闻声,开眸微笑曰:“母子来大好!”即复瞑。琼华大惊曰:“君欲何为?”视其股上,莲花大放。试之,气已绝。即以两手捻合其花,且祝曰:“妾千里从君,大非容易。为君教子训妇,亦有微劳。即差二三年,何不一少待也?”移时,仲忽开眸笑曰:“卿自有卿事,何必又牵一人作伴也?无已,姑为卿留。”琼华释手,则花已复合。于是言笑如初。

积三年余,琼华年近四旬,犹如二十许人。忽谓仲曰:“凡人死后,被人捉头舁足,殊不雅洁。”遂命工治双椁。辛骇问之,答云:“非汝所知。”工既竣,沐浴妆竟,命子及妇曰:“我将死矣。”辛泣曰:“数年赖母经纪,始不冻馁。母尚未得一享安逸,何遂舍儿而去?”曰:“父种福而子享,奴婢牛马,皆骗债者填偿尔父,我无功焉。我本散花天女,偶涉凡念,遂谪人间三十余年,今限已满。”遂登木自入。再呼之,双目已含。辛哭告父,父不知何时已僵,衣冠俨然。号恸欲绝。入棺,并停堂中,数日未殓,冀其复返。光明生于股际,照彻四壁。琼华棺内则香雾喷溢,近舍皆闻。棺既合,香光遂渐减。

既殡,乐氏诸子弟觊觎其有,共谋逐辛,讼诸官。官莫能辨,拟以田产半给诸乐。辛不服,以词质郡,久不决。初,顾嫁女于雍,经年余,雍流寓于闽,音耗遂绝。顾老无子,苦忆女,诣婿,则女死甥逐。告官。雍惧,赂顾,不受,必欲得甥。穷觅不得。一日顾偶于途中,见彩舆过，避道左。舆中一美人呼曰："若非顾翁耶？"顾诺。女子曰："汝甥即吾子，现在乐家，勿讼也。甥方有难，宜急往。"顾欲详诘，舆已去远。顾乃受赂入西安。至，则讼方沸腾。顾自投官，言女大归日、再醮日，及生子年月，历历甚悉。诸乐皆被杖逐，案遂结。及归，述其见美人之日，即琼华没日也。辛为顾移家，授庐赠婢。六十余生一子，辛顾恤之。

异史氏曰："断荤远室，佛之似也。烂熳天真，佛之真也。乐仲对丽人，直视之为香洁道伴，不作温柔乡观也。寝处三十年，若有情，若无情，此为菩萨真面目，世中人乌得而测之哉！"

香　玉

劳山下清宫，耐冬高二丈，大数十围，牡丹高丈余，花时璀璨似锦。

胶州黄生舍读其中。一日自窗中见女郎，素衣掩映花间。心疑观中焉得此，趋出已遁去。自此屡见之。遂隐身丛树中以伺其至。未几，女郎又偕一红裳者来，遥望之，艳丽双绝。行渐近，红裳者却退，曰："此处有生人！"生暴起。二女惊奔，袖裙飘拂，香风洋溢，追过短墙，寂然已杳。爱慕弥切，因题句树下云："无限相思苦，含情对短窗。恐归沙吒利，何处觅无双？"归斋冥思。女郎忽入，惊喜承迎。女笑曰："君汹汹似强寇，令人恐怖；不知君乃骚雅士，无妨相见。"生略叩生平，曰："妾小字香玉，隶籍平康巷。被道士闭置山中，实非所愿。"生问："道士何名？当为卿一涤此垢。"女曰："不必，彼亦未敢相逼。借此与风流士长作幽会，亦佳。"问："红衣者谁？"曰："此名绛雪，乃妾义姊。"遂相狎。

及醒，曙色已红。女急起，曰："贪欢忘晓矣。"着衣易履，且曰："妾酬君作，勿笑：'良夜更易尽，朝暾已上窗。愿如梁上燕，栖处自成双。'"生握腕曰："卿秀外惠中，令人爱而忘死。顾一日之去，如千里之别。卿乘间当来，勿待夜也。"女诺之。由此夙夜必偕。每使邀绛雪来，辄不至，生以为恨。女曰："绛姐性殊落落，不似妾情痴也。当从容劝驾，不必过急。"一夕，女惨然入曰："君陇不能守，尚望蜀耶？今长别矣。"问："何之？"以袖拭泪，曰："此有定数，难为君言。昔日佳作，今成谶语矣。'佳人已属沙吒利，义士今无古押衙'，可为妾咏。"诘之不言，但有呜咽。竟夜不眠，早旦而去。生怪之。

次日有即墨蓝氏，入宫游瞩，见白牡丹，悦之，掘移径去。生始悟香玉乃花妖也，怅惋不已。过数日闻蓝氏移花至家，日就萎悴。恨极，作《哭花》诗五十首，日日临穴涕洟。

一日凭吊方返，遥见红衣人挥涕穴侧。从容近就，女亦不避。生因把袂，相向汍澜。已而挽请入室，女亦从之。叹曰："童稚姊妹，一朝断绝！闻君哀伤，弥增妾恸。泪堕九泉，或当感诚再作；然死者神气已散，仓卒何能与吾两人共谈笑也。"生曰："小生薄命，妨害情人，当亦无福可消双美。曩频烦香玉道达微忱，胡再不临？"女曰："妾以年少书生，什九薄幸；不知君固至情人也。然妾与君交，以情不以淫。若昼夜狎昵，则妾所不能矣。"言已告别。生曰："香玉长离，使人寝食俱废。赖卿少留，慰此怀思，何决绝如此！"女乃止，过宿而去。数日不复至。冷雨幽窗，苦怀香玉，辗转床头，泪凝枕席。揽衣更起，挑灯复踵前韵曰："山院黄昏雨，垂帘坐小窗。相思人不见，中夜泪双双。"诗成自吟。忽窗外有人曰："作者不可无和。"听之，绛雪也。启户内之。女视诗，即续其后曰："连袂人何处？孤灯照晚窗。空山人一个，对影自成双。"生读之泪下，因怨相见之疏。女曰："妾不能如香玉之热，但可少慰君寂寞耳。"生欲与狎。曰："相见之欢，何必在此。"

于是至无聊时，女辄一至。至则宴饮唱酬，有时不寝遂去，生亦听之。谓曰："香玉吾爱妻，绛雪吾良友也。"每欲相问："卿是院中第几株？乞早见示，仆将抱植家中，免似香玉被恶人夺去，贻恨百年。"女曰："故土难移，告君亦无益也。妻尚不能终从，况友乎！"生不听，捉臂而出，每至牡丹下，辄问："此是卿否？"女不言，掩口笑之。旋生以腊归过岁。至二月间，忽梦绛雪至，愀然曰："妾有大难！君急往尚得相见；迟无及矣。"醒而异之，急命仆马，星驰至山。则道士将建屋，有一耐冬，碍其营造，工师将纵斤矣。生急止之。入夜，绛雪来谢。生笑曰："向不实告，宜遭此厄！今已知卿；如卿不至，当以艾炷相炙。”女曰：“妾固知君如此，曩故不敢相告也。”坐移时，生曰：“今对良友，益思艳妻。久不哭香玉，卿能从我哭乎？”二人乃往，临穴洒涕。更余，绛雪收泪劝止。

又数夕，生方寂坐，绛雪笑入曰：“报君喜信：花神感君至情，俾香玉复降宫中。”生问：“何时？”答曰：“不知，约不远耳。”天明下榻，生嘱曰：“仆为卿来，勿长使人孤寂。”女笑诺。两夜不至。生往抱树，摇动抚摩，频唤无声。乃返，对灯团艾，将往灼树。女遽入，夺艾弃之，曰：“君恶作剧，使人创痏，当与君绝矣！”生笑拥之。坐未定，香玉盈盈而入。生望见，泣下流离，急起把握香玉。以一手握绛雪，相对悲哽。及坐，生把之觉虚，如手自握，惊问之，香玉泫然曰：“昔，妾花之神，故凝；今，妾花之鬼，故散也。今虽相聚，勿以为真，但作梦寐观可耳。”绛雪曰：“妹来大好！我被汝家男子纠缠死矣。”遂去。

香玉款笑如前；但偎傍之间，仿佛以身就影。生悒悒不乐。香玉亦俯仰自恨，乃曰：“君以白蔹屑，少杂硫黄，日酹妾一杯水，明年此日报君恩。”别去。明日往观故处，则牡丹萌生矣。生乃日加培植，又作雕栏以护之。香玉来，感激倍至。生谋移植其家，女不可，曰：“妾弱质，不堪复戕。且物生各有定处，妾来原不拟生君家，违之反促年寿。但相怜爱，合好自有日耳。”生恨绛雪不至。香玉曰：“必欲强之使来，妾能致之。”乃与生挑灯至树下，取草一茎，布掌作度，以度树本，自下而上至四尺六寸，按其处，使生以两爪齐搔之。俄见绛雪从背后出，笑骂曰：“婢子来，助桀为虐耶！”牵挽并入。香玉曰：“姊勿怪！暂烦陪侍郎君，一年后不相扰矣。”从此遂以为常。

生视花芽，日益肥茂，春尽盈二尺许。归后，以金遗道士，嘱令朝夕培养之。次年四月至宫，则花一朵含苞未放；方流连间，花摇摇欲拆；少时已开，花大如盘，俨然有小美人坐蕊中，裁三四指许；转瞬飘然欲下，则香玉也。笑曰：“妾忍风雨以待君，君来何迟也！”遂入室。绛雪亦至，笑曰：“日日代人作妇，今幸退而为友。”遂相谈宴。至中夜，绛雪乃去。二人同寝，款洽一如从前。后生妻卒，生遂入山不归。是时牡丹已大如臂。生每指之曰：“我他日寄魂于此，当生卿之左。”二女笑曰：“君勿忘之。”

后十余年，忽病。其子至，对之而哀。生笑曰："此我生期，非死期也，何哀为！"谓道士曰："他日牡丹下有赤芽怒生，一放五叶者，即我也。"遂不复言。子舆之归家，即卒。次年，果有肥芽突出，叶如其数。道士以为异，益灌溉之。三年，高数尺，大拱把，但不花。老道士死，其弟子不知爱惜，斫去之。白牡丹亦憔悴死；无何，耐冬亦死。

异史氏曰："情之至者，鬼神可通。花以鬼从，而人以魂寄，非其结于情者深耶？一去而两殉之，即非坚贞，亦为情死矣。人不能贞，亦其情之不笃耳。仲尼读《唐棣》而曰'未思'，信矣哉！"

三仙

一士人赴试金陵，经宿迁，遇三秀才，谈论超旷，遂与沽酒款洽。各表姓字：一介秋衡，一常丰林，一麻西池。纵饮甚乐，不觉日暮。介曰："未修地主之仪，忽叨盛馔，于理不当。茅茨不远，可便下榻。"常、麻并起捉裾，唤仆相将俱去。至邑北山，忽睹庭院，门绕清流。既入，舍宇清洁。呼童张灯，又命安置从人。麻曰："昔日以文会友，今场期伊迩，不可虚此良夜。请拟四题，命阄各拈其一，文成方饮。"众从之。各拟一题，写置几上，拾得者就案构思。二更未尽，皆已脱稿，迭相传视。士人读三作，深为倾倒，草录而怀藏之。主人进良酝，巨杯促釂，不觉醺醉。主人乃导客就别院寝。客醉，不暇解履，和衣而卧。及醒，红日已高，四顾并无院宇，主仆卧山谷中。大骇。见旁有一洞，水涓涓流，自讶迷惘。探怀中则三作俱存。下问土人，始知为"三仙洞"。中有蟹、蛇、虾蟆三物最灵，时出游，人常见之。士人入闱，三题即仙作，以是擢解。

鬼隶

历城县二隶，奉邑令韩承宣命，营干他郡，岁暮方归。途遇二人，装饰亦类公役，同行话言。二人自称郡役。隶曰："济城快皂，相识十有八九，二君殊昧生平。"二人云："实相告：我城隍鬼隶也。今将以公文投东岳。"隶问："公文何事？"答云："济南大劫，所报者，杀人之名数也。"惊问其数。曰："亦不甚悉，约近百万。"隶问其期，答以

"正朔"。二隶惊顾，计到郡正值岁除，恐罹于难；迟留恐贻谴责。鬼曰："违误限期罪小，入遭劫数祸大。宜他避，姑勿归。"隶从之。未几北兵大至，屠济南，扛尸百万。二人亡匿得免。

王　十

高苑民王十，负盐于博兴，夜为二人所获。意为土商之逻卒也，舍盐欲遁；足苦不前，遂被缚。哀之，二人曰："我非盐肆中人，乃鬼卒也。"十惧，乞一至家别妻子，不许，曰："此去亦未便即死，不过暂役耳。"十问："何事？"曰："冥中新阎王到任，见奈河淤平，十八狱坑厕俱满，故捉三等人淘河：小偷、私铸、私盐；又一等人使涤厕，乐户也。"

十从去，入城郭，至一官署，见阎罗在上，方稽名籍。鬼禀曰："捉一私贩王十至。"阎罗视之，怒曰："私盐者，上漏国税，下蠹民生者也。若世之暴官奸商所指为私盐者，皆天下之良民。贫人揭锱铢之本，求升斗之息，何为私哉！"罚二鬼市盐四斗，并十所负，代运至家。留十，授以蒺藜骨朵，令随诸鬼督河工。鬼引十去，至奈河边，见河内人夫，繈续如蚁。又视河水浑赤，臭不可闻。淘河者皆赤体持畚锸，出没其中。朽骨腐尸，盈筐负舁而出；深处则灭顶求之。惰者辄以骨朵攻背股。同监者以香绵丸如巨菽，使含口中，乃近岸。见高苑肆商亦在其中，十独苛遇之，入河楚背，上岸敲股。商惧，常没身水中，十乃已。经三昼夜，河夫半死，河工亦竣。前二鬼仍送至家，豁然而苏。

先是，十负盐未归，天明妻启户，则盐两囊置庭中，而十久不至。使人遍觅之，则死途中。舁之而归，奄有微息，不解其故。及醒，始言之。肆商亦于前日死，至是始苏。骨朵击处，皆成巨疽，浑身腐溃，臭不可近。十故诣之。望见十，犹缩首衾中，如在奈河状。一年始愈，不复为商矣。

异史氏曰："盐之一道，朝廷之所谓私，乃不从乎公者也；官与商之所谓私，乃不从其私者也。近日齐、鲁新规，土商随在设肆，各限疆域。不惟此邑之民，不得去之彼邑；即此肆之民，不得去之彼肆。而肆中则潜设饵以钓他邑之民:其售于他邑,则廉其直;而售诸土人,则倍其价以昂之。而又设逻于道,使境内之人,皆不得逃吾网。其有境内冒他邑以来者,法不宥。彼此之相钓,而越肆假冒之愚民益多。一被逻获,则先以刀杖残其胫股,而后送诸官;官则桎梏之,是名'私盐'。呜呼!冤哉!漏数万之税非私,而负升斗之盐则私之;本境售诸他境非私,而本境买诸本境则私之,冤矣!律中'盐法'最严,而独于贫难军民,背负易食者不之禁,今则一切不禁,而专杀此贫难军民!且夫贫难军民,妻子嗷嗷,上守法而不盗,下知耻而不倡;不得已,而揭十母而求一子。使邑尽此民,即'夜不闭户'可也。非天下之良民乎哉!彼肆商者,不但使之淘奈河,直当使涤狱厕耳!而官于春秋节,受其斯须之润,遂以三尺法助使杀吾良民。然则为贫民计,莫若为盗及私铸耳:盗者白昼劫人而官若聋,铸者炉火亘天而官若瞽,即异日淘河,尚不至如负贩者所得无几,而官刑立至也。呜呼!上无慈惠之师,而听奸商之法,日变日诡,奈何不顽民日生,而良民日死哉!"

各邑肆商,旧例以若干石盐资,岁奉本县,名曰"食盐"。又逢节序具厚仪。商以事谒官,官则礼貌之,坐与语,或茶焉。送盐贩至,重惩不遑。张石宰令淄川,肆商来见,循旧规但揖不拜。公怒曰:"前令受汝贿,故不得不隆汝礼;我市盐而食,何物商人,敢公堂抗礼乎!"捋裤将笞。商叩头谢过,乃释之。后肆中获二负贩者,其一逃去,其一被执到官。公问:"贩者二人,其一焉往?"贩者曰:"逃去矣。"公曰:"汝腿病不能奔耶?"曰:"能奔。"公曰:"既被捉,必不能奔;果能,可起试奔,验汝能否。"其人奔数步欲止。公曰:"奔勿止!"其人疾奔,竟出公门而去。见者皆笑。公爱民之事不一,此其闲情,邑人犹乐诵之。

大　男

奚成列,成都士人也。有一妻一妾。妾何氏,小字昭容。妻早没,继娶申氏,性妒,虐遇何,且并及奚;终日哓聒,恒不聊生。奚怒亡去;去后何生一子大男。奚去不返,申摈何不与同炊,计日授粟。大男渐长,用不给,何纺绩佐食。大男见塾中诸儿吟诵,亦欲读。母以其太稚,姑送诣读。大男慧,所读倍诸儿。师奇之,愿不索束脩。何乃使从师,薄相酬。积二三年,经书全通。

一日归,谓母曰:“塾中五六人,皆从父乞钱买饼,我何独无?”母曰:“待汝长,告汝知。”大男曰:“今方七八岁,何时长也?”母曰:“汝往塾,路经关帝庙,当拜之,佑汝速长。”大男信之,每过必入拜。母知之,问曰:“汝所祝何词?”笑云:“但祝明年便使我十六七岁。”母笑之。然大男学与躯长并速:至十岁,便如十三四岁者;其所为文竟成章。一日谓母曰:“昔谓我壮大,当告父处,今可矣。”母曰:“尚未,尚未。”又年余居然成人,研诘益频,母乃缅述之。大男悲不自胜,欲往寻父。母曰:“儿太幼,汝父存亡未知,何遽可寻?”大男无言而去,至午不归。往塾问师,则辰餐未复。母大惊,出资佣役,到处冥搜,杳无踪迹。

大男出门,循途奔去,茫然不知何往。适遇一人将如夔州,言姓钱。大男丐食相从。钱病其缓,为赁代步,资斧耗竭。至夔同食,钱阴投毒食中,大男瞑不觉。钱载至大刹,托为己子,偶病绝资,卖诸僧。僧见其丰姿秀异,争购之。钱得金竟去。僧饮之,略醒。长老知而诣视,奇其相,研诘始得颠末。甚怜之,赠资使去。有泸州蒋秀才下第归,途中问得故,嘉其孝,携与同行。至泸,主其家。月余,遍加咨访。或言闽商有奚姓者,乃辞蒋,欲之闽。蒋赠以衣履,里党皆敛资助之。途遇二布客,欲往福清,邀与同侣。行数程,客窥囊金,引至空所,縶其手足,解夺而去。适有永福陈翁过其地,脱其缚,载归其家。翁豪富,诸路商贾,多出其门,翁嘱南北客代访奚耗,留大男伴诸儿读。大男遂住翁家,不复游。然去家愈远,音梗矣。

何昭容孤居三四年,申氏减其费,抑勒令嫁。何志不摇。申强卖于重庆贾,贾劫取而去。至夜,以刀自劙。贾不敢逼,俟创瘥,又转鬻于盐亭贾。至盐亭,自刺心头,洞见脏腑。贾大惧,敷以药,创平,求为尼。贾曰:“我有商侣,身无淫具,每欲得一人主缝纫。此与作尼无异,亦可少偿吾值。”何诺。贾舆送去。入门主人趋出,则奚生也。盖奚已弃儒为商,贾以其无妇,故赠之也。相见悲骇,各述苦况,始知有儿寻父未归。奚乃嘱诸客旅,侦察大男。而昭容遂以妾为妻矣。

然自历艰苦,痾痛多疾,不能操作,劝奚纳妾。奚鉴前祸,不从所请。何曰:"妾如争床笫者,数年来固已从人生子,尚得与君有今日耶?且人加我者,隐痛在心,岂及诸身而自蹈之?"奚乃嘱客侣,为买三十余老妾。逾半年客果为买妾归,入门则妻申氏。各相骇异。先是申独居年余,兄苞劝令再适。申从之,惟田产为子侄所阻不得售。鬻诸所有,积数百金,携归兄家。有保宁贾,闻其富有奁资,以多金啖苞赚娶之。而贾老废不能人。申怨兄,不安于室,悬梁投井,不堪其扰。贾怒,搜括其资,将卖作妾。闻者皆嫌其老。贾将适夔,乃载与俱去。遇奚同肆,适中其意,遂货之而去。既见奚,惭惧不出一语。奚问同肆商,略知梗概,因曰:"使遇健男,则在保宁,无再见之期,此亦数也。然今日我买妾,非娶妻,可先拜昭容,修嫡庶礼。"申耻之。奚曰:"昔日汝作嫡,何如哉!"何劝止之。奚不可,操杖临逼,申不得已,拜之。然终不屑承奉,但操作别室。何悉优容之,亦不忍课其勤惰。奚每与昭容谈宴,辄使役使其侧;何更代以婢,不听前。

会陈公嗣宗宰盐亭。奚与里人有小争,里人以逼妻作妾揭讼奚。公不准理,叱逐之。奚喜,方与何窃颂公德。一漏既尽,僮呼叩扉,入报曰:"邑令公至。"奚骇极,急觅衣履,则公已至寝门;益骇,不知所为。何审之,急出曰:"是吾儿也!"遂哭。公乃伏地悲咽。盖大男从陈公姓,业为官矣。初,公至自都,迂道过故里,始知两母皆醮,伏膺哀痛。族人知大男已贵,反其田庐。公留仆营造,冀父复还。既而授任盐亭,又欲弃官寻父,陈翁苦劝止之。会有卜者,使筮焉。卜者曰:"小者居大,少者为长;求雄得雌,求一得两,为官吉。"公乃之任。为不得亲,居官不茹荤酒。是日得里人状,睹奚姓名,疑之。阴遣内使细访,果父。乘夜微行而出。见母,益信卜者之神。临去嘱勿播,出金二百,启父办装归里。

父抵家,门户一新,广畜仆马,居然大家矣。申见大男贵盛,益自敛。兄苞不愤,讼官,为妹争嫡。官廉得其情,怒曰:"贪资劝嫁,已更二夫,尚何颜争昔年嫡庶耶!"重笞苞。由此名分益定。而申妹何,何姊之。衣服饮食,悉不自私。申初惧其复仇,今益愧悔。奚亦忘其旧恶,俾内外皆呼以太母,但诰命不及耳。

异史氏曰:“颠倒众生,不可思议,何造物之巧也! 奚生不能自立于妻妾之间,一碌碌庸人耳。苟非孝子贤母,乌能有此奇合,坐享富贵以终身哉!”

外国人

己巳秋,岭南从外洋飘一巨艘来。上有十一人,衣鸟羽,文采璀璨。自言曰:“吕宋国人。遇风覆舟,数十人皆死;惟十一人附巨木,飘至大岛得免。凡五年,日攫鸟虫而食;夜伏石洞中,织羽为帆。忽又飘一舟至,橹帆皆无,盖亦海中碎于风者,于是附之将返。又被大风引至澳门。”巡抚题疏,送之还国。

韦公子

韦公子,咸阳世家。放纵好淫,婢妇有色,无不私者。尝载金数千,欲尽觅天下名妓,凡繁丽之区无不至。其不甚佳者信宿即去,当意则作百日留。叔亦名宦,休致归,怒其行,延明师置别业,使与诸公子键户读。公子夜伺师寝,逾垣归,迟明而返。一夜失足折肱,师始知之。告公,公益施夏楚,俾不能起而始药之。及愈公与之约:能读倍诸弟,文字佳,出勿禁;若私逸,挞如前。然公子最慧,读常过程。数年中乡榜。欲自败约,公钳制之。赴都,以老仆从,授日记籍,使志其言动,故数年无过行。后成进士,公乃稍弛其禁。

公子或将有作,惟恐公闻,入曲巷中辄托姓魏。一日过西安,见优僮罗惠卿,年十六七,秀丽如好女,悦之。夜留缱绻,赠贻丰隆。闻其新娶妇尤韵妙,私示意惠卿。惠卿无难色,夜果携妇至,三人共一榻。留数日眷爱臻至。谋与俱归。问其家口,答云:“母早丧,父存。某原非罗姓。母少服役于咸阳韦氏,卖至罗家,四月即生余。倘得从公子去,亦可察其音耗。”公子惊问母姓,曰:“姓吕。”生骇极,汗下浃体,盖其母即生家婢也。生无言。时天已明,厚赠之,劝令改业。伪托他适,约归时召致之,遂别去。

后令苏州,有乐伎沈韦娘,雅丽绝伦,爱留与狎。戏曰:“卿小字取'春风一曲杜韦娘'耶?"答曰:"非也。妾母十七为名妓,有咸阳公子与公同姓,留三月,订盟婚娶。公子去,八月生妾,因名韦,实妾姓也。公子临别时,赠黄金鸳鸯今尚在。一去竟无音耗,妾母以是愤悒死。妾三岁,受抚于沈媪,故从其姓。"公子闻言,愧恨无以自容。默移时,顿生一策。忽起挑灯,唤韦娘饮,暗置鸩毒杯中。韦娘才下咽,溃乱呻嘶。众集视则已毙矣。呼优人至,付以尸,重赂之。而韦娘所与交好者尽势家,闻之皆不平,贿激优人,讼于上官。生惧,泻橐弥缝,卒以浮躁免官。

归家年才三十八,颇悔前行。而妻妾五六人,皆无子。欲继公孙;公以门无内行,恐儿染习气,虽许过嗣,必待其老而后归之。公子愤欲招惠卿,家人皆以为不可,乃止。又数年忽病,辄挝心曰:"淫婢宿妓者非人也!"公闻而叹曰:"是殆将死矣!"乃以次子之子,送诣其家,使定省之。月余果死。

异史氏曰:"盗婢私娼,其流弊殆不可问。然以己之骨血,而谓他人父,亦已羞矣。乃鬼神又侮弄之,诱使自食便液。尚不自剖其心,自断其首,而徒流汗投鸩,非人头而畜鸣者耶!虽然,风流公子所生子女,即在风尘中亦皆擅场。"

石清虚

邢云飞,顺天人。好石,见佳不惜重直。偶渔于河,有物挂网,沉而取之,则石径尺,四面玲珑,峰峦叠秀。喜极如获异珍。既归,雕紫檀为座,供诸案头。每值天欲雨,则孔孔生云,遥望如塞新絮。

有势豪某踵门求观。既见,举付健仆,策马径去。邢无奈,顿足悲愤而已。仆负石至河滨,息肩桥上,忽失手堕诸河。豪怒,鞭仆。即出金雇善泅者,百计冥搜,竟不可见。乃悬金署约而去。由是寻石者日盈于河,迄无获者。后邢至落石处,临流於邑,但见河水清澈,则石固在水中。邢大喜,解衣入水,抱之而出。携归,不敢设诸厅所,洁治内室供之。

一日有老叟款门而请,邢托言石失已久。叟笑曰:"客舍非耶?"邢便请入舍以实其无,及入,则石果陈几上。愕不能言。叟抚石曰:

"此吾家故物,失去已久,今固在此耶。既见之,请即赐还。"邢窘甚,遂与争作石主。叟笑曰:"既汝家物,有何验证?"邢不能答。叟曰:"仆则故识之。前后九十二窍,孔中五字云:'清虚天石供。'"邢审视,孔中果有小字,细如粟米,竭目力才可辨认;又数其窍,果如所言。邢无以对,但执不与。叟笑曰:"谁家物而凭君作主耶!"拱手而出。邢送至门外;既还,已失石所在。邢急追叟,则叟缓步未远。奔牵其袂而哀之。叟曰:"奇哉!径尺之石,岂可以手握袂藏者耶?"邢知其神,强曳之归,长跽请之。叟乃曰:"石果君家者耶、仆家者耶?"答曰:"诚属君家,但求割爱耳。"叟曰:"既然,石固在是。"入室,则石已在故处。叟曰:"天下之宝,当与爱惜之人。此石能自择主,仆亦喜之。然彼急于自见,其出也早,则魔劫未除。实将携去,待三年后始以奉赠。既欲留之,当减三年寿数,乃可与君相终始。君愿之乎?"曰:"愿。"叟乃以两指捏一窍,窍软如泥,随手而闭。闭三窍,已,曰:"石上窍数,即君寿也。"作别欲去。邢苦留之,辞甚坚;问其姓字亦不言,遂去。

积年余,邢以故他出,夜有贼入室,诸无所失,惟窃石而去。邢归,悼丧欲死。访察购求,全无踪迹。积有数年,偶入报国寺,见卖石者,则故物也,将便认取。卖者不服,因负石至官。官问:"何所质验?"卖石者能言窍数。邢问其他,则茫然矣。邢乃言窍中五字及三指痕,理遂得伸。官欲杖责卖石者,卖石者自言以二十金买诸市,遂释之。

邢得石归,裹以锦,藏椟中,时出一赏,先焚异香而后出之。有尚书某购以百金,邢曰:"虽万金不易也。"尚书怒,阴以他事中伤之。邢被收,典质田产。尚书托他人风示其子。子告邢,邢愿以死殉石。妻窃与子谋,献石尚书家。邢出狱始知,骂妻殴子,屡欲自经,皆以家人觉救得不死。夜梦一丈夫来,自言:"石清虚。"戒邢勿戚:"特与君年余别耳。明年八月二十日昧爽时,可诣海岱门以两贯相赎。"邢得梦,喜,谨志其日。其石在尚书家,更无出云之异,久亦不甚贵重之。明年,尚书以罪削职,寻死。邢如期至海岱门,则其家人窃石出售,因以两贯市归。

后邢至八十九岁，自治葬具，又嘱子必以石殉。及卒，子遵遗教，瘗石墓中。半年许，贼发墓劫石去。子知之，莫可追诘。越二三日，同仆在道，忽见两人奔蹶汗流，望空投拜，曰："邢先生，勿相逼！我二人将石去，不过卖四两银耳。"遂縶送到官，一讯即伏。问石则鬻宫氏。取石至，官爱玩欲得之，命寄诸库。吏举石，石忽堕地，碎为数十余片。皆失色。官乃重械两盗论死。邢子拾碎石出，仍瘗墓中。

异史氏曰："物之尤者祸之府。至欲以身殉石亦痴甚矣！而卒之石与人相终始，谁谓石无情哉？古语云：'士为知己者死。'非过也！石犹如此，何况于人！"

曾友于

曾翁，昆阳故家也。翁初死未殓，两眶中泪出如沈，有子六，莫解所以。次子悌，字友于，邑名士，以为不祥，戒诸兄弟各自惕，勿贻痛于先人；而兄弟半迂笑之。

先是翁嫡配生长子成，至七八岁，母子为强寇掳去。娶继室，生三子：曰孝，曰忠，曰信。妾生三子：曰悌，曰仁，曰义。孝以悌等出身贱，鄙不齿，因连结忠、信为党。即与客饮，悌等过堂下，亦傲不为礼。仁、义皆忿，与友于谋欲相仇。友于百词宽譬，不从所谋；而仁、义年最少，因兄言亦遂止。

孝有女适邑周氏，病死。纠悌等往挞其姑，悌不从。孝愤然，令忠、信合族中无赖子，往捉周妻，搒掠无算，抛粟毁器，盎盂无存。周告官。官怒，拘孝等囚系之，将行申黜。友于惧，见宰自投。友于品行，素为宰重，诸兄弟以是得无苦。友于乃诣周所负荆，周亦器重友于，讼遂止。

孝归，终不德友于。无何，友于母张夫人卒，孝等不为服，宴饮如故。仁、义益忿。友于曰："此彼之无礼，于我何损焉。"及葬，把持墓门，不使合厝。友于乃瘗母隧道中。未几孝妻亡，友于招仁、义同往奔丧。二人曰："'期'且不论，'功'于何有！"再劝之，哄然散去。友于乃自往，临哭尽哀。隔墙闻仁、义鼓且吹，孝怒，纠诸弟往殴之。友于操杖先从。入其家，仁觉先逃。义方逾垣，友于自后击仆之。孝等拳杖交加,殴不止。友于横身障阻之。孝怒,让友于。友于曰:“责之者以其无礼也,然罪固不至死。我不怙弟恶,亦不助兄暴。如怒不解,愿以身代之。”孝遂反杖挞友于,忠、信亦相助殴兄,声震里党,群集劝解,乃散去。友于即扶杖诣兄请罪。孝逐去之,不令居丧次。而义创甚,不复食饮。仁代具词讼官,诉其不为庶母行服。官签拘孝、忠、信,而令友于陈状。友于以面目损伤,不能诣署,但作词禀白,哀求寝息,宰遂消案。义亦寻愈。由是仇怨益深。仁、义皆幼弱,辄被敲楚。怨友于曰:“人皆有兄弟,我独无!”友于曰:“此两语,我宜言之,两弟何云!”因苦劝之,卒不听。友于遂扃户,携妻子借寓他所,离家五十余里,冀不相闻。

友于在家虽不助弟,而孝等尚稍有顾忌;既去,诸兄一不当,辄叫骂其门,辱侵母讳。仁、义度不能抗,惟杜门思乘间刺杀之,行则怀刀。

一日寇所掠长兄成,忽携妇亡归。诸兄弟以家久析,聚谋三日,竟无处可以置之。仁、义窃喜,招去共养之。往告友于。友于喜,归,共出田宅居成。诸兄怒其市惠,登门窘辱。而成久在寇中,习于威猛,大怒曰:“我归,更无人肯置一屋;幸三弟念手足,又罪责之。是欲逐我耶!”以石投孝,孝仆。仁、义各以杖出,捉忠、信,挞无数。成乃讼宰,宰又使人请教友于。友于诣宰,俯首不言,但有流涕。宰问之,曰:“惟求公断。”宰乃判孝等各出田产归成,使七分相准。自此仁、义与成倍加爱敬。谈及葬母事,因并泣下。成恚曰:“如此不仁,真禽兽也!”遂欲启圹更为改葬。仁奔告友于,友于急归谏止。成不听,刻期发墓,作斋于茔。以刀削树,谓诸弟曰:“所不衰麻相从者,有如此树!”众唯唯。于是一门皆哭临,安厝尽礼。自此兄弟相安。

而成性刚烈,辄批挞诸弟,于孝尤甚。惟重友于,虽盛怒,友于至,一言即解。孝有所行,成辄不平之,故孝无一日不至友于所,潜对友于诟诅。友于婉谏,卒不纳。友于不堪其扰,又迁居三泊,去家益远,音迹遂疏。又二年,诸弟皆畏成,久亦相习。

而孝年四十六,生五子:长继业,三继德,嫡出;次继功,四继绩,庶出;又婢生继祖。皆成立。效父旧行,各为党,日相竞,孝亦不能呵止。惟祖无兄弟，年又最幼，诸兄皆得而诟厉之。岳家近三泊，会诣岳，迂道诣叔。入门见叔家两兄一弟，弦诵怡怡，乐之，久居不言归。叔促之，哀求寄居。叔曰："汝父母皆不知，我岂惜瓯饭瓢饮乎！"乃归。过数月夫妻往寿岳母，告父曰："儿此行不归矣。"父诘之，因吐微隐。父虑与叔有夙隙，计难久居。祖曰："父虑过矣。二叔圣贤也。"遂去，携妻之三泊。友于除舍居之，以齿儿行，使执卷从长子继善。祖最慧，寄籍三泊年余，入云南郡庠。与善闭户研读，祖又讽诵最苦。友于甚爱之。

自祖居三泊，家中兄弟益不相能。一日微反唇，业诟辱庶母。功怒，刺杀业。官收功，重械之，数日死狱中。业妻冯氏，犹日以骂代哭。功妻刘闻之，怒曰："汝家男子死，谁家男子活耶！"操刀入，击杀冯，自投井死。冯父大立，悼女死惨，率诸子弟，藏兵衣底，往捉孝妾，裸挞道上以辱之。成怒曰："我家死人如麻，冯氏何得复尔！"吼奔而出。诸曾从之，诸冯尽靡。成首捉大立，割其两耳。其子护救，继、绩以铁杖横击，折其两股。诸冯各被夷伤，哄然尽散。惟冯子犹卧道周。成夹之以肘，置诸冯村而还。遂呼绩诣官自首。冯状亦至。于是诸曾被收。

惟忠亡去，至三泊，徘徊门外。适友于率一子一侄乡试归，见忠，惊曰："弟何来？"忠未语先泪，长跪道左。友于握手拽入，诘得其情，大惊曰："似此奈何？然一门乖戾，逆知奇祸久矣；不然，我何以窜迹至此。但我离家久，与大令无声气之通，今即匐伏而往，徒取辱耳。但得冯父子伤重不死，吾三人中幸有捷者，则此祸或可少解。"乃留之，昼与同餐，夜与共寝。忠颇感愧。居十余日，见其叔侄如父子，兄弟如同胞，凄然下泪曰："今始知从前非人也。"友于喜其悔悟，相对酸恻。俄报友于父子同科，祖亦副榜，大喜。不赴鹿鸣，先归展墓。明季科甲最重，诸冯皆为敛息。友于乃托亲友赂以金粟，资其医药，讼乃息。举家泣感友于，求其复归。友于乃与兄弟焚香约誓，俾各涤虑自新，遂移家还。

祖从叔不愿归其家。孝乃谓友于曰："我不德，不应有亢宗之子；弟又善教，俾姑为汝子。有寸进时，可赐还也。"友于从之。又三年,祖果举于乡。使移家,夫妻皆痛哭而去。不数日,祖有子方三岁,亡归友于家,藏伯善室,不肯返;捉去辄逃。孝乃令祖异居,与友于邻。祖开户通叔家,两间定省如一焉。时成渐老,家事皆取决于友于。从此门庭雍穆,称孝友焉。

异史氏曰:"天下惟禽兽止知母而不知父,奈何诗书之家往往蹈之也!夫门内之行,其渐渍子孙者,直入骨髓。古云:其父盗,子必行劫,其流弊然也。孝虽不仁,其报亦惨;而卒能自知乏德,托子于弟,宜其有操心虑患之子也。若论果报犹迂也。"

嘉平公子

嘉平某公子,风仪秀美。年十七八,入郡赴童子试。偶过许娼之门,见内有二八丽人,因目注之。女微笑点首,公子近就与语。女问:"寓居何处?"具告之,问:"寓中有人否?"曰:"无。"女云:"妾晚间奉访,勿使人知。"公子归,及暮,屏去僮仆。女果至,自言:"小字温姬。"且云:"妾慕公子风流,故背媪而来。区区之意,愿奉终身。"公子亦喜。自此三两夜辄一至。一夕冒雨来,入门解去湿衣,罥诸椸上;又脱足上小靴,求公子代去泥涂。遂上床以被自覆。公子视其靴,乃五文新锦,沾濡殆尽,惜之。女曰:"妾非敢以贱物相役,欲使公子知妾之痴于情也。"听窗外雨声不止,遂吟曰:"凄风冷雨满江城。"求公子续之。公子辞以不解。女曰:"公子如此一人,何乃不知风雅!使妾清兴消矣!"因劝肄习,公子诺之。往来既频,仆辈皆知。公子姊夫宋氏亦世家子,闻之,窃求公子一见温姬。公子言之,女必不可。宋隐身仆舍,伺女至,伏窗窥之,颠倒欲狂。急排闼,女起,逾垣而去。宋向往甚殷,乃修贽见许媪,指名求之。媪曰:"果有温姬,但死已久。"宋愕然退,告公子,公子始知为鬼。至夜因以宋言告女,女曰:"诚然。顾君欲得美女子,妾亦欲得美丈夫。各遂所愿足矣,人鬼何论焉?"公子以为然。试毕而归,女亦从之。他人不见,惟公子见之。至家,寄诸斋中。公子独宿不归,父母疑之。女归宁,始隐以告母,母大惊,戒公子绝之,公子不能听。父母深以为忧,百术驱之不能去。一日,公子有谕仆帖置案上,中多错谬:"椒"讹"菽","姜"

讹“江”，“可恨”讹“可浪”。女见之，书其后：“何事‘可浪’？‘花菽生江。’有婿如此，不如为娼！”遂告公子曰：“妾初以公子世家文人，故蒙羞自荐。不图虚有其表！以貌取人，毋乃为天下笑乎！”言已而没。公子虽愧恨，犹不知所题，折帖示仆。闻者传为笑谈。

异史氏曰：“温姬可儿！翩翩公子，何乃苛其中之所有哉！遂至悔不如娼，则妻妾羞泣矣。顾百计遣之不去，而见帖浩然，则‘花菽生江’，何殊于杜甫之‘子章髑髅’哉！”

《耳录》云：道旁设浆者，榜云：“施‘恭’结缘。”亦可一笑。

有故家子，既贫，榜于门曰：“卖古淫器。”讹窑为淫云：“有要宣淫、定淫者，大小皆有，入内看物论价。”崔卢之子孙如此甚众，何独“花菽生江”哉！

卷十二

二 班

殷元礼，云南人，善针灸之术。遇寇乱，窜入深山。日既暮，村舍尚远，惧遭虎狼。遥见前途有两人，疾趁之。既至，两人问客何来，殷乃自陈族贯。两人拱敬曰："是良医殷先生也，仰山斗久矣！"殷转诘之。二人自言班姓，一为班爪，一为班牙。便谓："先生，予亦避难石室，幸可栖宿，敢屈玉趾，且有所求。"殷喜从之。俄至一处，室傍岩谷。爇柴代烛：始见二班容躯威猛，似非良善。计无所之，亦即听之。又闻榻上呻吟，细审，则一老妪僵卧，似有所苦。问："何恙？"牙曰："以此故，敬求先生。"乃束火照榻，请客逼视。见鼻下口角有两赘瘤，皆大如碗，且云："痛不可触，妨碍饮食。"殷曰："易耳。"出艾团之，为灸数十壮，曰："隔夜愈矣。"二班喜，烧鹿饷客；并无酒饭，惟肉一品。爪曰："仓猝不知客至，望勿以輶亵为怪。"殷饱餐而眠，枕以石块。二班虽诚朴，而粗莽可惧，殷转侧不敢熟眠。天未明便呼妪，问所患。妪初醒，自扪，则瘤破为创。殷促二班起，以火就照，敷以药屑，曰："愈矣。"拱手遂别。班又以烧鹿一肘赠之。

后三年无耗。殷适以故入山，遇二狼当道，阻不得行。日既西，狼又群至，前后受敌。狼扑之，仆；数狼争啮，衣尽碎。自分必死。忽两虎骤至，诸狼四散。虎怒大吼，狼惧尽伏。虎悉扑杀之，竟去。殷狼狈而行，惧无投止。遇一媪来，睹其状，曰："殷先生吃苦矣！"殷戚然诉状，问何见识。媪曰："余即石室中灸瘤之病妪也。"殷始恍然，便求寄宿。媪引去，入一院落，灯火已张，曰："老身伺先生久矣。"遂出袍裤，易其敝败。罗浆具酒，酬劝谆切。媪亦以陶碗自酌，谈饮俱豪，不类巾帼。殷问："前日两男子，系老姥何人？胡以不见？"媪曰："两儿遣逆先生，尚未归复，必迷途矣。"殷感其义，纵饮不觉沉醉，酣眠座间。既醒，已曙，四顾竟无庐，孤坐岩上。闻岩下喘息如牛，近视,则老虎方睡未醒。喙间有二瘢痕,皆大如拳。骇极,惟恐其觉,潜踪而遁。始悟两虎即二班也。

车 夫

有车夫载重登坡,方极力时,一狼来啮其臀。欲释手,则货敝身压,忍痛推之。既上,则狼已龁片肉而去。乘其不能为力之际,窃尝一脔,亦黠而可笑也。

乩 仙

章丘米步云,善以乩卜。每同人雅集,辄召仙相与赓和。一日友人见天上微云,得句,请以属对,曰:"羊脂白玉天。"乩批云:"问城南老董。"众疑其妄。后以故偶适城南,至一处,土如丹砂,异之。见一叟牧豕其侧,因问之。叟曰:"此猪血红泥地也。"忽忆乩词,大骇。问其姓,答云:"我老董也。"属对不奇,而预知遇城南老董,斯亦神矣!

苗 生

龚生,岷州人。赴试西安,憩于旅舍,沽酒自酌。一伟丈夫入,坐与语。生举卮劝饮,客亦不辞。自言苗姓,言噱粗豪。生以其不文,偃蹇遇之。酒尽不复沽。苗生曰:"措大饮酒,使人闷损!"起向垆头沽,提巨瓻而入。生辞不饮,苗捉臂劝釂,臂痛欲折。生不得已,为尽数觞。苗以羹碗自吸,笑曰:"仆不善劝客,行止惟君所便。"生即治装行。

约数里,马病卧于途,坐待路侧。行李重累,正无方计,苗寻至。诘知其故,遂谢装付仆,己乃以肩承马腹而荷之,趋二十余里,始至逆旅,释马就枥。移时生主仆方至。生乃惊为神,相待优渥,沽酒市饭,与共餐饮。苗曰:"仆善饭,非君所能饱,饫饮可也。"引尽一瓻,乃起而别曰:"君医马尚须时日,余不能待,行矣。"遂去。

后生场事毕,三四友人邀登华山,藉地作筵。方共宴笑,苗忽至,左携巨尊,右提豚肘掷地曰:"闻诸君登临,敬附骥尾。"众起为礼,相并杂坐，豪饮甚欢。众欲联句，苗争曰："纵饮甚乐，何苦愁思。"众不听，设"金谷之罚"。苗曰："不佳者，当以军法从事！"众笑曰："罪不至此。"苗曰："如不见诛，仆武夫亦能之也。"首座靳生曰："绝巘凭临眼界空。"苗信口续曰："唾壶击缺剑光红。"下座沉吟既久，苗遂引壶自倾。移时，以次属句，渐涉鄙俚。苗呼曰："只此已足，如赦我者，勿作矣！"众弗听。苗不可复忍，遽效作龙吟，山谷响应；又起俯仰作狮子舞。诗思既乱，众乃罢吟，因而飞觞再酌。时已半酣，客又互诵闱中作，迭相赞赏。苗不欲听，牵生豁拳。胜负屡分，而诸客诵赞未已。苗厉声曰："仆听之已悉。此等文只宜向床头对婆子读耳，广众中刺刺者可厌也！"众有惭色，更恶其粗莽，遂益高吟。苗怒甚，伏地大吼，立化为虎，扑杀诸客，咆哮而去。所存者，惟生及靳。靳是科领荐。

后三年再经华阴，忽见嵇生，亦山上被噬者。大恐欲驰，嵇捉鞚使不得行。靳乃下马，问其何为。答曰："我今为苗氏之伥，从役良苦。必再杀一士人，始可相代。三日后，应有儒服儒冠者见噬于虎，然必在苍龙岭下，始是代某者。君于是日，多邀文士于此，即为故人谋也。"靳不敢辨，敬诺而别。至寓筹思终夜，莫知为谋，自拚背约，以听鬼责。适有表戚蒋生来，靳述其异。蒋名下士，邑尤生考居其上，窃怀忌嫉。闻靳言，阴欲陷之。折简邀尤与共登临，自乃着白衣而往，尤亦不解其意。至岭半，肴酒并陈，敬礼臻至。会郡守登岭上，与蒋为通家，闻蒋在下，遣人召之。蒋不敢以白衣往，遂与尤易冠服。交着未完，虎骤至，衔蒋而去。

异史氏曰："得意津津者，捉衿袖，强人听闻；闻者欠伸屡作，欲睡欲遁，而诵者足蹈手舞，茫不自觉。知交者亦当从旁肘之蹑之，恐座中有不耐事之苗生在也。然嫉忌者易服而毙，则知苗亦无心者耳。故厌怒者苗也——非苗也。"

蝎　客

南商贩蝎者，岁至临朐，收买甚多。土人持木钳入山，探穴发石搜捉之。一岁商复来，寓客肆。忽觉心动，毛发森悚，急告主人曰：

"伤生既多,今见怒于蛮鬼,将杀我矣!急垂拯救!"主人顾室中有巨瓮,乃使蹲伏,以瓮覆之。移时一人奔入,黄发狞丑,问主人:"南客安在?"答曰:"他出。"其人入室四顾,鼻作嗅声者三,遂出门去。主人曰:"可幸无恙矣。"及启瓮视客,客已化为血水。

杜小雷

杜小雷,益都之西山人。母双盲。杜事之孝,家虽贫,甘旨无缺。一日将他适,市肉付妻,令作馎饦。妻最忤逆,切肉时杂蜣螂其中。母觉臭恶不可食,藏以待子。杜归,问:"馎饦美乎?"母摇首,出示子。杜裂视,见蜣螂,怒甚。入室欲挞妻,又恐母闻。上榻筹思,妻问之,不语。妻自馁,彷徨榻下。久之喘息有声。杜叱曰:"不睡待敲扑耶!"亦觉寂然。起而烛之,但见一豕,细视,则两足犹人,始知为妻所化。邑令闻之,絷去,使游四门,以戒众人。谭薇臣曾亲见之。

毛大福

太行毛大福,疡医也。一日行术归,道遇一狼,吐裹物,蹲道左。毛拾视,则布裹金饰数事。方怪异间,狼前欢跃,略曳袍服即去。毛行又曳之。察其意不恶,因从之去。未几至穴,见一狼病卧,视顶上有巨疮,溃腐生蛆。毛悟其意,拨剔净尽,敷药如法,乃行。日既晚,狼遥送之。行三四里,又遇数狼,咆哮相侵,惧甚。前狼急入其群,若相告语,众狼悉散去。毛乃归。

先是,邑有银商宁泰,被盗杀于途,莫可追诘。会毛货金饰,为宁所认,执赴公庭。毛诉所从来,官不信,械之。毛冤极不能自伸,惟求宽释,请问诸狼。官遣两役押入山,直抵狼穴。值狼未归,及暮不至,三人遂反。至半途遇二狼,其一疮痕犹在,毛识之,向揖而祝曰:"前蒙馈赠,今遂以此被屈。君不为我昭雪,回去搒掠死矣!"狼见毛被絷,怒奔隶。隶拔刀相向。狼以喙拄地大嗥;嗥两三声,山中百狼群集,围旋隶。隶大窘。狼竞前啮絷索,隶悟其意,解毛缚,狼乃俱去。归述其状,官异之,未遽释毛。后数日,官出行。一狼衔敝履委道上。官过之,狼又衔履奔前置于道。官命收履,狼乃去。官归,阴遣人访履主。或传某村有从薪者，被二狼迫逐，衔其履而去。拘来认之，果其履也。遂疑杀宁者必薪，鞫之果然。盖薪杀宁，取其巨金，衣底藏饰，未遑搜括，被狼衔去也。

昔一稳婆出归，遇一狼阻道，牵衣若欲召之。乃从去，见雌狼方娩不下。妪为用力按捺，产下放归。明日，狼衔鹿肉置其家以报之。可知此事从来多有。

雹　神

唐太史济武，适日照会安氏葬。道经雹神李左车祠，入游眺。祠前有池，池水清澈，有朱鱼数尾游泳其中。内一斜尾鱼唼呷水面，见人不惊。太史拾小石将戏击之。道士急止勿击。问其故，言："池鳞皆龙族，触之必致风雹。"太史笑其附会之诬，竟掷之。既而升车东行，则有黑云如盖，随之以行。簌簌雹落，大如绵子。又行里余，始霁。太史弟凉武在后，追及与语，则竟不知有雹也。问之前行者亦云。太史笑曰："此岂广武君作怪耶！"犹未深异。

安村外有关圣祠，适有稗贩客，释肩门外，忽弃双篦，趋祠中，拔架上大刀旋舞，曰："我李左车也。明日将陪从淄川唐太史一助执绋，敬先告主人。"数语而醒，不自知其所言，亦不识唐为何人。安氏闻之，大惧。村去祠四十余里，敬修楮帛祭具，诣祠哀祷，但求怜悯，不敢枉驾。太史怪其敬信之深，问诸主人。主人曰："雹神灵迹最著，常托生人以为言，应验无虚语。若不虔祝以尼其行，则明日风雹立至矣。"

异史氏曰："广武君在当年，亦老谋壮事者流也。即司雹于东，或亦其不磨之气，受职于天。然业已神矣，何必翘然自异哉！唐太史道义文章，天人之钦瞩已久，此鬼神之所以必求信于君子也。"

李八缸

太学李月生，升宇翁之次子也。翁最富，以缸贮金，里人称之"八缸"。翁寝疾，呼子分金：兄八之，弟二之。月生觖望。翁曰："我非偏有爱憎，藏有窖镪，必待无多人时，方以畀汝，勿急也。"过数日，翁益弥留。月生虑一旦不虞,觑无人就床头秘讯之,翁曰:"人生苦乐皆有定数。汝方享妻贤之福,故不宜再助多金,以增汝过。"盖月生妻车氏,最贤,有桓、孟之德,故云。月生固哀之,怒曰:"汝尚有二十余年坎壈未历,即予千金,亦立尽耳。苟不至山穷水尽时,勿望给与也!"月生孝友敦笃,亦即不敢复言。犹冀父复瘥,旦夕可以婉告。无何翁大渐,寻卒。幸兄贤,斋葬之谋,勿与校计。

月生又天真烂漫,不较锱铢,且好客善饮,炊黍治具,日促妻三四作,不甚理家人生产。里中无赖窥其懦,辄鱼肉之。逾数年家渐落。窘急时,赖兄小周给,不至大困。无何兄以老病卒,益失所助,至绝粮食。春贷秋偿,田所出登场辄尽。乃割亩为活,业益消减。又数年妻及长子相继殂谢,无聊益甚。寻买贩羊者之妻徐,冀得其小阜;而徐性刚烈,日凌藉之,至不敢与亲朋通吊庆礼。忽一夜梦父曰:"今汝所遭,可谓山穷水尽矣。尝许汝窖金,今其可矣。"问:"何在?"曰:"明日畀汝。"醒而异之,犹谓是贫中之积想也。次日发土葺墉,掘得巨金。始悟向言"无多人",乃死亡将半也。

异史氏曰:"月生,余杵臼交,为人朴诚无伪。余兄弟与交,哀乐辄相共。数年来村隔十余里,老死竟不相闻。余偶过其居里,因亦不敢过问之。则月生之苦况,盖有不可明言者矣。忽闻暴得千金,不觉为之鼓舞。呜呼!翁临终之治命,昔习闻之,而不意其言皆谶也。抑何其神哉!"

老龙船户

朱公徽荫巡抚粤东时,往来商旅,多告无头冤状。千里行人,死不见尸,数客同游,全无音信,积案累累,莫可究诘。初告,有司尚发牒行缉;迨投状既多,竟置不问。公莅任,历稽旧案,状中称死者不下百余,其千里无主,更不知凡几。公骇异恻怛,筹思废寝。遍访僚属,迄少方略。于是洁诚熏沐,致檄城隍之神。已而斋寝,恍惚见一官僚搢笏而入。问:"何官?"答云:"城隍刘某。""将何言?"曰:"鬓边垂雪,天际生云,水中漂木,壁上安门。"言已而退。既醒,隐谜不解。辗转终宵,忽悟曰:"垂雪者,老也;生云者,龙也;水上木为船;壁上门为户:岂非‘老龙船户’耶!”盖省之东北,曰小岭,曰蓝关,源自老龙津以达南海,每由此入粤。公遣武弁,密授机谋,捉龙津驾舟者,次第擒获五十余名,皆不械而服。盖此等贼以舟渡为名,赚客登舟,或投蒙药,或烧闷香,致客沉迷不醒;而后剖腹纳石以沉水底。冤惨极矣!自昭雪后,遐迩欢腾,谣诵成集焉。

异史氏曰:“剖腹沉石,惨冤已甚,而木雕之有司,绝不少关痛痒,岂特粤东之暗无天日哉!公至则鬼神效灵,覆盆俱照,何其异哉!然公非有四目两口,不过痌瘝之念,积于中者至耳。彼巍巍然,出则刀戟横路,入则兰麝熏心,尊优虽至,究何异于老龙船户哉!”

青城妇

费邑高梦说为成都守,有一奇狱。先是有西商客成都,娶青城山寡妇。既而以故西归,年余复返。夫妻一聚,而商暴卒。同商疑而告官,官亦疑妇有私,苦讯之。横加酷掠,卒无词。牒解上司,并少实情,淹系狱底,积有时日。

后高署有患病者,延一老医,适相言及。医闻之,遽曰:“妇尖嘴否?”问:“何说?”初不言,诘再三,始曰:“此处绕青城山有数村落,其中妇女多为蛇交,则生女尖喙,阴中有物类蛇舌。至淫纵时则舌或出,一入阴管,男子阳脱立死。”高闻之骇,尚未深信。医曰:“此处有巫媪,能内药使妇意荡,舌自出,是否可以验见。”高即如言,使媪治之,舌果出,疑始解。牒报郡。上官皆如法验之,乃释妇罪。

鸮　鸟

长山杨令,性奇贪。康熙乙亥间,西塞用兵,市民间骡马运粮。杨假此搜括,地方头畜一空。周村为商贾所集,趁墟者车马辐辏。杨率健丁悉篡夺之,不下数百余头。四方估客,无处控告。

时诸令皆以公务在省。适益都令董、莱芜令范、新城令孙,会集旅舍。有山西二商迎门号诉,盖有健骡四头,俱被抢掠,道远失业不能归,哀求诸公为缓颊也。三公怜其情,许之。遂共诣杨。杨治具相款。酒既行,众言来意,杨不听。众言之益切。杨举酒促釂以乱之,曰:“某有一令,不能者罚。须一天上、一地下、一古人,左右问所执何物,口道何词,随问答之。”便倡云:“天上有月轮,地下有昆仑,有一古人刘伯伦。左问所执何物,答云:‘手执酒杯。’右问口道何词,答云:‘道是酒杯之外不须提。’”范公云:“天上有广寒宫,地下有乾清宫,有一古人姜太公。手执钓鱼竿,道是‘愿者上钩’。”孙云:“天上有天河,地下有黄河,有一古人是萧何。手执一本《大清律》,他道是‘赃官赃吏’。”杨有惭色,沉吟久之,曰:“某又有之。天上有灵山,地下有太山,有一古人是寒山。手执一帚,道是‘各人自扫门前雪’。”众相视觍然。

忽一少年傲岸而入,袍服华整,举手作礼。共挽坐,酌以大斗。少年笑曰:“酒且勿饮。闻诸公雅令,愿献刍荛。”众请之,少年曰:“天上有玉帝,地下有皇帝,有一古人洪武朱皇帝。手执三尺剑,道是‘贪官剥皮’。”众大笑。杨恚骂曰:“何处狂生敢尔!”命隶执之。少年跃登几上,化为鸮,冲帘飞出,集庭树间,四顾室中作笑声。主人击之,且飞且笑而去。

异史氏曰:“市马之役,诸大令健畜盈庭者十之七,而千百为群,作骡马贾者,长山外不数数见也。圣明天子爱惜民力,取一物必偿其值,焉知奉行者流毒若此哉!鸮所至,人最厌其笑,儿女共唾之,以为不祥。此一笑则何异于凤鸣哉!”

古瓶

淄邑北村井涸,村人甲、乙缒入淘之。掘尺余,得髑髅。误破之,口含黄金,喜纳腰橐。复掘,又得髑髅六七枚。冀得含金,悉破之,而一无所有。其旁有磁瓶二、铜器一。器大可合抱,重数十斤,侧有双环,不知何用,斑驳陆离。瓶亦古制,非近款。既出井,甲、乙皆死。移时乙苏,曰:“我乃汉人。遭新莽之乱,全家投井中。适有少金,因内口中,实非含敛之物,人人都有也。奈何遍碎头颅?情殊可恨!”众香楮共祝之,许为殡葬,乙乃愈;甲则不能复生矣。

颜镇孙生闻其异,购铜器而去。袁孝廉宣四得一瓶,可验阴晴:见有一点润处,初如粟米,渐阔渐满,未几雨至;润退则云开天霁。其一入张秀才家,可志朔望:朔则黑点起如豆,与日俱长;望则一瓶遍满;既望又以次而退,至晦则复其初。以埋土中久,瓶口有小石粘口上,刷剔不可下。敲去之,石落而口微缺,亦一憾事。浸花其中,落花结实,与在树者无异云。

元少先生

韩元少先生为诸生时,有吏突至,白主人欲延作师,而殊无名刺。问其家阀,含糊对之。束帛缄贽,仪礼优渥,先生许之,约期而去。至日果以舆来。迤逦而往,道路皆所未经。忽睹殿阁,下车入,气象类藩邸。既就馆,酒炙纷罗,劝客自进,并无主人。筵既撤,则公子出拜;年十五六,姿表秀异。展礼罢,趋就他舍,请业始至师所。公子甚慧,闻义辄通。

先生以不知家世,颇怀疑闷。馆有二僮给役,私诘之,皆不对。问:"主人何在?"答以事忙。先生求导窥之,僮不可。屡求之,乃导至一处,闻拷楚声。自门隙目注之,见一王者坐殿上,阶下剑树刀山皆冥中事。大骇。方将却步,内已知之,因罢政,叱退诸鬼,疾呼僮。僮变色曰:"我为先生,祸及身矣!"战惕奔入。王者怒曰:"何敢引人私窥!"即以巨鞭重笞讫。乃召先生入,曰:"所以不见者,以幽明异路。今已知之,势难再聚。"因赠束金使行,曰:"君天下第一人,但坎壈未尽耳。"使青衣捉骑送之。先生疑身已死,青衣曰:"何得便尔!先生食御一切置自俗间,非冥中物也。"既归,坎坷数年,中会、状,其言皆验。

薛慰娘

丰玉桂,聊城儒生也,贫无生业。万历间岁大祲,孑然南遁。及归,至沂而病。力疾行数里,至城南丛葬处,益惫,因傍冢卧。忽如梦,至一村,有叟自门中出,邀生入。屋两楹,亦殊草草。室内一女子,年十六七,仪容慧雅。叟使瀹柏枝汤,以陶器供客。因诘生里居、年齿,既已,乃曰:"洪都姓李,平阳族。流寓此间今三十二年矣。君志此门户,余家子孙如见探访,即烦指示之。老夫不敢忘义。义女慰娘颇不丑，可配君子。三豚儿到日，即遣主盟。”生喜，拜曰：“犬马齿二十有二，尚少良配。惠以眷好固佳；但何处得翁之家人而告诉也?”叟曰：“君但住北村中，相待月余，自有来者，止求不惮烦耳。”生恐其言不信，要之曰：“实告翁：仆故家徒四壁，恐后日不如所望，中道之弃，人所难堪。即无姻好，亦不敢不守季路之诺，即何妨质言之也?”叟笑曰：“君欲老夫旦旦耶？我稔知君贫。此订非专为君，慰娘孤而无倚，相托已久，不忍听其流落，故以奉君子耳。何见疑!”即捉臂送生出，拱手合扉而去。

生觉，则身卧冢边，日已将午。渐起，次且入村，村人见之皆惊，谓其已死道旁经日矣。顿悟叟即冢中人也，隐而不言，但求寄寓。村人恐其复死，莫敢留。村有秀才与同姓，闻之，趋诘家世，盖生缌服叔也。喜导至家，饵治之，数日寻愈。因述所遇，叔亦惊异，遂坐待以觇其变。居无何，果有官人至村，访父墓址，自言平阳进士李叔向。先是其父李洪都，与同乡某甲行贾，死于沂，某因瘗诸丛葬处。既归某亦死。是时翁三子皆幼。长伯仁，举进士，令淮南。数遣人寻父墓，迄无知者。次仲道，举孝廉。叔向最少，亦登第。于是亲求父骨，至沂遍访。

是日至，村人皆莫识。生乃引至墓所，指示之。叔向未敢信，生为具陈所遇，叔向奇之。审视两坟相接，或言三年前有宦者，葬少妾于此。叔向恐误发他冢，生遂以所卧处示之。叔向命舁材其侧，始发冢。冢开，则见女尸，服妆黯败，而粉黛如生。叔向知其误，骇极，莫知所为。而女已顿起，四顾曰：“三哥来耶?”叔向惊，就问之，则慰娘也。乃解衣蔽覆，舁归逆旅。急发旁冢，冀父复活。既发，则肤革犹存，抚之僵燥，悲哀不已。装敛入材，清醮七日；女亦缞绖若女。忽告叔向曰：“曩阿翁有黄金二锭，曾分一为妾作奁。妾以孤弱无藏所，仅以丝线紮腰，而未将去，兄得之否?”叔向不知，乃使生反求诸圹，果得之，一如女言。叔向仍以线志者分赠慰娘。暇乃审其家世。

先是，女父薛寅侯无子，止生慰娘，甚钟爱之。一日女自金陵舅氏归，将媪问渡。操舟者乃金陵媒也。适有宦者任满赴都，遣觅美妾，凡历数家，无当意者，将为扁舟诣广陵。忽遇女，隐生诡谋，急招附渡。媪素识之,遂与共济。中途投毒食中,女妪皆迷。推妪堕江,载女而返,以重金卖诸宦者。入门嫡始知,怒甚。女又惘然,莫知为礼,遂挞楚而囚禁之。北渡三日,女方醒。婢言始末,女大泣。一夜宿于沂,自经死,乃瘗诸乱冢中。女在墓,为群鬼所凌,李翁时呵护之,女乃父事翁。翁曰:"汝命合不死,当为择一快婿。"前生既见而出,反谓女曰:"此生品谊可托。待汝三兄至,为汝主婚。"一日曰:"汝可归候,汝三兄将来矣。"盖即发墓之日也。女于丧次,为叔向缅述之。

叔向叹息良久,乃以慰娘为妹,俾从李姓。略买衣妆,遣归生,且曰:"资斧无多,不能为妹子办妆。意将偕归,以慰母心,何如?"女亦欣然。于是夫妻从叔向,辇柩并发。及归,母诘得其故,爱逾所生,馆诸别院。丧次,女哀悼过于儿孙。母益怜之,不令东归,嘱诸子为之买宅。

适有冯氏卖宅,直六百金。仓猝未能取盈,暂收契券,约日交兑。及期冯早至,适女亦从别院入省母,突见之,绝似当年操舟人,冯见亦惊。女趋过之。两兄亦以母小恙,俱集母所。女问:"厅前踖踧者为谁?"仲道曰:"此必前日卖宅者也。"即起欲出。女止之,告以所疑,使诘难之。仲道诺而出,则冯已去,而巷南塾师薛先生在焉。因问:"何来?"曰:"昨夕冯某浼早登堂,一署券保。适途遇之,云偶有所忘,暂归便返,使仆坐以待之。"少间,生及叔向皆至,遂相攀谈。慰娘以冯故,潜来屏后窥客,细视之,则其父也。突出,持抱大哭。翁惊涕曰:"吾儿何来!"众始知薛即寅侯也。仲道虽与衔头常遇,初未悉其名字。至是共喜,为述前因,设酒相庆。因留信宿,自道行踪。盖失女后,妻以悲死,鳏居无依,故游学至此也。生约买宅后,迎与同居。翁次日往探,冯则举家遁去,乃知杀媪卖女者即其人也。冯初至平阳,贸易成家;比年赌博,日就消乏,故货居宅,卖女之资,亦濒尽矣。慰娘得所,亦不甚仇之,但择日徙居,更不追其所往。李母馈遗不绝,一切日用皆供给之。生遂家于平阳,但归试甚苦。幸于是科得举孝廉。

慰娘富贵,每念媪为己死,思报其子。媪夫姓殷,一子名富,好博,贫无立锥。一日博局争注,殴杀人命,亡归平阳,远投慰娘。生遂留之门下。研诘所杀姓名,盖即操舟冯某也。骇叹久之,因为道破,乃知冯即杀母仇人也。益喜,遂役生家。薛寅侯就养于婿,婿为买妇,生子女各一焉。

田子成

江宁田子成,过洞庭舟覆而没。子良耜,明季进士,时在抱中。妻杜氏闻讣,仰药而死。良耜受庶祖母抚养成立,筮仕湖北。年余,奉宪命营务湖南,至洞庭痛哭而返。自告才力不及,降县丞,隶汉阳,辞不就。院司强督促之乃就。辄放荡江湖间,不以官职自守。

一夕舣舟江岸,闻洞箫声,抑扬可听。乘月步去,约半里许,见旷野中茅屋数椽,荧荧灯火。近窗窥之,有三人对酌其中,上座一秀才年三十许;下座一叟;侧座吹箫者年最少。吹竟,叟击节赞佳。秀才面壁吟思,若罔闻。叟曰:"卢十兄必有佳作,请长吟,俾得共赏之。"秀才乃吟曰:"满江风月冷凄凄,瘦草零花化作泥。千里云山飞不到,梦魂夜夜竹桥西。"吟声怆恻。叟笑曰:"卢十兄故态作矣!"因酌以巨觥,曰:"老夫不能属和,请歌以侑酒。"乃歌"兰陵美酒"之什。歌已,一座解颐。

少年起曰:"我视月斜何度矣。"突出见客,拍手曰:"窗外有人,我等狂态尽露也!"遂挽客入,共一举手。叟使与少年相对坐。试其杯皆冷酒,辞不饮。少年知其意,即起,以苇炬燎壶而进之。良耜亦命从者出钱行沽,叟固止之。因讯邦族,良耜具道生平。叟致敬曰:"吾乡父母也。少君姓江,此间土著。"指少年曰:"此江西杜野侯。"又指秀才:"此卢十兄,与公同乡。"卢自见良耜,殊偃蹇不甚为礼。良耜因问:"家居何里?如此清才,殊早不闻。"答曰:"流寓已久,亲族恒不相识,可叹人也!"言之哀楚。叟摇手乱之曰:"好客相逢,不理觞政,聒絮如此,厌人听闻!"遂把杯自饮,曰:"一令请共行之,不能者罚。每掷三色,以相逢为率,须一古典相合。"乃掷得幺二三,唱曰:"三加幺二点相同,鸡黍三年约范公:朋友喜相逢。"次少年,掷得双二单四,曰:"不读书人,但见俚典,勿以为笑。四加双二点相同,四人聚义古城中:兄弟喜相逢。”卢得双幺单二,曰:“二加双幺点相同,吕向两手抱老翁:父子喜相逢。”良耜掷,复与卢同,曰:“二加双幺点相同,茅容二簋款林宗:主客喜相逢。”

令毕,良耜兴辞。卢始起,曰:“故乡之谊,未遑倾吐,何别之遽?将有所问,愿少留也。”良耜复坐,问:“何言?”曰:“仆有老友某,没于洞庭,与君同族否?”良耜曰:“是先君也,何以相识?”曰:“少时相善。没日惟仆见之,因收其骨,葬江边耳。”良耜出涕下拜,求指墓所。卢曰:“明日来此,当指示之。要亦易辨,去此数武,但见坟上有丛芦十茎者是也。”良耜洒涕,与众拱别。

至舟终夜不寝,念卢情词似皆有因。不能待旦,昧爽而往,则舍宇全无,益骇。因遵所指处寻墓,果得之。丛芦其上,数之,适符其数。恍然悟卢十兄之称,皆其寓言;所遇乃其父之鬼也。细问土人,则二十年前,有高翁富而好善,溺水者皆拯其尸而埋之,故有数坟在焉。遂发冢负骨,弃官而返。归告祖母,质其状貌皆确。江西杜野侯,乃其表兄,年十九,溺于江;后其父流寓江西。又悟杜夫人殁后,葬竹桥之西,故诗中忆之也。但不知叟何人耳。

王桂庵

王樨字桂庵,大名世家子。适南游。泊舟江岸。临舟有榜人女绣履其中,风姿韶绝。王窥既久,女若不觉。王朗吟“洛阳女儿对门居”,故使女闻。女似解其为己者。略举首一斜瞬之,俯首绣如故。王神志益驰,以金一锭投之,堕女襟上;女拾弃之,金落岸边。王拾归,益怪之,又以金钏掷之,堕足下;女操业不顾。无何榜人自他归,王恐其见钏研诘,心急甚;女从容以双钩覆蔽之。榜人解缆径去。

王心情丧惘,痴坐凝思。时王方丧偶,悔不即媒定之。乃询舟人,皆不识其何姓。返舟急追之,杳不知其所往。不得已返舟而南。务毕北旋,又沿江细访,并无音耗。抵家,寝食皆萦念之。逾年复南,买舟江际若家焉。日日细数行舟,往来者帆楫皆熟,而囊舟殊杳。居半年资罄而归。行思坐想,不能少置。一夜梦至江村,过数门,见一家柴扉南向,门内疏竹为篱,意是亭园,径入。有夜合一株,红丝满树。隐念诗中“门前一树马缨花”,此其是矣。过数武,苇笆光洁。又入之,见北舍三楹,双扉阖焉。南有小舍,红蕉蔽窗。探身一窥,则椸架当门,罥画裙其上,知为女子闺闼,愕然却退;而内亦觉之,有奔出瞰客者,粉黛微呈,则舟中人也。喜出望外,曰:“亦有相逢之期乎!”方将狎就,女父适归,倏然惊觉,始知是梦。景物历历,如在目前。秘之,恐与人言,破此佳梦。

又年余再适镇江。郡南有徐太仆,与有世谊,招饮。信马而去,误入小村,道途景象,仿佛平生所历。一门内马缨一树,梦境宛然。骇极,投鞭而入。种种物色,与梦无别。再入,则房舍一如其数。梦既验,不复疑虑,直趋南舍,舟中人果在其中。遥见王,惊起,以扉自幛,叱问:“何处男子?”王逡巡间,犹疑是梦。女见步趋甚近,閛然扃户。王曰:“卿不忆掷钏者耶?”备述相思之苦,且言梦征。女隔窗审其家世,王具道之。女曰:“既属宦裔,中馈必有佳人,焉用妾?”王曰:“非以卿故,婚娶固已久矣!”女曰:“果如所云,足知君心。妾此情难告父母,然亦方命而绝数家。金钏犹在,料钟情者必有耗问耳。父母偶适外戚,行且至。君姑退,倩冰委禽,计无不遂;若望以非礼成耦,则用心左矣。”王仓卒欲出。女遥呼王郎曰:“妾芸娘,姓孟氏。父字江蓠。”王记而出。

罢筵早返,谒江蓠。江迎入,设坐篱下。王自道家阀,即致来意,兼纳百金为聘。翁曰:“息女已字矣。”王曰:“讯之甚确,固待聘耳,何见绝之深?”翁曰:“适间所说,不敢为诳。”王神情俱失,拱别而返。当夜辗转,无人可媒。向欲以情告太仆,恐娶榜人女为先生笑;今情急无可为媒,质明诣太仆,实告之。太仆曰:“此翁与有瓜葛,是祖母嫡孙,何不早言?”王始吐隐情。太仆疑曰:“江蓠固贫,素不以操舟为业,得毋误乎?”乃遣子大郎诣孟,孟曰:“仆虽空匮,非卖婚者。曩公子以金自媒,谅仆必为利动,故不敢附为婚姻。既承先生命,必无错谬。但顽女颇恃娇爱,好门户辄便拗却,不得不与商榷,免他日怨婚也。”遂起,少入而返,拱手一如尊命,约期乃别。大郎复命,王乃盛备禽妆,纳采于孟,假馆太仆之家,亲迎成礼。

居三日,辞岳北归。夜宿舟中,问芸娘曰:“向于此处遇卿,固疑不类舟人子。当日泛舟何之?"答云:"妾叔家江北,偶借扁舟一省视耳。妾家仅可自给,然倘来物颇不贵视之。笑君双瞳如豆,屡以金资动人。初闻吟声,知为风雅士,又疑为儇薄子作荡妇挑之也。使父见金钏,君死无地矣。妾怜才心切否?"王笑曰:"卿固黠甚,然亦堕吾术矣!"女问:"何事?"王止而不言。又固诘之,乃曰:"家门日近,此亦不能终秘。实告卿:我家中固有妻在,吴尚书女也。"芸娘不信,王故庄其词以实之。芸娘色变,默移时,遽起,奔出;王[illegible]履追之,则已投江中矣。王大呼,诸船惊闹,夜色昏蒙,惟有满江星点而已。王悼痛终夜,沿江而下,以重价觅其骸骨,亦无见者。

悒悒而归,忧痛交集。又恐翁来视女,无词可对。有姊丈官河南,遂命驾造之,年余始归。途中遇雨,休装民舍,见房廊清洁,有老妪弄儿厦间。儿见王入,即扑求抱,王怪之。又视儿秀婉可爱,揽置膝头,妪唤之不去。少顷雨霁,王举儿付妪,下堂趣装。儿啼曰:"阿爹去矣!"妪耻之,呵之不止,强抱而去,王坐待治任,忽有丽者自屏后抱儿出,则芸娘也。方诧异间,芸娘骂曰:"负心郎!遗此一块肉,焉置之?"王乃知为己子。酸来刺心,不暇问其往迹,先以前言之戏,矢日自白。芸娘始反怒为悲,相向涕零。先是,第主莫翁,六旬无子,携媪往朝南海。归途泊江际,芸娘随波下,适触翁舟。翁命从人拯出之,疗控终夜始渐苏。翁媪视之,是好女子,甚喜,以为己女,携归。居数月,欲为择婿,女不可。逾十月,生一子,名曰寄生。王避雨其家,寄生方周岁也。

王于是解装,入拜翁媪,遂为岳婿。居数日,始举家归。至,则孟翁坐待已两月矣。翁初至,见仆辈情词恍惚,心颇疑怪;既见始共欢慰。历述所遭,乃知其枝梧者有由也。

寄 生(附)

寄生字王孙,郡中名士。父母以其襁褓认父,谓有夙惠,钟爱之。长益秀美,八九岁能文,十四入郡庠。每自择偶。父桂庵有妹二娘,适郑秀才子侨,生女闺秀,慧艳绝伦。王孙见之,心切爱慕,积久寝食俱废。父母大忧,苦研诘之,遂以实告。父遣冰于郑;郑性方谨,以中表为嫌却之。王孙愈病,母计无所出,阴婉致二娘,但求闺秀一临存之。郑闻益怒,出恶声焉。父母既绝望,听之而已。

郡有大姓张氏,五女皆美;幼者名五可,尤冠诸姊,择婿未字。一日上墓,途遇王孙,自舆中窥见,归以白母。母沈知其意,见媒媪于氏,微示之。媪遂诣王所。时王孙方病,讯知笑曰:“此病老身能医之。”芸娘问故。媪述张氏意,极道五可之美。芸娘喜,使媪往候王孙。媪入,抚王孙而告之。王孙摇首曰:“医不对症,奈何!”媪笑曰:“但问医良否耳:其良也,召和而缓至,可矣;执其人以求之,守死而待之,不亦痴乎?”王孙欷歔曰:“但天下之医无愈和者。”媪曰:“何见之不广也?”遂以五可之容颜发肤,神情态度,口写而手状之。王孙又摇首曰:“媪休矣!此余愿所不及也。”反身向壁,不复听矣。媪见其志不移,遂去。

一日王孙沉痼中,忽一婢入曰:“所思之人至矣!”喜极,跃然而起。急出舍,则丽人已在庭中。细认之,却非闺秀,着松花色细褶绣裙,双钩微露,神仙不啻也。拜问姓名,答曰:“妾,五可也,君深于情者,而独钟闺秀,使人不平。”王孙谢曰:“生平未见颜色,故目中止一闺秀。今知罪矣!”遂与要誓。方握手殷殷,适母来抚摩,蘧然而觉,则一梦也。回思声容笑貌,宛在目中。阴念:五可果如所梦,何必求所难遘,因而以梦告母。母喜其念少夺,急欲媒之。

王孙恐梦见不的,托邻妪素识张氏者,伪以他故诣之,嘱其潜相五可。妪至其家,五可方病,靠枕支颐,婀娜之态,倾绝一世。近问:“何恙?”女默然弄带,不作一语。母代答曰:“非病也。连日与爹娘负气耳!”妪问故。曰:“诸家问名,皆不愿,必如王家寄生者方嫁。是为母者劝之急,遂作意不食数日矣。”妪笑曰:“娘子若配王郎,真是玉人成双也。渠若见五娘,恐又憔悴死矣!我归即令倩冰,如何?”五可止之曰:“姥勿尔!恐其不谐,益增笑耳!”妪锐然以必成自任,五可方微笑。妪归复命,一如媒媪言。王孙详问衣履,亦与梦合,大悦。意虽稍舒,然终不以人言为信。过数日渐瘳,秘招于媪来,谋以亲见五可。媪难之,姑应而去。久之不至。方欲觅问,媪忽忻然来曰:“机幸可图。五娘向有小恙,因令婢辈将扶,移过对院。公子往伏伺之，五娘行缓涩，委曲可以尽睹矣。”王孙喜，明日，命驾早往，媪先在焉。即令絷马村树，引入临路舍，设座掩扉而去。少间五可果扶婢出，王孙自门隙目注之。女从门外过，媪故指挥云树以迟纤步，王孙窥觇尽悉，意颤不能自持。未几媪至，曰：“可以代闺秀否？”王孙申谢而返，始告父母，遣媒要盟。及媒往，则五可已别字矣。

王孙失意，悔闷欲死，即刻复病。父母忧甚，责其自误。王孙无词，惟日饮米汁一合。积数日，鸡骨支床，较前尤甚。媪忽至，惊曰：“何惫之甚？”王孙涕下，以情告。媪笑曰：“痴公子！前日人趁汝来，而故却之；今日汝求人，而能必遂耶？虽然，尚可为力。早与老身谋，即许京都皇子，能夺还也。”王孙大悦，求策。媪命函启遣伻，约次日候于张所。桂庵恐以唐突见拒，媪曰：“前与张公业有成言，延数日而遽悔之；且彼字他家，尚无函信。谚云：‘先炊者先餐。’何疑也！”桂庵从之。次日二仆往，并无异词，厚犒而归。王孙病顿起。由此闺秀之想遂绝。

初，郑子侨却聘，闺秀颇不怿；及闻张氏婚成，心愈抑郁，遂病，日就支离。父母诘之不肯言。婢窥其意，隐以告母。郑闻之，怒不医，以听其死。二娘怼曰：“吾侄亦殊不恶，何守头巾戒，杀吾娇女！”郑恚曰：“若所生女，不如早亡，免贻笑柄！”以此夫妻反目。二娘故与女言，将使仍归王孙若为媵。女俯首不言，意若甚愿。二娘商郑，郑更怒，一付二娘，置女度外，不复预闻。二娘爱女切，欲实其言。女乃喜，病渐瘥。窃探王孙，亲迎有日矣。及期以侄完婚，伪欲归宁，昧旦，使人求仆舆于兄。兄最友爱，又以居村邻近，遂以所备亲迎车马，先迎二娘。既至，则妆女入车，使两仆两媪护送之。到门，以毡贴地而入。时鼓乐已集，从仆叱令吹擂，一时人声沸聒。王孙奔视，则女子以红帕蒙首，骇极欲奔；郑仆夹扶，便令交拜。王孙不知何由，即便拜讫。二媪扶女，径坐青庐，始知其闺秀也。举家皇乱，莫知所为。

时渐濒暮，王孙不复敢行亲迎之礼。桂庵遣仆以情告张；张怒，遂欲断绝。五可不肯，曰：“彼虽先至，未受雁采；不如仍使亲迎。”父纳其言，以对来使。使归，桂庵终不敢从。相对筹思，喜怒俱无所施。张待之既久，知其不行，遂亦以舆马送五可至，因另设青帐于别室。

王孙周旋两间，蹀躞无以自处。母乃调停于中，使序行以齿，二女皆诺。及五可闻闺秀差长，称“姊”有难色。母甚虑之。比三朝公会，五可见闺秀风致宜人，不觉右之，自是始定。然父母恐其积久不相能，而二女却无间言，衣履易着，相爱如姊妹焉。

王孙始问五可却媒之故，笑曰：“无他，聊报君之却于媪耳。尚未见妾，意中止有闺秀；既见妾，亦略靳之，以觇君之视妾，较闺秀何如也。使君为伊病，而不为妾病，则亦不必强求容矣。”王孙笑曰：“报亦惨矣！然非于媪，何得一觐芳容。”五可曰：“是妾自欲见君，媪何能为。过舍门时，岂不知眈眈者在内耶。梦中业相要，何尚未知信耶？”王孙惊问：“何知？”曰：“妾病中梦至君家，以为妄；后闻君亦梦，妾乃知魂魄真到此也。”王孙异之，遂述所梦，时日悉符。父子之良缘，皆以梦成，亦奇情也。故并志之。

异史氏曰：“父痴于情，子遂几为情死。所谓情种，其王孙之谓欤？不有善梦之父，何生离情之子哉！”

周　生

周生，淄邑之幕客。令公出，夫人徐，有朝碧霞元君之愿，以道远故，将遣仆赍仪代往。使周为祝文。周作骈词，历叙平生，颇涉狎谑。中有云：“栽般阳满县之花，偏怜断袖；置夹谷弥山之草，惟爱余桃。”此诉夫人所愤也，类此甚多。脱稿，示同幕凌生。凌以为亵，戒勿用。弗听，付仆而去。未几，周生卒于署；既而仆亦死；徐夫人产后，亦病卒。人犹未之异也。

周生子自都来迎父榇，夜与凌生同宿。梦父戒之曰：“文字不可不慎也！我不听凌君言，遂以亵词致干神怒，遽夭天年；又贻累徐夫人，且殃及焚文之仆，恐冥罚尤不免也！”醒而告凌，凌亦梦同，因述其文。周子为之惕然。

异史氏曰：“恣情纵笔，辄洒洒自快，此文客之常也。然淫嫚之词，何敢以告神明哉！狂生无知，冥谴其所应尔。但使贤夫人及千里之仆，骈死而不知其罪，不亦与刑律中分首从者，殊多愦愦耶？冤已！”

褚遂良

长山赵某,税屋大姓。病症结,又孤贫,奄然就毙。一日力疾就凉,移卧檐下。及醒,见绝代丽人坐其旁,因诘问之,女曰:“我特来为汝作妇。”某惊曰:“无论贫人不敢有妄想;且奄奄一息,有妇何为!”女曰:“我能治之。”某曰:“我病非仓猝可除,纵有良方,其如无资买药何!”女曰:“我医疾不用药也。”遂以手按赵腹,力摩之。觉其掌热如火。移时腹中痞块,隐隐作解拆声。又少时欲登厕。急起走数武,解衣大下,胶液流离,结块尽出,觉通体爽快。

返卧故处,谓女曰:“娘子何人?祈告姓氏,以便尸祝。”答云:“我狐仙也。君乃唐朝褚遂良,曾有恩于妾家,每铭心欲一图报。日相寻觅,今始得见,夙愿可酬矣。”某自惭形秽,又虑茅屋灶煤,玷染华裳。女但请行。赵乃导入家,土莝无席,灶冷无烟,曰:“无论光景如此,不堪相辱;即卿能甘之,请视瓮底空空,又何以养妻子?”女但言:“无虑。”言次一回头,见榻上毡席衾褥已设;方将致诘,又转瞬,见满室皆银光纸裱贴如镜,诸物已悉变易,几案精洁,肴酒并陈矣。遂相欢饮。日暮与同狎寝,如夫妇。

主人闻其异,请一见之,女即出见无难色。由此四方传播,造门者甚夥。女并不拒绝。或设筵招之,女必与夫俱。一日,座中一孝廉,阴萌淫念。女已知之,忽加诮让。即以手推其首;首过棂外,而身犹在室,出入转侧,皆所不能。因共哀免,方曳出之。积年余,造请者日益烦,女颇厌之。被拒者辄骂赵。

值端阳,饮酒高会,忽一白兔跃入。女起曰:“舂药翁来见召矣!”谓兔曰:“请先行。”兔趋出,径去。女命赵取梯。赵于舍后负长梯来,高数丈。庭有大树一章,便倚其上;梯更高于树杪。女先登,赵亦随之。女回首曰:“亲宾有愿从者,当即移步。”众相视不敢登。惟主人一僮,踊跃从其后。上上益高,梯尽云接,不可见矣。共视其梯,则多年破扉,去其白板耳。群入其室,灰壁败灶依然,他无一物。犹意僮返可问,竟终杳已。

刘 全

邹平牛医侯某，荷饭饷耕者。至野，有风旋其前，侯即以杓掬浆祝奠之。尽数杓，风始去。一日适城隍庙，闲步廊下，见内塑刘全献瓜像，被鸟雀遗粪，糊蔽目睛。侯曰："刘大哥何遂受此玷污！"因以爪甲为除去之。

后数年病卧，被二皂摄去。至官衙前，逼索财贿甚苦。侯方无所为计，忽自内一绿衣人出，见之，讶曰："侯翁何来?"侯便告诉。绿衣人责二皂曰："此汝侯大爷，何得无礼！"二皂喏喏，逊谢不知。俄闻鼓声如雷。绿衣人曰："早衙矣。"遂与俱入，令立墀下，曰："姑立此，我为汝问之。"遂上堂点手，招一吏人下，略道数语。吏人见侯，拱手曰："侯大哥来耶？汝亦无甚大事，有一马相讼，一质便可复返。"遂别而去。少间堂上呼侯名，侯上跪，一马亦跪。官问侯："马言被汝药死，有诸?"侯曰："彼得瘟症，某以瘟方治之。既药不瘳，隔日而死，与某何涉?"马作人言，两相苦。官命稽籍，籍注马寿若干，应死于某年月日，数确符。因呵曰："此汝天数已尽，何得妄控！"叱之而去。因谓侯曰："汝存心方便，可以不死。"仍命二皂送回。前二人亦与俱出，又嘱途中善相视。侯曰："今日虽蒙覆庇，生平实未识荆。乞示姓字，以图衔报。"绿衣人曰："三年前，仆从泰山来，焦渴欲死。经君村外，蒙以杓浆见饮，至今不忘。"吏人曰："某即刘全。曩被雀粪之污，闷不可耐，君手为涤除，是以耿耿。奈冥间酒馔，不可以奉宾客，请即别矣。"侯始悟，乃归。

既至家，款留二皂。皂并不敢饮其杯水。侯苏，盖死已逾两日矣。从此益修善。每逢节序，必以浆酒酬刘全。年八旬，尚强健，能超乘驰走。一日途间见刘全骑马来，若将远行。拱手道温凉毕，刘曰："君数已尽，勾牒出矣。勾役欲相招，我禁使弗须。君可归治后事，三日后，我来同君行。地下代买小缺，亦无苦也。"遂去。侯归告妻子，招别戚友，棺衾俱备。第四日日暮，对众曰："刘大哥来矣。"入棺焉遂殁。

土化兔

靖逆侯张勇镇兰州时，出猎获兔甚多，中有半身或两股尚为土质。一时秦中争传土能化兔，此亦物理之不可解者。

鸟 使

苑城史乌程家居，忽有鸟集屋上，音色类鸦。史见之，告家人曰："夫人遣鸟使召我矣。急备后事，某日当死。"至日果卒。殡日鸦复至，随榇缓飞，由苑之新。及殡，鸦始不见。长山吴木欣目睹之。

姬 生

南阳鄂氏患狐，金钱什物，辄被窃去。迕之祟益甚。鄂有甥姬生，名士不羁，焚香代为祷免，卒不应；又祝舍外祖使临己家，亦不应。众笑之，生曰："彼能幻变，必有人心。我固将引之俾入正果。"数日辄一往祝之。虽不见验，然生所至狐遂不扰，以故鄂常止生宿。生夜望空请见，邀益坚。

一日生归，独坐斋中，忽房门缓缓自开。生起，致敬曰："狐兄来耶？"殊寂无声。又一夜门自开，生曰："倘是狐兄降临，固小生所祷祝而求者，何妨即赐光霁？"却又寂然。案头有钱二百，及明失之。生至夜增以数百。中宵闻布幄铿然，生曰："来耶？敬具时铜数百备用。仆虽不充裕，然非鄙吝者。若缓急有需，无妨质言，何必盗窃？"少间视钱，脱去二百。生仍置故处，数夜不复失。有熟鸡，欲供客而失之。生至夕又益以酒，而狐从此绝迹矣。

鄂家祟如故。生又往祝曰："仆设钱而子不取，设酒而子不饮；我外祖衰迈，无为久祟之。仆备有不腆之物，夜当凭汝自取。"乃以钱十千、酒一樽，两鸡皆聂切，陈几上。生卧其旁，终夜无声，钱物如故。狐怪从此亦绝。生一日晚归，启斋门，见案上酒一壶，燂鸡盈盘；钱四百，以赤绳贯之，即前日所失物也。知狐之报。嗅酒而香，酌之色碧绿，饮之甚醇。壶尽半酣，觉心中贪念顿生，蓦然欲作贼，便启户出。思村中一富室，遂往越其墙。墙虽高，一跃上下，如有翅翎。入其斋，窃取貂裘、金鼎而出。归置床头，始就枕眠。

天明携入内室，妻惊问之，生嗫嚅而告，有喜色。妻骇曰："君素刚直，何忽作贼！"生恬然不为怪，因述狐之有情。妻恍然悟曰："是必酒中之狐毒也。"因念丹砂可以却邪，遂研入酒，饮生，少顷，生忽失声曰："我奈何做贼！"妻代解其故，爽然自失。又闻富室被盗，噪传里党。生终日不食，莫知所处。妻为之谋，使乘夜抛其墙内。生从之。富室复得故物，事亦遂寝。

生岁试冠军，又举行优，应受倍赏。及发落之期，道署梁上粘一帖云："姬某作贼，偷某家裘、鼎，何为行优？"梁最高，非跋足可粘。文宗疑之，执帖问生。生愕然，思此事除妻外无知者；况署中深密，何由而至？因悟曰："此必狐之为也。"遂缅述无讳，文宗赏礼有加焉。生每自念无取罪于狐，所以屡陷之者，亦小人之耻独为小人耳。

异史氏曰："生欲引邪入正，而反为邪惑。狐意未必大恶，或生以谐引之，狐亦以戏弄之耳。然非身有夙根，室有贤助，几何不如原涉所云，家人寡妇，一为盗污遂行淫哉！吁！可惧也！"

吴木欣云："康熙甲戌，一乡科令浙中，点稽囚犯，有窃盗已刺字讫，例应逐释。令嫌'窃'字减笔从俗，非官板正字，使刮去之；候创平，依字汇中点画形象另刺之。盗口占一绝云：'手把菱花仔细看，淋漓鲜血旧痕斑。早知面上重为苦，窃物先防识字官。'禁卒笑之曰："诗人不求功名，而乃为盗？'盗又口占答之云：'少年学道志功名，只为家贫误一生。冀得资财权子母，囊游燕市博恩荣。'"即此观之，秀才为盗，亦仕进之志也。狐授姬生以进取之资，而返悔为所误，迂哉！一笑。

果　报

安丘某生通卜筮之术，其为人邪荡不检，每有钻穴逾隙之行，则卜之。一日忽病，药之不愈，曰："吾实有所见。冥中怒我狎亵天数，将重谴矣，药何能为！"亡何，目暴瞽，两手无故自折。

某甲者伯无嗣，甲利其有，愿为之后。伯既死，田产悉为所有，遂背前盟。又有叔家颇裕，亦无子，甲又父之，死，又背之。于是并三家之产，富甲一乡。一日暴病若狂，自言曰："汝欲享富厚而生耶!"遂以利刃自割肉，片片掷地。又曰："汝绝人后，尚欲有后耶!"剖腹流肠，遂毙。未几子亦死，产业归人矣。果报如此，可畏也夫!

公孙夏

保定有国学生某，将入都纳资，谋得县尹。方趣装而病，月余不起。忽有僮入曰："客至。"某亦忘其疾，趋出逆客。客华服类贵者。三揖入舍，叩所自来。客曰："仆，公孙夏，十一皇子坐客也。闻治装将图县尹，既有是志，太守不更佳耶?"某逊谢，但言："资薄，不敢有奢愿。"客请效力，俾出半资，约于任所取盈。某喜求策，客曰："督抚皆某昆季之交，暂得五千缗，其事济矣。目前真定缺员，便可急图。"某讶其本省，客笑曰："君迂矣! 但有孔方在，何问吴、越桑梓耶?"某终踌躇，疑其不经，客曰："无须疑惑。实相告：此冥中城隍缺也。君寿终已注死籍。乘此营办，尚可以致冥贵。"即起告别，曰："君且自谋，三日当复会。"遂出门跨马去，某忽开眸，与妻子永诀。命出藏镪，市楮锭万提，郡中是物为空。堆积庭中，杂刍灵鬼马，日夜焚之，灰高如山。

三日客果至。某出资交兑，客即导至部署，见贵官坐殿上，某便伏拜。贵官略审姓名，便勉以"清廉谨慎"等语。乃取凭文，唤至案前与之。某稽首出署。自念监生卑贱，非车服炫耀，不足震慑曹属。于是益市舆马，又遣鬼役以彩舆迓其美妾。区画方已，真定卤簿已至。途百里余，一道相属，意甚得。忽前导者钲息旗靡，惊疑间骑者尽下，悉伏道周；人小径尺，马大如狸。车前者骇曰："关帝至矣!"某惧，下车亦伏，遥见帝君从四五骑，缓辔而至。须多绕颊，不似世所模肖者；而神采威猛，目长几近耳际。马上问："此何官?"从者答："真定守。"帝君曰："区区一郡，何直得如此张皇!"某闻之，洒然毛悚；身暴缩，自顾如六七岁儿。帝君令起，使随马踪行。道旁有殿宇，帝君入，南向坐，命以笔札，俾自书乡贯姓名。某书已，呈进；帝君视之，怒曰："字讹误不成形象! 此市侩耳，何足以任民社!"又命稽其德籍。旁一人跪奏，不知何词。帝君厉声曰："干进罪小，卖爵罪重!"旋见金甲神绾锁去。遂有二人捉某，褫去冠服，笞五十，臀肉几脱，逐出门外。四顾车马尽空，痛不能步，偃息草间。细认其处，离家尚不甚远。幸身轻如叶，一昼夜始抵家。

豁若梦醒，床上呻吟。家人集问，但言股痛。盖瞑然若死者已七日矣，至是始寤。便问："阿怜何不来？"盖妾小字也。先是，阿怜方坐谈，忽曰："彼为真定太守，差役来接我矣。"乃入室丽妆，妆竟而卒，才隔夜耳。家人述其异。某悔恨椎胸，命停尸勿葬，冀其复还。数日杳然，乃葬之。某病渐瘳，但股疮大剧，半年始起。每自曰："官资尽耗，而横被冥刑，此尚可忍；但爱妾不知舁向何所，清夜所难堪耳。"

异史氏曰："嗟夫！市侩固不足南面哉！冥中既有线索，恐夫子马踪所不及到，作威福者正不胜诛耳。吾乡郭华野先生传有一事，与此颇类，亦人中之神也。先生以清鲠受主知，再起总制荆楚。行李萧然，惟四五人从之，衣履皆敝陋，途中人皆不知为贵官也。适有新令赴任，道与相值。驼车二十余乘，前驱数十骑，驺从百计。先生亦不知其何官，时先之，时后之，时以数骑杂其伍。彼前马者怒其扰，辄呵却之。先生亦不顾瞻。亡何至一巨镇，两俱休止。乃使人潜访之，则一国学生，加纳赴任湖南者也。乃遣一价召之使来。令闻呼骇疑；及诘官阀，始知为先生，悚惧无以为地，冠带匍伏而前。先生问：'汝即某县县尹耶？'答曰：'然。'先生曰：'蕞尔一邑，何能养如许驺从？履任，则一方涂炭矣！不可使殃民社，可即旋归，勿前矣。'令叩首曰：'下官尚有文凭。'先生即令取凭，审验已，曰："此亦细事，代若缴之可耳。'令伏拜而出。归途不知何以为情，而先生行矣。世有未莅任而已受考成者，实所创闻。盖先生奇人，故信其有此快事耳。"

韩　方

明季，济郡以北数州县，邪疫大作，比户皆然。齐东农民韩方，性至孝。父母皆病，因具楮帛，哭祷于孤石大夫之庙。归途零涕，遇一人衣冠清洁，问："何悲？"韩具以告，其人曰："孤石之神不在于此，祷之何益？仆有小术，可以一试。"韩喜，诘其姓字。其人曰："我不求报,何必通乡贯乎?”韩敦请临其家。其人曰:“无须。但归,以黄纸置床上,厉声言:‘我明日赴都,告诸岳帝!’病当已。”韩恐不验,坚求移趾。其人曰:“实告子:我非人也。巡环使者以我诚笃,俾为南县土地。感君孝,指授此术。目前岳帝举枉死之鬼,其有功人民,或正直不作邪祟者,以城隍、土地用。今日殃人者,皆郡城北兵所杀之鬼,急欲赴都自投,故沿途索赂,以谋口食耳。言告岳帝,则彼必惧,故当已。”韩悚然起敬,伏地叩谢。及起,其人已渺。惊叹而归。遵其教,父母皆愈。以传邻村,无不验者。

异史氏曰:“沿途祟人而往,以求不作邪祟之用,此与策马应‘不求闻达之科’者何殊哉!天下事大率类此。犹记甲戌、乙亥之间,当事者使民捐谷,具疏谓民乐输。于是各州县如数取盈,甚费敲扑。时郡北七邑被水,岁祲,催办尤难。唐太史偶至利津,见系逮者十余人。因问:‘为何事?’答曰:‘官捉吾等赴城,比追乐输耳。’农民不知‘乐输’二字作何解,遂以为徭役敲比之名,岂不可叹而可笑哉!”

纫 针

虞小思,东昌人。居积为业。妻夏,归宁返,见门外一妪,偕少女哭甚哀。夏诘之,妪挥泪相告。乃知其夫王心斋,亦宦裔也。家中落无衣食业,浼中保贷富室黄氏金作贾。中途遭寇,丧资,幸不死。至家,黄索偿,计子母不下三十金,实无可准抵。黄窥其女纫针美,将谋作妾。使中保质告之:如肯,可折债外,仍以廿金压券。王谋诸妻,妻泣曰:“我虽贫,固簪缨之胄。彼以执鞭发迹,何敢遂媵吾女!况纫针固自有婿,汝何得擅作主!”先是,同邑傅孝廉之子,与王投契,生男阿卯,与襁中论婚。后孝廉官于闽,年余而卒。妻子不能归,音耗俱绝。以故纫针十五尚未字也。妻言及此,王无词,但谋所以为计。妻曰:“不得已,其试谋诸两弟。”盖妻范氏,其祖曾任京职,两孙田产尚多也。次日妻携女归告两弟,两弟任其涕泪,并无一词肯为设处。范乃号啼而归。适逢夏诘,且诉且哭。

夏怜之;视其女绰约可爱,益为哀楚。遂邀入其家,款以酒食,慰之曰:“母子勿戚,妾当竭力。”范未遑谢,女已哭伏在地,益加惋惜。

筹思曰:“虽有薄蓄,然三十金亦复大难。当典质相付。”母女拜谢。夏以三日为约。别后百计为之营谋,亦未敢告诸其夫。三日未满其数,又使人假诸其母。范母女已至,因以实告。又订次日。抵暮假金至,合裹并置床头。

至夜有盗穴壁以火入,夏觉,睨之,见一人臂跨短刀,状貌凶恶。大惧,不敢作声,伪为睡者。盗近箱,意将发扃。回顾,夏枕边有裹物,探身攫去,就灯解视;乃入腰橐,不复胠箧而去。夏乃起呼。家中唯一小婢,隔墙呼邻,邻人集而盗已远。夏乃对灯啜泣。见婢睡熟,乃引带自经于棂间。天曙婢觉,呼人解救,四肢冰冷。虞闻奔至,诘婢始得其由,惊涕营葬。时方夏,尸不僵,亦不腐。过七日乃殓之。

既葬,纫针潜出,哭于其墓。暴雨忽集,霹雳大作,发墓,纫针震死。虞闻奔验,则棺木已启,妻呻嘶其中,抱出之。见女尸,不知为谁。夏审视,始辨之。方相骇怪。未几范至,见女已死,哭曰:“固疑其在此,今果然矣!闻夫人自缢,日夜不绝声。今夜语我,欲哭于殡宫,我未之应也。”夏感其义,遂与夫言,即以所葬材穴葬之。范拜谢。虞负妻归,范亦归告其夫。

闻村北一人被雷击死于途,身有朱字云:“偷夏氏金贼。”俄闻邻妇哭声,乃知雷击者即其夫马大也。村人白于官,官拘妇械鞫,则范氏以夏之措金赎女,对人感泣,马大赌博无赖,闻之而盗心遂生也。官押妇搜赃,则止存二十数;又检马尸得四数。官判卖妇偿补责还虞。夏益喜,全金悉仍付范,俾偿债主。

葬女三日,夜大雷电以风,坟复发,女亦顿活。不归其家,往扣夏氏之门。夏惊起,隔扉问之。女曰:“夫人果生耶!我纫针耳。”夏骇为鬼,呼邻媪诘之,知其复活,喜内入室。女自言:“愿从夫人服役,不复归矣。”夏曰:“得无谓我损金为买婢耶?汝葬后,债已代偿,可勿见猜。”女益感泣,愿以母事。夏不允,女曰:“儿能操作,亦不坐食。”天明告范,范喜,急至。母女相见,哭失声。亦从女意,即以属夏。范去,夏强送女归。女啼思夏。王心斋自负女来,委诸门内而去。夏见惊问,始知其故,遂亦安之。女见虞至,急下拜,呼以父。虞固无子女,又见女依依怜人,颇以为欢。女纺绩缝纫,勤劳臻至。夏偶病剧，女昼夜给役。见夏不食亦不食；面上时有啼痕，向人曰："母有万一，我誓不复生！"夏少瘳，始解颜为欢。夏闻流涕，曰："我四十无子，但得生一女如纫针亦足矣。"夏从不育；逾年忽生一男，人以为行善之报。

居二年女益长。虞与王谋，不能坚守旧盟。王曰："女在君家，婚姻惟君所命。"女十七，惠美无双。此言出，问名者趾错于门，夫妻为拣富室。黄某亦遣媒来。虞恶其为富不仁，力却之。为择于冯氏。冯，邑名士，子慧而能文。将告于王；王出负贩未归，遂径诺之。黄以不得于虞，亦托作贾，迹王所在，设馔相邀，更复助以资本，渐渍习洽。因自言其子慧以自媒。王感其情，又仰其富，遂与订盟。既归诣虞，则虞昨日已受冯氏婚书。闻王所言不悦，呼女出，告以情。女怫然曰："债主，吾仇也！以我事仇，但有一死！"王无颜，托人告黄以冯氏之盟。黄怒曰："女姓王，不姓虞。我约在先，彼约在后，何得背盟！"遂控于邑宰，宰意以先约判归黄。冯曰："王某以女付虞，固言婚嫁不复预闻，且某有定婚书，彼不过杯酒之谈耳。"宰不能断，将惟女愿从之。黄又以金赂官，求其左袒，以此月余不决。

一日有孝廉北上，公车过东昌，使人问王心斋。适问于虞，虞转诘之，盖孝廉姓傅，即阿卯也。入闽籍，十八已乡荐矣。以前约未婚。其母嘱令便道访王，问女曾否另字也。虞大喜，邀傅至家，历述所遭，然婿远来数千里，患无凭据。傅启箧，出王当日允婚书。虞招王至，验之果真，乃共喜。是日当官覆审，傅投刺谒宰，其案始销。涓吉约期乃去。会试后，市币帛而还，居其旧第，行亲迎礼。进士报已到闽，又报至东，傅又捷南宫。复入都观政而返。女不乐南渡，傅亦以庐墓在，遂独往扶父柩，载母俱归。又数年虞卒，子才七八岁，女抚之过于其弟。使读书，得入邑庠，家称素封，皆傅力也。

异史氏曰："神龙中亦有游侠耶？彰善瘅恶，生死皆以雷霆，此'钱塘破阵舞'也。轰轰屡击，皆为一人，焉知纫针非龙女谪降者耶？"

桓侯

荆州彭好士，友家饮归。下马溲便，马龁草路旁。有细草一丛，蒙茸可爱，初放黄花，艳光夺目，马食已过半矣。彭拔其余茎，嗅之有异香，因纳诸怀。超乘复行，马骛驶绝驰，颇觉快意，竟不计算归途，纵马所之。

忽见夕阳在山，始将旋辔。但望乱山丛沓，并不知其何所。一青衣人来，见马方喷嘶，代为捉衔，曰："天已近暮，吾家主人便请宿止。"彭问："此属何地？"曰："阆中也。"彭大骇，盖半日已千余里矣，因问："主人为谁？"曰："到彼自知。"又问："何在？"曰："咫尺耳。"遂代鞚疾行，人马若飞。过一山头，见半山中屋宇重叠，杂以屏幔，遥睹衣冠一簇，若有所伺。彭至下马，相向拱敬。俄主人出，气象刚猛，巾服都异人世。拱手向客，曰："今日客莫远于彭君。"因揖彭，请先行。彭谦谢，不肯遽先。主人捉臂行之。彭觉捉处如被械梏，痛欲折，不敢复争，遂行。下此者犹相推让，主人或推之，或挽之，客皆呻吟倾跌，似不能堪，一依主命而行。

登堂则陈设炫丽，两客一筵。彭暗问接坐者："主人何人？"答云："此张桓侯也。"彭愕然，不敢复咳。合座寂然。酒既行，桓侯曰："岁岁叨扰亲宾，聊设薄酌，尽此区区之意。值远客辱临，亦属幸遇。仆窃妄有干求，如少存爱恋，即亦不强。"彭起问："何物？"曰："尊乘已有仙骨，非尘世所能驱策。欲市马相易如何？"彭曰："敬以奉献，不敢易也。"桓侯曰："当报以良马，且将赐以万金。"彭离席伏谢。桓侯命人曳起之。俄顷酒馔纷纶，日落命烛。众起辞，彭亦告别。桓侯曰："君远来焉归？"彭顾同席者曰："已求此公作居停主人矣。"桓侯乃遍以巨觞酌客，谓彭曰："所怀香草，鲜者可以成仙，枯者可以点金；草七茎，得金一万。"即命僮出方授彭，彭又拜谢。桓侯曰："明日造市，请于马群中任意择其良者，不必与之论价，吾自给之。"又告众曰："远客归家，可少助以资斧。"众唯唯。觞尽，谢别而出。

途中始诘姓字，同座者为刘子翚。同行二三里，越岭即睹村舍。众客陪彭并至刘所，始述其异。先是，村中岁岁赛社于桓侯之庙，斩牲优戏以为成规，刘其首善者也。三日前赛社方毕。是午，各家皆有一人邀请过山。问之，言殊恍惚，但敦促甚急。过山见亭舍，相共骇疑。将至门，使者始实告之；众亦不敢却退。使者曰："姑集此，邀一远客行至矣。"盖即彭也。众述之惊怪。其中被把握者，皆患臂痛；解衣烛之，肤肉青黑。彭自视亦然。众散，刘即襆被供寝。既明，村中争延客；又伴彭入市相马。十余日相数十匹，苦无佳者；彭亦拚苟就之。又入市见一马骨相似佳；骑试之，神骏无比。径骑入村，以待鬻者；再往寻之，其人已去。遂别村人欲归。村人各馈金资，遂归。

马一日行五百里。抵家，述所自来，人不之信，囊中出蜀物，始共怪之。

香草久枯，恰得七茎，遵方点化，家以暴富。遂敬诣故处，独祀桓侯之祠，优戏三日而返。

异史氏曰："观桓侯燕宾，而后信武夷幔亭非诞也。然主人肃客，遂使蒙爱者几欲折肱，则当年之勇力可想。"

吴木欣言："有李生者，唇不掩其门齿，露于外盈指。一日于某所宴集，二客逊上下，其争甚苦。一力挽使前，一力却向后。力猛肘脱，李适立其后，肘过触喙，双齿并堕，血下如涌。众愕然，其争乃息。"此与桓侯之握臂折肱，同一笑也。

粉蝶

阳曰旦，琼州士人也。偶自他郡归，泛舟于海，遭飓风，舟将覆；忽飘一虚舟来，急跃登之。回视则同舟尽没。风愈狂，瞑然任其所吹。亡何风定，开眸忽见岛屿，舍宇连亘。把棹近岸，直抵村门。村中寂然，行坐良久，鸡犬无声。见一门北向，松竹掩蔼。时已初冬，墙内不知何花，蓓蕾满树。心爱悦之，逡巡遂入。遥闻琴声，步少停。有婢自内出，年约十四五，飘洒艳丽。睹阳，返身遽入。俄闻琴声歇，一少年出，讶问客所自来，阳具告之。转诘邦族，阳又告之。少年喜曰："我姻亲也。"遂揖请入院。

院中精舍华好，又闻琴声。既入舍，则一少妇危坐，朱弦方调，年可十八九，风采焕映。见客入，推琴欲逝，少年止之曰："勿遁，此正卿家瓜葛。”因代溯所由。少妇曰：“是吾侄也。”因问其“祖母尚健否？父母年几何矣？”阳曰：“父母四十余，都各无恙；惟祖母六旬，得疾沉痼，一步履须人耳。侄实不省姑系何房，望祈明告，以便归述。”少妇曰：“道途辽阔，音问梗塞久矣。归时但告而父‘十姑问讯矣’，渠自知之。”阳问：“姑丈何族？”少年曰：“海屿姓晏。此名神仙岛，离琼三千里，仆流寓亦不久也。”十娘趋入，使婢以酒食饷客，鲜蔬香美，亦不知其何名。饭已，引与瞻眺，见园中桃杏含苞，颇以为怪。晏曰：“此处夏无大暑，冬无大寒，花无断时。”阳喜曰：“此乃仙乡。归告父母，可以移家作邻。”晏但微笑。

还斋炳烛，见琴横案上，请一聆其雅操。晏乃抚弦捻柱。十娘自内出，晏曰：“来，来！卿为若侄鼓之。”十娘即坐，问侄：“愿何闻？”阳曰：“侄素不读《琴操》，实无所愿。”十娘曰：“但随意命题，皆可成调。”阳笑曰：“海风引舟，亦可作一调否？”十娘曰：“可。”即按弦挑动，若有旧谱，意调崩腾；静会之，如身仍在舟中，为飓风之所摆簸。阳惊叹欲绝，问：“可学否？”十娘授琴，试使勾拨，曰：“可教也。欲何学？”曰：“适所奏《飓风操》，不知可得几日学？请先录其曲，吟诵之。”十娘曰：“此无文字，我以意谱之耳。”乃别取一琴，作勾剔之势，使阳效之。阳习至更余，音节粗合，夫妻始别去。

阳目注心凝，对烛自鼓；久之顿得妙悟，不觉起舞。举首忽见婢立灯下，惊曰：“卿固犹未去耶？”婢笑曰：“十姑命待安寝，掩户移檠耳。”审顾之，秋水澄澄，意态媚绝。阳心动，微挑之；婢俯首含笑。阳益惑之，遽起挽颈。婢曰：“勿尔！夜已四漏，主人将起，彼此有心，来宵未晚。”方狎抱间，闻晏唤“粉蝶”。婢作色曰：“殆矣！”急奔而去。阳潜往听之，但闻晏曰：“我固谓婢子尘缘未灭，汝必欲收录之。今如何矣？宜鞭三百！”十娘曰：“此心一萌，不可给使，不如为吾侄遣之。”阳甚惭惧，返斋灭烛自寝。天明，有童子来侍盥沐，不复见粉蝶矣。心惴惴恐见谴逐。俄晏与十姑并出，似无所介于怀，便考所业。阳为一鼓。十娘曰：“虽未入神，已得什九，肄熟可以臻妙。”阳复求别传。晏教以《天女谪降》之曲，指法拗折，习之三日，始能成曲。晏曰：“梗概已尽，此后但须熟耳。娴此两曲，琴中无梗调矣。”

阳颇忆家,告十娘曰:“吾居此,蒙姑抚养甚乐;顾家中悬念。离家三千里,何日可能还也!”十娘曰:“此即不难。故舟尚在,当助一帆风,子无家室,我已遣粉蝶矣。”乃赠以琴,又授以药曰:“归医祖母,不惟却病,亦可延年。”遂送至海岸,俾登舟。阳觅楫,十娘曰:“无须此物。”因解裙作帆,为之萦系。阳虑迷途,十娘曰:“勿忧,但听帆漾耳。”系已下舟。阳凄然,方欲拜谢别,而南风竞起,离岸已远矣。视舟中糗粮已具,然止足供一日之餐,心怨其吝。腹馁不敢多食,惟恐遽尽,但啖胡饼一枚,觉表里甘芳。余六七枚,珍而存之,即亦不复饥矣。俄见夕阳欲下,方悔来时未索膏烛。瞬息遥见人烟,细审则琼州也。喜极。旋已近岸,解裙裹饼而归。

入门,举家惊喜,盖离家已十六年矣,始知其遇仙。视祖母老病益惫,出药投之,沉痾立除。共怪问之,因述所见。祖母泫然曰:“是汝姑也。”初,老夫人有少女名十娘,生有仙姿,许字晏氏。婿十六岁入山不返,十娘待至二十余,忽无疾自殂,葬已三十余年。闻旦言,共疑其未死。出其裙,则犹在家所素着也。饼分啖之,一枚终日不饥,而精神倍生。老夫人命发冢验视,则空棺存焉。

旦初聘吴氏女未娶,旦数年不还,遂他适。共信十娘言,以俟粉蝶之至;既而年余无音,始议他图。临邑钱秀才,有女名荷生,艳名远播。年十六,未嫁而三丧其婿。遂媒定之,涓吉成礼。既入门,光艳绝代,旦视之则粉蝶也。惊问曩事,女茫乎不知。盖被逐时,即降生之辰也。每为之鼓《天女谪降》之操,辄支颐凝想,若有所会。

李檀斯

长山李檀斯,国学生也。其村中有媪走无常,谓人曰:“今夜与一人舁檀老,投生淄川柏家庄一新门中,身躯重赘,几被压死。”时李方与客欢饮,悉以媪言为妄。至夜,无疾而卒。天明,如所言往问之,则其家夜生女矣。

锦瑟

沂人王生,少孤,自为族。家清贫;然风标修洁,洒然裙履少年也。富翁兰氏,见而悦之,妻以女,许为起屋治产。娶未几而翁死。妻兄弟鄙不齿数,妇尤骄倨,常佣奴其夫;自享馐馔,生至则脱粟瓢饮,折稊为匕置其前。王悉隐忍之。年十九往应童试被黜。自郡中归,妇适不在室,釜中烹羊臛熟,就啖之。妇入不语,移釜去。生大惭,抵箸地上,曰:"所遭如此,不如死!"妇恚,问死期,即授索为自经之具。生忿投羹碗败妇颡。

生含愤出,自念良不如死,遂怀带入深壑。至丛树下,方择枝系带,忽见土崖间微露裙幅,瞬息一婢出,睹生急返,如影就灭,土壁亦无绽痕。固知妖异,然欲觅死,故无畏怖,释带坐觇之。少间复露半面,一窥即缩去。念此鬼物,从之必有死乐,因抓石叩壁曰:"地如可入,幸示一途!我非求欢,乃求死者。"久之无声。王又言之,内云:"求死请姑退,可以夜来。"音声清锐,细如游蜂。生曰:"诺。"遂退以待夕。

未几星宿已繁,崖间忽成高第,静敞双扉。生拾级而入。才数武,有横流涌注,气类温泉。以手探之,热如沸汤,不知其深几许。疑即鬼神示以死所,遂踊身入。热透重衣,肤痛欲糜,幸浮不沉。泅没良久,热渐可忍,极力爬抓,始登南岸,一身幸不泡伤。行次,遥见厦屋中有灯火,趋之。有猛犬暴出,龁衣败袜。摸石以投,犬稍却。又有群犬要吠,皆大如犊。危急间婢出叱退,曰:"求死郎来耶?吾家娘子悯君厄穷,使妾送君入安乐窝,从此无灾矣。"挑灯导之。启后门,黯然行去。

入一家,明烛射窗,曰:"君自入,妾去矣。"生入室四瞻,盖已入己家矣。反奔而出,遇妇所役老媪曰:"终日相觅,又焉往!"反曳入。妇帕裹伤处,下床笑逆,曰:"夫妻年余,狎谑顾不识耶?我知罪矣。君受虚诮,我被实伤,怒亦可以少解。"乃于床头取巨金二铤置生怀,曰:"以后衣食,一惟君命可乎?"生不语,抛金夺门而奔,仍将入壑,以叩高第之门。

既至野,则婢行缓弱,挑灯犹遥望之。生急奔且呼,灯乃止。既至,婢曰:"君又来,负娘子苦心矣。"王曰:"我求死,不谋与卿复求活。娘子巨家,地下亦应需人。我愿服役,实不以有生为乐。"婢曰:

“乐死不如苦生，君设想何左也！吾家无他务。惟淘河、粪除、饲犬、负尸；作不如程，则刵耳劓鼻、敲肘刭趾。君能之乎？”答曰：“能之。”又入后门，生问：“诸役何也？适言负尸，何处得如许死人？”婢曰：“娘子慈悲，设‘给孤园’，收养九幽横死无归之鬼。鬼以千计，日有死亡，须负瘗之耳。请一过观之。”移时入一门，署“给孤园”。入，见屋宇错杂，秽臭熏人。园中鬼见烛群集，皆断头缺足，不堪入目。回首欲行，见尸横墙下；近视之，肉血狼藉。曰：“半日未负，已被狗咋。”即使生移去之。生有难色，婢曰：“君如不能，请仍归享安乐。”生不得已，负置秘处。乃求婢缓颊，幸免尸污。婢诺。

行近一舍，曰：“姑坐此，妾入言之。饲狗之役较轻，当代图之，庶几得当以报。”去少顷，奔出，曰：“来，来！娘子出矣。”生从入。见堂上笼烛四悬，有女郎近户坐，乃二十许天人也。生伏阶下，女郎命曳起之，曰：“此一儒生乌能饲犬？可使居西堂主薄。”生喜伏谢，女曰：“汝以朴诚，可敬乃事。如有舛错，罪责不轻也！”生唯唯。婢导至西堂，见栋壁清洁，喜甚，谢婢。始问娘子官阀，婢曰：“小字锦瑟，东海薛侯女也。妾名春燕。旦夕所需，幸相闻。”婢去，旋以衣履衾褥来，置床上。生喜，得所。

黎明早起视事，录鬼籍。一门仆役尽来参谒，馈酒送脯甚多。生引嫌，悉却之。日两餐皆自内出。娘子察其廉谨，特赐儒巾鲜衣。凡有赍赉，皆遣春燕。婢颇风格，既熟，颇以眉目送情。生斤斤自守，不敢少致差跌，但伪作骇钝。积二年余赏给倍于常廪，而生谨抑如故。

一夜方寝，闻内第喊噪。急起捉刀出，见炬火光天。入窥之，则群盗充庭，厮仆骇窜。一仆促与偕遁，生不肯，涂面束腰杂盗中呼曰：“勿惊薛娘子！但当分括财物，勿使遗漏。”时诸舍群贼方搜锦瑟不得，生知未为所获，潜入第后独觅之。遇一伏妪，始知女与春燕皆越墙矣。生亦过墙，见主婢伏于暗陬，生曰：“此处乌可自匿？”女曰：“吾不能复行矣！”生弃刀负之。奔二三里许，汗流竟体，始入深谷，释肩令坐。欻一虎来，生大骇，欲迎当之，虎已衔女。生急捉虎耳，极力伸臂入虎口，以代锦瑟。虎怒释女，嚼生臂，脆然有声。臂断落地，虎亦返去。女泣曰：“苦汝矣！苦汝矣！”生忙遽未知痛楚，但觉血溢如水,使婢裂衿裹断处。女止之,俯觅断臂,自为续之;乃裹之。东方渐白,始缓步归,登堂如墟。天既明,仆媪始渐集。女亲诣西堂,问生所苦。解裹,则臂骨已续;又出药糁其创,始去。由此益重生,使一切享用悉与己等。

臂愈,女置酒内室以劳之。赐之坐,三让而后隅坐。女举爵如让宾客。久之,曰:"妾身已附君体,意欲效楚王女之于臣建。但无媒,羞自荐耳。"生惶恐曰:"某受恩重,杀身不足酬。所为非分,惧遭雷殛,不敢从命。苟怜无室,赐婢已过。"一日女长姊瑶台至,四十许佳人也。至夕招生入,瑶台命坐,曰:"我千里来为妹主婚,今夕可配君子。"生又起辞。瑶台遽命酒,使两人易盏。生固辞,瑶台夺易之。生乃伏地谢罪,受饮之。瑶台出,女曰:"实告君:妾乃仙姬,以罪被谪。自愿居地下收养冤魂,以赎帝谴。适遭天魔之劫,遂与君有附体之缘。远邀大姊来,固主婚嫁,亦使代摄家政,以便从君归耳。"生起敬曰:"地下最乐!某家有悍妇;且屋宇隘陋,势不能容委曲以共其生。"女笑曰:"不妨。"既醉,归寝,欢恋臻至。

过数日,谓生曰:"冥会不可长,请郎归。君干理家事毕,妾当自至。"以马授生,启扉自出,壁复合矣。生骑马入村,村人尽骇。至家门则高庐焕映矣。先是,生去,妻召两兄至,将棰楚报之;至暮不归,始去。或于沟中得生履,疑其已死。既而年余无耗。有陕中贾某,媒通兰氏,遂就生第与妇合。半年中,修建连亘。贾出经商,又买妾归,自此不安其室。贾亦恒数月不归。生讯得其故,怒,系马而入。见旧媪,媪惊伏地。生叱骂久,使导诣妇所,寻之已遁;既于舍后得之,已自经死。遂使人舁归兰氏。呼妾出,年十八九,风致亦佳,遂与寝处。贾托村人,求反其妾,妾哀号不肯去。生乃具状,将讼其霸产占妻之罪,贾不敢复言,收肆西去。

方疑锦瑟负约;一夕正与妾饮,则车马扣门而女至矣。女但留春燕,余即遣归。入室,妾朝拜之,女曰:"此有宜男相,可以代妾苦矣。"即赐以锦裳珠饰。妾拜受,立侍之;女挽坐,言笑甚欢。久之,曰:"我醉欲眠。"生亦解履登床,妾始出;入房则生卧榻上;异而反窥之,烛已灭矣。生无夜不宿妾室。一夜妾起,潜窥女所,则生及女方共笑语。大怪之。急反告生,则床上无人矣。天明阴告生;生亦不自知,但觉时留女所、时寄妾宿耳。生嘱隐其异。久之,婢亦私生,女若不知之。婢忽临蓐难产,但呼"娘子"。女入,胎即下;举之,男也。为断脐置婢怀,笑曰:"婢子勿复尔!业多,则割爱难矣。"自此,婢不复产。妾出五男二女。居三十年,女时返其家,往来皆以夜。一日携婢去,不复来。生年八十,忽携老仆夜出,亦不返。

太原狱

太原有民家,姑妇皆寡。姑中年不能自洁,村无赖频频就之。妇不善其行,阴于门户墙垣阻拒之。姑惭,借端出妇;妇不去,颇有勃谿。姑益恚,反相诬告诸官。官问奸夫姓名,媪曰:"夜来宵去,实不知其阿谁,鞫妇自知。"因唤妇。妇果知之,而以奸情归媪,苦相抵。拘无赖至,又哗辨:"两无所私,彼姑妇不相能,故妄言相诋毁耳。"官曰:"一村百人何独诬汝?"重笞之。无赖叩乞免责,自认与妇通。械妇,妇终不承。逐去之。妇忿告宪院,仍如前,久不决。

时淄邑孙进士柳下令临晋,推折狱才,遂下其案于临晋。人犯到,公略讯一过,寄监讫,便命隶人备砖石刀锥,质理听用。共疑曰:"严刑自有桎梏,何将以非刑折狱耶?"不解其意,姑备之。明日升堂,问知诸具已备,命悉置堂上。乃唤犯者,又一一略鞫之。乃谓姑妇:"此事亦不必甚求清析。淫妇虽未定,而奸夫则确。汝家本清门,不过一时为匪人所诱,罪全在某。堂上刀石具在,可自取击杀之。"姑妇趑趄,恐邂逅抵偿,公曰:"无虑,有我在。"于是媪妇并起,掇石交投。妇衔恨已久,两手举巨石,恨不即立毙之;媪惟以小石击臂腿而已。又命用刀。妇把刀贯胸膺,媪犹逡巡未下。公止之曰:"淫妇我知之矣。"命执媪严梏之,遂得其情。笞无赖三十,其案始结。

附记:公一日遣役催租,租户他出,妇应之。役不得贿,拘妇至。公怒曰:"男子自有归时,何得扰人家室!"遂笞役,遣妇去。乃命匠多备手械,以备敲比。明日合邑传颂公仁。欠赋者闻之,皆使妻出应,公尽拘而械之。余尝谓:孙公才非所短,然如得其情,则喜而不暇哀矜矣。

新郑讼

长山石进士宗玉，为新郑令。适有远客张某经商于外，因病思归，不能骑步，赁手车一辆，携资五千，两夫挽载以行。至新郑，两夫往市饮食，张守资独卧车中。有某甲过，睨之，见旁无人，夺资去。张不能御，力疾起，遥尾缀之，入一村中；又从之，入一门内。张不敢入，但自短垣窥觇之。甲释所负，回首见窥者，怒执为贼，缚见石公，因言情状。问张，备述其冤。公以无质实，叱去之。二人下，皆以官无皂白。公置若不闻。

颇忆甲久有逋赋，遣役严追之。逾日即以银三两投纳。石公问金所自来，甲云："质衣鬻物。"皆指名以实之。石公遣役令视纳税人，有与甲同村者否。适甲邻人在，唤入问之："汝既为某甲近邻，金所从来，尔当知之。"邻曰："不知。"公曰："邻家不知，其来暧昧。"甲惧，顾邻曰："我质某物、鬻某器，汝岂不知？"邻急曰："然，固有之矣。"公怒曰："尔必与甲同盗，非刑询不可！"命取梏械。邻人惧曰："吾以邻故，不敢招怨；今刑及己身，何讳乎，彼实劫张某钱所市也。"遂释之。时张以丧资未归，乃责甲押偿之。此亦见石之能实心为政也。

异史氏曰："石公为诸生时，恂恂雅饬，意其人翰苑则优，簿书则诎。乃一行作吏，神君之名，噪于河朔。谁谓文章无经济哉！故志之以风有位者。"

李象先

李象先，寿光之闻人也。前世为某寺执爨僧，无疾而化。魂出栖坊上，下见市上行人，皆有火光出颠上，盖体中阳气也。夜既昏，念坊上不可久居，但诸舍暗黑，不知所之。唯一家灯火犹明，飘赴之。及门则身已婴儿。母乳之。见乳恐惧；腹不胜饥，闭目强吮。逾三月余，即不复乳；乳之则惊惧而啼。母以米渖间枣栗哺之，得长成。是为象先。儿时至某寺，见寺僧，皆能呼其名。至老犹畏乳。

异史氏曰："象先学问渊博，海岱清士。子早贵，身仅以文学终，此佛家所谓福业未修者耶？弟亦名士。生有隐疾，数月始一动；动时急起，不顾宾客，自外呼而入，于是婢媪尽避；适及门复痿，则不入室而反。兄弟皆奇人也。"

房文淑

开封邓成德，游学至兖，寓败寺中，佣为造齿籍者缮写。岁暮，僚役各归家，邓独炊庙中。黎明，有少妇叩门而入，艳绝，至佛前焚香叩拜而去。次日又如之。至夜邓起挑灯，适有所作，女至益早。邓曰："来何早也？"女曰："明则人杂，故不如夜。太早，又恐扰君清睡。适望见灯光，知君已起，故至耳。"生戏曰："寺中无人，寄宿可免奔波。"女哂曰："寺中无人，君是鬼耶？"邓见其可狎，俟拜毕，曳坐求欢。女曰："佛前岂可作此。身无片椽，尚作妄想！"邓固求不已。女曰："去此三十里某村，有六七童子延师未就。君往访李前川，可以得之。托言携有家室，令别给一舍，妾便为君执炊，此长策也。"邓虑事发获罪，女曰："无妨。妾房氏，小名文淑，并无亲属，恒终岁寄居舅家，有谁知？"邓喜。既别女，即至某村，谒见李前川，谋果遂。约岁前即携家至。既反，告女。女约候于途中。邓告别同党，借骑而去。女果待于半途，乃下骑以辔授女，御之而行。至斋，相得甚欢。

积六七年，居然琴瑟，并无追捕逃者。女忽生一子。邓以妻不育，得之甚喜，名曰"兖生"。女曰："伪配终难作真。妾将辞君而去，又生此累人物何为！"邓曰："命好，倘得余钱，拟与卿遁归乡里，何出此言？"女曰："多谢，多谢！我不能胁肩谄笑，仰大妇眉睫，为人作乳媪，呱呱者难堪也！"邓代妻明不妒，女亦不言。月余邓解馆，谋与前川子同出经商，告女曰："我思先生设帐，必无富有之期。今学负贩，庶有归时。"女亦不答。至夜，女忽抱子起。邓问："何作？"女曰："妾欲去。"邓急起追问之，门未启，而女已杳。骇极，始悟其非人也。邓以形迹可疑，故亦不敢告人，托之归宁而已。

初，邓离家与妻娄约，年终必返；既而数年无音，传其已死。兄以其无子，欲改醮之。娄更以三年为期，日惟以纺绩自给。一日既暮，往扃外户，一女子掩入，怀中绷儿，曰：“自母家归，适晚。知姊独居，故求寄宿。”娄内之。至房中，视之，二十余丽者也。喜与共榻，同弄其儿，儿白如瓠。叹曰：“未亡人遂无此物！”女曰：“我正嫌其累人，即嗣为姊后，何如？”娄曰：“无论娘子不忍割爱；即忍之，妾亦无乳能活之也。”女曰：“不难。当儿生时，患无乳，服药半剂而效。今余药尚存，即以奉赠。”遂出一裹，置窗间。娄漫应之，未遽怪也。既寝，及醒呼之，则儿在而女已启门去矣。骇极。日向辰，儿啼饥，娄不得已，饵其药，移时湩流，遂哺儿。积年余，儿益丰肥，渐学语言，爱之不啻己出，由是再醮之心遂绝。但早起抱儿，不能操作谋衣食，益窘。

一日女忽至。娄恐其索儿，先问其不谋而去之罪，后叙其鞠养之苦。女笑曰：“姊告诉艰难，我遂置儿不索耶？”遂招儿。儿啼入娄怀，女曰：“犊子不认其母矣！此百金不能易，可将金来，署立券保。”娄以为真，颜作赪，女笑曰：“姊勿惧，妾来正为儿也。别后虑姊无豢养之资，因多方措十余金来。”乃出金授娄。娄恐受其金，索儿有词，坚却之。女置床上，出门径去。抱子追之，其去已远，呼亦不顾。疑其意恶。然得金，少权子母，家以饶足。

又三年邓贾有赢余，治装归。方共慰藉，睹儿问谁氏子。妻告以故，问：“何名？”曰：“渠母呼之兖生。”邓惊曰：“此真吾子也！”问其时日，即夜别之日。邓乃历叙与房文淑离合之情，益共欣慰。犹望女至。而终渺矣。

秦桧

青州冯中堂家杀一豕，焊去毛鬣，肉内有字，云：“秦桧七世身。”烹而啖之，其肉臭恶，因投诸犬。呜呼！桧之肉，恐犬亦不当食之矣！

闻益都人说：中堂之祖，前身在宋朝为桧所害，故生平最敬岳武穆。于青州城北通衢旁建岳王殿，秦桧、万俟卨伏跪地下。往来行人瞻礼岳王，则投石桧、卨，香火不绝。后大兵征于七之年，冯氏子孙毁岳王像。数里外有俗祠“子孙娘娘”，因舁桧、卨其中，使朝跪焉。百世下必有杜十姨、伍髭须之误，甚可笑也。

又青州城内旧有“淡台子羽祠”。当魏珰烜赫时，世家中有媚之者,就子羽毁冠去须,改作魏监。此亦骇人听闻者也。

浙东生

浙东生房某客于陕,教授生徒。尝以胆力自诩。一夜裸卧,忽有毛物从空堕下,击胸有声。觉大如犬,气咻咻然,四足挠动。大惧欲起,物以两足扑倒之,恐极而死。经一时许,觉有人以尖物穿鼻,大嚏乃苏。见室中灯火荧荧,床边坐一美人,笑曰:“好男子! 胆气固如此耶!”生知为狐,益惧。女渐与戏,胆始放,遂共狎昵。积半年,如琴瑟之好。一日女卧床头,生潜以猎网蒙之。女醒不敢动,但哀乞。生笑不前。女忽化白气从床下出,恚曰:“终非好相识! 可送我去。”以手曳之,身不觉自行。出门,凌空翕飞。食顷,女释手,生晕然坠落。

适世家园中有虎阱,揉木为圈,结绳作网,以覆其口。生坠网上,网为之侧;以腹受网,身半倒悬。下视,虎蹲阱中,仰见卧人,跃上,近不盈尺,心胆俱碎。园丁来饲虎,见而怪之,扶上,已死。移时渐苏,备言其故。其地乃浙界,离家已四百余里矣。主人赠以资遣归。归告人:“虽得两次死,然非狐则贫不能归也。”

博兴女

博兴民王某,有女及笄。势豪某窥其姿,伺女出,掠去,无知者。至家逼淫,女号嘶撑拒,某缢杀之。门外故有深渊,遂以石系尸沉其中。王觅女不得,计无所施。天忽雨,雷电绕豪家,霹雳一声,龙下攫豪首去。天晴,渊中女尸浮出,一手捉人头,审视则豪头也。官知,鞫其家人,始得其情。龙其女之所化与? 不然,何以能尔也? 奇哉!

一员官

济南同知吴公,刚正不阿。时有陋规:凡贪墨者亏空犯赃罪,上官辄庇之,以赃分摊属僚,无敢梗者。以命公,不受,强之不得,怒加叱骂。公亦恶声还报之曰:“某官虽微,亦受君命。可以参处,不可以骂詈也! 要死便死,不能损朝廷之禄,代人偿枉法赃耳!”上官乃改颜温慰之。人皆言斯世不可以行直道,人自无直道耳,何反咎斯世之不可行哉！会高苑有穆情怀者,狐附之,辄慷慨与人谈论,音响在坐上,但不见其人。适至郡,宾客谈次,或诘之曰:“仙固无不知,请问郡中官共几员?”应声答曰:“一员。”共笑之。复诘其故。曰:“通郡官僚虽七十有二,其实可称为官者,吴同知一人而已。”

是时泰安知州张公,人以其木强,号之“橛子”。凡贵官大僚登岱者,夫马兜舆之类,需索烦多,州民苦于供亿。公一切罢之。或索羊豕,公曰:“我即一羊也,一豕也,请杀之以犒驺从。”大僚亦无奈之。公自远宦,别妻子者十二年。初莅泰安,夫人及公子自都中来省之,相见甚欢。逾六七日,夫人从容曰:“君尘甑犹昔,何老悖不念子孙耶?”公怒大骂,呼杖,逼夫人伏受。公子覆母,号泣求代。公横施挞楚,乃已。夫人即偕公子命驾归,矢曰:“渠即死于是,吾亦不复来矣!”逾年公卒。此不可谓非今之强项令也。然以久离之琴瑟,何至以一言而躁怒至此,岂人情哉！而威福能行床笫,事更奇于鬼神矣。

附 录

丐 仙

高玉成，故家子，居金城之广里。善针灸，不择贫富辄医之。里中来一丐者，胫有废疮，卧于道。脓血狼籍，臭不可近。居人恐其死，日一饴之。高见而怜焉，遣人扶归，置于耳舍。家人恶其臭，掩鼻遥立。高出艾亲为之灸，日饷以蔬食。数日，丐者索汤饼，仆怒诃之。高闻，即命仆赐以汤饼。未几，又乞酒肉，仆走告曰："乞人可笑之甚！方其卧于道也，日求一餐不可得，今三饭犹嫌粗粝，既与汤饼，又乞酒肉。此等贪饕，只宜仍弃之道上耳。"高问其疮，曰："痂渐脱落，似能步履，故假咿嘎作呻楚状。"高曰："所费几何，即以酒肉馈之，得其健，或不吾仇也。"仆伪诺之而竟不与。且与诸曹偶语，共笑主人痴。次日，高亲诣视丐，丐跛而起，谢曰："蒙君高义，生死人而肉白骨，惠深覆载。但新瘥未健，妄思馋嚼耳。"高知前命不行，呼仆痛笞之，立命持酒炙饵丐者。仆衔之，夜分纵火焚耳舍，乃故呼号。高起视，舍已烬。叹曰："丐者休矣！"督众救灭。见丐者酣卧火中，鼾声雷动。唤之起，故惊曰："屋何往？"群始惊其异。高弥重之，卧以客舍，衣以新衣，日与同坐处。问其姓名，自言："陈九。"居数日，容益光泽。言论多风格，又善手谈。高与对局辄败。乃日从之学，颇得其奥秘。如此半年，丐者不言去，高亦一时少之不乐也。即有贵客来，亦必偕之同饮。或掷骰为令，陈每代高呼采，雉卢无不如意。高大奇之。每求作剧，辄辞不知。

一日，语高曰："我欲告别，向受君惠且深，今薄设相邀，勿以人从也。"高曰："相得甚欢，何遽决绝？且君杖头空虚，亦不敢烦作东道主。"陈固邀之曰："杯酒耳，亦无所费。"高曰："何处？"答云："园中。"时方严冬，高虑园亭苦寒，陈固言："不妨。"乃从至园中，觉气候顿暖似三月初旬。又至亭中，见异鸟成群，乱弄清咮，仿佛暮春景象。

亭中几案皆镶以瑙玉。有一水晶屏莹澈可鉴,中有花树摇曳开落不一,又有白禽似雪,往来勾輈于其上,以手抚之,殊无一物。高愕然良久。坐,见鸜鹆栖架上,呼曰:"茶来!"俄见朝阳丹凤衔一赤玉盘,上有玻璃盏二盛香茗,伸颈屹立。饮已,置盏其中,凤衔之振翼而去。鸜鹆又呼曰:"酒来!"即有青鸾黄鹤翩翩自日中来,衔壶衔杯,纷置案上。顷之,则诸鸟进馔,往来无停翅,珍错杂陈,瞬息满案,肴香酒洌,都非常品。陈见高饮甚豪,乃曰:"君宏量,是得大爵。"鸜鹆又呼曰:"取大爵来!"忽见日边闪闪,有巨蝶攫鹦鹉杯,受斗许,翔集案间。高视蝶大于雁,两翼绰约,文采灿丽,亟加赞叹。陈唤曰:"蝶子劝酒!"蝶展然一飞化为丽人,绣衣蹁跹,前席进酒。陈曰:"不可无以佐觞。"女乃仙仙而舞,舞到酣际,足离于地者尺余,辄仰折其首,直与足齐,倒翻身而起立,身未尝着于尘埃。且歌曰:"连翩笑语踏芳丛,低亚花枝拂面红。曲折不知金钿落,更随蝴蝶过篱东。"余音袅袅,不啻绕梁。高大喜,拉与同饮。陈命之坐,亦饮之酒。高酒后心摇意动,遽起狎抱,视之则变为夜叉:睛突于眦,牙出于喙,黑肉凹凸,怪恶不可言状。高惊释手,伏几战栗。陈以箸击其喙,诃曰:"速去!"随击而化叉为蝴蝶,飘然扬去。高惊定,辞出。见月色如洗,漫语陈曰:"君旨酒佳肴来自空中,君家当在天上,盍携故人一游?"陈曰:"可。"即与携手跃起,遂觉身在空冥。渐与天近,见有高门口圆如井,入,则光明似昼,阶路皆苍石砌成,滑洁无纤翳。有大树一株高数丈,上开赤花大如莲,纷纭满树。下一女子,捣绛红之衣于砧上,艳丽无双。高木立睛停,竟忘行步。女子见之,怒曰:"何处狂郎妄来此处!"辄以杵投之,中其背。陈急曳于虚所,切责之。高被杵,酒亦顿醒,殊觉汗愧,乃从陈出,有白云接于足下。陈曰:"从此别矣,有所嘱,慎志忽忘:君寿不久,明日速避西山中,当可免。"高欲挽之,返身竟去。高觉云渐低,身落园中,则景物大非。

归与妻子言,共相骇异。视衣上着杵处,异红如锦,有奇香。早起,从陈言,裹粮入山。大雾障天,茫茫然不辨径路。蹑荒急奔,忽失足堕云窟中,觉深不可测,而身幸不损。定醒良久,仰见云气如笼。乃自叹曰:"仙人令我逃避,大数终不能免。何时出此窟耶?"又坐移时，见深处隐隐有光，遂起而渐入，则别有天地。有三老方对弈，见高至，亦不顾问，棋不辍。高蹲而观焉。局终，敛子入盒。方问："客何得至此？"高言："迷堕失路。"老者曰："此非人间，不宜久淹，我送君归。"乃导至窟下。觉云气拥之以升，遂履平地，见山中树色深黄，萧萧木落，似是秋杪。大惊曰："我以冬来，何变暮秋？"奔赴家中，妻、子尽惊，相聚而泣。高讶问之，妻曰："君去三年不返，皆以为异物矣。"高曰："异哉，才顷刻耳。"于腰中出其糗粮，已若灰烬，相与诧异。妻曰："君行后，我梦二人，皂衣闪带，似谇赋者，汹汹然入室张顾曰：'彼何往？'我诃之曰：'彼已外出。尔即官差，何得入人闺闼？'二人乃出。且行且语曰'怪事怪事'而去。"高乃悟已所遇者仙也，妻所遇者鬼也。高每对客，衷杵衣于内，满座皆香，非麝非兰，著汗弥盛云。

人　妖

马生万宝者，东昌人，疏狂不羁。妻田氏亦放诞风流。伉俪甚敦。有女子来，寄居邻人某媪家，言为翁姑所虐，暂出亡。其缝纫绝巧，便为媪操作。媪喜而留之。逾数日，自言能于宵分按摩，愈女子瘵蛊。媪常至生家游扬其术，田亦未尝着意。生一日于墙隙窥见女，年十八九已来，颇风格。心窃好之，私与妻谋，托疾以招之。媪先来，就榻抚问已，言："蒙娘子招，便将来。但渠畏见男子，请勿以郎君入。"妻曰："家中无广舍，渠侬时复出入，可复奈何？"已又沉思曰："晚间西村阿舅家招渠饮，即嘱令勿归，亦大易。"媪诺而去。妻与生用拔赵帜易汉帜计，笑而行之。

日曛黑，媪引女子至，曰："郎君晚回家否？"田曰："不回矣。"女子喜曰："如此方好。"数语，媪别去。田便燃烛展衾，让女先上床，已亦脱衣隐烛。忽曰："几忘却厨舍门未关，防狗子偷吃也。"便下床启门易生。生窸窣入，上床与女共枕卧。女颤声曰："我为娘子医清恙也。"间以昵词，生不语。女即抚生腹，渐至脐下，停手不摩，遽探其私，触腕崩腾。女惊怖之状，不啻误捉蛇蝎，急起欲遁。生沮之，以手入其股际。则擂垂盈掬，亦伟器也。大骇呼火。生妻谓事决裂，急燃灯至,欲为调停,则见女赤身投地乞命。妻羞惧趋出。生诘之,云是谷城人王二喜。以兄大喜为桑冲门人,因得转传其术。又问:“玷几人矣?”曰:“身出行道不久,只得十六人耳。”生以其行可诛,思欲告郡;而怜其美,遂反接而宫之。血溢陨绝,食顷复苏。卧之榻,覆之衾,而嘱曰:“我以药医汝,创痏平,从我终焉可也;不然,事发不赦!”王诺之。

明日媪来,生绐之曰:“伊是我表侄女王二姐也。以天阉为夫家所逐,夜为我家言其由,始知之。忽小不康,将为市药饵,兼请诸其家,留与荆人作伴。”媪入室视王,见其面色败如尘土。即榻问之,曰:“隐所暴肿,恐是恶疽。”媪信之去。生饵以汤,糁以散,日就平复。夜辄引与狎处;早起,则为田提汲补缀,洒扫执炊,如媵婢然。

居无何,桑冲伏诛,同恶者七人并弃市;惟二喜漏网,檄各属严缉。村人窃共疑之,集村媪隔裳而探其隐,群疑乃释。王自是德生,遂从马以终焉。后卒,即葬府西马氏墓侧,今依稀在焉。

异史氏曰:“马万宝可云善于用人者矣。儿童喜蟹可把玩,而又畏其钳,因断其钳而畜之。呜呼!苟得此意,以治天下可也。”

蛰 蛇

予邑郭生设帐于东山之和庄,童蒙五六人皆初入馆者也。书室之南为厕所,乃一牛栏;靠山石壁,壁上多杂草蓁莽。童子入厕,多历时刻而后返。郭责之,则曰:“予在厕中腾云。”郭疑之。童子入厕,从旁睨之,见其起空中二三尺,倏起倏坠,移时不动。郭进而细审,见壁缝中一蛇,昂首大于盆,吸气而上。遂遍告庄人,共视之,以炬火焚壁,蛇死壁裂。蛇不甚长,而粗则如巨桶。盖蛰于内而不能出,已历多年者也。

晋 人

晋人某有勇力,不屑格拒之术,而搏技家当之尽靡。过中州,有少林弟子受其辱,忿告其师,群谋设席相邀,将以困之。既至,先陈茗果。胡桃连壳,坚不可食。某取就案边,伸食指敲之,应手而碎。寺众大骇，优礼而散。

龙

博邑有乡民王茂才，早赴田，田畔拾一小儿，四五岁，貌丰美而言笑巧妙。归家子之，灵通非常。至四五年后，有一僧至其家，儿见之惊避无踪。僧告乡民曰："此儿乃华山池中五百小龙之一，窃逃于此。"遂出一钵，注水其中，宛一小白蛇游衍于内，袖钵而去。

爱 才

仕宦中有妹养宫中而字贵人者，有将官某代作启，中警句云："令弟从长，奕世近龙光，貂珥曾参于画室；舍妹夫人，十年陪凤辇，霓裳遂灿于朝霞。寒砧之杵可掬，不捣夜月之霜；御沟之水可托，无劳云英之咏。"当事者奇其才，遂以文阶换武阶，后至通政使。